Secretos de la Luna Llena

ENCUENTROS

IRIA G. PARENTE
SELENE M. PASCUAL

LUNA ROJA

A todos los que luchan por volver a encontrar lo perdido.
El hogar, los sueños, o a sí mismos.
Que siempre halléis lo que estáis buscando.

Prólogo

El Engendro de Ojos Escarlata

Celeste había dejado de creer en cuentos la noche en que perdió a su príncipe, pero su esperanza en ellos había ido creciendo a medida que lo hacía el niño que guardaba en su vientre.

Sin embargo, el día en que dio a luz, los cuentos desaparecieron de su vida para siempre.

Para empezar, en los cuentos no se mencionaba el dolor. Estaba segura de que no podría resistirlo, de que su pecho explotaría si trataba de seguir respirando, su corazón se pararía si continuaba latiendo así de rápido. Quería suplicar para que se detuviese, pero no era capaz de articular palabra, más allá de aquel lamento primitivo, casi animal, que no podía detener. En los cuentos de hadas todo era alegría cuando nacía un hijo, pero jamás le habían ofrecido los detalles, la realidad que se escondía tras la historia de felicidad: el sufrimiento, el miedo, la ansiedad, el agotamiento y, sobre todo, el anhelo de un abrazo que ya solo le daba calor en sus sueños. Ante ella, la anciana que estaba haciendo de comadrona en su parto le daba ánimos para continuar. Le repetía que todo iba bien. Que el niño estaba en camino, y que pronto lo tendría en sus brazos. Le prometió que todo aquel sufrimiento pararía en cuanto su heredero naciese. Que solo tenía que empujar un poco más.

Así que la princesa lo hizo.

En algún momento, pensando en el hombre que aún amaba, el que no podía estar a su lado porque una malvada reina lo mantenía prisionero, perdió el conocimiento. Flotó en la oscuridad, a salvo, sin dolor, hasta que un llanto lejano reclamó su presencia, insistente. Dos voces discutían cerca de ella. Al principio no las reconoció, pero luego se dio cuenta de que se trataba de su padre, que hablaba del niño. Lo escuchó llamarlo «bastardo». Lo escuchó decir que era un monstruo.

Que tenía los ojos rojos de la reina de las hadas.

Celeste se dio cuenta de que estaba finalmente despierta y se dijo que era una locura. Que su bebé tenía que tener los ojos azules de Chryses y sus cabellos de luz de luna, como si su cabecita hubiera sido besada por las estrellas. Su bebé no era un engendro, sino un regalo para consagrar la unión con su amado. Más fuerte que cualquier ceremonia de matrimonio. Más fuerte, incluso, que el poder que una reina pudiera tener sobre sus esclavos. Y ella quería verlo ahora. Quería tomarlo entre sus brazos. Quería cantarle nanas y que durmiese junto a su cuerpo, y eso fue un aliciente para abrir los ojos.

Ante ella, la vieja Eveque acunaba a un bulto llorón entre los brazos.

El rey de Anderia, su padre, no se dio cuenta de que había vuelto en sí. Hablaba de que debían haberse deshecho del niño cuando se concibió. Celeste quería decirle que estaba equivocado, que no podía haberse deshecho de la vida que había creado por amor.

Como si hubiera oído sus pensamientos, Davet se volvió y la encontró mirándolo. El rostro severo se acercó al lecho y la contempló desde arriba.

–Si sabes lo que te conviene, olvidarás este momento. Nunca has tenido un hijo. Jamás volverás a hablar de él. No es uno de los nuestros, es solamente una aberración. Un demonio, como esa mujer.

Y para demostrárselo, arrebató al recién nacido de brazos de la comadrona y se lo mostró. Una carita arrugada le devolvió la mirada.

Rojo en sus iris. Rojo profundo como la sangre que le había dado vida. Rojo como la pasión que la había consumido mientras había amado.

Rojo como la guerra.

Sus ojos eran del rojo de la Muerte hecha carne.

Celeste escuchó el chasquido de su mente cediendo y deshaciéndose como arena.

Nunca volvió a ser la misma.

Primera Parte

Anderia

Fay

Nos has abandonado.

Eirene me censura con la mirada. Y se aleja. Sus ojos se vuelven rojos, y Seaben de Lothaire coge su mano. Y se ríe. De mí. De mi huida. De mi muerte.

El aullido de un lobo se los traga a los dos.

Eirene. Tengo que encontrar a Eirene. Echo a correr, pero nunca la encuentro. Cuando la hallo, su cuerpo está despedazado. Muerto. Solo. Los lobos la han devorado.

Y yo despierto.

Lo primero que veo es la luz, que me hace gemir y volver a cerrar los párpados con fuerza. ¿Estoy viva? Tengo recuerdos difusos de mi caminar entre la nieve. Mi montura huyó y yo me quedé sola, abandonada. Pensé que moriría. Que estaba muerta.

¿Lo estoy?

Había una estrella, una estrella de cabellos blancos…

De lo segundo de lo que me doy cuenta es que hay algo frío sobre mi frente y una voz que habla. Trato de volver a abrir los ojos.

Lo tercero es esa mirada. Roja. Roja como la sangre. Como la de Mab. Como la de Seaben. Como la de Eirene en mi sueño…

El miedo enlaza mi cuello entre sus manos y me ahoga.

Pienso en gritar, pero ni siquiera me sale la voz. Pienso en cerrar los ojos, en cerrarme a la realidad, pero ni siquiera puedo reunir el valor para ello, así que lo observo, paralizada. El dueño de esa mirada es un muchacho de cuerpo enclenque, demasiado en comparación con los feéricos que he conocido y que compartían su mismo rasgo. Su expresión es de sorpresa, no la oscura y estremecedora frialdad de la familia real de Lothaire. Sus cabellos son albinos, blanco puro como los que recuerdo haberle visto a la estrella que me recogió... ¿O eso fue un sueño también? ¿Este muchacho es una estrella? No, las estrellas no tienen ojos rojos, no tienen esa mirada maldita... que no se aparta de mí. Parece tenso, pero vuelvo a sentir algo frío sobre mi piel y solo entonces me doy cuenta de que sujeta un paño contra mi frente, refrescándola.

¿Me está cuidando?

El chico se aleja, pero sus ojos no se apartan de mí. No hay duda: los tiene del mismo color que *ellos*. Me han encontrado. Me han seguido y al final me han cogido y ahora me tienen con uno de sus siervos.

¿Dónde estoy? Sintiendo el corazón desenfrenado en mi pecho, echo un vistazo alrededor: la estancia es pobre; mi cama, incómoda. No hay lujo alguno, y todo parece lleno de polvo. No es ninguna de las habitaciones del castillo. ¿Tal afrenta he cometido como para que me aparten de palacio? ¿Van a encerrarme hasta que acceda a casarme con el heredero de Lothaire? Quizá me castiguen por lo que he hecho. Quizá sea Mab misma la que, ahora que he despertado, venga a torturarme por ir en contra de sus deseos. Pero no, Eirene no se lo permitiría. Eirene tiene que venir a buscarme. Eirene...

Unas palabras en una lengua que no entiendo me hielan la sangre y detienen el hilo de mis pensamientos.

Alzo la vista hacia el muchacho. Creo que he perdido cualquier resquicio de color que pudiera tener en mis mejillas.

No puede ser. He tenido que imaginármelo. No estoy en Lothaire.

Él dice algo más de lo que solo capto la palabra «idioma» en una lengua que, de pronto, me empieza a resultar familiar.

No es un feérico, sino un humano.

El miedo se convierte en un terror que me oprime el pecho, sin permitirme respirar. Estoy a solas con un humano en este cuarto del que no consigo ver una salida cercana. Tengo que escapar: sé bien lo que hacen los seres como él a la gente como yo. Sé cómo nos odian, porque pese a que no luchamos en la guerra favorecemos a Lothaire en su enfrentamiento. Porque tenemos una magia que ellos codician. Si nos cogen, primero cortan nuestras orejas y después rajan nuestros rostros para hacer desaparecer el orgullo de nuestra belleza. A algunos los torturan, convirtiendo en cicatrices toda su piel, y los dejan morir desangrados. Y a mí, que soy la princesa de Veridian, que soy la prometida de Seaben de Lothaire… ¿Qué van a hacer conmigo? Como mínimo me utilizarán como prisionera de guerra, y después, cuando ya no sea útil…

El muchacho de ojos rojos –un humano con ojos rojos es el peor monstruo que podría haberme imaginado– atiende a mi estudio del cuarto, a mi expresión desesperada y a mi respiración alterada. Sabe que tengo miedo y eso solo incrementa mi ansiedad. Se acerca un par de pasos y me encojo, temerosa, pero cuando extiende la mano solo lo hace para coger una jarra de la mesilla a mi lado y servirme un poco de agua en un vaso. Me lo tiende, sin palabras, pero no me fío. Pienso en todas las posibilidades que puede haber en ese simple gesto: ¿quién me asegura que ese líquido sea agua? ¿Y si está envenenada? ¿Y si quieren mantenerme sedada, abandonada en esta cama, para pedir un rescate por mí? Soy demasiado valiosa para dos países: exigirán cuanto quieran a cambio de mí, aunque no estoy segura de que ni Lothaire ni Veridian vayan a dárselo. He huido, les he insultado y, por muy princesa que sea, nadie arriesgará el resultado de una guerra por mí después de lo que he hecho.

Cuando los humanos se den cuenta, me matarán.

Tengo que huir.

Antes de que pueda ser consciente de lo que estoy haciendo, aparto las sábanas y me levanto con premura. Con *demasiada* premura. Mi cabeza no consigue asimilar el movimiento; ni tampoco mis piernas, demasiado débiles por el tiempo que debo de llevar tumbada en esta cama. Antes de que pueda dar siquiera dos pasos me siento caer y me preparo para el golpe. Cierro los ojos...

Un agarre firme me salva de la caída. Es fuerte y de ninguna manera delicado y, aunque me mantiene en pie, me hace temblar. Temo que vaya a gritarme, a pegarme por mi atrevimiento, o algo peor.

Lo único que escucho, sin embargo, es su voz:

–Me llamo Svent.

Doy un respingo, sorprendida, y abro los ojos. El chico me mira con inquietud, y me doy cuenta de que ha hablado en fae, aunque su acento es terrible y apenas ha sonado como debería. Las palabras, no obstante, son exactas al idioma que utilizamos en el continente para la relación entre reinos: un dialecto que en un principio unificaba Faesia y que fue cayendo en el olvido en algunas zonas debido a las guerras, las fronteras, la diferencia de razas y los sentimientos nacionalistas. Las familias reales y los nobles seguimos usándolo, quizá por aparentar que podemos seguir estando unidos pese a que hace mucho que los países que conforman Faesia han preferido preocuparse solo por sí mismos. Los únicos que lo siguen usando como primera lengua son Lothaire y Astrea. El primero, quizá por sus aspiraciones a ser quien termine gobernando de verdad sobre toda Faesia y porque el dialecto feérico, usado en las zonas más apartadas y silvestres, apenas tiene diferencias con el fae; el segundo, porque siempre tuvo inclinación hacia la igualdad, la colaboración entre naciones y la paz.

Me parece sorprendente que un muchacho humano de apariencia tan pobre sepa articular más de dos palabras en fae, pero lo ha hecho.

Por otra parte, su nombre... Su nombre me resulta familiar. Svent. Svent... Lo recuerdo. La estrella que me recogió. La estrella que en realidad es un humano. Un humano que sigue agarrándome con fuerza del brazo, marcando sus dedos sobre mi piel.

Ahora sé que puede llegar a entenderme, al menos un poco. Con voz débil, suplico:

–No me hagas daño, por favor.

Él tira de mí para enderezarme y yo me tambaleo, todavía mareada. Me suelta. Parece que me ha comprendido y no puedo disimular la impresión que me causa su nerviosismo cuando abre y cierra las manos, sin saber qué hacer. Miro de reojo hacia la puerta.

–Tú... –comienza, en fae–. Enfermedad. ¿Enferma? –titubea, mirándome. Me tenso, pero asiento, para indicarle que le he entendido–. Descanso. –Y señala la cama, como para indicarme qué es lo que debo hacer. Aunque dudo, finalmente obedezco y vuelvo a sentarme, agradeciendo tener de nuevo un apoyo que no sean mis temblorosas piernas. La cabeza sigue dándome vueltas–. ¿Nombre?

Miro a Svent, sorprendida por su última pregunta. Parece genuinamente curioso. Interesado. Así que no sabe quién soy. Quizá por eso está siendo tan amable conmigo. Por eso todavía no me ha hecho nada. No puedo decírselo. No puedo revelar mi identidad, porque eso supondría condenarme y, entonces, solo las estrellas saben qué pasaría conmigo o con mi país y Lothaire.

Svent lo vuelve a intentar:

–¿Nom... bre?

–Sylvana –respondo, quizá demasiado rápido. Es el único nombre de alguna persona no noble que recuerdo en este instante–. Mi nombre es Sylvana.

Él asiente, sin dudarlo. Al fin y al cabo, ¿por qué iba a mentirle yo? Casi me siento culpable de hacerlo, pero es mi instinto de supervivencia el que habla: estoy encerrada en este cuarto con un humano y mi propio cuerpo me traiciona, demasiado débil para escapar. Y aun si lo hiciese, ¿a dónde iría? ¿Y qué me asegura que tras esa puerta de madera no haya más hombres dispuestos a hacer cualquier cosa conmigo? Maltratarme o... quizá algo peor. Los humanos son bestias descontroladas y horribles.

–Anderia –dice él. Por un momento pienso que ha conseguido entrar en mi cabeza de alguna manera. Pronto me doy cuenta de lo ridículo de mi pensamiento: los humanos no tienen ese tipo de poder–. Tú... estar... ¿estás? En Anderia, en Edra –matiza, dándome el territorio exacto dentro del gran país humano–. ¿Dónde... tu hogar...?

Sus conocimientos de la lengua son nefastos, pero consigo comprender las palabras, vagamente hiladas. Sin embargo, una vez más no puedo responder a la pregunta que me hace: necesito estar segura de que estoy a salvo con él, pese a que cada minuto que pasa parece más inofensivo.

–¿No vas a hacerme daño?

Él hace una mueca. Extiende las manos y me hace un gesto con ellas para que hable más despacio. Cuando repito mis palabras, él parece analizarlas, murmurándolas para sí, hasta que pregunta:

–¿«Da…ño»?

Así que antes no me entendió, cuando le supliqué. Pienso en cómo explicar el concepto de una manera más sencilla.

–Dolor.

Svent sí parece reconocer ese término, porque entorna los ojos y niega, con seguridad.

–No. No *daño*. Yo… –duda de nuevo y resopla. Es como si lo exasperase no poder comunicarse con propiedad. Vuelve a abrir y cerrar las manos y comienza otra vez–. Yo… curo *a tú*.

Así que me está cuidando. Miro la cama y a mí misma. Alguien me ha puesto un camisón feo y desgastado que me queda demasiado grande. No tiene lazos ni adornos y la tela es burda: solo es una prenda que cumple su cometido y que en nada se parece a las mías. Se me ocurre, en un momento de lucidez, que han tenido que desvestirme para ponerme esto. ¿Qué han podido hacer con mi cuerpo, mientras yo dormía…?

Una voz en mi cabeza me replica que el muchacho acaba de decir que me está curando. Merece un voto de confianza, pero…

–Pero eres… humano.

Svent, en esta ocasión, entiende todo a la primera. Incluso lo que mi tono esconde.

–Humanos no monstruos.

Yo no puedo estar de acuerdo: durante toda mi vida me han enseñado que lo son. Seres horribles que odian a los que comulgamos con la naturaleza, a los que tenemos magia. Sin embargo, eso no lo digo, porque tampoco quiero enfadar a mi anfitrión. El humano, por su parte, suspira al entender mi silencio mejor que mis palabras, pero lo deja pasar:

–¿Comida? ¿Agua? –pregunta en un torpe ofrecimiento.

–¿No mientes? –cuestiono como toda respuesta.

Una vez más, él frunce el ceño.

–¿«Mientes»?

Intento simplificar el concepto:

–Mentira.

Esta vez no funciona: mi acompañante no da señas de comprender. Titubeo, pero decido que este es un buen momento para hacer uso del poco humano que sé. A Ailbhe y a mí nos enseñaron su idioma hace tiempo, pues como príncipes se esperaba que supiésemos tratar con todo tipo de razas. Pero mientras que mi hermano disfrutaba aprendiendo, yo lo consideraba inútil: pensé que nunca lo necesitaría. Incluso Eirene, que obviaba la mayoría de las lecciones, lo estudió más que yo por curiosidad hacia la cultura anderiense.

–*Men…ti…ra* –susurro, intentando pasar la palabra a su idioma. Svent, para mi sorpresa, parece comprender. Suelta un torrente de frases en humano que, al ver mi confusión, se esfuerza por traducir a común:

–No mentira.

Nos miramos, en silencio, y a mí se me escapa una leve sonrisa nerviosa e insegura. Nos imagino desde fuera y pienso que debemos de resultar ridículos.

–¿Dónde tu hogar?

–¿Dónde *está* tu hogar? –lo corrijo por inercia.

Svent casi parece enrojecer por su error.

–¿Dónde *está* tu hogar? –repite.

Dudo de si decírselo, pero después pienso que solo me ha pedido saber cuál es mi lugar. Mi país. No me pregunta ni qué ha pasado ni de dónde vengo, lo cual complicaría la historia. Mis orejas evidencian demasiado mi procedencia como para intentar evadir la respuesta por más tiempo, de todas formas.

–Veridian.

–¿Qué...? ¿Por qué... estás... en Anderia?

Cojo aire. Ni siquiera yo misma lo sé, aunque puedo llegar a averiguarlo. Al huir de palacio cogí el camino hacia el Paso del Principio, el bosque que une los tres reinos de la isla principal de Faesia y el único lugar seguro por tierra por el que se puede llegar a Veridian desde Lothaire sin pasar por Anderia. Allí, sin embargo, debí de perderme, desviarme de la ruta que había planeado, y terminé aquí. Traspasé la frontera equivocada y, enferma, caí en la nieve sin saber que estaba en territorio humano. Tiene lógica, ahora que sé que estoy en Erna, la localidad anderiense más cercana al Paso.

Me pregunto qué habría pasado si me hubiese encontrado otra persona y no este muchacho.

Al ver que no respondo, Svent se inquieta:

–¿Por qué estás en Anderia, Sylvana? –repite.

Sé que merece una explicación, pero no puedo darle todos los datos. No puedo decirle ni quién soy ni las razones por las que he terminado aquí. Necesito recuperarme, y después... Después, no sé qué voy a hacer. Mis planes cuando escapé no iban más allá de eso: huir. Quizá cuando me hubiese alejado lo suficiente habría escrito a Ailbhe para que me proporcionase ayuda, pero desde luego no podría haber vuelto al castillo, al menos en un tiempo: mis padres me habrían castigado por la afrenta cometida contra su honor y me habrían mandado de vuelta a Lothaire para cumplir con el compromiso en menos que canta una sirena.

Estar en este sitio se torna de pronto una seguridad. Svent no parece querer hacerme daño, pese a ser humano. Quizá pueda apelar a su compasión y quedarme aquí un tiempo. Si lo convenzo de que es mi única opción...

–Hui –susurro, mirándolo entre las pestañas.

Él entiende el concepto, porque entorna los ojos, pero no dice nada. Pienso que no he dicho ninguna mentira, de modo que continúo:

–No tengo lugar al que ir.

Aunque no parece muy seguro de lo que hace, se sienta en el borde de la cama, a mi lado.

–No... lugar... –Duda–. ¿No... hogar?

Niego, aunque esto sí es una mentira. Claro que tengo un hogar. Mucho más grande y brillante que este, mucho más maravilloso, pero no puedo volver. Sigo sin querer casarme. Estar en Anderia me parece un castigo más benigno que una vida al lado de Seaben de Lothaire. Estaré fuera el tiempo suficiente como para terminar de sentirme bien y que mis padres me echen de menos: que se den cuenta de lo que han perdido por sus mandatos. Entonces podré volver, y todo habrá sido parte de un mal sueño. Quizá incluso pueda escribir a Ailbhe desde aquí: él vendrá a buscarme y así no tendré que caminar por las peligrosas tierras de Anderia sola. Ni siquiera será complicado: una llamada a una paloma y llevará la carta a donde yo quiera. Los elfos no somos especialmente poderosos, pero nuestra conexión con la naturaleza puede ser muy útil.

–¿No... familia?

–No cerca –confieso.

Hace un mohín, pero termina por suspirar. Su dedo toca su sien un par de veces.

–Pensar. ¿Necesito? Pensar. Anderia no... es... tu hogar.

Eso significa que va a echarme. No va a permitir que me quede, pero tengo que convencerlo. No puedo marcharme sola de Anderia: podrían cogerme, podrían torturarme, podrían matarme. Podrían hacerme tantas cosas solo por ser diferente a ellos...

Me he confiado. He pensado que sería fácil ganarme su compasión, pero ahora me doy cuenta de que él también se arriesga al dar refugio a una elfa. Si me encontrasen aquí lo ejecutarían por traición, de esa manera horrible en que matan los humanos, quemándolo a la vista de todos.

Sé que no es justo pedirle nada, pero aun así no puedo evitar rogar:

–Por favor.

El chico sacude la cabeza. Se levanta y se acerca a una silla, donde ha dejado mi vestido. Lo toma entre sus manos y se acerca de nuevo para dejarlo en mi regazo. Me parece que ese gesto, el de devolverme la ropa, es una invitación a que me marche para siempre.

–Pensar –repite, inflexible pero casi culpable–. Yo fuera. Espero.

Ni siquiera puedo replicar. Antes de que eso suceda, Svent ya ha abierto la puerta y desaparece tras ella.

Yo me quedo sola con el silencio. El miedo abre sus fauces ante mí y me devora.

Svent

Cierro la puerta con un suspiro y me apoyo contra la madera, pasándome una mano por la cara. Me siento un poco aturdido por lo que acaba de pasar. Hace unas semanas pensar en conocer a un elfo sonaba a cuento de hadas, y ahora… ahora, hay uno en mi propia casa. Ha dicho que se llama Sylvana. Viene de Veridian. Y huía… ¿de qué? No se lo he preguntado. No sabía cómo hacerlo. Mientras hablaba con ella sentía la lengua torpe y la boca llena de sonidos inútiles. No me gusta hablar en fae: es más fácil leerlo, cuando las palabras se están quietas sobre el papel y puedo digerirlas una a una.

Recorro el pasillo para asomarme al salón, donde está Itsvan. De la cocina me llegan los ruidos propios del mediodía: el cuchillo sobre la tabla y la olla siendo cubierta con la tapa, a pesar de que no hay ningún olor flotando en el aire todavía. Se me ocurre que debería avisar a Naim de que ponga otro plato a la mesa, pero en su lugar me quedo bajo el umbral, lanzando miradas nerviosas al pasillo, esperando la aparición de la joven.

Un par de iris grises se posan sobre mí. Itsvan está tirado en uno de los viejos sillones, como si pretendiese dormir allí, aunque se pone alerta al darse cuenta de mi presencia.

–¿Ha despertado ya?

Sí, lo ha hecho. Y me ha preguntado si podía quedarse aquí. Una elfa. Una elfa que cuando despertó parecía temerosa de que fuera a acercarme demasiado. Que parece pensar que los humanos somos todos monstruos. He tenido ganas de decirle que no somos nosotros los que roban a los niños de sus cunas, como dicen que hacen las hadas, o los que matan a los nuestros en la frontera usando sus malas artes, destrozando las mentes de los soldados que nos protegen. Finalmente, sin embargo, solo me he atrevido a ofrecerle hospitalidad. No tengo ningún derecho a hablar de los seres mágicos, porque ella es el primero que veo, y parece inofensiva.

–Está vistiéndose.

El rostro de mi amigo se ilumina y adquiere una expresión de infantil regocijo.

–¿Crees que necesitará ayuda? Yo puedo ofrecérsela.

Mi ceño se frunce en un acto reflejo cuando lo veo ponerse en pie. Le lanzo una mirada de advertencia.

–Ni te acerques a ella –lo amonesto–. Y no te encariñes.

He perdido la cuenta de cuántas veces he repetido esas palabras durante los últimos días. Todos hemos estado pendientes de ella, pero mis compañeros parecen más dispuestos que yo a entablar algún tipo de… relación afectiva. Incluso cuando saben que no puede quedarse. Que es una extraña y se irá como tal. Un mal pasajero, tal vez…

Un mohín ha sustituido la expresión divertida de Itsvan.

–¿Qué ocurre?

Me obligo a apartar los ojos de él. Cualquier otro sitio en el que fijar mi atención está bien, así que observo la puerta aún cerrada de la habitación.

–Creo… que quiere quedarse –confieso.

–¿De verdad? Bueno, eso podría estar muy bien.

Su respuesta me sobresalta.

–No va a hacerlo –le advierto–. En cuanto esté recuperada, tiene que irse.

Él no protesta, pero su rostro cambia una vez más para mostrar su decepción, y se deja caer sobre su asiento, con un chasqueo de lengua.

–Pues ya me había hecho ilusiones de tener a una mujer por aquí...

–Ni siquiera habla nuestro idioma.

Sé que no es mi argumento más persuasivo. Itsvan, al contrario que yo, habla un fae casi perfecto. Además, a él no le importa no poder entenderse con ella. No, al menos, para los planes que pueda tener en mente.

–Podríamos encargarle la limpieza de la casa –apunta, agradado con la idea de no tener que ocuparse él de ello. Como si las mujeres naciesen con un don especial para las tareas del hogar–. Y quizá podría hacerme otro tipo de favor –añade, para mi disgusto, aunque sé que no habla en serio–. Es muy bonita.

–No sé qué te hace pensar que querría hacerte favor alguno. –Suspiro–. Creo que... te tendría miedo, Itsvan.

Él no entiende a qué me refiero y casi parece ofenderse con el comentario.

–Solo bromeaba. No soy ningún depredador, como para que me tenga miedo...

–Cree que todos los humanos somos... peligrosos –lo interrumpo–. Monstruos. Supongo que es lo que creen los suyos. O lo que les enseñan a creer, al menos... Igual que a nosotros nos contaban historias de miedo sobre las hadas para que no nos acercáramos a ninguna.

–Pero ella no es una de esas terribles hadas –repone–. Es una elfa. Ya sabes: son pacíficos, aunque un poco altaneros. Eso dicen, al menos. ¿Crees acaso que nos hará daño? ¿Que es una amenaza?

Lo observo alzar las cejas, escéptico, pero yo no sé qué pensar. No, no la veo atacándonos. Y, sin embargo, no consigo quedarme del todo tranquilo.

–Parece inofensiva. Pero... No sé. No me preocupa ella, sino lo que pueda traer.

–¿Traer?

–Es una fugitiva –le explico–. No sé de qué huye, pero debe de ser serio, para meterse en tierra de humanos, aun a costa de su vida.

La risa de Itsvan llena la estancia.

–¿Fugitiva? –inquiere, incrédulo–. Por favor, ¿la has visto bien?

–Ella misma me ha dicho que huía. Y entonces debió de perderse en la nieve. Y ya la has visto: parece una noble. –Recuerdo sus manos suaves, su rostro sin mácula y la calidad de su ropa–. Si fuera una persona cualquiera quizá nadie iría tras ella, pero tratándose de alguien de alta cuna... ¿Acaso crees que la dejarán escapar tan fácilmente?

–¿Y tú crees de verdad que alguien se arriesgará a entrar en Anderia para buscarla? –Abro la boca, para protestar y decirle que no sabemos el valor que Sylvana pueda tener, pero me callo a un ademán suyo–. Esa muchacha ha tenido mucha suerte de que nadie la descubriera. Sabes tan bien como yo qué habría pasado de no ser así: la habrían matado, porque en tiempo de guerra primero se ataca y después se hacen las preguntas. Y la mayoría de los que son atacados ni siquiera logran conservar el aliento necesario para responderlas.

Sé de sobra que el caso de esta joven ha sido excepcional. Que, probablemente, si ahora intentase salir del país, lo tendría complicado: aunque estemos cerca del Paso del Principio, que está declarado tierra de nadie, no hay seguridades de que llegue hasta allí sana y salva, o de que no vuelva a perderse y termine en lugares más peligrosos.

Me cruzo de brazos y mi vista vuelve de nuevo hacia el largo pasillo. Aún no ha terminado de vestirse. Tal vez ha decidido huir por la ventana. Eso estaría bien. Un problema menos del que ocuparse. Nuestra paz restaurada. De nuevo los tres, solos, sin magia ni muchachas ajenas a nuestra soledad.

–Sigue habiendo algo en todo esto que no me gusta –confieso, tras desechar mi fantasía–. Y te recuerdo que solo dejando que se quedase nos pondríamos en peligro.

Si alguien lo descubriera..., si alguien nos denunciase por traición... Una parte de mí se pregunta si nos harían más daño a nosotros o a la elfa.

Mi interlocutor se encoge de hombros, como si supiera que ese desenlace es inevitable.

–¿Y cuál es tu plan? ¿Llevarla hasta la frontera? Porque no creo que sea capaz de encontrarla ella sola.

Resoplo, sin poder creerme que la esté defendiendo, a ella y a su derecho a permanecer en *nuestro* hogar. ¿Por qué no puede atender a la razón, que nos dice que la mandemos lo más lejos posible y volvamos a nuestras vidas?

–¿Y cuál es *tu* plan, Itsvan? –replico–. ¿Cortarle las orejas y hacerla pasar por humana el resto de su vida?

Durante unos segundos eternos, me observa.

–No tengo un plan –admite–. Solo me da pena. Ha estado al borde de la muerte y debe de sentirse muy perdida. Y si ha huido de algo tendrá razones para ello, ¿no crees?

–No se me había ocurrido –respondo con sarcasmo.

No quiero decirle que yo también siento un poco de lástima y que me gustaría ayudarla, si no fuera porque mi instinto de supervivencia no quiere ni escuchar hablar de ello. ¿Qué valor práctico tiene la compasión en el mundo real? Desde luego, no ha sido ese sentimiento lo que ha mantenido en pie esta casa.

Él no se deja amilanar.

–¿Tiene familia, al menos?

–Lejos, supongo que en Veridian. Es difícil hablar cuando ninguno de los dos sabe la lengua del otro.

–De modo que planeas echar a una muchacha que escapa de un peligro, sola e indefensa, sin saber siquiera dónde está su familia.

No puedo creerlo: ¿de verdad está intentando acusarme de algo? Yo mismo la salvé de morir en la nieve.

–Y tú pretendes protegerla. ¿Incluso si es a nuestra propia costa?

Itsvan alza las manos y me enseña las palmas, con gesto derrotado.

–No te pongas melodramático. Solo opino que deberíamos llegar al fondo de este asunto y ver qué podemos hacer al respecto. Quizá alguien de confianza pueda venir a buscarla: nuestras conciencias estarán tranquilas, nosotros no nos pondremos en peligro y ella se marchará.

Tras pensarlo un momento, tengo que admitir que esa no me parece mala idea: alguien lo suficientemente cauto y con las indicaciones suficientes, incluso con alguna de esas pociones que cambian el aspecto, podría llegar hasta nosotros sin ser descubierto... Sí, supongo que podría quedarse aquí unos días. Nadie tiene por qué saber que hay una invitada en nuestra casa. Apenas viene nadie por aquí, de todas formas. A nadie se le ha perdido nada en este viejo orfanato sin niños.

–¿Y si no tiene a nadie que quiera venir hasta aquí? Son tierras enemigas, al fin y al cabo.

Mi compañero sonríe, relajado, porque sabe que ha ganado esta ronda.

–Improvisaremos sobre la marcha –me confía.

–Improvisaremos sobre la marcha... –repito, incrédulo. Mi rendición es completa cuando dejo caer los hombros–. ¿Sabes qué? Me alegro de que no estés en el frente. A estas alturas, con soldados como tú, estaríamos todos muertos.

Fay

Echo de menos a Eirene y a Sylvana. Ellas siempre me ayudaban con los aparatosos vestidos de la corte, por lo que nunca había tenido necesidad de vestirme por mí misma. Siempre me arreglaban la ropa, y la hilera de cintas a mi espalda jamás había sido un problema porque nunca había tenido que atarla yo. Ahora, sin embargo, tras un buen rato de intentar que la tela se ciña en torno a mi cuerpo, no me queda otra salida que rendirme y decidirme a pedir ayuda. Al menos espero que Svent piense que mi incompetencia es algo normal entre las muchachas de alta cuna. Si hubiera hecho más caso a mi prima cuando me decía que tenía que ser más independiente... Si le hubiera hecho más caso en todo..., quizá las cosas serían diferentes.

No sé qué va a ser de mí. Necesito un refugio al menos hasta que pueda contactar con Ailbhe. Necesito que me den asilo por unos días, nada más. Necesito convencer a Svent.

Y necesito que me ayude con mi vestido. Por eso, con pasos cuidadosos, me acerco a la puerta.

Unas voces se escuchan al fondo del oscuro y viejo pasillo y dos caras se fijan en mí cuando me asomo fuera de la habitación: una de ellas es la de Svent, la otra es la de un muchacho rubio que no conozco. Voy a dar un paso hacia ellos pero, al notar el mundo todavía inestable a mi alrededor, opto por apoyarme en el marco de la puerta. Aún me cuesta mantenerme en pie.

Ellos no dudan en acercarse a mí. Svent vuelve a hablar con su terrible pronunciación:

–¿Estás bien?

Asiento un poco, pero me giro para mostrarle el caos de cintas a mi espalda.

–Ayuda –le digo, esperando que eso pueda entenderlo.

Hay un cruce de palabras en humano demasiado rápido como para que pueda descifrar nada. Cuando miro hacia atrás veo que Svent se acerca y, con algo de torpeza, se ocupa de las cintas, tirando de ellas y cerrándome el vestido. En cuanto lo ha conseguido me ofrece su silenciosa ayuda para entrar en el cuarto, al comprobar que todavía no estoy del todo recuperada. Me lleva hasta la cama, para que me siente. Por el rabillo del ojo veo cómo el muchacho rubio cierra la puerta tras entrar también.

–Itsvan –me dice Svent, señalando al chico.

No puedo evitar preguntarme cuánta gente habrá en este lugar y cuántos estarán de acuerdo con mi presencia. El chico nuevo, por su parte, me sonríe con simpatía.

–Es un placer, princesa.

Ni siquiera puedo sorprenderme de que hable un fae perfecto, porque el color huye de mis mejillas cuando ronronea mi título. ¿Sabe quién soy? Eso no puede ser. Ni siquiera he dicho mi nombre. Si lo supieran no se jugarían el cuello por mí ni un segundo más. Una elfa perdida no es lo mismo que su alteza real Fay de Veridian, princesa de los elfos y prometida del príncipe Seaben de Lothaire.

–N-no soy… una princesa… –protesto, mientras el miedo hace que se me encoja el corazón.

El chico se ríe.

–Podrías serlo: ¿nunca te han dicho que eres tan bonita como una?

Me recupero de mi momento de angustia al comprender que solo era una galantería y le dedico una pequeña sonrisa insegura. Al menos parece que él puede entenderme a la perfección.

–Sylvana –me presento, agachando la cabeza como saludo. Después miro a Svent, que parece un poco exasperado, quizá porque su amigo habla mejor que él y algunas cosas de nuestra conversación escapan a su entendimiento–. ¿Puedo quedarme...?

Itsvan toma la palabra y me parece que le traduce lo que he dicho a Svent, para mayor frustración de este. Intercambian unas frases en humano, Svent adoptando un tono tajante que puedo imaginar en lo que desembocará. Itsvan, por el contrario, me sonríe, encantador.

–Escucha, princesita. –No sé si me gusta que me llame así–. Nos preguntábamos si tienes a alguien de confianza a quien le puedas decir que has terminado en este lugar. Porque seguro que no era tu intención venir aquí, ¿verdad?

Yo solo niego con la cabeza. No lo era en absoluto.

–¿Y bien? ¿Hay alguien? –insiste él.

No dudo en asentir. Eso es lo que necesito: que me den asilo hasta que Ailbhe venga a por mí. Si están dispuestos a valorar esa opción, no pido nada más. Mi hermano vendrá corriendo en cuanto sepa dónde estoy y me sacará de aquí. Sé que puedo convencerle de que no me lleve a palacio hasta que todo lo de mi huida se olvide. Él siempre me ha cuidado, así que hará lo que sea mejor para mí.

Entonces Svent empieza a hablar en humano de nuevo e Itsvan le responde antes de girarse hacia mí:

–¿Dónde?

–En Veridian. Si pudiera hacerle llegar una carta seguro que vendrá a buscarme.

–Y supongo que nadie nos hará daño, ¿verdad?

Casi me siento insultada por que piense así. ¡Qué ridículo! Conociendo a Ailbhe, aunque le horrorizará y preocupará la idea de que esté entre humanos, lo único que hará será llenarles de agasajos y agradecimientos por haberme cuidado.

–Por supuesto que no.

A la traducción de mi respuesta le sigue otra conversación corta entre mis acompañantes que me vuelve a dejar al margen. Al final Svent suspira y asiente, y no sé si se está rindiendo o está cansado de la discusión.

Antes de que pueda preguntar, no obstante, escuchamos unos pasos. La puerta de la habitación se abre apenas. Un tercer muchacho se asoma, mucho más joven que sus compañeros. Tiene pecas y una mata desordenada de pelo del color de la tierra, igual que sus ojos. Sin abrir la boca, alza un brazo huesudo que sostiene un cucharón.

–¡Hora de comer! –exclama Itsvan–. Ese pequeño de ahí es Naim. Es un poco tímido, y muy silencioso. Nunca habla, más allá de gestos, así que no tendrás problemas para comunicarte con él –dice guiñándome un ojo.

Svent es el primero que se adelanta, pero en un acto reflejo lo cojo de la camisa. Él me mira, sorprendido. Me humedezco los labios y hablo lento, simplificando mi pregunta, para que él pueda entenderme:

–¿Yo... aquí? ¿Sin peligro?

El muchacho me mira un segundo, pero después se fija en Itsvan.

–¿«Peligro»? –repite. Su amigo le traduce la palabra y Svent vuelve sus ojos hacia mí tras escucharla. Cuando habla en fae, casi parece solemne– Sí. Aquí. Sin peligro.

Dejo escapar una honda exhalación de alivio. Estoy en Anderia, con tres muchachos humanos, y mi suerte podría haber sido el cautiverio y la tortura, pero las estrellas han sido benevolentes conmigo... y ellos también. Se están arriesgando al darme asilo durante unos días, y sé que no me lo merezco porque, a cambio de su buena voluntad, solo les he dado mentiras.

Pero tengo que mirar por mi bien en esta ocasión: no puedo ser Fay de Veridian; Sylvana, una elfa cualquiera, es mucho más seguro.

Intentando no evidenciar mi culpabilidad, cierro los ojos y agacho la cabeza ante ellos.

–Gracias.

Estos tres humanos ni siquiera son conscientes de cuánto están haciendo por mí.

Mi bien querido hermano:

No sé bien cómo comenzar esta carta. No puedo imaginar cómo has debido sentirte por mi desaparición, no puedo siquiera imaginar la angustia de la incertidumbre ante mi silencio. Un silencio que, por otra parte, no ha sido por propia voluntad: este es el primer momento en el que puedo ponerme en contacto contigo; de haber existido otro, sabes que lo habría aprovechado en nombre del cariño que nos une. Sabes que, junto a nuestra prima, eres a la persona que más quiero en este mundo. Nunca ha sido mi intención causaros dolor.

Como ya sabrás (tú y supongo que todo el reino), hui de Lothaire, oponiéndome a la idea de casarme con su príncipe. Soy consciente de lo egoísta de mi conducta y de mi cobardía, pero no podía entregarle mi vida a ese hombre: era frío y horrible como la guerra de su madre. Quería ser libre, hermano.

Al huir de Lothaire quise dirigirme a Veridian por el Paso del Principio, pero una vez en las profundidades de ese terrible bosque, la noche, los árboles y la alta fiebre que se apoderó de mí por el frío y el cansancio del viaje me confundieron y me apartaron de mi destino.

He terminado en Anderia.

No te alarmes, Ailbhe. Estoy bien. He tenido suerte. Las estrellas guiaron mis pasos hasta un lugar en el que un muchacho humano me encontró, gravemente enferma. Ahora estoy cerca del pueblo de Erna, en un pequeño refugio abandonado a las afueras de la región de Edra. Aquí solo viven el joven que me encontró y otros dos muchachos, que me han contado que esto fue, en otros tiempos, un pequeño orfanato en el que ya solo quedan ellos. Decidieron cuidarme y esperar a que me recuperase, salvando mi vida pese a que son humanos y son perfectamente conscientes de mi propia raza.

Nadie viene por esta zona, así que piensan que aquí estoy a salvo. Han accedido a darme refugio por unos días, si bien no saben quién soy realmente: les he dicho que me llamo Sylvana, así que, si respondes a esta carta, esa será la destinataria que deberás indicar. He tenido que mentir, hermano, pese a lo bien que se han portado y se están portando conmigo, porque si soy descubierta no solo me cogerán a mí, sino que ellos serán castigados por traición. Así pues, por favor, ven a buscarme cuanto antes. Este lugar no está lejos del Paso del Principio, así que sé que no te será difícil encontrarme.

A pesar de todo, espero que entiendas que no puedo volver a palacio todavía. Por favor, dime que me buscarás un refugio en Veridian, al menos durante unos meses. Mi huida aún está demasiado cercana en el tiempo y no quiero casarme. Sé que si vuelvo a casa madre y padre me arrastrarán de nuevo al altar, sin importarles condenarme para siempre. Tú siempre me has apoyado, siempre has sido contrario a esa unión, así que ayúdame a evitarla. Ayúdame a ser libre.

Con todo mi amor, añorándote,

Tu hermana.

Fay.

Segunda Parte

Astrea

Seaben

Todos se han dormido ya. Sus respiraciones sosegadas me rodean y me ahogan, mientras los envidio por ser capaces de conciliar el sueño.

He estado escrutando la oscuridad durante un buen rato, contando los suspiros de Eirene, que es a quien tengo más cerca. Es agradable sentirla junto a mí, a pesar de que no dormimos en nuestra gran cama, en ese cuarto que ya nos habíamos acostumbrado a compartir, sino en la bodega de un barco rumbo a Astrea. Si giro la cabeza puedo ver su perfil, su silueta negra en la penumbra, cerca pero no lo suficiente como para simular esas noches en las que tomaba mi mano para alejar las pesadillas. Sí, nuestros dedos se han entrelazado en algún momento de esta noche que parece no tener fin, pero hoy parece, más que nunca, un gesto de necesidad. No solo queremos espantar las pesadillas: en el instante en que unimos las manos nos hicimos la muda promesa de guardar silencio acerca de todos nuestros miedos. Ambos estamos aterrados, pero la única pista de ello es el cálido contacto de mi palma contra la suya.

Me pregunto qué hora es. Probablemente más de medianoche. Estoy cansado, pero no puedo ni pensar en dormir. El caos en mi cabeza me lo impide: demasiadas voces, demasiados acontecimientos sobre los que reflexionar y, cuando cierro los ojos, demasiados recuerdos que no quiero afrontar. Por eso acabo por tomar la decisión de levantarme. No puedo yacer quieto sobre este suelo cuando tengo tanto que replantearme. ¿Cuáles son mis posibilidades? ¿Tengo alguna, siquiera, o ya estoy condenado de antemano? Me aparto por completo de mi esposa y la cubro con la manta que comparte con su sirvienta: los lujos no abundan en este barco y el tiempo es frío en mar abierto.

Sigiloso, me escabullo de la bodega y subo a cubierta. El aire me obliga a envolverme mejor en mi capa para hacer frente a su aliento helado, el mismo que hincha las blancas velas. Suspiro y me acerco a la baranda. El olor a sal, a incertidumbre, me rodea como un perfume demasiado intenso. Me estremezco y, casi por instinto, me pregunto hacia dónde quedará Lothaire. ¿A nuestras espaldas? Probablemente no sea fácil de localizar tras un día entero de seguir los caprichos de la brisa y las rutas marítimas. Una parte de mí me reprocha por el rumbo de mis ideas, cuando ya no debería importarme nada de lo que he dejado atrás. Cuando no sé si volveré a avistar su costa o a recorrer su ciudad. Ser consciente de ello es como perder algo que siempre me había acompañado antes.

Cierro los ojos y me inclino hacia delante, hasta que mi frente toca la madera fresca. Me digo que los cambios no tienen por qué ser malos, aunque echen por tierra toda mi ordenada vida. Los sucesos de los últimos días me han dejado muy claro que la situación ya no tenía solución. Las tensiones con mi madre, sus mentiras, sus secretos… ¿Habría sido capaz de continuar en mi posición del tablero sin moverme durante el resto de mi vida, guardado por una reina que solo me dejaría avanzar de casilla en casilla? ¿Habría sido capaz de continuar solo? Porque si no me hubiera puesto en marcha, Mab de Lothaire habría capturado a Eirene, expulsándola fuera de la partida para siempre. ¿Y qué se supone que tendría que haber hecho yo entonces? ¿Habría seguido en sus manos, demasiado temeroso para moverme?

Me niego a imaginar todas las hipótesis que corren desbocadas por mi cabeza.

Contemplo las estrellas, que parecen moverse con el propio vaivén del barco. ¿Asentirán ante mis decisiones o rezarán, temerosas de la inminente catástrofe? ¿He salido ganando con esta huida o tengo todas las de perder? Es seguro que no tendré que volver a luchar en la frontera por el momento, pero las batallas que se dibujan en el horizonte parecen mucho más complicadas. Al fin y al cabo, estoy acostumbrado a señalar con la espada y ofrecer sacrificios a la Muerte, pero no estoy seguro de cuál será mi papel en esta guerra si no es al lado de mi madre. ¿Estaré condenando con mi desaparición a mi propio pueblo? Mi obligación siempre ha sido protegerlo como su príncipe, incluso si era a costa de mi propia felicidad. Pero no podría defenderlo si siguiera bajo el yugo de esa mujer… ¿o sí?

Empiezo a preguntarme quién es mi madre en realidad. Quién se esconde bajo la máscara, o si la ha llevado tanto tiempo puesta que se le ha olvidado quién es. Después de todo, ni siquiera su hijo la conoce. De pronto aparecen ante mí todas esas incertidumbres que me he obligado a callar durante toda mi vida. La guerra que mantenemos con los humanos, por ejemplo, ¿es un capricho? Las razones que siempre me han dado, las mismas que le ofrecíamos al pueblo, ahora me parecen inconsistentes: antiguos desaires que se diluyen entre la fantasía y la realidad. ¿Cuáles son las motivaciones *reales* de mi madre? No solo para odiar a los humanos, sino también para odiar a Eirene, para mentirme y tenerme vigilado como a un prisionero… Y más allá de eso, ¿cuál es la relación entre Mab de Lothaire e Ibran de Nryan? ¿Qué la une, incluso, al Tirano de Astrea? Es obvio que estaban confabulados para mantener a Inair alejada del trono, pero ¿en qué la beneficiaba eso a ella?

El hilo de mis pensamientos se ve interrumpido por otra pregunta que preferiría no afrontar. Lo que nunca había tenido importancia la gana ahora con cada latido que me separa de Lothaire. Porque es allí donde nací y me crié, pero… ¿cuáles son mis orígenes? ¿Qué hay de mi padre? Para ella siempre fue tabú hablar de él o hacer preguntas que evidenciaran mi curiosidad. Mis dudas siempre se encontraban con un muro de indiferencia. A pesar de todo, me gustaría haber insistido al menos una vez. Tener una pista. Un lugar al que dirigirme ahora. Un refugio lejos de esta guerra que no es mía. Muchas veces he fantaseado cómo sería ese hombre sin rostro. Si tendría los cabellos oscuros como los míos o ese sería otro rasgo más que me une a Mab. Quizá ni siquiera viva ya. Puede, incluso, que no sepa de mi existencia... No. Rechazo ese argumento nada más lo he concebido: claro que tiene que saber que he venido al mundo. Pero entonces ¿por qué no ha estado a mi lado nunca? ¿Por qué no me protegió? ¿Por qué no me mantuvo alejado de la guerra o me acompañó al frente en vez de esconderse en las sombras? ¿Por qué no me defendió de los enemigos de la Corona que me envenenaron...?

Pensar en el daño que me hicieron de pequeño trae una preocupación todavía más apremiante: mi poción también se ha quedado atrás. Me pregunto si será esa la razón por la que me siento tan cansado, o solo es la presión de todo lo que he tenido que soportar desde anoche. ¿Cuánto tiempo aguantaré sin el antídoto? ¿Moriré si no me lo tomo? Es de suponer que enfermaré, pero ni siquiera estoy seguro de la gravedad o el tiempo que durará... Miro a la oscuridad y trato de recordarme que nos dirigimos a Astrea, la isla de los hechiceros. Puede que no sepan empuñar una espada, pero hay más conocimiento en su torre de hechicería que en todos los libros de Lothaire juntos. Y eso debe de incluir un gran dominio de pociones de toda clase. Aunque, ¿por qué deberían ayudarme? He huido de mi propio país. No soy más que un fugitivo, sin hogar ni riqueza ni...

No es cierto. Todavía tengo algo. Me encojo un poco más en mi capa y mi mano acaricia la forma del puñal que Lowell me dio, tan útil en la huida. Aún no se lo he devuelto, ya que la idea de ir desarmado me inquieta. Pero esa arma no es lo único que permanece a mi lado como prueba de que existió una vida pasada. Mi mejor amigo sigue junto a mí, a pesar de que su traición al aliarse con mi madre sigue doliendo. No será fácil olvidarla, pero supongo que ya lo he perdonado. ¿Cómo voy a enfadarme cuando vino a rescatarnos a la torre? Nos ayudó a salir de nuestra prisión y con ello nos salvó, aunque sé que sus lealtades están ahora más con Inair que conmigo. Solo hay que fijarse en cómo la mira. Me doy cuenta de sus sentimientos cada vez que le sonríe o le dedica una palabra de ánimo. Es un amor lleno de adoración, hasta tal punto que parece que piense que es demasiado buena para él.

De algún modo, los envidio. Yo también querría tener a alguien a quien mirar a los ojos solo con certezas, sin importar nada más que nosotros mismos. Una persona en la que apoyarse… Y si bien tengo a Eirene, en su mirada solo encuentro dudas y miedos que no se atreve a expresar, porque cree que eso la hará más débil. El problema es que yo siento lo mismo, y mientras uno de los dos no se atreva a dar un paso al frente, un pequeño abismo nos separará. Además, no sé qué siente. Puedo apoyarme en su hombro, pero quizá ella considere que hay un candidato mejor en el que verter toda su confianza. Puede que a mí me besara en la torre, pero tengo la sensación de que fue por instinto, por necesidad de sentir que aún quedaba algo en lo que creer. Yo solo le puedo prestar un pobre trozo de realidad con el que cubrirse de la guerra; el trovador puede coser con sus palabras hermosos ropajes que la protegerán con cuentos y leyendas de las que yo ni siquiera he oído hablar.

Miro a las estrellas, rezándoles en silencio. Nunca he llegado a creer del todo en que una deidad superior pudiera ayudarme, pero me encuentro tan perdido que no puede hacer daño rogar por un poco de luz en mi camino. Hasta ahora siempre había creído que tenía poder sobre mi vida, que todo estaba controlado. Hasta hace un par de semanas, todo era perfecto. Puede que Fay no fuera lo que siempre había deseado, pero quizá si se hubiera quedado todo habría resultado más fácil.

O, al menos, habría parecido fácil, porque no hubiese sabido que mi madre era la que manejaba los hilos de mi destino…

–¿Seaben?

Doy un respingo y me enderezo. Estaba tan enfrascado en mis pensamientos que no he oído sus pasos. Cojo aire y miro por encima de mi hombro. Eirene me observa con atención mientras se acerca, frotándose los brazos en un intento de entrar en calor.

–Pensé que dormías –la saludo.

–Lo hacía, pero me desperté y me preocupé al ver que no estabas. ¿Estás bien? ¿Cuánto tiempo llevas aquí arriba?

Me encojo un poco de hombros. Estaba demasiado concentrado en mis problemas como para medir el tiempo, pero la luna se ha movido de sitio y el barco ha seguido avanzando, incansable.

–No sé –admito–. Un rato. Pero estoy bien. Solo necesitaba unos momentos a solas.

Mis palabras no causan el efecto que desearía. Eirene no retrocede, sino que se apoya en la baranda, junto a mí. Su aliento se hace visible al salir de sus labios.

–No me mientas.

–¿Mentirte?

–No estás bien.

Ella levanta la vista hacia mi rostro, pero su suspiro de resignación indica que ya sabe que no voy a responder a eso. Antes de que pueda decir nada, quizá para compensarla de mi evasiva, me quito la capa y la coloco sobre sus hombros para que le dé abrigo. Ella la acepta de buen grado y se arrebuja bajo la tela.

–Voy a terminar quedándomela –murmura, y aunque no estoy seguro, juraría que hay una sonrisa en sus labios.

Yo no digo nada que le lleve la contraria. Esa capa es la misma que le presté incluso antes de casarnos, una noche en la que, insomnes, me contó un secreto tras vencerla en una partida de ajedrez. Los ojos se me van al cielo como si en él pretendiera encontrar los momentos perdidos.

–He estado pensando, Eirene…

Me detengo y la observo, para asegurarme de que tengo toda su atención. Ella asiente, casi… preocupada. Me maldigo por ser tan débil. Ella siempre me está protegiendo, pese a que ha perdido tanto como yo, o más. Su padre no la aceptará nunca en Nryan. Ha descubierto que su madre fue asesinada. Su prima no está, y sus tíos no la apoyan después de haber contraído matrimonio conmigo. Lo único que le queda es su pequeña sirvienta… y un esposo que nunca pidió.

–Temo que en Astrea no seamos bien recibidos –le explico. Es imposible que alguien pueda olvidar quienes somos pero, aparte de eso, otras mil dudas me corroen por dentro. Quisiera expresarlas todas en voz alta, pero una de ellas es la más urgente de todas–: ¿Qué va a pasar a partir de ahora?

Eirene no parece sorprendida por mi reflexión, como si hubiera tenido tiempo de pensar en lo mismo.

–Drake intercederá –me asegura–. Lo hemos salvado, al fin y al cabo. A él y a Inair.

Por supuesto, el trovador. Él nos defenderá, sin duda, pero tal vez a ella más que a ningún otro, por razones obvias. Pero más que mi seguridad, me preocupa la de mi caballero. Yo no he tenido nada que ver con el secuestro de Inair y puedo demostrarlo, abriendo mi mente para que sea registrada. Pero él... No serán benevolentes con el hombre que ayudó a mantener cautiva a la heredera al trono.

–Matarán a Lowell, si se enteran de lo que ha hecho.

La elfa se estremece.

–Inair es la princesa, para bien o para mal, y ella no lo permitirá.

No me molesto en recordarle que en Astrea vale más la opinión del pueblo que la de la familia real. ¿Cree acaso que van a atender a razones? Los rebeldes querrán venganza. Contra el Tirano, que es quien los ha llevado a la situación en la que se encuentra el país, pero también aceptarán la vida de cualquiera que haya participado en el golpe de Estado, directa o indirectamente.

–Inair no está en condiciones de reinar –apunto.

–Eso no hace que deje de ser quien es –me instruye ella, con una fe inquebrantable en que todo va a salir bien. No estoy seguro de si pretende convencerme a mí o a sí misma–. Y Drake es lo suficientemente sensato para saber que, si no llega a ser por Lowell, ninguno de nosotros habría salido indemne, y su hermana seguiría cautiva.

Apenas soy consciente de que estoy apretando los dedos contra la baranda del barco hasta que empiezo a sentir dolor. Respiro hondo. Me pregunto si Eirene habrá pensado en quedarse con él, una vez esto acabe, si es que lo hace. Se suponía que quería arrebatarle la corona a su padre y recuperar Nryan, que legítimamente es suyo, pero ahora ya no estoy tan seguro de qué pasa por su cabeza. ¿Quiere quedarse a ver cómo liberan el país o me pedirá que nos marchemos con la primera marea alta? Incluso temo que me diga que no desea seguir viajando conmigo, que deberíamos separarnos. Que yo debería volver a Lothaire...

No podría soportarlo.

–Acerca de Drake, Eirene...

Ella ni siquiera se vuelve para mirarme. Por el rabillo del ojo, veo que se tensa.

–¿Sí?

Aire. Siento que me falta, pese a que, cuando inspiro, sus fríos dedos me arañan por dentro.

–¿Qué hay entre vosotros?

No tengo derecho a interrogarla. Lo sé incluso antes de que ella se dé cuenta de lo que he preguntado. Le prometí libertad. En realidad, mi pregunta debería ser diferente: ¿hay algo entre nosotros? Pero ahora es demasiado tarde para retractarme. Siento su incomodidad. La respuesta no llega. La escucho titubear, indecisa como un pez fuera del agua.

–Quiero saber qué va a pasar. –Me giro hacia ella, pero pronto me arrepiento, porque no sé cómo mirarla a la cara, ni siquiera en la oscuridad–. Solo... dilo claro. Dime hasta qué punto estamos juntos en esto.

–No voy a dejarte –me promete.

No es suficiente para que me quede tranquilo.

–Cuando estábamos en la torre, juntos... –Ojalá pudiera olvidar esa escena. Todo sería más fácil si no recordase sus labios. Si no pudiese sentir aún sus brazos a mi alrededor–. ¿Qué fue eso, Eirene? ¿Fue algo importante o... solo desesperación?

Su silencio es más doloroso que todas las palabras que podría pronunciar.

–Yo... –empieza al fin, aunque con desatino–. ¿Por qué me preguntas esto?

«Porque lo necesito. Porque quizá me besabas a mí y pensabas en él. Porque si fue locura, un instante en el que perdimos la cabeza, instados por la presión, prefiero saberlo».

–Porque yo mismo no lo sé –admito, con más seguridad de la que siento–. Estoy esforzándome para entender muchas cosas. Para... afrontarlas.

No hablo solo de los besos. No hablo solo de ella. Han ocurrido muchos acontecimientos en muy poco tiempo, y solo pensarlo provoca que me dé vueltas la cabeza.

La princesa juega nerviosamente con mi capa, enredándola entre sus dedos para luego dejarla ir de nuevo. Quizá esté tan perdida como yo. Tal vez no comprenda lo que está pasando a su alrededor. Los cambios están produciéndose tan rápido que parece imposible seguirles el ritmo.

Con un suspiro, me rindo.

–No tienes por qué responder ahora.

–No sé lo que siento, Seaben –me confía–. Ni por ti..., ni por Drake. Ni siquiera sé si estoy bien con respecto a todo lo que ha ocurrido o estoy mal o... –Se interrumpe, abruptamente, y parece decidir que no quiere continuar por ahí–. No sé nada. En un momento pienso que esto es lo mejor que podría haber ocurrido para todos y al siguiente, que ha sido un error desde que nos casamos. Me siento culpable porque te he arrastrado a esta situación, y creo que está mal haberte alejado de todo, pero luego recuerdo que te engañaban y me da la sensación de que esto es, al final, lo mejor para ti también. Que al menos así... Al menos así no estamos solos. –Traga saliva y se lleva una mano a la cara, negando con fuerza–. Y entonces vuelvo a sentirme mal y... No soy capaz de comprender nada, Seaben. Ni siquiera a mí.

Me relajo un poco. Nunca se me ha ocurrido que ella fuera la culpable de nada de lo que está sucediendo. Eirene ni siquiera quería quedarse en Lothaire, solo acompañaba a su prima, la cual carga también con su parte de culpa, tras haber huido. Durante un segundo me pregunto dónde estará y si habrá encontrado un lugar donde refugiarse. Me alegro de que no esté aquí, no obstante. De que sea Eirene la que ocupa su lugar, la que me coge de la mano para apartar las sombras más oscuras, incluso cuando ella también teme que se abalancen sobre nosotros.

–Eso no está mal. Yo tampoco puedo estar seguro de lo que ha pasado. De lo que va a pasar. No entiendo nada, Eirene, y eso me hace sentir indefenso. No sabes lo que es controlarlo todo, saber qué movimiento van a hacer los demás y, de pronto... –Sacudo la cabeza, tratando de olvidar el resto de la frase–. Eres... la primera persona que me ha hecho darme cuenta de que no puedo prever lo que otros harán. Y es como si eso hubiera roto todo lo que me rodeaba, y me hubiera dejado sin saber qué será lo próximo, pese a que hasta hace un par de días conocía la respuesta. Y, sí, me asusta y... –Bajo la vista a mis manos–. Y, aunque resulte extraño, al mismo tiempo me hace sentir vivo. No... No puedo reconocerme a mí mismo.

Sus dedos se posan sobre los míos. La sensación de su palma contra la mía me devuelve a ese cálido mundo donde todo es posible.

–Yo sí te reconozco –susurra.

Ella siempre es capaz de las cosas más difíciles. Muevo mi mano, bajo la suya, y me fijo en cómo sus dedos quedan atrapados en los huecos que hay entre los míos.

–¿Cómo...?

Siento una caricia sobre mi mejilla. Su otra mano se ha acomodado contra mi rostro y así vuelve a ganarse mi atención. En la oscuridad, nos miramos.

–Porque yo conozco a Seaben –me explica–. Solo *Seaben*; no el príncipe, ni el estratega. Al muchacho, sin más. –Su pulgar roza mi rostro, encima de mi pómulo–. Y ese muchacho, ahora más que nunca, está aquí.

¿Está aquí? ¿Es este mi verdadero yo? ¿Un joven asustado y desarmado, que no sabe qué va a pasar? El que teme al futuro, incluso al presente... No sé si quiero creer que este soy yo. Son demasiadas dudas. Y, pese a todo, es agradable saber que puedo ser alguien, incluso sin la corona o sin soldados a mi alrededor a los que organizar para la batalla.

–¿Cómo lo haces? –murmuro. Quiero conocer su secreto. Quizá quiera conocerlos todos–. ¿Cómo consigues las palabras adecuadas, en el momento preciso?

Ella aparta sus dedos de mí, trayendo de nuevo a este barco la realidad, demasiado viva y agresiva.

–¿Significa eso que estás más tranquilo?

Me obligo a forzar una leve sonrisa de gratitud, aunque en el fondo solo deseo decirle que no se aleje.

–Supongo que lo estoy –digo, en cambio–. Gracias.

Eirene niega un poco, recordándome que no es necesario que le agradezca nada. En la penumbra, su boca se abre. Esta vez no hay aliento convertido en niebla que salga de ella. Sus labios se cierran de nuevo.

–¿Sí? –la insto.

–Respecto a nosotros...

Me tenso. Así que no soy el único que se ha planteado nuestra relación ahora que no estamos entre los muros de palacio. Ahora que no tenemos que fingir, porque ya lo hemos perdido casi todo.

–Al principio, pensé que siempre serías una obligación. Me alegraba de que pudiéramos llevarnos bien, pero ni siquiera pensé en... darle una oportunidad a este matrimonio. Para mí era un error con el que debíamos cargar. Y Drake... –Eirene duda. Esta conversación es incómoda, pero era inevitable que la tuviésemos, más tarde o más temprano–. Drake siempre me esperaba y me hacía sentir libre.

–Sabes que yo nunca quise atarte –murmuro, aprovechando un silencio en su discurso–. No creo haberlo hecho nunca. Eras libre. –Mi mano vuela a mi muñeca. Siento alivio al notar su cinta entre los dedos. A veces olvido que está ahí, porque se ha vuelto una parte de mí, y la redescubro cada vez que la toco–. Y sigues siendo libre.

–Lo sé. Lo sé ahora. Y lo supe... Lo supe cuando te besé.

Me sobresalto, pero no digo nada. Quiero que siga hablando. Quiero obligarla a mirarme mientras lo hace. Quiero, de pronto, que sus labios vuelvan a los míos.

Trago saliva y trato de ignorar el nudo en mi estómago.

–Odiaba tanto el castillo, Seaben. Odiaba tanto ser princesa, esa prisión imaginaria, que pensé que tú serías uno más de los barrotes. Pero luego me di cuenta de que no era así, porque a las cárceles no se las echa de menos. Cuando íbamos a separarnos, cuando pensaba que no volvería a verte… –El silencio es tan pesado cuando hace esa pausa que ni siquiera el batir del mar logra romperlo. Es como si el mundo entero se hubiera quedado mudo. Sus ojos se posan sobre los míos y no encuentro la fuerza para apartar la mirada. ¿Qué me está haciendo esta mujer? ¿Qué ha hecho con mi vida? ¿Qué ha hecho con todas mis verdades después de sustituirlas con su presencia?–. Te necesito, Seaben. Más de lo que debería, no sé desde cuándo o por qué. Pero te necesito a mi lado. Es lo único de lo que estoy segura.

Por un segundo estoy demasiado ofuscado como para responder. Bajo la vista, sorprendido. Busco las palabras. Sé que tengo que decir algo. Que espera que lo haga. Pero yo no tengo ese poder. No puedo ofrecerle las frases adecuadas en el momento preciso, pero quizá pueda ofrecerle alguno de mis pensamientos.

–Yo también –murmuro, y no sé si podrá escucharme sobre el estruendo del océano, que de pronto ha vuelto a mis oídos–. Yo también te necesito, Eirene.

Ella se estremece, pero respira hondo y continúa:

–Y el beso… Yo…

Nuestros ojos se vuelven a encontrar.

–Un beso es cosa de dos.

Mi comentario acalla cualquier cosa que fuese a decir. Durante un instante incluso me parece que contiene la respiración. ¿Estará recordando nuestros besos como yo lo hago? Ahora nadie nos ve. Podría ser nuestro secreto. Podría acercarme para besarla, a riesgo de que ella me apartara el rostro y todo volviese a romperse en mil pedazos. Las puntas de mis dedos alcanzan a tocar su boca. Una caricia leve, apenas real, pero deseada.

–Aún lo siento –me escucho decir–. Como si tu boca estuviera sobre la mía. –Mi pulgar roza su labio inferior, en toda su extensión, y luego abandona su rostro. Nuestros ojos siguen fijos en el otro y yo me dejo llevar por eso y me inclino, lentamente–. Y me gusta la sensación…

Nuestras respiraciones se mezclan en el aire hasta que parece que exhalamos la misma nube difusa de aire frío.

Su mirada se aparta de la mía para fijarse en mis labios.

–Tiempo. Necesito… tiempo.

Y así, todo acaba.

Eirene ha cerrado los párpados, pero no para recibir mi beso. No quiere verme. ¿Es así más fácil pedirme que me aleje? Me enderezo y doy un paso hacia atrás, como si me hubiera empujado. Me siento avergonzado. ¿Cómo he podido ser tan estúpido? ¿Cómo he podido creer que ella lo deseaba? Que nosotros podríamos…

–Lo entiendo –digo, aunque una parte de mí se niega a hacerlo–. Lo siento.

Me aferro a la baranda del barco con fuerza, clavando las uñas en la madera con frustración. ¿En qué momento se me ha nublado el juicio? ¿En qué momento se me ha pasado por la cabeza que besarla era una buena idea? Eirene se revuelve a mi lado. Quizá me esté mirando, aunque no quiero volver la cabeza y descubrirlo.

–No quiero que nos hagamos daño, Seaben. No quiero besarte ahora y separarnos después de una locura sin saber lo que sentimos.

Como siempre que nos hemos besado.

–Lo sé. –Siento deseos de apartarme de ella. Quizá sea mejor así. Quizá debamos utilizar este tiempo para reflexionar y no entorpecer las decisiones del otro. Me gustaría recibir una señal que hiciera las cosas más fáciles. En lugar de eso, solo me encuentro con la luna, que me anuncia la hora con su posición–. Es tarde. –Me doy la vuelta, sin más, y echo a andar–. Deberíamos ir a dormir.

Escucho el leve asentimiento de Eirene, que se ha quedado rezagada. Sus pasos suenan justo detrás de mí, pero nos separa una gran distancia.

Un abismo de dudas, miedo y confusión amenaza con engullirnos.

Eirene

Este barco tiene un rumbo fijo, pero las vidas de los que viajamos en él van a la deriva.

Esa es a la conclusión que llego, al menos, tras toda la mañana pensando en lo que podría pasar a partir de ahora. Las posibilidades son infinitas. Quizá el barco se hunda y muramos todos ahogados. La idea no me parece demasiado absurda. No más, al menos, que el hecho de que dos príncipes se hayan convertido en prófugos (tres, si contamos la huida y desaparición de mi prima), que otra princesa tenga toda su memoria bloqueada y que todos vayamos directos a una costa en la que posiblemente un Tirano espere nuestra embarcación para cortarnos el cuello o lanzarnos de vuelta a las garras de una reina que parece tener el mundo en sus manos.

Suspiro, cerrando los ojos. El cansancio hace que sienta el cuerpo débil. Apenas he dormido desde que Seaben y yo volvimos a bajar a la bodega, donde todos los demás descansaban. Cuando desperté esta mañana, él ya no estaba a mi lado, y ni siquiera he intentado buscarle. Ayer pasamos casi todo el día juntos, en silencio o hablando de banalidades, hasta que finalmente la noche nos alcanzó y nos arrancó todas las palabras que hasta entonces habíamos callado: todos los miedos, todas las dudas. Ahora, sin embargo, las cosas son diferentes: quiso besarme y yo lo rechacé, aunque estoy casi segura de que he hecho lo mejor para los dos. Lo mejor para nuestro presente, al menos. Tenemos ya suficientes problemas, y la angustia de dudar de nosotros mismos solo complicaría más las cosas. Y aun así, no puedo evitar que el corazón me salte en el pecho cada vez que recuerdo su cercanía o los besos en la torre. ¿Por qué lo hice? Tenía miedo, sí. Miedo de perderlo para siempre. Pero ¿solo era eso? ¿Miedo? Sé que no. Sé que había algo más fuerte, una necesidad urgente… Fue una locura, pero no quería separarme. Ayer mismo no quería hacerlo, por eso cerré los ojos, para no tener que afrontarlo mientras le pedía tiempo. Sabía que si miraba una vez más en sus ojos abandonaría la razón y volvería a dejarme llevar, aunque cuando nos separásemos volviésemos a sentirnos perdidos. No nos merecemos eso.

He llegado a la conclusión de que es mejor que deje distancia, tanto con él como con Drake, al menos hasta que todo sea más sencillo. No puedo preocuparme ahora por esto, en la situación tan inestable y extraña en la que nos encontramos. Necesito pensar, sobre mí y sobre ellos. Sobre cosas más importantes que nosotros, de hecho, y que requieren ahora mucha más atención que los sentimientos: no sé cuándo podré volver a Nryan o si podré hacerlo siquiera; no sé si mi padre me matará en cuanto ponga un pie en la isla o si podré reclamar mi lugar. Me pregunto si Astrea nos ayudará o si, por el contrario, nos ajusticiará.

Me pregunto demasiadas cosas. Seaben está asustado y perdido y no sabe hasta qué punto le entiendo.

–Pareces cansada.

La voz de Drake me sobresalta. Sigo en la bodega, aunque estaba tan volcada en mis recuerdos y pensamientos que podría haberme hallado en Lothaire o sobrevolando la costa de mi reino. Cuando levanto la mirada descubro al trovador acuclillado ante mí.

–¿Estás bien?

Me obligo a esbozar una sonrisa. No, no estoy bien, pero tengo que empezar a estarlo. Tenemos suerte de continuar todos juntos, de seguir vivos, aunque no sepamos lo que va a ocurrir de ahora en adelante.

–Perfectamente –miento–. Estoy aburrida, nada más. ¿Y tú?

Lanzo una mirada significativa hacia donde Inair cuida de Lowell, que todavía está sanando de las heridas que le produjeron antes de que alcanzase el navío. Sylvana está con ellos, asegurándose de que todo cicatriza bien.

El hechicero se sienta a mi lado y se encoge de hombros.

–Aburrido también, supongo. El tiempo pasa demasiado despacio para mi gusto... Estoy deseando volver a casa.

Sé que está disimulando. Encontrar a su hermana en las condiciones en las que está, desmemoriada y sin un ápice de reconocimiento hacia él le ha afectado más de lo que va a admitir. Se ha acercado a ella, pero parece que lo ha hecho por pura fuerza de voluntad.

–Sabes que no me refería a eso –le recrimino con suavidad.

Drake suspira, consciente de que no puede engañarme.

–Estoy bien. Esto es difícil, pero ella está sana y salva y... vamos a curarla. En cuanto lleguemos a Astrea, estoy seguro de que encontraremos una solución.

Me gustaría poder tener su misma confianza, pero lo cierto es que dudo de que las cosas vayan a salir bien con tanta facilidad. Aun así, no soy quien para arrebatarle su esperanza.

–¿Dónde está tu príncipe, por cierto? Cuando desperté ya no estaba por aquí.

Intento mostrarme inalterable ante la mención.

–Yo tampoco lo he visto en toda la mañana, pero supongo que estará arriba, con Chryses.

–¿Y seguro que está todo bien? –insiste.

–Estoy preocupada –admito, guiando la conversación lejos de ese terreno enlodado que es mi relación con Seaben–. ¿Y si nos están esperando en Astrea?

–Todo va a salir bien –me asegura–. Una vez cerca de la isla podemos... no sé, pedir que desvíen el barco. En vez de atracar en el puerto, usaremos un bote para llegar a una de las playas. Y desde ahí, os guiaré por el camino hacia los subterráneos.

Me parece una actitud demasiado optimista, pero su mano se cierra alrededor de la mía en cuanto ve mis dudas.

–Confía en mí –me pide–. No dejaría jamás que nada malo os pasase.

–Lo sé, aunque... Seaben teme que no seamos bien recibidos entre los tuyos. Y, a decir verdad, yo también me lo pregunto. La situación para nosotros parece... complicada.

–Tonterías. Os recibirán de maravilla. ¿Cómo no van a hacerlo? Me habéis ayudado muchísimo, e Inair está libre gracias a vosotros. Astrea está en deuda con vosotros, Eirene. Y os lo pagaremos.

Si él lo dice, con la misma voz con la que siempre me ha contado sus cuentos, es fácil creerlo. Parece sencillo pensar que por fin vamos a tener un poco de paz. Pero, a pesar de eso, una parte de mí me advierte de que la vida no es un cuento y de que la realidad está siempre preparada para saltar encima de ti cuando menos te lo esperas.

–A partir de ahora todo va a ir bien, Eirene. Ya lo verás.

–¿Lo dices de verdad o tú también intentas convencerte?

El trovador pone los ojos en blanco y me da un ligero golpe en la frente con un dedo.

–Lo digo de verdad, lady Pesimista. Cuando lleguemos a Astrea tendremos un lugar cómodo donde dormir, y comida, y estaremos rodeados de amigos. Entonces todo te parecerá mejor, ya lo verás: el intento de caballero se recuperará de sus heridas y ayudaremos a Inair. A lo mejor incluso podemos hacer algo por Chryses. Liberaremos al país. –Drake coge aire, cerrando los ojos, como si inspirase un sueño, y su sonrisa de niño acude a sus labios–. Liberaremos a todos los cautivos del palacio, incluyendo a mi madre. Le cortaremos la cabeza al Tirano y se la enviaremos a Mab en una bandeja de plata. Y entonces, cuando todo esté como debe... –Sus ojos se abren y se clavan en los míos–. Entonces tú podrás recuperar Nryan y derrocaremos a la reina de Lothaire.

Sé que ese era nuestro plan desde el principio: unir a los reinos y rebelarnos contra Mab. Pero el camino para llegar a eso parece demasiado largo, demasiado complicado. Ojalá pudiera creer que va a pasar.

Que pronto estaré en mi isla, después de tanto tiempo, e Ibran claudicará ante la legítima heredera... No, no quiero pensarlo. No quiero siquiera imaginar ese momento, porque cada vez que he tenido la seguridad de un plan infalible, este se ha desintegrado ante mí: pensé que me marcharía de Lothaire tras la boda de mi prima y me casé yo misma; pensé que podría reclamar mi trono en Nryan y mi padre confesó que antes me mataría; pensé que rescataríamos a Inair y huiríamos sin dejar rastro y nos encerraron. Ninguno de los futuros que me he atrevido a dibujar ha llegado a cumplirse, de modo que he dejado de intentar adivinar el devenir de los acontecimientos.

Un suspiro y una nota musical me sacan de mi concentración. Miro a Drake, con su laúd entre las manos.

–¿Una canción para animarte, princesa?

Muy a mi pesar el trovador me hace sonreír. Siempre ha sido fácil olvidar acunada por las manos tiernas de su música.

–Eso estaría bien.

El hechicero me guiña un ojo con gracia y acomoda su instrumento entre sus brazos, con ese cariño que parece tenerle. Yo apoyo la espalda contra la pared pero, antes de que él pueda empezar a tocar, una pequeña sombra se coloca ante nosotros. Sylvana cruza los brazos y carraspea.

–¿No deberías encargarte de tu hermana, trovador? Ya me quedo yo con Eirene.

A Sylvana le pone enferma la mera idea de que pase tiempo con Drake, como ha estado demostrando continuamente desde ayer. Desconozco el motivo, pero no le gusta, y me pregunto si es solo su sentido de la moral, que debe de considerarlo indecente o algo semejante, o si hay algo más.

–Sylvana...

–Ahora iba a tocar para ella –se defiende Drake–. Y tú estabas con Inair hace un segundo.

Ella le lanza una mirada reprobatoria a mi compañero.

–A saber lo que quieres tocar tú, descarado.

Me ruborizo, entre la vergüenza y la sorpresa por su atrevimiento.

–¡Sylvana! –la amonesto.

–Eso es problema de Ei y mío, ¿no crees? –repone Drake, también colorado–. No sé si lo has notado, pero ya no es una niña.

Sé, antes de que Sylvana diga nada, que sus palabras han sido completamente desacertadas.

–¡Ni siquiera lo niegas! –le acusa, escandalizada por su actitud. Yo me llevo una mano a la cara–. Eirene es una mujer, efectivamente. Una mujer *casada*.

Drake abre la boca, dispuesto a protestar, y yo quisiera poder desaparecer. Sylvana no le da tregua y sus pequeñas manitas lo empujan.

–Venga –le insta, hinchando los mofletes–. La división es justa: tú con tu hermana, yo con mi niña.

El trovador no parece dispuesto, porque le dedica un gruñido y pronto siento sus brazos a mi alrededor, abrazándome, dejando muy clara su postura. No puedo evitar sorprenderme, pero al ver la cara de indignación de la niña y la mirada retadora que se lanzan entre ellos se me escapa una carcajada. Drake me mira sorprendido al oírme, pero se le escapa una sonrisa y deja un beso sobre mi mejilla, cálido y tierno. Aún con sus labios sobre mi piel, que hacen que me ofusque y me repita que tengo que dejar espacio entre nosotros, el hechicero mira con picardía a mi aya:

–Además, Sylvana, ¿quién te dice que no es demasiado tarde ya para que intervengas?

Una parte de mí piensa que, de hecho, lo es. Ya nos hemos besado, al menos. Por supuesto, Sylvana no lo sabe, y la mera duda que planta Drake en su cabeza hace que se ponga nerviosa y me mire acusadora.

–¡Eirene de Nryan! –exclama.

Yo me ruborizo y me alejo un poco de Drake.

–Eso ha sido contraproducente, trovador.

Sylv casi parece hiperventilar ante la suposición de que haya tomado como amante a un libidinoso trovador, y por eso no duda en echarse sobre él y golpearle con sus manos de niña.

–¡Sepárate ahora mismo de ella! –le exige–. ¡Depravado, pervertido, corruptor!

Drake se queja, separándose para poder escudarse tras su laúd.

–¡Que no, que no! –se defiende–. ¡Que era broma! ¡Déjame! ¡Eres una criada muy violenta! ¡Eirene, haz algo!

Pero yo solo puedo echarme a reír, porque la situación es lo más divertido que ha pasado en mucho tiempo. Necesitaba la frescura de un momento sin preocupaciones.

El instante, sin embargo, no dura mucho. Por encima de los quejidos escucho voces alarmadas en cubierta. Todos nos quedamos en silencio, intentando discernir lo que dicen los gritos y órdenes que llegan desde arriba. Unos pasos acelerados bajan a nuestro encuentro y un Seaben algo más pálido de lo normal se asoma. Chryses va a su lado, pegado a sus piernas, y los ojos rojos del príncipe se fijan directamente en mí. La paz se escapa entre mis dedos y el peligro llega para sustituir su ausencia cuando mi esposo habla:

–Piratas.

Drake

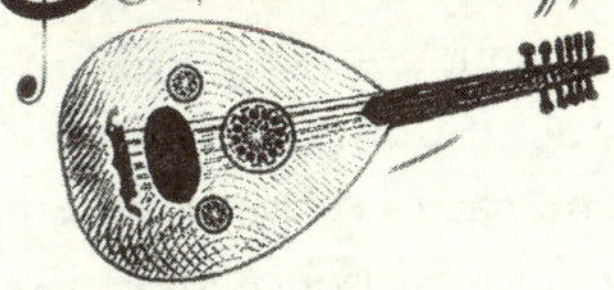

Piratas.

¿Cuántas historias sobre ellos hemos contado? A los niños siempre les han gustado las figuras de los que viven al margen de la ley, con un barco como casa. Se anudan un pañuelo alrededor de la cabeza y fingen que cruzan los mares con su aguerrida tripulación, buscando tesoros y luchando contra los peligros del mar. Es una visión casi idílica, en la que muchos se olvidan de los saqueos y de la barbarie. La mayoría son fugitivos de la justicia. No entienden de reyes, de reinas o de política. A los piratas no les importará que Eirene de Nryan o Inair de Astrea vayan en este barco. No les importará a dónde nos dirigimos o cuál es nuestra misión.

Sylvana se aparta de mí y ese movimiento es suficiente para despertarme de mi ensueño. Te sujeto con dedos firmes y te cuelgo de mi hombro con algo de brusquedad. En cuanto me pongo de pie mi mirada vuela hacia el lugar donde el caballero de Lothaire aún descansa, aunque él también ha escuchado las noticias y se ha sentado en su jergón, observando a su príncipe con atención. Inair está a su lado, con su delicada mano entre los dedos del que fue su carcelero. Incluso ella, sin memoria, entiende lo que está pasando. Incluso ella parece tener miedo.

La puerta de la bodega se cierra y la luz disminuye. Seaben se acerca a nosotros, con Chryses a su lado, y parece dispuesto a tomar las riendas de la situación.

–Su barco parece listo para el abordaje y el saqueo –nos informa–. La tripulación de este mercante cuenta con muy pocos hombres que vayan a ser un verdadero problema para ellos, aun con una espada en la mano. Creo que lo mejor para nosotros es quedarnos aquí por el momento. –Hace una pausa, pero nadie tiene nada que añadir–. Estaremos preparados: si vienen, la puerta nos ofrecerá la ventaja de su estrechez. Como mucho podrán aparecer de dos en dos. Además, tenemos el factor sorpresa: no esperarán encontrarnos aquí, y hay suficiente espacio para que aquellos que no puedan ayudar estén a salvo.

Sus ojos escarlatas recorren la estancia y se detienen de manera significativa sobre algunos de los presentes. Inair y Sylvana no podrán echarnos una mano, aunque la Inair que yo conocía, de necesitarlo, podría haberse defendido por sí misma y atacar. Esta muchacha que nos acompaña ahora, sin embargo, no es más que un fantasma de lo que un día fue. Me duele pensar que mi hermana está perdida en algún lugar de su interior, y que cabe la posibilidad de que ni siquiera un rayo de luz de luna llena pueda traerla de vuelta.

Eirene se pone en pie cuando Seaben la mira también a ella. La joven tranquila con la que estaba hablando parece transformarse en esa fierecilla que ya he visto antes, con su carácter ardiente y resolutivo.

–Yo tengo mi arco –le recuerda al príncipe–. Aun así, solo somos tres, contra todos los que puedan bajar: Lowell no está en condiciones.

–Yo todavía puedo dar un par de lecciones, no estoy tan mal...

Todos nos volvemos hacia el caballero, que trata de levantarse. Lo único que consigue, no obstante, es contraer el rostro en una mueca de dolor antes de que Inair, solícita, lo ayude a volver a recostarse. Los ojos oscuros de mi hermana están llenos de preocupación por él, por eso aparto la mirada, molesto. No debería preocuparse por el hombre que ayudó a mantenerla prisionera, sino por su propia seguridad.

–Mejor no te hagas el héroe –lo amonesta Eirene. Se vuelve hacia mí y su criada–. Ayudadme. Moveremos esas cajas para cubrir la posición de Lowell. –La niña asiente, pero yo estoy todavía digiriendo su petición–. Sylvana e Inair pueden esconderse ahí –informa, mirando a su esposo.

–Y tú –dice, en el tono de mando de un comandante. Detrás de él, Chryses se sienta al pie de las escaleras, como si temiera acercarse demasiado a la discusión que se avecina–. No puedes usar tu arco en un lugar tan pequeño. Y menos en un enfrentamiento cuerpo a cuerpo.

La joven frunce el ceño. No creo que ni siquiera el príncipe sea rival contra su tozudez.

–Entonces me esconderé detrás de algún barril y dispararé desde allí, pero no pienso quedarme de brazos cruzados.

Si bien él parece que va a contestar algo, al final decide no hacerlo. Me siento un poco inquieto, pero me quedaré cerca y podré protegerla si las cosas se ponen feas. A ella y a Inair, al menos.

Mientras Seaben se concentra en las diferentes posibilidades y estrategias, que probablemente sean muy útiles en su guerra, pero no en un espacio tan pequeño, nosotros apilamos todo lo que podemos encontrar a modo de muralla. Me pregunto si el príncipe sabrá que su honor de caballero de nada sirve aquí: si tratamos con piratas, no debería esperar una batalla justa, y eso incluye que la puerta podría romperse en mil pedazos en cualquier momento o el barco hundirse, con nosotros en sus entrañas y sin posibilidad de escapar. ¿Quién dice que quieran saquear la embarcación? Puede que tal vez se dediquen a dispararnos cañonazos y a apostar entre ellos cuántos necesitan antes de que el primer hombre se lance al agua para salvar su vida.

Una vez hemos terminado nuestra improvisada construcción, Sylvana desaparece detrás sin protestas. Eirene, por su parte, coge su carcaj y sus flechas. Apenas pasa un minuto antes de que el caos comience en cubierta. Los pasos a la carrera y los gritos nos ponen en tensión, aunque también se escuchan golpes sordos y el sonido del metal contra el metal sobre órdenes que salen de bocas diferentes.

Los piratas han llegado.

Seaben y Chryses, al pie de las escaleras, parecen haberse fundido con las sombras que se amontonan en un rincón. Yo, por mi parte, me posiciono junto a la elfa, que se ha atrincherado tras unas cajas. Su rostro está serio y su mano vuela a encontrar una flecha, que no carga en su arma, pero con la que juega entre los dedos.

–Te cubro las espaldas, si se acercan demasiado –le susurro a Eirene, en un intento de olvidar la refriega que se desarrolla sobre nuestras cabezas.

La princesa coge aire y me mira, ansiosa.

–¿Esto también entraba en esa previsión en la que todo salía bien?

Sonrío, casi avergonzado, como si fuera yo el que contara nuestra historia.

–Un pequeño contratiempo antes del final feliz. Las sorpresas inesperadas gustan a niños y adultos por igual.

Ella resopla. Creo que intenta parecer más entera de lo que realmente se siente: las manos le tiemblan un poco, y ni siquiera la flecha logra ocultar ese detalle. Mis dedos aprietan su hombro, con suavidad.

–Todo va a salir bien –le aseguro.

Seaben nos pide silencio, desde alguna parte al otro lado de la bodega, y yo callo, atento. Una extraña quietud se ha apoderado del barco y yo imagino que recorre la cubierta en forma de niebla. Incluso los crujidos parecen detenerse durante un segundo, junto con el vaivén ligero, para reaparecer un instante después, ajenos a la suerte que corren los vivos.

La puerta se abre.

Desde nuestro escondite, intento dibujar la escena en mi mente. Hay pasos que bajan la escalera, sonido de pisadas firmes contra la madera. Calculo que no deben de venir más de un par de hombres. Respiro hondo y venzo las ganas de asomarme. Me gustaría saber si estos piratas son como dicen los cuentos o solo mortales corrientes. Si tienen una pata de palo o les falta una mano. Si llevan un parche en el ojo y el rostro cruzado por horribles cicatrices. Pese al peligro, pese a todo lo que podría ocurrir en los próximos minutos, siento la genuina curiosidad de un niño.

Chryses es el primero en abalanzarse sobre uno de ellos. Oigo su gruñido amenazador y trago saliva cuando sus mandíbulas se abren en mi imaginación. Han debido de clavarse en la carne con fuerza. Eso indica la exclamación entre la sorpresa y el horror de uno de los hombres. ¿Manchará su sangre ya el suelo? Aguanto la respiración, tratando de percibir algo que me dé una pista de los sucesos. El pobre infeliz no tendrá nada que hacer contra mi amigo. Soy consciente del momento en el que el arma se le cae de las manos y solo entonces, imagino, el lobo decidirá apartarse para dejar sitio a Seaben, que, espada en ristre, se encargará de quien se atreva a enfrentarse a él.

Un grito de advertencia a los piratas hace que se me pare el corazón.

–¡Es una trampa!

La advertencia viene de la garganta de una mujer.

Y reconozco la voz.

Entorno los ojos, paralizado en mi sitio, aunque el latir acelerado de mi corazón no deja lugar a dudas. No sé qué hace aquí, es cierto, ni cómo se ha visto mezclada con bucaneros, pero tampoco importa.

Eirene, a mi lado, ajena a mis pensamientos, se ha puesto en guardia y carga la flecha en su arco. La veo enderezarse y asomarse por encima de nuestra barricada. Sé el instante exacto en el que encuentra el blanco, pero me apresuro a impedirle el disparo. Agarro su brazo y salgo de detrás de las cajas, dispuesto a cerciorarme de que no estoy soñando.

Las tres figuras que han entrado en la bodega me dejan sin respiración, pero mi mente ya se había preparado para el golpe y se hace cargo de la situación.

–¡Seaben! ¡Chryses! ¡¡Deteneos!!

Mi voz se hace oír por encima de cualquier ruido. El príncipe para justo a tiempo, pues la punta de su espada ya descansa sobre el pecho de uno de los piratas y un segundo más tarde podría haber resultado fatal. Nadie parece entender lo que está pasando: ni los recién llegados, ni mis compañeros. Solo tú y yo jugamos con certezas. Eirene, de hecho, parece alarmada cuando nuestras miradas se cruzan, aunque no mantengo la atención puesta en ella por mucho rato. Puede que piense que me he vuelto loco. Yo mismo dudo de si lo he hecho, porque me da la sensación de que ha ocurrido un milagro.

Los recién llegados, por su parte, también se han sorprendido. Tres rostros se giran hacia mí, incrédulos, y un tenso silencio se hace sitio entre nosotros. Avanzo un par de pasos, dejando a la elfa atrás, implorando que me reconozcan.

Una espada cae al suelo, con un golpe sordo que rebota en las paredes.

–¿Drake…?

Su voz de nuevo. Esta vez, también hay una cara. La piel oscura que recuerdo, el rostro ovalado. Ha cambiado en este tiempo, pero no tanto como para ser irreconocible. Los ojos almendrados están muy abiertos. A su lado, apoyado en su hombro, está el muchacho al que Chryses ha mordido. La sangre empapa su camisa, pero se recuperará. También sé quién es él, aunque no se le haya escuchado decir una sola palabra. El último de los componentes del grupo, el que tiene la espada de Seaben peligrosamente cerca, se ha quedado blanco de la impresión. Sus labios están entreabiertos y aunque el príncipe de Lothaire aparta en ese momento su arma, él no se atreve a moverse.

–Imposible… –murmura, algo ronco.

–¿Drake?

Es Eirene la que pronuncia mi nombre, pero yo no atiendo. Tengo miedo de que algo rompa la escena. De que Mab de Lothaire aparezca o el barco zozobre. Pese a todo, no puedo evitar sentirme feliz. No puedo evitar que la risa llegue desde algún lugar en mi interior. Estallo en una carcajada espontánea, algo entrecortada. Me falta el aire.

Lo siguiente que sé es que tengo mis brazos alrededor de Briah y que ella ríe, también, cuando la alzo en el aire y le doy una vuelta. Pesa tan poco como una niña, e infantil, de hecho, es el gritito eufórico que deja escapar. Es reconfortante tenerla cerca.

–¡Bri! –exclamo, usando el cariñoso diminutivo que tantos recuerdos me trae. Me vuelvo hacia los chicos–: ¡Shem! ¡Adair!

Este último traga saliva, sin reaccionar todavía, pero Shem, a pesar de su herida, sonríe y alza una gran mano. Me revuelve el pelo, con el cariño de un hermano mayor, y pronuncia mi nombre en un susurro. Quizá piense que está soñando. Que no soy real. ¡Pero lo soy! ¡Y ellos también!

–¡Realmente eres tú! –exclama la muchacha entre mis brazos, enmarcando mi rostro con las manos–. ¡Nuestro Drake!

Su abrazo llega de nuevo, lleno de entusiasmo. Incluso tú pareces reaccionar así, dejando escapar una nota de alegría cuando ella se da cuenta de su presencia y te toca. Río. Un final feliz, como dije. ¡Los piratas no eran tal en el cuento! En realidad eran amigos, amigos que tenían que combatir en casa, defendiendo su tierra, mientras el héroe se encargaba de rescatar a la princesa. Amigos de Astrea, hechiceros y no viles saqueadores.

–¿Piratas? –rio–. ¡Cielos! ¿Cómo vais a ser piratas, si no dais miedo ninguno? –Me giro hacia Shem, sin embargo, y finjo pensármelo–. Bueno, tú un poco.

El hombre deja escapar una sonrisa divertida, casi tierna, que no tiene nada que ver con su aspecto amenazador. Es el más alto de todos, con los músculos marcados bajo la camisa remangada, y hay que reconocer que su presencia siempre ha impuesto respeto. Sigue igual de bronceado por el sol y llevando el pelo rapado, lo que no ayuda a desterrar esa imagen de guerrero que todo el mundo tiene de él. Incluso yo.

–¿Se puede saber por qué has tardado tanto en volver?

El tono brusco de Adair me devuelve a una realidad no tan feliz. Me había olvidado de lo grosero que puede ser. Por supuesto, ni siquiera sus formas van a impedir que disfrute del momento, así que me inclino para besar su mejilla, todavía sujetando a Briah. Él se enfurruña y gruñe, limpiándose la cara. Mi amiga y yo, e incluso Shem, reímos como en los viejos tiempos.

Por el rabillo del ojo, percibo que Eirene se acerca a su esposo.

–¿Son amigos tuyos, Drake? –me pregunta–. ¿De Astrea?

A mi lado, la pirata se vuelve hacia la princesa, fijándose en ella por primera vez. Casi diría que la analiza, aunque no sé cuáles son sus conclusiones.

–¡Por supuesto que somos amigos suyos! ¡Y por supuesto que de Astrea! ¿De dónde si no? –Sus ojos divertidos vuelven a posarse sobre mí–. ¿Quiénes son tus violentos acompañantes? –Pero no me da tiempo a responder, porque al instante siguiente se ha vuelto hacia la pareja una vez más–. Sentimos el revuelo, no sabíamos que este barco llevase a nuestro preciado principito entre su carga, pero de algún lado tenemos que sacar las provisiones en Astrea, y la piratería da buenos beneficios.

–Qué digno… –le recrimino. Casi había olvidado lo charlatana que puede ser, tan alegre y despreocupada. Pese a todo lo que ha sufrido, ha sido capaz de conservar su alma de niña, y eso es loable, en nuestra situación. Sonrío con cariño y me humedezco los labios, mirando a los príncipes–. Permitidme que haga las presentaciones: esta revoltosa pirata es Briah; el grandullón es Shem; y el escuchimizado, Adair.

Este último me lanza una mirada asesina, pero lo ignoro antes de que pueda abrir la boca.

–Rebeldes de los de verdad, como podéis imaginar. –Miro a los astrenses, aunque inseguro. Soy consciente de que la situación es delicada. Siento la tentación de mentirles acerca de las identidades de los que me acompañan, pero sé que los engaños solo me han traído problemas, así que respiro hondo y escupo las palabras lo más rápido que puedo–. Ella es Eirene. Y él, Seaben. El lobo es Chryses y siente haberte mordido, Shem. Son amigos míos y… me han ayudado mucho. No –me corrijo, lanzándoles una mirada significativa–. *Nos* han ayudado mucho.

Ninguno de ellos se da por aludido.

–¿Cómo has dicho que se llaman? –me pregunta Briah, algo sorprendida.

Observo de soslayo a la elfa, que ha palidecido un poco. A su lado, sin embargo, el feérico se muestra bastante tranquilo.

–Ha dicho Seaben –interviene Adair, antes de que pueda interceder. Veo la sospecha en su mirada–. Como Seaben de Lothaire.

Trago saliva, preocupado por la inflexión en su tono de voz. Intentando parecer calmado, me interpongo entre el príncipe y ellos, antes de que se les ocurra hacer algo de lo que vayan a arrepentirse después. Quisiera decirles que lo he odiado tanto como ellos, pero ahora le debo demasiado.

–Son mis amigos –anuncio–. Y... están bajo mi protección. Les debo la vida.

La sonrisa abandona el rostro de Briah, y es como si diez años se echaran sobre ella. Sus ojos almendrados se topan con la mirada de Seaben, y casi parece contener un escalofrío.

–¿E Inair, Drake? –me pregunta de pronto, haciéndome sobresaltar–. ¿Estaba en Lothaire?

Asiento con lentitud.

–Pero, aunque no lo creáis, Seaben no tuvo nada que ver.

La mención de nuestra princesa parece ser suficiente como para que todos olviden al joven que resguardo con mi cuerpo. Adair, al menos, parece hacerlo.

–¿Dónde está?

Se ha tensado y me observa con fijeza. Va a ser un golpe demasiado duro para él. Para todos. Los miro, uno por uno, a ellos y a la abertura que da al exterior, donde varios hombres se han reunido para intervenir, en caso de que hiciera falta. No sé si pueden oír nuestra conversación, pero rezo para que no sea así.

Me niego a enfrentar sus ojos, bajando la cabeza, casi con culpabilidad.

–Dónde está Inair, Drake.

Aunque debería ser una pregunta, casi hace que parezca una orden, y lo odio por ello. Echo un rápido vistazo a la muralla de cajas y barriles que queda a nuestras espaldas, pero soy incapaz de decir nada. De confesarle que está detrás, sin recordar su verdadero hogar. Sin acordarse de nuestros nombres o de qué relación tenemos con ella. Solo somos desconocidos, y Astrea mismo es un sueño que jugaba a crear cuando hablaba de viajar, cautiva en su torre.

Adair sigue mi mirada y pasa por mi lado, sin esperar respuesta. Siento que se olvida de todos nosotros, pero no es una sorpresa. Desde el principio, para él solo ha existido ella. Luchó y rogó por ser él quien fuera en su ayuda, pero solamente yo sabía dónde estaba Inair. Quizá por eso no me parece justo detenerlo ahora. Lo oigo llamarla, desesperado, y no puedo más que apretar los puños hasta clavarme las uñas.

–Yo no lo haría –dice Eirene. Me doy la vuelta y la veo agarrando el brazo de Adair–. No es la que recordáis.

Briah se tensa al escuchar sus palabras, presintiendo el desastre.

–¿De qué está hablando, Drake? –inquiere, y se acerca un par de pasos hacia la pared que nos separa de mi hermana–. ¿Inair? ¡Inair, estamos aquí! ¡Sal! ¡Somos nosotros!

–¡Calla!

Cierro los párpados, hasta que veo luces aparecer tras ellos. La culpabilidad me come por dentro. Me atormenta, porque no llegué a tiempo. Todos me han estado esperando, teniendo fe en mí. Y ahora voy a decepcionarlos. No he sido lo suficientemente bueno. Prometí traer de vuelta a su princesa sana y salva y solo he conseguido a una desconocida. Puede que tenga los mismos rasgos, pero esa muchacha ahora mismo no es nuestra futura reina, sino una niña asustada.

–¿Drake? –murmura Shem, para romper el silencio que sigue–. ¿Hay algo que debamos saber?

Abro los ojos. Adair se deshace del agarre de Eirene y me lanza una mirada envenenada, cargada de reproches.

–Algo *más*, deberías decir.

Me froto un brazo y siento las manos demasiado vacías sin tu peso. Pero no hay canciones que vayan a solucionar esto. No hay cuentos hermosos que puedan devolverle la memoria a la doncella que aguarda al otro lado de la estancia. Quizá, con suerte, haya un hechizo que nos ayude... pero ni siquiera eso puedo saberlo a ciencia cierta.

–Inair está hechizada –confieso al fin.

Todos a mi alrededor callan: los astrenses, sorprendidos; los extranjeros, con pesar.

–Hechizada –repite Adair, como si creyese que no ha oído bien. Al ver que no lo corrijo, sin embargo, su horror crece–. ¿Qué clase de hechizo, Drake?

No me queda más remedio que decírselo. Merecen la verdad. La sabrán de todas formas, en cuanto se den cuenta de que ella no los reconoce.

–Uno que bloquea sus recuerdos. Inair... ha perdido la memoria.

Inair

Lo peor de perder la memoria no es cuando te despiertas por vez primera, asustada, sin saber dónde estás o cómo has llegado allí, con un gran vacío en la mente y en el corazón. No es tampoco el hecho de sentirte torpe, como si nunca hubieras usado ese cuerpo antes, asombrándote hasta del sonido de tu propia voz. No es la sorpresa de ver tu reflejo en un espejo y no reconocerte, ni la certeza de que todos saben más de ti que tú misma.

Lo peor de perder la memoria no es la seguridad de que probablemente nunca la recuperes, ni la obligación de encontrar algo por lo que merezca la pena seguir viviendo. Despertar por la mañana tras cada luna llena con un borrón en la mente tampoco es tan terrible como parece: es suficiente con fingir que has dormido toda la noche de un tirón, con la sombra de un sueño que perdura en los bordes de la conciencia.

Lo peor de perder la memoria es no reconocer a las personas que una vez quisiste, a las personas que todavía te quieren, y no poder hacer nada para solucionarlo. Es ver a la gente que te rodea triste por tu culpa, y saber que la mejor decisión que podrían tomar es alejarse para no seguir sufriendo, porque jamás encontrarán a la persona que están buscando en ti.

Lo peor está ocurriendo.

Sus voces nos llegan amortiguadas por la montaña de cajas que han construido ante nosotros pero, aun así, son demasiado claras como para ignorarlas. Hablan de mí. De mi hechizo. De mis recuerdos perdidos. Y siento que debería hacerme pequeña y desaparecer, porque esa conversación no está hecha para que yo la oiga. No quiero ser testigo de la decepción. Ellos quieren ver a otra muchacha. Una con mi mismo rostro, pero pensamientos diferentes. Una que, al parecer, fue un día una princesa a la que secuestraron y encerraron. Pero cuando fueron a rescatarla, en su lugar estaba yo.

Una mano cae sobre la mía y yo alzo la vista. Lowell me mira con preocupación. Supongo que se siente impotente, porque él siempre quiere ayudarme, pero esta vez no puede hacerlo. ¿Hay alguien en el mundo, entonces, capaz de prestarme auxilio? Siento ganas de abrazarlo y pedirle que nos vayamos de aquí. Que por favor me lleve de vuelta a la torre, donde no tenía que pensar en nada más que no fuéramos nosotros. En nada más que no fuera soñar. En lugar de eso, sonrío un poco, intentando parecer fuerte. Ya no podemos volver, porque le harían daño. La reina que decía protegerme es en realidad una mujer malvada y desea conservarme a su lado solo por mi poder, que es raro y muy útil. Pero ¿en qué se diferencia eso del lugar a donde vamos? Allí solo querrán conservarme porque soy su princesa. Drake, el muchacho de la voz dulce, dice que quieren recuperarme porque me quieren, pero ¿cómo van a hacerlo, si ellos conocen a otra persona?

La niña que está con nosotros, Sylvana, se levanta de su lugar y se vuelve hacia mí.

–Princesa, es mejor que deis la cara –me aconseja.

Bajo la vista en el mismo instante en que nuestros ojos se cruzan, insegura. No me gusta que me llamen «princesa». Ese es el título de otra persona, de la muchacha elfa que está al otro lado de la habitación. Ni siquiera sé lo que significa. ¿Qué hacen las princesas? Viven en castillos y reciben a príncipes de lugares lejanos que las ayudan a romper maldiciones o las despiertan con un beso de amor. Son el trofeo por salvar un reino o las prisioneras de un dragón. ¿Soy eso yo también? ¿Y por qué nadie me pregunta si eso es lo que deseo? Nadie ha puesto en duda que quiera la responsabilidad de ser la heredera a un trono. Solo me han contado una historia sobre una isla en el mar y los apuros por los que está pasando.

–No está preparada para… –dice Lowell, a mi lado.

–Ellos tampoco lo están para perder su esperanza –le interrumpe la pequeña sirvienta, en un tono más duro–. Merecen verla.

–No soy lo que ellos esperan –murmuro.

–Sois Inair, princesa –me replica Sylvana, dulcemente–. Y estáis viva. Eso es lo que ellos quieren ver.

No estoy segura de cuánta verdad hay en sus palabras. Lo que quieren ver es reconocimiento en mis ojos. Lo que quieren ver es a una futura reina, no a una muchacha que ha pasado los últimos dos años encerrada en una torre. No me reconozco en las historias de Drake. No soy una hechicera. No soy esa niña traviesa de la que me ha hablado, ni la hija de un rey. Por lo que a mí respecta, podría haber sido creada de polvo de estrellas y luz de luna y haber estado dormida toda mi vida.

Lowell suspira. Lo veo sonreír apenas y dejar un beso cortés en mi mano.

–Estaré contigo –me promete, sin apartar la mirada–. Vamos.

Para mi sorpresa, se incorpora en el colchón y trata de levantarse, llevándose una mano al costado con un quejido. Doy un respingo, al escucharlo, y trato de ayudarlo, no a ponerse en pie, sino a volverse a acostar. Si promete quedarse aquí, iré yo sola a que me vean los astrenses. No tiene que esforzarse por mí. No quiero que lo haga.

–¡Aún estás débil! –lo reprendo–. No te levantes. Estaré bien…

Él no va a dar su brazo a torcer así como así. Sacude la cabeza y se vuelve a incorporar, obstinado. No sabía que pudiera llegar a ser tan irresponsable con su propia integridad.

–Estoy bien –dice, en un intento de tranquilizarme–. Soy una persona muy sociable, me encantan los encuentros. No dejarás que me pierda este, ¿no?

Aprieto los labios, sin saber si abrazarle y agradecerle todo lo que está haciendo por mí o enfadarme por su insensatez. Al final, solo le ayudo a levantarse: le aparto las mantas de encima y tomo su mano, apretándola con fuerza.

–Puedes apoyarte en mí –le sugiero, en voz baja, cuando ya está sobre sus pies.

Él no protesta, asintiendo con tranquilidad. Su boca toca mi sien, tan dulce como siempre, y deja un beso sobre mi piel.

Sylvana es la primera en adelantarse y desaparecer al otro lado de la estancia. Nosotros la seguimos, aunque más despacio. Yo miro al suelo mientras avanzamos. No sé si estoy preparada para enfrentarme a esos desconocidos, por mucho que Lowell esté a mi lado, prestándome su fuerza. Ojalá fuera como él. Ojalá supiera qué hacer en cada momento.

Cuando nos detenemos, me armo de valor y alzo la cabeza. Las princesas no bajan la vista ante nadie, ¿verdad? Eirene, al menos, no lo hace. Siempre mira de frente, con orgullo. Trato de imitarla, aunque con menos éxito. Me siento acobardada.

Uno de los astrenses da un paso hacia delante y se gana mi atención. Es un muchacho que parece más o menos de la edad de Lowell, también rubio. Pese a esa coincidencia, no se asemejan en nada más. El pirata es desgarbado, de rostro afilado y ojos de un bonito color amatista. Supongo que debería saber quién es, pero a la memoria no me viene nada. Veo henchirse su pecho, con algo de brusquedad, y de sus labios sale mi nombre, en una exclamación apasionada. Me fijo en otro de los presentes, más alto y fuerte, de ojos amables pese a su aspecto de luchador. El lobo del príncipe Seaben le ha mordido y una horrible mancha roja cubre sus ropas. Pese a todo, ni se tambalea ni ha palidecido, como si no hubiera sido más que un rasguño.

–Princesa…

De nuevo pienso en lo poco que me gusta ese título, y quizá por eso me obligo a apartar la vista. El último integrante del grupo es una mujer que me observa con atención. No parece mayor que yo, pero hay algo en su rostro, enmarcado por tirabuzones, que me indica que ha vivido mucho más. Quizá sea lo penetrante de sus ojos pardos… o la espada que porta en su cinto, con orgullo.

–¿Realmente no nos recuerdas? –me pregunta con algo de brusquedad.

Me gustaría poder decir que sí. Me gustaría poder evitarles el mal trago de darse cuenta de que su búsqueda no obtendrá frutos. No quiero volver a ver la decepción en los ojos de Drake. No quiero que guarden esperanzas cuando no las hay para mí. Abro la boca, sintiéndola seca. Hablar no es tan fácil como todos piensan cuando solo has tenido a una persona a tu lado durante mucho tiempo. Con Lowell todo fluye, pero con los demás la conversación es un obstáculo que tengo que esforzarme por superar.

–Lo lamento –murmuro.

El muchacho de los ojos violetas me observa ahora casi con furia.

–No puede ser cierto. ¡No me lo creo! Esto no puede ser más que una broma enfermiza. ¡Y no tiene gracia! –Da otro paso hacia mí, y luego uno más, y yo, con miedo de sus gritos, me encuentro de pronto abrazada contra Lowell. ¿Por qué está enfadado conmigo? No le he hecho nada. No he pedido esto–. ¡Tienes que acordarte! Tienes que recordar a Bri, a Moira… ¡A mí! ¡Tienes que recordar el palacio y los campos! ¡El lago! –Aprieta los dientes y me doy cuenta de que está temblando. Quizá esté tan aterrado como yo–. ¡Tienes que…!

–¡Basta! –Drake lo ha agarrado por el brazo y lo obliga a encararse con él–. Contrólate. Sigue siendo tu princesa. Y sigue siendo tu prima. ¿Es así como tratas a los que sufren?

¿Ese muchacho es mi primo? ¿Tenemos la misma sangre? Me estremezco al pensar que ni siquiera podría reconocer a mis padres, si estuvieran delante de mí. Si aún vivieran, porque Drake me ha dicho que ambos están muertos, aunque me quede mi madrastra.

–¡¡Ella no es mi princesa!! –grita el muchacho. Se suelta del agarre de Drake con brusquedad–. ¡Si lo fuera, me recordaría!

Se me encoge el estómago. A pesar de que son solo palabras, de que no deberían afectarme, duelen. Me hacen daño al clavarse. Quiero decirle que no tengo recuerdos, pero sí sentimientos, pero en su lugar solo puedo ofrecerle una disculpa.

–Lo siento. Siento no ser quien esperabas…

–No te disculpes por algo que no es culpa tuya, Inair –me pide Drake. Alza la mano con cuidado y me acaricia el pelo. El gesto me resulta distante, inadecuado. Me temo que no sé cómo ocultar la incomodidad que me causa que me toque porque, de alguna forma, él lo nota y aparta los dedos, arrepentido.

El otro muchacho no añade nada más. Gira sobre sus talones y se marcha de la bodega, rápido como un vendaval, gritando a los hombres que se agolpan en la entrada para que vuelvan a su trabajo.

–¿Se puede saber quién es ese imbécil? –inquiere Lowell. Apoyo la mejilla contra su corazón y me relajo con cada latido que pasa–. Inair no tiene la culpa de...

–Ese imbécil es su primo –le interrumpe la mujer pirata–. Y somos nosotros quienes hacemos las preguntas aquí.

Me fijo en que cualquier rastro de alegría ha sido desterrado de su expresión, tornándose fría severidad. Se fija en Drake. El trovador suspira y relaja los hombros, al tiempo que deja caer la cabeza. Al lado de la hechicera, el joven de la cabeza rapada le pone una mano sobre el hombro a su compañera, quizá en un intento de calmarla.

–Bri –la llama, con suavidad.

–Nada de «Bri» –masculla, desembarazándose de su contacto–. ¿Le han hecho eso en Lothaire? –pregunta, haciendo una seña con la cabeza hacia mí.

El chico del laúd se pasa una mano por la cara. Parece un gesto de puro nerviosismo.

–Mab se lo hizo.

La pirata parece haberse hecho cargo de la situación. Se gira hacia lord Seaben y lo estudia con atención.

–¿Eres Seaben? ¿Seaben de Lothaire? ¿El hijo de la mujer que nos ha arrebatado a nuestra princesa?

–Él no hizo nada –le responde Eirene, con los labios apretados.

Las finas cejas de la astrense se alzan en su rostro al escucharla intervenir.

–Y tú eres su esposa, ¿no? La del cuento de hadas –se burla–. Qué bonito, los inesperados enamorados... –Parece que la elfa esté a punto de responderle, pero la otra la corta y se vuelve hacia el trovador–: ¿Qué haces viajando con ellos? ¿Es que no ves lo que le han hecho? ¡Es tu hermana, Drake! ¡Mírala durante un segundo, si eres capaz, y dime por qué no has matado ya a este hombre!

Me estremezco por su brusquedad. ¿Cómo pueden hablar de la vida o la muerte de alguien con tanta ligereza? Lord Seaben es un hombre bueno, Lowell me lo ha dicho. Me ha hablado de él, de que es la persona en quien más confía. Me ha contado que tiene un gran corazón y que, a pesar de que puede parecer frío y severo, es honorable y leal.

–Porque él la liberó y después me salvó la vida. ¿Querías que lo matara? ¿Es así como agradecemos ahora en Astrea los favores? Estoy en deuda con ellos –confiesa mi hermano–. Con Seaben y Eirene. Son víctimas, como nosotros. Pero, por supuesto, no estáis dispuestos a escucharme. ¿Dónde hay alguien que sí esté interesado en lo que ha pasado?

–Drake, no pretendemos... –comienza el de la cabeza rapada.

–¡Me estáis juzgando! A mí y a ellos. ¿Tendremos al menos el beneficio de la duda o preferís hacernos pasear por la tabla? ¡Maldita sea, entrad en razón! Sabéis que no haría nada que pusiera en peligro a Inair. Ni a vosotros. Si los he traído es porque son de fiar.

–¡¡Es el hijo de Mab!! –grita su compañera.

–¡¡Basta!!

El silencio se hace tras el grito de Eirene, debido a la sorpresa general. Todos los rostros se vuelven hacia ella. Yo, en cambio, solo soy capaz de encogerme sobre mí misma. ¿Por qué tienen que gritar? ¿Por qué no pueden simplemente alegrarse de haberse reencontrado y de estar vivos? Si tanto deseaban que yo volviera a Astrea, ¿por qué no pueden dar las gracias por mi aparición en vez de quejarse por lo que ya no tiene solución?

–Seaben no ha cometido ninguno de los crímenes de su madre –oigo que dice la princesa, con rabia contenida–. Podéis escuchar nuestra historia o juzgarnos sin conocerla, pero vuestra propia princesa podrá aseguraros que nunca vio a Seaben hasta que él, el muchacho que está a su lado y yo la liberamos de su encierro. Inair, ¿es cierto?

A pesar de que ha hablado con severidad, cuando me mira lo hace con cierto aire de lástima. Siempre es así. Al parecer todos sienten pena por mí, incluso si no me conocían de antes. Por mi parte, ¿por qué voy a echar de menos lo que no puedo siquiera imaginar?

–Conocí a los príncipes al mismo tiempo, la noche en la que abandonamos la torre juntos... –susurro, sin mirar a nadie en particular.

La joven pirata no parece arrepentirse de las acusaciones que ha hecho. En cambio, lleva su atención a Lowell, que todavía me mantiene entre sus brazos.

–¿Y el muchacho? –inquiere–. ¿Cuándo conocisteis al muchacho, princesa?

Noto que él se tensa, pero alza la barbilla en un gesto desafiante. Yo ni siquiera me atrevo a responder. Temo que lo aparten de mi lado. Temo que me quiten lo único que conozco de verdad.

Para nuestra sorpresa, es el chico alto y fuerte el que acude en nuestra ayuda.

–Bri, ya está –le pide–. No nos corresponde a nosotros juzgar a nadie. Y no creo que sea el momento ni el lugar. Inair y Drake parecen cansados. Y es obvio que el chico necesita ayuda médica –dice, fijándose en las heridas de mi guardián–. Y ya que sacamos el tema, lo cierto es que yo también.

Su compañera no parece tener piedad, ni siquiera cuando le recuerda el mordisco que ha recibido en el brazo.

–¿Y cuándo será el momento y el lugar? –le pregunta ella, entornando los ojos–. ¿Pretendes que les permitamos llegar a Astrea? ¿Descubrirles nuestro refugio? ¿Te das cuenta de que podría ser una trampa? ¿Te has vuelto loco?

–Confío en Drake. Sigue siendo unos de los nuestros, nuestro amigo y hermano. ¿Crees que nos mentiría? Nos contará su historia a su debido tiempo. En casa. Y decidiremos qué hacer entonces. ¿Te asusta que nos descubran? Para solucionarlo será tan sencillo como cortarles el cuello a la más mínima sospecha.

Algo en la mirada de la chica me dice que desearía poder hacerlo. Finalmente, sin embargo, aparta la vista y lo deja correr.

–Ordenaré coger las provisiones y nos iremos. –Se da la vuelta, pero no sin antes examinar a nuestro grupo de nuevo. Cuando se fija en mí, el dolor que percibo en su rostro me conmueve. Camina hacia las escaleras–. Vamos, Shem. Tu brazo no se curará solo.

El aludido se destensa, observando la expresión agotada de Drake.

–Bienvenido a casa.

Los piratas se van. El único hechicero que queda entre nosotros se lleva una mano a la cara, que luego se pasa por el pelo en un gesto de nerviosismo.

–Hogar, dulce hogar –murmura para sí, aunque es a mí a quien trata de sonreír.

Yo imagino una torre vacía en un país que hemos dejado atrás.

Cirene

Con la llegada del barco astrense tuvimos que dejar atrás el navío mercante en el que habíamos estado viajando y subir a la embarcación de los hechiceros, no mucho más grande, pero con un destino más claro: viajamos directos a un refugio en el que los rebeldes de la isla se protegen de un falso rey, así que podría decirse que la llegada de los supuestos piratas fue un golpe de suerte y que las cosas han ido a mejor desde entonces.

Pero no es así.

El trato que hemos recibido desde ayer por parte de la mayoría de la tripulación no es precisamente amable: solo hay desconfianza y miradas heladas. Pese a las palabras de Drake, que no ha dejado de discutir con sus compañeros sobre la actitud que tienen, no parece que en la isla vayamos a ser bien recibidos, si esto es solo un adelanto de la situación allí. No culpo ni al trovador por sus expectativas, ni a los hechiceros por su comportamiento: Drake lleva mucho tiempo sin vivir entre los suyos, y estos han pasado muchas lunas escondidos, sobreviviendo a duras penas tras haber visto su patria herida de muerte. Es normal que guarden rencor, que tengan miedo y nos odien pese a no tener nada que ver ni con su golpe de Estado, ni con el rapto de su princesa.

Los príncipes somos representantes de nuestros países, para bien o para mal, y hemos de aceptar la carga que eso supone, incluso si conlleva un odio inmerecido.

Sin embargo, el rechazo solo ha sido el principio. Ha habido algo peor, algo que me aterra más que las miradas de los hechiceros o su desdén.

Esta mañana, Seaben ha caído enfermo.

Lo descubrí con el revuelo. Yo estaba en la proa del barco, con Sylvana, intentando adivinar alguna sombra en el horizonte, cuando sucedió. Al principio me movió la curiosidad, al escuchar las voces alarmadas de los marineros astrenses, pero cuando me acerqué a ver qué había pasado y lo vi en el suelo, inconsciente, sentí como si unas manos invisibles se cerrasen en torno a mis costillas. Hacía tan solo unas horas, al despertar, lo había visto más pálido de lo normal, pero cuando le pregunté si se encontraba bien, asintió y volvió a marcar distancia entre nosotros. No quise preguntar más. Cuando vi su cuerpo tirado en el suelo no pude evitar sentirme culpable por dejar que el orgullo me impidiese insistir.

Gracias a Drake hemos conseguido que la capitana del barco, Briah, nos deje su camarote para cuidarlo. No ha sido fácil: al principio defendió que eso era lo que mi esposo merecía por todos sus crímenes y que haríamos bien en dejar que siguiera empeorando, o en tirarlo al mar, por si lo que tiene fuera contagioso. Quise gritarle, pero antes de que pudiese hacerlo, Shem, el pirata de la cabeza rapada que siempre está cerca de ella, le ha dicho algo y las aguas se han calmado. Se ha marchado airada, advirtiéndonos de que si Seaben tiene la peste lo lanzarán al agua sin ningún tipo de consideración.

Pero yo sé perfectamente que él no está enfermo de verdad. O, al menos, que no es una enfermedad al uso. Sé que lo que está sufriendo es por la poción que lleva ya dos días sin tomarse y que lo defendía del veneno que le dieron cuando era un niño.

–¿Una medicina?

Miro a Sylvana, que coloca un paño húmedo sobre la frente del príncipe. Yo estoy apretando su mano, incluso aunque sé que no puede sentirme. Su rostro está perlado de sudor y sus labios entreabiertos. Respira con pesadez, y cada aliento que toma me llena de más angustia que el anterior.

–Se la tomaba todas las mañanas –le explico–. Intentaron envenenarlo de pequeño y la medicina lo protegía contra los efectos de la ponzoña en su cuerpo.

Sylv frunce un poco el ceño, cruzando los brazos. Comparte una mirada con Drake, que también está en el cuarto, así como Lowell, que se mantiene apartado, pero mira a Seaben con preocupación. Sus heridas han sanado rápidamente gracias a los recursos de los hechiceros, así que ya no hay ni rastro de malestar en él.

–¿Te llegó a decir qué llevaba? –pregunta mi amiga, volviendo la vista hacia mi esposo. Yo niego con la cabeza por toda respuesta–. ¿Y se tomaba la medicina desde que era niño, dices?

Asiento, mordiéndome el labio. Cuando me contó la historia de su envenenamiento la primera vez, solo pude preocuparme y lamentarlo por él, pero lo cierto es que ahora me suena extraña, aunque quizá solo esté demasiado preocupada como para pensar con claridad.

–¿Crees que un veneno puede seguir actuando después de tanto tiempo? ¿Y si…? –No quiero pensarlo, pero me obligo a hacer la pregunta, en voz más baja–: ¿Y si empeora? ¿Hasta dónde va a llegar…?

–¿Quién preparaba esa poción para él? –pregunta Drake, cortando mis pensamientos.

Niego con la cabeza para indicarle que no sé la respuesta.

–Mab –responde Lowell en mi lugar–. Al menos era ella quien le suministraba las dosis.

–Yo desconfiaría de ese supuesto antídoto, entonces –replica Drake–. Se trata de Mab de Lothaire, al fin y al cabo. ¿Creéis que dejaría que alguien envenenase a su hijo? Esa mujer sabe todo lo que ocurre en su maldito palacio. Todo.

Mab, por supuesto. Todo parece ser culpa de ella: cualquier pregunta podría responderse con su nombre, por horrible que esta fuera. El mundo parece girar alrededor de esa mujer y sus deseos, y eso hace que me hierva la sangre. Quiero verla muerta. Quiero verla suplicar y recibir todo el sufrimiento que inflige a los demás. Quiero que, por una vez en su vida, pruebe la derrota.

La odio.

–¿Crees que la poción no era algo bueno para Seaben, sino algo malo? –susurro. Ni siquiera lo miro, porque para mis ojos solo existe la cara del príncipe, sumido en una terrible pesadilla, en medio del delirio por su alta fiebre.

–Eso es ridículo –interviene Lowell–. Seaben se ha tomado esa poción desde que tengo uso de razón. Eso sería como suponer que Mab lo ha estado envenenando durante toda su vida. Es su hijo, no haría eso.

–¿Y por qué no? –replico, quizá con demasiada brusquedad. Estoy nerviosa. Estoy asustada–. Es Mab. Quizá quiso hacer algo para dejarle claro que la necesitaba. Algo para que si la traicionaba no pudiera seguir adelante solo. Seaben precisa de esa medicina y solo ella sabe cómo prepararla.

–Aunque no lo creáis, Mab se preocupaba por su hijo. Demasiado, incluso: si algún día Seaben se olvidaba de la poción, corría a dársela amenazando con castigarlo la próxima vez que no se la tomase.

–Pues yo estoy de acuerdo con Eirene –tercia Drake–. Mab es una controladora. Y, oh, sí, se preocupaba muchísimo por él. Por eso lo mandaba a la guerra. Y por eso pretendía castigarlo y matar a su esposa. Le mentía, caballero. Por lo que nos consta, podría haberlo abandonado a su suerte en el bosque en cuanto nació.

Lowell mira al hechicero con un mohín de disgusto por sus palabras.

–No seré yo quien defienda a Mab, trovador, pero, como príncipe, era el deber de Seaben ir a la guerra, no era su madre quien lo enviaba. Él mismo se ha sentido responsable de luchar siempre con y para su pueblo. Y sí, le mintió, y sí, pretendía matar a Eirene, pero todo ello lo hacía para protegerlo. Quiso alejarlo de ella para evitar que…

–Para evitar que yo le metiera en problemas, como ha pasado –completo yo, cuando Lowell calla por consideración.

El caballero parece algo avergonzado.

–No quería decir eso.

–Claro que querías –susurro, aunque más tranquila de lo que cabría esperar–. ¿No intentaste tú mismo separarnos? ¿No me ves tú como la culpable de que la vida de Seaben se haya vuelto del revés? ¿No querías evitar que pasara?

Una mueca de tristeza acude al rostro de Sylvana, que deja una de sus manitas sobre mi brazo.

–Tú no has tenido culpa de nada, querida.

No respondo, porque sé que eso no es verdad. La tengo. Lowell está en lo cierto en sus acusaciones, igual que estaba en lo cierto cuando temía por su amigo en Lothaire. Le he traído la ruina. Lo he apartado de todo y ahora, por mi causa, ni siquiera puede tomarse la medicina que lo mantenía sano. ¿Qué va a pasar si no descubrimos cómo prepararla? ¿Qué ocurrirá si no puede volver a tomarla…?

–No creo que sea el momento de hablar de esto –dice Drake para alejar el peso de la culpabilidad de mis hombros–. Faltan unas horas para que lleguemos a Astrea. Una vez allí tendremos libros de consulta e ingredientes. El problema es que no sabemos lo que lleva esa medicina. –La mirada del trovador se fija en Lowell–. ¿Sabes tú algo de eso?

El amigo de mi esposo niega con la cabeza y yo siento cómo una esperanza más cae al suelo y se hace añicos. Tengo la impresión de que no dejamos de caminar sobre un montón de sueños rotos.

Vuelvo la vista hacia el príncipe y me llevo su mano a los labios. Sigue llevando mi cinta atada a su muñeca, pese al tiempo que ha pasado ya desde nuestra apuesta.

–Se pondrá bien, Eirene. Lo he visto en situaciones peores –me anima Lowell.

–No te preocupes, pequeña –secunda Sylvana–. Yo soy experta en medicinas, ¿o no te he curado siempre?

Su sonrisa, tan dulce, me obliga a dibujar una leve expresión en respuesta, aunque no la siento de verdad. Solo voy a estar tranquila cuando Seaben vuelva a abrir los ojos. Lleva tanto tiempo dormido, ajeno al mundo, con esa respiración superficial y esa temperatura tan alta…

–Creo que esto es más un caso para hechiceros, si me lo permites… –carraspea Drake.

A Sylvana el comentario le molesta, porque mira al hechicero con los ojos llenos de rencor.

–Pues no te veo hacer nada, trovador.

Drake recibe el golpe con entereza.

–Estoy esperando a tener los medios –se excusa.

Un quejido nos distrae a todos y yo centro mi atención en la figura sobre la cama. Los labios de Seaben se aprietan y mi corazón da un vuelco cuando se mueve, girando la cabeza. El paño se le cae de la frente y mi mano va hacia su mejilla, que está colorada por la fiebre.

Un parpadeo y sus ojos rojos se fijan en mí.

–Eirene…

Cojo aire y vuelvo a besar su mano, con delicadeza, dándole así la bienvenida. El muchacho entorna los ojos, pero después mira alrededor y, tras ver a los demás, hace ademán de incorporarse. Yo, por supuesto, no se lo consiento. Está demasiado débil y no pienso permitirle ningún esfuerzo. Por eso suelto su mano y coloco mis palmas sobre sus hombros, para obligarle a tumbarse de nuevo. Es alarmante lo fácil que resulta, ahora que no tiene fuerzas.

–Ni hablar –le advierto.

–Estoy bien…

Que lo sugiera, en su situación, me enerva. Lo mismo me dijo esta mañana y no tardó ni dos horas en caer inconsciente.

–No me mientas –lo amonesto con voz fría. Si me hubiera dicho que se encontraba mal quizá podríamos haber hecho algo por él desde el principio–. Ya lo has hecho suficiente por hoy.

Seaben parece arrepentido, porque ni siquiera protesta.

–Príncipe. –La voz de Drake nos recuerda que no estamos solos–. ¿Qué lleva esa poción que bebes? ¿Lo sabes?

Seaben frunce un poco el ceño, como si le costase comprender la pregunta, y yo vuelvo a tomar su mano, con un suspiro. No lo sabrá, con toda probabilidad, y seguiremos en el mismo punto que al principio.

–Menta –susurra–. Al menos… sabe a menta. Y a manzanilla.

Menta y manzanilla. Siento el rubor subiendo a mis mejillas y me pregunto cómo no se me ha ocurrido a mí. A eso supo el beso que cerró nuestra boda, y a partir de ese todos los que vinieron y que me pasan como un torrente por la cabeza. En la noche de bodas, cuando se acercó más de lo debido. El día del banquete con mi padre, cuando se lanzó sobre mi boca con ferocidad, dispuesto a arrebatarme el aliento. Todos los que abandonamos en labios del otro en la torre. En aquel momento me perdí en ese sabor. Menta. Menta y manzanilla...

–No recuerdo ninguna medicina con esos ingredientes –dice Sylvana, sacándome de mis recuerdos. La miro, preocupada, y cuando la niña mira a Drake, probando suerte con sus conocimientos como hechicero, él también niega.

–¿Crees que puedes aguantar? –le pregunta el trovador a mi esposo–. Pronto llegaremos a Astrea.

–Estoy bien –insiste Seaben. Se arrepiente al segundo de decir eso, cuando le lanzo una mirada de reproche.

–Será mejor que consultemos a los hechiceros –sugiere Sylvana.

Lowell asiente y mira a su amigo antes de salir por la puerta. Drake, sin embargo, no parece muy dispuesto. Me mira y siento que sus ojos se fijan en mi mano unida a la de Seaben. Me tenso y, con disimulo, mis dedos se separan de los del príncipe con la excusa de taparle mejor con las mantas.

–Yo me quedo para asegurarme de que no le sube la fiebre al príncipe –replica Drake.

–Te necesitamos para mediar –repone Sylvana. Coge su brazo con ambas manos y Drake, pese a un quejido de protesta, se deja arrastrar, sabedor de que los otros dos no tienen posibilidades de tratar con los hechiceros sin su ayuda.

La puerta no tarda en cerrarse y yo suspiro. Todos han salido, pero el silencio se ha quedado con nosotros para hacernos compañía. Mi esposo apoya la mejilla contra la almohada y siento sus ojos taladrándome.

–¿Eres consciente del susto que me has dado? –lo acuso, sin poder contenerme más.

–Suena a que estás preocupada...

Su burla me hace ruborizarme de puro enfado.

–¡Serás estúpido! ¡Claro que estoy preocupada! ¡Estoy *muy* preocupada! ¡Mucho! ¡Y tengo miedo por ti!

Seaben suspira. Busca mi mano y la roza, al principio con duda, como si intentase valorar hasta dónde le va a permitir acercarse mi indignación. Yo dejo que la tome y vuelvo a entrelazar nuestros dedos.

–Me pondré bien –promete él en un hilo de voz–. Solo necesito descansar.

–Te he dicho que no me mientas –le reprocho de nuevo. Mi mano libre alcanza el paño que se ha caído sobre la cama cuando ha despertado. Lo coloco de nuevo sobre su frente–. Es por la medicina, ¿no es cierto? Porque llevas dos días sin tomártela. Y eso es malo. ¿Qué pasará si no la tomas más?

El silencio que sobreviene a mi pregunta me hace palidecer. No, eso no puede ser. Seaben aprieta más fuerte mi mano.

–No lo sé.

Me estremezco e intento tomar aliento de nuevo, aunque la angustia por él no permite llenarse a mis pulmones. Si no se la toma y la temperatura sigue subiendo, y ese veneno, o lo que quiera que la medicina evite, sigue debilitándolo… No. No lo sabemos. Solo es una posibilidad. Una entre tantas. Nadie se va a llevar a Seaben de mi lado de esa manera. Si es preciso, yo misma volveré a Lothaire para coger los botes que hagan falta y robarle la receta a la mismísima Mab, pero nadie me lo va a quitar así.

–Eirene –me llama Seaben–. Tranquila.

Aparto la vista, clavándola en las sábanas, dándome cuenta de que estoy tan nerviosa que empiezo a respirar con dificultad. Asiento, prometiéndole que voy a relajarme. No puedo perder la calma. Los hechiceros nos ayudarán. Respiro. Eso es. Trato de convencerme de que todo va a ir bien.

La incertidumbre, sin embargo, suele ser más cruel que la peor de las certezas.

–Quizá… –comienza Seaben tras un silencio. Ha apartado la mirada hacia el lado contrario de donde estoy, con sus pupilas fijas en la pared–. Quizá esto solo venga a probar que soy demasiado débil.

Escucharle hablar así me pone en alerta. Mi mano libre roza su mejilla, para obligarle a mirarme. Él lo hace, con los ojos rojos que siguen pareciendo nublados.

–¿Qué estás diciendo?

–Soy un soldado. No debería estar postrado en esta cama.

–No sabía que los soldados no tuvieran derecho a enfermar.

–Esto no es una enfermedad –responde débilmente. Suspira y cierra los ojos, como si estuviese cansado; no solo por la fiebre, sino por todo–. Es algo que ni siquiera comprendo.

–Si tu madre decía la verdad, te envenenaron –le recuerdo, aunque tras la conversación con los demás ni siquiera puedo creer en eso–. No puedes hacer nada contra ello, por muy soldado que seas. Encontraremos la medicina y te pondrás bien en cuanto la tomes, ya lo verás.

Él no parece haberme escuchado.

–Nunca he hecho preguntas. Me he dado cuenta cuando ya es demasiado tarde, pero nunca las hice.

–¿Preguntas?

Seaben parece hablar más para sí mismo que para mí:

–Ahora nunca van a tener respuesta. ¿Quién me envenenó y por qué? Ni siquiera sé si es verdad. –Su mano, quizá inconscientemente, se aprieta en torno a la mía. La otra vuela a su rostro, cubriéndoselo, privándome de su expresión–. ¿Quién me dice que no es una mentira? ¿Quién me dice que no lo es todo? Todo, siempre… Y las cosas que nunca me dijo…

La palma que tapaba su cara cae de nuevo sobre el colchón y yo apenas sé cómo reaccionar. Su rostro está pálido, pero lo que más me preocupa es su mirada, que solo parece observar el aire e intentar adivinar algo en él. No es la mirada de Seaben, que incluso cuando todo parecía en nuestra contra siempre se dirigía hacia el frente y trazaba un nuevo plan. Sé que es la enfermedad la que lo está haciendo actuar así, pero también que hay algo más: ha dejado mucho atrás. Toda su vida, su pasado, lo que sabía y lo que no. Imagino cómo se siente: sin identidad, sin certezas. No soy capaz de reconocer al príncipe seguro de sí mismo, orgulloso y casi arrogante que parecía ser. Ante mí solo tengo a un muchacho que se ha perdido en un bosque en el que nunca ha estado. ¿Y no puedo comprenderlo? ¿No me siento yo igual? Aún me duelen los golpes que mi propio padre me propinó la noche en que huimos, pero los moratones que más siento no están sobre la piel, sino ocultos: la distancia de mi reino, las amenazas, el asesinato de mi madre, el miedo al futuro…

Basta. No puedo seguir pensando en eso.

–Ni siquiera le pregunté nunca quién era mi padre.

Solo tengo un leve atisbo de lo desubicado que se siente, pero tengo una certeza: es todo culpa de esa mujer. De sus secretos y de sus mentiras. Cómo quisiera hacer que se arrodillase ante él y tuviera que dar respuesta a todas las preguntas de mi esposo, solo para después verla suplicar por su vida y hacerle pagar por todo el daño cometido. A Seaben. A mí. A Drake. A Inair. A mi madre. A Chryses. A Celeste de Anderia. A Anderia entera, con esa absurda guerra que ella maneja.

–Seaben, olvídalo. –Mi mano vuela hasta su mejilla y se adapta a la curva de su rostro, regalándole una caricia. La sombra de la barba incipiente, tras los días de travesía, raspa mi piel–. Por favor, olvida a esa mujer.

En un gesto que me parece casi desesperado, su rostro se mueve hacia mi mano como si mendigase otra caricia, y siento mis ojos humedeciéndose ante el dolor de su expresión.

–Me siento muy perdido, Eirene… –confiesa con voz rota.

La mirada se me nubla. No había visto tanto sufrimiento en él nunca. No puedo soportar verlo así. Por eso, pese a la culpabilidad que siento, me inclino y lo abrazo. Quiero que sienta que, incluso cuando nos han quitado todo, incluso cuando ya no tenemos un suelo que no se tambalee bajo nuestros pies, incluso cuando no hay nada en el horizonte, yo estoy caminando justo a su lado.

–Yo estoy aquí. Da lo mismo cuántas dudas tengas, cuántas preguntas sin responder. Da lo mismo lo perdido que te sientas: a mí siempre podrás encontrarme, Seaben. Estamos juntos en esto.

Mi esposo se tensa al principio, pero no tardo en sentir sus brazos rodeándome con firmeza, casi con desesperación. Su aliento roza mi cuello cuando esconde la cara contra él.

–Prométemelo –suplica, en voz baja.

Lo abrazo más fuerte y asiento. Me arden los ojos, pero no quiero llorar. No más. Se ha acabado el llanto.

–Vamos a encontrar todas las respuestas que hagan falta. Desvelaremos todos los misterios que esa mujer se haya empeñado en ocultar. Y encontraremos un hogar. Uno bonito, donde no haya guerras. Uno donde podamos estar en paz. Donde haya tranquilidad y los sueños se cumplan y los días acaben con las estrellas sonriéndonos desde arriba. Y la venceremos, Seaben. No va a hacernos más daño, ni ella ni sus secretos. Ahora estamos juntos, y eso nos hace invencibles. –Me separo lo justo para mirarlo. Seaben me observa con la expresión de quien intenta agarrar una esperanza entre las manos–. Te lo prometo.

El príncipe aprieta los labios y asiente, y de pronto eso es suficiente. Una mirada que cierra una promesa, una caricia en mi rostro que habla de un futuro que no podemos ver, pero en el que vamos a seguir al lado del otro.

–Gracias –susurra.

No digo nada. Aparto un momento el paño de su frente, el tiempo justo para dejar un beso allí y abandonar un sueño en su cabeza.

–Descansa. Me quedaré contigo.

Mi esposo no responde. Cuando me separo, ha cerrado los ojos, y me tumbo a su lado para seguir abrazándolo mientras duerme.

Desde el principio, Seaben no ha dejado de cuidar de mí. Es hora de que yo cuide de él.

Drake

Sylvana me arrastra fuera del cuarto pese a mis quejas y cierra la puerta del camarote una vez estamos al otro lado. Resoplo y me zafo de su agarre.

–No es como si necesitaran intimidad, ¿sabes?

–Que tú no quieras darles intimidad no significa que no la necesiten.

–Para tu información, no hay nada entre ellos.

–Están casados. Sé que se te olvida, pero por suerte estoy yo aquí para recordártelo. –Pequeña como es, al cruzar los brazos sobre su pecho impone un poco. Lo atribuyo a una sombra de lo que sería sin el hechizo que la convirtió en una niña–. Eirene no debería haberte hecho el menor caso nunca.

Me parece increíble que después de todo lo que estamos pasando le queden fuerzas para darme lecciones de moralidad.

–Están casados, sí, pero ni siquiera es un matrimonio de verdad. Es todo por conveniencia. En cambio, Eirene a mí me gusta.

No dudo en mi confesión. Me mantengo firme y alzo la barbilla, orgulloso de haber pronunciado las palabras.

–Ya lo he notado. –Sylvana hace una mueca de disgusto que deja muy clara su opinión respecto a mis sentimientos–. Pero, por si no te has dado cuenta, no has demostrado ser lo que más le conviene, muchacho.

¿Y el príncipe sí lo es? El hijo de una reina cruel, que no ha hecho más que bailar al son que su madre le cantaba, al menos hasta hace poco. Un soldado con las manos tan manchadas de sangre que otro muerto más a la lista no cambiaría nada. Arrugo la nariz. Si no se hubieran casado, para empezar, todo podría haber acabado bien. Si ese chico no se hubiera mezclado en los asuntos de Astrea… Y aún lo defiendo ante los míos, a pesar de que nadie me culparía si decidiese hacer lo contrario. Briah, al menos, parece pensar eso cuando me mira. Piensa que es poco menos que una traición que lo haya traído conmigo.

–Para Eirene, yo he sido la libertad. Y he estado a su lado cuando necesitaba hablar. Más que tú, al parecer.

Ella se molesta por el reproche. Pero es verdad. No sabe ni la mitad de lo que pasa por la cabeza de su protegida, por mucho que crea estar cerca de ella. Y si además intenta darle lecciones de cómo comportarse, ¿cómo va Eirene a contarle nada? Yo también huiría de cualquiera que tratase de censurar mis decisiones.

–¿Y de qué ha servido tu libertad, muchacho? ¿Para que haya terminado aquí, en un barco, acusada de traición, todo por ayudarte? ¿Crees que soy tonta? Tu hermana encerrada en el castillo y tú buscándola. Qué casualidad que te hicieras tan buen amigo de Eirene, ¿no crees?

El rubor llega como un fiero ardor que prende mi cara en llamas.

–Eso no… –Pero termino callando, porque no puedo negar lo evidente.

Sylvana me mira, perspicaz, comprendiendo mi silencio. Puede que la haya subestimado.

–¿De modo que fue así?

–Lo que pasase entre Eirene y yo es cosa nuestra –me defiendo, pese a que soy tan consciente como ella de que no hice bien–. Y los errores que hayamos podido cometer cualquiera de los dos, también. Si hice lo que hice fue por necesidad. Solo quería protegerla.

–¿Protegerla? –repite ella, con cierta burla–. Seguro que en eso pensabas cuando te acercaste a ella. En protegerla. Posiblemente ni siquiera valoraste el daño que podrías causarle, ¿no es cierto? –Callo, incapaz de defenderme de las puñaladas–. Egoístamente pensaste que podría acercarte a tu objetivo. Y ella, confiada, necesitada de esa libertad que tanto presumes de haberle ofrecido, ni siquiera dudó de ti. Sí, así es Eirene: puede que se esfuerce en no ser una niña, pero sigue estando tan perdida como una. Sigue necesitando de un cariño que se le negó con la muerte de su madre, y por eso confía en cualquiera que le dedique palabras simpáticas y la aparte de las obligaciones y las responsabilidades que nunca pidió y para las que no se siente preparada. Pero ¿qué has hecho por ella *de verdad*? ¿Qué has hecho para merecer su confianza o ese cariño que te tiene?

Bajo la vista. No ha dicho ninguna mentira, después de todo. No tuve en cuenta sus sentimientos al acercarme, convencido de que no pasaría nada si no nos acostumbrábamos a estar juntos. Pero después todo fue diferente. Nos gustábamos, y a su lado todos los cuentos del mundo parecían posibles. ¿Qué he hecho para merecerla, sin embargo? ¿Qué le he dado? En el fondo solo le he traído problemas. Solo le he dado disgustos. Cuando comparo los momentos de felicidad íntegra y todos los sufrimientos, las cuentas me quedan claras: la he hecho sufrir más que sonrisas he puesto en su boca. Es cierto, conseguí algunas risas. Sí, le robé un par de besos. Pero todo eso era más para mí que para ella…

–Yo…

Las palabras parecen estar de más. ¿Debería apartarme de ella?

Frente a mí, Sylvana coge aire y después lo suelta lentamente en un suspiro.

–Asegurarte de que estará a salvo en Astrea no sería un mal paso para empezar –me aconseja, como si pudiera leerme la mente–. Así que más te vale convencer a tu gente de que el príncipe y ella merecen el refugio que buscan.

Trago saliva. Ojalá fuera tan sencillo. Pero tengo la esperanza de que una vez en casa me den una oportunidad. Si Moira estuviera aquí podría hablar con ella…

–Ya estoy haciendo todo lo que puedo –murmuro. Me quedo un segundo en silencio, pero al final alzo la mirada y contemplo la pequeña figura que sigue de pie ante mí–. ¿Y tú? ¿No te incluyes?

–¿Disculpa?

–¿No buscas refugio tú también?

Lo cierto es que siento curiosidad. Apenas sé nada de ella, aparte de que lleva cuidando de Eirene desde que se fue a vivir a Veridian. ¿Qué secretos oculta? No sé qué la ha llevado a estar presa de un hechizo, pero seguro que es una historia interesante. ¿Querrá librarse de su maldición o se sentirá bien en ese cuerpo? ¿Qué fue en su pasado? ¿De dónde viene? ¿Es humana? Lo parece, y sin embargo…

–Yo solo soy una criada –dice con sencillez–. Nadie sospechará de mí.

Lo cual no significa que sea todo lo inocente que aparenta.

–Sí, sin duda es una buena coartada. Un puesto en el que pasar desapercibido. Casi tan bueno como el de trovador…

La insinuación parece ofenderla.

–¿Me estás acusando de algo? No es una coartada: he estado con Eirene durante más años de los que puedas imaginar, siempre la he cuidado y seguiré haciéndolo.

–Las pociones –apunto–. ¿Dónde has aprendido tanto sobre ellas?

En Veridian. He pasado muchos años allí, al fin y al cabo.

–¿Y allí lo aprendiste todo? ¿Tú sola?

–Sí. ¿A qué viene este repentino interés por mí? –inquiere, suspicaz–. No voy a permitir que te acerques a Eirene más de lo debido solo porque te hagas el simpático conmigo, te lo advierto.

Ignoro el comentario.

–¿Lees élfico?

–Claro que leo élfico.

–¿Y dices que aprendiste en Veridian? ¿Por qué los reyes se molestarían en enseñar a una humana a leer?

–Aprendí *pociones* en Veridian –explica, exasperada–. Lógicamente ya sabía élfico antes de entrar a trabajar en palacio: nunca habría conseguido mi puesto de lo contrario… ¿Por qué tantas preguntas?

–¿Y por qué no? Los trovadores hacemos preguntas y luego escribimos canciones con las respuestas. ¿Quién te dejó así?

–Un malvado hechicero, rencoroso porque yo no lo amaba.

Me quedo en blanco. Esa sería una gran historia, de las que se usan para las baladas más bellas.

–¿Algo más? –inquiere.

–¿La verdad?

–Me temo que no.

–Entonces hay una verdad oculta, no lo niegas.

–No hay que ser un lince para averiguarlo –se burla ella–. Si quieres cuentos sobre mi transformación, pregúntale a Eirene: tiene uno por cada luna llena.

No estoy más cerca de tener una pista sobre ella de lo que lo estaba al principio de esta conversación, y eso me frustra y me fascina al mismo tiempo. Por mi mente ya cruzan las teorías más extravagantes: no necesito sus relatos, puedo crear todos los que quiera en mucho menos tiempo y luego tú y yo podríamos cantarlos. Sí, sería interesante creer que fue un amante despechado, pero también podría haber sido alguien que deseaba salvarla. A lo mejor es una fugitiva de la justicia que cambió su aspecto para cruzar la frontera...

–¿Qué escondes, pequeña? –pregunto, deteniendo mi exaltada imaginación–. ¿Qué eres?

Ella sonríe, todo inocencia y encanto.

–Una niña seguro que no.

–Deberías decírmelo –le aconsejo–. En Astrea no gustan los secretos.

–¿Es una amenaza?

–No, es una afirmación. Tendré que defenderos ante los que están en contra de vuestra presencia allí. No pretenderás que lo haga cuando pienso que ocultas algo, ¿no?

–No lo sé. –Finge pensar, dándose toquecitos en la barbilla con el dedo–. ¿No ha sido eso lo que han hecho contigo?

–Si alguna vez mentí fue para salvar a mi princesa y a mi país.

–¿Y entonces qué derecho tienes a juzgar mis mentiras? –pregunta, muy seria. Casi espero que me diga que ella también está intentando salvar a su propia princesa del cautiverio–. Los secretos nos protegen, Drake. Por eso todos tenemos uno. Y ahora esta conversación ha terminado: tenemos cosas más importantes de las que preocuparnos. Si el príncipe necesita esa medicina, no tardará en empeorar si no la tiene.

–No sé qué te hace pensar que vamos a poder prepararla o dársela mientras estemos en este barco. Aquí no hay ingredientes.

–Aquí no –concede–. Pero allí los habrá.

Yo sigo la dirección que marca su pequeño dedo, alzado para señalar algo a mis espaldas. Me giro, curioso, y la veo.

Astrea.

La conversación con Sylvana queda relegada a un segundo lugar mientras mis ojos beben la imagen de la pequeña isla que se dibuja sobre las olas. La respiración se me corta y la cabeza me da vueltas. Al fin. Ha pasado mucho tiempo, demasiadas lunas apartado de todo lo que conozco, pero mientras observo cómo nos acercamos, guiados por el viento, todo recobra el sentido. Corro hacia la baranda, como un niño, y dejo escapar una exclamación de apreciación. Yo he crecido, pero ella, dormida y silenciosa, esperando nuestro regreso, no ha cambiado ni un ápice. De pronto parece que fue ayer cuando la abandonábamos, oculto en mi capa, contigo entre los brazos. Hoy vas a mi espalda y pareces alegrarte tanto como yo de volver a casa. Hemos cumplido nuestra misión y podemos mirar a los acantilados sin la vergüenza del fracaso. Traemos a Inair. Puede que no sea la misma princesa que recordamos, pero encontraremos la forma de devolverle cada uno de sus recuerdos. El corazón se me acelera en el pecho al pensar en el final del Tirano, en el principio de una nueva era de paz y prosperidad.

–Ya falta poco…

Nuestro hogar nos espera.

–¿La has echado de menos?

Briah está apoyada a mi lado. Ni ella ni Shem han podido decirnos nada que pueda ayudar al príncipe, pero no me importa. En cuanto lleguemos a tierra, lo curaremos. Moira está allí, al fin y al cabo, y ella sabrá qué hacer. Si no consigue esa poción, preparará otra incluso más efectiva. Todas las soluciones parecen estar a mi alcance.

–Mucho –le confieso–. Cada noche. A cada latido. Tanto como a vosotros.

Sus ojos pardos destellan por las emociones que trata de contener.

–Se notaba tu ausencia, Drake.

Alzo las cejas, como si no hubiera dicho nada más que una obviedad.

–Lo sé. Nadie como yo para aguantar a Adair –rio–. Y soy consciente de la falta que os hacía escuchar mi melodiosa voz. Soy una joya.

–Y tu gran ego. Astrea parecía más vacía sin él.

–También eso lo sé –admito, bromeando–. Hasta eso te gusta de mí. Pero no lo digas muy alto o tu novio se celará.

Miro por encima de mi hombro, buscando a Shem con la mirada, pero no está a la vista. Se habrá tomado un minuto de descanso, porque por lo general siempre se queda alrededor de Bri. Es obvio que son inseparables, a pesar de lo diferentes que son. Él parece tener un efecto calmante sobre ella, siempre tan tranquilo. El equilibrio justo de caracteres.

–¿Qué novio? –pregunta algo confusa. O fingiendo confusión, porque es obvio que está avergonzada–. ¿De qué estás hablando?

–Vamos, no tienes que disimular conmigo. –Le rodeo los hombros con mi brazo–. ¿Hasta dónde habéis llegado Shem y tú?

La muchacha empieza a boquear ante la pregunta y yo sé que, en el fondo, sigue siendo demasiado inocente. A pesar de que a veces parezca mayor, solo tiene diecisiete años: tenía quince cuando la pesadilla comenzó. Debería estar contando estrellas en el cielo de Astrea, no luchando por la supervivencia de un pueblo bajo su superficie. Me entristece pensar que todo lo que ha pasado le ha hecho madurar demasiado rápido. Que no es la misma. Que al mismo tiempo que hechizaban a Inair, a ella le arrebataban la alegría y todos los sueños que una vez tuvo.

Por eso me gusta avergonzarla. Por eso me gusta verla sonreír, o pronto olvidará quién es en realidad y dejará atrás a la niña que todos queremos.

–¿¿Ese y yo?? ¡Estás loco! –grita, demasiado alto, arrancándome una carcajada.

–Es obvio que os gustáis –insisto–. ¿Ya os habéis besado?

Ella trata de apartarse de mí. Me golpea con la palma en el pecho, pero el golpe únicamente me arrebata otra risa que no puedo controlar.

–¡¡Drake!! –se queja, tapándose las mejillas sonrojadas.

Sonrío, a modo de disculpa, y me encojo de hombros.

–Echaba de menos esto, pequeña.

Alzo la mano y la despeino, ante lo que ella se encoge un poco sobre sí misma. Frunce ligeramente el ceño y siento que algo va mal. Estoy a punto de preguntar qué es lo que pasa, que por qué ese súbito cambio, cuando habla:

–Será mejor que te lo diga rápido.

Y así el momento se va en las alas del viento.

–¿Qué ocurre?

Briah carraspea, pero decide que el tacto no sirve de nada.

–Llevaremos a tus compañeros encapuchados.

La sonrisa baila en mis labios.

–¿Disculpa? No he debido de escucharte bien...

Ella no me lo repite. En su lugar, baja la vista, como si no quisiera enfrentarse a mis ojos.

–No son delincuentes, te recuerdo. ¿De quién ha sido la idea?

–De la capitana, naturalmente. Y su tripulación está de acuerdo. No podemos mostrarles el camino.

Me llevo la mano a la cara, incrédulo. Tiene que ser algún tipo de broma. ¿Es en esto en lo que nos hemos convertido? ¿Ni siquiera se van a fiar de la palabra de uno de los suyos?

–¿Es así como Astrea trata ahora a sus visitantes? –le recrimino.

–Astrea está dolida, Drake.

Yo también estoy dolido. Todos lo estamos. Pero eso no significa que debamos apartarnos del mundo, no cuando este aún tiene cosas que ofrecernos. Eso no significa que rechacemos la ayuda. O que les demos la espalda a nuestros amigos.

–¿Y el dolor la obliga a desconfiar de aquellos que la han ayudado? –Cuando abre la boca para responder, alzo las manos, mostrándole las palmas en un gesto de rendición–. No. Ya estoy cansado. Llevamos discutiendo desde el momento en el que nos hemos reencontrado. Se lo diré, si eso es lo que quieres. Pero acabarás teniendo que disculparte ante ellos.

Briah parece dolida. O quizá esté arrepentida de tener que tomar una decisión así.

–Ojalá sea así.

No discutimos más. Me empiezo a cansar de luchar contra los míos, hasta el punto en el que me pregunto si este es el mismo lugar que abandoné. Me doy la vuelta y me alejo de ella.

La capitana pide a sus hombres que reúnan a los extranjeros en cubierta.

Inair

Una ciudad subterránea.

Cuando el barco nos ha dirigido hacia los acantilados de la isla no esperaba esto. Tampoco cuando se introdujo por un pasaje abierto en el sólido muro, que nos tragó como una gran boca hambrienta. Dentro, en las aguas protegidas del viento y de las olas, anclaron la embarcación y todos descendimos a una pequeña explanada desde la que ahora veo esta maravilla.

Los rebeldes han creado lo que podría haber sido parte de un cuento y yo apenas sé a dónde mirar, absorbiendo con los ojos los detalles y respirando su realidad. Huele a sal y a flores. Suena a las risas de los niños y a los murmullos de la gente. Los edificios son de piedra y madera, de apariencia resistente. Algunos están excavados directamente en la roca, como una gran construcción que se alza en los límites a mi izquierda: parece encajada en la pared y, a la vez, es como si hubiera formado siempre parte de ella, alzándose, imponente, a modo de pieza central en esta original obra de arte. Me asombro al comprobar que nos protege una cúpula y que, aunque el cielo no se ve y la razón me dice que deberíamos estar a oscuras, la luz del día parece bañarlo todo, indicando con la sombra de los objetos la posición de un sol imaginario. A pesar de que no hay tierra bajo nuestros pies, alguien ha debido traerla del exterior para hacer crecer, en los balcones, plantas de verdes hojas y pétalos blancos.

Nunca había soñado con nada tan hermoso, porque además del aspecto del lugar, también está su ambiente. No recuerdo haber estado en ningún lugar lleno de gente antes, pero siempre que Lowell me hablaba de la capital de Lothaire, me la imaginaba diferente. Creía poder oír la disonancia de voces mezclándose y el caos de rostros y colores. Incluso los olores debían solaparse, sin espacio para que uno declarase su presencia en el lugar. Aquí, en cambio, todo es tranquilidad. No hay una voz más alta que la otra, y aunque muchos hablan a la vez y de alguna parte me llega una canción infantil, todo parece parte de una sinfonía armoniosa. Se respira paz, todo cordialidad, y parece imposible pensar que esta gente haya vivido una guerra o sepan lo que es el destierro.

El hecho de que Drake se gire hacia mí me saca del ensimismamiento, pero me apresuro a apartar la vista para buscar a mi guardián entre los integrantes del grupo que nos sigue. Han cubierto sus cabezas con pequeños sacos, hasta que decidan qué van a hacer con ellos. No creo entender del todo lo que va a pasar. No han cometido ningún delito. El príncipe Seaben, de hecho, está tan débil que apenas puede mantenerse en pie, pero nadie ha tenido compasión de él: lo llevan entre dos hombres y él se deja arrastrar, como un muñeco sin voluntad. ¿Harían lo mismo conmigo, si no fuera su princesa? ¿Me atarían y me cargarían al hombro, como han hecho con el lobo del príncipe, reducido a poco más que un fardo que lleva el pirata corpulento? No puedo evitar pensar en lo triste que es que alguien tenga que tomar estas medidas para proteger lo que quiere. Supongo que solo tienen miedo. Como cuando Lowell pensó que mantenerme en la torre era una buena idea para que no corriera peligro…

Él no me avisó de que el mundo fuera tan cruel.

–Tranquila, pronto los dejarán libres…

Aparto la vista de los prisioneros para volver a encontrarme con los ojos dispares del trovador, que trata de sonreírme. No necesito conocerle desde hace años para saber que finge. Cuando vi en el barco que atisbábamos la isla a lo lejos, me asombró lo feliz que estaba. Parecía otra persona, con su risa fresca hinchando las velas de la embarcación y su voz dulce cantando a dúo con las olas. Ahora, en cambio, está triste y quizá tenga miedo también.

–No les harán daño –me confía, tras un silencio. No sé si habla conmigo o consigo mismo, o incluso con el laúd que siempre cuelga de su hombro, como un inseparable compañero.

Asiento por toda respuesta, para hacerle entender que le he oído, en caso de que se esté dirigiendo a mí, y él suspira, antes de alzar la mano, señalando al edificio de roca en el que me había fijado.

–Mira –dice, con suavidad–. ¿Ves aquel edificio? Es nuestra torre de hechicería. –Lo miro, sin entender, y él parece feliz de poder explicarse–. Ya sé que no parece una torre, pero era lo único que teníamos a mano –ríe–. Aunque no lo recuerdes, hace tiempo, íbamos a una en el exterior. Nos encantaba. Nos enseñaban magia.

Aprieto los labios, odiando que hable de cosas que no existen para mí y, al mismo tiempo, sintiéndome fascinada por la idea. Me concentro en mi mano, como si esperase que, ya que mi mente no recuerda, al menos lo haga mi cuerpo. ¿Cómo será realizar un hechizo? Supongo que requiere mucho tiempo de estudio y mucha práctica, pero ojalá fuera capaz de hacer uno, aunque fuera sencillo. Tal vez así me sentiría menos indefensa, menos inútil. Titubeo.

–¿Yo... también podía hacerla?

–¡Claro! –responde él con entusiasmo, como si le gustase mi interés–. Todos aprendimos allí. –Hace un ademán al aire y yo supongo que con «todos» se refiere a los astrenses que nos acompañan–. ¿Te gustaría volver a aprender?

Aprieto los labios. Sé que espera que diga que sí, pero no sé qué es lo que quiero. ¿Cómo voy a saber si me gusta la magia si nunca la he probado? Bajo la vista y me niego a responder, sin querer comprometerme. Lo único que deseo es que dejen de esperar cosas de mí, que dejen de intentar moldearme para encajar en el lugar de la que era antes.

Él parece darse cuenta de que su proposición me ha puesto en un apuro e intenta arreglarlo.

–Todo está bien, Inair –me dice.

No digo nada y me centro en lo que ocurre a mi alrededor: llevamos unos minutos atravesando las calles y algunas personas nos observan al pasar. Parece asustarles ver a nuestros compañeros cubiertos y atados. Los susurros que nos llevaban siguiendo desde que entramos en el refugio se hacen más audibles. Me encojo sobre mí misma, porque soy consciente de que muchos ojos se posan solo en mí. No me gusta su atención. No soy nadie para tenerla.

–Nos miran.

Drake sonríe con tranquilidad. Quizá él esté acostumbrado a que los demás se fijen en él, pero para mí es algo nuevo. En la torre solo me miraban los ojos azules de Lowell o, si acaso, los escalofriantes ojos rojos de la reina.

–Bueno, no es una comitiva muy normal. Pero ya estamos llegando.

–¿Llegando…?

Me fijo en que ante nosotros se abre una pequeña plaza. Sigue la línea de belleza sencilla que han elegido para la ciudad: hay una fuente de agua cristalina, que deja ver las piedras oscuras del fondo y refleja la luz mágica del lugar. Y sentada en ella, con las manos en el regazo, una muchacha parece esperar. Se pone de pie al vernos y yo tengo una clara imagen de ella al tiempo que se acerca, algo sorprendida por la presencia de los piratas y los encapuchados. Tiene los mismos ojos de color amatista que el muchacho que supuestamente es mi primo, por lo que supongo que estarán emparentados. Sus cabellos, recogidos tras la cabeza, son de un castaño oscuro. Sus faldas emiten un suave frufrú cuando se mueve, aunque son más cortas que mi vestido, permitiendo que pueda ver algo de sus pálidas piernas. Me he fijado en que no es la única que lleva ese tipo de vestido, así que supongo que será una moda típica del lugar.

La desconocida se detiene delante de la muchacha que lidera la marcha y entorna los ojos. Está a solo unos pasos y, aun así, no parece haberse fijado en Drake o en mí.

–¿Qué significa esto? –inquiere, con una voz que llama al orden y que parece acostumbrada a pedir explicaciones.

Lo único que Briah hace, por toda respuesta, es apartarse y dejarnos a mí y al trovador al descubierto. Eso nos da una posición privilegiada para que observemos el cambio que nuestra presencia trae a su cara. Sus labios se entreabren y el color desaparece de su rostro. A mi lado, Drake se tensa. Hay un largo silencio hasta que la joven cierra la boca, sin llegar a decir nada.

–Moira –murmura él, enfrentándose a su silencio. Supongo que ese es el nombre de la astrense.

La veo parpadear, con los ojos húmedos. Tarda unos instantes en reaccionar, pero tras ese tiempo sus labios se curvan en una sonrisa, incrédula y dulce, que parece iluminar un poco más el lugar.

–Drake… –Me mira, y hay alivio en su gesto, como si ella también me hubiera estado buscando durante estos dos años–. Inair…

El trovador abre los brazos para la joven, que no duda en abrazarse a él con tanta desesperación que me siento conmovida. Sus labios se posan sobre su mejilla durante un momento que se alarga y durante el cual cierra los ojos, en un intento de calmar todos los sentimientos que amenazan con desbordarse.

–Gracias a las estrellas –la oigo susurrar–. Has tardado una eternidad. Pensé… –La voz se le rompe y yo temo que se eche a llorar, pero consigue controlarse–. Empezaba a pensar…

Drake sacude la cabeza y la salva de encontrar las palabras adecuadas.

–Estoy bien.

Moira coge aire y me mira. Sé lo que viene ahora. Ella se dará cuenta o él se lo dirá. Y entonces llegará la tristeza y la incredulidad. Me pregunto si me rechazará, como los demás. Me pregunto si se enfadará y me gritará. Me pregunto si tendrá miedo de que, con su recuerdo borrado de mi mente, su propia presencia pierda un poco de consistencia, como parece pasarle a los demás.

–Inair…

–No.

La chica da un respingo y observa al trovador con atención, sin entender. Parece preguntarle sin necesidad de palabras y él le responde de igual manera. Lowell me ha dicho que hay gente que puede hablar sin necesidad de mover los labios, directamente en la mente de los demás, e imagino que eso es lo que está ocurriendo ante mis ojos. Hablan de mí, de mi situación, pero yo no puedo más que aguantar la respiración y prepararme para el rechazo... que en realidad nunca llega. Cuando la muchacha vuelve a prestarme atención, parece haber comprendido todo lo necesario pero, lejos de horrorizarse, se acerca a mí y sonríe, con ternura.

–Bienvenida a casa, prima –me saluda, y deduzco que debe ser la hermana del muchacho del barco, de ahí que sus ojos sean los mismos.

Sus manos cogen las mías antes de que pueda darme cuenta y sus labios se posan sobre mi mejilla, haciéndome ruborizar. No sé qué decir, así que solo le devuelvo el apretón que ella me está dando, de manera inconsciente. Es la única de aquí que no me ha hecho sentir fuera de lugar. La única que no ha intentado embriagarme con sus propios recuerdos, y casi siento la obligación de agradecérselo.

Moira se separa de mí y se gira hacia Briah para pedir explicaciones. No tiene ni que abrir la boca.

–Los encontramos al atacar un barco de Lothaire. Venían hacia aquí, aunque tuvieron suerte de que nosotros los encontráramos: de haber arribado a puerto no habrían tardado en capturarlos y llevarlos ante el Tirano.

La otra no responde. En lugar de eso, se acerca a los prisioneros. Alza la mano, para alcanzar a quien más cerca tiene, y le quita el saco de un tirón.

Eirene coge aire como si hubiera emergido a la superficie tras un tiempo demasiado largo bajo el agua. Deja escapar un jadeo y aprieta los párpados, protegiéndose de la luz como puede, pues un hombre y una mujer pertenecientes a la tripulación del barco la tienen firmemente sujeta. El cabello le cae delante de la cara. Cuando sus ojos se vuelven a abrir, buscan con desesperación algo, probablemente la figura de su esposo.

–Es Eirene de Nryan –informa Briah–. Y ese de ahí es su esposo: Seaben de Lothaire. El hijo de *esa* mujer. Como comprenderás, considerarles de fiar es irrisorio, Moira. Mab...

–Mab hechizó a Inair –la interrumpe Drake, y pone su mano sobre mi hombro–. Y la mantuvo cautiva, sí, pero ellos no son Mab. Seaben y Eirene me salvaron la vida y rescataron a Inair. Me hago cargo de sus actos. –Baja la voz, cabizbajo–. Sé que he estado muchos años lejos de mi hogar. Sé que he tardado demasiado en volver. Y comprendo que incluso tú no confíes en mí, si no quieres hacerlo, pero...

La muchacha lo hace callar con un gesto de su mano, autoritaria. ¿Por qué no es ella la princesa? Todos parecen tener en cuenta su opinión, y ella actúa con tanta naturalidad... Es como si tuviera un don.

–Eirene de Nryan –llama, con voz clara.

La aludida se vuelve hacia ella.

–Mi esposo está enfermo –dice la princesa, antes de nada. Parece desesperada. Derrotada. Está pálida, sufriendo tanto como lord Seaben–. Responderemos a lo que queráis, yo misma os daré todas las explicaciones que pidáis, pero, *por favor*, dejadle descansar. Arde de fiebre. Apenas puede mantenerse en pie.

–¡Hermana! –El pirata rubio alza la voz para captar la atención de Moira. Él es uno de los que mantiene al príncipe erguido, aunque a duras penas–. Es el hijo de Mab de Lothaire. No merece...

–¡Lo que no merece es que le deis el trato que debería recibir su madre! –lo interrumpe la elfa, con ojos brillantes, pero sin permitirse derramar una sola lágrima–. ¡Por favor!

–¿Es cierto? ¿Está enfermo?

Mi prima observa a su hermano con atención, aunque no puedo descifrar su expresión. Está seria, muy tranquila, aunque después de haberla visto sonreír no parece la misma persona que hace un par de minutos. Su hermano aprieta los labios en vez de responder.

–Precisa de una medicina que ha dejado de tomar –continúa Eirene, dirigiéndose a la que ha quedado claro que es la jefa; la única dispuesta a escuchar.

Moira se apresura a descubrir el rostro del príncipe, que deja caer la cabeza sobre el pecho casi al instante. Es obvio que está muy enfermo: las fuerzas parecen no alcanzarle incluso para algo tan simple como mantener los ojos abiertos.

La astrense le dedica a sus compañeros una mirada de advertencia, de reproche.

–Hablaremos más tarde –les advierte–. Llévalo dentro, Adair. Túmbalo en una de las habitaciones. Ahora iré a ocuparme de él. Briah, que tus hombres suelten a los demás –pide, aunque apenas les ha dedicado más de un segundo de atención a Sylvana y Lowell. Yo, por mi parte, siento deseos de correr a liberar a mi guardián con mis propias manos, para ser lo primero en lo que pose los ojos tras la oscuridad en la que lo han sumido–. Se quedarán dentro de la casa y no saldrán, pero se les tratará como a invitados, no como a prisioneros.

–¡Pero…! –trata de quejarse Briah.

–¡Moira! –protesta Adair.

–¡Ni una palabra! –los interrumpe ella–. ¡No somos bárbaros! ¡No torturamos a los enfermos! Si eso es lo que queréis hacer, ya sabéis dónde está la salida y el palacio del Tirano. –Sus ojos refulgen, amenazadores, retándolos a que se atrevan a contrariarla–. Haced lo que os digo, por favor. Están bajo la responsabilidad de Drake, como habéis oído, y él es uno de los nuestros.

Junto a mí, el trovador coge aire.

–Moira, yo…

–No ahora –pide, más calmada, de pronto más amable–. Shem, ¿podrías asegurarte de guardar la puerta principal? Bri, acomoda a Inair. –Me dedica una sonrisa–. Drake, conmigo. –Echa un rápido vistazo a Eirene, que permanece de pie, sin saber qué hacer–. Y ella.

Sin nada más que decir, se da la vuelta y camina hacia la casa que preside la plaza, delante de la fuente. La puerta está abierta de par en par, así como la mayoría de las ventanas. Colgando del balcón, por debajo de las flores blancas, cuelga una bandera del mismo color, con una estrella bordada en azul celeste. Llego a la conclusión de que es el estandarte de Astrea, aunque, sin brisa que lo mueva, parece un poco muerto.

Todos se ponen en movimiento a mi alrededor. Desatan a Chryses, a quien dejan en el suelo, y dejan en paz a los encapuchados, ya libres. No veo el momento de abrazar al muchacho que se pasa la mano por el pelo rubio, algo molesto por el trato recibido. Mi primo arrastra a Seaben, con ayuda de otro hombre, hacia la casa.

–Ya has oído a mi hermana –le dice a Eirene, que ha alzado la mano para rozar la febril mejilla de su esposo con los dedos–. Con ella. Nosotros cuidaremos de tu marido.

Drake besa mis cabellos en un gesto rápido, a modo de despedida, antes de acercarse a la princesa, que lo mira con una pregunta en sus ojos rosados.

–Estará bien, enseguida iremos con él. Vamos.

Se marchan y yo aprovecho mi soledad para ir a reunirme con Lowell. Él me ve y sonríe, dando un paso también hacia mí. Sin embargo, de repente, la mujer pirata se interpone en mi camino, sobresaltándome. Juraría que ha venido junto a mí a propósito, porque sabía a dónde me dirigía.

–Princesa, venid conmigo.

Solo quiero recuperar cuanto antes la sensación de la mano de Lowell contra la mía. Quiero asegurarme de que está bien. ¿Es eso tan terrible? Al parecer, para los astrenses, mi supuesto pueblo, lo es.

–Inair, ve –me pide él, paciente y resignado–. Pronto estaré contigo.

No. No voy a aceptar ningún «pronto». Lo que deseo es un «ya». Siempre lo he esperado a él, y ahora que estoy fuera de la torre, no pienso seguir aguardando a que venga a mí. Debería ser libre para ir a su lado cuando me plazca. Trago saliva y me armo de valor.

–No –susurro–. Lowell tiene que venir conmigo.

–Princesa, eso no…

–La muchacha… Moira dijo que eran invitados –afirmo, sintiendo el nerviosismo y la liberación de atreverme a interrumpir a alguien. Tengo que acordarme de coger aire–. Y si yo soy la princesa… entonces, Lowell es *mi* invitado.

Miro a la hechicera entre las pestañas, fascinada por la sorpresa y la vergüenza en su cara. Parece reticente a aceptar que he dicho eso. Que le he pedido lo que debe de considerar una equivocación. Aprieta los labios y, aunque da la sensación de que es orgullosa y siempre tiene la barbilla alta, baja la cabeza.

–Con todos mis respetos, majestad, no creo que sea lo más conveniente para vos.

–Y yo no creo que sea nada malo –respondo. Y es verdad.

Hay apenas un segundo de silencio.

–Como gustéis, majestad. –Su disgusto es evidente, pero se vuelve y mira a Lowell–. Seguidme.

Se adelanta, abriendo la marcha, y reprimo una sonrisa, a pesar de que el corazón me brinca en el pecho. Mi guardián viene hacia mí y nuestros brazos se rozan, con un cosquilleo, antes de que mis dedos aprisionen los suyos.

–Bien hecho, *majestad* –susurra, cerca de mi oído, con tono burlón.

Podría acostumbrarme a esto.

Eirene

No tengo más remedio que seguir a Drake y a esa muchacha que se llama Moira y a la que tanto parecen respetar en esta ciudad, pero no puedo evitar seguir mirando atrás. Adair carga con un Seaben que apenas puede alzar la cabeza. Desearía detenerme y quedarme con él.

–Estará bien, Ei. Créeme. Si Moira se ocupa de él, se recuperará.

Levanto la vista para observar a Drake, que no pierde detalle de mi expresión. Su mano se alza y roza con cuidado mis cabellos. Lo miro sin hablar, sin creerle. No estará bien. Él no sabe nada, pero el dolor de Seaben no se limita a lo físico: desengaño, miedo, incertidumbre. Hay cosas que no se curan con un par de pociones.

Prefiero no responder y me limito a seguir a la figura femenina que nos guía. Se mueve con una seguridad envidiable. Derrocha fuerza, dejando claro quién manda en esta ciudad de piedra. Cuando entramos tras ella en el edificio que preside la plaza, descubro con sorpresa que parece mucho más espacioso por dentro que por fuera, con un largo pasillo central y unas amplias escaleras de piedra que subimos. Me pregunto si estas dimensiones habrán sido creadas de algún modo por la magia de los hechiceros.

En el piso superior vuelve a haber otro pasillo que da a otras tantas habitaciones, y Moira nos guía hasta una de ellas. Es una estancia de nuevo más grande de lo que cabría esperar, llena de estanterías con libros pesados y frascos pulcramente etiquetados apretándose en las baldas. Hay tomos incluso en el suelo, apilados de forma caótica, pero la muchacha se mueve entre ellos con total naturalidad.

Drake cierra tras nosotros y se apoya contra la puerta, mientras que yo me quedo quieta, mirando alrededor, a la espera de lo que sea que vaya a suceder. Imagino que si me han traído aquí será porque la muchacha quiere que le cuente mi versión de los hechos, y me alegro de que alguien por fin esté dispuesto a escucharla de verdad: es injusto que se nos juzgue solo por nuestros nombres.

–¿Y bien? –pregunta la hechicera al aire, mientras consulta algunas de las pócimas dispersas por el cuarto–. ¿Quién de los dos va a empezar a hablar?

Yo también me lo pregunto, por lo que miro a Drake. Debería ser él, ¿no es cierto? Es al trovador a quien conoce y, aunque mi versión pueda ayudar, no será nada sin sus palabras. Tienen más razones para fiarse de él que de mí.

Drake parece opinar lo mismo.

–Todos me ayudaron a…

–En realidad, Drake, esperaba que hablara ella –lo interrumpe su amiga.

Moira se detiene, sopesando uno de los frascos entre sus dedos. Intento no mostrarme amedrentada: ahora todo depende de cómo defienda esta situación, y espero que la verdad baste.

–No queremos ser un problema para los astrenses, ni venimos aquí con intención de dañar a nadie –comienzo–. Todos los que veníamos en el barco hemos huido de Lothaire, no tenemos nada que ver con Mab, con su guerra o con vuestro Tirano. Llegamos aquí buscando un refugio. Seaben también, pese a ser el hijo de Mab. Él no es como su madre.

Sé que mi esposo es el que en peor situación se encuentra, y ni siquiera puedo culpar a los hechiceros. Yo también lo prejuzgué antes de conocerlo, pero eso ha cambiado. Incluso Drake, a quien pido ayuda con la mirada, tiene que admitir que el príncipe es bueno.

–Dice la verdad. Me salvaron, Moira.

–Drake, tu vida es importante para nosotros, pero no se los juzgará por lo que han hecho por ti. Hablamos de Inair. De la princesa de todos. Hablamos de que lleva demasiado tiempo encerrada, y en un estado que a lo mejor es irreparable.

–¡Seaben no sabía nada del encierro de Inair! –lo defiendo–. Yo lo descubrí antes que él, incluso. Está al margen, igual que yo, que desde que averigüé lo que ocurría con la princesa intenté colaborar con Drake.

Él asiente y la hechicera calla, pensativa. Parece sopesar la verdad dentro de mis palabras, o quizá las esté analizando con cuidado.

–¿Puedes jurar que ninguno de tus compañeros tiene nada que ver con el encierro de Inair, Eirene? –determina al fin, observándome con fijeza.

Estoy a punto de asentir sin dudar, de decirle que todos somos inocentes, cuando me doy cuenta de que eso es mentira. Lowell ha sido quien la ha custodiado durante todo su cautiverio. Me estremezco al darme cuenta y miro a Drake, dubitativa. Podría mentir, pero si nos descubrieran, quizá me acusarían a mí también, y entonces no nos ganaríamos la confianza de nadie. Sin embargo, decir la verdad significa condenar al caballero.

Mi instante de duda es suficiente para que Moira se percate de que hay algo que va mal.

–Ya veo. Puedo ayudaros, pero solo si sois completamente inocentes.

No tengo más opción, entonces. Seaben necesita ayuda y, cuanto antes se den cuenta de que él no tiene nada que ver con sus problemas, antes se la proporcionarán. Eso pesa más que el caballero, aunque no puedo evitar temer lo que vayan a hacerle a él.

–Seaben y yo lo somos –declaro, bajando la voz–. También el lobo y la niña.

–Pero no el otro muchacho.

Hago un mohín, pero me repito que no tengo elección si quiero proteger a los demás.

–Él la custodiaba. Era su guardián, el que la vigiló durante todo el tiempo que estuvo allí. ¡Pero él la quiere! –exclamo en un intento desesperado de defenderlo. Nos salvó a todos; se lo debo–. Sin él, Inair nunca habría conseguido escapar. Drake, Seaben y yo misma subimos a la torre en la que la tenían presa, esperando liberar a la princesa y huir con ella de Lothaire, pero cuando llegamos no encontramos a nadie. Mab y mi padre, Ibran de Nryan, nos descubrieron: se llevaron a Drake para que el Tirano lo ajusticiara y Seaben y yo fuimos encerrados. Lowell traicionó a Mab para colarse en la torre, liberar a Inair y darnos una oportunidad de huir a todos. Nos dio tiempo para que escapásemos, incluso, mientras él entretenía a Mab. Estuvo a punto de morir por ello.

Moira mira a Drake, como si quisiera corroborar mis palabras, y el hechicero asiente con gesto grave. Sé que a él no le gusta Lowell, igual que tampoco yo lo aprecio en demasía, pero sin su ayuda todos habríamos estado perdidos.

A la chica, sin embargo, no le es suficiente:

–Son casos distintos, y así deben ser tratados, Eirene. Dado que has tenido a bien decir la verdad, intentaré que seáis declarados inocentes sin mucha complicación pero, en cuanto al muchacho, se requieren otras medidas: comprenderéis que no podemos dejarlo campar a sus anchas por nuestra ciudad sin antes cerciorarnos de sus verdaderas intenciones.

–Arriesgó su vida para salvar la de vuestra princesa, ¿no es esa defensa suficiente? ¿No se ha ganado ya el perdón? Además, incluso la propia Inair parece tenerlo en gran estima.

Cuando termino de decirlo me percato de que hay algo en lo que todavía no había pensado. Recuerdo que mientras veía a la princesa de Astrea observar con adoración a Lowell, en la torre, me pregunté cómo podía ser, y lo mismo durante los días de viaje en los que ella ha sido prácticamente la sombra del caballero. ¿Y si los dos están enamorados...? ¿Y si...?

–Hablaremos con Inair. –La voz de Moira interrumpe el hilo de mis pensamientos–. Y escucharemos lo que tenga que decirnos. Hasta entonces, el chico estará bajo custodia.

–Espera. –Alzo una mano. ¿Cómo no se me ha ocurrido antes? ¿Cómo he tardado tanto en darme cuenta?–. Si lo que ha dañado la mente de Inair es magia, es posible que ese muchacho sea lo único que pueda sanarla.

Los dos hechiceros me observan; Drake con desagrado, quizá imaginando lo que sugiero.

–Eirene, no creo que...

–Siempre he sido escéptica con respecto al poder de los besos de eso que llaman amor verdadero –lo interrumpo–. Nunca he tenido pruebas de que sean más que cuentos. Pero vosotros sois hechiceros y, como tal, debéis de creer en ellos, ¿no es cierto?

La mujer no se lo piensa dos veces.

–Por supuesto que creemos en ellos. Son una magia real, poderosa y extraña.

Aunque una parte de mí se resiste a creer que eso pueda ser verdad, decido aprovechar su fe.

–Si condenáis a Lowell y ambos se aman de verdad, estaréis condenando a vuestra princesa también.

Drake resopla.

–Es obvio que eso no es amor verdadero –farfulla. Comprendo que no puede creer de verdad que su hermana ame a alguien que la ha encerrado durante tanto tiempo. A decir verdad, yo tampoco, pero creo que no tengo los datos suficientes para juzgar esa relación. Me falta información. Por alguna razón, Inair no parece considerar a Lowell un carcelero, y él tampoco se comporta como tal con ella. En cualquier caso, esto es lo único que tengo y, si Drake me apoya, no debería estar echando mi teoría por los suelos–. Para que fuera amor verdadero tendría que haber libertad y *consciencia* de uno mismo, sin manipulaciones ni trucos. Justo lo que a mi hermana le han quitado, impidiéndole ser ella misma.

–Tu hermana sigue siendo ella misma, Drake –protesto–. Y es *muy consciente* de sí misma y capaz de tomar sus decisiones y tener sus sentimientos, por si no lo has notado. Solo estás frustrado porque no es la misma muchacha que era, y lo entiendo, pero lo cierto es que lo que ha ocurrido no hace que deje de ser *alguien*. Y como tal, puede pensar, soñar y, sí, amar. Tú no la viste romperse cuando pensó que Lowell había muerto. Yo sí. Y no había nada de hechizo ni ilusión en tanto dolor.

El trovador no parece contento, aunque no sé si por la idea de su hermana y Lowell juntos o porque sabe que lo que he dicho es cierto, aunque duela.

Moira, por su parte, parece sopesar la posibilidad. Aun así, se guarda su opinión y hace un ademán, tomando un frasco más de la estantería.

–Ocupémonos de tu esposo y su fiebre por el momento, Eirene –sugiere–. Adair ya se habrá encargado de acomodarlo en uno de los cuartos.

–¿Podemos quedarnos, entonces? –pregunto, precavida–. La capitana no estaba muy de acuerdo. Ni tu hermano.

Moira parece casi divertida por la mención, aunque yo no veo dónde está la gracia.

–Briah impone mucho, pero es una buena chica. Solo está asustada, igual que mi hermano. Sí, podéis quedaros: Astrea sabe pagar sus deudas, y vosotros nos habéis traído a nuestra princesa y a Drake, al fin y al cabo.

Suspiro hondamente y agacho la cabeza ante ella. Al menos me ha escuchado.

–Gracias –susurro.

La muchacha casi parece sorprendida cuando la observo aún con la cabeza baja, pero sonríe y de igual modo se inclina.

–Gracias a vosotros también.

Me pregunto por qué da las gracias, si aún podemos resultar una molestia. Mab no va a rendirse tan fácilmente, ni conmigo, ni con su hijo. Quizá escondiéndonos aquí solo causemos problemas a los astrenses, pero ¿qué otra opción tenemos?

Drake toca mi mano y lo miro. Sus ojos dispares parecen decirme que, a partir de ahora, todo va a salir bien, como prometió en el barco.

No sé cuántos cuentos más puedo creer.

La luz ficticia de la ciudad entra por la ventana e ilumina el rostro pálido de Seaben. No dudo en ir a su lado en cuanto entramos, incluso pese a la mirada censuradora de Adair, sentado en una silla desde la que vela al príncipe, muy a su pesar.

–¿Cómo está? –pregunta Moira, acercándose a su vez.

–Como merece, probablemente –repone el muchacho.

No respondo a la provocación, aunque sé que el hechicero tiene un ojo fijo en mí, esperando a que salte. Me obligo a respirar y me digo que en esta ciudad subterránea todos están demasiado dolidos: han visto demasiado sufrimiento y han tenido que vivir apartados del mundo durante dos largos años.

Me centro en Seaben, cojo su mano entre una de las mías y toco su frente con la otra. Está ardiendo, como era de esperar. El sudor le perla el rostro, y siento de nuevo un pinchazo de angustia.

–La fiebre es muy alta –le informo a Moira.

–Vamos a darle algo para mantenerla a raya, al menos. –La hechicera se sienta al otro lado de la cama y mira a su hermano–. Y tú, si vas a continuar con esa actitud, será mejor que te marches.

Adair va a protestar, pero las miradas de Drake y Moira lo acallan. Moira intenta despertar a Seaben con un movimiento ligero, pero no lo consigue, está demasiado ido. Yo misma me inclino entonces, para rozar su mejilla. Lo llamo por su nombre y aprieto su mano. Solo entonces mi esposo frunce los labios y alza los párpados apenas, mirándome con la amenaza de caer pronto en la inconsciencia de nuevo.

–Eirene… –susurra con la voz ronca.

–Te vamos a dar una poción para la fiebre, ¿de acuerdo?

Ni siquiera parece que me haya comprendido, porque vuelve a dejar caer los párpados, murmurando algo inteligible. La hechicera me tiende la botellita cuando extiendo la mano hacia ella.

–Seaben, ten. Bebe.

Con esfuerzo, lo hago incorporarse lo justo para que pueda tragar el líquido, algo que él hace sin protestar. Cuando lo ayudo a volver a acostarse me mira con los ojos brillantes por la enfermedad y murmura mi nombre de nuevo. Yo dejo un dedo sobre sus labios, indicándole que descanse, y él besa mi piel. No vuelve a moverse, agotado.

–Se va a poner bien, ¿verdad? –susurro.

–Lo hará –me tranquiliza Moira, apretando mi hombro–. La poción lo mantendrá estable, al menos hasta que encontremos esa medicina que dices que necesita.

–No me puedo creer que te pongas de su parte, Moira –reclama Adair.

–Es un hombre enfermo, Adair.

Drake resopla.

–Pides demasiada comprensión por su parte.

–No eches más leña al fuego, Drake. –Moira mira a los dos muchachos con gesto autoritario–. Como empecéis os echo a los dos a la calle. –De nuevo, la muchacha se centra en su hermano–. Está indefenso. Aunque fuera culpable, no dejaría que le pasara nada sin un juicio justo. Drake puede decirte qué les hacían a los prisioneros enfermos del Tirano, y no pienso dejar que nada de eso ocurra en esta ciudad.

–¿Aunque fuera culpable? –repite él, burlón–. Lo dices como si estuvieras segura de que no lo es, aun siendo hijo de quién es.

–La muchacha dice…

–Queda claro que la muchacha no es la más objetiva, ¿no crees?

Siento cómo se fija en mi mano sobre la de Seaben. Drake se prepara para protestar, pero empiezo a estar cansada de tener una y otra vez la misma discusión. Moira se fía de mí, pero personas como Adair o la capitana no lo harán sin pruebas, y no puedo permitir que alguien se oponga a nuestra estancia en este lugar tal y como está Seaben.

–¿Y si os dejara ver todo lo que ha pasado hasta ahora? –les propongo–. Así no tendríais solo palabras.

El rubio parece sorprendido pero no desagradado con mi idea; Moira duda; Drake parece escandalizado con la ocurrencia.

–Eirene, eso no…

–No me importa –declaro, segura. De nuevo bajo la vista hacia mi esposo, que respira superficialmente–. No me importa, si eso puede ayudar a Seaben.

Prefiero no ver los rostros de mis interlocutores, por lo que me vuelvo hacia él y solo escucho sus voces:

–A mí me parece bien –responde Adair.

–Si ella da su consentimiento, adelante –concuerda Moira tras un segundo de duda.

–Naturalmente, yo me encargaré. Tú no eres el más imparcial en esto, según parece –le reprocha el hermano de la hechicera a Drake. Cuando miro de reojo puedo ver el gesto de disgusto de mi amigo, pero no dice nada al respecto.

El muchacho se me acerca sin dudar y yo tomo aire. Me yergo y entrelazo algo más los dedos con los de Seaben. Los ojos morados del hechicero me atraviesan y yo alzo la barbilla, orgullosa, para demostrarle que no tengo nada que ocultar. No *tenemos* nada que ocultar.

He sido demasiado atrevida.

El golpe llega con una fuerza que no esperaba: es como sentir un cuchillo clavándose directo y sin piedad en mi mente, en mi memoria. El filo corta para ver y analizar cada cosa que hay dentro. Lo siento retorcer mi cabeza, robándome recuerdos sin permiso, y tengo una visión de todo aquello que mira: ve cosas a las que quiero prohibirle el paso, pero cualquier esfuerzo es inútil ante su poder. Me asalta y me desnuda el alma. Duele. Veo cómo se lleva cada palabra que he dicho y que me han dicho, cada experiencia, cada lágrima y cada risa; veo cómo se lleva mis besos, veo cómo se lleva mi vida en Lothaire y la que hubo antes; veo cómo se detiene en los ojos rojos de Mab, en su sonrisa de niña pequeña jugando a un juego en el que nosotros somos sus piezas preferidas.

Y con esa última imagen, llega la oscuridad.

Drake

Cuando me adelanto para cogerla, Eirene ya yace sobre la cama, inconsciente. El corazón me da un vuelco al ver su rostro pálido y escuchar el suspiro que sale de sus labios entreabiertos. Ha sido demasiado para ella.

El temor es sustituido de inmediato por la ira cuando me giro hacia Adair.

–¡Le has hecho daño!

Él apenas parece oírme. Se ha apoyado en la pared, algo colapsado. Necesita tiempo para asimilar todos los recuerdos de la princesa, pero no puedo esperar. Me acerco a él y lo cojo por la camisa, zarandeándolo. Creo que Moira intervendrá en cualquier momento, pidiendo que me comporte, pero no lo hace. Mi compañero me enfoca, con algo de dificultad, aún aturdido. Reacciona poco a poco. Se frota la sien. Sacude la cabeza. Solo cuando recuerda dónde está y qué está pasando me aparta, con cierto desdén.

–No es culpa mía. Era mucha información y no ha podido soportarlo.

No me creo ni una palabra. Podría haber sido amable con ella. Rozarle la mente con suavidad e ir leyendo los sucesos poco a poco.

Puedo entender que esté resentido y quiera hacerles pagar a los que mantuvieron a Inair alejada de nosotros durante estos años. Sin embargo, está dirigiendo su odio hacia el punto equivocado. Eirene no tiene la culpa de nada.

–Estoy seguro de que lo has hecho a propósito –le espeto, acomodando a la elfa en el colchón, al lado de Seaben, con todo el cuidado que puedo–. Has estado buscando cualquier excusa, desde que sabías que estaban conmigo, para…

–Drake, basta –interviene mi prima–. Ella sabía lo que podía pasar.

Me vuelvo hacia mi amiga, incrédulo de que vaya a ponerse del lado de su hermano. ¿Lo sabía? Eirene no entiende de magia. Y, aun así, decidió prestarse para protegerse de las injustas acusaciones de Adair y Briah. ¿A ella misma? No, lo hizo por el príncipe. Aprieto los labios, bajando la mirada a su rostro dormido. Sylvana me preguntó en el barco qué había hecho para merecerme su cariño, y yo me pregunto: ¿qué ha hecho él?

–¿Contento, Adair? –pregunta Moira, con un filo en la voz.

Él no responde de inmediato. Su atención se posa sobre la durmiente un instante. Me pregunto si está arrepentido. Si ha visto en su mente sabrá que no tiene nada de culpa. Me tenso al pensar en todo lo que habrá podido presenciar. Nuestros encuentros, mis cuentos, nuestras miradas, los besos… Casi me siento desnudo ante él. ¿Me reprochará lo que he hecho? ¿Me odiará por haber perdido el rumbo hacia mi objetivo cuando conocí a Eirene?

–El muchacho rubio –dice, en cambio–. Él ha tenido encerrada a Inair todos estos años. Y aun así, consientes que pise nuestra tierra. Que esté cerca de ella, siquiera.

–Yo no…

–Se está aprovechando de la bondad de nuestra princesa, y de su desconocimiento de…

–¡No tuve oportunidad de oponerme a que subiera al barco! –lo interrumpo–. ¿Acaso no has visto que yo era un prisionero en ese momento?

Adair gruñe y Moira da un paso hacia delante para obligarnos a separarnos un par de pasos. Mira al enfermo que duerme en la cama con algo de ansiedad y baja la voz.

–Hemos estado hablando de eso –le explica a su hermano–. Eirene cree que están enamorados.

Una mueca de asco pasa rápida por el rostro de él.

–Inair no está en plena posesión de sus facultades: en su estado, no puede amar a nadie –objeta, como si hubiera hablado con su prima más allá de un par de frases. No puedo culparlo, porque yo mismo he usado esos argumentos, pero Eirene me hizo ver lo absurdos y egoístas que eran. Puede que Inair no tenga recuerdos, pero eso no la convierte en piedra. Su hechizo no la hace ajena a los sentimientos–. ¿Y quién nos dice que esto no sea una trampa del caballero? Quizá solo haya querido ganarse la confianza de todos vosotros y revelar nuestra posición desde dentro. No podemos fiarnos, podría ser un secuaz de Mab.

Aprieto los dientes. Reconozco que ese muchacho no me agrada. No me gusta que revolotee alrededor de mi hermana todo el tiempo. Aborrezco que la princesa lo mire con devoción. Cada vez que los labios de él se posan sobre la frente de ella, tengo la tentación de apartarla lo más lejos posible de su sucia presencia.

Y, aun así, me gustaría creer que hay una solución a todos nuestros problemas.

–No eres la persona más objetiva con respecto al tema de Inair –lo amonesto.

Adair siempre ha estado perdidamente enamorado de ella, aunque nunca se haya atrevido a decírselo en voz alta, incluso aunque todos a su alrededor lo sabíamos. Ella, demasiado ingenua, jamás se dio cuenta. Y aunque lo hubiera hecho, ¿qué? No le correspondía. Su relación no habría tenido futuro. Y entonces, la princesa desapareció y él pareció volverse loco de dolor. Una amargura que aún guarda dentro.

–No creo que su estado la impida amar, Adair –explica Moira–. La pregunta es si lo que puedan sentir el uno por el otro es suficiente para devolverle la memoria.

–¡La pregunta es si ese muchacho va a traicionarnos, maldita sea! Si la quiere, ha tenido dos años para traerla a su hogar. Podría haberla sacado de esa torre en cualquier momento y no lo ha hecho: ha esperado hasta ahora, hasta quedar como un héroe, hasta volver a recuperar la confianza de su propio amigo, incluso, a quien traicionó. Ha sido un siervo de Mab durante demasiado tiempo: la elfa, por ejemplo, no confiaba en él hasta que los salvó la última noche. Entonces decidme: ¿por qué habríamos de fiarnos nosotros?

–Porque si quiere quedarse aquí tendrá que jurarle lealtad a Inair. Con su propia sangre.

La solemnidad en la voz de Moira no está de más. Entreabro los labios, pero nada llega a salir. ¿Cree que el caballero de Lothaire aceptará esas condiciones? Sería aceptar una sumisión completa a la voluntad de Inair, bajo pena de muerte. Tendría que abandonar todo lo que conoce, su propia identidad, y convertirse en alguien diferente. El país de las hadas dejaría de ser su hogar y pasaría a ser un astrense. Su vida estaría en manos de mi hermana, su alma misma; su libertad reducida a la obediencia. Tú conoces bien todas estas historias: es un ritual en desuso, que siempre ha servido más para condenar a traidores que para probar la lealtad de nadie. Alguien que traiciona una vez siempre es susceptible de volver a hacerlo, pero los antiguos reyes ofrecían esta opción antes que el destierro a quienes querían una alternativa y los convertían en sus sirvientes más fieles. Si la traición se repetía... bien, ellos se lo habían buscado. Moira ha demostrado ser muy inteligente. Sin que él lo sepa todavía, acaban de salvarlo de una ejecución inminente. Si consiente en hacer el juramento, muy pocos se opondrán a que continúe aquí. La traición sería impensable, o al menos no cabría duda de que, de haberla, sería duramente castigada.

–Es lo justo, ¿no, Adair? –presiona–. Así nos guardaremos las espaldas: nos aseguramos de que no pueda hacer nada en contra de Astrea.

Y, a pesar de todo, su hermano no parece convencido. ¿Cómo es posible? El plan es perfecto. Puede que el muchacho no tenga honor. Puede que su mente sea inescrutable y no podamos prever sus intenciones. Pero de esta manera podríamos conseguir que cumpliese nuestra voluntad. La voluntad de nuestro reino.

–No me parece suficiente. Deberíamos atarle en corto. Sé que no te gusta hacer prisioneros, Moira, pero en esta ocasión debemos ser precavidos. Ahora que hemos recuperado a nuestra princesa, no podemos permitirnos perderla de nuevo. Dejarla tan cerca de ese traidor no nos traerá más que problemas.

–En realidad, ¿qué hay más definitivo que ponerlo bajo las órdenes de la mujer a la que ha mantenido prisionera? ¿Qué hay más irónico? –Moira nos mira de soslayo y sacude la cabeza–. Está claro que es pronto para decidir, de todas formas. –Como si quisiera mantener las manos ocupadas, arropa a la pareja en la cama–. Se custodiará al chico, pero no tú –le dice a Adair–. Shem lo hará. No eres objetivo con este tema, y no podemos permitir que se te nuble el juicio.

–¡Ya he visto cómo es!

Moira suspira.

–Hablaré con él.

–¿Tú? Eres demasiado buena. Te dirá dos palabras bonitas y considerarás que no es tan malo. Como siempre.

–¿Cómo he de tomarme eso, Adair? –inquiere.

–Como quieras. Tú sabrás. –Nos mira a ambos, casi con desprecio–. Sois los dos iguales. Parece que el mundo todavía no os haya enseñado su verdadera cara.

Resoplo, incrédulo por su actitud. Irritado porque se atreva a hablarle a su hermana de esa manera, más que porque me falte al respeto a mí.

–¿Y qué sabes tú, Adair? Eres el menos indicado para hablar. ¿Cuánto tiempo estuviste tú en un calabozo? –Hago un silencio, dándole tiempo para responder, pero él no despega los labios y yo finjo sorpresa–. ¡Ah, ya lo recuerdo! Nunca has estado en uno. –Doy un paso al frente–. No nos hables así, porque tú sí que no has visto nada de la verdadera cara del mundo. No sabes lo que es la oscuridad. Y si supieras lo que es el miedo de verdad, no estarías ahora quejándote como un chiquillo. No perderías los nervios y verías que lo que Moira propone es lo más acertado.

Mi primo coge aire, alzando la barbilla.

–Yo también he perdido, Drake. Deja esa superioridad: tu sufrimiento no es peor que el de cualquier otro. ¡Todos aquí hemos perdido algo! Puede que nunca estuviese encerrado, pero he visto a la gente sufrir y morir, como todos los que nos hemos exiliado. Por si no lo recuerdas, muchos amigos murieron, y yo fui el primero en llegar a este lugar para darles resguardo a todos los que vivíamos asustados y así intentar sobrevivir, incluso cuando al principio aquí no había absolutamente nada. Tú te fuiste y no sabes de las penas de todos los que viven en esta ciudad de piedra, pero yo sí. Todas y cada una de ellas. Oscuridad, primo, es con lo que hemos tenido que aprender a vivir.

No es más que un niño. Quizá todos lo seamos, obligados a crecer demasiado rápido. Hemos tenido que abandonarlo todo por lealtad, por unos ideales que nos ponen a prueba cada día. Hemos tenido que aprender a ordenar nuestras prioridades y se nos ha obligado a elegir entre la sumisión y la incertidumbre. Los que estamos en este cuarto hemos elegido lo segundo. Incluso los príncipes. Para nosotros, que tenemos sueños, seguir adelante es la única opción, aunque las pesadillas aún nos persigan.

–Oscuridad es lo que estáis creando. ¿Es que no te das cuenta? Esta podría ser una ciudad brillante, llena de paz, llena de gente que se ayuda. Pero en vosotros, con los que he hablado, no he encontrado el espíritu de Astrea. A excepción de tu hermana, claro, de quien te burlas. ¿Demasiado buena? No, la realidad es que ella no tiene prejuicios. Ella no juzga. Es fiel a nuestra verdadera patria.

–Nuestra verdadera patria *está muerta* y no va a volver solo con buenos sentimientos. Las revoluciones no vencen solo con palabras y sueños de un mañana mejor: si así fuera, hace tiempo que no tendríamos que vivir aquí abajo. Si así fuera, tú no habrías tardado tanto en regresar, e Inair estaría bien. Si así fuera, el Tirano no seguiría usurpando el trono y la gente no vendería su lealtad viviendo sobre los cadáveres de sus familias. Pero, entonces ¿qué ha pasado, Drake? ¿No cantaste lo suficientemente alto?

Moira se obliga a intervenir. Me coge del brazo, con firmeza, cuando ve que estoy a punto de abalanzarme sobre su hermano. Sus dedos se me clavan en la piel.

–Ya es suficiente. Si queréis seguir discutiendo, hacedlo fuera, porque no quiero escuchar ni una sola palabra más. –Su mirada se pasea de uno al otro, pero nosotros apenas le prestamos atención–. Seguís siendo un par de críos discutiendo sobre quién es el mejor.

Aunque también intenta agarrar a su hermano, él se aparta, rechazando su llamada a la calma.

–Ya me voy. Seguid soñando. Otros ya hemos aceptado ser los que se manchen las manos.

No añade nada más. El chasquido de la cerradura al cerrarse la puerta es lo único que hace que me relaje.

–Esperaba más de ti –murmura entonces mi prima–. Ya es hora de que no le sigas el juego a mi hermano. No sois niños, así que dejad de discutir todo el rato.

–Tu hermano es un estúpido, no me culpes solo a mí.

Me dejo caer y me siento en el suelo. Estoy agotado. Me gustaría poder irme a mi cuarto y dormir hasta mañana, abrazado a ti para que me cantes mientras duermo. No obstante, también quiero esperar a que Eirene despierte, para asegurarme de que está bien. Te descuelgo con cuidado de mi espalda y te acuesto a mi lado, con mimo.

–Está asustado. Todos lo estamos.

–Y tú eres la única que mantiene la cabeza fría, por lo que parece.

La escucho suspirar. Se deja caer arrodillada entre mis piernas. Ella también ha cambiado un poco, como Briah. Está más pálida de no ver la luz del sol y eso la hace parecer más delicada.

–Yo también tengo días malos, Drake. Sé que… lo de Inair ha sido un golpe duro para él, aunque no va a confesárnoslo con palabras.

–Ha sido un golpe duro para todos.

Su mirada se dulcifica. Hay compasión en su gesto cuando me acaricia la mejilla. Como si ella no sufriera también: Inair no solo era su prima, también su amiga. Siempre estaban juntas. Aprieto la cara contra su palma suave. ¿Por qué lo hace? ¿Por qué sigue intentando hacer feliz a la gente, en vez de preocuparse por sí misma? ¿Por qué trata de consolarnos, incluso cuando ella puede estar peor? La admiro. Ojalá tuviera su fortaleza y su gran corazón. Ojalá fuera un poco menos egoísta, para dejar de pensar en mí y en el dolor que me causa ver a mi hermana desmemoriada.

–Intento que ella no lo note, ¿sabes? Sé que le duele ver la decepción en los ojos de los demás. En eso no ha cambiado.

Sus dedos son firmes cuando los deja bajo mi mentón y me obliga a alzar el rostro.

–Sigue siendo la misma, Drake…

–No. Ninguno de nosotros sigue siendo el mismo. Hemos cambiado. Todos, para bien o para mal. Inair, Bri, Adair… incluso yo. Incluso tú.

Al contrario de lo que esperaba, Moira esboza una leve sonrisa, triste, y niega con la cabeza. Apenas tardo un segundo en sentir su cuerpo contra el mío, sus brazos rodeándome con calidez. Cierro los ojos y me dejo cuidar. Quiero fingir que todos los problemas desaparecen y, cuando ella se encarga de borrarlos, parece un poco más fácil. Respiro hondo. Huele a flores y a ingredientes para pociones. A libros viejos, también.

–Seguimos siendo los mismos –me explica, con paciencia de maestra–. Lo que ha cambiado es el mundo a nuestro alrededor, Drake, y nos obliga a adaptarnos a él. Algunos tienen miedo y es normal. Otros intentamos comportarnos como si nada hubiera pasado.

Por primera vez, no la creo. Aun así, la rodeo con mis brazos, con cariño.

–¿Te funciona decir eso? ¿Te resulta convincente?

–Me da fuerzas, sí. Me dice que siempre que el mundo sea el que ha cambiado, puede volver a hacerlo. Y entonces todo volverá a ser como era antes. Incluso nosotros.

No respondo, aunque beso su tierna mejilla y me mantengo en su abrazo.

Puede que Adair tenga razón, después de todo. Al fin y al cabo, aquí seguimos: soñando.

Seaben

Me despierto con un estremecimiento que no sé si es de frío o de miedo. No sé dónde estoy. Las últimas horas, desde que me sacaron de la cama, en el barco pasan como un borrón. Me siento cansado, pero al menos puedo hilar pensamientos coherentes. Tengo el recuerdo difuso de haber sido arrastrado por unas escaleras y dejado sobre este colchón. Una de mis manos está enredada en la de otra persona, pero podría reconocer el tacto cálido y suave de Eirene en cualquier parte. Tengo que volver la cabeza para comprobar que duerme a mi lado. Quisiera alzar una mano para acariciarle el rostro, pero no deseo despertarla, así que procuro no tocarla.

Una sombra se alza de pronto más allá de su cuerpo y yo me fijo en que el trovador acaba de aparecer, como salido de la nada. Nos observa. Entreabro los labios, pero de ellos no sale sonido alguno. Confundido, torturado por el dolor sordo en los músculos y una pulsación en mi cabeza que me recuerda que mi corazón sigue latiendo, intento incorporarme. Drake no me lo permite. Sus dedos pronto están sobre mi hombro, y su fuerza no es comparable a la mía ahora. Dejo caer la cabeza contra la almohada con pesadez. Cierro los ojos, porque la estancia no deja de dar vueltas a mi alrededor.

–Aún estás débil, príncipe –me dice, casi con burla. O puede que la mofa me la imagine yo, esperando que eso sea lo que siente–. Han dado órdenes de que te quedes acostado.

No tengo ánimos para protestar, así que me quedo callado. De nuevo me fijo en Eirene. Su expresión de tranquilidad no ha cambiado, seria y un poco infantil. Me extraña que no se haya movido, no obstante. Debe de estar realmente agotada, porque ella nunca tiene un sueño tan profundo. Siempre se mueve o murmura en sueños. Algunas mañanas incluso tenía que arroparla, temiendo que se resfriase, pues había descolocado la ropa de cama por completo. Me digo que quizá haya empezado a delirar otra vez, pero no puedo evitar pensar que su estado no es natural. Ella ni siquiera se quedaría dormida. Me velaría sin descanso, como lo hizo en el barco.

–¿Ha pasado algo...?

Mi propia voz me araña la garganta cuando la encuentro, rasposa y ronca. El trovador aparta la cara, incómodo.

–Le han... leído la mente.

Tardo unos instantes en entender la idea. Cuando lo hago, sin embargo, adquiere un nuevo significado. Me estremezco y alzo la mano, con dificultad, para rozarle la frente a la durmiente. Le han hecho daño. Para ser hechiceros, tratan la cabeza de la gente muy a la ligera. Imagino la violencia que se necesita para dejar a alguien inconsciente solo con revolver en sus recuerdos. Sin duda lo hizo alguien que no conocía la fragilidad del cerebro o, peor, alguien que sabía perfectamente lo que se traía entre manos.

Acaricio con cuidado el contorno de la mejilla de mi esposa. Paso sobre la curva de su pómulo y dejo caer un roce sobre sus pestañas, deseando que aleteen y me descubran sus ojos rosados.

–¿Por qué lo has permitido? –le reprocho al hechicero, porque esto ha sido obra de uno de los suyos.

–Ella dio su permiso. Quería ahorrarnos problemas y lo ha conseguido: gracias a ella, ahora no desconfían de vosotros. Sois libres para ir y venir.

Aparto la mirada de Eirene, con reticencia, y me concentro en el bufón ante mí. ¿Por qué no ofreció él sus recuerdos, si tanto quería ayudarla? ¿Por qué no entraron en mi mente, ya que no podía impedírselo? ¿Cuál es la diferencia entre atacar a traición y usar la violencia impunemente una vez te han abierto la puerta?

–¿Así se comportan los tuyos, entonces? ¿Haciéndole daño al que ofrece su ayuda?

Drake aprieta los labios y baja la vista. Me fijo en que tiene los puños apretados. Las manos le tiemblan. No sé si es impotencia o que empiezo a acercarme peligrosamente a una fina línea que, si sobrepaso, lo hará estallar. Me pregunto qué podría hacerme. Siempre me ha parecido inofensivo, y ahora no es muy diferente, pese a que estoy postrado en esta cama y él se alza sobre sus propios pies.

Quizá la fiebre me esté envalentonando. Quizá solo estoy perdiendo el juicio.

–Nadie le ha hecho daño. No lo habría permitido.

–¿Habla el mismo hombre que usó a Eirene para sus propios fines?

Su sorpresa pronto da paso al dolor. Y a la furia. En sus ojos dispares se arremolinan todas las frases que querría decirme, todos los golpes que querría darme. Pero no se mueve. Parece una estatua, una burla, como ha sido desde el primer momento, tratando de apartar a la princesa de mí pese a todo lo que nos une. Confundiéndola. Confundiéndome.

El latido de mi corazón en las sienes empieza a darme dolor de cabeza.

–Sabes que lo hice para salvar a mi hermana.

Al menos al principio, seguro. Pero luego se arrepintió y trató de enmendar su error. ¿Por qué lo perdonó Eirene? ¿Será verdad que siente algo por él? Iban a venir solos a Astrea. ¿Qué hubiera ocurrido entonces? Me habría quedado solo, en Lothaire, bajo el dominio de mi madre. Me habría convertido en un necio, traicionado por Lowell sin haberlo sabido, y sería el hazmerreír por haber perdido a una prometida y a una esposa en menos de una luna. Compartiría el lecho con el recuerdo de su mano sobre la mía. Hasta que, con suerte, un golpe certero en el corazón acabaría conmigo en la frontera.

–Ya he oído esa excusa. No sé si el repetirla te funciona, pero a mí me suena cada vez menos convincente. ¿Te ayuda a dormir por las noches?

Con una mueca de desprecio, su mirada de soñador se congela. Eso es lo que quería ver. Parece que se puede enfadar de verdad, después de todo. Quisiera decirle que así es como debe afrontarse la realidad: sin cuentos, sin versos ni historias sobre dragones y doncellas. Quisiera decirle que uno no se puede escudar eternamente, que las notas de su laúd no van a librarlo de las bofetadas de la vida. De las mentiras. De las sorpresas indeseadas.

Una voz en mi mente me advierte que me detenga. Solo estoy resentido y enfermo. Lo estoy pagando con la persona equivocada.

–¿Te sientes mejor cuando finges que luchas en la guerra por una causa que no existe? ¿Qué te dices, que lo haces por la patria? ¿Por los inocentes? ¿O simplemente no te planteas nada y dejas que tu madre decida por ti, como ha hecho siempre?

–No menciones a mi madre.

–¡Alégrate, oh, gran Seaben de Lothaire! Ya nadie piensa que seas como ella. Yo, al menos, me he dado cuenta de que solo eres un pelele.

No sé de dónde saco la fuerza para incorporarme, pero cuando quiero darme cuenta, me estoy abalanzando sobre él. Me deshago de la mano de Eirene sin que ella recupere el conocimiento. Demasiado débil, sin embargo, mis movimientos son torpes y lentos. El muchacho tiene los suficientes reflejos como para apartarse y caigo al suelo, enredado en las mantas y con la respiración acelerada. Algo jadeante, con los ojos llameantes y apoyado sobre manos y rodillas, alzo la vista. Él me observa desde lo alto, con una mueca en su boca que baila entre la satisfacción, la pena y el desprecio.

–Aún me echas en cara lo que hice, pero eres incapaz de ver el daño que has causado tú. Tú y Mab le habéis arruinado la vida. La habéis obligado a huir. Y todavía te atreves a seguirla, incluso cuando sabes que tu madre moverá cielo y tierra para encontrarte. Y cuando lo haga, ahora, también dará con ella. ¿Eres capaz de seguir, sabiendo que cualquier cosa que pueda pasarle será culpa tuya y solamente tuya?

Cierro los ojos con fuerza, hasta que hay luces de colores pegadas en mis párpados.

–No permitiré que…

–¿No? –me interrumpe–. ¿Y cómo piensas detenerla? Porque no eres nadie contra ella. Te ha tenido a su merced todos estos años, y ahora no eres más fuerte que antes. ¿No te das cuenta? Siempre serás un niño en comparación. Todos somos niños en comparación. Ni siquiera Astrea estuvo a salvo cuando fijó sus malditos ojos en nosotros.

Tiene razón. Descanso la frente contra el helado suelo y siento que el dolor se retira a un segundo plano. Al final solo hemos podido huir. Ni siquiera sé por cuánto tiempo podremos mantenernos así. ¿Nos moveremos de un lugar a otro, ocultándonos, corriendo, sin un hogar fijo? ¿Nos quedaremos aquí a esperar lo inevitable, poniéndonos en peligro a nosotros y a los que nos rodean? Prometerme que encontraré la forma de arreglarlo todo sería caer en el mismo juego al que es adicto el trovador: el de los cuentos, el de las falsas esperanzas. Pero ¿qué me dicen las certezas, en este caso? Solo que todo el mundo muere. Que si le cortas el cuello a alguien deja de respirar y de dar problemas. Sé que no podría negociar con la reina. Que tendré que matarla, si quiero vivir. Siempre me he visto como el rey de la partida, porque ella me defendía, pero ahora sé que en realidad soy solo un peón, igual de lento en su avance y al que únicamente se le permite mirar al frente. Sin embargo, si bien soy la pieza más vulnerable, quizá pueda llegar al punto más alejado del tablero y convertirme en lo que guste. En ella misma, incluso, para poder enfrentarla en igualdad de condiciones…

Una mano fuerte me coge del brazo y me obliga a alzarme, a pesar de que apenas soy consciente del momento en el que el suelo queda bajo mis pies. Me apoyo en Drake, aún con los ojos firmemente cerrados.

–Tú también la has usado –me dice al oído, y su voz resuena, aterciopelada, en cada rincón de mi mente–. No eres mejor que yo. –Un escalofrío me trepa por la espalda y es como si una araña me subiese por la piel–. Yo creía que acercarme sería la única manera de llegar a mi hermana, pero también me preocupé por ella, ¿sabes? Pensé que la mentira era la mejor estrategia, porque así nadie en el castillo descubriría nada y el día en que Inair desapareciese, Eirene solo quedaría como una víctima.

–Te equivocaste.

–Pero acepté mi error y ella me ha perdonado. Y tú no eres nadie para juzgarme, porque el asunto no te concierne.

Entreabro los párpados y me fijo en él. El flequillo le cae sobre los ojos. Está serio y solo así parece mayor que yo. Supongo que nuestras vidas han sido muy distintas: él con sus cuentos y yo con mis batallas; él con sus hechizos y yo con la espada; él con su paz fingida y yo con mi guerra forzada...

Y aun así, la vida nos ha llevado al mismo lugar, en el mismo momento, con la misma mujer.

Me aparto de él con cuidado, rechazando su ayuda. Con dificultad, me dejo caer sentado en el borde de la cama, junto al cuerpo olvidado de Eirene. Rozo las mantas con cuidado y ella no se despierta. Acaricio uno de sus hombros. Su largo brazo. Toda la energía empieza a desvanecerse. La habitación da vueltas. Siento que debería claudicar.

–Yo no la he usado nunca –murmuro, bajito, mientras mi mente empieza a divagar.

–La convenciste para que se casara, como si eso fuera lo correcto.

–Lo era. La guerra...

–Creo que ahora eres tú el que intenta excusarse, ¿sabes? Dime, Seaben, ¿lo hiciste para salvar a tu pueblo o para salvarte a ti?

De nuevo nuestros ojos se encuentran. Se ha apartado los cabellos del rostro. Lo miro, sin comprender. ¿A mí? ¿Cómo iba a salvarme a mí? No entiendo de lo que habla. Tal vez él tampoco.

–Son ya muchas las muertes que pesan sobre tu espalda, ¿verdad? Demasiadas para cualquier hombre, excepto para ti y para tu madre. Toda esa sangre, todos esos cuerpos... ¿No te persiguen los fantasmas de todos esos humanos, cuando vas a dormir? –Palidezco un punto y las comisuras de sus labios suben, a pesar de que la sonrisa parece irreal. Las sombras del cuarto fluctúan, tornándose en cuerpos, solo un segundo–. Y los soldados de tu lado que también habrán caído... Es fácil decir que lo hiciste por tu pueblo. Es una bonita manera de engañarse, pero, a mi parecer, solamente querías salvar tu alma. Nadie hace algo por simple obligación, sin querer recibir nada a cambio: eso solo pasa en los cuentos. Tú también eres egoísta, pese a que intentes ser el más honorable de los caballeros. Tú también temes, Seaben de Lothaire.

Dejo caer la cabeza, derrotado. Yo solo quería un poco de paz. Para mi pueblo, sí, pero también para mí. Escondo la cara entre las manos y me doy cuenta de lo que en realidad he conseguido. Ahora somos fugitivos, con la más terrible de las mujeres buscándonos para darnos nuestro merecido. Mi engaño ha causado esto. Mi engaño nos ha metido en problemas desde el principio. ¿Quién dice que no me he estado engañando a mí mismo? Repitiéndome una y otra vez que Eirene es mi esposa, que era justo que pasáramos tiempo juntos, que teníamos que mantener las apariencias. Que ella era parte de mi familia. ¿Quién me dice que no sea todo un producto de mi imaginación? La necesidad de ella, el deseo de estar a su lado, mi fascinación..., incluso el hambre por tocarla y besarla.

Escucho los pasos de Drake, que se alejan.

–Pero todo eso da igual, porque al final lo único que importará es lo que ella sienta.

Oigo la puerta cerrarse y doy un respingo. El trovador se ha marchado. Durante un largo rato, no me muevo. Las sombras siguen ahí, y creo que me miran. Cuando observo hacia abajo, hacia mis propias manos, por un segundo me parecen manchadas de sangre. Cojo aire, ahogado. Mis ojos finalmente van a Eirene y, al verla ahí, tumbada, pálida y quieta, casi se me antoja uno más de los cadáveres que he dejado tras de mí.

Aprieto los párpados con fuerza. Necesito descansar, por eso me acuesto al lado de Eirene y nos cubro con las mantas. Cierro los ojos y, atrayendo su cuerpo hacia el mío, la abrazo.

Cuando le pido perdón creo que estoy llorando. No sé si es otra parte de mi delirio.

Jowell

De alguna manera, estoy esperando mi castigo. No soy un iluso: sé que va a llegar. Declararme inocente de mis crímenes sería mentir: soy culpable. Y a los culpables, la justicia los condena.

Durante demasiado tiempo he tenido a Inair encerrada en una alta torre, alejada de los suyos, y aunque ahora está aquí, no es la muchacha que ellos desean ver. Para los astrenses, Inair es una cáscara vacía: su rostro y su cuerpo siguen siendo los mismos, cambiados por los años de separación, pero ya no están sus recuerdos ni la personalidad que he visto asomar en las noches de luna llena. Y, aunque haya intentado por todos los medios salvarla, sé que soy culpable también de todo lo que le ha pasado: de esta situación en la que ella está perdida y confusa y se siente mal por no cumplir las expectativas de los demás.

Merezco ser castigado por ello. He sido su carcelero. No le conté nunca la verdad. No la liberé, aunque tuve tiempo de sobra para hacerlo. No es culpabilidad lo que siento, porque sé que probablemente no cambiaría ni uno solo de mis actos hasta el momento, sino una tranquila y absoluta certeza de que tengo que pagar un precio y que lo haré pronto, cuando en Astrea se descubra mi pecado. Tengo miedo, sin embargo, de cuál será el castigo: en el fondo, ruego que sea la muerte lo que llegue, porque eso sería mucho más fácil que aprender a vivir lejos de la princesa. Sí, la muerte sería un lugar pacífico en el que no habría ni miedos, ni distancia. No habría errores, solo una maravillosa y eterna serenidad. Quizá, de hecho, la muerte solo sea una gran nada, y esa también sería una opción atractiva.

–¿Por qué estás tan serio?

La voz de Inair, como siempre, me saca de mis propias tinieblas como una luz blanca que se cuela en medio de la más completa oscuridad. Esos dedos blancos, de hecho, rozan mis labios y yo contengo la respiración. La observo, regresando a la realidad, y ella me devuelve su mirada añil desde el suelo, en el que se ha arrodillado. No sé cuánto tiempo he estado pensando sobre la suerte que me espera, valorando las distintas posibilidades, pero he conseguido preocuparla.

–Solo pensaba –repongo acariciando sus largos cabellos. Ella me mira con curiosidad.

–¿En qué?

–Nada importante.

Después de tanto tiempo tejiendo engaños a mi alrededor, mi mentira debería funcionar, pero ella parece ser la única a la que mis falsedades no convencen. Arruga el ceño con disgusto, evidenciando que no me cree. Supongo que he dejado que me conozca demasiado.

–Nada que me quieras contar, que es diferente.

Su tono me sorprende y me arranca una sonrisa divertida, muy a mi pesar. Me gusta cuando, pese a su memoria perdida, su carácter aparece y me responde sin dudar, con protestas y tono firme.

–No te preocupes. No es nada.

La Inair de la luna llena quizá se habría enfadado por no compartir con ella mis dudas, pero esta odia las disputas, así que no insiste y se limita a apoyar su mejilla en mi regazo. Sus ojos se cierran y suspira. Me acomodo en el silencio que nos rodea, perdiendo los segundos entre los mechones de su pelo, en los que enredo mis dedos.

–¿Te sientes feliz de estar aquí, Inair? –pregunto tras un par de minutos.

Ella no responde de inmediato, lo cual da una respuesta negativa a mi pregunta antes incluso de que diga nada. Esto tampoco es como yo había imaginado, a decir verdad. Esperaba que el día que finalmente llegásemos a Astrea todo el mundo la tratase bien, pese a su estado, y ella estuviese contenta de vivir entre su gente, aun sin recordarla. Haría nuevos recuerdos y quizá, poco a poco, volvería a ser la misma o encontraría algo que rompiese su hechizo.

–No lo sé –dice, en cambio, quizá para parar el golpe de una negativa rotunda.

–Sé que todo te resulta confuso, pero pronto te pondrás bien y sabrás que estás en tu hogar. Todo lo demás habrá sido solo un mal sueño.

–¿Lo haré? ¿Y si no? ¿Y si simplemente no puedo volver a recordarlo todo? ¿Seré igual su princesa? Ellos no me quieren así.

Me duele un poco que no me crea a pies juntillas, como ha hecho siempre, pero lo entiendo: ahora es demasiado difícil confiar. Esos hechiceros no la han tratado como deberían, envueltos en sus propios miedos.

–Claro que te quieren –la tranquilizo–. Solo están… confundidos. Tienen miedo.

Inair suspira con pesar.

–No sé si quiero ser esa muchacha que ellos buscan.

Su declaración me hace estremecer, aunque no llega a sorprenderme. ¿Cómo va a querer? Desde el primer momento en que se ha sabido su vuelta no ha dejado de ver expectativas en los rostros de la gente; expectativas que, en su situación actual, no puede cumplir.

Siento una ligera presión en la boca del estómago que reconozco como remordimientos. Nunca le he pedido disculpas por todo lo que ha pasado. Quizá si hubiera luchado más ella podría haber recuperado su memoria, quizá si hubiera sido más inteligente ella habría estado aquí mucho antes. Y ahora que en teoría todo debería estar bien, Inair sigue arrastrando una lacra demasiado cruel. Y yo he colaborado con su tortura.

–¿Me odias, Inair?

La pregunta sale de manera inconsciente, rebelándose y volando por la estancia hasta que mis palabras lo llenan todo. Supongo que eso es lo que más miedo me da. Su odio es el único castigo que sé que merezco pero no quiero aceptar. La princesa se tensa y abre los ojos de sopetón, separándose de mí para mirarme casi con terror, como si creyese que me he vuelto loco. Me resulta tierno y, al mismo tiempo, me hace sentir mal conmigo mismo. ¿Por qué me aprecia tanto, si no lo merezco?

–¡Por supuesto que no! –Inair, escandalizada, niega enérgicamente con la cabeza–. Nunca. ¿Por qué dices eso?

–Yo soy en parte culpable de esta situación –le confieso, bajando la vista–. De tu encierro. De este tiempo que has estado alejada de tu familia. Ni siquiera te dije nunca quién eras, princesa.

La muchacha parece dolida, y por un momento pienso que lo está conmigo. Que se levantará, tomando conciencia al fin de todo lo malo que hay en mí, y abandonará este cuarto y, con él, a mí. La mera idea hace que me estremezca, aunque sé que es lo que debe ocurrir. Pero olvidaba quién es ella. Olvidaba que es demasiado buena. Por eso me sorprendo cuando toma mi mano y sus dedos se enredan en los míos. La observo y ella recibe mi mirada con el cielo de la noche contenido en la suya.

–Yo nunca podría odiarte, Lowell.

–Nadie te culparía si lo hicieras.

De nuevo mis palabras parecen hacerle daño. Sus labios se aprietan en un gesto compungido.

–¿Es que no te das cuenta…?

Sacudo la cabeza. Es hora de que me disculpe, de que acepte todo lo que he hecho mal, de que reciba mi justo castigo. La justicia es subjetiva, pero yo soy consciente de cuál es la que merezco.

–¿Es que no te das cuenta tú, Inair, de lo que he hecho contigo?

–¡Me has cuidado! –protesta ella, incansable, con más fe en mí de la que yo tendré jamás. Sus palabras hacen que me sienta peor, porque me doy cuenta de lo engañada que la he tenido–. Has estado conmigo todo el tiempo, preocupándote por mí, aun a pesar de que no tenías por qué hacerlo.

–Te mentí –le digo, demasiado bruscamente–. Seguí las órdenes de

Mab sin cuestionarme nada al principio. Durante los primeros días ni siquiera me importabas lo más mínimo y no me planteé que lo que estuviera haciendo fuera correcto o no, porque solo era mi deber y cumplía con él. Y aun cuando todo eso cambió, cuando quise sacarte de allí y traerte aquí, con los tuyos, y devolverte la memoria…, aun entonces, solo fui un cobarde. Me escudé mucho tiempo en que la torre sería lo mejor para ti, pero solo porque tenía demasiado miedo de lo que sucedería. De lo que te harían si nos descubrían. No quería perderte. No podía perderte. –Mis dedos vuelan de manera inconsciente hacia su mejilla, tierna y cálida como siempre.

–Yo tampoco quiero perderte –responde Inair, tan rápido que se atropella con sus propias palabras. La mano que no sostiene la mía se alza para presionar mi palma contra su pómulo, para sentir mi caricia más cercana, y la ternura de su gesto le arranca un latido de más a este pobre corazón que desgasta sus pasos por ella–. Para mí eres un héroe, no un cobarde. ¿No lo ves, Lowell? Me contabas cuentos. Te quedabas conmigo hasta que me dormía. Me cuidabas. Me recordabas que, pese a todo, no estaba sola. Siempre respondías a todas mis preguntas y me enseñabas el mundo a través de tus historias. Nunca me hiciste daño. Eso es lo que cuenta: aunque el mundo no lo entienda, aunque tú no lo entiendas, es importante para mí. *Eres* importante para mí.

No puedo evitar tomar aire al escuchar sus palabras y ver cómo el rubor asoma a sus mejillas.

–Y tú eres lo más importante para mí, Inair –confieso a media voz. Sé que no tengo derecho a hacerlo, que no merezco siquiera confesarle lo que siento, pero ya he callado por tiempo suficiente. Es hora de que admita mis culpas, pero también de que confiese todo aquello de lo que nunca podría arrepentirme. Pese a todo el sufrimiento que eso pueda acarrearme, me alegro de quererla.

Ella se ruboriza algo más ante la declaración y baja la vista, azorada, con sus cabellos negros cubriéndole el rostro.

–¿Y eso… está bien?

Niego sin dudar, pero con delicadeza.

–No, no lo está. No debería ser así.

–Entonces… ¿por qué no puedo evitar que el corazón me lata tan rápido cuando estoy contigo?

Es precisamente mi corazón el que da un vuelco. Salta en mi pecho y me sobresalta: parece llamarme, alarmado, al escuchar sus palabras. Incluso mi respiración, durante un momento, ha abandonado toda obligación y se ha detenido, de modo que me veo obligado a coger aire. He tenido que escuchar mal. Eso no puede ser. Inair está confundida porque soy lo único que conoce, lo único que ha visto durante dos años, día tras día. No puede dedicarme ni un latido de más. No a mí, que soy casi tan culpable de su desgracia como lo es la propia Mab.

–¿Por qué…? –continúa. No me atrevo a enfrentar sus ojos, por lo que fijo mi mirada en nuestras manos unidas–. ¿Por qué, si no está bien, estar a tu lado es lo único de lo que me siento verdaderamente segura?

Me gustaría no escucharla. Me gustaría que se levantase o que todo esto se revelase como uno más de esos sueños en los que la tengo entre mis brazos, cercana y alegre, regalándome caricias y suspiros, regalándome esos latidos de más. No la merezco. No está bien. Y definitivamente, no puede ser verdad. Les he hecho demasiado daño, a ella y a su reino. Soy culpable, y a los culpables se los castiga, no se los absuelve y, además, se les da todo lo que puedan desear.

–Inair… –comienzo, en un intento de hacerla entrar en razón o, al menos, de pedirle silencio.

Ella, sin embargo, me interrumpe. Tira de mi mano y me obliga a colocarla sobre su pecho, a la altura de su corazón, que late acelerado. El mío siente que en cualquier momento va a desfallecer, que su carrera roza lo imposible.

–Lo sientes, ¿verdad? –susurra. Su voz parece retumbar en su pecho, que aún siento contra mi mano–. Tienes que saber lo que significa. Siempre lo has sabido todo…

La razón sigue negándome el creer en algo tan absurdo, pero el corazón quiere volar con las alas de la esperanza. ¿Qué se supone que tengo que hacer? ¿Qué se supone que es lo correcto? ¿Cómo puedo evitar rendirme ante ella? Podría pedirme la luna y lo único que yo podría hacer es preguntarle en qué fase la desea.

–Esto no es sensato, Inair.

–No pensé que se tuviera elección en esto de los sentimientos, Lowell.

Y así, tan fácilmente, me desarma. Bastan sus palabras, la ternura en su tono cuando dice mi nombre, y su sonrisa acompañando a ese rubor en sus mejillas. ¿Acaso no la entiendo a la perfección? Si se pudieran elegir los sentimientos yo nunca la habría escogido a ella, porque tenía que ser solo una obligación, nada más. Inair era una muchacha a la que debía custodiar, no la mujer que había de robarme la cordura.

Por primera vez pienso que quiero aprovechar este instante. Que realmente quiero merecerla y rendir todos mis suspiros a la boca con la que he soñado por demasiado tiempo. Y por eso, aunque dudo, me inclino. ¿Cómo recibirá mis labios? Quizá solo haya querido entender lo que deseo escuchar. Quizá ella, que apenas sabe nada del mundo, no sepa cómo expresar que solo me aprecia y me agradece los días en que no la dejé sola. Y aun así, ella misma parece alzar un poco el rostro, y de nuevo tengo la sensación de estar rozando con los dedos un sueño demasiado vívido…

Un sueño que se fragmenta con el sonido de golpes contra la puerta. Y con la ruptura del sueño, vuelve la realidad.

Inair y yo nos separamos a tiempo de ver cómo la puerta se abre y dos astrenses entran: son los dos muchachos que viajaban en el barco pirata, el rubio y el de la cabeza rapada. Me tenso, pero mis manos se separan del cuerpo de la princesa con serenidad. Los hechiceros, sin embargo, ya nos han visto, y al rubio parece molestarle especialmente, porque me observa con ojos fríos.

–Cógelo –ordena.

Inair, a mi lado, palidece. Decido que no voy a hacer esto complicado para nadie: ni para mí, ni para ella, ni para los muchachos. Por eso me inclino para besar la cabeza de la princesa y me levanto mientras el hombre rapado da un par de pasos hacia nuestra posición. Parece sorprendido ante mi determinación, mientras que el joven de ojos morados sigue sin apartar la vista de mí, con una mueca de desprecio.

–¿Eres consciente de los crímenes que has cometido? –pregunta, como si quisiera asustarme.

–Lo soy –declaro. Es fácil volver a fingir que nada importa.

–Serás juzgado.

–Lo sé.

–Shem.

El otro me coge de los brazos y me obliga a ponerlos tras la espalda. Siento que los ata con una cuerda, pero no me resisto. Por el rabillo del ojo veo cómo Inair se levanta, tambaleante. Su mirada de horror me causa más daño que cualquier cosa que los hombres puedan hacerme.

–N-no –pide a media voz–. Él no ha hecho nada, él no…

–Estáis confundida, princesa –declara el rubio, mirándola con lástima. Me hierve la sangre cuando ese muchacho le habla, porque le ha hecho sentir mal desde el principio–. Este feérico probablemente haya manipulado vuestra mente, pero pronto sanaréis y comprenderéis lo que ha estado haciendo con vos.

Me indigna que plantee que yo he podido hacerle algo a su mente, dado que de eso sí soy inocente, pero ni siquiera replico.

–¡Lowell nunca haría algo así! ¡No lo conocéis! ¡Soltadle! ¡E-es una orden!

Él mira a Inair, sorprendido por sus palabras, pero el truco que ha utilizado con la capitana no sirve con el muchacho.

–Lo siento, princesa. No estáis en condiciones de dar órdenes en este momento. Vamos, Shem.

Sale él primero y su enorme compañero me coge del brazo y me obliga a seguirle. Pese a todo, no puedo evitar lanzar una mirada por encima del hombro para observar a la princesa. Está en medio del cuarto, quieta, con los ojos brillantes, el rostro pálido y los labios entreabiertos, llena de desesperación.

La imagen me rompe el corazón antes de que cierren la puerta tras de mí y me priven de su visión. La tristeza de sus ojos añiles es mi verdadero castigo.

Eirene

Cuando despierto, aún me duele la cabeza. Es como sentir que alguien coge tu mente con las manos y aprieta con fuerza, esperando el momento en que todo en ella reviente. Me siento desubicada hasta que al fin me sitúo en el presente y comprendo que estoy en el cuarto de Seaben. He puesto mi memoria a disposición de los astrenses. Ese muchacho, Adair, no ha tenido reparos en tomar todo lo que ha querido de ella y hacerlo, además, sin ninguna delicadeza. Ni siquiera era consciente de que algo así pudiese llegar a doler tanto.

–¿Eirene? ¿Te encuentras bien?

La voz y una caricia en mi mejilla me hacen separar los párpados para enfrentarme de nuevo a la realidad. Los ojos rojos de Seaben me observan, henchidos de preocupación, y sus dedos colocan con ternura unos mechones tras mi oreja. Estoy tumbada justo a su lado.

–¿Me desmayé? –susurro, sorprendiéndome de lo baja que suena mi voz. Cuando me incorporo todo parece dar vueltas.

–Han entrado en tu mente con demasiada brusquedad. No has podido soportarlo.

En silencio lanzo un insulto hacia el hermano de Moira. No se parecen en nada más que en el color de sus ojos: ella ha intentado comprendernos y ayudarnos, mientras que él se ha aprovechado de mi ofrecimiento para hacerme daño. No me puedo creer que haya sido un accidente: casi pareció recrearse, cogiendo cada recuerdo y exprimiéndolo al máximo.

Seaben separa los labios de nuevo, para hablar, pero me adelanto a él y alzo una mano hacia su frente.

–Te ha bajado la fiebre. ¿Cómo te encuentras?

Mi esposo deja caer los párpados ante mi toque. Su rostro sigue pálido y enfermizo, y su cabello sigue húmedo por el sudor, pero parece algo recuperado.

–Me siento mejor –admite. A mí se me escapa un suspiro de alivio al ver que respira con calma e hila palabras con voz más segura.

–¿Funcionó? –pregunto–. Lo de mi mente.

Seaben asiente y captura mis dedos entre los suyos, no sé si para que deje de tomarle la temperatura o porque necesita sentir mi mano enredada a la de él.

–Eso parece. Drake ha dicho que ahora confían en nosotros un poco más.

Me pregunto cuánto tiempo llevará despierto Seaben para haber hablado con Drake, porque ahora estamos solos en la habitación.

–Eso está bien.

Me llevo la mano de Seaben a los labios, besando la cinta que yo misma le regalé, y me incorporo, sentándome en el borde de la cama. El cuarto da vueltas pero, tras cerrar los ojos un segundo y coger aire, todo se torna estable e inmóvil a nuestro alrededor.

–¿Seguro que estás bien?

–Claro. No es por mí por quien tienes que preocuparte –le recuerdo, apartándole unos mechones pegajosos del rostro. Seaben hace un mohín de disgusto ante mi gesto, como si no le gustase que aludiese a su estado actual–. No estás bien todavía, pero voy a ir a buscar a Moira, y encontraremos la manera de preparar la medicina para que te recuperes del todo, ¿de acuerdo? No tardaré…

Me voy a levantar cuando él aprieta mi mano, deteniéndome.

–¿Puedo pedirte algo? –susurra.

Por un instante me preocupa cuál pueda ser su petición. Seaben no es alguien que suela admitir que necesita ayuda, para empezar, igual que yo. Aun así, asiento y vuelvo a sentarme a su lado. Sabe que puede confiar en mí. Estamos juntos en esto.

Él suspira y baja la vista, preocupado y apenado.

–Soy consciente de que Lowell no está en una posición ventajosa ahora mismo. Dudo que me dejen levantarme. Que me *dejes* levantarme, de hecho. Así que...

–Ya he intercedido por él –lo interrumpo.

El príncipe parece sorprendido. Es consciente de que, en Lothaire, tras descubrir todo lo que escondía, Lowell no me gustaba ni un ápice. Pero la situación ha cambiado.

–¿Tú? ¿Por Lowell? ¿Por qué?

–Nos salvó. Le debemos el estar aquí, juntos, ahora. Quizá no lo hiciera exactamente por nosotros, y mucho menos por mí, pero la cuestión es que nos ayudó. No me gustaría tener que estar en deuda con él.

Miro a mi marido entre las pestañas, a quien casi se le escapa una sonrisa cansada.

–Además –continúo–, realmente creo que Astrea necesita a Lowell sano y salvo.

Su fría lógica parece estar tan debilitada como todo él, porque el príncipe no es capaz de seguir mi pensamiento. Me mira, sin comprender, y yo sacudo la cabeza, optando por dejarle reposar.

–Lowell estará bien, te lo prometo –le digo, zanjando el tema.

Sus dedos se escurren entre los míos y me deja marchar. Me levanto y le acomodo las sábanas y la almohada antes de salir.

–Descansa.

Tengo la impresión de que quiere decir algo, pero la oportunidad pasa. Solo nos miramos, en silencio, antes de que él cierre los ojos para volver a dormir y yo salga al largo pasillo.

Antes de que pueda dar más de un par de pasos, reconozco unas voces que se alejan en dirección a las escaleras. Adair y el pirata rapado –¿Shem, se llamaba?– llevan a un cabizbajo Lowell maniatado. No puedo evitar horrorizarme. ¿Moira ha consentido esto?

–¡Eh! –grito, para llamar su atención. Tengo que cogerme del bajo de la falda para echar a correr en su dirección.

Toda la comitiva se detiene y se gira hacia mí: el mayor, sorprendido; Lowell, resignado; y el primo de la princesa, para variar, con mala cara.

–¿Ya has despertado? –masculla, casi con decepción.

Me gustaría decirle que ni siquiera me habría desmayado de no ser por él, pero me contengo.

–¿Qué estáis haciendo con él? ¿A dónde lo lleváis?

–No es asunto tuyo.

–Dejadlo –exijo, más furiosa incluso de lo que esperaba–. Es inocente.

–No es eso lo que he visto en tu propia cabeza.

–Sin duda también habrás visto cómo nos salvó.

–¿Realmente te fías de alguien que no ha dejado de actuar por sus propios intereses? –Aprieto los labios, porque es consciente de que también tengo dudas de la lealtad de Lowell–. Traicionó la confianza de tu esposo, su supuesto mejor amigo…

–Eso fue… –comienza el caballero, con rabia contenida en su voz.

–No estamos hablando contigo –lo corta Adair–. Shem, llévatelo. Enciérralo y asegúrate de que no escapa. Organizaremos el juicio cuanto antes. Es el pueblo quien ha de decidir su destino.

¿El pueblo? ¿El pueblo va a decidir sobre Lowell? Miro al joven, que entorna los ojos y aprieta los dientes. No tiene posibilidades ante un jurado popular: todo el mundo lo culpará y lo utilizarán como chivo expiatorio porque, a efectos reales, sin importar cuáles hayan sido sus actos más allá del encierro de la princesa, es culpable. En este lugar se respira paz, pero es una paz fingida que intenta enmascarar el olor a deseos de venganza.

–Francamente, Adair –responde con calma el hombre rapado–, no creo que Moira haya dicho que lo encerremos. No suena a ella, precisamente.

–No lo ha hecho –me apresuro a responder, aunque no puedo estar segura–. Ella está de acuerdo en que…

–Moira sigue intentando preservar una paz ficticia, Shem –me interrumpe Adair–. Así nunca recuperaremos lo que es legítimamente nuestro. No, siendo débiles. Llévatelo y custódialo. Ahora.

–No eres nadie para darme órdenes, Adair. No creo que estés siendo lógico: el muchacho no ha opuesto resistencia, sabe perfectamente cuál es su lugar.

–Claro –se burla el más joven–. Fíate tú también de él.

–Soy consciente de lo que he hecho y de las consecuencias –asegura Lowell con firmeza.

–¿De las consecuencias? –pregunta Adair, como si se fuese a echar a reír–. No lo creo. Pareces demasiado tranquilo. ¿Eres consciente de que el pueblo podría pedir que te lanzásemos por el acantilado y dejar que el mar te tragase, por ejemplo?

Trago saliva al imaginar el cuerpo de Lowell cayendo sin remedio. Casi me parece escuchar la voz embravecida del océano reclamándole.

–Entre otras posibilidades poco agradables –declara el caballero, con sorna. No va a dejar que lo vean asustado.

Adair abre la boca para responder, pero Shem se adelanta, tirando del brazo del preso.

–Me lo llevo. Pero por su seguridad, más que por la del pueblo o Inair. Vamos.

Me inquieta que lo vayan a encerrar, pero me tranquiliza el hecho de que ese hombre no parece querer hacerle daño. Lowell solo me lanza una mirada de reojo antes de dejarse arrastrar y en ella reconozco una pizca de agradecimiento.

–¿Qué quieres? –le espeto a Adair en cuanto los otros desaparecen por el pasillo–. ¿Que lo maten? Un jurado formado por gente dolida y resentida como tú no atenderá a razones. ¡Vuestra princesa está aquí gracias a él!

–Y también gracias a él ha estado lejos durante demasiado tiempo. –Abro la boca, pero él se adelanta de nuevo y hace un ademán indiferente con su mano–. No quiero escucharte. ¿Por qué no vas a cuidar de tu esposo? O de Drake. O a lo mejor te resulta difícil elegir con quién quieres pasar un poco de tu valioso tiempo.

Las mejillas me arden por el enfado y la vergüenza. ¿Cómo se atreve a utilizar mis recuerdos, mis sentimientos, en mi contra?

–No te consiento…

–¿No me consientes? –repite. Una sonrisa burlona que alimenta más mi furia curva su boca–. Aquí tu título no vale nada, Eirene de Nryan. No eres mi princesa y no te debo ningún respeto. Alégrate de que tu inocencia haya quedado demostrada, porque si no tú y tu adorado esposo estaríais corriendo la misma suerte que ese infeliz. Y esta conversación se termina aquí y ahora. Tengo cosas más importantes que hacer, como comprenderás.

La reverencia que me dedica es la más descortés que me han dedicado en mi vida y, tras ella, me deja sola en el pasillo.

Encuentro a Moira en la cocina, preparando una infusión, y le cuento lo ocurrido. Cuando termino, ella me explica que no puede detener el juicio, pero que procurará que se trate a Lowell dignamente hasta el mismo. Parece agotada, como si llevara días sin dormir, y mientras se masajea las sienes me cuenta lo que deberá hacer Lowell si quiere salvarse. Nunca había escuchado hablar de un ritual semejante, pero de alguna manera no tengo duda de que el caballero accederá. Vi cómo miraba a Inair en la torre cuando la sacó de su escondite y después, en el barco. Vi cómo nos salvaba a todos incluso cuando sus posibilidades de huir eran casi inexistentes.

–Lo hará –le aseguro–. Ya ha arriesgado su vida por ella una vez. No le importará volver a hacerlo.

Moira asiente, de acuerdo conmigo.

–El juicio será mañana, con toda probabilidad. No querrán retrasarlo. Hablaré antes con él y le diré qué es lo que pasará.

–Gracias. Sé que no tienes por qué hacer esto. También debe de ser difícil para ti.

–Habéis ayudado a Inair y a Drake, y os estoy agradecida por ello. La situación ha llegado por sorpresa y ha descolocado al pueblo, pero pronto todo volverá a la normalidad y veréis que no son monstruos. Daros una oportunidad es lo menos que podemos hacer, y aún creo que Astrea debe ayudar a sus amigos.

–Aun así, sé que es complicado. Y que estemos aquí puede poneros en una situación comprometida...

A Moira parece hacerle gracia mi planteamiento, para mi sorpresa, porque sonríe.

–Ya estamos en una situación comprometida, Eirene. Teneros aquí no va a suponer mucha diferencia.

No estoy del todo de acuerdo con ella. Los ojos rojos de la reina de las hadas vuelven a mi cabeza y me arrancan un escalofrío.

–Quizá vengan a buscarnos. Mab no va a descansar hasta dar con nosotros.

–Estamos protegidos, no te preocupes por eso –me tranquiliza–. La ciudad es prácticamente inexpugnable. Nunca nos han descubierto, en todo este tiempo, y tenemos escudos mágicos que nos ocultan y nos mantienen a salvo del exterior.

No digo nada al respecto, porque sé que todos los comentarios que pueda añadir serán agoreros. Yo he comprobado que nadie escapa de Mab, incluso cuando todo parece ir bien y uno ya puede ver el final del camino.

Intento no pensarlo y tomo un sorbo largo de mi infusión, que apenas he tocado pese a que Moira la sirvió al principio de la conversación. Tiene un toque de menta, lo que me recuerda al muchacho que descansa enfermo en el piso de arriba y la razón de que se encuentre así.

–Antes de encontrarme con Adair, iba a buscarte para decirte que la fiebre le ha bajado a Seaben, pero todavía no se encuentra bien. Y no lo hará, probablemente, hasta que preparemos esa medicina.

–Lo sé –corrobora Moira–. Pero mientras no la encuentro, lo mantendré estable... –Sé, por su voz, que hay algo más, así que la animo a continuar con un gesto–. ¿Estás segura de que es una *medicina*, Eirene?

Esa pregunta sigue pareciéndome muy cruel. O quizá no sea la pregunta, sino las posibles respuestas, según las cuales Mab habría tenido engañado a su hijo durante toda su vida. Recuerdo las palabras de él en el barco, todas sus dudas, el dolor y la pérdida. No sé si podría soportar saber que también le han mentido con la poción que ingería cada mañana, convencido de que era por su propio bien.

–Eso es lo que le dijeron a él. Pero Drake también piensa que puede ser mentira. Yo... –Suspiro–. No lo sé. Solo sé que la necesita, y que por eso tenemos que encontrarla.

–Seaben parece sano –susurra Moira–. Sí, tiene fiebre y está cansado y débil, pero no me da la sensación de que sea... veneno.

–¿Crees que Mab le estaba dando algo para mantenerlo atado a su lado de alguna manera? ¿Y si la poción no es lo que todos pensamos que es?

La hechicera se muerde una uña, en un gesto nervioso y distraído.

–Me da la sensación de que sea lo que sea lo que le haya estado dando, ha causado que su cuerpo se haga dependiente. No conozco ningún veneno que permanezca en el cuerpo por tanto tiempo y consiga semejante efecto después de *años*. –Ambas callamos durante un largo minuto, pero al final la muchacha sacude la cabeza y me dedica una sonrisa amable–. Encontraremos la solución, no te preocupes. Por el momento, seguro que quieres descansar: aquí no tenemos sol ni luna, pero pronto será de noche –indica, señalando el exterior, donde el hechizo que ilumina la ciudad intenta imitar los tonos cálidos del atardecer–. ¿Quieres otra habitación? Tu esposo está enfermo, al fin y al cabo...

–No –digo, quizá demasiado precipitadamente. No puedo ni pensar en dejarlo solo–. Me quedaré con él. Me necesita. Y así estaré cerca por si empeora durante la noche.

Moira está de acuerdo. Se levanta conmigo, va hasta una encimera y me tiende un vial.

–Dásela si le sube la fiebre.

–Gracias de nuevo.

–Buenas noches, Eirene.

Agacho la cabeza en señal de despedida y salgo. Me doy cuenta, a medida que camino, de que estoy muy cansada, pero no solo físicamente. Se trata también de una sensación mental, y por un momento valoro la posibilidad de que Adair tenga la culpa de ello, al haber entrado en mi cabeza. Pero sé que no es solo eso, sino todas las preguntas y los problemas que se van amontonando unos sobre otros: Seaben y su enfermedad, Lowell y su juicio, los astrenses y su dolor, yo misma y mi trono y toda la distancia que me separa de mi isla, donde me espera un padre dispuesto a librarse de mí igual que lo hizo con mi madre.

Quiero dejar de pensar. Me pregunto si los hechiceros tendrán pócimas para eso, para olvidar. Y por otra parte me pregunto si es eso lo que quiero. Sería muy débil por mi parte, aunque un respiro no estaría mal. Quizá todo podría volver a ser como al principio: escucharía las canciones de Drake, me retaría constantemente con Seaben, y saldría libre a cazar incluso arriesgándome a abandonar la fortaleza que es esta ciudad. Quizá recuperase esa fuerza que siento que se me escapa entre los dedos y así podría proteger de verdad a la gente que me importa. Pero ni siquiera pude evitar que mi prima escapase y saben las estrellas dónde estará ahora, o en qué estado…

Nunca he sido fuerte. Nunca he sido suficiente. No puedo proteger a nadie, ni siquiera a mí misma, y arrastro a todos en mi caída.

Me siento tan agotada que necesito sentarme, por lo que me dejo caer en el alféizar de la primera ventana que veo. Las notas dispersas de un laúd que conozco muy bien llegan hasta mí y miro a través del cristal. Drake está abajo, acompañado de Chryses, sentado en la fuente de la plaza. Él está aquí, con los suyos, después de tanto tiempo. Chryses ha huido de Lothaire después de veinte años sufriendo allí, pero no está más cerca de librarse de su maldición ni de reencontrarse con la amada de la que le separaron. El lobo no tiene hogar, y yo siento que, si lo tengo, no sé cuál es. No ahora, cuando parece que solo sabemos caminar sin un rumbo fijo. Seaben y yo no podemos quedarnos aquí mucho tiempo, este no es nuestro sitio, pero entonces ¿dónde se supone que vamos a ir? Sí, hay demasiadas cosas que debemos hacer, pero somos solo dos jóvenes, por muchos títulos que tengamos. Estamos juntos en esto, pero ¿a dónde nos lleva todo?

–¿Eirene?

La voz infantil de Sylvana me arranca bruscamente de mi ensoñación. Giro la cabeza y la encuentro ante mí, con sus ojillos entornados de preocupación. Es la primera vez que la veo desde que hemos llegado.

–Sylv. ¿Estás bien? ¿Te han hecho algo?

–¿Qué le harían a una pobre niña como yo? –Se me escapa una sonrisa, aunque sé que su apariencia no habrá engañado a los hechiceros–. Pero tú no pareces estar bien, pequeña.

–Te saco más de tres cabezas, Sylvana. Sigue siendo una ironía que me llames pequeña.

–Parece que con los años empeora tu habilidad para cambiar de tema.

Dudo. Sylvana siempre ha estado conmigo y nunca me ha culpado de nada. Claro, a veces se comporta como una madre y me amonesta, pero también me ha querido y cuidado como si fuese mi familia de verdad. Y está aquí, aun ahora, sin emitir ni una sola queja por su destino. Y sigue preocupándose por mí, lo que me desarma.

–Me encuentro un poco perdida. Todo... Todo ha cambiado muy rápido, Sylv. ¿Te acuerdas cuando estábamos en Veridian y nos pasábamos el día en el jardín? ¿O cuando desaparecía durante horas y al regresar tú me recriminabas que volviese tan sucia? O los primeros días en Lothaire, con Fay... Parece que ha pasado una eternidad desde entonces.

Sylvana hace un ligero mohín de lástima.

–No todo ha cambiado –dice. Sus manitas atrapan las mías y vuelvo a sorprenderme de lo pequeñas que son, en comparación con mis manos–. Continúo a tu lado, como siempre. Y seguiré justo aquí, mi princesita.

Aprieto los labios, conteniendo un estremecimiento. Quizá no sea mi madre, pero el cariño de sus palabras bien podría haber sido el de una.

–Tengo miedo de seguir perdiendo cosas –le confieso en un hilo de voz–. Quizá también te pierda a ti en algún momento.

–Eso no va a pasar –dice Sylvana con toda seguridad, como si estuviera más allá de toda duda. ¿Cómo lo sabe? Solo es una niña, a efectos prácticos. Si todo se nos va de las manos, o si Mab quiere hacerme daño, ella parece un blanco fácil y atractivo.

–¿Me lo prometes? –le pregunto.

Mi aya me sonríe con dulzura y sus pequeños dedos rozan mi mejilla. Yo sentada y ella de pie, ambas quedamos a la misma altura. No soy consciente de las ganas que tengo de llorar hasta que parpadeo para tragarme las lágrimas.

–Te lo prometo. Por todas y cada una de las estrellas.

No necesito nada más. Me echo hacia delante y rodeo su cuerpo con mis brazos, en un mudo agradecimiento por esto y por todo lo que ha hecho por mí a lo largo de los años.

Sylvana siempre me ha contado los mejores cuentos.

Drake

No puedo dejar de pensar en la conversación con el príncipe, incluso mientras deslizo mis dedos por tus cuerdas, tejiendo las notas de una canción de la que apenas soy consciente. ¿Crees que me excedí? Lo ataqué, lo herí cuando él estaba febril e indefenso. Supongo que tenía demasiado guardado dentro y he estallado. Que estaba resentido. Además, fue Seaben el que empezó, echándome en cara mis mentiras. Como si él fuera el más honorable de los hombres. Resoplo y Chryses, a mis pies, alza la vista, aunque finjo no darme cuenta. Ahora ya es tarde para lamentarme, aunque también es cierto que no he dicho nada que no piense. Le he demostrado que puede ser tan egoísta como cualquiera. No es más justo ni más bueno que los demás. En cambio, me ha quedado claro que siente un gusto malsano por recordarle a la gente sus errores, sin ser capaz de ver los suyos propios.

Aparto mis manos de ti con un suspiro y me inclino para pasar los dedos por el pelaje de Chrys. He decidido no contarle nada de mi enfrentamiento con el feérico, porque sé que me censuraría, así que en vez de buscarme una disputa con él, miro alrededor, a la ciudad en llamas por efecto de la luz. La gente, ajena a mí, sigue con sus vidas: las madres empiezan a llamar a sus hijos para que entren en las casas y la mayoría de los habitantes se retira para cenar con sus familias. Un grupo de amigos ríe, cruzando a tan solo unos pasos de mí, y algunos ojos se fijan en el lobo con curiosidad y recelo. Les sonrío, haciéndoles entender que no es peligroso. Una pareja se roba un par de besos delante de una puerta. Supongo que esto es la paz. Una paz artificial, oculta, siempre a punto de romperse, pero que aquí se atesora como si fuese real. Es fácil fingir que estamos en el mundo exterior, aunque no haya viento ni lluvia ni estrellas. Los rebeldes han creado una copia imperfecta de Astrea, pero que brilla hoy con mucha más fuerza que la real, oscurecida por los ardides del Tirano.

La gente también parece imperfecta, como si fueran copias de figuras que almaceno en mi memoria. Ninguno de mis amigos son los mismos, a excepción de Moira, todavía sabia y amable, manteniendo el orden como puede. Me pregunto si ellos notarán alguna diferencia en mí. Si soy lo que esperaban o el tiempo me ha cambiado aunque no pueda percibirlo.

–No sé si este es el hogar que recuerdo, compañero –murmuro, solo para Chryses.

El lobo alza la cabeza, que tenía apoyada sobre las patas delanteras, y me observa con sus inteligentes ojos azules. ¿Se decepcionaría él al volver a ver a Celeste, si es que eso ocurriera? Quizá. Aun así, no creo que el amor desapareciese, pese a todo, como yo no puedo evitar querer a todos los que me rodean, incluso aunque a veces me parezcan desconocidos.

«Siempre idealizamos los recuerdos», me instruye.

–Y quizá por eso el presente siempre nos decepciona.

Pienso en lo que Moira me dijo acerca de que no habíamos cambiado y me doy cuenta de lo equivocada que está. No solo se trata de que la situación sea diferente y nos hayamos tenido que adaptar. Hemos crecido, para bien o para mal. Y nunca antes me había fijado en cuánto ha dolido llegar a ser quienes somos. ¿Cómo podríamos borrar la tristeza, todo el sufrimiento, sin volver atrás en el tiempo? Tendríamos que borrar todas nuestras memorias, como han hecho con Inair, para descubrir quiénes somos de verdad, y ese es un precio que nadie en su sano juicio estaría dispuesto a pagar.

Paso un dedo por el contorno de tu figura, con suavidad, siguiendo las curvas y rectas de tu anatomía, pensativo. Hemos visto mucho y hemos madurado, nadie puede negarlo. Pero, a veces, me da la sensación de que solo hemos alcanzado a conocer la maldad en el mundo.

–Puedo entender el presente –reflexiono, para Chryses y para mí–. No creas que me niego a aceptarlo. Sé que no puedo vivir de cuentos. Pero, igualmente, es duro saber que no volveremos atrás. Que no podremos entrar mañana por las puertas de la torre de hechicería y fingir que nada ha pasado.

–No nos va tan mal.

Doy un respingo, sorprendido. Briah está de pie junto a mí. Shem está a su lado, alto y silencioso como solo sabe serlo un guardián. La muchacha duda antes de atreverse a ocupar un lugar a mi lado, en el borde de la fuente. Espero que no haya venido a discutir de nuevo.

–Veo que tu laúd ha sobrevivido a todo.

Bajo la vista a mi regazo, donde tú descansas, y te sonrío con cariño. Durante unos instantes todos te miramos, y tú pareces disfrutar con la atención que te prestamos. Te alzo un poco y apoyo los labios contra tu mástil, en la caricia de un beso.

–No sé qué haría sin ella. Nunca permitiría que le pasara nada, ya lo sabes.

Briah alza una ceja. Sus ojos pardos refulgen con burla. Ella, que no sabe lo que es tenerte en brazos y arrancarte las más deliciosas melodías, nunca comprenderá lo importante que eres.

–¿Sigues tratándolo como si fuera una mujer?

Yo te abrazo acercándote a donde late mi corazón, para que escuches sus notas y las aprendas.

–Es la amante que cualquier hombre desearía tener. Pero, obviamente, no espero que lo entendáis. La nuestra es una relación muy especial. Al fin y al cabo, ha estado conmigo desde siempre.

Y conoces todos mis secretos. Todas mis inquietudes. Todos mis sueños. Todos mis cuentos. Hemos creado música tantas veces que para mí eres ya una prolongación de mi cuerpo. Si mañana me quedara sin voz, te tendría a ti para hablar por mí. Si mis recuerdos desapareciesen, podría utilizar los tuyos para llenar los huecos de mi memoria. El beso de tu música, de hecho, podría romper cada hechizo que lanzaran sobre mí; e igualmente levantarme de entre los muertos, si fuera necesario.

–Pues yo creo –dice Bri, sacándome de mis pensamientos– que haces con ella lo mismo que cualquier hombre con una mujer: tocarla en un vano intento de conseguir algún sonido satisfactorio por su parte.

Su carcajada suena libre por la plaza. Me siento un poco avergonzado. No recordaba que hiciera bromas tan subidas de tono. Shem, a su lado, se lleva una mano a la cara y niega con la cabeza, probablemente acostumbrado a su humor. Carraspeo.

–¿Es que lo dices por experiencia?

–¡No responderé a semejante indiscreción! –exclama, fingiendo escandalizarse.

–Pero si has empezado tú –protesto, con los ojos fijos en Shem.

–¿Qué pasa? –pregunta mi amigo, dándose cuenta de que toda mi atención está puesta en él.

–Nada, nada. Solo diré que no parece muy satisfecha con lo que le haces. –Y luego, volviéndome hacia Chryses, que nos observa, añado, antes de que nadie pueda interrumpirme–: Siempre han tenido una relación extraña. Obviamente, se atraen, pero ella es demasiado orgullosa para admitir lo que siente y él, demasiado cobarde pese a ese cuerpo de fortachón para dar el primer paso.

El lobo ladea la cabeza, pero no hace comentarios, mientras la hechicera a mi lado me suelta un codazo en las costillas que casi me hace perder el equilibrio. Me agarro al borde de piedra y sonrío, divertido, al percibir en su rostro el azoramiento.

–¿Ahora también hablas con los animales, no solo con los objetos?

Ignoro el tono de burla en su pregunta.

–¿Dónde está tu intuición de hechicera? Espero que no la hayas cambiado por el libertinaje de la piratería.

Mis dos acompañantes se inclinan hacia delante, observando a Chrys con más atención. Él permanece impasible al escrutinio, como si ya estuviera acostumbrado. Shem entorna los párpados, interesado.

–Sus ojos…

–Es humano –aclaro, pasando la mano por su espeso pelaje–. Mab lo hechizó.

Ambos arrugan la nariz y hacen muecas de disgusto. Briah deja escapar una exclamación a la que le sigue un insulto que tampoco recordaba que supiese hace unos años.

–Apreciamos que simpatices con la causa –apunto.

Mi sonrisa no la aplaca. De pronto parece enfadada, pero sé que no es conmigo. Gruñe, y creo reconocer en ella a la muchacha que conocí, traviesa y parlanchina y con un carácter que era mejor no provocar.

–Te juro que la cogía y la… la…

Frustrada por no encontrar palabras para concluir su frase, retuerce un cuello imaginario. Me echo a reír, divertido por el arrebato, y hasta el otro hechicero sonríe. Pone una mano sobre la cabeza de nuestra amiga, cariñosamente, y ella se deja apoyar contra él. Supongo que estos años juntos les han hecho aún más próximos.

–¿Hay algo que podamos hacer? –pregunta Shem.

–No lo creo –admito, aunque me duela–. No, al menos, cuando la que le lanzó el hechizo fue *ella*.

La muchacha parece aún algo molesta, pero la mención a Mab parece haber despertado no solo furia, sino también su curiosidad. Y más cosas. Hambre de cuentos, por ejemplo. Es un deseo que vamos olvidando a medida que crecemos y se nos pegan los pies al suelo, pero en realidad siempre queda un poco, para las ocasiones menos esperadas.

–¿Qué has visto? –me pregunta–. Has estado mucho tiempo fuera. Seguro que tienes la mejor historia que nos hayas contado nunca.

–He visto una ciudad encantada bajo el yugo de una reina malvada. He visto a princesas escapar en medio de la noche de las garras de una bruja y doncellas rebelándose contra su destino.

El muchacho pone los ojos en blanco ante mi sonrisa traviesa. La capitana pirata, en cambio, me dedica una mirada de regocijo. Sé que de contar esa historia, ella sería, de entre todo mi público, la que más atenta estaría, esperando escuchar el final. Solo que esta vez no estoy muy seguro de que el desenlace vaya a ser agradable. Ni siquiera puedo asegurar que esté allí para presenciar la muerte de Mab de Lothaire y el triunfo de un héroe o una heroína que todavía no tiene rostro.

–Siempre consigues que la vida suene épica –me confía Shem.

Río, encantado. ¿Por qué no puede serlo? Tal vez desde dentro no podamos darnos cuenta, pero hay muchas experiencias que son dignas de una canción. La de Chryses, sin ir más lejos. Hasta la mía, de alguna manera, aunque me considere más un observador que un participante activo. Incluso esta pareja ante mí tiene algo que contar: son hechiceros, son piratas, son rebeldes y luchadores. Son supervivientes.

–Es nuestro trovador, al fin y al cabo –apunta Bri.

–Y siempre consigue que nunca sepas cuándo algo es verdad y cuándo mentira.

–Es un don –replico, orgulloso.

El silencio llega y se alarga, pero no es incómodo. Es agradable estar aquí, con ellos. Es agradable hablar sin necesidad de enfrentarnos, como si los problemas no existiesen.

Es Briah la primera que nos saca de la tranquilidad, con un carraspeo.

–Oye, Drake, hemos venido porque… –Se frota la mejilla, apurada–. Bueno, Shem quiere disculparse contigo.

El aludido parece tan sorprendido como yo, que miro a uno y otro sin comprender.

–¿Por qué?

–Sí, ¿por qué, Bri? –inquiere él, con una ceja alzada. Casi parece divertido, como si todo fuera parte de un juego que han creado entre los dos.

–Evidentemente, no lo has tratado bien. Ni a él ni a sus compañeros.

Alzo una mano para ocultar una sonrisa. No puedo evitar sentirme enternecido. Que no se atreva a hablarme a la cara y a aceptar su culpa es un gesto orgulloso e infantil, pero también es ocurrente. Solo tiene miedo. Ahora, más que nunca, me parece una niña que no sabe enfrentar el mundo real. Que entiende que ha cometido un error, pero no que una disculpa es suficiente para mí, porque soy su amigo y no puedo enfadarme de verdad con ella.

Decido dejarlo estar, para ver a dónde nos lleva esta conversación.

–Obviamente –acepta Shem, siguiéndole la corriente. Es casi irónico que diga eso, ya que en el barco fue el único que mantuvo la calma y trató de simpatizar con mi causa–. He sido un desconsiderado. Y me arrepiento mucho de no haber creído en él ni haber querido escucharlo.

–Así es. ¿Te sientes mal?

–No creo que pueda perdonármelo mientras viva.

–Muy bien. Ahora, discúlpate.

Presencio el intercambio sin separar los labios, aunque trato de mantenerme serio. Miro a mi compañero, como si esperase sus excusas, y él agacha la cabeza con humildad. Es ridículo. Y, de alguna manera, es la conversación que más cómodo me ha hecho sentir desde que he vuelto.

–Lamento mucho lo ocurrido, Drake –dice, con suavidad. Una sonrisa que apenas puede reprimir baila en las comisuras de su boca–. Y me alegro de que hayas vuelto.

–Bien. Si me lo pides así, creo que puedo perdonarte, *Shem.*

Briah, a mi lado, asiente con satisfacción.

–Maravilloso. Tienes que entenderle, Drake: no lo ha pasado bien. Estoy yo para cuidarlo, claro, pero… –La defensa que ha alzado a su alrededor se tambalea, un instante antes de que pueda recuperar el control–. Ya sabes, todo sigue siendo duro aquí abajo. Y triste, a veces. Y no somos los mismos, ni la confianza es la misma. Y…

Briah calla y siento que la muralla se derrumba. Como si un peso enorme hubiera caído sobre sus hombros, agacha la cabeza. Puedo percibir su vergüenza, sus ansias de protegerse, su deseo de creer tantas veces pisoteado por la realidad. No importa lo cerca que se hayan quedado de Astrea: ya no son parte de ella. Y eso duele, por supuesto, casi tanto como debió dolerle la muerte de su padre y sus hermanos, que hicieron lo imposible para protegerla. Yo tuve suerte, porque mi madre e Inair viven aún, pero la muchacha que tengo delante lo perdió todo en una sola noche.

–Lo lamento. Estaba equivocada.

Veo sus manos apretadas en forma de puños sobre sus rodillas y cualquier rastro de rencor desaparece. Le advertí que tendría que disculparse cuando descubriera la verdad, pero creo que ya no quiero que me pida perdón. Quiero que sonría, que vuelva a ser la de antes, que se burle de mí y corretee alrededor de Shem. Y quizá por eso, porque la siento pequeña y vulnerable, tan perdida, la abrazo, sin una sola palabra. Ella hace lo mismo, con mucha fuerza, como si quisiera recuperar todos los momentos que estos dos años nos han arrebatado. Beso su frente, con cariño. Me había olvidado de lo fácil que era quererla, lo sencillo que era pensar en ella como otra hermana.

–Adair nos dijo lo que esa muchacha hizo por ti –me confiesa, en un hilo de voz–. Y el príncipe. Lo siento. Lo siento mucho. Siento no haberte creído. Siento haberme comportado así pero... pero...

Suspiro, contra sus cabellos, y ella se aferra a mi camisa.

–Está bien. Yo también he estado asustado, durante todo este tiempo. Es duro, ¿verdad? Enfrentarse al mundo, después de todo...

No responde, pero tampoco es necesario. Sé que las cosas han sido muy difíciles, para ella y para todos. Sé que Astrea está herida, aunque nos neguemos a pensar que el golpe sea mortal o que la cicatriz no vaya a desaparecer con el tiempo. Luchamos, pero a veces parece que no somos lo suficientemente fuertes, porque hay cosas que no volverán: las familias rotas no van a reunirse, los muertos no van a levantarse, la justicia no reaparecerá de la noche a la mañana. Va a ser un largo proceso de reconstrucción, tanto por fuera, a nivel político, como por dentro, en las almas de la gente. Y entre las cosas que tenemos que recuperar está la confianza en ese mundo exterior que nunca se preocupó por nosotros. Eso incluye a personas como Eirene y Seaben, que aunque no han hecho nada malo, parecen enemigos a primera vista, porque nos han visto sufrir sin mover un dedo.

–Nunca os haría daño. Lo sabes, ¿verdad? –Acaricio sus cabellos, con dulzura–. Nunca traería a nadie aquí si supiera que va a ser malo para nosotros. Pero ellos… no tienen a dónde ir. No son tan diferentes a los que estamos aquí. Y creo, de verdad, que podrían ayudarnos. –Bajo la voz, acercando mis labios a su oído–: Os voy a proteger, Bri, cueste lo que cueste…

Es una promesa y ella lo sabe, aun sin decírselo.

Eirene

Hace solo un rato que la luz de un ficticio amanecer ha empezado a colarse por la ventana, aunque esta mañana no necesito luz que venga a despertarme. Apenas he dormido, pues Seaben no ha pasado una noche tranquila. Su fiebre ha ido subiendo y bajando, una y otra vez, caprichosa, y él se ha hundido en un duermevela constante. Hace apenas una hora que consiguió acomodarse en un sueño profundo después de que tuviese que darle la tercera poción de la noche. Ahora, al menos, descansa con el rostro tranquilo, pero me pregunto cuánto tiempo más podrá aguantar en este estado. Aunque he sostenido su mano durante todo el tiempo, ni siquiera mis dedos entre los suyos es suficiente para calmarle o alejar los malos sueños. ¿Qué puedo hacer por él, entonces? Hoy me siento incluso más culpable que ayer, pues no puedo evitar pensar que si siguiese en Lothaire al menos estaría sano. Sé, sin embargo, que ya no hay nada que podamos hacer para cambiar lo que ha ocurrido. El pasado no va a venir a darnos una nueva oportunidad, de modo que solo me queda aceptarlo y esforzarme para que todo vaya mejor de ahora en adelante. Tengo que ser fuerte, sobre todo cuando él flaquee. Si los dos caemos, ¿quién nos sostendrá?

Suspiro y dejo un beso sobre la mano de mi esposo, que no despierta, pero ya no parece inquieto. Ojalá pudiera meterme en su cabeza y asegurarme de extirpar de raíz todo lo que pueda atormentarlo. Ojalá pudiera hacerlo feliz.

Vuelvo a mirar por la ventana. El juicio contra Lowell se celebrará en unas horas, pero el príncipe ni siquiera lo sabe. Cuando llegué anoche ya dormía, y en sus breves desvelos se encontraba tan mal que me pareció cruel cargarle con una preocupación así. También lo consideré innecesario: Moira cree que todo puede solucionarse, aunque no sé si puedo creerlo. Aun así, soy consciente de que Seaben tiene derecho a saber lo que está a punto de suceder. Dudo de si debería despertarlo y contárselo, pero decido permitirle dormir un poco más. Con delicadeza, desenredo nuestros dedos por primera vez en toda la noche, ante lo que el príncipe casi parece protestar.

Me levanto y me acerco a una vasija con agua que Moira me ha traído hace solo unos minutos, junto con uno de esos vestidos más cortos de lo acostumbrado que están de moda en este lugar, aunque agradecería más unas calzas. El agua espera en la mesa, al lado de un espejo de pie en el que, al pasar, veo un leve atisbo de mi cuerpo. Me detengo frente a él y me observo.

No reconozco a la muchacha en el cristal.

Frente a mí hay una elfa joven que se parece a mí, pero en la que no termino de encontrarme. Tiene mis cabellos y mi estatura, mi complexión y mi color de ojos. Tiene exactamente los rasgos de mi rostro…, pero la persona que veo no se parece en nada a mí. No hay brillo en sus pupilas ni color en sus mejillas. La piel de su cara está marcada por golpes y el labio inferior lo tiene partido, aunque no sangra. No es eso lo que más me sorprende, sin embargo, sino que en esa boca no encuentro la sonrisa. ¿Dónde se ha escondido? Recuerdo que solía esbozarla, que enseñaba los dientes al hacerlo porque era siempre un gesto amplio. Yo reía, pero ahora no suena tampoco el sonido de carcajada alguna, como si mi garganta se hubiera olvidado de cómo emitirlo.

Mis manos se alzan para tocar mi cara con cuidado y la chica frente a mí hace exactamente lo mismo. ¿Quién es esa Eirene que parece tan triste, tan derrotada? ¿Quién es esa muchacha abandonada al otro lado del cristal, cansada en cuerpo y alma? ¿Vivirá ahí, tras el espejo? ¿Será ese su sitio, su hogar? Al menos tendría un lugar solo suyo, un lugar al que pertenecer…

Mis dedos abandonan mi rostro y vuelan a mi espalda; rozan las cintas de mi vestido y tiran, y siento como la prenda se afloja en torno a mi pecho. El cuerpo de la Eirene del espejo tampoco parece el mío: antes solía tener una postura orgullosa y no había marca alguna sobre él, más allá de algunas heridas en los dedos por las flechas y pequeñas magulladuras de mis aventuras en el bosque. Ahora, sin embargo, los moratones lo adornan: en los brazos, en las piernas, en el estómago. Casi me parece volver a sentir las patadas de mi padre.

No queda ni rastro de mi barbilla alzada ni de mi energía. Y de nuevo me fijo en esos ojos tristes y cansados, llenos de miedo y dudas, y una vez más en los labios sin sonrisa.

¿En quién me estoy convirtiendo?

Mis palmas se apoyan en el cristal e intento buscar con más ahínco. Quiero encontrar a la muchacha descarada, a la joven con ansias de aventuras y juegos, a la que temía al futuro pero sabía cómo encararlo. ¿Dónde está? ¿Dónde estoy? ¿Qué soy ahora? Apenas una réplica tan vacía como pueda serlo esta ciudad subterránea, una imagen que intenta recuperar lo que un día existió. Mi rostro sigue siendo el mismo más allá de los golpes, pero por debajo de la piel el alma permanece oculta, asustada. *Estoy* asustada. ¿Qué va a pasar conmigo? No quiero hundirme. No *puedo* hundirme. Quiero volver a sonreír y respirar el presente a grandes bocanadas. Quiero ser valiente, independiente. Antes lo era. No puedo perderme a mí misma porque, si lo hago, no me quedará nada.

Unos ojos rosas, acongojados, me miran fijamente desde el cristal. ¿Qué queda de mí? Apenas esos cabellos largos, de princesa, como Sylvana solía decir. Pero no me siento una princesa. No me siento ni poderosa. No tengo un trono al que volver. Nryan parece más lejano que nunca, y no es por la distancia, sino por todos los obstáculos que habrá hasta llegar a mi país. Ahora soy una niña sin hogar, que no sabe dónde está ni quién es, pero que quiere seguir viviendo. Ante mis ojos, casi me parece que mi reflejo se transforma, regalándome la imagen de la chiquilla que fui hace mucho tiempo, la que escapó sola en un intento de ser feliz y encontrar de verdad un sitio en el que encajar. ¿No vuelvo a ser esa muchacha, de alguna manera?

Mis manos se escurren por el cristal y doy un paso atrás, turbada. Mis ojos vuelan por la habitación. Desnuda, sabiendo que Seaben duerme, me acerco hasta la mesilla que hay al lado de la cama. Sobre ella están las cosas de mi esposo; entre ellas, el puñal que Lowell le entregó en la torre. Mis dedos se aprietan en torno a la empuñadura y lo desenvaino. Me sorprende lo brillante que es pese a haber arrebatado vidas. Pese a estar manchado de sangre…

La elfa que vive dentro del espejo me observa cuando vuelvo ante ella con un arma en la mano. Rozo el filo con los dedos y apenas hago una mueca cuando me corto sin querer. Una tímida gota de sangre asoma y trago saliva. ¿Cómo de acostumbrada voy a tener que estar a ese líquido rojo? ¿Cuántas veces voy a ver cómo se escapa del cuerpo de mis enemigos o de mis amigos? ¿Cuánto sufrimiento más voy a tener que presenciar o me va a ser infligido?

Aprieto los labios y recojo mis cabellos con la mano libre. El primer tajo es tan brusco, tan determinado, que entre mis dedos solo queda una maraña de pelo y en la chica del espejo un aspecto desaliñado de mechones largos en medio de otros cortados de cualquier manera, despuntados y caóticos. Apenas pierdo tiempo en arreglarlo: me libro de todos esos mechones que han escapado del primer ataque y el puñal cae al suelo junto con todas las víctimas de su beso.

Me miro y, pese a todo, sonrío. Ahí está. De pronto me encuentro de nuevo a la chiquilla que un día escapó de palacio dispuesta a ser feliz, a vivir según ella quería y no como los demás le ordenaban. Ahora el pelo apenas me roza el cuello y los mechones deciden su propio orden; mis orejas apenas se pueden esconder, así que las muestro con orgullo, porque esto es lo que soy. Soy Eirene, solo Eirene, una elfa alejada de su país que no quiere rendirse. Esta vez no estoy sola. Esta vez tampoco me esconderé en una cabaña. Esta vez tengo que enfrentarme al mundo de verdad, y este aspecto me hace sentir más como alguien que va a luchar.

Y eso es lo que voy a hacer.

Para cuando Seaben despierta yo ya estoy vestida con la ropa que Moira ha dejado para mí y he vuelto a acomodarme a su lado.

–Eirene... –susurra, antes siquiera de separar los párpados y mirarme.

–¿Cómo te encuentras, príncipe?

Él parpadea y alza la vista. Sus labios se entreabren, sorprendidos, y sé lo que pasa por su cabeza. Su otra mano, la que no sostengo en la mía, se alza y roza mis cabellos.

–Tu pelo...

Tomo sus dedos y beso su palma con cariño.

–Necesitaba un cambio –digo, restándole importancia. Sé que él va a seguir preguntando, pero me adelanto y le toco la frente–. Te está volviendo a subir la fiebre.

Lo suelto para coger uno de los botes que descansan en la mesilla y lo ayudo a incorporarse para que se lo tome. Él no parece muy contento, pero ni siquiera protesta. Aparta la cara en cuanto lo traga.

–Te favorece.

–¿Disculpa?

–El pelo. Te favorece.

Supongo que es un halago, aunque no sé si en mi estado actual, con la cara marcada por los golpes que aún tienen que sanar, algo puede favorecerme de verdad, pero agradezco el esfuerzo.

–Celebro que te guste, porque Sylvana me matará cuando lo vea.

A él se le escapa una sonrisa y yo me apunto una victoria. Seaben también necesita recuperar un poco de la felicidad que solíamos compartir. Aun así, y aunque sería más sencillo dejarlo estar, tengo que sacar el tema de Lowell. No me lo perdonaría si no le contase lo que va a suceder con su amigo.

–Ayer estabas dormido –susurro, no muy convencida de cómo encarar el tema–. Pero hay algo que deberías saber.

Seaben ni siquiera parece sorprendido. Quizá esté tan cansado de todo lo que nos rodea que ya nada tiene la capacidad de intrigarle.

–¿Qué es?

–Todo va a salir bien –le aclaro antes de seguir–. Pero… van a juzgar a Lowell.

En esta ocasión mi esposo sí se alarma. Veo cómo se tensa bajo las sábanas y trata de incorporarse, aunque me apresuro a impedírselo.

–¿Qué estás diciendo?

–No pasará nada –lo tranquilizo–. Moira tiene un plan. Solo será un trámite. Se solucionará.

–¿Un plan? –pregunta él, ansioso–. ¿Qué plan? ¿Cómo sabes que va a funcionar?

Lo cierto es que no lo sé, sigue siendo un jurado popular el que decidirá el destino del caballero, pero necesito creer que todo va a salir bien.

–Moira cree que si Lowell hace un juramento de lealtad hacia Inair, lo perdonarán.

Me dispongo a explicarle las consecuencias de lo que eso supone, pero él parece saberlas, porque no pregunta. Vuelve a intentar incorporarse e intento tumbarlo de nuevo, pero esta vez él coge mis manos antes de que pueda hacerlo.

–Tengo que hablar con él.

–No puedes moverte de aquí. No tienes fuerzas. ¿Y de qué serviría, de todos modos? No puedes hacer nada.

–Quiero hablar con él. Es mi amigo.

–Seaben…

–Tengo derecho.

–Él ha aceptado lo que ha sucedido, Seaben. Ni siquiera opuso resistencia. Moira hablará con él y se encargará de que todo esté bien. Este trance es suyo, no tuyo.

–Solo quiero estar a su lado. Siempre hemos estado juntos. No quiero que eso cambie.

Hago una mueca, porque eso sí puedo comprenderlo, por poco que me guste. Se aferra a él igual que yo lo hago a Sylvana: son las únicas personas que nos quedan de una vida anterior.

–Lo han encerrado –le advierto.

Él ni siquiera se lo piensa.

–Ayúdame a levantarme.

–Seaben, no puedes, estás...

–¿Qué harías tú en mi lugar, Eirene?

Me desembarazo del agarre de sus manos para apresurarme a empujarlo hacia atrás. Mi esposo deja escapar una exclamación y me mira con los ojos entornados desafiantes.

–Si yo fuera tú, haría caso a mi encantadora y preocupada esposa.

Casi parece divertirle mi respuesta, pero sacude la cabeza.

–¿Cuándo me has hecho caso tú a mí?

–¡Oh, cállate! –replico–. No voy a dejar que te levantes, es mi última palabra. ¿Es que no has visto cómo estás?

Seaben suspira de nuevo. Sé que no le gusta sentirse débil, pero ahora mismo lo está y no se recuperará si no descansa hasta que encontremos esa medicina. Solo va a ponerse peor.

–Estoy mejor que ayer.

–Por favor, Seaben, hazme caso.

–Si el que estuviera encerrado fuera yo, ¿no querrías verme?

El golpe es bajo, y certero. Si estuviera encerrado y a punto de ser ajusticiado, haría lo que fuera por estar con él.

–Eso es diferente –me excuso.

–¿Lo es?

–¡Claro que lo es! ¡Soy tu esposa!

Los dos nos sorprendemos de mi seguridad. Nos miramos, en silencio, y siento que las mejillas empiezan a quemarme de la vergüenza. No puedo creerme que haya utilizado nuestro matrimonio como una defensa. Como si fuera... real.

–¿Solo porque eres mi esposa? –susurra Seaben.

–Te dije que cuidaría de ti.

El príncipe me mira y yo acepto el reto de sus ojos.

–Eirene, él siempre ha cuidado de mí…

–¿Siempre? Que nos salvase no significa que sea completamente inocente. Te mintió. Te engañó.

–Tú también me engañaste, Eirene. Me ocultaste cosas.

La réplica es tan imprevista que me deja sin respuesta. Me quedo quieta, clavada en el sitio, mirándole. Sí, es cierto, yo también lo he hecho, aunque fuese por mantenerle apartado de mis problemas. Por protegerle. Entonces ¿qué derecho tengo a condenar al propio Lowell?

Mi marido se percata de mi turbación, porque casi parece arrepentido.

–Lo siento, Eirene. No pretendía… –Lo acallo alzando una mano. Solo ha dicho la verdad–. Necesito verlo. Todo este tiempo, pese a lo malo, hemos estado juntos. Somos… poco menos que hermanos.

Lo miro, insegura, porque solo quiero que esté bien, pero no soy nadie para impedirle que lo vea, si ese es su deseo. Por eso extiendo los brazos, pero en esta ocasión para ayudarlo a levantarse. Le rodeo el cuerpo con uno y él se recuesta contra mis hombros.

–Gracias –susurra cerca de mi oído.

–¿Estás seguro de que puedes con esto?

Seaben asiente y me rindo. No hemos dejado de ser iguales, supongo. Incluso ahora, somos idénticos, queriendo ser fuertes por nosotros mismos y los demás. Él no sabe por qué beso su mejilla en un impulso, pues me mira sorprendido; yo no digo nada al respecto.

–Iremos juntos, ¿de acuerdo?

En silencio, salimos abrazados, sosteniéndonos el uno al otro. Tal y como hemos hecho desde el principio.

Jowell

El concepto de encierro es extraño en Astrea: cuando me cogieron pensé que me llevarían a una celda y me relegarían a la oscuridad, pero lo único que han hecho es meterme en otra habitación y tenerme custodiado por alguien que ha vigilado la puerta cerrada con llave durante toda la noche. Ni siquiera se han preocupado por las ventanas, por las que podría haber escapado sin dificultad, ya que no tienen barrotes. Para ser sospechoso del secuestro de su princesa, las medidas de seguridad que han tomado conmigo me tienen decepcionado.

En cualquier caso, da lo mismo, porque ni se me ha ocurrido intentar escapar. Solo huye el que tiene algo que esconder y yo, para bien o para mal, no lo tengo. No puedo negar que durante la noche me han asaltado dudas sobre el destino que me espera, sobre los distintos castigos que pueden caer sobre mí por lo que he hecho. ¿Cuál es la condena más fuerte en Astrea? ¿La muerte? ¿Realmente van a tirarme por el precipicio para que me despeñe sin más o me harán sufrir? ¿Cómo son los juicios aquí, siquiera, donde decide el pueblo? En Lothaire todo era decidido por la reina y nadie se atrevía a replicar, pero aquí no será así. ¿Tengo posibilidades de salvarme? Parece improbable: un pueblo tan herido no perdonará fácilmente. ¿Tengo miedo? Sí, un poco. Al principio estaba tranquilo, pero con el paso de las horas mi seguridad ha empezado a flaquear. Supongo que no quiero morir tan pronto. Es egoísta y soy consciente de que no lo merezco, pero me gustaría poder ver otro día más. Me gustaría disculparme con Seaben e incluso con Eirene, que ayer me defendió. Me gustaría ver la Astrea que hay en la superficie. Me gustaría poder pasar más tiempo con Inair...

Pero eso no sería justicia, ¿verdad?

El sonido de una llave encajando en la cerradura me hace tensarme, pero me levanto con resignación. Supongo que es la hora. Enfrentarse al destino siempre suena mejor de lo que es en realidad.

La puerta se abre y la joven que ordenó que nos liberasen aparece bajo el dintel, aunque esperaba a su hermano. ¿Moira, se llamaba? La hechicera se mueve por la habitación con calma hasta sentarse en el borde de la cama. Entre sus manos juega con la llave con la que ha abierto la puerta de la estancia, que no ha cerrado, como si me retara a huir. Quizá sepa perfectamente que no voy a hacerlo.

–Hoy se te juzgará, Lowell –me notifica.

No respondo, porque no lo creo necesario. Prefiero acabar con esto rápido.

–Y, como supongo que imaginarás, mucha gente está deseando que se haga justicia. Sin embargo..., me han dicho que no has ofrecido ningún tipo de resistencia. ¿Por qué? ¿Solo te rindes o te consideras culpable?

Pongo los ojos en blanco.

–Me pregunto si una cosa excluye a la otra. ¿Has venido a conducirme a un juicio o a darme conversación?

–¿No te resistirás ahora tampoco?

–Sé muy bien lo que me espera. Conozco mis culpas también. Las acepto a ellas y a la condena que acarreen.

Un silencio. La muchacha mueve la llave entre sus dedos, con parsimonia.

–Y eso te honra –indica Moira–. Pero, además, parece que todo lo que has hecho, al final, ha sido por Inair.

¿Hasta qué punto? Sí, quería mantenerla a salvo, y sí, la liberé, pero si el trovador nunca hubiera aparecido, ¿cuánto tiempo más la habría dejado encerrada? La ayudé a escapar entonces solo porque el muchacho podía ofrecerle una vía con seguridades, porque teníamos más probabilidades de éxito colaborando con alguien de esta tierra que solos.

–No soy tan iluso como para creer que eso vaya a salvarme.

–Podría –contesta la muchacha, para mi sorpresa–. Si realmente quieres seguir a su lado, claro.

Tengo la impresión de que he oído mal.

–¿Cómo dices?

–¿Hasta dónde estás dispuesto a llegar por Inair?

Frunzo el ceño ante la pregunta. ¿No ha quedado claro ya? Estoy aquí, aceptando incluso que vayan a condenarme, todo por ella. He traicionado a mi reina y he arriesgado mi propia vida por ponerla a salvo. No me importa lo que vayan a hacer conmigo.

–Hasta el final.

Moira casi parece sonreír, de una manera enigmática que me cuesta comprender. Se pone en pie, entonces, y asiente, aunque parece un gesto más para sí que para mí. Yo no puedo estar más confundido.

–¿De qué va todo esto? Los dos sabemos que nada va a ser tan fácil como decir un par de palabras bonitas. No soy estúpido, sé la gravedad de este asunto. Sé que la mitad de los astrenses va a desear que termine en el fondo del océano por todo lo que he hecho. A ti te pueden valer nuestras palabras, pero eso no le servirá a vuestro pueblo.

–Tienes razón –confirma ella. Lo cierto es que duele un poco y me doy cuenta de que albergaba alguna esperanza de que todo pudiese ser sencillo–. En Astrea hace tiempo ya que las palabras no son suficientes. Por eso no vas a limitarte a ellas.

Su seguridad me desconcierta. ¿Qué puedo hacer yo, sino intentar defenderme con la verdad detrás de mis actos?

–Si juras lealtad a nuestra princesa, si lo prometes con tu sangre, el pueblo tendrá que aceptarte.

Sé a qué suena eso pero, aun así, quiero asegurarme. Abro la boca, pero otra voz se adelanta a mí:

–Significa que morirás si la traicionas.

Alzamos la vista. Eirene de Nryan está en la puerta, con un Seaben que se tiene que apoyar en ella para sostenerse. La princesa se ha vestido según la moda de Astrea y me fijo en que se ha cortado el pelo, aunque su peinado es caótico y los mechones ni siquiera tienen la misma longitud entre ellos. No parece la misma.

–Seaben quería venir a verte –explica.

–¿Qué haces aquí? Estás enfermo –amonesto a mi amigo.

–Eres un poco desagradecido, ¿no crees? –protesta él. Siempre ha sido demasiado obstinado. Con la ayuda de su mujer se adelanta para sentarse en la cama–. Eirene me ha contado lo del juicio y quería estar contigo.

La muchacha, precisamente, me lanza una mirada de pocos amigos que me reprocha mi brusquedad, a pesar del gesto que el príncipe ha tenido conmigo. Carraspeo.

–Con la venia de tu esposa, parece.

–¿Has escuchado lo que te he dicho, siquiera? –replica Eirene–. Tu vida…

Es absurdo que, después de todo, aún sopesen la posibilidad de que pueda negarme, por eso me encojo de hombros. ¿Eso es todo? ¿Arriesgar mi vida? ¿Darle mi lealtad a Inair? Estoy convencido de que en realidad todos los presentes pueden adivinar mi respuesta.

–Lo haré.

El pueblo me quiere muerto.

Lo sé cuando observo a todas esas personas congregadas frente a la tarima en la que me mantienen arrodillado, esperando el juicio, custodiado por dos astrenses que no conozco. Las caras de un montón de hechiceros se fijan en mí y murmuran. De vez en cuando, en sus labios puedo leer palabras como «venganza», «castigo» o «muerte», además del nombre de su princesa, que está entre ellos, en primera fila, acompañada de su hermano. A Inair le han trenzado el cabello y le han puesto una corona de flores blancas sobre la cabeza, quizá en sustitución de la de oro y joyas que le correspondería. Ella es la única en todo el gentío que parece mirarme con desesperación y compasión, aunque intento no fijar mis ojos en ella. No sé si el plan de Moira va a funcionar. No sé si será tan fácil convencer a gente que ha sufrido tanto. Ante mí hay personas golpeadas por la desgracia, llenas de cicatrices. Hechiceros que han perdido partes de sus cuerpos, pero también niños que han conocido el odio y la desesperación demasiado pronto. Quieren que alguien pague por lo que han sufrido; y yo soy el único al que, de momento, pueden castigar. Resulta absurdo pensar que desaprovecharán la ocasión.

Más allá, apartados de la muchedumbre, están Chryses, Sylvana, Eirene y Seaben. La princesa de Nryan parece más pendiente de mi amigo que de mi suerte, mientras que él intenta mantener la máscara de serenidad que siempre lleva puesta, en un intento de decirme que todo va a salir bien. Hoy no puedo creerlo.

–Como sabéis –declama Adair, que está de pie junto a mí, igual que su hermana– nuestra princesa ha regresado. Después de dos años volvemos a tenerla, al fin, entre nosotros. Dos años en los que ha tenido que vivir encerrada en una torre en Lothaire. Dos años en los que ha estado hechizada y nos ha olvidado. De su memoria ha desaparecido todo: su pueblo, Astrea e incluso su padre, nuestro amado y difunto Rey Iadail. Desconoce incluso el daño que nos han hecho, y quizá nunca pueda recordarlo. ¡Este muchacho –exclama, señalándome– es uno de los culpables de todo lo que nuestra princesa ha sufrido! Sus propios compañeros así lo han atestiguado, pese a que la inocencia de estos ha quedado probada. Durante estos años, este joven mantuvo a la heredera al trono cautiva. ¡Él nos la ha arrebatado, siguiendo los mandatos de Mab de Lothaire! ¡Y he aquí que se presenta en nuestra ciudad con semejante descaro, insultándonos a todos con su presencia! ¿Os parece eso justo, acaso?

Pienso en lo fáciles que suenan sus acusaciones, y lo injustas que son. Para empezar, mis compañeros no han atestiguado nada: él ha tomado los recuerdos de Eirene, según me han contado, y ha decidido juzgar a partir de ahí. La propia elfa intentó hablar a mi favor, el otro día, en el pasillo. La busco con la mirada y, como suponía, veo la indignación en su cara, pero sabe que no hay nada que pueda hacer, especialmente ahora que el pueblo, animado por el discurso del muchacho, murmura y clama justicia.

Supongo que esa presión en el estómago es miedo, el miedo de saber que vas a pagar por tus crímenes, sin importar qué los haya motivado.

Adair alza una mano para pedir silencio y sus pasos suenan sobre la tarima mientras se mueve sobre ella con tranquilidad.

–Si por mí fuera, ya habría regalado el cuerpo de este hombre al océano que siempre nos ha protegido, para que el mar hiciera con él lo que considerase conveniente.

Tengo una imagen clara del aire en mi cara, el precedente al dolor de las rocas y al frío del agua. Casi siento el nudo en la garganta que se formará cuando no consiga respirar…

–Mas no creo que la muerte sea la condena justa para él.

Doy un respingo, sorprendido. Todos parecen tan confundidos como yo. Moira frunce el ceño e Inair, esperanzada, entrelaza las manos sobre su pecho. Sé que hay gato encerrado en sus palabras. Seaben, a lo lejos, también desconfía.

El pueblo mismo se muestra aturdido, por lo que Adair se apresura a explicarse:

–Soy consciente de que estáis cansados –comienza, con tono diplomático–. Cansados de la sangre y la muerte. Ya hemos perdido suficiente; ya hemos matado suficiente también. Eso no significa, no obstante, que los que atenten contra nosotros hayan de ser perdonados. Lo justo, amigos míos, es que se les pague con la misma moneda. –Los ojos de Adair se fijan en mí con desprecio–. Suprimamos su vida, pero hagámoslo como él borró la de nuestra princesa. Eliminemos sus recuerdos y después condenémosle a una eternidad de silencio. Encerrémoslo de por vida, como quisieron hacer con nuestra princesa.

Me quedo helado. Pienso que, si ese es el castigo, ¿de qué servirá que jure ante Inair? Un juramento podría salvar mi vida, porque aseguraría una existencia de servidumbre y lealtad hacia Astrea, pero no me librará de una vida sin recuerdos. Una parte de mí dice que sería justo; otra contempla la posibilidad con el mayor horror del mundo. ¿Podrían, siquiera, entrar en mi cabeza para hacerlo? Según me ha dicho Seaben, ese muchacho le hizo mucho daño a Eirene al entrar en su memoria. El poder de los hechiceros es grande y mi cabeza, siempre infranqueable, solo ha tenido que enfrentarse a feéricos durante toda su vida. ¿Qué pasará si resulta que mis pensamientos no son tan inexpugnables como creo? ¿Qué pasará si pueden borrar lo que gusten de mi mente? Y más allá de la posibilidad del olvido, de enfrentarme al mismo desconcierto y al mismo vacío con el que ha tenido que vivir Inair, está mi libertad: vivir encerrado, solo pudiendo ver el mundo desde una ventana, me parece mucho peor castigo que una muerte rápida. Sobre todo porque, si la condena se acepta, nunca más podré ver a la princesa.

Es precisamente la muchacha la que, horrorizada por la posibilidad, grita:

–¡No! ¡Por favor, no!

El pueblo vuelve a murmurar. Los astrenses hablan entre ellos, confundidos tanto por la sugerencia como por la reacción de su futura reina, a la que Drake abraza. El trovador mira a Adair y luego a mí, y lo cierto es que diría que él tampoco parece decepcionado con la idea del castigo.

–¿Es así como quieres actuar? –interviene Moira, dando un paso hacia delante–. ¿Ojo por ojo? El muchacho no le borró la memoria a Inair: la reina de Lothaire es la culpable.

–El muchacho no hizo nada para evitarlo.

Esa acusación me parece tan injusta que, por primera vez, me atrevo a protestar:

–Cuando me asignaron su cuidado, ella ya estaba hechizada –me defiendo–. Y ni siquiera le han borrado los recuerdos, solo están… bloqueados. Vuestra princesa recuerda en las noches de luna llena.

–Muy bien, te permitiremos recordar en la luna llena, entonces –se burla Adair.

–Quisiera ver cómo te encargas de los asesinos y de los violadores, Adair, si esa es tu política de justicia –masculla Moira con una mueca asqueada. Es ella, ahora, la que se vuelve hacia el pueblo–. Este muchacho ha cometido errores. No creo que se atreva a negarlo. En ningún momento se ha declarado inocente de ellos, sino que acepta la culpabilidad.

De nuevo esos murmullos que me llenan la cabeza y me atormentan. Culpable. Castigo. Inair. Memoria. Encierro. Muerte. Justicia.

Culpable.

Culpable.

Culpable.

Tras unos segundos en los que cierro los ojos para volver a esa calma que siempre he intentado mantener, los murmullos se ven sustituidos por la voz alta y clara de la hechicera.

–Todos hemos cometido errores, ya sean grandes o pequeños. ¿No les enseñamos a nuestros niños que lo importante es aprender de ellos? ¿No te enseñaron en la torre eso mismo, Adair?

Separo los párpados para poder observar al muchacho, que resopla. Cuánto resentimiento hay en cada uno de sus gestos, cuánto odio.

–¿Y vamos a continuar así? ¿Absolviendo pecados? ¿Acaso somos monjes? No, somos hechiceros. Perdonar no le ha servido de nada a esta nación. ¿Qué se supone que debemos hacer? ¿Dejar impunes los delitos que se cometen contra nosotros? ¡Han sido dos años en los que hemos tenido que aprender a sobrevivir! –De nuevo, sus ojos se fijan en la gente, que comparte el sentimiento del joven–. Vosotros lo sabéis bien: estáis pálidos, porque la única luz que ilumina vuestros días es artificial. Vuestros hijos más pequeños ni siquiera han visto nunca nuestro castillo. Si esto sigue así, jamás conocerán la grandeza de Astrea ni verán nuestra torre arañar el firmamento. Nos estamos olvidando del sol y de la lluvia. De la vida antes de esto, antes de la oscuridad y el exilio. ¿Y tenemos que perdonar a los que siguen dañándonos? ¿A aquellos que han herido a nuestra única esperanza, a nuestra princesa? ¡Yo digo que se haga justicia! ¡Suficiente es perdonarle la vida cuando tantos aquí la han perdido!

Esta vez entre el pueblo no hay susurros, sino gritos. Gritos que claman por una Astrea perdida, por el recuerdo de su grandeza. Y yo, de alguna manera, aunque nunca me he parado a pensarlo de ese modo, he colaborado con la oscuridad en la que han vivido estas gentes al mantener encerrada a su esperanza. Si nunca me hubiera dado cuenta de lo importante que era ella para mí, jamás la habría liberado, jamás habría incumplido mi misión como guardián, jamás habría desobedecido las órdenes de mi reina.

Culpable. Soy culpable.

–¡En ningún momento he hablado de absolver! –se defiende Moira. Coge aire, quizá viendo que la situación se escapa de su control–. Pero mientras mi hermano quiere castigar; yo soy, a pesar de todo, una maestra. Prefiero pensar que educar es posible. Adair os habla de destruir. Sí, podemos borrarle los recuerdos y encerrarlo, pero así jamás aprenderá de su error. –Sus ojos morados se fijan en mí–. O podemos dejar que recuerde y que enmiende la situación sirviendo a nuestro país. El caballero de Lothaire se ha arrepentido. En el pasado cuidó de Inair, en su encierro, asegurándose de que pese a todo estaba a salvo. Ahora, nos la ha traído, demostrando sus buenas intenciones: sin su ayuda nuestra princesa jamás habría regresado. Ha demostrado que le importa. Y al hacerlo, se ha arriesgado a un castigo, ya sea la muerte o lo que se ha sugerido aquí.

No sé cómo, pero veo en la gente que la muchacha ha plantado la duda. La desconfianza sigue ahí, sí, pero también asoma a los rostros de algunos la posibilidad de un entendimiento. Mientras que Adair ha escondido todo lo que pueda haber a mi favor, ella lo expone.

–Lowell está dispuesto a morir por la princesa –continúa Moira, aprovechando la indecisión.

–¿Morir por ella? –replica su hermano–. ¡Si estuviera dispuesto a morir por ella hace tiempo que nos la hubiera traído!

–¡¡No podía!!

Ni siquiera sé por qué he estallado, pero cuando todas las miradas recaen sobre mí sé que no tengo más remedio que continuar. Se me escapa un jadeo. Estoy temblando.

–No podía –repito, más bajo, pero lo suficientemente alto como para que todos los presentes me escuchen. Si he de caer, que al menos sea con la verdad por delante–. No podía hacerlo. Inair no recordaba nada y Mab nos habría descubierto antes de salir de Lothaire. Quería sacarla de allí. Lo planeé muchas veces, de distintas maneras, pero no podía: si huíamos, no solo nos cogerían, sino que me matarían por traición y entonces Inair se quedaría sola, sin ningún apoyo. –Cierro los ojos, recordando todas las noches en las que me prometía que terminaría sacándola de allí–. En el caso improbable de que hubiéramos conseguido coger un barco, para cuando llegásemos vuestro Tirano ya estaría enterado, porque nada escapa al control de Mab. –Separo los párpados y me fijo en Adair, que tiene los dientes apretados, furioso por mi atrevimiento–. Y entonces sí que habríais perdido para siempre a vuestra princesa. ¿Qué se suponía que debía hacer? La mantuve encerrada, sí, pero nunca le hice daño. Nunca quise que sufriera. Si soy culpable de algo más que de su encierro es de haber sido un cobarde que no quería perderla.

Pongo toda mi atención en Inair. Lo siento tanto. Siento tanto haber sido tan egoísta, haberla mantenido presa en una torre, alejada del mundo, sin atreverme a arriesgarme a que desapareciese de mi vida. Ella parece a punto de echarse a llorar. Como si conociese mis pensamientos, niega con la cabeza. Pese a todo, sigue sin culparme. Pese a todo…

Los murmullos esta vez hablan de culpabilidad, pero también de inocencia. Hablan de riesgo y de la princesa y su estado. Hablan de todo lo que podría haber hecho y no hice, pero también de las acciones que sí he llevado a cabo.

Moira vuelve a aprovechar este instante de confusión y ni siquiera su hermano puede impedírselo:

–¡Lowell, caballero de Lothaire, ha accedido a jurarle lealtad a nuestra princesa y ayudarnos así a restaurarla en su legítimo lugar!

La sorpresa y el desconcierto se incrementan. Adair sigue manteniendo su recelo.

–¿Sabes siquiera lo que eso significa en esta tierra, feérico?

–Moriré si la traiciono. Y estoy dispuesto a ello, pues tampoco querría seguir viviendo si lo hiciera.

Por primera vez hay silencio. El pueblo observa, callado, y reflexiona. Es Moira quien toma aire y rompe la quietud.

–Lo habéis escuchado. Ahora, la decisión es vuestra.

Hay duda. Hay miradas que se encuentran y rostros confusos. Hay niños agarrados a sus madres que miran alrededor sin comprender, hay adultos que parecen tan perdidos como ellos. Inair observa a todos con esperanza y miedo. Drake la contempla a ella, preocupado. Más allá Seaben y Eirene se dan la mano sin perder ni un detalle.

–¡Que hable la princesa!

Reconozco la voz como la de la capitana de los piratas y la busco con la vista. Está acompañada de Shem, que asiente y reclama lo mismo. Pronto un coro de voces exige que Inair tome la palabra. La miro, dolido por la angustia y la palidez de su rostro, pero asiento con la cabeza, dándole fuerzas.

Moira parece insegura, pero le tiende una mano a la chica desde el estrado y ella sube con su ayuda y la de Drake, que le susurra algo, probablemente también intentando animarla. Sé que es difícil para ella, porque por culpa de esos recuerdos perdidos no se siente parte de este lugar, ni con derecho a dirigirse a esta gente.

Aun así, y aunque tarda en comenzar, titubeante, acaba por dirigirse a ellos.

–Lowell nunca me hizo daño –comienza. Se muerde el labio y luego sus ojos se fijan en mí–. Mientras estuve en la torre, nunca me hizo sentir como la prisionera de la que todos habláis. Él estaba a mi lado y me cuidaba. –Me dedica una sonrisa agradecida, y después se gira hacia su gente. Sus dedos aprietan la tela de su falda, pero no duda en seguir defendiéndome–. Me contaba cuentos, incluso sobre Astrea... Me hablaba de la ciudad. Tenéis campos de flores que parecen estrellas, ¿verdad? Gracias a él quiero verlo todo de vuestro reino. Me hablaba de la torre y me mostraba dibujos del castillo. Sé que está sobre un gran, gran lago, y que por las noches parece brillar...

»Lowell dice que le importo y ha hecho mucho por mí... El día que huimos del castillo de Lothaire, él se quedó atrás, distrayendo a la reina. Puede que ahora se diga que está dispuesto a morir por mí con un juramento, pero eso mismo ya lo demostró aquella noche. Es cierto que me borraron los recuerdos y me encerraron pero, si alguien me ha ayudado a que tenga nuevas memorias y me ha dado libertad, ese ha sido él.

Ella vuelve a fijarse en mí. Ni siquiera soy capaz de apartar la vista y, por un segundo, todo queda atrás: la gente, el veredicto, incluso el hecho de que estoy aquí arrodillado. La princesa tiene esa facilidad de convertirse en lo único en el mundo. Solo reaccionamos, ambos, cuando Moira se acerca a ella para poner una mano sobre su hombro y asentir.

El pueblo, entonces, habla. Primero literalmente, porque ahora más que nunca se escuchan sus voces. Después, no obstante, deciden: una tímida cinta blanca se alza sobre las cabezas de todos y pronto se ve respaldada por otras más. También se levantan cintas negras que intentan condenarme, y con la visión de la primera prefiero cerrar los ojos. No quiero verlo. Si el resultado de esa votación va a ser un montón de color negro que dicte un futuro igual de oscuro, prefiero no saberlo hasta que el castigo sea inevitable.

Silencio.

Con un tajo limpio, alguien corta las cuerdas que atan mis muñecas. Con un jadeo, al sentirme sin ataduras, abro los ojos de sopetón. Frente a mí, el color blanco batalla con dificultad contra el negro y vence.

Inocente.

Antes de que pueda ser consciente, Inair está abrazada a mí. La miro, sin reaccionar, y es solo entonces cuando me doy cuenta de lo rápido que me late el corazón y lo mucho que me tiemblan las manos. Sus brazos se enredan en torno a mi cuerpo y reconozco un sollozo que sale de la garganta de mi princesa, que esconde su rostro contra mi cuello.

–Ya ha pasado... –susurro, tragando saliva.

Podría quedarme anclado en este segundo en el que siento cómo ella me estrecha aún más fuerte y yo rodeo su cintura. En este mismo instante se me olvida si la merezco o si no, porque lo único que sé es que soy libre de seguir a su lado. Sin embargo, la paz se rompe pronto, porque una voz nos arranca de ella.

–Lowell. Inair –nos llama Moira–. En pie.

La princesa acepta la mano que le tiende su prima para ayudarla a levantarse y se alza. Yo también lo hago. Adair baja rápidamente del estrado, entre indignado y derrotado, y dos figuras se mueven entre el gentío del pueblo para seguirle: la capitana y Shem. Dirijo mi vista a la pared en la que se apoyaba Seaben y él me devuelve la mirada con una media sonrisa cansada. Su esposa, para mi sorpresa, también parece más tranquila. Le dice algo al príncipe, al oído, y mi amigo sonríe un poco más. Se me ocurre de nuevo que le debo una disculpa a la elfa. Sí, es cierto que ha metido en problemas a Seaben, como suponía, pero mi amigo también parece feliz a su lado.

–Necesitamos tu sangre. Tienes que hacerte una herida en tu mano.

Observo a Moira y me percato de que me tiende un puñal. Inair me mira inquieta. No imaginé que el juramento debiese hacerse ya, pero supongo que es lógico y justo que se haga a la vista de todo el pueblo que me ha perdonado. Todos han callado. ¿Será este un momento solemne para los hechiceros?

Cojo el arma y no dudo al hacer un corte limpio en mi palma. Ni siquiera me sorprendo cuando la sangre empieza a fluir libremente, empapando mi piel. Inair, por el contrario, es incapaz de mirar, y por eso aparta la vista al suelo.

–¿Y ahora? –susurro, deseando acabar con esto cuanto antes, por ella y por mí.

–Inair, cógela –le indica Moira, señalando mi extremidad herida–. Has de tener su sangre en tu mano porque su vida, al fin y al cabo, depende de ti.

Poniéndoselo fácil, le tiendo la mano y sus dedos, aunque titubean, finalmente se extienden hacia mí. La princesa tiembla, pero encuentro su otra mano también para tranquilizarla. Frente a frente, ella contiene la respiración. Siento cómo aparca el miedo y, por un segundo, me parece que nunca antes habíamos estado tan unidos como en este instante.

–Ahora, jura, Lowell, como lo harías ante cualquier reina, porque a partir de hoy, ella será la tuya.

Ella hace mucho que es mi única reina.

–Yo, Lowell, caballero de Lothaire, juro solemnemente que mi lealtad está con su majestad Inair de Astrea. Mi vida existirá para servir a la suya, desde este momento en adelante. –Bajo la voz, solo para Inair, intentando esbozar una sonrisa que la tranquilice–: Desde siempre, en realidad, y para siempre.

Ella se estremece. Sus labios se entreabren y no puedo evitar notar cómo se los humedece. El corazón me late rápido, demasiado rápido, aunque no sé si es por ella o hay algo más detrás de todo esto.

–Yo, Inair de Astrea, acepto tu juramento y reclamo tu lealtad –responde ella, con un tono más firme del que nunca le había oído. Me siento mareado–. Como reclamo tu nombre, pues de ahora en adelante serás mi caballero... Lowell de Astrea.

El dolor llega sin avisar. Aparece en mi cabeza y se extiende por todo el cuerpo. Mis músculos se paralizan, la mirada se me nubla, el aire se condensa de tal manera que ni siquiera puedo respirarlo. El corazón sufre y late tan rápido que no soy capaz de contar sus pálpitos. Una mano de hierro lo toma entre sus dedos y lo aprieta, y creo que en cualquier momento estallará sin remedio. Que yo mismo lo haré. Me siento arder, como si la temperatura de mi cuerpo se alzase más allá de lo inimaginable y me consumiese desde lo más profundo. Angustia. Sufrimiento. Incomprensión. La mano me quema y, tomando aire con brusquedad, la observo mientras el mundo entero da vueltas a mi alrededor. Brilla. Nuestras manos unidas brillan.

Mis ojos se encuentran con los de Inair, que están muy abiertos y me miran con miedo.

Yo nunca la había visto igual.

Con algo parecido a un tirón, todo desaparece. Desaparece el ardor y todo padecer, y solo queda... ella. Ella, pequeña e inocente frente a mí, dulcemente preocupada. Veo incluso más de lo que cualquiera podría imaginar, porque con más imágenes entre mis recuerdos de las que cualquiera pueda contar también escucho su risa, veo sus lágrimas y observo su rostro dormido. Es como sentir todas las caricias de estos dos últimos años contenidas en un único segundo, como sentir su abrazo incluso cuando solo me está tomando de las manos.

La veo y sé que es más que suficiente. Que he aguantado hasta el infinito, y ahora parece aun más brillante que nunca: la estrella que siempre la he considerado, mi princesa, mi reina.

Es todo lo que quiero y no puedo soportarlo más.

Por eso me adelanto el paso de distancia que había entre nuestros cuerpos, me inclino y la beso. Y es como encerrar todos los deseos en uno, en ese toque que provoca una exclamación en su boca. Cierro los ojos y me abandono. No me importa lo que pase a partir de hoy, porque ahora mismo tengo sus labios contra los míos y ella... Ella corresponde a mi beso. Sus manos se aprietan más en torno a las mías y su aliento se cuela en mi boca para insuflarme todo el aire que pudiera necesitar para vivir.

Y, de pronto, todo acaba.

Con un paso atrás, Inair me hace despertar de mi ensueño y abro los ojos. Ha palidecido, y sus ojos se entornan. Me observa, con incomprensión, con la angustia asomando a sus pupilas, y después sus párpados caen... igual que lo hace todo su cuerpo. Me echo hacia delante lo suficientemente rápido como para lograr atraparla entre mis brazos justo a tiempo, aunque no soy capaz de reaccionar.

–¿Inair...?

La muchacha no responde. El silencio a mi alrededor es total. Mi princesa está desmayada entre mis brazos.

El caos surge a mi alrededor.

–¡Inair!

Y así, con mi grito desesperado, se evidencia que nuestro cuento no termina con un beso.

Inair

La música de un cuento llega hasta mí. Es una melodía compuesta por las notas de un laúd y la voz aterciopelada de Drake. Lo veo inclinarse hacia mí y besarme en la frente. Me hace un sitio en su cama y nos dormimos juntos, abrazados, y su voz es lo último que escucho.

Moira me mira con la nariz pegada a un libro. Mi prima siempre está leyendo. En sus ojos brilla la curiosidad, el ansia de conocimiento. En los de su hermano, a pesar de ser iguales, solo hay sed de aventuras. De carreras. De risas. Me da la mano y corremos, pese a que mi madrastra, desde alguna parte, nos amonesta por nuestros juegos. No pasará mucho tiempo enfadada: mi padre, que llegará en silencio, le robará un beso y le hará reír como si ella misma fuese una niña. Algún día, me digo, yo también quiero probar esa felicidad.

Huelo las flores. Huelen a estrellas y luz de luna, a sueños y secretos en la noche. Nos tumbamos entre ellas, fingiendo que somos de su propia especie, y nos esforzamos en brillar, con esa luz blanca que es todo pureza. Drake nos dice que toda la magia de los hechiceros viene de su fulgor, y que mientras siga habiendo una sola flor en Astrea, nuestros poderes no se marchitarán. Si ellas se mueren, nosotros pasaremos a ocupar su lugar. Yo me inquieto un poco con la historia, pero Briah ríe, con la cabeza apoyada en mi regazo. Ella siempre está feliz y siempre viste de chico porque quiere ser como sus hermanos. Como Shem también, que lleva una espada al cinto y es marinero en un gran barco.

Desde el puente del castillo, que recorro a la carrera tras acabar la escuela, tengo un atisbo de mi otra yo, la que vive en el palacio reflejado en la superficie del lago. Me detengo un momento, acercándome al borde, y la otra muchacha me devuelve la mirada. Su risa es como un eco de la mía, en otro mundo que no podré nunca alcanzar. No sé cómo se llama, pero parece encantada con su vida, con su reino, con su familia y sus amigos.

Y entonces cae la noche y hay sangre y gritos. Y caos. Me levanto y corro, pero me atrapan, y cuando recobro el conocimiento, estoy asustada y sola y no recuerdo. No sé nada, ni siquiera mi nombre, pero hay una mujer de ojos rojos junto a mi cama que me promete protección. Me dice que me llamo Inair. Que el mundo es peligroso. Que nadie debe saber nunca dónde estoy o ella no podrá seguir ayudándome. Me habla de forma encantadora y yo, que no entiendo apenas nada de lo que me cuenta, decido creerla. A su espalda hay un muchacho de ojos azules como el cielo. La mujer me explica que es un caballero y, a partir de ahora, mi guardián.

Su nombre es Lowell.

Despierto.

Abrir los ojos es hoy una sensación extraña, como si el mundo hubiera cambiado y yo lo supiese de antemano. ¿O soy yo la extraña y la realidad sigue igual que siempre? Con los párpados apenas entornados para adaptarme a la luz del cuarto, me recreo en las mil imágenes que giran en mi cabeza. Es caótico, porque todas buscan mi atención por un segundo, intentando encontrar su lugar en una vida que, de pronto, está demasiado desordenada. Yo solo me centro en una. La más reciente.

Un beso.

Su beso.

Dejo escapar un suspiro y muevo la cabeza, buscándolo. Sé que tiene que estar aquí, porque parece que siempre ha estado a mi lado, velando por mi seguridad, por todos mis sueños felices. Efectivamente, lo encuentro al lado de la ventana, lleno de la luz que entra por ella a raudales. Tiene el brazo apoyado en el marco, y su rostro preocupado hace que me dé un vuelco el corazón. Parece lejos de aquí, como lo he visto muchas veces antes, perdido en sus propios pensamientos.

Me incorporo. Hacerlo no es doloroso, pero tengo que cerrar los ojos y aferrarme a las mantas porque el mundo me zarandea durante unos momentos. Respiro hondo y cuando vuelvo a separar los párpados todo está bien. Trato de sentarme en el borde del lecho, pero Lowell se gira entonces. No sé muy bien cómo empezar. ¿Debería decírselo? Quizá ni siquiera sea necesario. Tal vez pueda adivinarlo. Puede que haya algún signo en mi rostro, alguna certeza de que he cambiado, de que las dos muchachas que he sido durante estos últimos dos años se han reconciliado.

–¡Inair! ¿Qué haces? Túmbate, no estás bien. –Se acerca a la cama y se sienta junto a mí–. ¿Cómo te encuentras? Iré a avisar a Moira...

No lo sabe. La idea me entristece un poco, pero supongo que no hay señales que lo evidencien. Alcanzo su mano y entrelazo nuestros dedos. Me pregunto si sabrá que los besos de amor verdadero pueden obrar magia. O tal vez no piense que nosotros...

–Estoy bien, no hace falta que avises a nadie.

–La chica me dijo que la advirtiese cuando despertases –murmura, insistente–. Ni siquiera debería estar aquí, pero por alguna razón le he caído en gracia y me ha dejado quedarme a escondidas.

Le doy las gracias a mi prima, para mis adentros, y me inclino hacia delante. Nuestros labios chocan, torpemente, y siento que la vergüenza corre a velar mis mejillas. No es como el beso que me dio él, sino que es más corto, más inexperto. Aun así, lo noto igual de dulce. Me gusta cómo sabe su boca pero, sobre todo, me gusta saber que él es para mí. Y ahora es mi caballero. Va a estar a mi lado.

Cuando me separo, juraría que se ha ruborizado. Nunca lo había visto así, tan sorprendido, tan desarmado. Una vocecita me dice que es todo cosa mía, y me siento como una niña que ha cometido una travesura.

–Si hubiera podido, no me habría apartado nunca –le confío, en un susurro. Él tiene que saber que me refiero al instante en el que estábamos de pie, a la vista de toda la ciudad, y él me abrazó como nunca antes lo había hecho.

La timidez y la sorpresa dejan paso a la turbación en su rostro, que pronto se convierte en suspicacia.

–¿Inair?

–Más que nunca, esa soy.

Lo veo coger aire. Tiene miedo. No es un temor a lo que pueda pasar, sino a no comprender lo que ha ocurrido. A veces, aceptar algo que sabemos es más difícil que enfrentarse a lo desconocido.

–¿Tus recuerdos...?

–Han vuelto. Todos y cada uno de ellos.

–¿Por...?

La pregunta me trae el recuerdo de su beso, de sus manos en mi cintura. Siento que la sangre vuelve a agolpárseme en el rostro y me encojo un poco sobre mí misma, apartando la vista.

–No creo que se trate de una feliz coincidencia.

Lowell me mira, aunque no dice nada. Se ha quedado mudo, de pronto. Él, que nunca se había quedado sin palabras antes, parece nervioso e incierto cuando pregunta:

–¿Y ahora?

Se me escapa una sonrisa. Por primera vez, soy yo la que sabe qué será lo próximo. Mi mano se aprieta alrededor de la suya.

–Ahora reconstruiremos Astrea. Y mi caballero tiene que quedarse a mi lado, por supuesto: es su trabajo.

Se humedece los labios y tengo la tentación de volver a besarlo.

–¿No dudas? La otra Inair no era consciente de todo el daño con el que he colaborado, pero tú... Las primeras lunas llenas me odiabas, sin ir más lejos. Con motivo.

No sé cómo explicárselo. No es así. Él estaba allí y recibía mi indignación, pero nunca quise hacerle daño. No era a él a quien odiaba, porque solo era un mandado. Pero quería salir de aquella torre y volver a casa, y aquel carcelero estaba allí para impedírmelo, para mantenerme quieta y silenciosa, como Mab quería. Aun así, descubrí, poco a poco, que no era malo. Las lunas en las que no estaba eran una tortura, porque ni siquiera tenía a alguien con quien hablar, con quien enzarzarme en batallas dialécticas. Cuando volvía, en la siguiente luna, fingía que no me importaba, pero algo en mí se revolvía por su cercanía y, pese a todo lo malo, pese a todo lo cruel de aquel encierro, era capaz de encontrar en su presencia un débil resquicio para la esperanza.

–Lowell… –Su nombre se me escapa como un suspiro y me doy cuenta de que no quiero perder el tiempo. Dos años de mi vida se han ido en un batir de pestañas y no los voy a recuperar. Dos años languideciendo, esperando a que algo ocurriese. Dos años mendigando caricias y cuentos y sonrisas. ¿Qué clase de existencia era esa? Quiero volver a vivir. Quiero recuperar todo lo que me fue arrebatado. Y, a la vez, quiero conservar lo poco que he ganado. Él. Tiempo para pensar. Lecciones importantes. Incluso esa habilidad para creer en todo lo que saliera de sus labios–. Te quiero y no es ningún secreto. Si el hechizo se ha roto, es precisamente por eso. Y no, no dudo ni lo haré ya nunca más, porque eso no es lo que significa «amor verdadero». –Aparto la vista, azorada–. Pero si no lo tienes claro, creo que será mejor que te deje a solas un rato con mi hermano, porque deberías aprender de los cuentos, y él sabe los mejores del mundo. Después quizá te torture por haberte atrevido a besarme en público, claro, pero…

Su boca me interrumpe. Sus labios me roban las palabras y el aliento, y me sorprendo tanto que ni siquiera recuerdo cómo avergonzarme. Debe de ser el beso más dulce del mundo. Debe de ser el más inesperado y, a la vez, el más deseado. Lento, suave. Sabe a abandono, a todas las nuevas memorias que hemos creado juntos y que ahora conviven con las de mi antigua vida. Un estremecimiento me recorre de arriba abajo cuando sus manos se posan sobre mi cadera, manteniéndome cerca, como si quisiera asegurarse de que nada nos separará. Yo alzo los brazos y los enredo alrededor de su cuello, insegura pero feliz. Su respiración bate contra mi rostro cuando se aparta apenas.

–Perdóname. Por todo. –Al hablar, sus labios se mueven sobre los míos–. Por todas estas lunas. Por ser un cobarde. –Un beso real, aunque solo sea una presión de un segundo–. Por no devolverte antes a tu hogar... –Y de nuevo el olvido en su boca, esta vez por más tiempo, como si nada existiera fuera de este cuarto.

–No te odiaba –protesto en un murmullo. Cierro los ojos, embriagada por la emoción, y apoyo mi frente contra la suya–. No tenías la culpa de lo que me ocurría, pero aun así, pagaba mi frustración contigo.

Sus dedos se apoyan en mi mejilla, que recorre con suavidad. Hay un silencio extraño, lleno de promesas e inquietudes.

–No se puede decir que fuera un caballero, al principio...

Yo no puedo negar su comentario esta vez. Siempre serio, siempre brusco, incluso con aquella niña que no sabía nada del mundo. Esa muchacha que obedecía sin decir una sola palabra, pero que hacía mil preguntas. ¿Fue eso lo que empezó a derretirle el corazón? ¿Lo que hizo que empezase a verme como una persona y no como una carga? ¿O fue la luna llena, que rompe todos los hechizos? Que le descubrió a otra persona con más fuerza, con una mirada que destilaba franqueza y rechazo, en vez de candidez y calma...

Otro beso corta el hilo de mis pensamientos. Ni siquiera lo he sentido llegar, pero se deshace en mi boca y permanece incluso cuando él se ha apartado un poco, dejando tras de sí el rastro de un buen sueño. Sus manos siguen sobre mí, estrechando mi cuerpo contra el suyo. Entreabro los ojos y lo miro, embrujada por ese azul que se debió quedar enganchado en sus iris la primera vez que alzó la vista al cielo.

–Te quiero. No sé ni desde cuándo ni por qué. Y sé que no debería ser así. Pero estoy enamorado de ti, así que... perdóname también por eso.

Algo en mi interior se estremece. ¿Por qué ha esperado tanto para decirme algo tan maravilloso? ¿Por qué ha esperado tanto para hacer magia conmigo?

–No voy a perdonarte por eso –le aseguro–. Nunca. Porque no necesitas que lo haga. –Se me escapa una sonrisa, aunque temo que ese simple gesto me arranque las lágrimas de felicidad que a duras penas puedo contener–. Jamás te disculpes ante tu reina. Es una orden.

Él también me dedica una sonrisa. Una sin inhibiciones, sin tristeza, burlón. Todo ha pasado ya. Me lo dice el brillo travieso en sus ojos, casi de niño. Me lo dicen sus palabras.

–Sí, mi señora.

Me lo dice su beso, intenso, tan dulce como el primero.

La torre que me mantenía prisionera se ha derrumbado. Ahora podremos construir algo hermoso sobre sus ruinas.

Drake

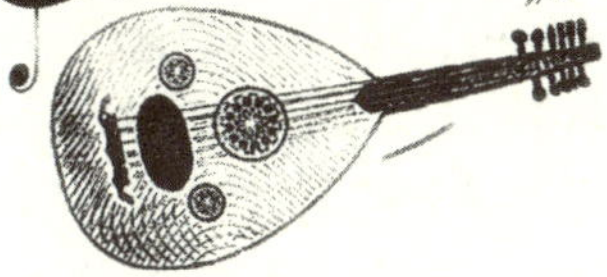

No puedo dejar de ver a Inair desmayándose en brazos de su caballero. No puedo apartar de mi mente su rostro privado de color, sus ojos cerrados, sus miembros sin fuerza. Quería ayudarla, pero ni siquiera podía moverme. Yo era uno más de esos ciudadanos muertos de miedo que no sabían lo que estaba pasando. Que no entendía, o no quería entender. Me quedé allí de pie, quieto, sin saber qué hacer, sin saber qué decir. Lowell se llevó a mi hermana acompañado de una preocupada Moira. O quizá eso me lo haya imaginado, para llenar el vacío que quedó en mi mente. Fuera como fuese, tengo la sensación de que pasó un tiempo absurdamente largo hasta que alguien tocó mi mano. Hasta que alcé la vista y Eirene estaba a mi lado, con el rostro ensombrecido por la ansiedad y mi nombre en los labios. Despacio, como si temiese mi desmayo también, me guio hasta la casa y luego hasta mi habitación, donde llevamos ya un buen rato.

La princesa ha respetado mi silencio, pero su presencia me pone nervioso. No quiero que nadie me vea así. No quiero que nadie conozca mi inquietud, todo lo que me preocupa. Creo que prefiero estar solo y aguardar así, en silencio, solo contigo, que me observas desde la almohada donde te he dejado. ¿Por qué no esperar en soledad las noticias o la falta de ellas? Escucho el suspiro de la muchacha a mi lado. Me pregunto si cree que esos dos de verdad sienten amor el uno por el otro. Me pregunto si un beso puede ser la solución o solo estamos creando castillos en el aire, que se desharán con el primer soplo de brisa.

Me miro las manos. Tengo los dedos entrelazados sobre el regazo, como si rezara. Quizá lo haga.

–Drake –me llama Eirene, con suavidad.

–No tienes por qué estar aquí –le digo, con algo de brusquedad.

No estoy siendo justo y lo sé. No cualquiera se preocuparía así por mí. Soy afortunado por tenerla a mi lado, pero en este momento preferiría que no estuviera aquí.

–Ya lo sé, pero pensé que no te gustaría estar solo.

–Seaben te necesita más que yo.

¿Una puñalada certera? La observo por el rabillo del ojo y compruebo que una mueca de enfado ha pasado rápida por su rostro, aunque también sé que intenta controlarse.

–¿Sirve de algo que te diga que todo va a salir bien, como tú me decías hace un par de días? –pregunta, tras una breve pausa.

Sí, se lo dije, aunque ni siquiera estaba seguro. Yo también trataba de convencerme. Usaba esa frase como un hechizo, como un amuleto que podría traernos buena suerte. Casi me siento culpable. ¿Se considerará eso también un engaño? Uno hacia mí mismo, pero también hacia ella...

–¿Te servía a ti de algo? –pregunto en un hilo de voz.

–Un poco. –Su mano llega a posarse sobre la mía, casi expectante. No me aparto–. Drake, siempre has tenido esperanza. Ahora más que nunca deberías conservarla. Tú crees en los cuentos, ¿verdad? Los besos de amor verdadero siempre rompen hasta el peor de los hechizos.

Sé que tiene razón, pero a veces es difícil seguir teniendo fe. Pensar en todo lo que puedo ganar si esto sale bien es también hacerlo en todo lo que se puede perder en un único instante. Con un único beso...

–¿Y si no lo hace? ¿Y si no se recupera? Es la única oportunidad. Es la *última* oportunidad. Después... –Después no quedará nada, excepto espera y oscuridad y seguir teniendo fe. Un proceso que nos llevará al principio una y otra vez y nos irá consumiendo lentamente–. ¿Y si algo malo le ha pasado?

–¿Y si no es así? ¿Y si tu hermana al fin ha vuelto?

–No quiero... –Trago saliva, porque mis propias palabras no parecen mías–. No quiero seguir soñando. Todas las veces que me he atrevido a hacerlo, las cosas han salido mal.

Eirene, a mi lado, se estremece, como si la idea le pareciese espantosa. Siempre he sido un soñador, es cierto. Extirpar mis ilusiones es poco menos que quitarme una parte del cuerpo. Pero todos aquí parecen desear eso.

–Sé que es duro, Drake. Sé que es agotador, incluso, cuando todo se pone en contra. Pero no todo ha salido mal, ¿no crees? Inair ya no está en su torre. Tú estás aquí, entre los tuyos. Pase lo que pase, no estás solo.

Alzo la mirada, para contemplar su rostro. Es cierto que a mí me ha ido mejor que a ella, y de verdad que querría ayudarla, pero no sé cómo. Nryan está demasiado lejos y aquí aún me necesitan. Suspiro, sintiéndome el más miserable de los hombres. Y un ingrato, además, porque ella nunca ha dejado de darme su apoyo pese a sus propios malos momentos. Pese a todos sus problemas, que no son pocos.

–Lo siento. No quería ser desagradecido.

–Estás preocupado, lo entiendo. –Su mano aprieta la mía, con suavidad–. Sé que la incertidumbre es, en ocasiones, el peor castigo de todos.

Quiero decirle que la incertidumbre *siempre* es una tortura. Que nos persigue con su sombra, hagamos lo que hagamos. Nos pone una soga al cuello y aprieta, sin remordimientos. Nos llena de pensamientos negros y nos hace preguntarnos incluso quiénes somos.

En vez de eso, trato de parecer un poco más animado y aprieto sus dedos entre los míos.

–Parece que hoy tienes tú más fe que yo.

Eirene ladea la cabeza.

–No sé si es fe. Quizá sea solo que me he cansado de ser mi propio obstáculo. Puede que las cosas no estén bien ahora. Pero si luchamos, quizá lo estarán. En cambio, si nos dejamos caer y nos quedamos en medio del camino, lamentándonos por la piedra con la que hemos tropezado, jamás avanzaremos.

Ha habido un cambio obvio en ella. No me refiero solo a su aspecto, aunque sin el cabello largo parece otra persona. Un poco más adulta, dejando bien a la vista los ángulos de su rostro. Un poco más descuidada, con todos esos mechones cortados de diferente manera. También hay algo nuevo en sus ojos. Parece más decidida, como corroboran sus palabras. Como si hubiera tomado una decisión y ya no hubiera vuelta atrás. Creo que la envidio un poco. ¿Podría yo cambiar o es demasiado tarde?

–¿Y eso lo decidiste antes o después de cortarte el pelo? –pregunto, con algo de burla.

La muchacha se ruboriza ante la mención.

–Eso fue solo un cambio de imagen. Dentro de poco empezará el calor y...

La ocurrencia me arranca una sonrisa. Alguien debería enseñarle a inventar mejores excusas.

–Mientes de pena... –Titubeo, pero alzo la mano libre y cojo un mechón corto entre los dedos. Su pelo siempre se ondulaba un poco en las puntas, haciendo caracoles, pero ahora está completamente liso–. Es... extraño. Te da un aspecto... ¿salvaje?

No puedo evitar que me entre la risa. Ella misma me ha parecido siempre un poco indomable.

–Gracias por evidenciar de manera tan elegante mi poca maña.

–Es que parece que lo hayas hecho con un cuchillo...

La princesa me da un empujón, aunque sin fuerza.

–No había otra cosa, ¿vale?

Una gran sonrisa florece en mi rostro casi de inmediato. Ha cogido un puñal y se ha deshecho de su larga melena para demostrarse que puede ser quien quiera, ¿verdad? Que puede seguir adelante. Me gustaría decirle que siempre ha sido capaz de eso, pero no me atrevo a dejarla en evidencia.

–Gracias –digo, en cambio. Ella no parece comprender, sorprendida por mi arrebato–. No tendrías por qué haberte quedado conmigo, y sin embargo…

–Estaba preocupada por ti. Sé que, yo con Seaben y tú con los tuyos, hemos estado un poco distantes estos días, pero sigues siendo importante para mí.

Siento una punzada de arrepentimiento cuando alude a su marido. Aún le sigo dando vueltas a la conversación que tuvimos. Quizá me excedí.

–Sé que no te… Sé que no *os* he tratado muy bien.

–¿De qué hablas? Has hecho lo que tenías que hacer para estar con tu familia.

Hago una mueca y me paso la mano por el pelo. En realidad, me da la sensación de que he pasado más tiempo enfrentándome a ellos que disfrutando del reencuentro.

–La verdad es que no hemos hecho más que discutir.

–Es normal. Te has arriesgado a mucho protegiéndonos, aunque era lógico que desconfiasen de nosotros. Gracias.

Me sienta mal que trate de agradecerme nada. ¿Qué he hecho, en realidad? Mis protestas apenas consiguieron nada, aparte de subirlos al barco pirata. Porque una vez allí, nadie los trató mejor. Incluso aquí, donde sí han recibido un trato relativamente justo, ha sido la bondad de Moira lo que los ha ayudado, no mi intervención. Y después… Ni siquiera pude defenderla de Adair cuando él entró en su mente y la forzó al máximo.

–No me he portado muy bien. Yo…

Tal vez debería decirle lo que pasó mientras dormía.

Unos suaves toques en la puerta nos sobresaltan y nos ponen en guardia. Quizá sean Moira o Adair, que vienen a traernos noticias sobre Inair… ¿Para bien o para mal? No puedo evitar tartamudear un poco cuando informo de que se puede pasar. La puerta se abre y es mi propia hermana la que se asoma.

–¿Drake...?

Me estremezco de pies a cabeza. ¿Cuánto tiempo llevaba deseando escuchar mi nombre de sus labios? ¿Cuánto tiempo he estado añorando que me prestase atención, o que me reconociese? Me levanto, tambaleante, pero no sé qué hacer, así que me quedo de pie, demasiado nervioso como para llegar a reaccionar. He soltado la mano de Eirene, en un acto reflejo, para no arrastrarla conmigo. Con todo, ella se alza igualmente. Tras Inair, en el pasillo, Lowell le hace un ademán con la cabeza a mi amiga. Ella, obediente, con una sonrisa, se aleja de mí. Al pasar junto a mi hermana, la veo hacer una inclinación de cabeza.

–Bienvenida, alteza.

El rostro de Inair se relaja, aunque hace un instante era todo nerviosismo y preocupación, y ella también baja la cabeza, más a modo de saludo que por respeto a la princesa de otro país. Sus ojos pronto se posan en mí de nuevo. La puerta se cierra a sus espaldas y un silencio extraño se instala en el cuarto. ¿Cuánto tiempo he estado esperando este momento? ¿Cuántas veces he soñado con él, repasando hasta la saciedad todo lo que le diría, lo fuerte que la abrazaría?

Cuando mis labios se mueven, lo hacen solo para pronunciar su nombre, bajito. ¿Debería hacer como si nada hubiera pasado? ¿Como si estos dos años no hubieran tenido lugar y ella hubiera venido a mi cuarto, como siempre, para apoyar su cabeza en mi regazo y escuchar algún cuento? ¿O, por el contrario, debería arrodillarme y pedirle perdón? Por no haber llegado a tiempo a salvarla. Por lo mal que me he portado con ella en mis pensamientos, cuando me repetía que esa muchacha no era mi hermana, que solo era una cáscara vacía, su cuerpo sin su alma... No he sido mucho mejor que los demás, en ese aspecto. Fingí aceptarla como era, en un intento de no causarle dolor, pero no era a esa muchacha perdida a quien yo quería a mi lado.

–Drake...

Me llama, con suavidad, y juraría que nunca mi nombre había tenido tanto significado. Es un saludo, una petición, un agradecimiento. Es una disculpa, aunque no tenga la culpa de nada. De su boca, parece casi una canción. Un cuento hermoso con final feliz.

Ha vuelto.

Un solo latido y la encuentro ante mí, envolviéndome con sus brazos, aferrándose a mí. Mis brazos se alzan para atraparla, temiendo que si no lo hago desaparecerá como tantos otros sueños. Y solo entonces me doy cuenta de lo real que es, de la calidez de su piel y el olor a flores en sus cabellos. Si me esfuerzo, hasta podría oír sus pensamientos, sus latidos, y este silencio empezaría a tomar forma. De pronto me siento estúpido por haber dudado de los milagros, de que ella pudiera conseguir lo imposible. Por haber pensado que las historias hermosas no pueden hacerse realidad.

–Inair. Escucha, yo…

Su dedo sobre mis labios me obliga a callar. Hoy no quiere cuentos. Apoya su mejilla contra mi pecho y es sencillo fingir que no ha pasado nada. Que ayer mismo estábamos en palacio, y su padre vivía y mi madre nos sonreía. Es sencillo fingir que somos una familia de nuevo y no hay problemas ni nubes de tormenta. Pero es todavía más fácil recordar que aquí y ahora estamos juntos y nadie nos va a poder separar de nuevo. Tiene razón: las palabras sobran, porque en cuanto salen de nuestras bocas, se deshacen en el aire y no vuelven jamás.

Podemos hablar con los labios cuando queramos, pero solo en este silencio podemos hablar con el corazón.

Eirene

No he sido la persona más justa contigo.

Miro a Lowell, que camina a mi lado por el pasillo. Hasta ahora hemos estado en silencio, tras salir del cuarto de Drake, pero sorprendentemente él acaba de decidirse a hablar, ni más ni menos que para disculparse. Sus ojos, sin embargo, están fijos en el frente, no en mí, como si su orgullo fuese a sufrir demasiado si además de hablarme, me observase.

–Lo cierto es que no. –Sé que no debería regodearme, pero también que me he ganado el derecho a hacerlo.

–Se suponía que debías decir alguna frase conciliadora, no meter el dedo en la llaga –resopla el caballero.

–Nunca se te ha dado bien prever mis movimientos.

–Te equivocas: acerté en todo lo que pensé que pasaría. Creía que Seaben se metería en un problema si se acercaba demasiado a ti, por ejemplo, y aquí está.

Intento ignorar el pinchazo de culpabilidad.

–Puede –acepto–. Pero nunca esperaste que él me importase de verdad.

Solo entonces Lowell se fija en mí.

–Buen golpe. ¿Y lo hace?

Recuerdo sus palabras en la fiesta, cuando me preguntó si quería a mi esposo, y dudo. ¿Me estará preguntando de nuevo eso? Soy yo la que me veo obligada a apartar la vista ahora, turbada.

–¿Tú qué crees?

Siento los ojos de Lowell fijos en mí durante un segundo más, pero el silencio llega de nuevo y ambos nos acomodamos en él, volviendo la vista al frente.

–¿Por qué has intercedido por mí? –pregunta al cabo de una corta pausa.

Supongo que piensa que, después de la forma en que me trató, después de haber intentado separarme de Seaben, no se merecía ayuda por mi parte.

–Porque Seaben te sigue apreciando. Eres su mejor amigo, pese a todo. Lo único que tiene de su antigua vida. Y no somos tan diferentes: los dos hemos intentado protegerlo, de la manera en que ambos hemos podido.

Lowell baja la vista y asiente, pensativamente.

–Sí. Supongo que tienes razón.

Llegamos a la altura de las escaleras, para que él baje a informar de lo acontecido con la princesa a los astrenses. Antes de que pueda despedirse, sin embargo, alzo una mano extendida hacia él que Lowell observa con sorpresa.

–Eirene –le digo.

El muchacho parpadea. Para ser una persona tan inteligente, a veces parece muy estúpido.

–¿Qué?

–Intento empezar de nuevo –le explico–. Se supone que este lugar es una segunda oportunidad, tanto para los astrenses como para nosotros, así que aprovechémosla. Eirene.

Una sonrisa burlona aparece en sus labios.

–¿Solo Eirene?

–En este momento no me siento mucho más –confieso–. Ni quiero ser más, de hecho. Eirene es un nombre precioso para ir solo.

El caballero ríe entre dientes y estrecha mi mano, con seguridad.

–Muy bien. Eirene entonces. Lowell. De Astrea, al parecer.

Sonrío. ¿Qué pensará Seaben de que Inair le haya arrebatado al caballero? Supongo que le dará igual, aunque me preocupa que el muchacho se quede aquí, con ella, cuando nosotros nos marchemos. Esta isla no es más que una parada en el camino. Quedarnos aquí, fingiendo que estamos a salvo, es pretender una utopía. ¿Qué diferencia hay entre que te mientan los demás y mentirte a ti mismo? Y si nosotros fingiésemos que no tenemos reinos a los que volver, responsabilidades o enfrentamientos que encarar, lo estaríamos haciendo.

No puedo evitar pensar en *ella*. Han pasado solo tres días desde que huimos de sus garras, y me pregunto cuántos quedan hasta que volvamos a verla. Dejo caer mi mano, pero miro a Lowell. Él la conoce. Él ha sido, en realidad, el único de todos nosotros que ha sabido jugar a su juego y ha salido victorioso del mismo.

–Mab nos buscará, ¿verdad?

–Será cuestión de tiempo que tengamos noticias suyas. Sabe perfectamente que estamos en Astrea.

–Y nos tenderá una trampa.

–Con toda probabilidad.

Silencio. Miedo. Futuro.

–¿Crees que esto acabará pronto? El esconderse, el temer, el... no saber qué va a ocurrir.

El caballero no va a darme mensajes optimistas, solo la cruda realidad, que me ofrece con resignación.

–Es Mab. Nada acabará hasta que obtenga lo que quiere.

Y quiere a Seaben, me quiere muerta, quiere venganza por robarle una joya tan preciada como Inair de Astrea, quiere destruir Anderia entera y después reír y bailar sobre las cenizas que queden.

En las sombras del pasillo, casi me parece escuchar su risa. Nos dice que no podemos escapar.

Seaben

El sabor de la poción que me he tomado hace unos minutos todavía permanece en mi boca mientras Sylvana barre el suelo del cuarto. Trata de borrar las huellas del atentado de Eirene contra su pelo, sin dejar de murmurar acerca de sus impulsos y de echar a perder unos cabellos tan bonitos. La sigo con la vista mientras me mantengo sentado contra los almohadones y mi mano se pierde en el pelaje de Chryses, que acaricio casi de forma inconsciente. Mi mente, a su vez, se entretiene en rememorar el juicio, tan distinto a lo que jamás había visto. Aunque no me lo había planteado nunca antes, me parece lógico que sea el pueblo el que decida, pero no en todas las cuestiones. Personalmente, habría dejado este asunto como algo privado, pues no concernía a los habitantes de la ciudad, sino a la princesa. ¿Les permitirán participar en todo, incluso cuando se trata de asuntos de política que quizá no entiendan? La idea me parece fascinante y misteriosa a un tiempo, acostumbrado como estoy al sistema en Lothaire, donde la única opinión válida es la de la reina, que lo controla todo. Hasta a mí.

–¿Os encontráis mejor?

Doy un respingo al darme cuenta de que la criada me habla, aunque sus ojos siguen fijos en la tarea que hace con diligencia.

–Sí, gracias –respondo, todavía algo turbado–. No hace falta que te quedes, si tienes cosas que hacer en otro lugar.

Ella vuelve su rostro infantil hacia mí.

–Eirene me ha pedido que me quede con vos hasta que vuelva, y eso haré.

Bajo la vista a mi regazo, donde descansa la cabeza de Chryses. Sus ojos se fijan en mí. Trato de sonreírle. Lo cierto es que me siento algo más lúcido, aunque no me hago ilusiones: sé que la mejora es momentánea.

–¿Siempre haces lo que dice Eirene? –le pregunto a la niña.

–Tengo la esperanza de que si lo hago, algún día ella me hará caso a mí en algo.

Se me escapa una sonrisa. Creo que intentar domar a Eirene es una misión imposible.

–Entonces tendrás que armarte de paciencia.

Ella continúa a lo suyo, recogiendo los mechones del suelo. Ya no me sorprende la lealtad que le guarda a mi esposa, pero eso no significa que no me extrañe la situación. ¿Qué la ata así a ella? En mi castillo, las criadas respetaban a la familia real que les pagaba, pero poco más. Trataban de que no las encontraran descansando o espiando y se mantenían fuera del camino de los habitantes de palacio tanto como les fuera posible. En cambio, entre Sylvana y la princesa hay un vínculo que va más allá de lo esperado entre ama y criada. Son amigas, y la pequeña cuida de su señora como si fuera todo para lo que vive. ¿Será así? Puede que no tenga ningún lugar a donde ir, ninguna familia, y prefiere estar aquí, con nosotros, que sola o de vuelta en Veridian. Aun así...

Mi mirada va hacia la ventana, que permanece cerrada, pero me deja ver el exterior: los tejados de algunas casas y, más allá, las paredes de roca que nos protegen del exterior.

–¿Qué opinas, Sylvana?

La aludida deja al fin la escoba y se limpia las manos en el delantal.

–¿Opinar, mi señor?

–De lo que ha pasado. De este lugar. ¿Te gusta estar aquí?

Hubo un tiempo en el que no se me hubiera ocurrido preguntarle su opinión de la situación, pero supongo que ahora es diferente. Somos un grupo reducido y todos deberíamos tener en cuenta a los demás.

–No es mal lugar –accede, pese a que me da la sensación de que no dice todo lo que piensa–. Me preocupáis vos y Eirene, sin embargo.

–¿A qué te refieres?

Ella titubea. Quiero suponer que su súbita timidez es genuina, pero no las tengo todas conmigo.

–No soy nadie para hablar.

–Te lo estoy pidiendo.

Ella sabe que es más una orden que una petición, y quizá por eso accede. Tal vez supiera que iba a pasar eso desde un principio y solo tratase de ganar tiempo, o incluso puede que simplemente actuara como yo esperaba que lo hiciera.

–Mi señor, veréis, yo… me pregunto hasta cuándo podréis estar aquí. Os han apartado de todo lo que ambos conocíais y, aun así, seguís juntos, pero este no es vuestro hogar. No tenéis libertad, y esta ciudad está demasiado herida todavía, como supongo que habréis visto en el juicio contra vuestro caballero. Sois hijo de quien sois y no podéis escapar de ello, por eso temo que ni siquiera aquí encontréis paz. ¿No os sentís, al fin y al cabo, fuera de lugar?

Su apariencia de niña me había hecho olvidar que puede hablar como una adulta. Sí, estoy fuera de lugar, pero no puedo huir: estoy condenado a esta cama hasta que me preparen más de mi antídoto, o encuentren una cura alternativa.

–Yo ya no tengo un hogar, Sylvana –suspiro–. Escapé de Lothaire con todas sus consecuencias. Lo he dejado atrás. Pero no me importa, porque tampoco estoy buscando uno para mí. En su lugar, tengo pretensiones de recuperar el que Eirene perdió en el pasado.

La muchacha aprieta un poco los labios ante la mención velada a Nryan. ¿Pensará que es inútil que lo intente, siquiera? ¿Creerá que soy un necio? Sé que Ibran no dejará libre el trono con facilidad, pero de acuerdo con la ley, la princesa tiene todos los derechos.

–Me temo que nuestra Eirene no se siente ahora parte de nada, alteza. –Aunque hace una pausa, mirándome con atención, no me atrevo a abrir la boca–. A ella no le gustaría que os lo dijera, pero está muy dolida.

–¿Por su padre?

–Por todo. Lo que ha sucedido con su padre es sin duda problemático, pero Eirene, además, siempre le ha temido al futuro, y en este momento no debe de ser capaz de vislumbrar ninguno. No sabe quién es ni qué va a pasar... No sabe en qué situación se encuentra, ni cómo se siente respecto a ella. Creo que duda de todo... Incluso de sí misma.

Hace tiempo que he dejado de acariciar el lomo de Chryses, sin darme cuenta. Ahora solo mantengo la mano en su cabeza, pensativo. Ya sabía de sus dudas, pero esperaba que sus miedos se hubieran alejado un poco con la llegada a tierra firme. Y esta mañana, cuando la vi sentada en la cama, con el cabello cortado, me pareció que se había armado de determinación. Supongo que traté de convencerme de que ya estaba bien, aunque ahora me doy cuenta de lo iluso que suena eso.

–Tú la conoces, Sylvana: ¿hay algo que yo pueda hacer? Lo único que se me ocurre es permanecer a su lado y darle mi apoyo, pero no estoy seguro de que ese sea el lugar que me corresponde.

–¿Por qué no lo sería?

–No estoy aportando mucho, me temo. –Chryses me mira con lástima. Reconozco el sentimiento con demasiada claridad–. Soy débil.

Débil para protegerla. Incluso puede que débil para seguir el ritmo del juego de mi madre. Y aun así me repito que no debo rendirme, que eso sería peor que perder la batalla.

–No puedo considerar como tal a alguien que la ha defendido como vos lo habéis hecho, alteza. Incluso por encima de vuestra propia madre. De vuestro propio hogar –me anima la pequeña–. Lo habéis dicho: habéis renunciado a todo. ¿Y no ha sido, en parte, por ella?

–El trovador dice que soy egoísta –le confieso. Y no sé por qué lo hago, cuando ni siquiera le he mencionado el asunto a Eirene–. Y tal vez tenga razón: la he arrastrado conmigo hasta el fondo. Yo la obligué a casarse, en cierta manera.

Sylvana me observa con atención, como si tratase de ver más allá de mí o de mis palabras.

–No teníais opción, ninguno de los dos. Fuisteis muy valientes al hacer lo que hicisteis: protegisteis no solo vuestros reinos, sino también a Fay, que saben las estrellas dónde estará ahora. –Un suspiro escapa de sus labios y entiendo que la pérdida de una de sus protegidas aún la atormenta–. Y no creo recordar que Eirene tuviera un puñal en el cuello a la hora de aceptar vuestra idea: fue su decisión y su riesgo seguir adelante. El plan se os fue de las manos: ¿qué otra opción teníais? Si no hubieseis actuado tan rápido, las consecuencias habrían sido fatales para ambos. Respecto al trovador, solo está celoso. Tanto como lo estáis vos de él, si no me equivoco.

–¿Celoso? –repongo, quizá demasiado rápido–. No. –Chryses me observa con algo de burla en sus ojos azules y yo sacudo la cabeza. ¿Por qué habría de sentirme celoso de ese cuentacuentos?–. No tengo razones para estarlo.

Sylvana alza las cejas, escéptica.

–Muchacho, parezco pequeña, pero tengo muchos más años que tú. No me tomes por estúpida.

Mi sorpresa debe de ser más que evidente. Nunca la había visto dirigirse a alguien de la realeza con ese tono, ni siquiera cuando está con Eirene. De pronto me siento mucho más joven que ella. Es una sensación extraña, sobre todo porque mi mente me alerta de que ni siquiera puedo confiar en mis ojos.

–¿Disculpa?

Ella recupera las formas de manera instantánea. Es como si fuera dos personas diferentes dentro de un mismo cuerpo y, durante un par de segundos, me ha dejado ver a aquella parte que normalmente mantiene oculta.

–No me malinterpretéis, mi señor –murmura, conciliadora–, pero si ese muchacho os fuera indiferente, ¿por qué sus palabras harían tambalear vuestra seguridad?

Callo. Sí, ¿por qué? ¿Desde cuándo me dejo yo influir por lo que diga un muchacho cualquiera? Uno que, precisamente, dedica su vida a contar historias inventadas. ¿No es mentir lo más sencillo para alguien así?

–¿Por qué continúas al lado de Eirene? –le pregunto a la muchacha, en un intento de apartar la atención de mí.

–¿Por qué cambiáis de tema tan apresuradamente? –me cuestiona, todavía enredada en el asunto del trovador.

–Porque haces demasiadas preguntas.

–Y vos las evadís muy bien.

–No tan bien, o no seguirías aludiendo al tema.

Ella esboza una pequeña sonrisa. Una astuta, casi orgullosa, que pretende decirme que no se dará por vencida.

–En realidad no necesito que respondáis, porque me basta con que os respondáis a vos mismo. –Ladea la cabeza, toda inocencia, pero sus palabras dejan traslucir la sabiduría de quien ha vivido mucho y sabe observar a su alrededor–: Si no nos admitimos a nosotros mismos lo que sentimos, solo nos hacemos daño. Es mejor ser sinceros, ¿no creéis? No sirve de nada engañarnos.

Decido que tiene razón, pero también que es más fácil hablar que llevar a la práctica lo que se dice. Lo que siento... ¿Es el mejor lugar o el mejor momento para planteármelo? Ahora, más que nunca, debo ser fiel a mí mismo. No hay tiempo para estas tonterías. No hay tiempo para pensar en... amor, o lo que quiera que sea esto. Lejanas, como si sonasen desde un sueño que tuve una vez, llegan las palabras de Lowell, hablándome de estar encaprichado. Pero, si así fuera, ¿no debería habérseme pasado ya?

–Eres bastante confusa –comento, mientras abandono ese hilo de pensamiento–. Pareces una niña y puedes comportarte como una. De hecho, diría que estás demasiado cómoda en ese cuerpo. Y, en cambio, en otras ocasiones, parece que eres algo más.

La veo encogerse de hombros, sin que nada se refleje en su rostro.

–Ya os lo he dicho: soy mayor que vos, diga lo que diga mi cuerpo.

–¿Y quién te hizo eso?

Ella no parece dispuesta a responder y, de todas formas, como bajada del cielo para ayudarla, Eirene entra en el cuarto. Pese al suspiro que deja escapar, al apoyarse en la puerta que acaba de cerrar, se esfuerza en sonreírnos. Nos mira, a los tres, y algo brilla en sus ojos, como si estuviera conmovida al vernos juntos. Supongo que ahora los cuatro estamos igual: somos los extranjeros aquí, ya que Lowell se ha convertido en uno de ellos. Supongo, también, que somos lo más parecido a una familia que le queda.

–Seaben no puede quejarse de que no lo cuiden, parece –dice a mis dos compañeros.

Sylvana se encara con Eirene en cuanto tiene oportunidad.

–Eirene –y su rostro se transforma en un instante del cariño a la severidad, cuando pone los brazos en jarras–, tienes que saber que estoy muy enfadada: no consideré que fuese adecuado decírtelo en el juicio, pero tu pelo…

La princesa parece menos asombrada que yo por el cambio de actitud, porque simplemente pone los ojos en blanco.

–¿Me lo arreglarás? Tú tienes más mano que yo para estas cosas.

–¡Por supuesto que te lo voy a arreglar! Pero antes vas a escucharme, porque…

Su señora la ignora, agachándose para besar su frente, para frustración de la pequeña, que gruñe su nombre cuando la muchacha se adelanta hacia mí.

–Inair ha recuperado la memoria –anuncia, con más alegría de la que he visto últimamente en su rostro.

Me apoyo en el cabecero y cierro los ojos. Me alegro por ellos. Es cierto que encontramos a la persona correcta en el lugar menos esperado, entonces. En el momento en que menos creemos merecérnosla. Reconozco, sin embargo, que los envidio un poco. Lowell nunca soñó con una esposa o una familia. Con una mujer con la que ir cada noche a la cama y en la que despertar enredado a la mañana siguiente.

Al abrir los ojos veo que Eirene se ha sentado en la cama y se inclina un poco hacia mí, para poner su mano en mi frente.

–Así que realmente están hechos el uno para el otro. –Suspiro, cuando el tacto de Eirene se aleja, conforme con mi salud–. Me alegro por ellos.

Ella sonríe con diversión.

–Resulta extraño: ¿eres capaz de imaginar a Lowell monógamo y responsable?

La pregunta me arranca una sonrisa, ya que ella nunca lo ha visto en las mismas circunstancias en las que lo he visto yo. Me pregunto qué cara pondría si lo viera borracho, o con una muchacha sentada en cada una de sus rodillas. Supongo que no se escandalizaría; como mucho, le divertiría.

–No es un mal chico. Puede ser responsable. Y si le hace daño a Inair, estoy seguro de que la ira de toda Astrea caerá sobre él.

Ella ríe. Su mano entrelaza sus dedos con los míos, lo que acepto gustoso. Me gusta esta complicidad que parece reforzarse con gestos como este.

–¿No te importa haber perdido a tu caballero?

–Ya no estoy en el frente: no necesito un caballero que me cubra las espaldas. Necesito un amigo y sé que eso nunca voy a perderlo.

Hay un silencio incómodo durante el cual ella parece dudar.

–Eirene está preocupada porque él se quedará aquí, con toda probabilidad. No quiere que lo paséis mal ni os sintáis solo –interpreta Sylvana, sin que su protegida llegue a expresar sus pensamientos en voz alta.

¿Piensa que no lo sé? Que él se va a quedar, aunque todavía no me lo haya dicho. ¿Y no es lo normal? Ahora tiene alguien a quien querer, a quien proteger. Alguien con una gran responsabilidad sobre los hombros a quien querrá ayudar. Me parece justo. Yo, al fin y al cabo, no tengo excusa para llevármelo, o para pedirle que me siga. Si al menos fuera a Lothaire, que una vez fue su hogar... Pero ni siquiera haré eso, sino que me dirigiré rumbo a... ¿A dónde? ¿Iremos a Nryan? ¿Qué otro lugar nos ofrecería refugio, si no? No quiero huir ni esconderme toda mi vida, pero sé que será eso o la muerte... Si no algo peor.

Eirene, en cualquier caso, se ruboriza, aunque eso no evita que frunza el ceño, evidenciando su molestia por haber sido descubierta por su criada.

–Sylvana –se queja.

–Es hora de que alguien te traduzca, mi niña, o nadie te entenderá nunca: tienes a tu esposo sin saber qué hacer.

Ahora soy yo el humillado.

–¿Eso es cierto, Seaben?

Intento negarlo, pero no me veo con fuerzas. Claro que es cierto. Me gustaría saber más de lo que me ha dicho. Echo de menos un tablero de ajedrez con el que arrebatarle todos sus secretos, incluso si pierdo algunos propios en el intento.

Aunque me gustaría dejar de ser el centro de atención, soy consciente de que necesitamos hablar. Pero quizá no sea el momento. En lugar de responder, lanzo una mirada de advertencia a la criada, que no parece amilanarse. No creo que tenga una lengua larga. No se le ha escapado. Puede que no tenga su experiencia vital, pero yo tampoco soy estúpido: sé que lo ha hecho a propósito.

–Ahora que las cosas se han calmado con los hechiceros, ¿por qué no vamos a visitar la ciudad, Chryses? –sugiere.

El lobo salta al suelo con un movimiento elegante, antes de salir por la puerta que la niña ha abierto ya. Nos sonríe, con tranquilidad, una última vez. Ni Eirene ni yo los detenemos. Nos quedamos a solas. Dejo escapar un suspiro y me giro hacia mi esposa.

–No hemos tenido oportunidad de hablar desde que llegamos –murmuro–. No sé lo que piensas.

–Has estado enfermo…

–Lo sé. Pero me encuentro mejor. Y me gustaría aprovechar el tiempo.

Es obvio que no quiere hablar de ello. O quizá no pueda. Lo sé cuando busco en su rostro. Cuando sacude la cabeza y se fortifica tras un muro que me va a resultar imposible penetrar. He aprendido que ella es así. Un bastión inexpugnable, al menos hasta que se da cuenta de que no puede aguantar más y estalla.

–Tienes que descansar –me aconseja–. Tu salud es lo único importante. No quiero que te preocupes por mí.

–Tú llevas días preocupándote por mí. Ni siquiera he podido preguntarte si te sientes bien. Pareces cansada.

–Estoy perfectamente, Seaben –trata de convencerme a pesar de mentir tan mal. ¿Ha dormido algo por propia voluntad, siquiera, desde que hemos desembarcado?

Decido dejarlo correr.

–¿Te gusta Astrea? –inquiero, en cambio–. ¿Qué opinas de este lugar? De los amigos del trovador...

Ella se encoge de hombros.

–No he podido ver mucho. Los hechiceros parecen agradables. ¿Vas a someterme a un interrogatorio? –pregunta, algo exasperada. Alza la mano que tiene libre y me acaricia la mejilla–. No sé qué te ha dicho Sylvana, pero estoy bien.

Si estuviera bien sonreiría y no tendría ojeras. Los golpes recibidos en la torre aún marcan su cara, pero es todavía peor cuando se suma la palidez del cansancio. Quisiera decirle que se cambiara de habitación y dejara de velarme, pero temo que se lo tome a mal, y también temo quedarme solo por las noches.

–Ella solo está preocupada por ti.

–¿Y por eso tiene que venir a preocuparte a ti?

–Yo le pregunté. Quiero saber qué pasa por tu cabeza.

–Bueno, aquí no tienes ajedrez –apunta, asomando en su rostro una sonrisita divertida, para mi frustración–. Te va a resultar más complicado.

La casualidad de que diga en voz alta lo que yo estaba pensando justamente hace un minuto me sacaría una sonrisa, si no me molestase tanto su actitud evasiva.

–Eirene, hablo en serio –le advierto–. Quiero saber qué opinas. Quiero saber si tienes miedo o soy el único. Quiero que me cuentes tus preocupaciones. Que te sinceres conmigo, sin la mediación de un tablero. –El silencio cae, cuando ella aparta la mirada–. No soy el único que teme lo que pueda pasar a partir de ahora, ¿verdad?

Cuando gira el rostro de nuevo hacia mí, chocamos. Lo hacen nuestras miradas, al menos, y en la suya leo todas las palabras que no se atreve a pronunciar en voz alta. Todas las dudas.

–No –admite.

Nuestras manos siguen unidas, y aprieto con suavidad, recordándole que estoy aquí. Dijimos que estábamos juntos en esto, aunque yo no sepa bien hasta dónde estamos dispuestos a llegar por el otro.

–¿Por qué insistes en guardártelo dentro? ¿Qué ganas con ello?

–Tengo que ser fuerte.

No puedo creer que me diga algo así. Que piense que es débil, después de todo lo que hemos pasado. Ocupó el lugar de su prima. Desafió a mi madre. A su padre. La han golpeado y encerrado. Cualquier otra persona estaría aterrada, llorando, nerviosa. Y ella, en cambio, solamente piensa en cuidarme y en tomar responsabilidades.

–*Eres* fuerte –le digo–. No conozco a nadie más dispuesta a sacrificarse por los demás. A enfrentarse a sus miedos.

Eirene se encoge sobre sí misma. Se niega a aceptar mis alabanzas, como si creyese que son solo una forma de lograr que se tranquilice.

–No es cierto.

–Lo es. –Ahora soy yo el que acaricia su mejilla, aunque tengo miedo de hacerle daño. Los moratones aún adornan su cara y quizá le duelan–. Tener miedo no te hace más débil: admitirlo es lo que permite derrotarlo. –Esbozo una media sonrisa, en un intento de darle ánimos, aunque lo cierto es que me sale más amarga de lo que pretendía.

Aún pegada a mi mano, su cara se gira, robándome una caricia de más. Sus labios se posan en mi palma y la besan en un gesto tierno, íntimo. Me pregunto a qué jugamos, hacia dónde nos dirigimos. Me pregunto si estas acciones pretenden provocarme o son tan inocentes como parecen. Creo que lo segundo.

–Gracias por cuidarme –digo, con suavidad.

–¿No debería decir yo eso?

–No paso las noches en vela por ti.

Sus dedos se detienen aún sobre mi rostro.

–No. Pero desde el día de la boda me has estado protegiendo. –Baja la vista, así como la voz– ¿Quieres decirme quién no ha podido solucionar sus problemas sola y te ha arrastrado a ellos? Si fuera fuerte de verdad podría enfrentarlo todo caminando por mí misma, pero ni siquiera soy capaz de soltar tu mano.

–No necesitas de mí ni de nadie. Y… ¿sabes? Eso me puso a la defensiva cuando me di cuenta de ello, el primer día que nos conocimos. Pero también me fascinaste. Deberías haber escuchado las burlas de Lowell. Decía que yo podría quedarme cosiendo en palacio y tú saldrías a cazar y a la batalla por mí.

Una sonrisa aparece en las comisuras de sus labios. Es aún pequeña, pero es tan real como nosotros. Así parece un poco más ella. Un poco más la muchacha que conocí aquel día, cuando se rio de nosotros y nos la jugó. Por mucho que odie reconocerlo, aquella elfa descarada me hechizó. Todavía lo sigue haciendo.

–No me he sentido esa chica últimamente, Seaben.

–Bien, yo no me siento el príncipe orgulloso y luchador que conociste.

Suelto su mano y la atraigo con mi brazo hacia mi cuerpo, para apoyarla contra mí. Ella no parece sorprenderse, incluso cuando yo sí lo hago. Me reprocho el gesto y me pregunto qué estoy haciendo. Pero no la separo de mí, porque no quiero más que esa distancia mínima entre nuestros cuerpos. Ella no se mueve más que para acomodarse.

–Pero sigues siendo el mismo pretencioso de siempre.

Recibo el golpe amistoso poniendo los ojos en blanco.

–Oh, perfecto.

–Y tan malo en la caza como el primer día.

Reconozco que el ambiente se ha relajado y decido que quiero que continúe de esta manera, así que finjo ofenderme.

–Estoy convencido de que solo es suerte. Eres una elfa, y es obvio que tienes un vínculo con las plantas y los animales…

–Al menos a mí mi naturaleza me sirve para algo. No como la tuya, que te da alas que no puedes utilizar.

–Y, en cambio, podría llevarte al cielo, con alas o sin ellas.

Como esperaba, su rostro se enciende al instante. Me trago la risa, aunque tampoco he mentido. Si me dejara… Me hundo un poco más en mi sitio. Quizá la fiebre haya empezado a subirme de nuevo.

–¿Ves como sigues siendo un pretencioso? –me acusa.

–Y tú, en el fondo, una inocente doncella. Me encanta cuando te sonrojas.

Alzo la mano y rozo con los dedos la punta de su oreja, antes de pellizcársela con suavidad. Eirene, entre mis brazos, se estremece y enrojece incluso más, hasta la raíz del cabello. Hay un quejido que intenta acallar cuando se esconde contra mi pecho.

–Cállate –me amonesta.

–Oblígame –la reto.

Su mano se alza y me tapa la boca. Su expresión sigue arrebolada, y creo que si toco sus mejillas me quemaré.

–Insoportable…

Pese a su protesta, yo beso su palma. A veces me planteo si estas palabras que nos apresuramos a desenvainar o estos gestos sin pensar podrían ser el preludio de algo más. Cuando ella me sonríe, como ahora, creo que así puede ser. Una parte de mí, de hecho, lo desea. Vuelvo a pensar locuras. Vuelvo a imaginarme imposibles.

–¿Quieres compensarme por todas las noches en vela? –me pregunta, en voz baja.

Quisiera compensarla por estar a mi lado durante un tiempo que estoy atesorando más de lo que me conviene.

–Me gustaría, sí.

–Muy bien: entonces, pórtate bien y vuelve a tumbarte.

Me quita las almohadas en las que apoyaba la espalda y yo, obediente, me tiendo sobre el colchón. Suspiro, aun así, algo fastidiado. No me siento cansado. De hecho, creo que podría continuar despierto todo el día, si ella está a mi lado.

–Solo si tú duermes conmigo –le pido–. Necesitas descansar tanto o más que yo.

A la princesa se le escapa una sonrisa que no trata de disimular.

–Lo siguiente que te iba a pedir era que me dejaras sitio.

Me revuelvo entre las mantas y me muevo hacia un lado, dejando espacio suficiente para que ella se acueste junto a mí. Extiendo un brazo, para recibirla, pero ella parece dudar, pensativa.

–¿Vas a poder soportar mi cercanía sin pensar en llevarme al cielo?

Mi primer pensamiento es que lo llevo haciendo desde antes de la luna llena.

–Solo si prometes dormirte.

El comentario le arranca una risa suave. Sacude la cabeza y se saca los zapatos, antes de meterse entre las sábanas. Se tumba a mi lado, apoyando la mejilla contra mi pecho, y le rodeo los hombros con el brazo. Mi otra mano busca la suya. Nuestros dedos se entrelazan y tengo la certeza de que esta noche tampoco tendré pesadillas.

–Que descanses, lobo –susurra, cerrando los ojos.

–Dulces sueños, cervatillo.

Las noches en que dormíamos espalda contra espalda, intentando ignorar al otro, hace mucho que se fueron.

Cuando se queda dormida, me mantengo en vela, observando su sonrisa.

Cirene

Los dos días que han pasado tras el juicio de Lowell han sido extrañamente pacíficos: la paz y la alegría se han restaurado en la ciudad subterránea y el estado de ánimo de todos los ciudadanos se ha avivado por la recuperación de su princesa. Respecto a su recién adquirido caballero, todos parecen adorarlo. En un lugar en el que se veneran los cuentos, en el que la magia no solo está en los hechizos, sino también en las palabras y la música, una historia como la que ha acontecido, con beso de amor incluido, no podía pasar desapercibida. De alguna manera, el efecto ha sido el mismo que el de la boda de Seaben y mía: todo el mundo ha quedado más que satisfecho con la resolución del problema. El caballero ahora está la mayor parte del tiempo con su princesa, aunque no como a él le gustaría, sino rodeados de documentos que informan de la situación de Astrea tras el golpe de Estado. La princesa está decidida a luchar por su causa y a vencer, y lo cierto es que nadie duda de su capacidad como futura reina. A veces, de hecho, me encuentro envidiándola: ¿todo el mundo creerá en mí de esa manera? ¿Podré hacerlo yo tan bien como ella? No estoy convencida de ello.

Para Seaben y para mí, sin embargo, las cosas no cambian. Él sigue imposibilitado, metido en su cama; y yo, encerrada en la biblioteca con Moira en busca de la solución a su problema. Tiene que estar en alguna parte: una medicina no puede ser tan difícil de hallar, pese a todos los libros que hemos consultado ya en estas jornadas y que no nos han aclarado nada. Las pociones que llevan menta no llevan manzanilla y viceversa o, en el caso de que lleven ambas cosas, son soluciones que nada tienen que ver con envenenamientos. He empezado a perder la esperanza de que lo que pretendemos encontrar sea sencillamente un remedio, pero si todavía me obligo a valorar la posibilidad es porque sé que mi esposo no podría soportar otro golpe así. Una bofetada de la realidad como esa terminaría por derribarlo por completo, y estoy cansada de verle sufrir sin poder hacer nada.

–Moira dice que ese que lees es el último sobre antídotos.

Drake se asoma tras una estantería y se deja caer a mi lado en el suelo de la biblioteca, con un suspiro de resignación. Si no es una medicina, ¿qué es? Me concentro en el libro que tengo entre las manos, decidida a buscar con más ahínco.

–No es un antídoto, ¿verdad?

–No lo creo, Ei. Nos lo hemos leído todo. Lo siento.

Niego con la cabeza. Tiene que estar aquí. Aún quedan algunas hojas, algunos nombres…

–No te preocupes. Moira se lo ha tomado como algo personal, así que te aseguro que no parará hasta encontrarlo.

–No me preocupa encontrarlo, Drake. Me preocupa *qué* vamos a encontrar.

–Sea lo que sea, Seaben se recuperará.

–¿A qué precio? ¿Qué ha estado haciendo Mab con él durante tantos años?

Drake no se atreve a responder en esta ocasión. ¿Qué se nos escapa? ¿Qué estamos a punto de descubrir? Ni siquiera quiero imaginarlo, porque la verdad ha demostrado ser en muchas ocasiones un castigo inmerecido.

El libro se termina y no hay nada. La última esperanza vuela libre por la ventana y casi me parece escuchar su risa burlona despidiéndose de mí.

–Anímate –me pide Drake dejando su mano sobre la mía–. Tengo el plan perfecto: Lowell lo besará y todo volverá a la normalidad.

Muy a mi pesar, me hace gracia.

–Quizá funcionaría. Siempre pensé que estaban demasiado unidos.

El muchacho esboza un gesto amplio al ver que ha convocado mi sonrisa.

–Eso es amor verdadero, te lo digo yo.

–Vas a romperle el corazón a tu hermana.

–Seguro que no nos es difícil encontrar a alguien mejor para ella.

Me echo a reír ante su sobreprotección, aunque a veces me parece que es más exagerada que real. Es como si no quisiera admitir que en el fondo está agradecido al muchacho por haberle devuelto la memoria y la vida a su hermana, y por ello siempre se siente en la obligación de meterse con él o lanzarle miradas heladas.

Hago ademán de levantarme para ir a buscar a Moira, pero Drake me detiene. Si bien parece algo cohibido, coge mis dedos y juega con ellos durante un momento. Yo me quedo quieta, consciente de que quiere decirme algo, aunque por primera vez parece que no sepa encontrar las palabras adecuadas.

Estaba pensando que no has tenido oportunidad de ver Astrea todavía. No esta, sino la de verdad, la de la superficie. Y me preguntaba si te gustaría ir a visitarla. Ir afuera.

El hechicero calla y me observa, pero me he quedado tan sorprendida con la sugerencia que apenas puedo reaccionar. Parpadeo y entorno los ojos, pensando que se ha vuelto completamente loco.

–Pero…

–Ya, ya sé qué vas a decir –se adelanta, antes de que pueda hablar–. «Es peligroso». Pero en realidad no lo es. Si vamos de noche y no nos alejamos mucho… Dime: ¿no te gustaría ver un campo de estrellas?

Casi me parece tener una visión clara de ese paisaje del que tantas veces me ha hablado: dice que es una explanada llena de flores que brillan como si fueran las mismas habitantes del cielo nocturno. Quizá las flores envidiasen tanto a las estrellas que un día quisieron brillar como ellas.

–No podemos. Tú menos que nadie.

–¿Qué es la vida sin un poco de riesgo? Nadie lo sabrá –insiste él. Se humedece los labios y se inclina hacia mí, confidente, con su sonrisa pícara, que promete cuentos en cada comisura alzada–. ¿No quieres sentir el viento en tu pelo? Acariciándote las mejillas. Y las estrellas sobre ti. Te mostraré la escena más hermosa que hayas visto jamás. Luz hasta donde alcanza la vista, como si la luna hubiera tocado el pétalo de cada flor para ahuyentar las sombras.

Las palabras de Drake siempre son tan acertadas como una nota en el punto correcto de un pentagrama. Siempre están llenas de armonía y sueños, de promesas de aventuras. Y aunque me muero por decirle que me puede llevar a donde quiera, que sigo siendo esa joven deseosa de ver mundo, sé que eso no es lo correcto. No ahora.

–Eso es precioso, Drake. –Veo la ilusión crecer en sus ojos y me apresuro a detenerla antes de que sea demasiado tarde–. Pero no podemos.

–¿Por qué no? Ya te he dicho que no es peligroso. Y en nada Seaben estará recuperado y podrás dejar de preocuparte por él…

Algo en esa última frase hace que me ponga alerta. Ha sonado como si pensase que Seaben es una carga para mí, pese a que el príncipe me ha insistido en muchas ocasiones que no debo preocuparme tanto por él. Pero peor aún, ha sonado como si solo le estuviera atendiendo porque está enfermo.

Me digo que estoy muy cansada por las horas invertidas entre libros.

–Seaben no se recuperará hasta que no encontremos esa poción, sea lo que sea, y yo no podré preocuparme por nada más hasta que no esté bien. –A Drake no parecen gustarle mis palabras, pero es la verdad: lo único que me importa es su salud–. Me necesita a su lado ahora, y no solo por su enfermedad.

–¿Y para qué te necesita entonces, exactamente?

Intento pensar que me he imaginado la burla en su voz.

–No está en su mejor momento. Todo lo que ha pasado es duro también para él.

–A lo mejor se lo merece.

Alzo la mirada, alarmada, pero Drake no me mira a mí. Me lo he tenido que imaginar: estoy sugestionada, porque tengo miedo de que se sigan odiando. Son personas muy diferentes, sí, pero los dos son buenos, solo que están demasiado cegados para ver que el otro, en sus circunstancias, con sus razones, también lo es.

–¿Disculpa?

–¿Te recuerdo lo que ha hecho durante años? –me espeta él–. Ha robado tantas vidas… ¿Y por qué? ¿Porque se lo decía su madre? ¿Porque simplemente eran humanos, y como tal debían morir? No es ningún héroe. Esas cosas…

–No entiendes nada –lo interrumpo. ¿A estas alturas sigue utilizando esos argumentos?–. No lo conoces. Era su deber, y no está orgulloso de ello. Tú no sabes lo que es tener que responder por un reino, y mucho menos por uno en guerra, como Lothaire, que lleva batallando desde antes incluso de que Seaben naciese. Otros reyes quizá se hubieran quedado en su palacio, pero él iba a luchar con su pueblo, a arriesgar su vida por ellos y tener las mismas posibilidades de morir que cualquiera. Sí, ha matado, pero también lo han herido, también podrían haberle matado. Él no es peor que cualquier otro soldado. Te defendió en la torre –le recuerdo–. ¿O es que eso ya lo has olvidado? Es muy fácil subrayar los errores de otros, pero muy difícil admitir sus aciertos, ¿verdad?

Al trovador le cuesta reaccionar, pero no me arrepiento de mis palabras. Si Nryan estuviese en guerra, ¿cómo podría quedarme sentada en mi palacio, sabiendo que mi pueblo muere mientras yo no hago nada? También lucharía, también mataría, por mucho que me aterre arrebatar vidas.

Finalmente, Drake aprieta los labios y coge aire.

–Es irónico que me eches en cara eso –sisea con desprecio– cuando eso es, precisamente, lo que hace él conmigo: decirme una y otra vez lo embustero que soy y lo poco que te merezco. ¡Pero, por supuesto, habrá que perdonárselo, porque está enfermo, pasando por una mala racha!

Sus palabras me dejan clavada en el sitio. No sé de qué me está hablando. O sí. Repentinamente recuerdo el momento en el que me recuperé de mi desvanecimiento y mi marido mencionó que había hablado con Drake. Recuerdo que temí que se hubieran enfrentado.

Abro la boca para exigirle explicaciones, pero una voz se me adelanta:

–Por fin os encuentro.

Los dos alzamos la vista, sobresaltados, hacia Moira y el pesado libro que carga entre sus brazos. Su presencia consigue relajar un poco el ambiente, cuando se deja caer de rodillas ante nosotros.

–Creo que la he encontrado. La poción.

Con esa frase me olvido de todo lo demás.

–¿Qué es?

–Bueno, esa es la mala noticia. –Se me corta la respiración. ¿Mala noticia?–. La buena es que es muy sencilla de preparar, y que tengo todos los ingredientes. Estará lista esta tarde. Seaben se recuperará.

Pese a ello, no soy capaz de relajarme.

–No es un antídoto, ¿verdad?

–No. –Moira casi parece disculparse mientras deja el libro ante nosotros, abierto por una página para que podamos leer–. Es una poción que oculta: tomada con mucha frecuencia provoca que su poder sea tan fuerte que ni siquiera la luna llena pueda vencerla, y Seaben lleva tomándola toda su vida. Era muy utilizada hace años, pero pronto se descubrió que era tóxica: tomarla durante mucho tiempo, como exige, causa que queden residuos dentro del cuerpo de quien la ingiere y provoca dependencia; si se deja de tomar produce cansancio, debilidad, fiebre… Los síntomas de Seaben. Son esos residuos los que están haciendo que el príncipe parezca enfermo.

Todos callamos mientras miramos la descripción del libro, aunque no soy capaz de terminar de reaccionar. «Una poción que oculta», ha dicho. Mab le ha estado ocultando algo de sí mismo durante toda su vida, y él sin saberlo ha colaborado al tomarse esas botellitas cada mañana. Yo misma lo hice, cuando lo obligué a tomársela. Pero…

–¿Ocultar? –repito, con cuidado–. ¿Ocultar qué?

–Me temo que eso no podemos saberlo –se disculpa Moira–. Podría ser cualquier cosa. Desde una cicatriz a… qué sé yo. Podría tener unas orejas tan élficas como las tuyas y él ni siquiera lo sabría.

Me estremezco. La suposición me parece de lo más absurdo, pero… Seaben no sabe quién es su padre, al fin y al cabo. Podría ser un elfo. Durante un momento me quedo helada al recordar las suposiciones de mi madrina con respecto a una relación entre Ibran y Mab. No. Eso sería ridículo. Aquella relación, si se dio, tuvo que ser mucho más tarde de que Seaben naciese, cuando yo ya tenía seis años y mi madre murió.

Me doy cuenta de que mi corazón se ha detenido por un instante y yo me he quedado blanca, pero me obligo a reaccionar.

–Así que –recapitulo– Mab le ha estado ocultando algo a Seaben. Algo que, si no se toma más esa poción, podrá descubrir con la luna llena, porque mientras tanto esos residuos siguen actuando sobre él y manteniendo oculto lo que sea que escondan. ¿Lo he entendido bien?

Moira asiente. Drake parece pensativo y se frota el mentón.

–Tiene que ser algo muy importante para que la reina se haya tomado tantas molestias.

Todos callamos, pensando en las distintas posibilidades, pero estoy cansada: solo quiero llevarle esa poción a Seaben y que se recupere de una vez.

–No podemos decírselo. Lo conozco: insistirá en que no quiere seguir siendo engañado por su madre. Preferirá quedarse enclaustrado y sin tomarse la poción hasta la luna llena a aceptar tomarse algo que no hace más que aumentar sus preguntas.

–Deberías decírselo –me replica Moira.

Sé que tiene razón, pero temo que actúe como supongo que lo hará y tenga que seguir viéndole en el estado en que se encuentra ahora. Odio verlo tan pálido. Odio no escuchar su respiración acompasada mientras dormimos, sino los jadeos que acompañan a los delirios.

–No puedo dejar que empeore hasta la luna llena…

–Es suficiente con que deje de tomarla un par de días antes –me tranquiliza Moira–. Y no solo descubrirá lo que Mab quisiera ocultarle, sino que, como el poder de la luna llena será superior al de la poción en ese momento, también eliminará cualquier rastro de la misma y, con ella, la toxicidad. Nunca más volverá a necesitarla.

Aprieto los labios y pienso en la reacción de Seaben en cuanto lo averigüe. Si estos días ya se ha hecho preguntas, ¿qué pensará cuando se dé cuenta de que ni siquiera se conoce *a sí mismo*?

–Merece saberlo, Eirene. –Moira pone una mano sobre la mía–. Merece decidir.

–Le va a doler. Mucho.

–Es mejor que duela a no sentir nada –susurra Drake.

–Confía en mí, esto es lo correcto –asegura Moira.

No respondo. Solo puedo imaginar el estruendo de una brecha más abriéndose en el alma de Seaben.

–No es una medicina.

Entre mis planes no he contado con que Seaben siempre ha sido demasiado inteligente; demasiado observador, demasiado racional. Por eso me mira con las cejas alzadas, mientras destapo la pócima que Moira me ha dado. Me remuevo sentada en el borde de la cama e intento hacer ver que no le he entendido, para ganar tiempo.

–¿Cómo dices?

El príncipe pone los ojos en blanco. De nuevo parece enfermo, porque hace ya un par de horas que se tomó la poción que consigue mantener su fiebre a raya.

–No es una medicina –repite–. Lleváis días para encontrarlo. Si fuera lo que todos pensábamos no habríais necesitado ni la mitad de tiempo, más aun con todas las horas que habéis invertido en ello.

–Hemos tardado un poco más de lo previsto, pero...

–No estás respondiéndome –suspira Seaben–. Sé cuándo alguien intenta mentirme, Eirene. Y lo estás haciendo.

–No quiero mentirte. –Le tiendo la botella–. Ten, tómatela. Te hará bien.

–No. –Seaben coge la poción, pero la deja a su lado, en la mesilla.

Hago un mohín y alzo la mano para atraparla, pero él me coge de la mano y me obliga a centrar mi atención en sus ojos serios–. No lo haré hasta que me digas qué es.

–Lo primero es que te recuperes –insisto–. Después te lo explicaré todo.

Sé que está volviendo a empeorar, como evidencia la palidez de su rostro y sus ojos cansados, que, sin embargo, no dejan de mirarme con seguridad.

–No, lo primero es decirme qué ocurre. A menos, claro, que creas que me negaré a tomar la pócima una vez lo sepa.

Directo en el blanco. Quizá no tenga puntería con el arco, pero sus palabras son las flechas más certeras. Aparto la vista, incómoda al saberme descubierta.

–Eirene…

–Dime que te la tomarás y te lo contaré.

–Te prometo tomármela si lo considero adecuado.

Sé que eso es todo lo que voy a conseguir por su parte. Una sabe cuándo ha perdido una batalla contra Seaben de Lothaire, y en este caso más vale retirarme a tiempo con una mínima esperanza que seguir luchando y perderlo todo.

–No es un antídoto, tienes razón –susurro, tan bajito que Seaben entorna los ojos. Me indica con un gesto que continúe hablando y sus dedos se aprietan en torno a los míos, dejándome adivinar que él también tiene miedo de lo que pueda decir–. Es una poción para… para esconder algo de la persona que la toma.

Callo, precavida. Observo el rostro de Seaben, que no deja de mirarme, como si le costara reaccionar todavía o no terminase de comprender. Se humedece los labios, pensativo.

–¿Esconder? –repite, inseguro.

Me imagino toda su realidad cayendo a pedazos poco a poco y tengo ganas de no decirle nada más, pero sé que él me lo va a exigir. Dubitativa, le cuento todo lo que Moira nos ha explicado: que podría ser cualquier cosa, que la poción crea dependencia…

Me interrumpo cuando Seaben baja la vista. Me doy cuenta de que su mano tiembla, así que me apresuro a apretarla. Se queda en silencio, y yo desearía encontrar las palabras exactas para hacer que lo que sea que pase por su mente desaparezca sin dejar rastro. Es justo lo que me temía: casi puedo escuchar el último hilo que le ataba a su anterior vida rompiéndose sin remedio.

–Me ha ocultado... –comienza–. ¿Qué? Ni siquiera lo sé. Ni siquiera sé quién soy de verdad, ¿te das cuenta? No sé... qué escondo yo mismo. Soy otro de sus secretos, otro de sus misterios. –Me mira y siento que toda su angustia anida también en mi pecho–. Me ha mentido, Eirene...

–Podrás descubrirlo –le digo con rapidez, llevándome su mano a los labios–. Ahora que lo sabemos, pronto desvelaremos el misterio. Pero sea lo que sea, sigues siendo tú. Seaben, ¿recuerdas? –Instintivamente, mi mano libre se alza para rozar su mejilla–. Mi esposo. –Como si eso fuese importante. Como si fuese algo que elegimos nosotros. No, no lo fue, pero es lo único que nadie podrá cambiar nunca. Incluso aunque no seamos un matrimonio de verdad, estamos casados y... no voy a permitir que eso cambie.

Seaben me mira, con ojos tristes, pero también llenos de rabia. Su mano, pese a todo, cubre el dorso de la mía, que sigue en su mejilla. Nos miramos hasta que él deja caer los párpados en un gesto de cansancio y desolación, o quizá solo quiera sentir más cerca mi caricia.

–Moira ha dicho que si dejas de tomarte la poción un par de días antes de la luna llena, ya no hará efecto, así que todo saldrá a la luz y te curarás... –Mi mano abandona su rostro para coger la poción de la mesilla–. Pero ahora tienes que tomártela. No puedes seguir sin ella tanto tiempo.

El príncipe me mira con esa fijeza perturbadora y después sus ojos escarlatas descienden hasta el botecito, solo para acabar volviendo a mí. Palidezco un poco. Es justo lo que supuse que ocurriría.

–¡Seaben! –protesto.

–Estoy harto de esperar.

–Solo serán unos días. Por favor. ¿No estabas harto de seguir en esta cama? Podrás salir, te sentirás mejor. Si no lo haces por ti, hazlo por mí. No soporto verte así...

Mis palabras se ven sustituidas por una exclamación cuando él tira de mí. Sus dedos me agarran la muñeca y hacen que me incline. Su rostro está muy cerca y a mí el corazón me da un vuelco. No sé si es porque casi puedo sentir su respiración en mi cara o por su manera de mirarme, de clavar esos iris del color de la sangre en los míos. ¿Qué está haciendo…?

–Ahora sabemos que hay otras maneras de romper un hechizo, Eirene.

Al principio ni siquiera soy capaz de reaccionar, de comprender. Al instante siguiente, sin embargo, mi pulso se acelera. Sus pupilas descienden de mis ojos a mis labios.

No puede estar hablando en serio.

–No funciona así –le digo a media voz.

El muchacho entorna los párpados, pero no me suelta. Lanza una caricia suave por mi piel y tengo que tomar aire cuando me acerca un poco más. No puedo evitar que mi mirada también se fije en su boca. Recuerdo los besos en la torre. Recuerdo cómo quise besarlo en el barco y el miedo que tuve. Incluso el otro día, cuando volvimos a retarnos con palabras en esta misma cama, me sentía atraída y tuve que contenerme para no buscar su boca. ¿Qué ocurriría si nos besásemos ahora, cuando el hechizo está debilitado…?

–Los dos estamos… confusos –susurra Seaben–. Tú misma lo dijiste, ¿no es cierto?

Cierro los ojos. Tengo que centrarme. ¿Por qué siempre tiene ese efecto sobre mí? Ese nerviosísimo, ese nudo en el estómago, ese deseo incontrolable de abandonarme. Pero tengo miedo de que nos hagamos daño, porque sé que podemos causarnos mucho. Si nos besamos y no ocurre nada, ¿qué? ¿Qué habrá sido todo? Será la prueba definitiva de que pese a los besos, pese a todo lo que nos une, en realidad no hay nada.

–No es confusión lo que crea la magia –digo sin fuerzas.

Su voz me acaricia, tierna, igual que su aliento.

–¿Y si pudiéramos crearla y simplemente no lo sabemos?

Sí, ¿y si fuera eso, qué? ¿Y si hay magia entre nosotros? ¿Y si es eso lo que llaman amor? ¿Si esa necesidad de él, de su sonrisa y de su presencia, de sus besos y de su protección y de protegerle, es lo que puede romper el hechizo que pesa sobre él? ¿Y si le quiero? ¿Y si todo tiene sentido y nuestras almas están unidas más allá de una simple ceremonia?

Su frente cálida se apoya contra la mía. Cojo aire y pido a mi corazón que se tranquilice. Él también tiene miedo. También está asustado, porque si no ocurre nada, todo habrá acabado. Si no ocurre nada, nunca nos habremos hecho tanto daño como en este instante. Porque la confusión, en nuestro caso, nos salva de la tragedia: nos impide abandonarnos, nos rescata de equivocarnos. De precipitarnos y darnos cuenta demasiado tarde de que solo creíamos ver algo que no existía.

Estamos a un beso de averiguarlo y no quiero aceptarlo.

–¿Y si no podemos…?

–Entonces no habrá razones para sentirse confusos.

Abro los ojos y él también me está mirando. Tengo ganas de llorar, de repente. Solo ha sido una frase, pero he sentido la amargura en ella. Él también tiene miedo. Sabe que estamos a un solo paso del abismo.

–No sé si quiero descubrirlo, Seaben.

Los dedos del príncipe rozan mis labios en una caricia que hace que me eche a temblar. Quiero que me bese. Quiero besarlo. Y tengo miedo de descubrir la razón de todo eso. O quizá ya la sepa y no quiera aceptarla. Quizá lo que me asuste no es lo que sienta yo, sino lo que pueda sentir él.

–Quizá sea lo mejor para todos. Para ti y para mí… Para el trovador.

Eso también duele. Pienso en Drake y en lo que pasará con él si esto funciona, o si no lo hace. ¿Significará eso que lo quiero a él? Algo no encaja en ese planteamiento, como si algo dentro del complicado rompecabezas que es ahora mi cabeza me advirtiese de que esta no es la respuesta correcta. Pero Seaben tiene razón. Hemos alargado esto durante demasiado tiempo. Ni siquiera tendremos que preguntarnos más a nosotros mismos, sino que la magia nos responderá.

Por eso lo beso. Porque es el momento, más que nunca, y porque quiero hacerlo. Los párpados caen, igual que lo hacen las defensas… y vuelvo a sentirme en casa después de estar tanto tiempo lejos de una. Su boca responde, tierna y suave pero ansiosa de reencontrarse conmigo. Lo había olvidado. Había olvidado lo que era vivir en su caricia, lo que era que de pronto ese aliento a menta y manzanilla, que persiste en su boca, me inunde el paladar y me haga querer abandonarme en su abrazo. Sus dedos suaves tocan mi espalda. Una voz lejana en mi conciencia parece decirme que es suficiente con un roce, con esa caricia tímida que nos regalamos en un principio…

Pero no sabemos detenernos. No queremos detenernos. Lo he echado de menos, he echado de menos la sensación de mi respiración en la suya y de mi pecho contra el suyo, por eso me acerco un poco más. Mis manos vuelan a su rostro y lo acuno entre mis dedos, y de alguna manera así le exijo que no se aparte. Pero él tampoco quiere hacerlo. Me lo dice su beso, que como siempre se vuelve intenso y me quema. Me lo dicen sus manos, que me aprietan más contra su cuerpo y trepan por mi espalda. Me lo dice su corazón, tan acelerado como el mío, que siento palpitando en su cuello cuando lo rozo.

Que no acabe. Que este beso no acabe. Que si tiene que acabar, funcione. Que salgan chispas incluso de la magia que podemos hacer.

Que me quiera.

Porque lo quiero.

Un suspiro y, jadeantes, tras un tiempo infinito, nuestros labios se separan, habiéndose grabado la réplica de los del otro en la memoria. La mirada en la que nos encontramos podría condensar el mundo entero, en la que es posible que se dibuje nuestro futuro, juntos, de la mano. Hago ademán de inclinarme de nuevo…

Y entonces, solo entonces, me doy cuenta.

No ha funcionado.

Me separo y Seaben traga saliva. Lo miro y él cierra los ojos. Idéntico. Está… idéntico. Nada ha cambiado. Sigue siendo el mismo muchacho que siempre he conocido. No hay ni el más mínimo cambio, nada oculto que de repente salga a la luz…

No ha funcionado.

No hay magia.

No hay amor.

Caemos al abismo, pero separados. Mis manos abandonan su rostro, sus manos abandonan mi espalda. Nuestras miradas abandonan la otra.

Se ha acabado.

Y llega el dolor y todos los temores cumplidos. Preferiría no haber vuelto a besarlo nunca más a lo que ahora está pasando: a darme cuenta de hasta qué punto me importa. Hasta qué punto deseaba curarlo con mi beso. Hasta qué punto quería seguir de su mano...

Hasta qué punto me he enamorado de él.

Y aunque hasta ahora al menos compartíamos dudas, ahora es evidente que en realidad no sentimos lo mismo.

Me levanto. Él no me detiene. Me mira, con los labios apretados, pero no hay palabras y no me atrevo a enfrentarlo.

El príncipe coge la poción con dedos inseguros y se la toma de un trago. Su silueta se emborrona cuando las lágrimas que intento retener me traicionan. Esa poción le va a servir más que yo, más que mi beso. Ella puede hacer magia, va a sanarlo.

No puedo soportarlo más. Le doy la espalda antes de que pueda ver mi rostro.

–Descansa.

Ni siquiera espero respuesta. Mis pasos vuelan fuera del cuarto y la puerta se cierra a mis espaldas con un sonido seco. Me apoyo contra la madera y aprieto los párpados, dejando que un par de gotas de agua salada se cuelen entre mis pestañas. Duele. Duele demasiado. En los cuentos, querer no duele. Querer es sencillo y fácil. Querer es natural. El amor es un sentimiento que abriga y que cuando aparece no se marcha, porque es para siempre y no entiende de lágrimas. En la realidad, el amor llega cuando no debería y se descubre en la ocasión menos indicada: es cruel, perecedero y doloroso.

De repente, mi mente queda bloqueada por todo lo vivido juntos. Nuestras cacerías, las partidas de ajedrez, las apuestas, los juegos, la cinta de mi camisón en su ala y en su muñeca. Su risa. La mía. Los besos, todos y cada uno de ellos. La torre y nuestra desesperación. ¿Cómo no me di cuenta en ese momento? O quizá lo hice y no quise aceptarlo… ¿Cómo he tardado tanto en reaccionar? ¿Qué pasará a partir de ahora con nosotros?

Me echo a llorar, cubriéndome unos labios que aún saben a los suyos.

En la realidad, los príncipes y las princesas no siempre terminan juntos.

Tercera Parte

Princesas de Cuento

Fay

Mi muy amada hermana:

Recibir noticias tuyas es todo cuanto podría haberle pedido a los dioses: no sabes la preocupación en la que me has tenido sumido desde tu desaparición. Todos (incluso nuestros padres, aunque no lo creas) temíamos por tu seguridad, y empezaba a ponerme en lo peor. Por favor, no hagas locuras hasta que vaya a buscarte. Cuando esta carta te llegue ya habré partido para ir en tu busca e intentaré llegar a la mayor brevedad para sacarte de ese horrible país.

Sin embargo, hermana mía, tu huida ha tenido consecuencias que, supongo, no puedes ni imaginar: Eirene se ha casado con lord Seaben de Lothaire. Tras tu desaparición, los príncipes crearon una artimaña en la que Eirene se hizo pasar por ti con la esperanza de que volvieras, mas el hechizo se deshizo en medio de la ceremonia, dejando al descubierto la mentira. En un primer momento, la reina Mab nos hizo llegar una carta en la que argumentaba que todo había sido un plan de nuestra prima, una traición, y que huiste por el dolor que te causó. Naturalmente, no lo creí posible y me puse en contacto con Eirene para que ella misma me lo contara todo. Nuestros padres y el país entero, no obstante, han convertido a nuestra prima en culpable y a ti en víctima de una crueldad inventada.

En cualquier caso, todo esto no es lo peor. Hoy mismo han llegado noticias de nuevo, y no podrían ser más horribles: Eirene y lord Seaben han desaparecido. Los príncipes han sido supuestamente secuestrados por un hechicero, un rebelde contra el nuevo régimen de Aviel de Astrea, pero Mab ha prometido que la situación se enmendará pronto y que ya los buscan para rescatarlos. No sé cuál será la verdad, aunque sopeso la posibilidad de que, una vez más, sea una mentira de la reina. Me preocupa nuestra prima, me preocupa dónde pueda estar y en qué condiciones. Todo esto es demasiado sospechoso, y Mab ya nos ha mentido antes.

Como ves, hermana, la situación es grave. Necesito que vuelvas a ocupar tu lugar en este palacio: sé que juntos podremos llegar al fondo de todo esto, y tú mejor que nadie puedes ayudar a esclarecer lo acontecido en Lothaire y las intenciones de Mab. Si nos está engañando y utilizando, debemos probarlo: como príncipe no voy a consentir que mi país sea un títere en manos de esa mujer, pero no me creerán solo con las declaraciones de Eirene. Tú eres la única que puede ayudar a tu prima y asegurar que huiste por voluntad propia. Me encargaré de aplacar la ira de nuestros padres, pero no puedes continuar huyendo. Sé que podrás entenderlo.

Pronto estaré contigo, Fay. Por favor, ten mucho cuidado con tus anfitriones humanos. Procura que sigan sin descubrir tu identidad: que hasta ahora se hayan portado bien con una extraña no quiere decir que desconozcan el valor que tendría una princesa elfa en su país.

Cuando termines de leer esto ya estaré un poco más cerca de ti.

Tu hermano que te quiere,

Ailbhe.

Había sido muy fácil estar tranquila hasta ahora. Había sido como vivir lejos de la realidad, como entrar en otro mundo en el que la vida era sencilla, tranquila y feliz, incluso viviendo con la profunda modestia en la que viven estos humanos. Los muchachos del monasterio me han estado cuidando y me han hecho sentir como en casa durante la semana que llevo entre ellos. Me han hecho olvidar quién soy, incluso que me encuentro en país enemigo. Había sido fácil creer que esa tranquilidad podía extenderse hasta el infinito.

Ahora, sin embargo, todo se revela diferente.

Las lágrimas me impiden leer con claridad la carta que ha llegado esta mañana en un sobre destinado a Sylvana, para proteger mi identidad. He empezado a leer la letra de mi hermano con alegría, pero ahora solo queda una gran culpabilidad que aprisiona mi pecho. Mi prima se ha casado por mi culpa. Mi prima tuvo que quedarse en Lothaire porque yo hui y ahora ha desaparecido. Y mientras vivo sin peligro, protegida en este lugar con una gente a la que solo he brindado mentiras y segura de que volveré a mi país, ella está en paradero desconocido, con su vida ligada a la del hombre del que yo misma escapé.

Todo lo que le pueda suceder a mi prima es por mi causa.

He sido una egoísta. No me di cuenta de lo que suponía abandonar mis responsabilidades, pero Eirene sí lo supo y decidió arriesgarse y hacerse pasar por mí. Y ahora un hechicero… Eirene se veía con un muchacho de Astrea mientras yo estaba allí. ¿Y si la engañaron desde el principio? Ella parecía apreciarlo, pero las noticias de Mab dicen que la han secuestrado a ella y a Seaben. A Seaben. Si mi prima hubiera huido con el juglar, ¿por qué iría con el feérico también? ¿Y si ese hechicero solo estaba jugando con ella, ganándose su confianza, y finalmente dio alcance a los dos príncipes? Pero ¿para qué?

Apenas puedo pensar en todas las posibilidades que rodean la desaparición de mi prima. He de volver a Veridian, al castillo, porque Ailbhe tiene razón: no puedo continuar huyendo y, si Mab nos está utilizando a todos, puedo ayudar a detener sus manipulaciones. Puedo hacer algo útil, a pesar del castigo que recibiré por lo que hice, ya que nada, ni siquiera la mediación de mi hermano, aplacará la ira de mis padres. Para ellos habrá sido mucho más fácil culpar a su incorregible sobrina que pensar que su perfecta niña pudo haber actuado de manera tan caprichosa. Eirene siempre quiso ser libre, pero ha resultado ser mucho más responsable que yo. Mi prima nunca quiso ser reina, nunca quiso el lugar que le pertenecía por derecho, pero nunca lo negó, intentando adaptarlo a la forma en la que quería vivir. Siempre supo cuál era su deber y su destino, mientras que yo he querido aceptar solo la parte bonita de mi vida, la de los castillos grandes y los vestidos bonitos, la de los pretendientes a mis pies y las comodidades. Y en cuanto me pidieron una cosa, solo un deber a cambio de todo lo que había tenido en mi vida, hui.

¿Cómo he podido ser tan estúpida? ¿Cómo he podido ser tan egoísta?

El sonido de la puerta de la biblioteca abriéndose disipa mis pensamientos y hace que me tense. Me apresuro a guardar la carta en su sobre y a pasarme la mano por la cara. Estoy de espaldas a la entrada, pero puedo escuchar cómo unos pasos que reconozco se acercan a mí.

–¿Sylvana?

Alzo la mirada y esbozo una sonrisa despreocupada. Svent duda, pero al final acaba a mi lado. No me pasa desapercibido el hecho de que mira el sobre y luego a mí, con una fijeza que me hace sentir incómoda. Aparto la vista y sé, incluso antes de que abra la boca, qué me va a preguntar:

–¿Todo bien?

Asiento sin dudar. No puedo compartir con él ninguno de los temas de los que habla la carta, aunque en más de una ocasión he pensado en revelar mi verdadera identidad a los muchachos que me están cuidando. Son buenos y parecen vivir al margen del mundo. Dudo que mi título o mi nombre marcasen alguna diferencia en nuestra relación, pero supongo que Ailbhe tiene razón: debo tener cuidado. No puedo confiarme, pese a su amabilidad.

–Vendrán a por mí. No tendréis que preocuparos más, sé que estoy siendo una molestia para todos...

El muchacho frunce el ceño, pero no dice nada al respecto. Quizá ni siquiera me haya entendido del todo, pese a que, desde el día siguiente a que yo despertase, hemos estado estudiando la lengua del otro. Poco a poco he ido aprendiendo algo de humano, y él ha mejorado sus conocimientos de fae, aunque todavía le cuesta descifrar conversaciones muy rápidas o complicadas. Aun así, aprende con pasmosa facilidad. Svent tiene un don para las letras, en parte dado por su oficio: tanto él como Itsvan y Naim son escribas. El mismo día que los conocí me contaron que así es como se ganan la vida, aunque de manera muy modesta. Itsvan en otro tiempo fue noble, pero sus padres murieron y terminó en este lugar, que hace años era un orfanato. Para entonces Svent ya vivía aquí, pues lo abandonaron cuando era solo un bebé, y poco tiempo después llegó Naim. El monasterio, con los años y la guerra, que dejaba tras de sí a muchos niños sin familia, se quedó pequeño y el orfanato se desplazó a un lugar más amplio, pero ellos se negaron a marcharse del que había sido su hogar y desde entonces han vivido solos. Itsvan, el mayor, fue quien tuvo la idea de aprovechar los estudios que como noble le habían dado para ganar dinero: sabía leer y escribir, algo que no cualquiera podía decir, y Svent siempre tuvo curiosidad por aprender de él y de los libros del monasterio. Fueron niños que tuvieron que crearse su propio hogar: Itsvan tenía catorce años por entonces y Svent solo doce. Respecto a Naim, solo tenía seis y ya no hablaba.

Svent toma asiento y se dispone a concentrarse en un trabajo a medias. Coge una pluma y, tras empaparla en tinta, se pone a escribir. Su letra es estilizada y bonita, elegante, algo que sin duda agradecerán los que contratan sus servicios. No les va mal, aunque las ganancias no sean muy grandes: en esta semana han recibido encargos de al menos cuatro visitas diferentes. Cuando alguien llega, me escondo en mi cuarto o en esta biblioteca y no salgo hasta que ellos me dicen que puedo hacerlo, pero por lo demás nadie viene por aquí. Solo un muchacho más me conoce: se llama Ciel y es el hijo del Señor de Edra, que además ha resultado ser el comandante de las tropas humanas. Ciel es amigo de los huérfanos y es raro el día en que no viene a visitarlos. Tras conocer quién era su padre me asusté, pero el chico nunca ha dicho nada sobre mi presencia aquí y se ha portado de manera encantadora conmigo. Al parecer, él estuvo presente el día en que Svent me encontró en la nieve.

De alguna manera, empezaba a acostumbrarme a esto: al humor de Itsvan, a la ternura de Naim y a la presencia callada y curiosa de Svent. Los ojos rojos de este último siguen recordándome a Lothaire, pero no tiene la frialdad de los feéricos en ellos, sino calidez y avidez de conocimiento. Todos parecen felices aquí, incluso aunque no tienen mucho:

muebles y libros viejos, y habitaciones llenas de polvo que son bastante frías por las noches. Comen lo que Itsvan trae del bosque y lo que sus ingresos les permiten comprar, pero nunca tienen grandes banquetes y sus ropas son siempre las mismas. Es un mundo completamente diferente al mío y muchas veces me cuesta comprender cómo pueden vivir con camisas remendadas por todos lados o soportando el invierno solo con el fuego de la chimenea del salón y mantas raídas. Y así llevan toda su vida... y son felices. Hay más felicidad y comunión en este lugar de lo que he visto jamás en mi castillo. Hay risas a todas horas y un cariño que abruma. Son inseparables. No me imagino a Itsvan sin reírse de Svent a todas horas o a Naim sin los gestos protectores que los dos mayores tienen con él, así como dudo que Svent pudiese vivir sin la compañía de sus dos amigos. Son una gran familia: eso es lo más preciado que tienen y lo protegen.

Miro el sobre que esconde las palabras de mi hermano. No supe proteger a mi prima. No supe cuidar de mi familia ni de mi reino. He decepcionado a todos y Eirene ha pagado las consecuencias. ¿Qué clase de persona soy? ¿De qué me vale toda mi riqueza o mis buenos modales si no soy capaz de cuidar de lo que de verdad tiene valor?

–Sylvana.

La voz de Svent me obliga a volver al presente. Parpadeo y me doy cuenta de que mis ojos se han vuelto a humedecer, por lo que me paso la mano por la cara de nuevo en un intento de disimular. Mi compañero me está mirando, sin embargo, y no es estúpido.

–Dime.

Él deja la pluma y, aunque duda, su mano se posa sobre la mía con delicadeza. Como siempre, sus dedos manchados de tinta son fríos contra mi piel. Sé que es un intento de infundirme ánimos en un problema que no conoce.

–¿Todo bien? –repite.

Asiento de nuevo. Él parece descontento, pero suspira y aparta la mano. Supongo que volverá al trabajo y se pondrá a explicarme algo sobre la lengua humana que luego le compensaré con lecciones sobre el fae, pero en lugar de eso se levanta. Me indica con la cabeza que lo siga. Al principio dudo, sorprendida, pero cuando veo que se acerca a una de las estanterías me levanto, guardando la carta en el bolsillo de mi vestido. El humano parece buscar entre todos los manuscritos con dedicación, hasta que saca de entre los demás un ejemplar viejo que me tiende. Tiene las tapas desgastadas y se le han caído los cierres en algún momento del pasado.

–¿Qué es esto? –Lo hojeo. Parece un diario, porque está escrito con letra descuidada, sin miniaturas ni renglones a modo de guía... En ocasiones hasta resulta un poco ilegible.

–Historia –dice Svent–. Historia de Anderia. Para conocer el país.

No me cuesta darme cuenta de que intenta distraerme, lo cual casi hace que me ruborice, abrumada por su preocupación.

–Mi humano todavía es demasiado torpe para leer tus libros...

–Está en fae –me explica él. Me hace un ademán hacia una de las sillas cubiertas por cojines desgastados que hay en la biblioteca y ambos vamos a sentarnos allí–. Es un *diaro.*

Sonrío, a mi pesar. Sigue costándole pronunciar o memorizar las palabras menos usuales.

–Diario –le corrijo.

–Diario –repite él. Siempre que se equivoca en alguna palabra frunce el ceño y parece repasarla muchas veces para sí, hasta que está seguro de haberla memorizado–. Eso. Un *diario.*

–¿De quién?

–Aldhara.

¿Aldhara, ha dicho? ¿La primera esposa del rey Davet? Esa mujer en los últimos años se ha convertido en una antigua anécdota que sirve para dar esperanza a los humanos en la guerra que llevan demasiado tiempo librando. Dicen que es algo así como su protectora, una muchacha (en según qué leyendas una hechicera, una bruja o incluso una estrella) que los protege de la derrota ante los feéricos. Lo cierto es que incluso en los libros de historia aparece su nombre, aunque nunca se llega a concretar de dónde salió o por qué: el único dato en el que se insiste siempre es que lord Davet estaba enamorado de ella y que se casaron, aunque ella falleció prematuramente unos meses después del enlace. Nadie parece recordarla, sin embargo, como si una niebla enturbiase su memoria.

–Aldhara es prácticamente un cuento –repongo, confundida.

Svent parece sorprendido. Mira el tomo y luego me mira a mí, como si me retase a averiguarlo.

–Aldhara *no* es un cuento.

–No completamente, de acuerdo: se sabe que existió, pero todo lo que se dice de ella sí son cuentos –le explico, paciente–. En Lothaire es una historia de miedo: una bruja que lanza maldiciones a los guerreros. O quizá sea una invención de los humanos, para daros fuerza y haceros pensar que realmente alguien «superior» os hará vencer. Hay demasiadas historias sobre esa mujer, pero ninguna parece ser cierta. La realidad, el único hecho comprobado, es que fue la mujer de vuestro rey y estuvo sentada en el trono junto a él durante muy poco tiempo.

El escriba parece molesto. Niega, aunque tarda en responder, probablemente porque necesita poner en orden sus palabras.

–Aldhara no era una bruja. Y no creo en cuentos. Esto es real. El diario es suyo. De Aldhara. No es una mentira.

Aprieto los labios y vuelvo la vista al ejemplar. Eso es absurdo. Quizá sea de alguien que quiso escribir la leyenda y decidió hacerlo como si ella misma la narrase.

–¿Cuál es la historia que cuenta? –pregunto, con un deje de burla en la voz–. ¿La de la estrella caída del cielo? ¿La de la terrible y malvada bruja cuyo esposo humano murió en la guerra? ¿O quizá la de la humana a la que el rey de las hadas rompió el corazón? Aldhara es una invención más de los tiempos de guerra. En ocasiones, hasta parece que sea la justificación de la misma. ¿Conoces esa en la que dicen que los reyes de Anderia y Lothaire estaban enamorados de ella y entonces Lothaire declaró la guerra cuando ella eligió a vuestro rey y...?

–No hables tan rápido –me corta Svent. Callo y esbozo una pequeña sonrisa de disculpa. Él coge aire, inquieto como siempre que no es capaz de comprenderlo todo–. Aldhara estaba en una torre, encerrada.

Parpadeo, porque no recuerdo ninguna historia que hable de algo así.

–¿En una torre? –repito, incrédula.

–Torre. Alta. ¿Como en los cuentos?

No puedo evitar reír un poco.

–Te he entendido.

Él se ruboriza, avergonzado por su torpeza, y se echa hacia atrás en su asiento, cruzando los brazos sobre el pecho, a la defensiva.

–Y huyó.

–Nunca había escuchado nada semejante. ¿Quién la mantenía encerrada? ¿Un malvado rey? ¿Un dragón?

Él pone los ojos en blanco ante mi burla.

–Lothaire.

Su declaración no me sorprende tanto como cabría esperar. Está claro que, si para los humanos Aldhara es una bendición, Lothaire tendría que ser la nota de maldad en el cuento.

–Lothaire es «dónde», no «quién» –lo corrijo–. ¿Y por qué encerrarían a una muchacha cualquiera en una torre en Lothaire?

–No «cualquiera». Aldhara era princesa de Lothaire.

Ahora sí, la explicación me descoloca. No puedo evitar bajar la vista hacia el tomo con incredulidad. ¿De qué habla? Nunca ha habido una princesa que se llamase Aldhara, yo mejor que nadie lo sé. He tenido que estudiar cada árbol genealógico de los países que conocemos, y Lothaire no ha tenido nunca a alguien de la realeza con ese nombre.

–Eso no es verdad.

–Lo es. Era hija de Deneb de Lothaire.

La madre de Mab. Casi siento la necesidad de echarme a reír. Qué buena historia. Aldhara sería la hermana de Mab, entonces. Casi envidio la inventiva de quien crease esa versión.

–La única hija de Deneb y Elgath de Lothaire fue Mab, Svent. Parece que sé más de historia que tú.

–Era hija de Deneb –repite él, con un poco de mal humor por mi broma–. No del rey Elgath.

Me quedo callada. Él me devuelve la mirada, serio. No puedo evitar que un ligero escalofrío me recorra la espalda. ¿Está sugiriendo que Mab tenía una hermanastra? ¿Que en Lothaire había una princesa ilegítima? Miro el tomo intrigada porque, verdad o no, promete ser una historia interesante. Svent se da cuenta de que ha conseguido llamar mi atención y aprovecha para continuar:

–Deneb y Elgath encerraron a Aldhara en la torre. Y Aldhara huyó.

–Eso es ridículo –protesto yo–. ¿Por qué Deneb encerraría a su hija en la torre? Si ya estaba embarazada cuando conoció a Elgath, él las aceptaría a ella y a su hija, ¿no?

Svent alza las manos, pidiéndome calma.

–¿Conoces la historia de la guerra entre las estrellas y los dioses?

–Y cómo ellas quedaron encerradas en la noche... Sí, claro.

–Alguien traicionó a las estrellas.

No puedo evitar sorprenderme, y él lo ve. Ni mi prima ni Sylvana me habían contado esa parte de la historia, lo cual me resulta intrigante. Quizá sea una variación de la leyenda que existe únicamente en Anderia.

–Una estrella se enamoró de un dios y traicionó a sus hermanas. Ayudó a los dioses a vencer y se salvó de la condena de las demás. Ella pudo vivir de día y tener hijos. Ella estaba embarazada cuando la guerra entre dioses y estrellas terminó.

Reconozco parte de su historia: las estrellas, derrotadas, fueron exiliadas a la noche. Nunca más podrían ver la luz del sol o morirían. Además, la maldición de los dioses tras ganar la batalla las hizo infértiles: el número de estrellas en el cielo nunca cambia, porque no pueden tener descendencia. ¿Y se supone que una, la traidora, escapó del castigo? Trago saliva y de pronto comprendo a dónde está queriendo llegar al relacionar la historia de Aldhara con la de las estrellas. Aun así, no lo interrumpo. Aunque le cuesta hablar con fluidez, lo hace mejor que de costumbre, como si se hubiera aprendido la historia de memoria.

–La estrella traidora pensó que tenía un nuevo hogar entre los dioses, pero ellos son crueles y solo la utilizaban. La echaron de su ciudad. Intentó volver con sus hermanas estrellas, pero ellas estaban enfadadas y la maldijeron. Le dijeron: «Robaremos a tu hijo, porque no debió existir nunca. Y te quedarás sola». Y la estrella viajó lejos y llegó a Lothaire.

–¿La estrella caída era Deneb? ¿Eso estás queriendo decir? ¿Y la niña de la que estaba embarazada, Aldhara?

Svent asiente, serio.

–Deneb recordaba la maldición y encerró a Aldhara en la torre para protegerla. –Señala el diario y me estremezco–. Quería protegerla y creyó que el castillo era seguro. No quería perderla.

No sé qué decir. Me quedo en silencio y me repito que sea quien sea quien haya inventado esta versión tiene una imaginación encomiable. Mis ojos encuentran el diario, quieto y callado, y me remuevo en mi asiento. Tengo curiosidad por saber por qué Svent se cree todo lo que dicen unas páginas que podrían estar escritas por cualquiera.

–Esto es ridículo, Svent –le digo, sin embargo. Me obligo a pensar de manera racional en vez de dejarme llevar por la expectación: se supone que intenta hablarme de una realidad, no solo contarme un bonito cuento–. Deneb no era una estrella. Dicen que era bonita, especialmente cautivadora, justa con su pueblo... Y según tu versión, Mab sería medio estrella también. –Casi siento ganas de echarme a reír ante la idea–. Y te puedo asegurar que no es eso lo que parece, por hermosa que sea.

El muchacho suspira ante mi incredulidad.

–No sé mucho de Mab –admite–. Pero he leído sobre ella en las historias de la guerra. Y en este diario.

Sus ojos nunca dejan de recordarme a ese lugar del que hui, aunque él no lo sepa. Al prometido al que abandoné en el altar y a su madre.

–Tus ojos son iguales a los de ella –dejo caer.

–Lo sé. Son rojos porque están malditos. Aldhara los tenía rojos también.

Un escalofrío me recorre de arriba abajo, sobre todo por lo tranquilo que parece al decirlo.

–¿Eso lo pone aquí? –pregunto señalando el diario.

Svent asiente.

–Aldhara dice que está condenada y que su hermana pequeña también. Y lo estarán todos sus descendientes. Los ojos rojos son la marca de la maldición de las estrellas.

Esta historia empieza a no gustarme.

–Pero tú no tienes nada que ver con Mab, ¿verdad? Por lo que tú mismo eres la prueba de que esa teoría es absurda.

El chico niega y yo me siento tonta por valorar siquiera la posibilidad de que pueda estar relacionado con Lothaire o Mab de alguna manera. Lleva aquí toda su vida, al fin y al cabo. Su única familia son sus amigos. Nunca ha conocido ninguna otra.

–Lo leeré –le prometo, intentando quitarme de encima la mala sensación que se ha apoderado de mí–. Pero no me creo nada de lo que me cuentas, te lo aseguro.

Svent se encoge de hombros.

–Ahora al menos puedes pensar en otra cosa.

Me sobresalto y me doy cuenta de que eso ha sido todo lo que pretendía: alejarme de lo que me tenía preocupada. Y lo ha conseguido. Por unos minutos me ha distraído y ha tejido un cuento con el que me ha alejado de la culpa y los miedos que me habían asaltado.

No puedo evitar ruborizarme al sentirme tan descubierta, al ver que no he podido engañarle, pese a que es lo que llevo haciendo desde que llegué, ocultándole incluso quién soy. Siento ganas de decírselo, de confesar mi identidad, pero la voz de mi hermano vuelve a advertirme de que tenga cuidado, y el momento pasa cuando él se levanta.

–Tengo trabajo, pero puedes leer aquí.

No digo nada y él tampoco lo necesita. Svent ocupa su sitio en su pupitre y no puedo evitar fijarme en cómo se concentra en su tarea. No vuelve a mirarme, pero no me importa. Soy consciente de que sus ojos, por rojos que sean, siempre están pendientes de mí cuando lo necesito.

Me muerdo el labio y aparto la vista hacia el libro. La carta de mi hermano parece gritar desde el bolsillo de mi vestido que me voy a marchar y que no debería encariñarme tanto con los habitantes de esta casa.

Abro el diario. Al menos, la lectura no me dejará pensar.

Svent

En los días de mercado como hoy, el pueblo se transforma y se llena de una vida que no parece pertenecerle.

Normalmente, este es un lugar pacífico, donde los habitantes tienen vidas sin sobresaltos, con una rutina bien definida. Cuando tenemos que acercarnos para comprar o por algún encargo, los pueblerinos están trabajando u ocupados en sus quehaceres: se ve a los niños caminando hacia la escuela y a sus madres yendo hacia el río a lavar. Cuando hace buen tiempo, algunas mujeres se sientan delante de sus puertas a coser; si no están encorvadas sobre los campos que hay a las afueras, antes de entrar en el bosque. En esos días, se escucha al pasar por la herrería el ruido del acero forjándose, o los gritos apremiantes de los hombres que predican sobre la guerra y las consecuencias de nuestra falta de fe.

En cambio, en este momento las voces que predominan son las de los vendedores. Al llegar la primavera y derretirse la nieve, los comerciantes se han puesto en camino por todo el país y anuncian sus productos, como milagros embotellados o las telas más hermosas. Mucha de esa mercancía es demasiado cara para nosotros, o un lujo innecesario, así que ni siquiera nos molestamos en mirarla. Los olores se mezclan en el aire y, de vez en cuando, a pesar de que la marea humana nos empuja, Naim y yo nos detenemos delante de un montón de bollos de pan o dulces típicos de las fechas recién hechos, que nos hacen salivar. Por lo general, a lo máximo a lo que aspiramos es a pan duro, y raramente hemos degustado esos pequeños pasteles todavía calientes. Mientras me fijo en ellos, expuestos a la vista de todos, no puedo evitar pensar si Sylvana los habrá probado alguna vez. ¿Comen los elfos lo mismo que nosotros? No ha puesto mala cara a nuestras parcas cenas, pero ya he supuesto que no es a lo que está acostumbrada. Es una noble y probablemente en su casa la mesa esté decorada con manjares sobre los que solo he leído: pescados de otros mares, con sus exóticos colores; aves criadas en sus bosques, de carne tan tierna que se deshace en la boca; frutas dulces con las que hacen tartas deliciosas; sopas espumosas, cocinadas con vegetales cuyos nombres ni siquiera sabría pronunciar…

Con un suspiro y la bolsa de monedas medio vacía, tiro de Naim y nos alejamos de las delicias que ha creado el pastelero del pueblo: no, a ella no le interesará probar algo que seguramente sea mil veces mejor en su país.

La calle está más transitable hacia el final, y solo entonces me atrevo a soltar la mano de mi compañero, consciente de que ya no hay peligro de que se pierda. Complacido por haber salido de la aglomeración, me acerco a un pequeño puesto en el que venden las últimas naranjas de la estación. También tienen manzanas y coles. Naim, aunque es el más joven, es el más acostumbrado a la cocina, y empieza a escoger las mejores. La encargada del puesto, una mujer de cara afable, apenas nos dedica una sonrisa. Hay algo de recelo en sus ojos, pero está demasiado ocupada hablando con una de sus clientas como para desconfiar de nosotros. Yo, aun sin quererlo, me encuentro prestando atención a su conversación.

El fin del invierno ha traído consigo noticias del otro lado de la frontera, donde la reina de Lothaire no ha perdido el tiempo intentando crear alianzas para destruir Anderia de una vez por todas. Al parecer, el príncipe de Lothaire ha contraído matrimonio con Eirene de Nryan. No los conozco, y su enlace no me aportará más ganancias en el trabajo ni más comida en el plato. Por eso no tuve interés en continuar escuchando.

Al principio.

Resulta que el muchacho no había estado prometido con la princesa, sino con la prima de esta, que no se presentó a la boda. Fue una sorpresa que en medio de la ceremonia la novia resultase ser otra. Al parecer, dejó asombrada hasta a la propia Mab. Todas las versiones parecen coincidir en eso. Pero luego vinieron los detalles, que han debido de desdibujarse hasta la saciedad, transformando la noticia en cuento. En unos casos, Eirene de Nryan y Seaben de Lothaire vivieron un romance a espaldas de su prima; en otros, Fay de Veridian dio su consentimiento. A veces se dice que la joven huyó horrorizada al descubrirlos, y en otras ocasiones les ofreció su bendición antes de fugarse con su propio amante al amparo de la noche. En una de las versiones, se enteró de que la honra de su familiar había sido arrebatada y forzó a su prometido a establecer un compromiso a favor de la víctima. No sé cuál creer, si es que me decanto por alguna. No son las causas que han llevado al enlace lo que me llama la atención, por otra parte. Lo que de verdad provoca que el corazón me dé un vuelco es enterarme de que la elfa que ha huido se encuentra en paradero desconocido. Eso significa, por supuesto, que podría estar en cualquier lugar.

Incluso en Anderia.

–Los reyes de Veridian han prometido una recompensa a cualquiera que les devuelva a su hija sana y salva –oigo que le dice la tendera a su clienta. Me pregunto por cuántas lenguas habrá pasado ya la historia y cuánto quedará de verdad en ella.

–Lothaire la encontrará antes: el príncipe ha enviado a su mejor caballero tras ella.

Como si el hijo de una reina no tuviera nada mejor que hacer. ¿Por qué invertir sus fuerzas en una mujer que ha huido para evitar pasar la vida a su lado? Probablemente pretenda castigarla, si de verdad le interesa encontrarla. O la rastrea más por intereses políticos que personales, consciente de la catástrofe que ha provocado. Intentará limpiar el nombre de Lothaire, que ha pasado de enemigo mortal a blanco de burlas.

Por lo que se dice, de todas formas, en este momento el caballero habrá pasado de estar buscándola a mancillarla. ¿O acaso será él ese amante misterioso que la cautivó mientras el príncipe se divertía degollando humanos? Cada mente habrá creado su propia versión de los hechos.

–Si la chiquilla fuera lista se habría quedado en ese castillo y le habría recordado a su prima su lugar. Pero esto nos demuestra que los poderosos también caen: hace una luna, la muchacha había sido elegida para convertirse en la futura reina de un país. Y ahora...

–Ahora estará sola y perdida, por no mencionar que podría estar a merced de bandidos o algo peor. Puede que se la disputen por el oro y la dejen viva, pero quizá planeen divertirse con ella primero.

Trato de que mi rostro no muestre lo que pasa rápido por mi cabeza. La punta de los dedos me hormiguea y pienso que tal vez hubiera sido mejor quedarme en casa. Mi mente vuelve atrás, a un día de nieve y frío intenso, a un claro donde encontré a una joven extraña, dormida. La muerte hubiera sido inminente de no haberla encontrado a tiempo. De no haber invertido todas aquellas horas en su cuidado. Me muerdo el labio, pensativo, y empiezo a contar días hacia atrás, consciente de que todo encaja incluso antes de comenzar.

–Sí, si no ha vuelto a su país, es probable que la arrastren allí de todas maneras, donde sus padres no se quedarán de brazos cruzados. Eso, por supuesto, si no empiezan a aparecer impostoras para reclamar el dinero que se ofrece.

–Puede que haya falsas princesas que juren ser Fay de Veridian, pero ¿para qué necesitan una recompensa? Ellas se quedarán en palacio y vivirán una vida que no les pertenece... Me preocuparían más los padres que traten de vender a sus hijas.

Las dos mujeres se me quedan mirando, asombradas por la interrupción. Yo mismo no sabría decir por qué me he inmiscuido. Carraspeo y me fijo en una manzana que Naim descarta con un gesto. Él parece ajeno a nuestras palabras, como si no le interesasen. Quizá así sea. Tal vez el mundo real, el mundo más allá de nuestra realidad cotidiana, no tenga valor para él. Me gustaría preguntarle qué pasa por su cabeza. Ojalá pudiera contármelo. Ojalá pudiera hablar, por un instante, y asegurarme que estoy equivocado en mis razonamientos.

–No creo que sea tan fácil hacerse pasar por una princesa –prosigue la clienta, que rebusca en su bolsa unas monedas y se las tiende a su interlocutora. Siento como si para ellas mi intervención no hubiera tenido lugar–. Es casi imposible engañar a unos padres sobre la identidad de su hija.

–Recuerda que esos diablos tienen magia: pueden hacer cualquier cosa. Y no dudo de que estén lo suficientemente corruptos como para intentarlo. Además, después de esto, todo el mundo sabe cómo es.

Yo no lo sé, aunque siento mucha curiosidad. Sería mucha casualidad que respondieran a lo que yo estoy pensando. Que me dieran una descripción precisa de la misma muchacha que dejé esta mañana leyendo en mi pequeña biblioteca. La misma en cuyos ojos ayer vi asomar lágrimas mientras creía que no miraba.

–¿Y cómo es? –oso preguntar.

Las mujeres me observan de nuevo, con renovada incredulidad. Para ellas debe de ser como si hubiera estado viviendo en una cueva. No hay mucha diferencia. Tenemos pocas visitas y por lo general no nos ponemos a charlar con ellas. También lo preferimos así: cuanto antes aclaremos qué es lo que tenemos que hacer, antes podremos cobrar.

–Una belleza, como todos los elfos –me confía la que está a mi lado–. Con cabellos de fuego. Esbelta y, probablemente, con los andares de una dama y rostro blanco como la porcelana. Será igual que las princesas en los cuentos, siempre perfecta y callada. Y de ojos dorados llenos de encantamientos, para encandilar a los muchachos. ¡Así que será mejor que tengas cuidado!

Sus risas me hacen fruncir los labios, consciente de que se están burlando de mí, aunque yo no le veo la gracia. De todas formas, no es como si necesitara más: tengo toda la información que necesito. ¿Cómo he podido ser tan estúpido? Y, aun así, ¿por qué no me siento dolido o enfadado? Se supone que la mentira tiene ese efecto sobre uno… Siento la mano de Naim tirándome de la manga, y cuando tiene mi atención, me señala la cesta, que ha llenado con las mejores frutas y verduras del puesto. Pago a la mujer con más monedas de las que me gustaría y nos alejamos de allí. Mi compañero me mira extrañado al entender que nos dirigimos de nuevo hacia el corazón del mercado. Yo apoyo mi mano en su espalda, para guiarlo.

–Vamos a permitirnos un capricho –le confío–. Seguro que a nuestra princesa le gustan los dulces tanto como a cualquiera.

Él sonríe, aplaudiendo mi decisión con un asentimiento solemne. No se ha dado cuenta de lo que se esconde tras mi tono calmado o tras la palabra «princesa». Yo nunca la había llamado así hasta ahora.

Claro que tampoco sabía que había una viviendo en nuestra casa.

He estado dándole vueltas a cómo abordar el tema. He repasado mi gramática e incluso he memorizado alguna palabra que me pueda ser útil. Desde que hemos vuelto del pueblo la he estado evitando, diciéndome que tenía que acabar algún encargo, aunque la realidad es diferente: mientras mi mano se deslizaba sobre el papel, mi mente se concentraba en crear las mil posibilidades de la conversación que, tarde o temprano, tendría que enfrentar. ¿Debería decirle desde un principio que lo sé todo, incluido su nombre y de qué escapaba aquel día? ¿Debería esperar a que ella lo confiese? Tal vez sería más fácil dejar que todo siguiese como hasta ahora…

Suspiro y llamo a la puerta de su cuarto. Su voz suave me invita a entrar. Ella está sentada en el alféizar, disfrutando de los cálidos rayos que entran por la ventana abierta. Al verme, Sylvana deja el diario de Aldhara sobre su regazo y me sonríe, invitadora. ¿Tengo que empezar a llamarla Fay, como supongo que es su nombre? Alzo un poco la mano y le muestro un plato con un pequeño pastel, que ella parece sorprendida de ver. Una vez acomodado a su lado, la muchacha, tentada, lo coge con los dedos y se lo lleva a la boca. El primer mordisco parece satisfacerla, porque sus ojos destellan, agradada por el sabor.

Nos quedamos en silencio durante un rato, mientras ella come el dulce con notable deleite. Tomo el libro que tiene sobre la falda e investigo cuánto ha avanzado. Reconozco los pasajes con facilidad, y mi mente reconstruye los hechos como si yo mismo los hubiera vivido, pese a que, en realidad, ¿hace cuánto que pasó todo esto? ¿Cuarenta años? ¿Cincuenta?

–¿Pasa algo?

Doy un respingo y me doy cuenta de que me había quedado mirándola, ensimismado. Ella se toca la cara, esperando encontrar algo fuera de lugar, una explicación a mi silencioso escrutinio, y se limpia con un pañuelo. Un poco de color aparece en sus mejillas al creer que mi atención se debía a una mancha de pastel. No me molesto en sacarla de su error. En vez de eso, le muestro el tomo que sigue entre mis manos.

–¿Te gusta?

La elfa titubea, pero termina por asentir.

–Es extraño –me confía–. No sé qué pensar; la historia resulta difícil de creer.

–Es difícil creer en estrellas y dioses también –le recuerdo, aunque al instante me doy cuenta de que tal vez sea solo cosa mía. Puede que ella rece cada noche y dé gracias por haber encontrado un refugio hasta que pase la tormenta.

–Pero resulta absurdo pensar que Mab pueda descender de las estrellas. –Recupera el diario y mira las tapas desgastadas como si pretendiese descubrir algún detalle oculto–. O que la guerra se desencadenara por una muchacha que solo quería ser libre.

–La guerra es absurda –murmuro, en cambio–. Pero aquí no llega.

En esta casa, las batallas son solo el eco de las noticias que nos alcanzan a través de Ciel. Por supuesto, él tiene acceso a la información más privilegiada, por medio de su padre y las batallas que él mismo libra a veces. Puede que un día no regrese del frente y ese fino hilo que nos une a la frontera acabe desapareciendo. Lo más probable es que lo único que sepamos, al final, es que Anderia ha perdido. ¿Afectará a nuestras vidas vivir bajo la mano firme de la reina de las hadas?

–Estás equivocado: la guerra llega a todos lados, aunque no siempre te alcance en forma de arma o muerte –me explica la muchacha. Y por su tono, casi parece una reflexión en voz alta–. Si la guerra no llegase aquí tú probablemente conocerías a tu familia e Itsvan seguiría gozando de una vida acomodada. Naim quizá hablaría, incluso.

No estoy muy de acuerdo. ¿Significaría eso que todo lo que ocurre en el país en este momento está regido por las intenciones de esa mujer? ¿Que estamos aquí, ahora, por culpa de lo que nuestro rey hizo en su juventud? E incluso retrocediendo más en el tiempo, ¿acaso todo se reduciría a un solo acontecimiento, al error o al acierto de alguien? Aceptar eso sería aceptar que una persona puede cambiar el orden del mundo.

–¿La guerra te alcanzó a ti también? –le pregunto.

Su incomodidad es palpable.

–Si no fuera así, no estaría aquí. Veridian no está en guerra de manera oficial, pero…

Calla. Me siento en la obligación de instarla a continuar:

–Hay muchos tipos de guerra.

Sylvana –Fay, me recuerdo para mis adentros– se encoge de hombros, como si le diera igual. Su rostro no dice lo mismo, aunque se esfuerza en mantener la compostura.

–Veridian siempre ha favorecido a Lothaire –concede–. No es ningún secreto.

Asiento, pensativo. Supongo que porque creen que odiamos a las criaturas con algo de magia. No estoy muy seguro de la validez de ese argumento, sin embargo: ¿cómo vamos a aborrecer algo que no conocemos? Y más aún, ¿cómo vamos a saber que no son nuestros enemigos, si todo a nuestro alrededor nos insta a pensar que sí? Pero aquí está ella, después de todo, a mi lado. No es ninguna amenaza. Es una chica como otra cualquiera, aunque tenga un aspecto diferente. Es dulce y se esfuerza por aprender mi idioma igual que yo querría aprender el suyo. No esta lengua que no nos pertenece a ninguno de los dos, sino los idiomas maternos con los que realmente nos sentimos identificados, si es que algo así existe.

–En los cuentos –digo de pronto, retomando su mención a

Lothaire–, las hadas roban a los niños. Los cogen de sus camas. –Ella asiente y prosigo, con un poco más de seguridad–. Los hechizan y los hacen sus sirvientes.

A ella se le escapa una sonrisa.

–Todos conocemos esas historias. Y lo cierto es que creo a Mab capaz de cualquier cosa.

Habla como si la conociera y, por supuesto, tengo la certeza de que así es. Podría entender eso como un error que desenmascara su identidad y empezar a cuestionarme sus mentiras. Pero no lo hago. No estoy tan molesto como pensé. En realidad, despierta más mi simpatía que mi odio.

–¿Temes a las hadas? –le pregunto.

La muchacha me mira, algo sorprendida. Algo avergonzada.

–No a todas. Hay hadas buenas, supongo. –Debe de estar pensando en alguna en particular, pero se encoge de hombros–. ¿Y tú? Eres humano, al fin y al cabo…

Niego con la cabeza. No es como si una de esas criaturas fuese a presentarse en la puerta de casa. Y, si así fuera, ¿qué? Algo parecido ha hecho esta elfa que está ante mí, y en ningún momento he huido de ella. Más bien al revés: sin darme cuenta, he estado buscando su compañía.

–Las hadas luchan en la frontera, no pueden pasar –le recuerdo, dejando claro que la distancia gana al terror–. Y no soy un niño que mira bajo la cama.

–No solo los niños pueden tener miedo.

–Solo los niños pueden permitírselo.

–Entonces ¿Itsvan y Naim tampoco temen a las hadas?

–No lo sé. Pregúntales.

La elfa se lleva un dedo a los labios, fingidamente pensativa.

–Deberías saberlo, dado que ahora sois algo parecido a mis caballeros. Y los caballeros deberían ser capaces de proteger a las doncellas.

–¿Caballeros?

–Como en los cuentos.

Pongo los ojos en blanco. Sé lo que significa. He entendido cada una de sus palabras, pese a que hace una semana me hubiera sido imposible hacerlo. Es obvio que he mejorado mucho, aunque todavía requiera de toda mi concentración tratar de hablar sin dudar.

–No somos caballeros –le digo–. Nosotros solo somos escribas.

No añado nada más, pero podría decirle que no sabemos manejar armas, porque nunca nadie nos ha enseñado. Itsvan guarda una espada, pero me pregunto si aún conserva alguna noción de esgrima. Naim, por su parte, es inofensivo. Y en cuanto a mí...

¿Qué clase de protagonistas para una historia seríamos nosotros? ¿Y qué clase de cuento se podría contar sobre unos caballeros que a duras penas saben protegerse a sí mismos? Puede que ella sea princesa y no pueda escapar de ello, pero eso no significa que los demás queramos ser héroes. Las historias de aventuras están bien sobre el papel y nada más.

–Escribas –repite ella–. Pero no teméis a nada.

–Porque un hogar es un lugar donde no hay sitio para el miedo, Fay.

Su nombre sale de mis labios casi sin darme cuenta y ella lo toma, en principio, como algo normal, pues una sonrisa triste se apodera de su expresión. Al instante siguiente, sin embargo, todo rastro de color desaparece de su rostro. Se tensa y me observa con los ojos abiertos como platos. Su boca se entreabre para coger una bocanada del aire que le falta.

–¿Cómo...? ¿Cómo me has llamado?

–Fay. Fay de Veridian.

–Yo no...

Ni siquiera es capaz de excusarse. Es un intento débil, apenas audible. Eso sí que me molesta. Que no trate de pedir perdón. Que no me dé una explicación. Que no se atreva a posar los ojos sobre los míos.

–Me mentiste. –Me levanto y me aparto de ella–. Desde el principio. *Nos* mentiste. Confiábamos en ti.

–Svent, yo...

No le dejo hablar. Nuestras miradas se cruzan y sus ojos dorados parecen apagados en comparación a hace un momento.

–En el hogar no hay sitio para las mentiras –le advierto.

–Pensaba decíroslo cuando viniesen a por mí. –Mira al suelo, atormentada, tratando de hacerse pequeña y desaparecer–. Tenía miedo, Svent. Tienes que entenderme. Pensé que nunca aceptaríais que me quedara si supierais... –Se lleva una mano al estómago, como si le costara respirar–. Estaba aterrada.

Mi enfado es sustituido por la pena y la certeza de que no está fingiendo. Yo mismo fui testigo de su despertar, y sé que no fue fácil para ella aceptar dónde estaba y con quién.

–Te prometí que no iba a hacerte daño. Que no había peligro. ¿Lo recuerdas? –Me cruzo de brazos–. ¿Eso no tiene valor para ti?

–¡Ya había mentido para entonces! –exclama, alzando la voz. Es algo que me sorprende, porque siempre parece comedida y elegante–. No sabía qué hacer y... Lo siento. Lo siento, Svent. He sido una egoísta. He sido una egoísta otra vez...

No entiendo su último apunte, pero supongo que se está refiriendo a algo que pasó antes de llegar a Anderia. Algo que tuvo que ver con la huida y, probablemente, con la boda de su prima.

–Tuviste tiempo –protesto, sin demasiada convicción.

–Al principio, pensé que me echaríais. Que me habíais acogido como Sylvana, pero no como Fay de Veridian. Soy consciente de que me salvaste la vida, sin que te importara mi raza, pero tenía miedo. –Se levanta, para que quedemos a la misma altura. No es del todo cierto, porque ella es un poco más alta, pero al menos así no tiene que alzar la mirada para hablar conmigo–. Y después, cuando entendí que no me haríais nada, fuera quien fuese, ya no sabía cómo salir de mi propia mentira y empecé a temer que me odiarais por engañaros. Como ahora está...

–No te odio –le confieso, con un poco de brusquedad. Me sorprendo al darme cuenta de que en ningún momento lo he hecho, incluso tras descubrir su engaño. No sé si eso es algo a mi favor o indica que me estoy volviendo un sentimental. Que yo mismo he ignorado mi norma sobre no encariñarme con esta muchacha–. Pero debes hablar con Itsvan y Naim y contarles toda la verdad. No más mentiras.

–Te lo prometo –murmura, con cierta solemnidad. Sus ojos están húmedos–. Te contaré lo que quieras saber. Yo...

–¿Quieres *tú* contarme algo?

La ayudo a sentarse, porque parece que sus piernas no vayan a sostenerla, y me acomodo a su lado, bajo su atento escrutinio.

Titubea, como si no supiera por dónde empezar.

–Supongo que sabrás que hui de mi boda. Imagino que habrá toda clase de rumores, pero la única verdad es que no quería casarme y me escapé. Eirene, mi prima, ocupó mi lugar, disfrazada de mí. No sabía que lo haría. Jamás pensé que ella... –Deja caer la cabeza hacia delante. Los cabellos le cubren el rostro y lo esconden de mí–. Me siento tan culpable, Svent... –Las delicadas manos se cierran alrededor de la tela de su falda, y siento el apremiante deseo de posar mis palmas sobre sus puños, para consolarla. No lo hago–. Ella es una persona que ama la libertad sobre todas las cosas, ¿sabes? Iba a marcharse a Nryan a ser reina, porque era su deber aunque no quisiera aceptarlo. Si yo nunca me hubiera ido...

No sé qué decir. No sé qué hacer. No puedo entender su dolor porque no he estado en una situación similar, pero comprendo que ella no pidió nada de lo que ha pasado, igual que yo no pedí ser un huérfano o un anderiense. Pero ¿de qué sirve que se lamente? ¿De qué sirve que se castigue con pensamientos de lo que podía haber pasado si se hubiese quedado? Lo mejor que puede hacer es afrontarlo y creer, si quiere, que han sido las estrellas las que la han guiado hasta aquí. Las que convocaron esa nevada. Las que me instaron a salir de casa y encontrarla. No puedo saber lo que habría pasado de haberse quedado a su boda, pero sí lo que no: jamás nos habríamos conocido.

–Y ahora voy a tener que volver, Svent. Tengo que irme. Y sé que debo hacerlo, pero no quiero. Sigo siendo la misma cobarde que escapó, la que no quería que le dijesen lo que debía hacer. –Su voz se corta y se obliga a coger aire. Las manos vuelan a su rostro–. Ser Sylvana era fácil, porque nada me recordaba quién era en realidad, nada me recordaba que no pertenezco aquí ni ninguno de mis errores...

Su discurso se rompe y su sollozo me hace un nudo en la garganta. Su pena me duele como si fuera mía, y esto es lo que temía que pasara. Que empezase a formar parte de esta familia rota. Que sintiese que no está mal que sea una más de esta casa. Que pudiera meterse en nuestras vidas para luego marcharse. He tratado de batallar y, sin enterarme, he claudicado sin remedio. El símbolo de mi derrota parece ser ese brazo que paso por sus hombros. Ella no dice nada. Se apoya contra mí, en un movimiento demasiado íntimo, y trata de calmarse.

–Quédate –digo, sin pensar–. Aunque Fay de Veridian debe volver, Fay puede permanecer aquí.

Su rostro dulce se alza y lo descubro húmedo por las lágrimas. El corazón me da un vuelco ante la imagen y me apresuro a recordar que no debo dejar que me afecte. No es la primera persona a la que veo llorar.

–No puedo ser *solo* Fay –dice, confundida.

–Yo soy solo Svent –respondo–. Si quieres quedarte, ¿quién puede impedírtelo? Eres quien deseas ser.

–Ojalá fuera así, Svent.

Su voz suena rota, carente de esperanza. Alzo la mano, no sin vacilar. Mis dedos rozan su cálida mejilla, en un intento de secarle las lágrimas.

–Somos los únicos con derecho a decidir sobre nosotros mismos –le digo, en voz baja–. Somos los únicos tan tontos como para negarnos nuestros deseos.

Sus ojos se encuentran con los míos.

–Tú no lo entiendes. –Y no hay reproches en sus palabras, solo la seguridad de que lo que dice es cierto–. La única vez que decidí hacer algo por mi cuenta lo estropeé todo. Hui, y huir tuvo consecuencias. Fui egoísta. Tú puedes serlo: eres libre. Yo quise creer que también podía serlo y solo he terminado haciendo daño con mis decisiones. No puedo seguir huyendo. Cuando Ailbhe venga, tendré que irme con él, lo quiera o no. Es mi deber.

Aparto mi brazo de sus hombros. La suelto y me llamo estúpido por haberme acercado tanto. Por estar dándole lecciones de moral, diciéndole que sea egoísta cuando el futuro de un país recae en parte sobre ella. ¿Soy egoísta? Me digo que quizá sea así. Que he podido elegir toda mi vida, pese a mi origen humilde, mientras a ella le han indicado siempre cómo debe vestir, hablar y hasta comer. Pero ahora conoce lo que es la libertad, ¿no? ¿Es que no quiere más? Una parte de mi mente me reprende, burlona, por mi inocencia. ¿Cómo podría ella ser feliz bajo este techo?

Me doy cuenta de que tengo que decir algo. De que tiene que terminar de oír lo que pienso, y quizá reflexionar sobre ello:

–No puedo hablarte de lo que debes o no debes hacer –le concedo, y vuelvo mi atención al paisaje tras la ventana, como si resultase más fácil hablar de corazón sin saber que ella me observa–. Pero no creo que huir fuera irresponsable. A veces tenemos que decidir; pero no hay respuestas correctas, solo oportunidades. Unas nos hacen felices. Otras, quizá no tanto. Elijas lo que elijas, espero que te haga feliz. Porque también tenemos responsabilidades hacia nosotros mismos.

Me sorprende sentir su cabeza contra mi hombro. Se queda así un rato, sin responder, tal vez asimilando lo que le he dicho. No me separo de ella, pero tampoco me acerco más.

–¿Estoy perdonada por la mentira? –acaba por susurrar, con tristeza.

–En realidad, ya lo estabas desde que me enteré de la verdad...

Su agradecimiento trae el silencio. Nos quedamos así, sin hablar, tratando de no pensar.

Tratando de asimilar que el momento en el que nos empezamos a conocer es el mismo de separarse.

Fay

Érase una vez que se era, una princesa llamada Aldhara. Como en otros cuentos, esta princesa vivió encerrada en una torre durante muchos, muchos años, pero no fueron ni un malvado hechicero ni un dragón los que la mantenían cautiva, sino su propia madre, la reina del país de las hadas que, sin embargo, no era un hada.

Su madre, a quien con el tiempo se conocería como la reina Deneb de Lothaire, había sido una estrella tiempo atrás, pero en la guerra que libraron las suyas contra los dioses, ella traicionó a sus hermanas. Se libró así de los castigos que sufrieron las suyas tras la derrota: la luz del día no la dañaba y su capacidad de ser madre continuó intacta. Pero, tras la traición, los dioses demostraron haberla utilizado y, cuando buscó un sitio en su hogar, la echaron; Deneb, por entonces embarazada de un dios, intentó volver a su legítimo hogar, pero las estrellas, rencorosas y dolidas, le negaron su lugar y juraron venganza sobre ella y sobre todos sus descendientes. Obligada a exiliarse, la estrella vagó hasta hallar Lothaire, donde el rey Elgath se quedó prendado de su brillo y se enamoró de ella.

Durante el tiempo que tardó en dar a luz, Deneb fue feliz: pese a estar embarazada de otro, el rey la aceptó y la encandiló; llevaron su romance con disimulo, prometiéndose que cuando la mujer diera a luz anunciarían su unión, para no montar un escándalo. La estrella encontró un nuevo hogar en el brillante país de las hadas, uno donde ser feliz y poder olvidar el pasado.

Pero no podía huir de todo lo sucedido. Cuando alumbró a la criatura que esperaba, descubrió que los ojos de su hija eran rojos como la sangre y recordó la maldición que habían lanzado las estrellas sobre ella. Temió por la vida de su primogénita y que se la llevaran lejos, como muchas veces habían hecho con otros niños nacidos de la unión entre dioses y estrellas, demasiado fuertes y peligrosos para ser controlados. Deneb, a quien lo único que le quedaba era aquella niña, decidió proteger a su hija y privó al mundo de ella: la escondió, como un secreto, y la crio en lo más alto de la más alta torre, bajo el nombre de Aldhara.

Nadie supo nunca la existencia de la ilegítima princesa encerrada.

Después, la estrella exiliada se convirtió en reina y tuvo una nueva hija, esta vez fruto de su amor sincero con Elgath: una pequeña que nació con la luz y la belleza de su madre y con la gracilidad y las alas de los feéricos. Mab de Lothaire. Pese a que la estrella esperaba que la maldición de las estrellas no afectase a su segunda hija, la nueva criatura también contaba con los mismos ojos rojos que su hermana. Deneb sabía que era la manera que tenían las estrellas de recordarle su pecado, pero a aquella niña no podían esconderla: todo el pueblo de las hadas había recibido la noticia del embarazo de su reina con alegría, y aquella recién nacida era la legítima heredera al trono de Lothaire. Como tal, aunque la reina también temía por ella, fue criada bajo la luz del día.

Por supuesto, tanto Elgath como Mab conocían la existencia de Aldhara. El rey de las hadas la trató siempre como si fuera su verdadera hija, dándole amor y comprendiendo los temores de su esposa. Respecto a Mab, nunca se la privó de la compañía de su hermana: en aquel espacio reducido, las niñas jugaban y se querían como solo podían hacerlo dos hermanas, aunque la más pequeña nunca llegase a comprender de verdad por qué su hermana mayor no podía salir de la torre.

La princesa encerrada, sin embargo, no era feliz. Quería a su familia y tenía todo lo que pudiera desear en aquella torre, pero lo que de verdad ansiaba Aldhara, y lo que nunca le darían, era la libertad que solo podía imaginar a través de su ventana. Su madre le había explicado muchas veces sus orígenes e incluso había admitido su traición, con arrepentimiento. Y aunque Aldhara creció comprendiendo las razones de la reina para mantenerla escondida, cuando cumplió los dieciséis años decidió que no podría aguantar más.

Y huyó.

Ni siquiera le resultó complicado: para bien o para mal, por sus venas corría el poder tanto de dioses como de estrellas. Una puerta no era ningún obstáculo para ella, aunque había permitido que la privase de su libertad durante mucho tiempo. Solo se despidió de su hermana pequeña, y la niña ni siquiera fue consciente: Aldhara entró en la habitación de la pequeña Mab a hurtadillas, besó su frente y, amparada por la oscuridad, se marchó.

Ni siquiera dejó una carta atrás, pues pensó que no la entenderían. Que la buscarían, que la obligarían a regresar a aquel espacio demasiado pequeño para una persona que quería descubrir el mundo. Pensó, egoísta, que quizá con suerte su madre creyese que las estrellas se la habían llevado, y entonces solo podrían rendirse. Por supuesto, sabía del sufrimiento que eso le acarrearía a su familia, pero también pensó que les liberaría del miedo y, con el tiempo, la herida sanaría.

Durante meses Aldhara viajó sin destino, solo con ansias de ver el mundo a su alrededor: sintió por primera vez la tierra bajo sus pies, se bañó en el mar y le cantó a las estrellas que la habían maldecido. Para ella, no eran sus enemigas. Aldhara no desconfiaba de los puntos titilantes que la observaban desde el cielo, pues pensó que las estrellas le habrían perdonado a su madre su traición, y que a ella jamás le pasaría nada.

Quizá su huida y todo lo que pasó fue una artimaña de las propias estrellas para llevar a cabo su venganza.

Aldhara, en su viaje, alcanzó Anderia. Y allí, encontró el amor. Apareció bajo la forma de un muchacho que la halló bañándose en el río que marcaba la frontera entre el país de los humanos y el de las hadas. Como un héroe que encuentra a una ninfa descuidada, el muchacho no pudo apartar la vista ni mediar una sola palabra. Aldhara, a quien la vergüenza le era ajena, pues no había sido instruida en las normas del pudor –al fin y al cabo, no la habían educado para que conociese nunca a nadie–, no le gritó al sentirse descubierta. Sin palabras, se miraron. Sin palabras, probablemente en ese instante, se enamoraron.

El muchacho era Davet de Anderia, un joven que pronto habría de convertirse en rey.

Su amor fue digno de los cantares más hermosos: se encontraban por la noche, cuando el príncipe huía de sus responsabilidades en palacio, y en un monasterio abandonado y apartado observaban a las estrellas entre risas y palabras cantadas al horizonte. Hablaban del futuro con las manos entrelazadas. Ella le contó al príncipe su procedencia y, pese a que él la instó a regresar a su hogar y explicarle a sus padres que se habían enamorado, que él cuidaría de ella, Aldhara tenía la seguridad de que, de regresar, su madre nunca más le dejaría salir.

Al poco tiempo, Davet subió al trono como el rey justo que todos los humanos esperaban que fuese. No pasó mucho hasta que todo el mundo empezó a murmurar por la falta de una esposa para el gobernante, por la falta de una reina.

Una noche de luna llena, cuando dicen que los juramentos son irrompibles, Davet se arrodilló ante la princesa y pidió su mano.

Y ella, dichosa, accedió.

No pensó, por supuesto, que la reina Deneb descubriría entonces dónde se hallaba.

Cuando se anunció el compromiso, la noticia del romance voló hasta el país de las hadas, y los reyes reconocieron el nombre de la prometida del humano como el de su hija. Desde la huida de Aldhara, tal y como la princesa había supuesto que ocurriría, ambos habían pensado que las estrellas finalmente habían llevado a cabo su venganza y se la habían arrebatado. Lo que la princesa no podía haber supuesto es que Deneb habría ido perdiendo el juicio por la pérdida. Ni siquiera la existencia de su otra hija conseguía mitigar su pena. Por eso, cuando descubrió que su primogénita se hallaba en el reino de los humanos, enloqueció completamente. Creyó que habían sido ellos los que se la habían quitado, que las estrellas habían ordenado a aquel nuevo rey apartarla de su lado. Deneb convenció a Elgath de sus sospechas, y el rey dejó que la mente desquiciada de su esposa enfermase también la suya.

Y la guerra comenzó.

Las hadas atacaron Anderia el mismo día en que se celebró la boda: la noticia llegó en el banquete y rompió la felicidad de los enamorados. Davet, al principio, no quiso luchar contra la que sabía que era la familia de su esposa, de la mujer que quería, pero tampoco podía ver a su pueblo morir. Para su gente, que desconocía la historia de la reina, aquel ataque fue una puñalada por la espalda, un intento de conquista. Y Anderia se defendió.

Aldhara fue consciente desde el principio de que ella tenía la responsabilidad de todo aquello. Culpable, escribió a sus padres. Lo intentó todo. Les suplicó que parasen sus ataques. Les explicó la situación. Pero Deneb, por aquel entonces, ya no atendía a razones: para la mente trastocada de la reina, su hija solo estaba siendo manipulada por las estrellas. La mujer la instó a volver a su país, a su torre, mas Aldhara no deseaba vivir de nuevo una vida de enclaustramiento.

Aquello solo empeoró la situación: cada vez más convencida de que su hija había perdido el juicio por culpa de la maldición, cada vez más convencida de que los humanos eran peones en manos de las estrellas, Deneb insistió en luchar por recuperar a la princesa perdida.

Una noche, Aldhara no pudo soportarlo más. Veía a la gente ir a la guerra, veía al que ahora era su pueblo morir, a su propio esposo regresar al castillo con terribles heridas. Era consciente de que un día su amor podría no regresar; que la guerra que había empezado por su causa se cobraría la vida de la única persona que había querido, como se había llevado ya la de tantos inocentes.

Y entonces tomó una decisión: si ella no existía, el problema se desvanecería. Había escuchado que las estrellas, si bien podían ser crueles, también eran protectoras. ¿Y no era ella, al fin y al cabo, una estrella, aunque por sus venas también corriese la sangre de un dios? Si ella moría, quizá la lucha acabase, pero si no se cumplía el milagro, al menos su alma podría velar por aquellos que dejaba atrás: por su esposo; por los humanos, que habían luchado en una guerra en la que ella jamás quiso implicarlos. Aldhara no podía vivir encarcelada otra vez, pero podía acabar con su vida con la tranquilidad de saber que su espíritu seguiría protegiendo a su marido y a aquel país que le había dado libertad; al menos mientras Davet viviese, pues sabía que tras su muerte sus almas volverían a encontrarse, muy lejos de ese mundo y donde nadie pudiera privarlos de su felicidad.

De ese modo, con la calma de quien tiene claro su destino y camina resolutivo hacia él, Aldhara se ahogó en el río que vio nacer su historia de amor.

En el diario no hay más páginas escritas desde el momento en que Aldhara decide ahogarse. No hay nada que informe de lo que pasó después, o de si realmente murió, aunque he de suponer que sí. Puedo completar la historia con los datos que sé, en cualquier caso: la reina Deneb se suicidó. Su cuerpo cayó desde la torre más alta, y supongo que ahora tiene sentido una muerte tan horrible: se tiró desde la cárcel que había creado para su hija, quizá al comprender que su egoísmo había hecho que la perdiese para siempre o quizá simplemente llevada por su propia locura. Desde la muerte de la reina, la guerra se recrudeció. Davet, con la necesidad de darle un futuro rey a su país, volvió a casarse con otra mujer, Caris de Anderia, y tuvo a la princesa Celeste. Sin embargo, como si estuviera condenado a estar solo, su nueva mujer murió solo unos años después. No pasaría mucho tiempo hasta que el rey Elgath de Lothaire también perdió la vida en la batalla y Mab, huérfana e intoxicada de odio, subió al trono. Ni siquiera hubo tregua: Mab no lo permitió. Continuó con los ataques, sin descanso, y así ha seguido el mundo hasta ahora.

Ya han pasado casi cuarenta años desde entonces, aunque nadie diría que la reina de las hadas lleva tanto tiempo sentada en el trono, dada su joven apariencia. Los años, por supuesto, han hecho que la historia de Aldhara se pierda. O quizá el desconocimiento, pues los verdaderos motivos del inicio de la guerra probablemente solo los conocieran los implicados: en Lothaire, nadie conocía la existencia de la princesa ilegítima, mientras que en Anderia jamás se supo nada de su primera reina más allá de que había robado el corazón de su gobernante. El pueblo, en su ignorancia, se limitó a seguir órdenes, como ha seguido haciendo durante demasiado tiempo, mientras sus reyes viven enfrascados en su propia venganza personal.

Hay algo, sin embargo, que me ha dejado preocupada tras la lectura. Algo a lo que no puedo dejar de darle vueltas, suponiendo que lo que acabo de leer sea cierto...

–¿Pasa algo, Fay?

La voz de Svent viene a rescatarme de mis propios pensamientos. Alzo la mirada y sus ojos rojos –malditos, me indica el diario– chocan con los míos. Han pasado ya días desde que descubrió mi identidad, pero ni él ni los demás se han atrevido a juzgarme, y la vida en el monasterio ha continuado con su paz inalterable. Svent y yo seguimos pasando muchas tardes en la biblioteca, leyendo o estudiando junto con el otro, fingiendo que lo que más agradecemos es compartir conocimientos y no la compañía. El muchacho se ha acostumbrado a llamarme por mi verdadero nombre y yo a volver a escucharlo, aunque a veces me recuerde todo lo que hay detrás de «Fay». Entre otras cosas, una vuelta a casa demasiado próxima.

–¿Sabes lo que significaría esta historia, si fuese verdad?

El muchacho no parece comprenderme, aunque no tiene nada que ver con el idioma.

–¿Qué?

–Para empezar... que Mab está buscando venganza.

Mi compañero resopla y vuelve la vista al manuscrito que tiene entre manos, como si lo que he dicho fuese demasiado obvio como para tenerlo en cuenta. Continúo hablando, aunque no parezca tener intención de seguir escuchándome:

–No va a parar hasta ver a Davet suplicando por haberle robado a su hermana, por provocar su muerte y la de su madre. Incluso, después, la de su padre. Pero eso ni siquiera es sorprendente. Lo preocupante, Svent, es que los humanos no sois los culpables directos de la desgracia de su familia.

–A Mab no le importa la culpa de los anderienses.

–No me has entendido. –El chico alza las cejas. Me levanto y me paso las manos por la falda en un intento de tranquilizarme. Me doy cuenta de que me he echado a temblar, al recordar a esa mujer y el poder que tiene. El poder que podría tener–. Lo que quiero decir es que no sois los únicos de los que podría querer vengarse. Aldhara murió por vosotros, sí, y Mab está llena de rencor por ello. Pero nada de eso habría pasado nunca si Deneb no hubiera sido repudiada por los dioses y las estrellas.

Mi acompañante me observa con detenimiento durante un segundo y al final sacude la cabeza, volviendo la atención a su trabajo.

–Estrellas, dioses... No tiene poder para enfrentarse a ellos.

–Podría, si conquista Anderia. Tendría ejércitos. Ejércitos más grandes que los de ellos. Ejércitos que reunirían el poder de todas las razas conocidas. ¿Y si Mab solo se está haciendo con toda Faesia, poco a poco, para librar una batalla que sola no podría ganar? Astrea está bajo su poder; Lothaire es suya. Veridian hará lo que ella quiera mientras gobiernen mis padres. Anderia caerá...

Svent no me permite continuar:

–Anderia no caerá. Aldhara nos protege.

Ahí está, sin embargo, otra de las cuestiones que me ha estado preocupando durante mi lectura. La determinación de Aldhara de proteger el país era firme, sí, pero también la de reencontrarse con su marido. Con la muerte de Davet finalizaría por completo aquel sacrificio autoimpuesto.

–¿Estás seguro de que Aldhara os protegerá siempre? Mientras Davet viva estaréis a salvo: continuaréis resistiendo, como habéis estado haciendo hasta ahora, sobreviviendo. Pero ¿qué pasará cuando él caiga...?

Nos quedamos callados durante un largo rato y yo pienso en el joven que me acompaña. También en Itsvan y Naim, arraigados a este país que quizá pronto se desmorone bajo sus pies. Encerrados, a su modo, en este monasterio sin futuro. ¿Qué pasará cuando Davet de Anderia perezca? ¿Qué sucederá con ellos cuando Mab venza? Porque lo hará, no tengo ninguna duda, más tarde o más temprano.

Por un segundo me los imagino cayendo como víctimas inocentes.

Mi mano, antes de que yo misma pueda ser consciente de lo que hago, se posa sobre la de Svent, que alza la vista para observarme confuso.

–Ven conmigo –le suplico en un impulso.

Él parpadea, incrédulo. Sus ojos se posan en nuestras manos unidas y luego se detienen de nuevo en mi mirada ansiosa.

–¿Adónde?

–A Veridian. Ailbhe va a venir a buscarme, al fin y al cabo. Puedes venir con nosotros. Y también Naim e Itsvan. Incluso Ciel, si quisiera escapar de esta guerra…

–Fay…

–Svent, este país no tiene futuro. Estará en guerra hasta que lo destruyan. En mi país estaríais a salvo: me encargaría de ello. Podríais tener una casa y viviríais bien. Viviríais, que ya es más de lo que probablemente haréis aquí.

–Vivo bien –me interrumpe el chico. Su mano se aparta, con suavidad pero segura, y siento un frío repentino–. En Veridian solo viven elfos, Fay. No aceptan a los humanos. Recuerda cómo me temías cuando despertaste. Ellos harán lo mismo: me temerán. Pensarán que soy malo.

No quiero aceptar que tiene razón. Que vivimos en un mundo lleno de demasiado miedo, en el que el físico de una persona o su procedencia condiciona demasiadas cosas. Yo lo he vivido de primera mano: me convertí en una mentirosa por el temor a que me hicieran daño si descubrían quién era. Hoy por hoy, muchos humanos aún me parecen bestias, aunque he aprendido que, como el resto del mundo, solo se limitan a defenderse de aquellos que buscan causarles sufrimiento.

Pero en el caso de Svent y los demás es diferente. Tiene que serlo.

–Le salvasteis la vida a su princesa…

–Le salvamos la vida *a una elfa*. No importaba quién era, y sigue sin hacerlo ahora.

–¡Eso es más que suficiente!

–Fay. Escucha. Vuelve a Veridian. Cuéntales a todos tu descubrimiento, si tanto crees en él. Pero yo no iré. No puedo. No es mi lugar. Mi hogar es este.

–Pero…

Él no va a darme ni una mínima oportunidad:

–Me gusta este lugar. Es todo lo que tengo. Lo único a lo que puedo… –Su discurso se ve frustrado ante la falta de la palabra correcta en común, pero su mano se alza y palpa el aire–. ¿Cogerme?

Entiendo lo que quiere decir. Mi mano se encuentra con la de él en el aire y nos miramos.

–Aferrar –le corrijo, conteniendo la respiración–. Y puedes aferrarte a mí.

Durante el momento en el que nuestros ojos se miden pienso que claudicará. Durante el segundo en el que sus dedos responden a mi agarre y toman mi mano con la misma firmeza con la que yo cojo la suya, mi corazón se acelera y pienso que accederá a huir de este lugar. Pese a que intenta mantenerse frío, sereno como siempre, me doy cuenta de que para él esto tampoco es fácil.

–Aferrar… –repite, con delicadeza. Nuestros dedos reparten caricias por la mano del otro–. Pero me aferro con demasiada fuerza. Te haré daño.

No me imagino nada más lejano a la realidad que esa afirmación. Él es el que ha curado mis heridas en este tiempo: las físicas, pero también las que me provocó el miedo o la culpabilidad. Me he acostumbrado a su presencia a mi alrededor.

–Seguro que puedo soportarlo.

Y con su sonrisa, que es triste y de disculpa, mi sueño de que acceda se rompe:

–Yo no.

–Svent...

Su mano se aleja de la mía y así se alejan un poco más nuestros destinos.

–Pero habla con Itsvan: él te seguirá a Veridian o a donde quieras –susurra, sin volver a mirarme.

No soy capaz de responder a eso. Ni siquiera creo que sea verdad: Itsvan y él son como hermanos. Nada ni nadie podría separar a los tres inquilinos de este hogar: son una familia unida, aunque no haya lazos de sangre entre ellos. Quizá mi error haya sido creer que yo también podía pertenecer a esta familia, pese a ser diferente. Pese a no ser de este país, ni de su raza. Pese a haber aparecido de improviso en la vida de todos.

Bajo la vista. Quizá el error haya sido mío en todo momento. No he cambiado. Sigo siendo la misma chiquilla necesitada de cariño y atención que huyó de Lothaire. Antes, dependiente de mi prima, arrastrándola siempre conmigo; ahora, queriendo arrastrarlos a ellos. A *él*, porque si bien Naim e Itsvan siempre me regalan sonrisas, sé que será a Svent a quien más echaré de menos.

Un libro que aparece repentinamente frente a mis ojos me saca de mis pensamientos. Contemplo a Svent, que me tiende el tomo mirando hacia sus pies. No consigo leer su rostro, siempre serio e inexpresivo, siempre con ese aire distraído y lejano.

–Cuentos. En humano –susurra–. Quieres practicar el idioma, ¿verdad?

Me siento confundida, aunque creo saber lo que quiere decir con esto, por eso cojo el libro, asintiendo, incluso si no me gusta lo que significa: me da el libro para que aprenda por mí misma, porque él no seguirá enseñándome, porque no estaremos juntos. Se acabarán las clases y a mí solo me quedará una obra que seguir consultando y que me recordará que no voy a escuchar más su voz carente de paciencia cuando me confundo muchas veces con una misma palabra o el orgullo velado en sus felicitaciones cuando formo frases completas sin errores.

–Es tuyo –continúa el muchacho.

–¿Quieres decir que me lo das para que me lo lleve?

Svent coge aire y por un instante pienso que quizá esto es tan complicado para él como para mí. Quizá él tampoco quiere aceptar que vamos a separarnos. Al momento desestimo la idea, no obstante: debo de ser la única que necesita al otro, porque él ni siquiera le ha dedicado un segundo pensamiento a la idea de marcharse conmigo.

–Sí. Te lo doy. Es un ¿regalo?

Bajo la vista igual que lo hace él. Me parece ver cómo el fino hilo que nos ha estado uniendo estos días se deshace poco a poco.

–Sí. Regalo.

Svent deja caer los párpados con aparente cansancio.

–Recuerdo… –musita.

Mi visión se nubla cuando mis ojos se humedecen. Pero trago saliva y cierro los párpados también para no tener que verle y fingirme fuerte y no llorar. Tengo que dejar de necesitar tanto a los demás. Tengo que valerme por mí misma, de una vez por todas.

–Esto suena demasiado a despedida –me lamento.

–No sé cómo suenan las despedidas –se disculpa él, encogiéndose un poco sobre sí mismo. De ese modo me parece un poco más el niño abandonado que en realidad es. La persona que ha vivido mil aventuras y se ha relacionado con miles de personas en sus libros, pero que no sabe nada del mundo real–. Nunca antes…

–Suenan triste –lo interrumpo.

Svent alza la vista, conteniendo la respiración, y yo me levanto de mi asiento sin querer enfrentar su mirada. Solo permito un toque de mis labios sobre su mejilla antes de alejarme de su lado. Casi puedo escuchar ese hilo imaginario que nos une quejándose por la distancia que impongo entre nosotros, pero no puedo seguir escuchando esta despedida anticipada. Por hoy no quiero pensar más en que vamos a alejarnos y en que no podré protegerles, igual que no lo hice con mi prima.

Igual que no puedo proteger absolutamente nada de lo que aprecio.

–¡Fay!

La voz del humano me detiene justo cuando estoy a punto de traspasar la puerta. Me vuelvo, apenas, lo justo para observarle. Mi pulso pierde el paso cuando lo veo, con la mano en el aire como si intentase capturar nuestro hilo y no permitir que escape. Por primera vez lo veo triste. Por primera vez lo veo perdido. Tanto como yo.

Pero el momento pasa y sus ojos escarlata descienden de nuevo al suelo.

–No. Nada.

Deja caer la mano y nuestro hilo se escurre entre sus dedos cuando nos rendimos. Cierro los ojos y decido que esto debe de ser, al fin y al cabo, vivir de verdad: decisiones, cambios de camino, despedidas.

Él ha hecho su elección, y yo no tengo más remedio que tomar la mía.

Svent

Cuántas posibilidades crees que hay de que lo que dice sea cierto?

Itsvan está repantingado en una de las sillas, siguiendo con la vista las subidas y bajadas de su pelota de tela en el aire. La lanza y la recoge, incansable, manteniendo las manos y los pensamientos ocupados. Es una de las pocas cosas que conserva de su infancia como noble. Durante unos momentos incluso yo me distraigo con su baile de colores desvaídos por el tiempo.

Sacudo la cabeza y guardo mi libro de cuentas y las plumas, ya limpias.

–¿De qué estás hablando? –murmuro.

–De Aldhara. –Aunque parece revolverse en su asiento, no lo abandona–. Fay nos lo ha contado todo a Naim y a mí. Sus suposiciones sobre el poder de ella y la desaparición de su hechizo cuando Davet muera. Y lo que puede llegar a planear esa pérfida de Mab.

Frunzo el ceño. No estaba muy seguro de que fuera a sacar el tema delante de ellos. Me rasco la nuca. Quiero preguntarle si también les ha ofrecido marcharse con ella a Veridian, pero al final me trago la cuestión.

–Tiene sentido –concedo–. Creo que podría estar en lo cierto.

Golpe. La pelota cayendo contra sus manos con un quejido ahogado. Silencio. La pelota subiendo, antes de sucumbir a su propio peso. Golpe. Silencio. Parecen latidos.

–¿Realmente crees que Anderia está condenada?

Tenía la esperanza de que no fuera así. De que nuestra paz fingida durase el resto de nuestras vidas. De que se nos permitiese permanecer apartados de todos los problemas del mundo. Y después... Bueno, una vez esté bajo tierra, ¿qué me importa el destino de este lugar o de los que quedan atrás?

–Quizá estemos todos condenados. Al menos, si nadie hace nada para detener a Mab.

Itsvan me mira. Sus manos detienen su juego.

–¿Ahora quieres ser un héroe?

–No me refería a mí, no seas estúpido.

–Entonces ¿qué derecho tienes a reclamar lo que otros deberían hacer? Tú también estás en el grupo de los que no hacen nada. Quejarse es más cómodo, supongo.

–Tú tampoco haces nada.

–Ni lo pretendo –admite, sin orgullo ni pesar. Su voz está vacía, ni siquiera muestra resignación, sino la certeza de que ese desinterés por los demás forma parte de su carácter–. Y por eso tampoco tengo derecho a quejarme. –Reanuda su juego, tranquilo–. Ya vendrá lo que tenga que venir. Davet sin duda sabía del poder de Aldhara y ha dejado que todas las leyendas se confundan, haciéndonos pensar que estábamos a salvo.

–Sus razones tendrá. –En realidad no sé qué pensar de esa silueta en las sombras, de ese anciano que manda a morir a los hombres a la frontera. ¿No es tan culpable como Mab? ¿No es tan víctima de la historia como ella, también?

–Quizá le demos igual. Quizá esta guerra solo importe hasta que él muera.

Itsvan parece hablar más para sí que para mí, pero igualmente le contesto:

–Era su guerra, pero nos metió a todos. Fue egoísta. –Y siento una pizca de resentimiento, aunque sé que no debería. Todos tenemos derecho a velar por nuestros propios intereses. Pienso en Fay, sin embargo, en lo culpable que se siente por lo que ha hecho, en que se llama irresponsable por haber huido–. Si ni siquiera su hija le importa, ¿por qué íbamos a hacerlo los demás?

Todo el mundo sabe que el rey ha confinado en una de las torres a la princesa Celeste, con la esperanza de que la razón vuelva a ella. Como si fuera un hechizo que la luna llena deshará. Como si fuera a curarse con los rezos de los sacerdotes y la luz de las estrellas. Quizá a él también le haya afectado la locura. Quizá tema por otro desenlace como el de Aldhara.

Mi compañero se levanta de su sitio con súbita energía, sobresaltándome.

–¿Tienes el diario?

–¿Es que quieres leerlo?

Él descarta la idea con un golpe de cabeza.

–No. –Extiende la mano–. Voy a hacer algo.

Su tono resolutivo aumenta mi preocupación por lo qué está pasando por su mente inquieta. Extiendo el brazo y cojo el diario, que descansa sobre mi mesa.

–¿Qué tramas?

–Se lo voy a llevar a Ciel –es su escueta respuesta.

La idea me alarma, aunque no lo demuestro.

–Sé que aspira a caballero de brillante armadura. –Más que nosotros, al menos–. Pero espero que no pienses en convertirlo en un héroe.

–Tiene más honor que tú y yo juntos. Admite que tiene mejor perfil para héroe –Al verme alzar las cejas, incrédulo con su propuesta, hace un ademán de exasperación, los dedos aún extendidos hacia mí–. Creo que el comandante del ejército merece saber que están librando una guerra con fecha final. Si lo que sugiere Fay es cierto, o vencemos ahora que Davet aún vive o no lo haremos nunca.

Entorno los ojos, sin comprender. No es probable que el padre de Ciel sepa nada de la historia narrada en el libro que sostengo, pero tampoco sé si es una buena idea que lo haga. ¿Destruirá este pequeño objeto el refugio que nos hemos construido? Las horas de paz, el sonido de la pluma contra el pergamino, las risas... Me estremezco al pensar que todo esto podría acabar con armas en nuestras manos y solo una línea invisible separándonos de los feéricos.

–Así que te vas a inmiscuir.

–No. Solo voy a dar el diario a gente que puede utilizarlo. Me sería mucho más fácil salir de este país con Fay, pero resulta que tengo un amigo suicida que le tiene cariño a este lugar.

Doy un respingo. Se lo ha dicho. Cojo aire, un poco turbado por los sentimientos que de pronto me invaden y me apresuro a tenderle el diario, intentando ocultar el hecho de que dudo. De que se me ha cerrado la garganta. Itsvan lo coge sin perder un segundo.

–Así que os lo propuso.

–Y me pidió que te suplicase. Pero ya le he dicho que no serviría de nada.

¿Serviría? Quizá con las palabras adecuadas...

–Podéis iros sin mí.

Mi amigo casi parece ofendido.

–No. No podemos. Y tú, al fin y al cabo, tienes razón: este es nuestro sitio. Nuestro hogar. Ya me quitaron uno, no dejaré que me arrebaten otro. Somos una familia, ¿no? –Se acerca un paso más y su mano cae sobre mi hombro, antes de apretarlo en un gesto fraternal–. Extraña, pero una familia.

La confianza, las palabras, me arrancan una sonrisa.

–Sí, supongo que lo somos. –Lo miro a los ojos, buscando en ellos un apoyo que no sé si encontraré–. Y supongo que ella no tiene cabida.

Él parece confundido.

–¿Y por qué no?

–¿No es obvio? Va a irse. Tiene que irse.

Hay un silencio extraño, cargado de palabras que quedan sin decir.

–¿Podrás soportarlo? –me pregunta. Y, para mi sorpresa, no hay burla en su voz.

Me digo que será como volver al principio. Como despertar de nuevo en el invierno, una mañana como otra cualquiera. Solo se trata de olvidar. De fingir que no han existido los días en los que una muchacha recorría el pasillo con pies ligeros, pasaba las hojas de mis libros y llenaba la casa con palabras pronunciadas con su extraño acento.

–Claro que sí –murmuro. Y luego, recordando que debería molestarme, añado–: ¿Qué insinúas?

Él adquiere una expresión inocente que poco tiene que ver con sus palabras.

–¿Yo? Nada. ¿Qué podría insinuar yo? –Se ajusta la capa y oculta el libro entre sus pliegues–. Será mejor que me vaya, antes de que se me haga tarde para volver.

Gruño. Ahora sí que no tengo duda alguna de que se está burlando de mí.

–Habla claro.

Itsvan me mira por encima del hombro, ya a medio camino de la puerta. Se humedece los labios y, como si quisiera que cada palabra se clavase en mi mente, murmura:

–Ella parecía muy triste. Me preguntaba cuánto lo estarías tú.

Me tenso. Es algo involuntario, pero noto que mi amigo se da cuenta, por cómo me observa. Bajo la vista. Se me hace insuficiente, así que termino por darle la espalda.

–No estoy triste.

–Claro.

El sonido de sus pasos alejándose me deja a solas con mis pensamientos.

Sé que Fay no me está escuchando incluso antes de que pronuncie su nombre y ella alce la vista de forma instintiva pero algo perdida, como si despertara de pronto en un lugar extraño. Parpadea, acomodándose en su asiento, y mira alrededor, desorientada. Lleva todo el día lejos de aquí, como si mil cosas ocuparan su cabeza, aunque no parece querer admitirlo. Sus ojos vuelan de mi rostro a las páginas del libro que sostiene en su regazo.

–¿Qué ocurre? –pregunto.

Hay un instante de duda. Un estremecimiento. Nuestras miradas se encuentran y ella aparta la suya, claudicando, casi culpable.

–Solo pensaba en que Ailbhe no tardará ya en llegar.

He empezado a sentir cierta decepción cuando ese nombre es pronunciado, porque cada vez que ella menciona a su hermano me recuerda que su marcha es inminente.

–Supongo –respondo, en un tono que espero que no delate mis pensamientos–. ¿Estás nerviosa?

Mi acompañante niega, pero no añade nada más, mirando las líneas de palabras como si bailasen ante sus ojos.

–¿Lo echas de menos? –presiono, entendiendo su silencio como inquietud. ¿O acaso es mío el sentimiento?

–Sí. –Suspira y parece relajarse con la confesión–. Siempre hemos estado juntos, al fin y al cabo.

–¿Y no deseas ver al resto de tu familia?

Ella niega con la cabeza.

–Solo a Ailbhe. Y a Eirene. Y a Sylv. Pero a ellas dos no las voy a ver pronto, me temo.

Deja escapar otro suspiro, como si estuviera afligida, y a mí no se me ocurre respuesta alguna. Quizá soy demasiado torpe con los sentimientos. O puedo echarle la culpa, también, a mi falta de palabras en el idioma, porque nunca las encuentro cuando más las necesito. Así pues, lo único que consigo hacer es quedarme a su lado, como siempre que el silencio cae sobre nosotros.

La veo pasar la palma de la mano por la página abierta del libro, antes de cerrarlo.

–No has cambiado de idea, ¿verdad? –inquiere. Casi estaba esperando el momento en el que el tema saliese a la luz.

–Lo siento, Fay. No puede ser.

Me asalta la duda de si lo que dijo Itsvan será cierto. Si ella le pidió que me rogase… ¿Aceptaría, si la muchacha a mi lado me lo pidiese con la suficiente insistencia? Ni siquiera yo soy consciente de a dónde puedo llegar para mantenerme en este lugar. Para vivir en paz, siempre en el único hogar que he conocido. Con la gente que siempre pensé que serían los únicos importantes. Me doy cuenta de que vuelvo sobre esa necesidad de quedarme una y otra vez, cada día, en mi cabeza. Le he dedicado tanto tiempo a esos pensamientos que se han convertido en un escudo contra cualquier cambio que pueda alterar el equilibrio que tanto me ha costado alcanzar. Se han convertido en una excusa ante los demás pero, sobre todo, ante mí mismo.

–Escribe –me escucho decir de pronto–. Si tú escribes, yo te responderé.

La noto sobresaltarse, sorprendida por que me haya atrevido a romper el silencio.

–No te he enseñado a escribir común. Tus cartas serán caóticas...

–Leo común bastante bien –replico, menos ofendido de lo que me gustaría–. No puede ser tan difícil.

Me gustaría saber por qué hablar con ella se ha vuelto de pronto más difícil de lo habitual. Por qué me late el corazón así en el pecho, con tanta fuerza. Por qué tengo el impulso de extender la mano y rodear la suya, quieta sobre las tapas del libro en su regazo.

–¿Y leerás todas, todas mis cartas, incluso si son muchas? –pregunta, con una timidez encantadora, atreviéndose a mirarme de reojo. Yo también lo hago, y una sonrisa se me escapa, aunque pequeña.

–Lo prometo.

–¿Y vas a contestar a todas? Una princesa tiene mucho tiempo libre... No hacemos nada. Mi prima siempre se quejaba de que se aburría.

–Te escribiré, si no te ríes de mis faltas.

Ella tensa los labios, con el rostro triste.

–Lo intentaré.

Alcanzo su mano. Lo hago sin pensar, porque si reflexionara sobre ello nunca encontraría las razones –la fuerza– para hacerlo. Ella parece algo sorprendida por el contacto, pero yo, dispuesto a mantener su mente entretenida para que no pueda conjurar pensamientos tristes, la insto a levantarse.

–Coge tu capa. Salimos a pasear.

El aire fresco le sentará bien. Mejor, al menos, que estar encerrada con tres hombres en una casa que se cae a pedazos.

–¿Qué?

–¿No quieres? –Me encojo de hombros, como si me diera igual, aunque nada me gustaría más que caminar junto a ella. La idea de perdernos entre los árboles, de fingir que estamos solos en el mundo, me parece demasiado tentadora. Suelto su mano, pero en sus ojos veo que ya está convencida–. El bosque es seguro. Nadie te verá.

Ella asiente.

–Ve a por tu capa –insisto–. Te espero.

Quiero escucharla reír, pero el gesto se queda en una sonrisa que, para mí, ya es suficiente. Se aleja a pasos rápidos: sin correr, pero queriendo hacerlo; impaciente, pero demasiado bien instruida para ello.

Una voz dentro de mi cabeza me recuerda que su marcha es inminente. Cojo mi propia capa de la silla y me la pongo sobre los hombros.

Alargaré esta mentira, este sueño, solo un poco más.

Fay

No puedo evitar pensar en lo diferente que es caminar con Svent a hacerlo con el resto de hombres que he conocido hasta ahora. Cuando vivía en el castillo, había muchachos nobles, buenos pretendientes, que venían a pedir mi mano y a regalarme los oídos con grandilocuentes halagos. En esas ocasiones debía ser encantadora con ellos, y mentiría si dijese que sus intentos de enamorarme no me agradaban, porque me hacían sentir importante y bonita. Sin embargo, nunca podía ser yo misma, demasiado encajada en el comportamiento de princesa de cuento con sonrisa eterna. No me atrevía a bromear o a preguntar sobre sus vidas, sino que me mantenía serena y lejana, permitiendo que ellos hablasen, pero sin dejarles averiguar nada de mí.

En este caso, Svent sabe perfectamente quién soy. Cómo soy. Me ha visto de verdad, mejor de lo que nadie, más allá de mi prima o mi hermano, me han visto nunca. Y ahora que paseamos el uno junto al otro, guardando una distancia prudencial entre nuestros cuerpos, no soy una princesa ruborosa junto a un pretendiente. Somos solo dos personas que se asientan en un silencio cómodo, y nada más.

Miro alrededor, al bosque que nos ampara y que ha conseguido librarse de la nieve de ese invierno que nos abandonó hace unos días. Me pregunto cuánto tiempo durará la calma que hay en este paisaje, en este reino que amenaza con venirse abajo en cualquier momento. Miro a mi acompañante de reojo, que camina con la vista fija en el frente. ¿Qué puede tener este lugar para que sea impensable para él marcharse, aun a riesgo de su propia vida?

–¿Qué es lo que te gusta tanto de esto? –pregunto, señalando el paraje que nos rodea.

La cuestión lo sorprende, porque me mira parpadeando y luego echa un vistazo a los árboles y al camino que recorremos.

–No lo sé. Es mi hogar. Nunca he conocido otra cosa.

Yo tampoco había conocido otra cosa antes de marcharme de Veridian, pero haber salido de allí me ha enseñado más de lo que nunca había imaginado. Para empezar, me ha hecho darme cuenta de que el mundo más allá de nuestras fronteras no es como nos lo habían descrito siempre.

–¿Nunca has tenido curiosidad?

–¿Curiosidad? ¿De qué?

–Del mundo. –Es cierto que yo nunca la había tenido, pero ahora me doy cuenta de todo lo que me habría perdido de haberme quedado en mi palacio, ajena a la realidad, en mi vida de cuento–. De lo que hay más allá de este claro y tu monasterio. Curiosidad incluso de ti mismo, de quién puedes llegar a ser.

Svent sonríe, como si algo de lo que he dicho le hiciera gracia.

–Sé de mí o del mundo todo lo que necesito.

Me parece una respuesta pretenciosa e irreal, aunque no lo digo. Todo lo que ha pasado me ha demostrado que nunca sabemos lo suficiente. Que quizá, en realidad, nunca sepamos nada.

–¿Y de tus padres, por ejemplo?

–Me abandonaron –declara, tajante–. ¿Qué más necesito saber?

–Quiénes eran. Por qué te abandonaron. Si viven o no… No sé. ¿Nunca te has preguntado esas cosas?

–He vivido sin ellos veinte años. No los necesito. –El escriba alza la barbilla en un gesto que me parece un intento de convencerse a sí mismo de que todo lo referente a su familia no puede afectarle–. Si se deshacen de ti significa que no te quieren.

–Quizá se vieron obligados a ello.

–Abandonar a alguien significa no estar interesado en volver a verlo, ¿no crees?

–Yo abandoné todo cuando hui, pero eso no significa que no quisiera a quienes dejaba atrás.

Él asiente, pero sus ojos rojos se clavan sobre los míos con su típica serenidad.

–Pero no tardarías veinte años en volver, ¿verdad?

No puedo responder a eso. No, claro que no. Ojalá pudiera volver a ver ahora a mi prima, a Sylvana o a Ailbhe. Veinte años alejada de todos a cuantos quiero se me antoja una eternidad.

–Ahora esos padres llegarían tarde a mi vida –continúa Svent–. Así que prefiero las cosas tal cual están.

–¿Y el mundo? ¿Te basta con lo que ves en los libros?

–¿Qué puede darme el mundo que no puedan darme los libros?

–Mi prima decía que el mundo ahí fuera tenía que ser apasionante. Una vez huyó, cuando era pequeña, ¿sabes? Lo hizo bien, no como yo. Se marchó del castillo una noche, cuando nadie esperaba nada de ella, y viajó de Veridian a Nryan ella sola.

–Pero tu prima es de Nryan –me rebate–. Solo volvió a su hogar.

–Sí, pero no volvió al castillo, que era el lugar en el que siempre había vivido.

Eso parece interesar más a mi acompañante. Me pregunto hasta qué punto le importa lo que le cuento como una realidad o solo como una historia más de las que puede encontrar en sus queridos códices.

–¿Adónde fue?

Recuerdo las imágenes que me enseñó Lyra en el castillo sobre la pequeña aventura de Eirene. Siento una punzada de dolor al recordar que todo lo que sé de ese viaje es por un robo de información, no porque mi prima confiase en mí para contármelo.

–Vivió en una pequeña cabaña en el bosque, sin decir quién era, viendo su país. Viajó sola y descubrió su isla por completo. Creo que eso la cambió. No volvió igual, al menos. –Alzo la mirada al cielo, como si pudiera ver el rostro de mi prima dibujándose en una de las nubes viajeras que lo surcan–. Eirene siempre dice que el mundo es increíble, que enseña cosas que nosotros no podemos captar a simple vista. Siempre me decía: «Fay, tanta educación no te servirá de nada» –imito su voz socarrona y se me escapa una sonrisa irónica al recordar sus lecciones–. Tenía razón.

–A mí me gusta la educación, la teoría –repone él–. ¿No te hace sentir... segura?

–La teoría me decía que los humanos me matarían. Y estoy aquí, contigo.

–Eso eran mentiras, no teoría. La teoría es objetiva y fiable. La teoría son *verdades*.

–En mi reino era verdad: para nosotros era un hecho objetivo y fiable, sencillamente porque era lo que nos enseñaron a creer y nadie lo ponía en duda. Y la teoría también decía que una princesa nunca debía pasear así con alguien de menor condición. Y menos un hombre. Y menos sola. Sylvana se escandalizaría si me viera.

Svent alza las cejas.

–¿Qué temes que pase?

La pregunta hace que me ponga nerviosa. Puedo sentir mi piel ruborizarse por algo más que por el frío. La vergüenza se apodera de mí.

–¡N-nada! –balbuceo. Bajo la voz y me siento incapaz de mirarle a los ojos–. Solo bromeaba...

Hay un silencio, pero por el rabillo del ojo veo su sonrisa divertida.

–Sylvana se escandalizaría si supiera que duermes en una casa llena de hombres.

–La teoría tampoco permitiría eso –acepto, aún avergonzada.

Mi compañero ríe bajito. Me doy cuenta de que, aunque al principio caminábamos a un par de palmos de distancia del otro, nos hemos ido acercando a medida que hablábamos, y ahora nuestras capas se rozan. Me pregunto si es simple casualidad.

–Creo que el problema es que la teoría funciona diferente para ti que para mí.

–¿Cuál es tu teoría?

–Caminar juntos es normal, por ejemplo.

–¿Y qué más?

Svent se encoge de hombros.

–En las habitaciones se duerme, sin importar quién se encuentra al lado. Se comparte la comida que se tiene.

Me gusta la teoría de su mundo, aunque a la antigua Fay le habrían parecido situaciones impensables para ella.

–¿Y qué más?

–Se sobrevive, pase lo que pase. Y se protege a la familia.

Bajo la vista. Esa también podría haber sido una regla en mi mundo, pero no tuve el valor de llevarla a cabo. Por eso me escapé, sin importar las consecuencias que eso pudiera traer a mi familia.

–¿Y qué más...?

–No mientes –declara el chico con voz firme, mirándome de reojo–. Nunca trae nada bueno. Sé sincero con los demás. Y también contigo mismo.

Sé entender que es una manera de recordarme que no estuvo bien tomar otra identidad y mentirles a todos durante los primeros días.

–Menudo reproche...

Él ríe de nuevo y sé que en sus palabras no había mala intención.

–No he podido evitarlo.

–Qué malo –me quejo con un puchero, aunque ambos sonreímos.

El silencio se vuelve a posar entre nosotros, roto solo por el piar de algunos pájaros y el sonido de nuestros pasos. Cada vez caminamos más cerca, aunque para mí no es solo algo físico. Me siento cerca de él de una manera diferente. Me pregunto si debería decírselo. ¿Cambiaría algo si él lo supiera? ¿Es algo que solo me pasa a mí? ¿Vendría conmigo entonces, abandonando este lugar condenado a la guerra? Si fuese completamente sincera con él, si le dijese que nunca los silencios me habían gustado tanto como cuando son a su lado, que nunca había hablado con nadie de manera tan abierta, que nadie me había conocido así, que él ha cambiado mi teoría...

–Svent...

El escriba me mira justo cuando nuestros brazos se tocan por casualidad, por encima de nuestras capas. Abro la boca, decidida a intentar convencerlo por última vez de que puedo brindarle otro hogar, a él y a todos los demás.

Antes de que pueda hacerlo, no obstante, el relincho de un caballo y el sonido de un galope rompen la quietud del bosque.

Ambos nos tensamos y un escalofrío me recorre la espalda. Pese a estar cubierta con una capa, de repente esta me parece una prenda insuficiente para cubrir el secreto de mi procedencia ante otro humano. A Svent también debe de parecérselo, porque su mano se apresura a coger la mía y tirar de mí con intención de arrastrarme hacia la espesura y apartarnos del camino. No me espero su reacción, por eso doy un traspié, pisando el vestido y la capa. Mi torpeza coge desprevenido a Svent, que no consigue evitar que caiga de rodillas.

Escucho el sonido de los cascos acercándose a la misma velocidad a la que late mi corazón.

El humano se apresura a intentar ayudarme, pero para cuando se agacha ante mí ya es demasiado tarde: un equino blanco llega a gran velocidad por el camino. Ambos pensamos que pasará por encima de nosotros, así que nos encogemos, sorprendidos y asustados, Svent cubriéndome la cabeza tapada por la capucha con sus brazos. El animal, sin embargo, se percata de nuestra presencia y se encabrita antes de pisarnos.

Nos erguimos, tras el susto inicial, y Svent me ayuda a levantarme con cuidado, como si no pasase nada. No me suelta, sino que su brazo se aferra a mi cintura y me mantiene pegada a él. Escondo la cara en su pecho, sin querer mirar al animal ni al jinete que lo monta, y así puedo escuchar el sonido de su corazón. Late rápido, como el mío. Por debajo de su respiración, solo para mis oídos, me pide calma.

–Dioses –exclama el jinete en un perfecto humano. Hay un par de frases más por su parte que entiendo como una disculpa, aunque mi conocimiento del idioma no es suficiente para descifrarlas. Sin embargo, su acento parece diferente al de los huérfanos, y esa voz… Me atrevo a mirar de reojo: el caballo blanco, bien cuidado, casi resplandeciente con la luz de la tarde, lleva en su lomo a un hombre envuelto en su capa, con la capucha manteniendo en sombras su rostro. Una sospecha asoma por detrás de mi corazón acelerado.

–No tiene importancia –responde Svent, algo que sí soy capaz de entender. Inmediatamente vuelve a tirar de mí para retroceder, de vuelta hacia el monasterio.

–¡Muchachos!

Svent hace un mohín, descontento por tener que detenernos, y el corazón me da un vuelco al volver a escuchar la voz. Me detengo incluso antes que Svent, que me mira pero se da la vuelta para volver a encarar al jinete.

Con algo de dificultad, entiendo que este pregunta por la dirección del monasterio.

Se me escapa una sonrisa. No necesito más confirmación. El pulso esta vez se me acelera no por miedo, sino de alegría.

Reconocería esa voz en cualquier parte.

Aunque Svent va a responder, me adelanto a él. Me separo de su cuerpo dando un paso hacia delante y mis dedos agarran mi capucha, dejándola caer.

Mis palabras suenan directamente en mi lengua, nuestra lengua:

–¿Buscas a alguien, hermano?

El jinete da un respingo en su montura. Unos dedos pálidos y elegantes dejan al descubierto un rostro que he echado demasiado en falta.

–Siempre te gustó jugar al escondite, ¿verdad, Fay?

La risa que se me escapa espanta a algunos pájaros. Mi hermano desmonta y no tardo ni un segundo en lanzarme a sus brazos, en busca de un refugio al que estaba deseando poder volver.

–Y tú siempre has sabido encontrarme, Ailbhe.

–Si antes de partir hacia Lothaire te hubiera dicho que terminarías en un cuarto así, en un monasterio abandonado en Anderia y con tres humanos como única compañía, te habrías puesto a gritar.

Miro las paredes cubiertas de polvo del que se ha convertido en mi dormitorio al tiempo que mi hermano examina toda la habitación. Tiene razón. Si hace una luna me llegan a advertir de que estas iban a ser las condiciones en las que iba a terminar viviendo, me habría asqueado, como mínimo.

–Me habría parecido una broma de muy mal gusto –concedo.

Ailbhe ríe y centra su mirada, tan dorada como la mía, en mí. Pronto sus brazos están a mi alrededor, estrechándome entre ellos con un cariño fraternal que había echado mucho de menos. Su ropa me trae recuerdos de mi reino, su fragancia me hace pensar en las flores que siempre colgaban de mi balcón.

–Me tenías tan preocupado. Lo que hiciste fue una locura. Y no ir directamente a Veridian...

–Era mi idea, pero me perdí. –Bajo la vista, avergonzada–. Quería llegar a Veridian pero... Oh, Ailbhe, fueron días horribles. –Sacudo la cabeza para alejar el miedo, la desolación o la inseguridad de aquellos momentos, así como la fiebre y el delirio posteriores. Podría haber muerto si Svent no me hubiera encontrado. Lo cual me lleva a pensar en otra persona que puede estar en peligro en este instante, mientras mi hermano y yo hablamos–. ¿Sabes algo de Eirene? Por favor, dime que está bien...

El rictus de preocupación de su rostro no augura buenas noticias.

–No se sabe nada, pero estoy convencido de que Mab tiene algo que ver con su desaparición. Poco antes de que pasara me escribí con ella y... ¡Tenías que ver cómo había vendido Mab lo ocurrido con nuestra prima para ganarse el favor de nuestros padres! La odian, creen que solo quería hacerte daño.

–¿Cómo han podido creer algo así? Eirene nunca me haría sufrir.

–Era más fácil responsabilizarla a ella de lo que hiciste. También para nuestros padres, supongo.

La culpabilidad llega como un azote, la misma que no he podido quitarme de encima desde que sé todo lo que ha ocasionado mi marcha. Si nunca me hubiera ido, Eirene estaría en su isla, viviendo la que debería haber sido su vida como reina.

–No te sientas mal –me anima mi hermano, adivinando mis pensamientos. Sus dedos tocan mi mejilla, obligándome a alzar el rostro para mirarlo–. Todo ha terminado. Eirene estaba muy preocupada por ti. Todos lo estábamos. Pero ahora regresaremos a Veridian y todo volverá a la normalidad: podrás limpiar su nombre y revelaremos el engaño de Mab. Eso hará reflexionar a nuestros padres, estoy convencido.

Suena tan seguro de sí mismo como siempre, pero sus palabras me recuerdan el poco tiempo que me queda en este lugar. Y no solo eso: me recuerdan que es hora de tomar responsabilidades, de admitir lo que hice y soportar la vergüenza de mi cobardía.

–¿Qué ocurre? –pregunta Ailbhe, otra vez sin necesidad de que yo diga nada. Él siempre ha sabido leer en mi rostro mejor que nadie–. ¿No estás contenta? Fay, después de todo lo que ha pasado es normal que tengas miedo, pero no te pasará nada. Yo me encargaré de ello. Tendrás que soportar algunos reproches, como es normal, pero…

–Estoy bien –lo interrumpo–. Sé que he actuado mal y tengo que hacerme responsable de ello.

Reconozco la sorpresa en las pupilas de mi hermano. Tras un segundo de silencio, sin embargo, sus labios esbozan una sonrisa compasiva que me hace sentir pequeña. Me hace sentir la persona que quiero dejar de ser.

–Te sientes culpable, ¿verdad?

–Es culpa mía.

–Si nuestros padres se hubieran molestado en escucharnos a Eirene y a mí… Pero no lo hicieron.

–Yo ni siquiera protesté, Ailbhe. –Quiero que deje de tenerme pena. Quiero que sepa que soy consciente de todo lo que ocurre–. No luché cuando debí hacerlo. E incluso más allá de eso, escapé como una cobarde en vez de cumplir con lo que se me había encomendado.

Nuevamente veo sorpresa en Ailbhe, pero esta vez no se atreve a decir nada más. Quizá no encuentre las palabras adecuadas, por primera vez en su vida.

–Si le ha pasado algo a Eirene nunca me lo perdonaré –añado–. Suficiente castigo es estar casada con ese hombre…

–Han desaparecido juntos. Sea lo que sea lo que haya ocurrido, les ha pasado a ambos.

Eso sigue atormentándome también. Hay partes en esta historia que no comprendo. Están supuestamente secuestrados por un hechicero, y no me cabe duda de que es el trovador con el que se veía mi prima, pero ¿por qué cogerlos a los dos? ¿Qué quiere de ellos?

–¿Y si es solo una treta? ¿Y si es Seaben quien está detrás de todo y solo nos están engañando de nuevo? Es hijo de esa mujer, aunque Eirene confiase en él...

–No eres la persona más objetiva sobre este tema, hermana.

Callo, porque tiene razón. Me cuesta imaginarme al que fue mi prometido como una buena persona, aunque reconozco que en realidad no sé nada acerca de quién pueda ser lord Seaben.

–Vamos, recoge tus cosas –ordena de pronto Ailbhe. Se aleja de mí para volver a por su capa, que había dejado en una silla–. Tendremos tiempo en el camino de seguir hablando. Cuanto antes volvamos, mejor para todos.

Lo miro, sobresaltada por su premura. No quiero irme todavía. No así, tan rápido, sin despedirme de la gente que vive en esta casa. De quienes me han cuidado, de quienes no me han juzgado, de los que me han permitido ser solo Fay.

–¿Tan pronto?

–¿Algún problema?

–Pues... –balbuceo, buscando una excusa creíble para mis dudas–. Creo que deberías descansar al menos esta noche. Partiremos mañana por la mañana, ¿qué te parece? Al alba. Así podremos cabalgar más tiempo durante el día y tú podrás viajar con el sueño recuperado. Acabas de llegar, seguro que estás cansado...

Mi hermano se pasa la mano por el cabello, dubitativo, aunque no puede negar nada de lo que he dicho. Seguro que está agotado.

Sus ojos se fijan en los míos, siempre inteligentes, siempre sabiendo más de mí que yo misma.

–No me digas que lo vas a echar de menos, Fay.

Aparto la vista para no tener que enfrentarme a su escrutinio.

–No sé qué quieres decir.

–Esto. –Ailbhe hace un gesto que intenta abarcar todo el cuarto, o quizá todo el monasterio–. Y a los muchachos. No tienes que preocuparte por ellos. Les dejaré una buena recompensa por haberte cuidado. Ahora vivirán mejor que nunca, te lo puedo asegurar.

Algo en sus palabras no me gusta, aunque no sé identificar qué. Aun así, no protesto y me limito a asentir. Pienso que Ailbhe insistirá en que debemos marcharnos, pero, para mi sorpresa, vuelve a doblar su capa.

–Una noche. Partiremos al alba.

Le agradezco el tiempo que me brinda con una sonrisa.

Una noche. Y tras ella, Fay de Veridian tendrá que volver a su vida.

Svent

Si algo he aprendido en mi pequeña biblioteca es que los libros siempre están ahí para mí. No me esperan, pero cuando necesito perderme entre sus páginas tampoco me rechazan. De alguna forma, es agradable saber que siempre tienes un sitio al que volver. Que por mucho tiempo que pase, la historia que las palabras te cuentan será siempre la misma, sin nuevos giros argumentales ni desenlaces inesperados.

Esta casa solía ser como un libro, imperturbable y segura, y me gustaba. Estaba resguardada de todo, sin sorpresas, sin nuevos personajes ni aventuras.

Eso era, para mí, parte del significado de *hogar*.

Suspiro y escondo la cara entre las manos, sin atreverme a abrir ninguno de los volúmenes que me rodean. Sé de antemano que hoy no encontraré la calma en ningún mundo distante, quizá porque mi propia mente es una tormenta.

La realidad me golpea la cabeza y me obliga a alzar la vista. La pelota de tela de Itsvan se detiene sobre mi regazo. Mi amigo está en la puerta, apoyado contra el marco, mirándome con aparente sorpresa. No lo he escuchado llegar.

–Vaya, si resulta que no te habías convertido en estatua…

Mi respuesta es tirarle la bola de vuelta. Quisiera darle con la fuerza suficiente para que me deje en paz, pero mi destreza nunca ha sido la mejor, por eso la que recibe el golpe es la pared, para diversión de mi compañero:

–Espero que no tengas la misma puntería para todo, por el futuro de tu descendencia.

Intento ignorarlo, pero resulta difícil, porque se acerca a mí. Mantengo la mirada fija en una pila de libros y me hundo en mi sitio. Sé que la conversación que pretende tener no va a ser de mi agrado.

–¿Qué quieres? –inquiero, sin poder evitar ser más cortante de lo necesario.

–Venía a ver si seguías vivo. Estábamos valorando la opción de comerte para la cena, si no era así.

–¿Ni siquiera vais a tener la decencia de enterrarme y no comerme cuando me muera?

Lo siento acuclillarse a mi lado.

–Tú siempre dices que no hay que desperdiciar nada. –Y luego, más bajo, pero en el mismo tono distendido–: Naim no deja de llorar.

Aprieto los dientes. ¿No se lo dije claramente? Que no debía encariñarse, que eso solo traería dolor. Que ella acabaría marchándose.

Las princesas son para los cuentos, no para nuestra humilde historia.

–¿Y qué quieres que haga yo? No creo que llore por mí.

Itsvan se revuelve. Se sienta, con las manos ocupadas en jugar con la pelota, como siempre que se siente incómodo o nervioso por algo. Sus ojos vuelan hacia mí, y en ellos encuentro preocupación, además de su propia tristeza.

–¿Y tú? ¿Estás bien?

No estoy bien. Pero se me pasará. Es mejor olvidar que torturarse.

–¿Acaso me ves llorar? –respondo, en cambio–. Claro que estoy bien.

Él no se cree ni una palabra. Me conoce demasiado bien.

–¿Dónde ha quedado tu filosofía de «no mentir»?

–Estoy… –comienzo. Pero no es verdad. No puedo decirlo. Estaré bien, lo sé, pero necesito tiempo. Necesito dejar estos días atrás. Desprenderme de su presencia. Asegurarme de que la biblioteca volverá a estar vacía. Dejar de escuchar su voz en la casa–. Será mejor que vaya a hablar con Naim.

Hago ademán de levantarme, pero Itsvan me pone una mano en el brazo.

–¿Por qué no le dices que se quede? –sugiere, con una pizca de lo que me parece esperanza. Como si yo pudiera hacerle cambiar de opinión.

–No tengo derecho a hacer eso. No depende de mí.

–Ella nos pidió que la acompañásemos. Entonces ¿por qué no podemos pedirle nosotros que no se vaya? Es lo mismo.

¿Lo es?

–Sería egoísta, Itsvan. –Bajo la voz–: Estaríamos condenándola.

Estaríamos enjaulándola, aunque fuera en una casa y una porción de bosque. La alejaríamos de todo lo que conoce y la obligaríamos a soportar un país en guerra, pronto desolado y profundamente herido. Y cuando eso pase, cuando la guerra se recrudezca y la frontera ceda, ¿acaso no nos llamarán a la batalla? Nos obligarán a servir, incluso si no sabemos empuñar una espada. Y entonces ella tendrá que vivir aquí sola, escondida…

Me doy cuenta de que apenas puedo conjurar su nombre, por miedo a que todo se vuelva más real.

–Nosotros podemos ser su hogar y su familia –dice mi amigo, aunque sus ojos se fijan solo en sus dedos, apretados en torno a su pelota, recuerdo de otra casa: de unos padres y la seguridad de sus brazos–. Ella parece estar bien aquí. Le *gusta* estar aquí, con nosotros. Contigo. Apenas se ha separado de ti, no eres tan estúpido como para no darte cuenta.

–La estoy ayudando con el idioma.

–¿Crees realmente que a una princesa como ella no habría aprendido el idioma si le hubiese interesado alguna vez? –Resopla–. Si quisiera, ¿no lo hablaría ya tan bien como su hermano?

La imagen del príncipe Ailbhe me asalta de forma desagradable. Incluso cuando sus modales son exquisitos y su humano perfecto, hay algo en él que no me gusta. Sin apenas conocerlo, sus palabras me irritan y su acento, melódico en el caso de su hermana, me parece empalagoso y artificial. Sé que no tengo razones para molestarme, pero no puedo evitarlo.

Y me asusta lo que eso pueda significar.

–Entonces podemos decir que es ella la que me está ayudando a mí. Es muy didáctico tener a alguien con quien practicar mi fae.

Itsvan parece a punto de saltar sobre mí.

–Estás volviendo a romper tus propias reglas –me advierte–. Y lo peor es que sabes que estás mintiendo, porque no os pasáis el día estudiando. Te gusta tenerla aquí tanto como a nosotros, aunque sea un desastre haciendo las tareas del hogar. ¡Por Aldhara! Su comida es horrible. Ni siquiera sirve para limpiar. Y no intentes nada con ella, porque creo que no he visto mujer más ruborosa en mi vida…

–Ve al grano, Itsvan –lo interrumpo.

–Es buena con nosotros –continúa, bajando la voz–. Aunque es torpe, intenta ayudarnos y se preocupa por nosotros. Siempre pregunta si hay algo que pueda hacer, y se ríe de mis chistes y le cuenta cuentos a Naim, y tú mismo pareces un poco menos encerrado en esta biblioteca y en tu cabeza. Nos aprecia. Con ella aquí, el mundo deja de parecer tan aburrido, tan triste, y se vuelve más amable, ¿no crees?

Miro alrededor, aunque no sé qué es lo que espero encontrar. Tal vez notas de color. Un cambio de alguna clase en la biblioteca, en los tomos apilados o en la forma en la que la luz entra en este espacio claustrofóbico. Si me esfuerzo lo suficiente, aún puedo escucharla corregirme cuando me equivoco con alguna palabra. Puedo ver su silueta mientras lee, respetando mi silencio. A veces, cuando ella estaba en el cuarto, levantaba la vista solo un segundo, para asegurarme de que seguía allí. No sé si ella se dio cuenta alguna vez.

–La guerra… –digo al fin, venciendo al nudo en mi garganta–. No quiero vivir pensando en todo lo que le harán si la descubren aquí. No *puedo*, Itsvan…

Lo entiende. Quizá por eso no añade nada más ni me pide explicaciones. En el silencio que sigue a mis palabras, ambos debemos de pensar en lo mismo: en el peligro que hemos corrido, y al que nos arriesgaríamos, si de alguna forma nuestro secreto se descubriese. El mismo secreto que ahora puede regresar, sano y salvo, a su mundo de castillos y princesas. No es justo arriesgarlo todo, ni por nuestra parte ni por la suya. Anderia camina con la cabeza alta hacia su fin, pero el rastro de cadáveres que dejará tras de sí no tiene por qué incluirla a ella.

Me levanto, algo agarrotado.

–Esto es lo mejor –concluyo–. Y lo sabes.

No sé si se lo digo a él o a mí mismo.

–Quería daros las gracias por cuidar de mi hermana.

Alzo la vista. No he tomado ni una cucharada de mi caldo. Hay un gran nudo en mi estómago, y parece que no soy el único que ha perdido el apetito esta noche. Naim ha parado de llorar, pero tiene la cabeza baja y no ha tocado su comida. Itsvan es el único de los tres que come, aunque con desgana. Al otro lado de la mesa, Fay parece haber notado que el silencio de la habitación es incómodo, pero ha sido el príncipe quien se ha decidido a romperlo. Sentado enfrente de mí, nuestros ojos se encuentran y él sonríe, afable.

–Siento los problemas que haya podido ocasionaros –continúa, pronunciando sus palabras cuidadosamente–. Ha debido de ser arriesgado tenerla aquí.

¿Está siendo condescendiente?

–Casi nadie viene por aquí, así que no había muchas posibilidades de que la descubrieran –explico, con calma, aunque algo está hirviendo en mi interior. Me digo que es hambre y me obligo a comer un poco–. No nos ha causado ningún problema, alteza.

Hasta esa mínima palabra de respeto deja mis labios con cierta reticencia. No es nadie en estas tierras. Su título lo abandonó en el momento en el que cruzó la frontera. Igual que ella se ha convertido solo en Fay entre estas paredes, ¿no debería él ser solo Ailbhe? Una parte de mí se revuelve ante la idea de tratarlo como a un igual.

–Lo que habéis hecho por ella merece mi respeto, no yo el vuestro.

Hasta la forma en la que agacha la cabeza ante nosotros es deliberadamente elegante, perfecta como él mismo. La poca luz que queda de la tarde parece danzar alrededor de sus cabellos rojos, prendiendo su presencia en llamas. Resulta difícil no compararlo con su hermana y buscar los trazos que los unen: el mismo tono de color en el pelo, los mismos ojos dorados, la misma piel sin mácula, la misma delicadeza en sus rostros. Imagino cómo se verían el uno al lado del otro en todo su esplendor, con sus ricos ropajes, y por un instante creo comprender un poco mejor Veridian, orgullosa y clasista.

Voy a responderle que se puede guardar sus hermosas palabras, pero me doy cuenta de que Fay nos observa.

–No habléis tan... *¿rapidez?*

–Rápido –la corrijo, ya por costumbre.

–Rápido –repite ella, con un leve rubor, y sé que le he contagiado mi manía de repetir las palabras mal dichas. Al principio, ella nunca lo hacía.

Su hermano la mira con sorpresa.

–Nunca pensé que quisieras aprender humano –dice, aunque cambiando a fae para ella, supongo que para facilitarle las cosas–. En casa lo odiabas.

Hago caso omiso a la mirada de Itsvan, que me recuerda la conversación de esta tarde en la biblioteca.

–No le veía utilidad –replica Fay, parece que avergonzada.

–¿Y ahora sí? –inquiere divertido el príncipe.

–Estoy en Anderia.

Nuestros ojos se encuentran. Es apenas un momento, pero consigue perturbarme más que cualquier palabra. Cuento los latidos. Uno. Dos. Tres. Estoy aguantando la respiración, como si cualquier movimiento fuera a romper el hechizo.

–Pero por poco tiempo –resuelve Ailbhe, y el instante se desvanece en el aire cuando ambos bajamos los ojos.

A mi lado, Naim parece estremecerse, y temo que vaya a ponerse a llorar otra vez. Itsvan bufa, mostrando abiertamente su disgusto, y se mete un pedazo de pan duro en la boca para acallar los deseos de ser desagradable.

–Ah, se me olvidaba –dice el príncipe, que no parece haberse dado cuenta de la incomodidad que sentimos los demás. Rebusca entre sus ropas y pronto me encuentro con un saquito de cuero delante de mi plato. Sé que mis compañeros también se fijan en el objeto con sorpresa–. Es un pago por lo que habéis hecho: por favor, aceptadlo. Son joyas, ya que sería difícil explicar que tuvierais monedas élficas, pero sé que os darán una buena cantidad por ellas.

No suelo ser alguien orgulloso, pero sus palabras tocan una fibra sensible y siento ganas de tirarle su limosna a la cara. Me encuentro luchando contra la furia que ha ido creciendo a lo largo de la cena. Con cada palabra que ha salido de sus regios labios me he ido hundiendo más y más. La tristeza y la sorpresa de su donativo dan paso a la ira y, antes de que pueda detenerme, me he puesto de pie, con las manos sobre la mesa, conteniéndome para no hacer de ellas dos puños.

–Quédate con tu dinero –mascullo, y ya no me importa si es un príncipe extranjero o el propio Davet de Anderia–. Aquí no queremos tus recompensas

–Svent...

Itsvan quiere tocarme, pero aparto el brazo antes de que lo haga. Sé lo que me pasa. Sé que estoy dolido y enfadado, y puede que esta no sea la mejor forma de demostrarlo, pero no puedo evitarlo. No puedo evitar sentirme así, a pesar de que no tiene sentido.

He estado rompiendo todas mis reglas.

He mentido a los demás.

Me he mentido a mí mismo.

Quiero que se quede.

–Svent, mi hermano solo quiere agradeceros... –murmura *ella*, tan sorprendida como Ailbhe por mi ataque.

–Tu hermano no debe agradecernos nada. No hemos hecho nada por él.

–Lo habéis hecho por mi hermana, y ella es lo más preciado que tengo.

–¿Lo aceptarías de mí? –pregunta la princesa, por encima de la voz de su hermano–. No como un pago, sino como un regalo.

Se me encoge el estómago. Hay casi una súplica en su voz, pero no puedo aceptarlo. Ni siquiera soy capaz de reunir las fuerzas para mirarla. Doy un par de pasos atrás, queriendo poner todo el espacio que pueda entre los dos. Si de todas formas se va a marchar, cuanto antes lo haga, mejor para todos.

–No lo quiero –susurro–. Suena a despedida.

Ella me entiende. Tiene que hacerlo. Me doy la vuelta y salgo. Aunque no corro, mi respiración parece resentirse con cada zancada que doy. No me doy la vuelta, a pesar de que Fay me llama. Escucho las patas de las sillas arañando el suelo y Ailbhe exclamando el nombre de su hermana, pero pronto todo eso queda ahogado con el sonido de sus pasos rápidos en el pasillo.

–Svent, espera –me pide–. ¿Se puede saber qué te pasa? –Su mano en mi brazo, obligándome a detenerme–. Ailbhe solo intentaba ser amable, y yo…

–¡¡Esto no tiene nada que ver con él!! –estallo. Nunca ha sido él. El desagrado que me causa su presencia no tiene que ver con su elegancia, su acento o que sea todo lo que nosotros no seremos nunca. La razón de que no me guste tiene que ver con lo que su llegada supone.

Ha venido a llevarse a Fay.

Me deshago del agarre de la elfa con brusquedad. No quiero mirarla. No quiero encontrarme con su tristeza, con su dolor. Bastante tengo ya con mis propios sentimientos. Con estar enfurecido conmigo mismo por ser tan estúpido.

–No me grites –me pide.

De nuevo sé que no estoy siendo justo, pero es como si una parte de mí quisiese hacerle daño. ¿Sería más fácil si nos despedimos molestos el uno con el otro? Si nos damos cuenta de que es lo mejor, de que nuestras razas están condenadas a enfrentarse…

Otra mentira más.

Me paso una mano por la frente y suspiro, concentrándome en respirar hondo. Las sienes me palpitan con fuerza, amenazando con romperme con cada latido.

–Lo siento.

Pero ya es demasiado tarde. Veo a Fay retroceder, confundida. Yo también lo estoy. Cierro los ojos y aprieto los puños. Se va a marchar. «Acéptalo, Svent. Sabías que solo se quedaría un tiempo. Que le aguardan grandes cosas, y ninguna la encontrará en una casa vieja o en un país lleno de enemigos dispuestos a sacrificarla para ganar la guerra».

–No te vayas –digo, en contra de todos mis pensamientos funestos.

–¿Ahora?

–Mañana. No te vayas. No vuelvas a Veridian.

–Tú me dijiste...

Entreabro los ojos, pero solo para posarlos en el suelo. ¿Qué me encontraría, si tuviera el valor para enfrentar su rostro? ¿Confusión? ¿Sorpresa? Si descubriera aunque solo fuese una pizca de indecisión, ¿qué haría?

–Lo sé, pero no queremos que te vayas.

Es una locura. Lo sé incluso antes de que se decida a responder. Me lo dice su silencio, su manera de cambiar de peso de un pie a otro. Debe de estar aterrada. Por su mente, como por la mía, deben de pasar los mil inconvenientes, las mil formas en las que podría ser descubierta y arrancada de la falsa seguridad de nuestro hogar. Lo peor de todo es que lo sé. Que he tenido todas esas mismas dudas en mi cabeza y he llegado siempre a la misma conclusión: tenemos que dejarla ir.

–Olvídalo –digo finalmente–. Itsvan me dijo «pídeselo». Tenía que intentarlo. –Le hago un gesto hacia el corredor–. Vuelve. La cena estará fría ya.

Ninguno de los dos nos movemos. Siento los pies clavados al suelo y espero que sea ella la que se decida a dar el primer paso.

–¿Solo me lo has pedido porque Itsvan te lo ha dicho? –me pregunta, en un hilo de voz.

La mentira está lista, pero no soy capaz de usarla.

–No. No solo por él.

–¿Y por qué, entonces? –dice, todavía más bajo. Con miedo, pero acercándose un poco a mí.

«Porque te voy a echar de menos. Porque me gusta verte en la biblioteca, haciéndome compañía en silencio. Porque disfruto de cada palabra que aprendo contigo. Porque este lugar te ha adoptado, o puede que nosotros ya te queramos como parte de nuestra maltrecha y pequeña familia. Porque...».

–Porque yo también soy egoísta y quiero tenerte aquí. –En el silencio, Fay toma aire, abrumada–. Pero también sé que no debes quedarte. Este lugar no es seguro.

Nuestras miradas se encuentran por fin, pero ya no es como cuando estábamos sentados a la mesa. Esta vez, ninguno lo busca. Nos rehuimos, como si nos avergonzáramos de lo que estamos diciendo. De lo que está pasando. Somos un par de tontos. Ella solo estaba de camino hacia un lugar mejor. Yo estoy estancado en este sitio, y ni siquiera me había importado hasta este momento.

–Sí. Es cierto.

Y, con su confirmación, todo acaba. Todo se rompe. Despierto del sueño y sigo mi camino por mi propia historia. No hay sitio para princesas en ella.

–Buen viaje.

Y las palabras me pesan en la lengua, pero también en el corazón.

Fay

Nos marchamos sin despedirnos.

Mientras nos alejamos de Anderia, pienso que esto ha sido lo mejor. Levantarnos en medio de la noche e irnos antes de que saliesen siquiera los primeros rayos de sol. Rápido. Indoloro. Sin despedidas. No he vuelto a ver el rostro de Svent ni de los demás desde la tensa cena que tuvimos.

Para bien o para mal, esto ha sido todo. Al menos no hemos tenido que hacernos más daño.

Sin embargo, no puedo olvidar. No puedo olvidar las palabras del escriba pidiéndome que me quedase, o el rostro triste de Naim cuando hablábamos de marcharnos, o incluso el enfado en la mirada de Itsvan. Tampoco puedo olvidar todos los días que he pasado en este lugar: los primeros, difíciles y llenos de temor; los siguientes, cálidos por la confianza y la familiaridad que me hicieron sentir. No puedo olvidar la cercanía y las risas, incluso el hambre o la costumbre de vivir rodeada de polvo que limpiar día a día. Las tardes enteras en la biblioteca, cada palabra aprendida y cada palabra dicha. En ese monasterio, de alguna manera, he tenido un hogar.

Una voz en mi cabeza me recuerda que ahora me dirijo al que *sí* es mi hogar, al castillo que tanto he adorado siempre, con su apariencia brillante, su seguridad y su paz inquebrantable.

¿Por qué, entonces, esto no parece ser lo correcto?

–Fay, ¿te encuentras bien?

La voz de mi hermano surge de entre las sombras para arrancarme de mis pensamientos. Lo observo, sentado a mis espaldas sobre el caballo, cuyas riendas sujeta con seguridad. El sol empieza a desperezarse y llena el cielo de colores que se confunden como en un lienzo.

–Sí. Claro. Perfectamente.

Ailbhe sonríe y besa mis cabellos. Pronto su mirada vuelve al frente, al camino entre los altos árboles del bosque, muchos de los cuales comienzan a florecer o simplemente a llenarse de brotes verdes. Siento que echaré de menos este paisaje que apenas he llegado a conocer. Me habría gustado dar más paseos por él con Svent, recorriéndolo, viendo el cambio de las estaciones...

–En unos días estaremos en casa y todo habrá sido un mal sueño.

Algo en las palabras de mi hermano me molesta.

–¿Quién dice que haya sido malo?

–Nadie huye de lo que es bueno, Fay.

–Quizá huir de lo que no quería me ha traído a un buen lugar.

–Anderia no es un buen lugar –responde mi hermano, casi tajante–. No para nosotros. Y estuviste enferma mucho tiempo. Pero todo ha pasado ya.

Ailbhe siempre me ha protegido, desde que éramos pequeños. Al ser el mayor, adoptó ese papel de defensor conmigo, y aunque siempre me había sentido bien con él, amparada, de pronto me molesta. Me aprisiona. Me hace sentirme menos yo, o quizá lo que ocurre es que me hace darme cuenta de que siempre he estado más encerrada de lo que pensaba: no solo por el palacio, sino también por la gente que me rodea.

¿A esto se refería Eirene cuando hablaba de querer vivir por sí misma?

–Estaba bien en el monasterio, Ailbhe –susurro. No todo ha sido malo, como él quiere creer. He sido feliz, aunque los primeros momentos fuesen complicados.

Él no está dispuesto a ceder tan fácilmente. De hecho, suspira con algo de exasperación. Eso también me molesta. ¿Lo agoto, cuando por primera vez estoy pensando por mí misma? Hasta ahora nunca habíamos discutido, porque las palabras de Ailbhe eran sagradas para mí: siempre había tenido razón, siempre me había dejado guiar por sus pensamientos.

–Esos chicos se han portado sorprendentemente bien contigo, pero no todos los humanos son iguales.

–¿Cómo lo sabes?

–Fay, la guerra…

Estoy harta de escuchar ese discurso una y otra vez.

–Los humanos no han elegido esta guerra. No más, al menos, que los feéricos. Y no todos los humanos son iguales. No todos son seres horribles, igual que nosotros tampoco lo somos. Eirene tenía razón: no sabemos nada del mundo, Ailbhe. Solo sabemos lo que nos han enseñado y nos dejamos llevar por eso, a veces de manera demasiado injusta.

–Fay… –comienza mi hermano.

–Eran una familia. Una de verdad.

–Eran tres chicos abandonados en un monasterio. Son supervivientes. Una familia somos nosotros: tú y yo. Eirene, cuando regrese. Padre y madre.

–No. –La familia está más allá de los lazos de sangre, y me parece inconcebible que considere que Svent, Naim e Itsvan no son una familia–. Una familia no es lo que nosotros tenemos. Quizá tú seas mi familia. Puede que Eirene. Pero una familia se cuida, se protege. Se preocupa. Padre y madre nunca se preocuparon de lo que yo quería.

–El reino…

–El reino, ¿qué? No necesitamos a Lothaire para nada. No teníamos que habernos involucrado con ellos. No era necesaria una alianza para nosotros.

El príncipe que vive siempre en mi hermano, preocupado por su reino antes que por cualquier otra cosa, niega con la cabeza.

–Es mejor contar con su favor que con su enemistad, Fay. No supiste verlo, por supuesto, por eso huiste. –El reproche me duele, pues no esperaba que él precisamente me fuese a reprender por lo que hice. Sé que no fue lo correcto, pero confiaba en que me comprendería–. Pero ahora hasta tú puedes entender esto, ¿verdad? Mab de Lothaire no es una mujer a la que retar.

–¿Y por eso bailaremos al son que ella marque? –protesto. El papel que juega mi país en todo esto casi me resulta ofensivo, de repente–. En Veridian somos unos ególatras, unos pretenciosos. Creemos que todo lo hacemos bien, que nuestro reino es el mejor, pero en realidad no actuamos más que para aceptar que otros mandan. ¿Y si nos están arrastrando a la ruina y ni siquiera nos damos cuenta?

Algo cambia en los ojos dorados que me observan. De pronto parecen prestarme más atención; más de la que me han prestado nunca. O quizá soy yo, reflejada en ellos, la que me noto diferente. Con más consciencia de lo que pasa a mi alrededor. A mi hermano no parece agradarle el cambio.

–Fay. –La manera en que pronuncia mi nombre es más dura de lo normal–. La convivencia con esos humanos te ha confundido. Lothaire es un aliado fuerte, con recursos, por mucho que su reina sea una víbora. Tenemos que velar por lo mejor para nuestra gente.

–¿Y lo mejor para nuestra gente es actuar como cobardes? ¿Cobijarnos bajo la sombra más grande?

–Ir con el ganador es lo inteligente. Lo seguro.

–Eso no significa que sea justo. Ni valiente.

–No –acepta Ailbhe, para mi sorpresa–. Pero en la guerra nunca hay justicia, Fay.

Siento algo parecido al enfado quemarme el estómago. ¿Y ya está? Se supone que él puede cambiar las cosas. Que si ve injusticias, siendo el heredero, tiene el poder para luchar contra ellas.

–¿Y qué hay de Eirene? Tú mismo crees que Mab está detrás de todo. No. Lo sabes. Sabes que os mintió, que utilizó la situación a su favor, que no fue sincera con respecto a lo que había sucedido. Yo puedo atestiguarlo, sin ir más lejos.

–Y lo harás, y cuando Eirene reaparezca estoy seguro de que juntos podremos llegar al fondo del asunto. Y si Mab está detrás de su desaparición, y demostramos que nos ha engañado, podremos poner en un aprieto a Lothaire.

–¿Significa eso que sí vamos a ponernos en su contra, entonces?

Una sonrisa que parece burlarse de mi inocencia, de mi ignorancia, aparece en los labios de mi hermano mayor.

–¿Has entendido algo de lo que he dicho, siquiera?

–Acabas de decir…

–He dicho que podremos ponerles en un aprieto, no que nos vayamos a enemistar con ellos. Son cosas diferentes. Si todo esto se demuestra, tendremos razones para mantenernos al margen de la guerra, para vivir en paz. Será Lothaire quien nos deberá favores por las afrentas cometidas, no al revés: no tendremos que colaborar con ellos en una guerra que no nos incumbe, pero tampoco perderemos su amistad.

La cabeza me da vueltas. ¿A esto se resume todo? ¿Esto es ser príncipe? ¿Utilizar las cartas que hay sobre la mesa para asegurar los intereses propios? Sabía que todo se basaba en las apariencias, pero no hasta este punto. Y más allá de eso…

–Entonces ¿no ayudaremos a Anderia, tampoco?

–He dicho que todo esto servirá para mantenernos al margen de la guerra. No nos posicionaremos a favor de ningún bando.

Pienso en Svent, en Itsvan, en Naim. En el propio edificio del monasterio, tan frágil. Lo imagino ardiendo, destruido, lleno de la sangre de los miles de inocentes que mueren cada día en la frontera. Nosotros podríamos hacer algo para ayudarlos.

–¿Significa esto que nos quedaremos de brazos cruzados, sin más? ¿Sin ayudar a nadie?

–Veridian no necesita guerras. Ni propias, ni ajenas. Ya te lo he dicho: si todo se demuestra, podremos no posicionarnos y mantener a nuestro país en paz. Eso es lo único que debe importarte.

Por una parte, lo comprendo. Lo comprendo perfectamente. Es injusto implicar a nuestro reino, de una parte o de otra. Él solo quiere proteger a nuestra gente, aunque sea a riesgo de dejar que otros dos países, otros miles de personas inocentes, se destrocen entre sí y se llenen los corazones de odio y las manos de sangre. Lo entiendo. Lo primero es su responsabilidad hacia su reino. Nuestro reino.

Y, aun así, no puedo evitar mirar a mi hermano con horror, porque quizá esperaba que el mundo fuese más justo. Que él lo fuese. Los humanos me han ayudado. ¿No estamos en deuda con ellos, solo por eso? Podría haber muerto…

–Lo sé –susurra Ailbhe, relajando su voz. Baja la vista con algo que reconozco como culpabilidad, como si pudiera leerme el pensamiento–. Sé que es cruel. Sé que te gustaría ayudar. Pero somos príncipes de Veridian, y nuestra responsabilidad no es salvar el mundo, sino a nuestro país. Eso es todo, Fay. Eso es todo.

Mi mirada también desciende a mi regazo. Intento sentirme tan implicada con mi reino como él, pero no lo consigo. No puedo dejar de pensar en Svent y en los demás. En el destino que les espera.

–¿Qué va a pasar con las personas que, como los escribas, no quieren estar implicadas en una guerra que es de su rey? ¿Qué va a pasar con la gente inocente?

Él no quiere contestarme, y quizá en ese silencio las respuestas a mis preguntas suenen aún más fuerte que si llegasen a pronunciarse. «Sufrirán. Perderán. Morirán».

–Olvida a esos muchachos, Fay –me recomienda mi hermano. Un beso se posa, tierno, sobre mi cabeza. No lo siento con tanto cariño como antes.

No replico. Quizá tenga razón. Quizá debería olvidar. Antes no dudaba, antes no me planteaba todas estas cosas. Para mí la guerra era una historia que no se contaba entre las brillantes paredes de mis aposentos, sus víctimas eran personas desconocidas que no podían afectar a mi existencia, los humanos solo eran monstruos que querían hacernos daño. Y así, mi mundo era plano y sencillo, sin preocupaciones. Si hago como que todo lo que he visto no ha existido, si me limito a volver a ser Fay de Veridian, podré volver a la vida tranquila que siempre tuve antes de que me prometiesen con Seaben de Lothaire y decidiese huir.

Miro al frente. Atrás queda el monasterio, con el silencio de Naim y las bromas de Itsvan, con Svent; y todas las horas juntos parecen diluirse con cada paso que me aleja de él.

Sin duda, lo mejor para todos sería olvidar. Una voz en mi cabeza, sin embargo, se pregunta si seré capaz. Conozco perfectamente la respuesta.

Svent

Cuando era un niño, aprendí que «echar de menos» era algo que no me podía permitir.

Mientras que los demás huérfanos soñaban con reencuentros con su familia lejana, que alguien los buscaba o, tal vez, que había un nuevo hogar esperándolos, yo no tenía esas expectativas. Me dejaron en la puerta del monasterio una noche de invierno, cuando la nieve cubría el suelo de luz de estrellas, envuelto en mantas y sin siquiera un nombre. Por supuesto, tardé mucho en comprender que era un bebé no deseado, pero cuando lo hice, decidí que no pensaría en mis padres. No volverían a por mí. Y nadie me querría bajo su mismo techo: no con mis ojos rojos y el cabello blanco como el de un anciano. Tampoco me importó. Poco a poco encontré mi lugar entre los libros, ayudando al antiguo escriba y admirando su destreza con la pluma y la tinta, los instrumentos mágicos de un mago que podía contar historias y comunicar sus razonamientos sin separar los labios. Más tarde, cuando Itsvan llegó, encontré a mi primer amigo en él, quizá porque lo sentía tan perdido, tan falto de esperanza como yo. Y finalmente, cuando trajeron a aquel niño que no pronunciaba palabra pero que necesitaba protección, estuvimos completos. Cuando el orfanato cambió su ubicación a un espacio más grande, nosotros nos quedamos. Era el único lugar que nos había dado la oportunidad de seguir viviendo. El único lugar que nos daría una familia. Nunca creímos que necesitaríamos nada más.

Hasta que llegó ella y, como un estúpido, desobedeciendo mis propias reglas, me permití sentir como no lo había hecho jamás.

Cómo duele.

Cómo duele estar dividido, mientras una parte de mí quiere mantener las esperanzas y la otra me dice que volvemos a estar solos. Cómo duele, porque dos días no han sido suficientes para borrar el fantasma de su presencia en la casa. No puedo evitar mirar dentro de su cuarto al ver la puerta abierta. Todavía levanto la vista tras varias horas inclinado sobre pergaminos y descubro que no está, pese a que me parece verla allí sentada, leyendo en silencio. A veces se me escapa una frase en fae y espero que me responda.

Ahora mismo, casi sin darme cuenta, estoy recorriendo el mismo camino que tomé el día que me la encontré tirada en la nieve. Suspiro y me envuelvo mejor en la capa. ¿De qué me sirve lamentarme? ¿Por qué pienso que si hubiera dicho las palabras adecuadas se habría quedado? Su brillante castillo la necesita. Su pueblo. Su familia. Y ella a ellos, por mucho que nosotros hayamos querido hacerle sentir como en casa.

Me pregunto cómo sería volver al principio, a aquel día en el que la encontré. Me pregunto si la magia de los hechiceros o de los elfos podría conseguir algo así, y si yo ganaría algo con ello. Quizá podría actuar de manera diferente. Quizá no habría sido tan duro en mis pensamientos aquel primer día. Quizá le habría hablado de otras cosas. Quizá… Me detengo, algo falto de aliento, por el frío y la caminata. Me recuerdo que apenas han pasado semanas desde ese momento. Me recuerdo que es normal sentirse unido a ella, porque es el primer intruso que se ha colado en nuestra vida en años.

Sé que no se trata solo de eso, pero me obligo a pensar en que ya no importa. Se ha ido. Para bien.

Estoy a punto de dar la vuelta y volver a casa cuando lo oigo.

Al principio creo que mi propia mente me está jugando una mala pasada, pero pronto comprendo que ha sido real: un grito de mujer, cercano. Mis pies se mueven casi por voluntad propia y, cuando apenas he avanzado unos pasos, un caballo blanco sale de entre los árboles, encabritado y sin jinete, y pasa por mi lado. No hago ademán de intentar detenerlo: no tengo ni la fuerza ni la destreza necesaria para calmarlo y, de todas formas, estoy demasiado sorprendido como para reaccionar. Juraría que lo reconozco...

Me apresuro. El camino me lleva hasta un claro y se me corta la respiración cuando encuentro una figura tirada en el suelo. Un fantasma de blanco, una broma cruel del destino. Una visión que me hace temer y albergar esperanzas, que me insta hacia delante para poder ver su rostro. El corazón me late más alto que el sonido de mis pasos sobre la hierba. Cada pálpito me duele contra las costillas y se hace eco como un temblor por todo mi cuerpo. Me detengo y me acuclillo. En el aire, mis dedos dudan un segundo antes de rozar la capucha para apartarla.

Piel de porcelana. Cabellos rojos. Ojos que se ocultan tras los párpados, pero que sé que son dorados. Su cuerpo desmadejado en el suelo. Le tomo el pulso, y el alivio es una ola cálida cuando descubro que está viva. Ha debido de golpearse la cabeza al caer del caballo, pero no hay sangre. Paso mi brazo por detrás de sus hombros, pero no intento cargar con ella, como cuando la encontré por primera vez. La incorporo, y es más un gesto reconfortante para mi mente, para descubrir que no estoy soñando, que para ayudarla.

Al moverla, un gemido sale de sus labios. Con el pulgar, le rozo la mejilla para limpiarle un poco de tierra del rostro.

–¿Fay? –llamo, apenas un susurro asustado–. ¿Puedes oírme?

Dos monedas de oro me observan desde abajo, tras un revolotear de sus pestañas. Al principio no parece darse cuenta de quién soy, pero finalmente la información se abre paso en su mente, convertida en un gesto de sorpresa en su rostro.

–Svent... –suspira.

Quiero abrazarla. Quiero darle la bienvenida, confesarle que la he echado de menos. Que todos lo hemos hecho.

–¿Qué ha pasado? ¿Dónde está tu hermano?

Ella sonríe, casi despistada. Me percato, demasiado tarde, de que la emoción me ha hecho hablar en humano, y ella está demasiado confundida como para concentrarse en entenderme. Tampoco parece importarle. Su mano se alza y me toca la mejilla para asegurarse de que estoy a su lado.

–¿Siempre vamos a encontrarnos así?

Cierro un momento los ojos, respirando hondo. Apelando a la cordura. Todas mis certezas se tambalean en esta escena irreal, y su mano cálida no me pone fácil recuperar el juicio. Un escalofrío me baja por la espalda.

–Para ser una princesa pasas demasiado tiempo por los suelos. Siempre tengo que venir en tu ayuda.

Ella se acomoda contra el brazo que la sujeta.

–Para ser un caballero, te tomas demasiadas confianzas –susurra, bajito.

No me aparto.

–¿Puedes levantarte?

–Quizá me maree un poco si lo hago sola.

No digo nada. La ayudo a sentarse derecha y deslizo mi brazo por su espalda hasta que le rodeo la cintura. Casi sin mi permiso, mi otra mano toma una de las suyas. No tarda en estar de pie, apoyada en mí. Parece aún más ligera que cuando la conocí. Su cercanía me abruma un poco, pero es todavía más embriagadora cuando sus brazos se alzan y me rodea con ellos en un abrazo. Dudo, pero mi brazo todavía sigue en torno a su cintura, así que la aprieto suavemente contra mí, al tiempo que intento ignorar el vuelco que me da el corazón. Nunca habíamos estado tan cerca desde que la cargué a la espalda aquel primer día, mientras ella dormía. Oculta el rostro contra mi hombro. Huele a bosque, a agujas de pino y a tierra mojada.

–Te he echado de menos, Svent –susurra.

Yo también. Pero no digo nada. Tengo miedo de que las palabras me traicionen. En lugar de eso, me separo lo justo para poder examinar su rostro.

–Me he… escapado de mi hermano –me confiesa con cierta inquietud. En un intento de quitarle importancia, añade–: También estamos convirtiendo en costumbre el encontrarnos cuando huyo de algo o alguien.

–¿Por qué…? Es tu familia. Te fuiste con él por tu propia voluntad. ¿Por qué escapaste? ¿Te hizo algo?

–Me hizo darme cuenta de muchas cosas sobre mi país y sobre mí misma –me confía–. Él es el príncipe heredero. Tiene que volver a Veridian y luchar por la paz. Por la verdad: le he dejado una carta y una declaración firmada de lo que ocurrió en realidad en Lothaire. –Sacude la cabeza–. Mi hermano será un gran rey algún día, estoy segura, porque pone la felicidad de su pueblo por delante de todo, y sabe tomar las decisiones que beneficiarán más al país. Defiende aquello en lo que cree, igual que mi prima. Yo también quiero ser valiente para hacerlo. –Nuestros ojos se encuentran. ¿Cuándo se ha vuelto tan osada? Me doy cuenta de que no ha huido. De que, por primera vez desde que la conozco, ha tomado la decisión que la lleva directamente a la lucha–. Creo en vosotros, Svent. Y por eso deseo quedarme a vuestro lado. No sé qué puedo hacer desde aquí, todavía, pero sé que quiero quedarme y descubrir cómo puedo ayudaros.

Observo la determinación de su mirada; la forma en la que su rostro, cuando está así de seria, se hace más adulto. Quizá haya crecido, en estos días separados. O quizá no haya dejado de hacerlo nunca, pero solo ahora, cuando la he tenido lejos, soy capaz de apreciar el cambio.

–Este no es el mejor de los lugares para ti –le recuerdo.

–Es el lugar que me hace feliz.

Su sonrisa tímida me desestabiliza.

–Es un lugar demasiado cerca de la guerra.

–Lo sé.

–Una guerra que nunca ha sido la tuya. Puedes quedarte al margen.

Le cuesta coger aire, como si el hecho mismo de respirar fuera una lucha. Puede que en algún momento se convierta en eso. Si los soldados de Lothaire cruzan la frontera…

–Lo sé.

–Y podrían encontrarte.

Terror. Lo veo en su cara, aunque intente esconderlo tras la muralla de su decisión.

–Lo sé.

Me rindo.

–Y, aun así, has vuelto. Debes de estar loca.

Solo entonces titubea, como si tomara mi intervención como un reproche velado.

–¿Quieres que me vaya? –me pregunta, en voz baja.

Cojo aire y niego con la cabeza. Como ella, yo también tengo miedo del futuro. Incluso de nuestro propio presente, sobre el que tenemos que hacer malabares para no caernos. Lucho contra todos mis temores para decir las palabras adecuadas:

–Yo también te he echado de menos.

Fay traga saliva. Siento sus brazos tensándose, sus dedos cerrándose con fuerza alrededor de mi capa.

–Quiero que estéis seguros de seguir alojándome. Hay riesgos también para vosotros. Podrían encontrarme cualquier día. Y entonces, no seré la única que recibirá su castigo –me recuerda en un murmullo.

–Lo sé.

–Os acusarán de traición.

–Lo sé.

–Y entonces…

Sus palabras se quedan prendidas en el aire. Entonces, el sufrimiento. La muerte. La oscuridad y frialdad de la celda. La tortura. El paseo hasta la pira. Las manos a la espalda. Las caras de odio de nuestros conciudadanos. Sus insultos. Con suerte, la pérdida de conocimiento por el dolor antes de que la Muerte venga a recogernos. Y quizá eso no sea nada en comparación con lo que pueden llegar a hacerle a ella. Aunque siento la boca completamente seca, me obligo a aguantar su mirada.

–Lo sé.

Fay no sonríe. En su lugar, me abraza con más fuerza si cabe, y siento su respiración en mi oído.

–¿Somos dos locos?

–Debemos de serlo.

Nos quedamos un rato en el claro, olvidados del mundo. La guerra, el miedo y la muerte, una vez el viento se lleva nuestras palabras, dejan de existir. Lamentablemente, el tiempo sigue su avance, y nos vemos obligados a recordar que no podemos quedarnos aquí para siempre. Con algo de reticencia, recobro el control de la situación y me separo.

–¿Qué dice tu teoría ahora? –me pregunta.

Me concentro en olvidar el hormigueo que siento en el cuerpo, como si sus brazos siguieran a mi alrededor.

–No ha cambiado: todavía se trata de sobrevivir y proteger a mi familia. –La miro, significativamente, hablando más que con solo palabras–. Pase lo que pase.

Ella ríe, pese a que la seriedad en mi voz es más que real.

–Qué obstinado.

–Como tú.

Me tiende la mano.

–¿Volvemos a casa?

Cuando nuestros dedos se entrelazan, me recorre la falsa certeza de que nunca se ha ido. De que este no es más que otro paseo.

Hace un par de días me decía que su estancia pasaría como un mal sueño. Ahora sé que la pesadilla fue saber que se había ido.

–Ya estamos en casa.

Fay

Sé que he hecho lo correcto antes incluso de llegar al monasterio. Me lo dice la felicidad que siento mientras camino de la mano de Svent, recorriendo un camino que conocemos bien. No es solo que me haya encariñado con ellos, sino que siento que este es el lugar en el que tengo que estar. Puede que mi vida hace una luna fuese Veridian, su castillo y sus riquezas, pero allí ya no hay nada para mí. Aquí, en cambio, sé que puedo hacer algo. O eso quiero creer. Llegado el momento podré luchar o defender a personas que aprecio; podré demostrar al mundo que nuestras razas no tienen por qué estar enfrentadas. Quiero pensar que puedo mostrar que la magia que poseemos o la forma de nuestros cuerpos no nos hace diferentes. Que todos somos víctimas del odio que otros nos han obligado a sentir.

Eso es lo que he descubierto en estas semanas, y me parece un buen motivo por el que luchar. La igualdad, más allá de clases, más allá de géneros, más allá de razas, más allá de países. Quiero demostrar que una elfa puede convivir con humanos, que una princesa puede vivir en la pobreza. Quizá porque nunca me planteé que cosas como esas fueran posibles, quiero mostrar al mundo que me equivocaba. Que muchos se equivocan, incluido mi hermano.

Me pregunto si él lo entenderá. Si vendrá a buscarme en cuanto halle la nota que le dejé, sin darme la oportunidad de vivir mi propia vida como yo he decidido. Sé los riesgos a los que me expongo, pero, al contrario de lo que ocurrió cuando hui de Lothaire, ahora quiero afrontar ese peligro y plantarle cara. Enfrentarme a lo que sea necesario, porque tengo razones para estar donde estoy. Para hacer lo que he hecho.

Miro a Svent, que camina a mi lado. Él es una de las razones por las que quiero seguir adelante. No estoy sola. Estoy con él y con Naim e Itsvan. Con una pequeña e imperfecta familia que me ha acogido y me ha mostrado un mundo que nunca me había atrevido a imaginar. Es como si durante toda mi vida hubiese llevado vendados los ojos y ellos me hubiesen quitado por completo esa venda. Me han dado la capacidad de ver el mundo como es, sin distorsiones. Y quizá la vida fuese más fácil antes, pero nunca ha estado tan completa.

Para cuando llegamos a casa, Svent pasa primero y me hace un gesto para indicarme que guarde silencio. Observo cómo deja su capa en el perchero desmadejado que hay en la entrada y me ayuda a quitarme la mía mientras habla, en humano:

–¡He vuelto! –grita, para llamar la atención de sus amigos–. ¡Os he traído algo!

El primero en asomarse es Naim, que arrastra los pies desde la cocina. Lleva un cucharón de madera en la mano y, al alzar la vista, nuestras miradas se encuentran. El muchacho abre mucho los ojos y sus labios se entreabren con sorpresa. Se le cae el cucharón y se frota los párpados como si no creyese lo que ve. Da un paso incierto hacia nosotros.

Otra intervención, sin embargo, interrumpe su camino.

–¡¡No nos interesa lo que hayas traído!! –se escucha la voz de Itsvan. Parece que esté encerrado en uno de los cuartos, porque sus palabras suenan lejanas. Nunca lo había oído tan enfadado tampoco: Itsvan siempre sonríe y se burla del mundo–. ¡Y deja de hacerte el despreocupado! ¡Me pones enfermo!

Miro a Svent, sorprendida, pero él solo pone los ojos en blanco con exasperación.

–Lleva dos días así –me explica, en fae.

La mirada que me lanza es suficiente para que comprenda por qué. ¿Tanto les ha afectado mi marcha? Me siento culpable y feliz a la vez, al comprobar que soy importante para ellos.

Naim me lo confirma cuando se lanza a mis brazos, haciendo que me tambalee. Me abraza con tanta fuerza que me haría daño si no fuera porque su desesperación no me deja preocuparme por nada. Creo que nadie nunca se había alegrado tanto de verme. Es bonito sentirse valiosa, sentir que te aprecian de esta manera.

–¡¡Itsvan!! –vuelve a llamar Svent, cruzándose de brazos, con algo de impaciencia.

Escucho una puerta que se abre y unos pasos firmes. El chico no tarda en aparecer, con un reproche en los labios que, sin embargo, se queda a medias en cuanto nos ve. En cuanto *me* ve. Porque sus ojos se cruzan directamente conmigo y el rictus de su cara, antes de enfado, cambia a la completa incredulidad. Por el rabillo del ojo veo la expresión satisfecha de Svent. Naim también levanta la cabeza, separándose de mí.

El rubio no se mueve. Está tan descolocado que casi me dan ganas de reír.

–¿Es este el recibimiento que le vas a dar a una princesa, Itsvan? –cuestiono, con algo de burla–. ¿Ni reverencias, ni besos en mi mano? Me siento un poco decepcionada.

El chico intenta hablar, pero solo le sale un boqueo que nos arranca una carcajada a todos.

–A ver si así dejas de gruñir –le reprocha Svent.

Ahora sí, Itsvan reacciona. Lo hace ruborizándose, encogiéndose sobre sí mismo como un niño pequeño.

–¡Tú has estado todo el rato como un alma en pena! ¡Y estabas rompiendo la regla de la mentira!

–No te he mentido –protesta el albino.

–¡Te estabas mintiendo a ti mismo con tanto «estoy bien, estoy bien, no importa, estoy bien, ella tenía que irse, no me importa tanto, estoy bien, estoy bien»!

Miro a Svent, sorprendida. En este momento es él quien se ruboriza, pero aparta la vista para no tener que cruzar su mirada con la mía.

–¿Vas a darle la bienvenida a Fay de una vez o no?

Itsvan lo mira, indignado, y después se fija en mí. Su peso cambia de un pie a otro, incómodo. Nunca lo había visto dudar tanto. No puedo evitar sonreír, enternecida. Supongo que no sabe hasta qué punto puede darme la bienvenida. Hasta qué punto estoy de vuelta. Supongo que teme saludarme para luego tener que volver a despedirse.

–Os dejo un par de días y convertís esta casa en un caos de gritos y discusiones. –Niego con la cabeza, como si me sintiera disgustada–. Será mejor que no vuelva a irme: me sentiría demasiado responsable.

Itsvan duda, pero da un paso hacia delante.

–Svent ha estado insoportable: realmente insoportable, incluso dentro de su *insoportabilidad* natural.

–Oh, cierra la boca y abrázala. Lo estás deseando –se queja Svent, intentando cortar sus reproches. A mí se me escapa una carcajada mientras Itsvan vuelve a ponerse colorado.

–¡A saber lo que quieres hacerle tú, que a mí no me…!

Antes de que termine la frase lo hago callar. Es muy sencillo conseguir que se quede sin palabras: solo me adelanto y lo abrazo. El chico se tensa y se queda muy quieto, pero sé que es por la sorpresa y no por incomodidad. Solo tarda un segundo más en reaccionar y suspirar con lo que me parece un sincero alivio.

–No tenías que haber dejado que el estirado de tu hermano te llevase a ningún lado –me recrimina. Le doy un golpecito en el pecho para castigarlo por el insulto a Ailbhe.

–Piensa que ahora puedes utilizar estos días para martirizar a Svent –le recuerdo.

El chico ríe, más parecido al Itsvan de siempre, jovial y divertido.

–¡Cierto!

Sonrío.

–¿Qué tienes que decirme, pues?

Itsvan me suelta solo para hacer una exagerada reverencia. Coge mi mano y deja un beso cortés sobre el dorso, teatral.

–Bienvenida de nuevo, oh, nuestra bellísima y serenísima princesa.

Todos reímos y me convenzo todavía más de que esta ha sido la mejor decisión que he tomado en toda mi vida.

Al menos, hasta que se escuchan dos fuertes golpes en la puerta, justo detrás de nosotros.

La risa se nos congela en los labios y todos callamos. Un estremecimiento recorre mi espalda y comparto una mirada con Svent.

–¿Te ha seguido alguien? –susurra.

Niego con la cabeza, aunque no puedo estar segura de ello. ¿Será mi hermano? ¿No va a dejar que me quede, después de todo? ¿Y si algún humano me ha visto?

Los golpes en la puerta vuelven a sonar, más fuertes y seguros. Itsvan nos hace un gesto con la cabeza a Svent y a mí para que nos movamos y nosotros obedecemos de inmediato. Nos metemos en una de las habitaciones y nos apoyamos contra la pared. Nos miramos. ¿Y si ahora que he vuelto, ahora que he comprobado que esto es lo que quiero, vienen a separarme de él, de todos? ¿Y si me obligan a marcharme? Mi hermano no haría eso, no me haría tan infeliz, tiene que respetar mi decisión...

¿Y si no es mi hermano, y nos han descubierto?

Los dedos de Svent buscan los míos y entrelazamos nuestras manos.

Un latido. Dos.

–¡Ciel!

Svent y yo nos sobresaltamos al escuchar la exclamación sorprendida de Itsvan, pero nos destensamos y suspiramos con alivio.

–¿Por qué tardabas tanto en abrir? –escuchamos decir al noble, con cierto fastidio.

El escriba se asoma primero, pero tras confirmar que solo se trata de Ciel, me hace un gesto y salimos de nuestro escondite. El chico se sorprende al verme.

–Alteza. Pensé que os habíais ido... –susurra en fae.

Asiento.

–Lo había hecho, pero he vuelto.

–¿Qué haces aquí, Ciel? –pregunta Svent.

El chico parece algo inseguro. Me mira especialmente a mí, pero después su mirada se fija en Itsvan. Coge aire.

–Funcionó.

El rubio entreabre los labios, como si pudiera comprender algo que a los demás se nos escapa.

–¿Qué funcionó? –pregunto.

–Mi padre cree lo que dice el diario –susurra–. Anderia atacará por sorpresa a Lothaire para sacar ventaja.

Todos callamos. Durante un segundo creo que suenan, lejanas, las espadas encontrándose, los gritos al aire, los llantos de familias enteras. Tiemblo.

–La guerra ha vuelto a estallar –declara Ciel–. Y esta vez, querrán que sea la ofensiva definitiva.

Contenemos la respiración.

La cuenta atrás para la caída de Anderia ha comenzado. Y desde este instante, ninguno de los presentes estamos a salvo.

Cuarta Parte

Cuentos del Pasado

Seaben

Lo hemos estropeado todo.

Durante días, Eirene y yo nos hemos estado esquivando. Desde nuestro desesperado intento de encontrarnos, nos hemos ido perdiendo más y más. La cama se siente vacía y fría cada noche, sin ella a mi lado, y las pesadillas han vuelto. A veces no soy capaz de dormir más de un par de horas, y me paso el resto de la noche mirando al techo, deseando tenerla cerca. Pero lo que fuera que teníamos se ha roto, y la distancia entre los dos aumenta cada día que pasamos ocultos en esta ciudad de mentira, con su falsa paz y su espera inaguantable. ¿Qué esperamos, de todas formas? Una señal, una oportunidad de salir a la luz, de atacar, de matar a Aviel de Astrea y ayudar a Inair a recuperar su trono.

Suspiro. A mis pies, Chryses levanta la cabeza y me mira con los ojos llenos de preocupación. No dejo que me hable. He cerrado mi mente para él, como he hecho con Lowell. No quiero que sepan lo que pasa por mi cabeza. Paso todo mi tiempo con ellos, y ya se deben de haber percatado de que estoy planeando el siguiente paso.

Lowell se deja caer a mi lado, con exagerado agotamiento. Se sienta en el borde de la fuente en la que yo mismo llevo un tiempo acomodado, esperándolo. Siempre nos encontramos aquí. Me gusta observar a los niños que juegan en las calles, y el sonido del agua cayendo es un bálsamo para mi ánimo: aunque no se parece en nada al romper de las olas en la playa bajo el castillo de Lothaire, me hace pensar en mi hogar.

–Como alguien me traiga otro documento más sobre la economía astrense, se lo haré tragar.

Fuerzo una sonrisa. Tras el primer choque, Lowell ha sido aceptado entre los hechiceros como uno más, pese a su raza. Todos han comprendido que ahora es el caballero de Inair, y el amor que se profesan se ha convertido ya una canción en los subterráneos.

–Pensé que era la familia real la que se encargaba de esas cosas. ¿O ya te han nombrado consorte?

–Inair dice que debo estar al día, y los demás están de acuerdo. –Apoya la cara entre las manos, los codos sobre las piernas–. Y puede ser bastante insistente.

Le doy un par de palmadas en la espalda. No podría negarle nada a su princesa ni aun queriendo.

–Ya te acostumbrarás. Yo también tenía que hacer ese tipo de tareas cuando estábamos en palacio.

Recuerdo los libros de cuentas y las audiencias junto a mi madre en el salón del trono. Nadie se quejaba nunca de sus decisiones. Personalmente, aunque en algunas ocasiones me parecía que sus palabras eran duras, nunca la vi ser injusta con los que pedían su ayuda. Me pregunto si ama a su pueblo o, como sucede con todo lo demás, solo es una fachada.

–Nunca te vi afectado por ninguna de tus responsabilidades allí. Al menos, no tanto como ahora, incluso sin documentos de por medio.

Aparto la vista.

–Apuesto a que Inair sabrá recompensarte por todos los quebraderos de cabeza que te da la política. –Me levanto–. ¿Paseamos?

Él me imita y echamos a andar, con Chryses a mi lado. Mis dedos rozan su pelaje.

–No soy estúpido, Seaben –me recrimina mi amigo cuando apenas hemos dado un par de pasos.

Finjo que no sé de lo que habla.

–Nunca lo he dudado. Por lo general, eres muy listo para lo que quieres.

–Alguien tiene que decirle algo –dice, en voz alta, aunque no se dirige a mí, sino a Chryses–. ¿Lo haces tú o lo hago yo?

Por el rabillo del ojo, veo que la cabeza blanca del lobo se mueve en un gesto locuaz.

–Ahorra saliva –le advierto al caballero–. No hay nada que tengáis que decirme.

–Que reacciones, por ejemplo. Y que nos digas qué ha pasado con Eirene.

–Nada –suspiro–. No ha pasado nada.

Y ahí está el problema. Pese a mis esperanzas, pese a las insinuaciones, a los juegos, al cariño... No hay nada. Nuestro beso no fue mágico. Me estremezco al recordar el sabor de su boca contra la mía. Al pensar en las ganas de beber de su aliento, de abrazarla fuerte contra mí. ¿Es solo atracción física, entonces? ¿Es solo curiosidad? Si es así, ¿por qué duele tanto? ¿Por qué es todo tan incómodo ahora? Antes no teníamos la certeza de lo que sentíamos, solo un montón de dudas, y el tiempo juntos era algo fácil, pero ahora parece que ni siquiera podamos mirarnos a la cara. Yo, al menos, no sé cómo hacerlo.

Lowell me analiza con expresión escéptica.

–Y los dos parecéis almas en pena y ni cruzáis palabra porque no ha pasado nada, ¿verdad? Ni siquiera dormís juntos ya.

Me paso una mano por la cara, en un intento de borrar la turbación que el recuerdo ha dejado en mí.

–Supongo que tenías razón. –Acepto mirarlo, con los dientes apretados, pero enseguida me arrepiento y vuelvo a bajar la vista–. Era solo un capricho.

–Nunca había visto a un hombre tan afectado por un capricho, Seaben.

–Supongo que me lo tomé demasiado en serio. Me hice ilusiones. Yo...

Siento que mi voz amenaza con romperse, así que lo dejo estar.

Chryses intenta frotar su hocico contra mi mano, lo más cercano a un gesto de consuelo que puede brindarme, pero me cruzo de brazos. No soporto su compasión. No la quiero.

–¿Te ha dicho que no te quiere? –pregunta Lowell, confundido.

–No ha hecho falta. El hechizo no se rompió. –Durante un instante parece igual de perdido, pero súbitamente el entendimiento se abre paso–. Tú e Inair dejasteis las expectativas demasiado altas –murmuro, y yo mismo puedo apreciar la envidia en mi voz–: Parece que no hay cuentos de hadas para mí.

Lowell sacude la cabeza y alza una mano, para pedirme un momento.

–Espera, no entiendo nada. ¿No estás enamorado de ella?

La pregunta, tan repentina, tan directa, es casi un ataque. Durante los últimos días, me he planteado mil veces esa misma pregunta, de mil formas diferentes, y aún no he obtenido la respuesta. ¿Estoy enamorado de ella? Como si dependiera solo de lo que yo siento…

–A estas alturas eso no importa en absoluto. ¿Podemos dejar el tema?

–No podéis estar huyendo el uno del otro –continúa, decidido a ignorar mi tono de súplica–. Os necesitáis, Seaben, cualquiera puede verlo.

Durante algún tiempo yo también pensé que era así, que nos apoyaríamos siempre. Formábamos un equipo y estábamos juntos porque así éramos más fuertes. Nos sosteníamos el uno al otro. Ella sabía ver dentro de mí, tanto lo bueno como lo malo. Tenía el poder de decir las palabras adecuadas para hacerme sentir fuerte. Yo, por mi parte, solo deseaba poder apoyarla cuando me necesitara y mantener la promesa de permanecer juntos.

Supongo que no fue suficiente.

–Lo que necesito es alejarme de ella –le explico, aunque duela–. Y lo haré, en cuanto la luna llena me purifique y no necesite más la poción de Mab.

Lowell se detiene de sopetón. Yo hago otro tanto.

–¿Piensas marcharte? ¿Solo?

–Con Chrys. Nos vamos a Anderia.

La sorpresa da paso a la incredulidad y, un segundo más tarde, a la preocupación.

–Voy a decírselo a Eirene –decide.

–No, claro que no. No le dirás ni una palabra, ni de esto ni de nada.

Mi amigo me coge de los hombros. No sabe que he estado planeando esto durante días. No sabe que es lo único que puedo hacer por Chryses. Lo comprendí después de hablar con Moira sobre su hechizo, de leer un libro tras otro y asegurarme de que solo hay dos opciones para romper el maleficio: un beso de amor verdadero o la muerte de quien lo embrujó. Sé que no soy adversario para Mab, así que lo único que puedo hacer es llevarlo a Anderia y conseguir que se reencuentre con Celeste.

–¡No voy a dejar que vayas a tu propia muerte con los brazos abiertos, Seaben! Por si no lo recuerdas, eres la persona cuya cabeza quieren en bandeja de oro en ese país. Pero no voy a insistir, porque he aprendido que a mí no me escucharás: solo la escucharás a ella, igual que has estado haciendo desde que la conoces.

Supuse que no lo entendería. Que no comprendería que necesito hacer esto, porque se lo debo al hombre que ha estado a mi lado desde que tengo uso de razón.

–Tengo que ayudar a Chryses –intento explicarle–. Tengo que deshacer lo que mi madre hizo. Y no voy a cambiar de opinión. Así que deja en paz a Eirene. Que ella viva su vida; yo trataré de hacer lo mismo con la mía. Se acabó. ¿Qué es lo que no entiendes?

–¿Es que no lo ves? No vas a tener vida que vivir si haces algo así. Y tú no tienes que deshacer nada, deja de sentirte responsable por lo que *tu madre* hizo. Chryses –y sus ojos vuelan a encontrarse con los del lobo–, lo van a matar. Es una locura. Díselo tú.

Sacudo la cabeza. Ya hemos tenido esta conversación. Ha intentado convencerme de que es una insensatez con palabras parecidas pero, al final, mis argumentos han ganado. Ama a Celeste. Por verla una última vez estaría dispuesto a sacrificar su vida.

–Ya me lo ha dicho –atajo–. Y tendré cuidado, pero él ya ha tenido suficientes años de castigo. Quiere recuperar su cuerpo, y sé que puedo ayudarlo.

–*Crees* que puedes ayudarlo, pero apenas tienes oportunidades. Te matarán antes de que puedas saber por dónde se llega al castillo de Anderia. No lo voy a permitir.

–No puedes detenerme. Además, no tengo ningún lugar a donde ir.

–¡Puedes quedarte aquí! –exclama, haciendo un gesto alrededor–. Los hechiceros solucionarán lo de Chryses: son poderosos. Aquí podrías tener un hogar.

Como aquella tarde en la habitación, después de que Eirene cerrase la puerta, algo en mí se rompe.

–Primero pensé que mi hogar era Lothaire –murmuro, con un estremecimiento–. Después, pensé que mi hogar estaba con ella. No esperaba que el amor surgiera de la noche a la mañana, pero tenía esperanzas, ¿sabes? De que poco a poco, a medida que nos conociéramos… Pero no ha sido así. Nos hemos alejado, y parece imposible volver a lo que teníamos antes. –Me llevo una mano al rostro–. Solo quiero llevar a Chryses al lugar al que pertenece: junto a Celeste.

Lowell aprieta los puños. Durante un instante creo que me pegará.

–¡Reacciona, Seaben! –me grita, y doy un respingo–. Ni siquiera habéis tenido el valor de enfrentaros el uno al otro y tú ya estás pensando en huir en dirección contraria solo porque un beso no ha funcionado. ¿Se puede saber quién eres tú? No seré yo quien defienda a Eirene ante cualquier cosa, pero no salió de tu cuarto mientras tú estabas enfermo, excepto para buscar un remedio. Creo que apenas durmió. Y últimamente parece estar tan afectada como tú. ¿Y, aun así, lo vas a dejar todo? El Seaben que yo conozco no se rinde, sino que lucha por lo que quiere conseguir. Seaben de Lothaire no es un cobarde.

–Seaben de Lothaire ya no existe.

–Tienes razón. Yo, al menos, ya no lo veo en ti. –Hace una mueca, como si le doliesen sus propias palabras–. Haz lo que quieras, pero ayudar a Chryses no te va a salvar a ti mismo.

Quizá sea así. Pero, mientras le doy la espalda y me alejo, pienso que al menos lo habré intentado.

El encuentro con Eirene me pilla por sorpresa.

Está en mi cuarto, sentada en mi cama, con las manos sobre el regazo y un desafío en la mirada. Chryses da la vuelta en cuanto la ve, como si supiera que ha venido solo por mí, pero yo no puedo moverme de la puerta. Después de toda una semana esquivándonos, su presencia me pone nervioso, incapaz de esperar nada bueno de esta visita. Me acuerdo de la amenaza de Lowell de hablar con ella y maldigo su bocaza.

–Lowell me lo ha contado –dice, como si pudiese leer mi mente.

–Ahórrate lo que tengas que decir. No voy a cambiar de idea.

Se levanta. Su respuesta es tan inesperada como su presencia en este dormitorio:

–Juguemos.

El silencio dura el instante que tardo en reaccionar. Hago una mueca, sin comprender. ¿Por qué ahora? ¿Por qué, cuando ya estamos lejos del otro?

–No, Eirene. Estoy cansado de juegos.

–Hasta hace no mucho arreglábamos las cosas así. –Me mira a través de las pestañas, casi suplicante, y aunque me dejara responder, no podría encontrar la fuerza para rechazarla. ¿Acaso no atesoro las partidas en la biblioteca y la cinta que aún oculto bajo mi manga?–. Te he robado la capa –anuncia–. La he escondido.

Busco con la mirada por toda la habitación. Efectivamente, ya no está a la vista. Entorno los ojos, aunque no digo nada. La misma capa que le dejé aquella primera noche en Lothaire, la misma que le presté en el barco para cubrirla del frío.

–Si la encuentras, podrás irte.

–¿Por qué haces esto?

–No voy a permitir que hagas semejante locura, incluso si es por el bien de Chryses.

–Solo quiero enmendar lo que mi madre hizo. Estoy en mi derecho y no puedes detenerme.

–Es cierto –me concede, a regañadientes–. Por eso mismo, si no la encuentras, podrás marcharte también. Pero iré contigo.

Debe de estar loca. Yo podría pasar por humano, salvo por mis ojos, y estoy seguro de que los astrenses tienen hechizos que los ocultarán. Pero en su caso… todo en ella grita que es una elfa: desde sus orejas, pasando por sus ojos, hasta esa forma suya de caminar, como si apenas tocase el suelo. Y, de todas formas, ¿qué se le ha perdido a ella en Anderia? Su lugar está en Nryan, donde está destinada a gobernar. Donde su padre debe dejarle el trono, incluso aunque no quiera. Su pueblo la espera para que continúe con el legado de su madre.

–No me parece una buena idea.

–Entonces, tendrás que ganar.

Inquieto, no sé si aceptar el desafío. Ella no quiere venir, en realidad. Solo lo hace para que me retire del juego antes de empezar. Pero, por otro lado, ¿no sabe que soy demasiado orgulloso para rechazar la oportunidad de ganar? De un último juego, antes de perderme una vez más. Antes de *perderla*, esta vez para siempre.

Una parte de mí se niega a aceptar que nos vamos a separar de verdad. La misma parte que guarda la cinta. La misma que me vuelve estúpido y sentimental.

«Solo son juegos», me digo. No hay ningún significado oculto. No hay nada de malo en ellos.

–Está bien.

Su suspiro es el mismo que yo me esfuerzo en contener, aunque el suyo es de alivio y el mío de rendición. Una vez más, claudico ante ella. Creo que he empezado a convertirlo en una costumbre.

–¿Algo más?

Ella asiente.

–Si vamos a ir a Anderia, hay algo que debes saber. Si quieres ayudar a Chryses…

Eirene se sienta en la cama y me mira, invitándome. Estoy tentado de ir hasta ella y ocupar un lugar a su lado. Desearía coger sus manos y apretarlas entre las mías, recuperando la familiaridad que hasta hace unos días compartíamos. Pero no puedo. No voy a moverme del sitio.

Me cruzo de brazos y me apoyo contra la pared.

–¿Qué es?

–Iba a decírtelo antes, pero enfermaste. Y después…

Ninguno de los dos quiere acabar la frase, pero mi mente me traiciona: después, hicimos una locura; después, nos besamos y descubrimos que lo nuestro nunca funcionará; después, ya no pudimos salir del lodazal en el que nos habíamos hundido.

–¿Qué es? –repito, con algo más de dureza. Algo más dolido.

Ella traga saliva, en un momento de duda.

–Anderia tiene un heredero.

La información me golpea, aunque intento que ella no pueda ver mi turbación y agacho la cabeza. Qué locura. Celeste de Anderia es la única heredera. La primogénita y única hija de Davet, encerrada en una torre desde que su amante fue hechizado.

–No, no lo tiene –digo, aunque todas mis certezas flaquean. Si no sabía cómo era mi madre, ¿cómo puedo saber qué secretos oculta el país contra el que lucha?

–Celeste tuvo un hijo –me informa Eirene, y su voz parece mucho más firme y segura que la mía–. De Chryses, presumiblemente.

Qué tontería. Y aun así… Me fijo en ella, que tiene los ojos fijos en mi rostro. No hay duda. No hay mentira. Pero eso significa que Chryses no lo sabe. Me lo habría dicho, de haber sido de otra manera. Y, por lo que me consta, nadie conoce a ese heredero ilegítimo, o ya lo habrían presentado en su país como un posible salvador. Como un regalo de las estrellas para su causa, para vencer a Mab de Lothaire y a su ejército de feéricos. Ese niño, incluso aunque fuera un pésimo estratega, se convertiría en un símbolo de que la victoria es posible. De que su casa real no se extingue por la vejez o por la locura.

–¿Cómo…?

–Lo escuché –me confiesa–. Ibran y Mab hablaban de ello.

Lo escuchó aquel día en que descubrió lo que le habían hecho a su madre, con toda probabilidad. El mismo día en que, desesperada, volvió al cuarto para destrozar todos nuestros planes de ir juntos a Nryan. Aprieto los dientes, recordando que aquel fue el principio del fin. Durante unos felices instantes, creímos que podríamos escapar del yugo de nuestros padres. Durante unos falsos instantes, el futuro nos había parecido una certeza bonita en la que vivir.

–¿Dónde está ese niño?

–No lo sé. Podría estar en cualquier lado…

–¿Incluso… muerto?

–No. No hablaban de él como si fuera así. Ibran le reprochaba a Mab no haberse deshecho de él cuando pudo.

Me permito imaginarme lo que eso significaría, no solo para nosotros, sino para Faesia entera. Para la gente de Anderia. Para mi madre.

–Si eso fuese cierto, la guerra no acabaría con la muerte del rey. Si hay un heredero, habría posibilidades de paz. –Intento controlar el aleteo de mi corazón, pero no tengo oportunidades sobre él.

Eirene asiente con seguridad.

–Queríamos encontrarlo.

La comprensión me golpea como si ella misma me hubiera dado una bofetada. Por supuesto. *Él* ya lo sabe. Él siempre es el primero en enterarse de las cosas. El primero en confabular con ella. En contarle los cuentos necesarios para atraerla.

Me llamo estúpido, por creer que esta información me ha llegado a mí antes que a nadie.

–Tú y el trovador, claro.

–Se lo dije antes de que tú aceptaras huir con nosotros… –trata de excusarse.

–Ya. Pero él, ahora, tiene a su familia y a sus amigos. Y yo no tengo nada –murmuro, no tanto resentido como declarando una verdad innegable–. Así que puedo ir y encontrar a ese niño. Y puedo hacer feliz a Chryses.

–No estás solo –la escucho susurrar–. Me tienes a mí.

–Igual que él.

Sé que estoy siendo injusto cuando ella alza la vista, triste pero también enfurecida. Sé que no se merece que le eche nada en cara, que no tiene sentido, que no lo tendría en ningún caso; pero las palabras salen amargas antes de que pueda pensarlas. No soy capaz de reprimir todos los sentimientos, aunque eso signifique dejar salir solo los equivocados. La envidia. Los celos, tan enfermizos y absurdos.

–Sí, Drake también tiene mi apoyo. Y lo seguirá teniendo siempre, porque es mi amigo, y no pienso inclinarme ni de un lado ni de otro en esta estúpida guerra que os traéis el uno contra el otro. ¿Qué ocurre, Seaben? ¿Te gustaría que estuviera solo de tu lado? ¿Es algún tipo de intento de consuelo, pura posesividad o es que quieres que te dé la razón cuando vayas contra él, acaso? O puede que eso último solo lo hagas cuando estoy inconsciente, después de todo –me espeta, casi escupiendo las palabras.

Tengo que coger aire, golpeado por sus palabras. Así que el trovador le ha contado nuestra discusión. Pero aquella conversación fue un error. Ambos estábamos celosos; ambos intentábamos excusar nuestro comportamiento. Y ahora, ¿qué? Ella tiene razón: ¿qué estoy diciendo? Siempre le prometí libertad, y ahora parece que mis palabras busquen encerrarla. Este no soy yo. Estos no somos nosotros.

–Te equivocas –susurro.

–Eso espero. Odiaría pensar que de pronto te has vuelto un imbécil.

He estado jugando demasiado con su paciencia. Sin mirarme, pasa por mi lado como un vendaval. Como un soplo de aire, imposible de capturar, ligera y libre.

–Tienes tres días para encontrar tu capa, como yo los tuve para encontrar mi cinta. Como cuando empezó todo.

La puerta se cierra con un golpe que resuena en mis huesos tanto como su desafío.

Tres días para terminar de odiarnos o volver a ser los mismos.

Eirene

Ni siquiera me miraba. Si no hubiera sido por Lowell, quizá no habría sabido que tiene pensado marcharse. Una mañana me habría levantado y él no habría estado aquí, sin más.

Mis ojos van más allá de la ventana, mirando la plaza de los subterráneos, por lo que no veo la expresión de Sylvana cuando pronuncio esas palabras con voz llena de rabia contenida.

–Se habría despedido –asegura ella, con un susurro.

–¿Cómo de segura estás de eso?

La niña calla, porque no tiene argumentos. Solo es lo que quiere creer, como me gustaría creerlo a mí. ¿Se habría despedido de verdad o habría desaparecido sin más? ¿Me habría dejado aquí, sin decirme ni siquiera «adiós»? ¿Es esto a lo que estamos condenados? ¿A evitarnos, a hacer como si nada de lo que hemos vivido hubiera sucedido? Sé que yo soy también culpable de esta situación; pero mientras que él parece seguro de que esto es lo correcto, yo sé que todo está siendo un error. Quiero estar con él. Quiero mantenerme a su lado. Me gustaba cuando dudábamos, porque todavía estábamos unidos…

Cierro los ojos. Cuánto lo echo de menos. Cuánto echo de menos sus juegos, sus abrazos, sus palabras. Cuánto echo de menos su presencia. Antes éramos más fuertes, juntos, cogidos de la mano. Y aunque mi resolución no ha decaído, aunque sigo queriendo luchar, aunque sé que no estoy sola, desde que Seaben y yo nos rehuimos, encontrarme con sus ojos y ver solo distancia es otro de mis miedos.

¿Qué nos hemos hecho, solo con un beso?

–Estáis siendo dos estúpidos –nos acusa Sylv, como si pudiera adivinar mis pensamientos.

Ni siquiera me atrevo a rebatirla. Ahora todo es tan extraño entre nosotros, tan tenso, que me parece que es la única manera en la que sabemos actuar. Quizá solo nos estemos protegiendo. Quizá sepamos que volver a acercarnos, volver a ser quienes fuimos, solo nos hará más daño.

–¿No vas a decirme qué pasó entre vosotros antes de que se recuperase?

Niego con la cabeza, porque es algo solo nuestro. Nos lanzamos al abismo intentando darle una razón a todo, intentando disipar las dudas, intentando confirmar que el fino hilo que nos unía era en realidad un lazo fuerte e irrompible.

Y cuando el beso no funcionó, todo se rompió.

Me habría gustado continuar como antes, pero ya no sabemos cómo mirarnos. Ya no sabemos a qué juego y con qué normas tenemos que enfrentarnos. Durante los primeros días quise decirle que quizá nuestro beso no hiciera magia, pero que estaba enamorada de él. Pero las palabras no querían salir de mis labios. Cada vez que nos cruzábamos solo había incomodidad, solo había pérdida y falta de motivos.

Echo de menos las dudas, porque al menos ellas dejaban lugar a la posibilidad.

Vuelvo a mirar por la ventana, apoyando la frente contra el cristal, agotada. Alguien se apresura a cruzar la plaza y entrar en la casa; juraría que no conozco a la figura que se adentra en el edificio.

–¿Sabes que ir a Anderia es un suicidio también para ti? –Vuelve a hablar mi criada–. Eres una elfa, Eirene, aunque parezcas olvidarlo.

–No puedo dejar que vaya solo. Sigue siendo Seaben de Lothaire: ha matado, ha destrozado familias. No seré yo quien lo culpe por lo que hizo, pero los humanos no lo entenderán. Si lo descubren no le darán ni una oportunidad. No importa cuántas historias haya detrás: solo verán al hijo de Mab, como siempre, y lo matarán antes de que pueda pronunciar una sola palabra.

Y no puedo permitir eso. Puedo permitir la distancia física, puedo permitir que no me mire a la cara. Pero no soportaría un mundo en el que Seaben no existiese. Prefiero una eternidad de evasiones a soportar una realidad en la que no volvería a verlo.

–¿Realmente crees que tú puedes protegerlo, si algo pasa allí?

–Creo que puedo intentarlo.

O más bien necesito intentarlo, porque si asesinasen a Seaben y no hiciese nada para evitarlo, ¿en quién me convertiría? Podría pelear por mi reino, podría clamar venganza, pero nunca sería la reina que quiero ser, sino una persona llena de desprecio y desesperanza. Si los humanos matasen a Seaben, ¿no me llenaría eso de odio contra ellos? ¿En qué me diferenciaría de Mab, entonces?

–¿Y qué pasa con el trovador?

La pregunta me sorprende menos de lo esperado y la comprendo a la perfección: Drake ha intentado llamar mi atención estos días, pero tampoco sé cómo enfrentarme a él. No sé cómo decirle que no puedo corresponderle. Es suficiente con un corazón roto en esta casa.

–Su lugar está aquí –declaro.

–Parece que te resulta más impensable separarte de Seaben que de él.

Cierro los ojos. Por supuesto que me resulta más impensable, por cruel que resulte. Ahora lo único que me pregunto es cómo pude dudar tanto, si la respuesta siempre ha estado ahí. Quise querer a Drake. Me gustaba. Pero Seaben se coló lentamente en mi vida, sin hacer ruido, y yo estaba demasiado enfrascada pensando en lo que había empezado a sentir por el trovador como para darme cuenta de hasta qué punto se iba haciendo imprescindible el príncipe. Me he percatado demasiado tarde, no obstante. Si lo pienso, de hecho, ni siquiera sé cuándo empezaron las cosas a ser así, cuándo mi corazón hizo caso omiso a lo que yo pensaba y escogió al hombre con el que me había casado por una broma del destino.

–¿Lo saben ellos, Eirene? ¿Les has dicho lo que sientes?

–No. No tiene sentido decírselo a Seaben, y a Drake… no quiero hacerle daño. Ahora que sé lo que se siente no quiero que nadie sufra lo mismo. No quiero tener que enfrentarlo.

–A veces eso es lo menos doloroso, Eirene. Al menos, sabrá a qué atenerse. Sé que no es fácil, pero…

Lo sé. Sé que en algún momento tendré que hacerlo. Sé que en algún momento tendré que romper sus esperanzas y su corazón. ¿También nos evitaremos entonces? ¿Tampoco sabremos cómo mirarnos? Podría comprenderlo. Podría entender que se alejase, para no sufrir. Y aunque una voz me dice que quizá debería dejarlo estar, que quizá debería darle una oportunidad a él, y así permitirme olvidar, no puedo usarle. Eso sería peor que romperle el corazón.

Eso, quizá, es lo que más duele de mi relación con Seaben. Hemos estado tan unidos, sin darnos cuenta, que quizá creíamos que lo nuestro era real, aunque no nos atreviésemos a poner en palabras nuestros sentimientos. Descubrir que no hay amor ha sido más de lo que hemos podido soportar.

Escucho a Sylvana suspirar y sus pasos se acercan a mí. Se sienta a mi lado, en el alféizar, y sus pequeñas manos toman las mías:

–No sé qué hacer para ayudarte en esta ocasión, mi niña.

Sonrío, enternecida, aunque sé que es un gesto triste. Beso su frente.

–Siempre estás conmigo. Eso es suficiente. ¿Vendrás conmigo a Anderia, si gano este juego?

Ella asiente, sin dudar, y me abraza con la calidez de una madre.

Me digo que, al menos, aunque pierda todo lo demás, siempre la tendré a ella.

–¡¡Eso es imposible!!

El grito me sorprende mientras camino por los pasillos de la casa.

Viene directamente del comedor, al que me asomo sin querer ser indiscreta, pero deseando saber el porqué de esa exclamación alterada en la voz de Drake. Dentro está él, con su hermana y los demás astrenses. Lo veo inquieto, dando vueltas por el cuarto. Inair, acompañada de un Lowell de mirada seria, tiene los ojos clavados en el suelo.

Un mal presentimiento recorre mi espalda.

–¿Ocurre algo?

Todos los presentes vuelven la vista hacia mí. Drake se derrumba en uno de los asientos dispuestos en el comedor y esconde el rostro tras las manos. Verlo tan afectado es suficiente para que entre en la habitación. Algo ha tenido que suceder para que esté así. Desde que su hermana recobró sus recuerdos ha estado más animado, más optimista, rodeado de la gente que quiere y que tanto había echado de menos. Entonces ¿por qué ahora...?

–Drake, ¿qué pasa?

Él niega con la cabeza, aunque no sé si es porque no quiere contarme lo que está sucediendo o porque no es capaz de encontrar las palabras para ello. Es Inair quien, haciendo acopio de fuerzas y con un susurro que pretende no herir más a su hermano, habla:

–El Tirano ha mandado anunciar por toda Astrea que en tres días se va a celebrar una gran fiesta en palacio.

–¿Una fiesta para celebrar qué, exactamente?

Otro segundo de miradas y pensamientos que no se materializan. Adair y Moira también parecen furibundos, mientras que Briah mantiene la vista clavada en sus pies. Inair en esta ocasión ni siquiera es capaz de hablar, de modo que es Lowell quien me responde, resolutivo como de costumbre.

–Para celebrar su compromiso con la antigua reina. Con Hermia de Astrea.

Todas las miradas, algunas más apenadas, otras más dubitativas, van a fijarse en Drake.

La antigua reina. La madre de Drake.

–Eso es absurdo –susurro.

–Es evidente que es una trampa –sostiene Lowell–. Mab sabía perfectamente quién era Drake y sabe que estamos aquí. Se lo habrá comunicado al Tirano y esta es solo una manera de tentar a los astrenses para que salgan de su escondrijo.

El puñetazo que Drake da en la mesa me sobresalta. No me cuesta imaginar qué debe de estar sintiendo. La rabia. La frustración. El deseo de ir a rescatar a su madre sabiendo que entonces solo se estará exponiendo, a sí mismo y al resto de rebeldes.

–Drake –lo llamo, y me siento a su lado. Cojo la mano con la que ha golpeado el mueble en un intento de hacer que la destense. Él se atreve a mirarme entonces, y soy capaz de adivinar el dolor en sus ojos–. Todo está bien. Nada de eso va a pasar. Tu madre no va a casarse con el Tirano.

–Pasará, si no hacemos nada para evitarlo. Saben las estrellas qué le ha podido hacer ya ese hombre. Saben las estrellas lo que le hará…

Vuelvo la vista a Inair, que mantiene los ojos bajos. De alguna manera, también es su madre.

–No podéis ir –susurro–. No los astrenses. Os reconocerían. –Vuelvo la vista hacia Drake, de nuevo–: No tú. Te estarán esperando. Antes de que quieras darte cuenta…

–Estoy de acuerdo con Eirene –me apoya Lowell–. Sería un suicidio.

–Podríamos disfrazarnos.

–Sabes que eso no servirá de nada contra el Tirano, Drake –interrumpe Moira, con pesar, y lo dice con la voz de quien sabe muy bien a lo que se enfrenta–. El castillo estará protegido por hechizos para que nada escape a sus ojos. Y si no nos descubriese al entrar, lo haría en cuanto intentásemos ayudar a tu madre: todo el mundo estará preparado para atacar.

–Con la estrategia necesaria…

Todos sabemos que el trovador solo intenta contarse otro de sus cuentos. Me gustaría creerlo, apoyarlo en sus historias, pero soy consciente de que Moira tiene razón.

Lowell y yo compartimos una mirada durante un segundo, pero es otra voz la que se adelanta a nosotros:

–Yo iré a por la reina.

Todos volvemos la vista a la puerta, aunque reconozco esa voz sin necesidad de ver su rostro. Seaben está bajo el dintel, con Chryses a su lado.

–También podría ser una trampa para nosotros –dice Lowell, señalando lo evidente. Yo también lo he pensado. Mab sabe que estamos aquí, al fin y al cabo. También querrá sacarnos de nuestro escondite.

–Precisamente por eso voy a ir a esa fiesta.

–Yo también voy, entonces –asegura Lowell.

–Si es una trampa de Mab os estará esperando a vosotros también –susurra Inair–. Puede que incluso ella esté allí.

–Y le daré la satisfacción de aparecer –declara mi esposo. No me mira, y entorno los párpados, dolida por su actitud–. Creo que merezco verla. Pedirle explicaciones. No voy a tener otra oportunidad así.

En mi cabeza aparece clara la imagen de Mab. Su sonrisa. Su rostro hermoso. Sus alas brillantes. Todo su poder.

Y Seaben cayendo en sus manos.

–Yo también voy –digo, antes de que pueda siquiera pensarlo.

Esta vez consigo que el príncipe me mire directamente por primera vez en días. Hay sorpresa en su expresión, pero también enfado.

–Tú no vas a...

–Os lo debemos –lo interrumpo, mirando a los astrenses–. Nos habéis dado asilo, aunque no teníais por qué. Nos habéis ayudado. Habéis permitido que nos quedemos con vosotros incluso cuando eso podría poneros en peligro. Sabíais que en algún momento Mab vendría a buscarnos. Puede que todo esto no sea por vosotros, sino por nosotros. Puede que solo quiera que aparezcamos, y entonces no sería justo que nadie más se arriesgase.

–¿Estás loca? –me corta Drake. Seguimos cogidos de la mano, por lo que aprovecha nuestra unión para tirar de mí y obligarme a ver su expresión asustada–. ¿No ves lo que va a pasar? Estarán allí, esperándoos, y os llevarán de vuelta. A los tres.

Veo a Inair palidecer, asustada por la suerte que pueda correr su caballero. Es obvio que él no sobrevivirá si lo atrapan. Lo matarán porque de no haber sido por él, Mab nos habría ganado la batalla en

Lothaire y ahora estaríamos bajo su poder. Respecto a Seaben y a mí, también sabemos lo que ocurrirá: a él lo enviarán al frente, después de maltratar su mente, y a mí me encerrarán en Nryan tal y como hicieron con mi madre. Eso si me dejan llegar viva a mi país.

–Si alguien tiene una oportunidad de traer a tu madre de vuelta, lo cierto es que son ellos, Drake –susurra Adair, aunque no parece muy contento de admitirlo–. Ellos al menos no son conocidos en el reino, Aviel no los ha visto jamás, y Seaben y Lowell llevan luchando mucho tiempo, más que cualquier astrense. Por tanto, también tienen más oportunidades de salir vivos.

Me fijo en que Adair y Lowell comparten una mirada de respeto. En estos días, el astrense también ha terminado por aceptar al caballero. Supongo que aunque su orgullo quedase herido tras el juicio, ha aceptado que de no ser por Lowell, la princesa de Astrea jamás se habría recuperado.

Drake, por su parte, está evidentemente disgustado, pero sabe que no puede decir mucho para rebatirle. Por eso me mira a mí.

–Deja que se encarguen ellos entonces. Tú no vayas.

Sé que piensa que soy la más débil, y eso me molesta. También estoy metida en esto, como la que más. También puedo luchar. No voy a dejar que ni Mab ni nadie me vean asustada y escondida.

Pero más allá de eso, no puedo ni imaginar que la reina de Lothaire esté allí y se lleve a su hijo.

–No voy a dejar a Seaben solo –murmuro.

Eso parece ser un revés para el trovador, que entreabre los labios. ¿Lo entenderá? ¿Le estoy rompiendo el corazón, como temía?

Por el rabillo del ojo veo que Seaben vuelve a mirarme. Hay incomprensión en su rostro, y a mí me gustaría sincerarme de una vez por todas con él y decirle que lo echo de menos, que no puede obligarme a esperarlo mientras él se juega la vida. Que lo necesito, que me da igual si nuestros besos no obran magia. Quizá, si me da la oportunidad, pueda conseguir que eso cambie.

Por su parte, Inair mira a Lowell con un terror profundo en sus ojos oscuros. Ella sí tendrá que quedarse aquí, sin saber qué ocurrirá, si la persona que quiere estará a salvo o no la volverá a ver. Con la calma que lo caracteriza y sin timidez, el caballero se inclina sobre la princesa y la besa. Es un gesto dulce, que pretende tranquilizarla. Se susurran algo y me obligo a apartar la vista. Su complicidad me hace sentir incómoda, porque me recuerda la que he perdido.

–Esto es por *mi* madre –susurra Drake, volviendo a captar mi atención–. No es justo que os juguéis la vida por ella, vosotros que ni siquiera la conocéis. Debería ir yo. Yo también debería arriesgarme, como lo vais a hacer vosotros.

–Ya lo hemos hablado, Drake. –Moira sacude la cabeza–. Es mejor que tú no te presentes allí. Es tu madre, por eso esperan que aparezcas. Ni siquiera habrás traspasado las puertas y ya te habrán cogido. A ti y a todos los que vayan contigo.

El hechicero se siente impotente. Lo noto en su mirada, en su manera de tensar la mandíbula.

–No sé cómo agradeceros lo que vais a hacer –dice la princesa de Astrea agachando la cabeza.

–Ni hay razones para que agradezcas nada todavía –le responde Seaben–. La reina aún no está aquí. Pero me gustaría pediros algo. Si algo me ocurriese, me gustaría que cuidaseis de Chryses.

El lobo, a sus pies, lo observa. Miro al animal y me pregunto qué estará pensando. ¿Creerá que realmente no hay nadie, ni hechicero ni de cualquier otra raza, que pueda ayudarlo?

–Nada va a ocurrir –intenta calmar los ánimos Briah, optimista.

–... y de Eirene –concluye el príncipe.

El comentario me sorprende por lo inesperado que resulta. Nuestras miradas se encuentran y hay un latido de más en ese segundo detenido en el tiempo. Él es el primero en apartar la vista, para clavarla en Drake, que acepta con la barbilla alzada.

Después viene la molestia, la misma que me ha embargado cuando Drake ha considerado, indirectamente, que soy la más débil. Con esa mirada ambos parecen decidir que tienen que encargarse de mí, pero empiezo a estar cansada de que crean que no puedo valerme por mí misma. Nadie tiene que cuidar de mí. ¿Por qué parecen considerar que no soy una mujer que puede seguir adelante sola? Odio su actitud en esos momentos, como odio saber que discutieron sobre quién me merecía más o menos, como si lo que yo fuera a sentir tuviera que atender a *sus* razones. Son actitudes estúpidas, egoístas y condescendientes, y me he cansado de ellas.

Me levanto. Parece evidente que aún tengo que demostrar algunas cosas.

–Eirene –me llama Drake, sorprendido por mi arrebato–. ¿Crees que podemos hablar, a solas?

–Más tarde. Lowell, ven conmigo.

El caballero se muestra completamente cogido por sorpresa.

–¿Disculpa?

–Es hora de que demuestre que no necesito a nadie que me cuide como si fuera una niña indefensa, y si mi puntería con el arco no ha bastado para dejarlo claro, tendré que probar con la espada. Vas a enseñarme a luchar.

Drake

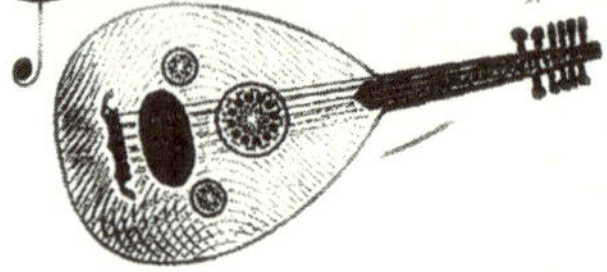

La espada de Eirene vuelve a volar lejos de su puño, cayendo al suelo con un tintineo. Delante de ella, el caballero de mi hermana pone punto y final a la lucha apoyando el filo de su arma sobre su pecho. Llevan así toda la tarde y, ahora que anochece, ambos deberían empezar a pensar en dejar la práctica. Lowell parece algo aburrido; la elfa está cansada y jadeante.

Por mi parte, hace un buen rato que he dejado de hacerte cantar. Sentados en la fuente, somos los únicos espectadores que quedamos, pues los demás habitantes se han ido retirando a sus casas. La observo sacudirse la ropa: se ha cambiado a unos pantalones y una camisa de chico y, aun con el pelo corto, me recuerda a la Eirene que conocí en la ciudad a los pies del castillo de Lothaire, hace lo que parece una eternidad. ¿Quién me iba a decir entonces que acabaríamos juntos aquí, con mi familia y mis amigos? Con el hijo de Mab. El príncipe del que nunca me fié y por el que Eirene ahora parece dispuesta a arriesgar su vida… Porque sé que no va a subir al exterior solo por mí o por la seguridad de mi madre. Lo hace por él. Por no dejarlo solo.

–Es suficiente –escucho decir a Lowell–. Llevamos todo el día con esto.

–Un poco más.

–Me parece que no. Eirene, luchar no es solo empuñar un arma. Si peleas de verdad, verás cómo otros caen bajo tu mano. Dime: ¿serás capaz de hacerlo y encontrar la fuerza para seguir adelante?

Ella baja la vista. Sé que intenta demostrar que puede cuidarse sola, que es libre y se basta a sí misma. Pero también sé que hay gente que nace para la guerra y otra que no. Arrebatarle la vida a una persona puede destrozarte por dentro, llenarte de miedos o volverte loco. Hay gente que lo disfruta porque se siente más cerca de ser un dios. Algunos lo aborrecen y se castigan por dentro durante el resto de su existencia. Unos pocos lo ven como un mal necesario para proteger sus valores.

–Solo quiero saber defenderme –alega ella.

El caballero niega con la cabeza.

–Eso nunca es suficiente.

Recoge la espada del suelo y se la tiende a la muchacha, decidido. No parece cansado, pese a que ella tiene perlas de sudor en la frente y los cabellos cortos se le adhieren a la piel, enmarcando su rostro.

–Date un respiro –le recomienda él.

Eirene no parece dispuesta a hacerlo, por la mirada de desafío que le lanza. Aprovecho el momento para acercarme. Los músculos de mis piernas se quejan, después de tanto tiempo en la misma posición. Te cuelgo a mi espalda.

–Hazle caso, Ei: necesitas un descanso.

Su suspiro es casi una derrota.

–Siento que no ha servido de nada.

–No lo haces mal –la anima Lowell–. Pero tienes que descansar por hoy. Mañana continuaremos.

Con reticencia, Eirene asiente. Últimamente siento una incomodidad nueva en su presencia. Antes bromeaba conmigo, pero desde hace unos días, juraría que me ha estado... evitando. Es como un muro al que solo soy capaz de aproximarme con una sonrisa tras la que escudarme. Eso, sin embargo, no evita que quiera acercarme a ella con naturalidad, como siempre he hecho.

–Bueno, si te sirve de consuelo, y aunque no sepa mucho de espadas, a mí me parece que tienes talento –le digo, queriendo atraer su atención.

Aunque no consigo interpretar su mirada, hay un gesto casi tierno en sus labios.

–Gracias por la compasión, Drake –dice, con un deje de humor en la voz.

Lowell se nos queda mirando un instante más, antes de dejarnos a solas. Lo veo marchar con pasos relajados, estirándose después de la tarde de ejercicio, y supongo que irá a ver a Inair. Si ya era difícil no encontrarlos juntos, ahora que el feérico ha decidido ponerse en peligro por el bien de nuestra madre, se harán inseparables.

Me vuelvo hacia Eirene. Un silencio inquieto se posa entre nosotros. Finalmente es ella la que suspira y termina de recorrer la distancia que nos separa. Para mi sorpresa, como si estos días hubieran sido solo parte de un mal sueño, apoya la cabeza en mi hombro y cierra los ojos. Volvemos a ser los mismos de siempre, agotados de soñar pero dispuestos a seguir creyendo que todo es posible.

–Perdona –susurra–. Sé que he estado ignorándote toda la tarde, pero sabía que estabas ahí.

No la corrijo y le digo que, en realidad, lleva días haciéndolo. Que sé que algo ha pasado con Seaben, como lo sabe toda la casa. Le paso un brazo por la cintura. Ella se tensa, pero no me aparta.

–No vayas arriba –digo de pronto, aun a riesgo de romperlo todo de nuevo– Quédate aquí.

Conmigo. Pero la palabra no llega a escapárseme. Bastante tengo con dejarle claro que no es porque piense que necesite protección. Siempre he pensado que es valiente, al fin y al cabo. Siempre he pensado que podría hacer todo lo que se propusiese: ser reina o viajar a los confines del mundo.

La siento negar y me doy cuenta de que probablemente esté demasiado cansada como para enfadarse conmigo.

–No voy a hacer eso –me dice, y sus brazos se alzan para devolverme el abrazo, por fin–. Pero pienso prepararme bien, y así no pasará nada.

–Me pregunto si «prepararse» es una nueva palabra para decir que llevará una espada al cinto. Lo que necesitan es un hechicero, no otro espadachín. Si me dejasen acompañarlos...–. Si Mab está allí, no nos cogerá tan fácilmente.

–No es solo Mab. No conoces al Tirano. No quiero que te vea. No quiero que pases por lo que hemos pasado nosotros.

–No sabe quién soy, y habrá demasiada gente para que se fije en mí. Aunque no lo creas, sé ser disimulada.

Suspiro. Lo único que lograré, si sigo por este camino, es hacer que se enfade conmigo, así que me visto con una sonrisa burlona y le rozo la punta de una de sus orejas con el dedo.

–Disculpa que señale lo obvio, pero no tenemos muchos elfos en Astrea.

Eirene aparta la cara de mi alcance. Un brillo divertido ha aparecido en sus ojos. Se separa un par de pasos, con expresión inocente, y me deja las manos vacías y los brazos fríos.

–Tampoco son tan grandes –se defiende–. Solo si te fijas muy de cerca verás que son un poco más puntiagudas que las tuyas.

Aunque se me escapa una sonrisa, no sé si soy capaz de ocultar mi incomodidad.

–Eirene, solo quiero que te quedes cerca. Me gustaría ir arriba, pero nadie me dejará dar un paso fuera de la casa, así que, ¿por qué no te quedas aquí también? Lowell y Seaben se bastan.

La elfa hace una mueca que me avisa de que debo tener cuidado.

–Porque aquí me siento inútil, Drake. Y porque estoy harta de que todos queráis defenderme. Además –añade, bajando la voz–, es probable que nada de esto hubiera pasado si no nos hubiéramos quedado con vosotros.

–Es mi responsabilidad que estéis aquí: yo os traje. –Quisiera añadir que me siento responsable de lo que le ocurre a mi madre. Que debería haberla salvado cuando tuve oportunidad, pero no tenía ni las fuerzas ni el valor suficientes. Ese hombre, Aviel, ha destrozado mi familia y ha acabado con la libertad de la que Astrea disfrutaba. Es mi lucha. *Nuestra* lucha, de todos los astrenses–. No quiero perder a más gente,

Eirene. No quiero tener que ver morir a más seres queridos. Y, en cambio, aquí estoy, de brazos cruzados mientras espero una oportunidad que nunca llega.

Sé que me entiende. Lo veo en la compasión con la que se endulzan sus rasgos, el cariño con el que me miran sus ojos. Con cuidado, titubeantes, sus manos se alzan y se posan sobre mi rostro, enmarcándolo en un gesto que es un pobre consuelo para la desesperación que siento. La impotencia. Me siento como cuando sabía que Inair estaba en la torre, pero no podía alcanzarla.

–No puedes hacer nada, Drake. Los demás tienen razón: te reconocerán en cuanto entres por la puerta, y esta vez quizá no sea una celda lo que te espere. Sé que es duro, pero debes tener paciencia. Si quieres ayudar a Astrea, esa noche no será el día.

–Lleva años sin ser el día –mascullo, molesto.

–Pronto –me promete–. Ahora, Inair está aquí. En unos días, también tu madre.

Me aparto.

–¿En qué condiciones, Eirene? ¿Qué le habrán hecho? ¿Cómo la habrán tratado? –No puedo evitar pensar en la mujer fuerte de mi infancia, con los ojos llenos de determinación. Podía ser la más dura de las maestras o la más cariñosa de las madres. La idea de que esa persona haya desaparecido me aterra. Pero todos estos años han tenido que cambiarla de alguna manera, aunque no lo quiera–. A veces no me creo la suerte que tuvo Inair, porque pese a su hechizo, nadie le puso jamás la mano encima. Nadie la forzó a… –Callo, incapaz de decir más–. Su estúpido caballero la protegía, después de todo. Pero mi madre está sola.

–Has de tener fe.

–Desde que he vuelto, no me sobra de eso.

–Pero ¿no ha salido todo bien? Estás en tu hogar. Inair está bien. Tus amigos están aquí, contigo.

–Temo el momento en que algo pueda destruir esta falsa felicidad, Eirene. Temo descubrir que, de la noche a la mañana, estos días vividos han sido los últimos.

–¿Tan poca confianza tienes en mí?

–En quien no tengo ninguna es en el destino.

–Eso no existe. –Cuando la miro, con una pregunta en los labios, ella se encoge de hombros–. Hasta hace un mes, mi destino era ser reina y el de Fay casarse con Seaben. Si el destino existiera, el futuro se podría prever, pero la verdad es que no hay nada escrito. ¿No te das cuenta, Drake? Nosotros somos los únicos que tomamos las decisiones y, dependiendo del camino que decidamos recorrer, podemos ganar o perder. El destino no es más que un arma que esgrimen los cobardes para justificar lo que sucede a su alrededor y sobre lo que creen que no tienen posibilidad de intervenir. Pero tú no eres un cobarde, ¿no es cierto?

¿No es más fácil pensar que lo soy? ¿No es mucho más simple creer que hay algo más poderoso que nosotros dirigiendo nuestros pasos? Que equivocarnos o acertar no es más que una parte de un plan maestro orquestado desde nuestro nacimiento. Quizá sea un poco más triste. Quizá me dé un poco más de esperanza cada día. Al fin y al cabo, somos demasiado pequeños para poder controlar todo lo que nos ocurre. Las posibilidades son infinitas y nosotros demasiado frágiles para soportarlas todas.

–En los cuentos –murmuro, apartando la vista– las estrellas tienen un libro donde está escrito lo que va a ocurrir.

–Ese es un cuento demasiado cruel.

–Todos los cuentos son crueles, Eirene.

–¿No eras tú el que creía en los finales felices?

–Ya no lo sé. No sé si realmente existe un final o solamente nos cuentan hasta donde a nosotros nos gustaría escuchar. No sé si la palabra «final» puede ser feliz, de hecho. ¿Crees que tiene sentido?

–Sí, supongo que lo tiene.

Un silencio funesto cae a nuestro alrededor. Me froto un brazo y cambio el peso de mi cuerpo de un pie al otro. Titubeo, pero finalmente saco el valor necesario para hacer fluir las palabras:

–¿Quieres ir arriba? –pregunto, consciente del abrupto cambio de tema–. Hoy o mañana... Me prometiste subir conmigo; ir a ver las flores.

Eirene me observa con cautela, indescifrable, pero acaba por asentir.

–Lo necesitas –concede. Cuando la interrogo con la mirada, ella hace un gesto hacia mí, aunque ha esbozado una sonrisa–. No hay más que verte, Drake: en cualquier momento te volverás loco aquí abajo. Creo que algo de aire libre y ver que de verdad estás de nuevo en tu país te ayudará. Aunque no esté bien lo que vamos a hacer.

Pese a la advertencia, me tiende una mano, que cojo tan rápido como puedo. Tiene razón: llevo días soñando con salir, con ver la luna y las estrellas, en vez de esta luz artificial. Sentir la hierba bajo los pies descalzos y aspirar el olor de la tierra mojada. Llevo años esperando volver, y no me sentiré completo hasta que de verdad vea la isla azotada por las olas y la brisa haciendo bailar las flores al son de su canción secreta.

–Lo que vamos a hacer es maravilloso, y nadie tiene por qué enterarse.

–«Nadie tiene por qué enterarse» no es precisamente un sinónimo de actuar bien –me instruye.

Río. Río como hacía tiempo que no lo hacía. Por un par de horas podemos olvidarnos de la guerra, de Astrea o Nryan, y volver a ser nosotros mismos.

–Si nadie se entera, nadie puede juzgar.

Con su mano en la mía y la risa en la boca, me la llevo a contar estrellas.

Hace lo que parece una eternidad, tú y yo solíamos escaparnos, junto con los demás, y cabalgábamos durante más de una hora para llegar hasta aquí. Recuerdo los deseos a todas las estrellas fugaces, los cuentos y los secretos a media voz. A Inair, aún pequeña, siempre de mi mano o la de Moira. A los hermanos de Briah, que le enseñaron a pelear. A ti y a mí, tocando y cantando para ellos, esperando que nuestras voces llegasen hasta el cielo. En uno de los cumpleaños de nuestra princesa, le hicimos una corona de flores que brillaba tanto como la luna.

Tumbados sobre la hierba, nos prometimos que estaríamos siempre juntos y, demasiado inocentes, creímos que las sombras nunca llegarían a Astrea, porque las estrellas velaban por nosotros.

Han pasado años, pero la sensación no ha cambiado. Sigue siendo el mismo lugar apartado de todo y, como si fuera el último refugio que quedara en el mundo, me siento más a salvo de lo que lo he hecho durante toda mi estancia en los subterráneos. No puedo creer que exista algo malo ahí fuera, con la brisa llena de sal acariciándome la cara. Huele a mar, pero también a tierra, y el perfume de las flores, ahora que la primavera empieza, se percibe denso en el aire de la noche. Sobre nosotros, las estrellas titilan lejanas, cantándole una nana a una luna casi en cuarto creciente que me sonríe adormilada. A mis pies, los pétalos blancos destellan como una isla en medio de un océano de sombras.

Mientras nos quedemos aquí, nada podrá hacernos daño.

Eirene y yo nos sentamos juntos, hombro contra hombro. Contigo en mi regazo, empiezo a contarle el nacimiento de la isla, con todos los cuerpos celestes como testigos. Que las estrellas se sientan orgullosas de lo que han hecho, porque este reino es su obra maestra, donde la magia sobrevive, incluso a pesar de las dificultades, en cada uno de los rincones de este país. A mi lado, la elfa escucha atenta, aunque sus dedos recorren con delicadeza las pequeñas lámparas vivas que nos dan su luz. He arrancado algunas, y mis dedos ya trabajan, con presteza, en el trenzado de sus tallos.

–Todo el mundo sabe que el único país con la bendición de las estrellas es Nryan –me dice, una vez he acabado mi relato y las palabras dan paso a los sonidos de la noche.

Me acuerdo de la discusión que tuvimos un día sobre qué país era mejor y no puedo evitar reírme. Nunca me convencerá de que este lugar no es un paraíso.

–Nuestro escudo es una estrella –le recuerdo–. ¿Qué tiene de celestial vuestro ciervo?

–¡Los ciervos son criaturas muy nobles! –exclama, falsamente ofendida.

Se me escapa una carcajada, instado por su vehemencia.

–No hay duda, aunque llegue un lobo y se los coma.

–¿Y las estrellas qué hacen, aparte de titilar? ¿Espiarnos desde arriba y envidiar nuestra suerte?

De nuevo, río. El brillo de las flores lanza un juego de luces y sombras sobre su rostro, convirtiéndola en joven y anciana a la vez. Podría estar triste o feliz. Ese es, quizá, parte del encanto de este lugar: te muestra todas las posibilidades, tal vez porque despierta la imaginación, en lugar de obligarte a dejarte engañar por tus propios ojos.

–Las estrellas conceden deseos y guardan a los inocentes de todo mal –replico, alzando la vista hacia el manto de diamantes que cubre el mundo–. Hace mucho tiempo, cuando los humanos no tenían magia, las estrellas se apiadaron de ellos y bajaron para vivir dentro de nosotros: así nacieron los primeros hechiceros sobre el mundo.

–Pero las estrellas viven encerradas en la noche, mientras que los cervatillos podemos ser libres.

La siento tumbarse sobre la hierba, a mi lado. Su piel parece brillar como una más de las flores, y sus ojos, fijos en el cielo, hablan más allá de todas sus palabras. Palabras de añoranza, me parece. De anhelo. De bosques y libertad.

–¿Lo echas de menos?

–¿El qué?

–Jugar entre los árboles. Ser libre. Tu isla.

–Sí, supongo que sí.

Con un suspiro, Eirene cierra los ojos. Yo mejor que nadie sé lo que es sentir la nostalgia. Ser incapaz de aceptar la pérdida y pensar todos los días en algo que está demasiado lejos de tu alcance.

A veces, incluso he anhelado justo lo que tengo al lado. Como ahora.

–Mira al cielo –susurro, apenas por encima del silbido de la brisa–. Busca estrellas fugaces y ellas harán realidad tus sueños. –Nos recuerdo así tumbados, con la mirada puesta en el cielo y mil ilusiones anidando en nuestros pechos–. Tienes que pedir los deseos con fuerza y dejar que griten en tu cabeza. Aunque las estrellas no te pueden escuchar cuando abres la boca, pueden leer lo que tu corazón más anhela.

Si lo pides con la suficiente fuerza, con la suficiente esperanza, cualquier cosa puede cumplirse.

Eirene me mira desde abajo. Sonríe, pero es el gesto que los adultos les dedican a los niños demasiado fantasiosos: lleno de cariño y de incredulidad, incapaces de tener tanta fe como ellos. Es la expresión de quien ha visto demasiado y no puede seguir creyendo en el mundo como hacía antes.

–He dejado de creer en esos cuentos, Drake.

Lo sé. Me lo dejó entrever cuando me dijo que no creía en el destino, de que ella, y nadie más, tomaba sus propias decisiones. Creo que hasta su corte de pelo lo dice. Quizá por eso no puedo evitar sentir lástima por ella, pero supongo que yo también tengo momentos en los que me cuesta creer. No he dejado de plantearme si la vida es un cuento o una pesadilla, desde aquella noche en la que Aviel tomó el mando de la isla. Sé que me he escudado en lo maravilloso que sería un final feliz durante mucho tiempo, pero también soy consciente de que yo no soy ningún héroe que encontrará su justo premio al matar a un dragón que aterrorice al mundo.

–¿Sabes qué deseaba yo constantemente, Ei? –Vuelvo la vista a mi tarea–. Ver mundo.

Sonrío, algo burlón, al pensar que se hizo realidad. Jamás habría pensado que las estrellas serían tan crueles como para ponerme en camino para ir a buscar a mi hermana hechizada.

–¿No crees que tu deseo te salió un poco caro?

–Mi madre siempre me decía que hay que tener cuidado con lo que se desea.

–Estoy de acuerdo con ella.

Me doy cuenta de cuánto echo de menos sus palabras, incluso cuando me regañaba.

–Siempre tenía un buen consejo para cada situación. Todos la admiramos mucho.

–Te prometo que todo saldrá bien. La traeremos de vuelta, Drake.

Lo sé. Pese a todas mis dudas, no puedo desconfiar de su palabra. Me tiende la mano y yo la cojo, aunque solo para tirar de ella e incorporarla. Una vez sentada a mi lado de nuevo, tan cerca, aparto mis dedos solo para dejar sobre su cabeza una corona improvisada. No es de oro y piedras preciosas, pero destella incluso más y, aunque está hecha con más bien poca destreza, se asienta sobre sus cabellos con gracia, a medida. Eirene se sorprende, pero parece genuinamente feliz. Por primera vez en días sonríe de verdad.

–Ahora sí que eres una princesa protegida por las estrellas.

Ríe. Ahí está la elfa con la que solía encontrarme en las ruinas junto al palacio de Lothaire. Ahí está, tan cerca que no me cuesta nada apoyar mi frente contra la suya, hasta que nuestros ojos no tienen más remedio que encontrarse de frente, sin secretos.

–Para que esto se convierta en el cuento perfecto solo falta un caballero… ¿o quizá un príncipe?

–No veo a ninguno de ellos por aquí… –se burla.

–Te daré una pista –hago una pausa dramática–: yo.

–Oh, ¿ahora te autoproclamas príncipe?

–¿Es que no crees que sería un gran príncipe? Guapo, con buen porte, generoso… y con un don innato para la magia y la música. ¡Lo tengo todo!

Intento permanecer serio, pero resulta difícil cuando ella misma deja escapar una gran carcajada. Se separa apenas de mí y mira al cielo, señalando un lugar cerca de la luna.

–¡Mira! ¡Una estrella más! ¡Creo que es tu ego!

Me hago el despistado, como si buscara a mi alrededor.

–¿Dónde? ¡Rápido, pide un deseo!

Eirene ríe de todo corazón y yo me uno a la forma en la que ese sonido parece crear una música sin par. No necesito más. Quiero quedarme en este momento, en este rincón lleno de felicidad donde podemos ser nosotros mismos, sin nombre ni responsabilidades, sin pensamientos más allá de este cielo que nos protege.

–No podré escapar de esta noche sin contarle a una estrella lo que quiero, ¿verdad?

Sonrío, con aire inocente.

–No sueñes con ello.

Eirene claudica. Sus ojos van al cielo, buscando un astro en el que centrar sus pensamientos. Me pregunto qué es lo que su corazón persigue de verdad. Me pregunto cuál será ese secreto que guarda, el que nadie se atreve a decir en voz alta por temor a quedarse desnudo, indefenso. Sus ojos se cierran, y el silencio vuelve de nuevo. El corazón me da un vuelco cuando la brisa le remueve los cabellos cortos, cuando la luz de las flores la envuelve como si ella misma fuese a brillar y a lanzarse al firmamento. Contengo la respiración. Durante días he estado con ella bajo el mismo techo, pero no la había sentido tan cerca como hasta ahora, rodeados de calma y magia.

Durante un par de latidos, la observo y me pierdo. Sus labios se mueven al pedir su deseo, aunque de ellos no brotan palabras, solo la fe de quien quiere creer que todo es posible.

Como una estrella fugaz, me inclino sobre ella y la beso.

Su exclamación es un golpe de aliento, una palabra sorprendida que ni siquiera puede hacerse real. Mi mano se posa en su mejilla y le regala una caricia. Por un momento me siento dichoso de recuperar su tacto y su sabor, que casi había olvidado.

Pero ella no me corresponde.

Contra mi cuerpo, Eirene se ha tensado y, cuando abro los ojos, veo los suyos observándome, antes de que desvíe la mirada. Antes de que ponga las manos sobre mi pecho para separarme, yo ya he puesto distancia entre nosotros, y una ola de vergüenza me recorre por dentro. Me estremezco y, aunque las ganas de salir corriendo me apremian, lo único que puedo hacer es bajar la vista y desear no haber tomado la iniciativa.

Soy un estúpido.

–Siempre he deseado por encima de mis posibilidades –me escucho decir. No es una pregunta. No necesito que diga nada, en realidad. Lo entiendo. Sé muy bien lo que sucede. Tengo los sentidos embotados, como si hubiera pasado demasiadas horas en vela. Como si estuviera en un cuerpo que no es el mío, y todo se tratase de un error–. Ahora no es diferente, supongo.

La elfa tiene los labios apretados. Me pregunto si desea pasarse la mano por la boca para borrar mi sabor. Sacude la cabeza y siento que se estremece. No creo que sea por el frío, aunque a mí, de pronto, se me cala en los huesos. Siento el cuerpo entumecido, incapaz de reaccionar, anclado a la tierra, a su presencia, sin atreverme siquiera a respirar, por miedo a darme cuenta de lo que significa un amor no correspondido.

–No –murmura. Tampoco parece su voz. No sé si sabe que cualquier palabra se me clavará en el cuerpo, en la mente–. Al principio no era así. Yo... –Se interrumpe. Es como si le faltase el aire. Sé que no me va a contar cuentos; que no va a intentar adormecer el dolor, la realización de que aquí se acaban todas las historias que podríamos haber creado juntos–. Perdóname.

Su beso contra mi frente es un pobre sustituto de sus brazos. De su calor. De su risa. Es un beso lleno de cariño y de arrepentimiento, lleno del afán de ser personas diferentes en cualquier otro lugar. Sobre mi regazo, sobre ti, cae la corona de flores. Cuando se levanta, sus ojos destellan y quiero imaginar lágrimas en ellos. Su silueta oculta la luna un instante.

–Perdóname... –me pide de nuevo, pero ya es demasiado tarde. Sus pasos son ligeros sobre la hierba, una carrera que huye de mí. Que la aleja de lo que un día pudimos haber sido.

No soy capaz de darme la vuelta para verla desaparecer. No soy capaz de reaccionar. Mis dedos acarician la corona, que miro sin llegar a enfocarla y, antes de que me dé cuenta, la destrozo con las manos, con una fuerza que no entiendo de dónde sale. Con ira. Con vergüenza. Con todos los sentimientos de desesperación que han nacido del rechazo.

Como si así pudiese desechar todo lo que hemos vivido juntos, lanzo los pedazos de flores al viento. Ahí van todos los cuentos que me he contado desde que la conozco, las mil imágenes que he creado en mi mente cuando estábamos juntos, esperando algo más. ¿Por qué tengo la sensación de que no he aprendido nada? ¿Por qué no entiendo que los sueños no son para gente como yo, para idealistas? Es fácil crearlos, es fácil aprender a vivir en ellos, pero hacen de la realidad un sitio cruel, frío, deforme, pervertido.

Y lo peor de todo quizá sea que no puedo odiarla. No puedo culparla, porque yo la engañé. Puede que Eirene tenga razón y echarle la culpa al destino solo me haga un cobarde. Yo, y no otro, decidió cómo comportarse en el pasado. Yo, y no otro, la hice llorar con mis mentiras. Si bien fue por el bien de Inair, ¿me exime eso de culpa?

Quizá Seaben de Lothaire tenía razón, y simplemente no me la merezco.

Me aferro a ti, desesperado por salir a la superficie. Jadeante, cojo una bocanada de aire frío que me arde en la garganta y me desgarra por dentro. Me encojo, sobre mí mismo, y trato de ignorar el dolor en el pecho, el corazón apresado entre las costillas.

Una a una, las estrellas se apagan.

Eirene

Sabía que era inevitable que pasara, pero una parte de mí todavía esperaba no romperle el corazón a Drake. No sé exactamente cómo, pero quizá me gustaba imaginar que él, con la vuelta a su país, con la vuelta con los suyos, se habría dado cuenta de que no había ningún futuro para nosotros; que lo que creía sentir por mí era tan irreal como lo que yo sentí por él. Esperaba que él no me quisiese, y así no tener que escuchar jamás el sonido de sus sueños romperse, o ver el desengaño empañando su mirada.

Me habría gustado que todo fuese así. Nuestra amistad se habría salvado entonces. Ninguno sufriría. Nos comprenderíamos, quizá nos reiríamos de un tiempo en el que ambos creíamos que albergábamos más deseos hacia el otro de los que en realidad sentíamos. Todo quedaría en una anécdota y seguiríamos con nuestras vidas.

Por supuesto, no ha sido así. Él me quiere. Me quiere de verdad, tal y como yo no puedo quererle, o todo sería más sencillo. Si pudiese querer a Drake como él se merece, sin ataduras, sin pensamientos, solo con un cuento en los labios que nos contaríamos cada vez que nos besásemos, entonces quizá habría finales felices en vez de este rastro de corazones de cristal resquebrajados.

Ojalá pudiésemos elegir a quién amar. Ojalá los sentimientos atendiesen a la razón.

La realidad me golpea con fuerza, arrancándome de la mente todos los posibles futuros que nunca serán, cuando me caigo al suelo.

–No estás concentrada.

Lowell, ante mí, me tiende una mano para ayudarme a levantar. Reacciono, sacudiendo la cabeza, y acepto su asistencia. Con un pequeño tirón, me pone en pie, y yo me limpio los pantalones y luego vuelvo a coger la espada que se me ha resbalado de la mano.

–Lo siento.

El caballero me observa con detenimiento durante unos instantes, aunque después su mirada va más allá de mí, a la fuente que tenemos tras nosotros.

–Hoy ya no tienes público.

Ni siquiera me hace falta mirar para saber a lo que se refiere. Mientras que ayer Drake amenizaba nuestra batalla con sus notas dispersas y sus canciones, hoy solo hemos tenido el entrechocar de nuestros metales por toda melodía. No digo nada. Decido que es hora de dejar de pensar y me vuelvo a poner en guardia. Lowell suspira, sabiendo que hay algo que no comparto con él, aunque, discreto, acepta mi cambio de tema y me ataca.

Durante un tiempo me concentro, aunque no dejo de pensar: cada golpe que doy a Lowell, moviéndome con rapidez, refleja la rabia que siento. La impotencia. Todos estamos alejándonos. Estamos quedándonos solos. Estoy quedándome sola. De Ailbhe me separa un océano. De Fay, toda una serie de probabilidades que aún hoy aparecen en mi cabeza por las noches para atormentarme con su posible paradero. Y ahora he perdido al príncipe y al trovador. A la persona que quiero y al único amigo de verdad que he tenido.

Golpe. Empujón. Estocada.

Estoy. Perdiéndolo. Todo.

La desesperación me ciega. La soledad. Estoy rodeada de personas, pero no tengo nada. Astrea jamás podría ser un hogar para mí: esta no es mi gente, no es mi país, y aunque todos han sido amables, no hay ningún lazo que me mantenga atada a este lugar. Si pierdo la apuesta y Seaben se marcha solo a Anderia (con todo el peligro que eso conlleva y que me volverá loca), me marcharé de todos modos al único lugar sobre el que tengo poder, en el que me quedan unas raíces. A Nryan.

Recuerdo cuando mi esposo me prometió acompañarme. Recuerdo aquel día en que fui tan feliz solo porque él me dijo que abandonaría la guerra para estar conmigo. Fue la primera vez que vi un futuro que deseaba de verdad ante mí. Algo que quería conseguir. Un futuro en el que Seaben y yo recuperábamos Nryan y lo salvábamos de las garras de mi padre; en el que, juntos, construíamos un hogar de verdad.

Ni siquiera pude disfrutar de aquel sueño.

La exclamación de Lowell se cuela entre mis recuerdos. Lo miro, sobresaltada, y descubro que él también me está mirando, con los ojos muy abiertos. No tiene su arma en las manos, sino que mantiene estas en alto. El estoque ha terminado en el suelo.

Enrojezco. He perdido el control. Ni siquiera puedo estar segura de cómo he conseguido desarmarlo, de dónde he sacado las fuerzas. De la rabia. Del desengaño. De todo el poder de la desesperanza.

¿Será eso de lo que se alimenta Mab? ¿Será eso lo que la hace tan poderosa?

–Eso no ha estado mal –susurra, sin poder disimular su impresión.

No respondo. Él tampoco lo hace, sino que sus ojos van más allá de mí de nuevo y parece encontrar algo que lo satisface.

–Mira. El relevo.

Cuando alzo la vista por encima de mi hombro, mis ojos se encuentran con los iris escarlatas de Seaben. Ambos nos sobresaltamos y no tardamos ni un segundo en rehuirnos.

–¿Te estaba gustando el espectáculo? –le pregunta su amigo.

–No está mal.

Su voz es tan fría… Aprieto la empuñadura de la espada. «Deja de tratarme así –quiero espetarle–. Deja de hablar así cuando estoy delante. Deja de fingir que eres esta persona». O quizá solo quiera preguntarle qué piensa, qué demonios pasa por su cabeza, porque ya no lo sé. No puedo saberlo.

Desconocidos. Nos estamos convirtiendo en desconocidos.

–Piensas que tú lo harías mejor, ¿verdad? Siempre te has creído mejor espadachín que yo –adivina Lowell. Aunque sea ilógico, me molesta que él sí pueda predecir lo que hay en la mente de mi esposo. Mi esposo. ¿Por qué sigo fustigándome pensando que lo es? Es Seaben. Solo Seaben–. Pues sería un buen momento para demostrarlo.

–¿De qué estás hablando?

El caballero pasa por mi lado y le sigo con la mirada, aunque no me atrevo a girarme del todo. No quiero mirar a Seaben. No quiero que vuelva a apartarme la vista o que me observe con esa frialdad, con la muralla que hemos alzado entre nosotros.

–Vas a hacer de profesor.

Tanto el príncipe como yo nos sobresaltamos. Me vuelvo solo para ver la expresión disgustada del moreno. ¿Tanto le desagrada la idea de pasar más de dos minutos conmigo? Ayer, cuando me vio aguardando en su cuarto, tampoco pareció alegrarse.

–No voy a...

Lowell, tan ducho para salirse con la suya como de costumbre, ni siquiera le permite terminar la frase:

–Yo tengo otra princesa a la que atender, sobre todo teniendo en cuenta que en dos días me juego la vida. Seguro que no le gusta que pase mi tiempo con otra. –Sonríe, brillante y encantador, y hace una reverencia exagerada ante nosotros–. Con vuestro regio permiso, sus ilustrísimas altezas...

Ni siquiera nos da tiempo a protestar. Antes de que nos queramos dar cuenta, el caballero ha huido de la plaza a la carrera.

Y nos deja a solas con nuestro silencio.

–No tienes que hacerlo –susurro, en un intento de liberarle de la tarea que le acaban de imponer–. Briah me ayudará, es una buena espadachina.

Más silencio durante un par de segundos que se me hacen eternos. Me imagino esta escena desde fuera, con el uno frente al otro, y el suelo abriéndose a nuestros pies para mostrarnos el abismo ante el que nos encontramos. Con cada instante sin hablar, la distancia se incrementa.

Más…

… y más…

… distancia.

Siento ganas de llorar. De gritarle que diga algo. De gritarle y que me grite, porque así al menos discutiríamos, así al menos tendríamos algo que decirnos, aunque solo fuesen reproches. Así quizá llegaríamos a algún lugar.

Con un susurro que me parece irreal, Seaben toma aire y responde:

–En guardia, Eirene.

Lo miro, aunque él no me mira, como empieza a ser costumbre. Sus dedos aferran la espada de Lowell con tanta fuerza que sus nudillos se vuelven blancos.

Sé que es todo lo que va a decir, y eso me molesta. ¿Es esto lo que quiere? ¿Que nos golpeemos de verdad, en vez de con palabras? Quizá así sea más fácil, después de todo. Quizá si nos dejamos llevar por la rabia, como he hecho yo antes, terminemos siendo sinceros de una vez por todas. Estos filos no pueden hacernos más daño del que ya nos hemos hecho.

Por eso no respondo, sino que alzo la espada tal y como Lowell me ha estado enseñando. La sopeso entre mis manos, y nos miramos.

Nos miramos. Nos miramos. Nos miramos.

El gesto más largo que hemos compartido en días.

Es solo el preludio del ataque. Es él quien comienza. No es delicado, aunque no esperaba que lo fuese. No ha sido instruido para andarse con miramientos. No ha sido adiestrado para tener piedad. Su estocada es fuerte y me cuesta detenerla, pero lo hago. Nos movemos y es, de alguna retorcida manera, como cuando bailamos en Lothaire. Solo que esta vez no hay sonrisas ni ganas de besarnos. Aquella noche nos derretimos entre pasos al son de la música y caricias casuales, entre palabras y promesas. Ahora solo queda frío. Y eso me enfada. Me vuelve loca. De pérdida, de desesperación, de ganas de recuperar lo que teníamos. De que vuelva a sonreírme en ese gesto que solo yo me he ganado siempre. No quiero que me trate así. No soporto que me trate así. No quiero que sea este Seaben. No conmigo.

Ataco. Me ataca. Lo esquivo. Se defiende.

Nos miramos. Nos miramos. Nos miramos.

Siento que me echaré a llorar en cualquier momento, en alguno de estos pasos erróneos. Quisiera dejarme caer o desarmarme y rendirme, porque estoy demasiado cansada de esta batalla que nada tiene que ver con la esgrima. Y al mismo tiempo, quiero seguir luchando. Quiero que pierda los estribos, que abandone su calma; aunque su mirada también está enfurecida, cada vez más. En otro tiempo que parece imposible y lejano, quizá esta batalla habría sido un juego, quizá nos habríamos reído, quizá nos habríamos burlado del otro.

Pero ahora solo jadeamos, intentando demostrar que somos fuertes más allá del cuerpo a cuerpo. Que podemos vivir sin el otro. Que nada de lo que ha pasado nos afecta en realidad. Que nada nos impedirá seguir nuestro camino, aunque estemos tomando direcciones opuestas.

No. No todavía. Aún no nos hemos separado. Aún no tenemos que hacerlo.

–¿Qué tal tu capa? –le reto, por encima del sonido de mi respiración acelerada. Su siguiente golpe es más fuerte todavía, dándome una pista de que no la ha encontrado, con la frustración que ello le supone.

–No me he parado demasiado a buscarla. –Miente. Habrá recorrido la casa de arriba abajo. Otra estocada. Me muevo hacia un lado. Si algo puedo aprovechar contra él es que soy más rápida, más ligera–. Pero es obvio que en tu cuarto no está.

«Tu cuarto». Aún se me hace extraño pensar que ya no tenemos uno en común. Que ya no descansamos en la misma cama, que ya no tenemos un espacio que considerar solo *nuestro*.

–Vas a perder este juego –me regodeo, aunque sin verdadero placer en la voz.

Eso le molesta todavía más. Sus párpados se entornan y casi siento miedo de la persona que tengo delante. De este Seaben que no conocía: el que ha ido durante lunas a la guerra, el que ha matado, el que ha mirado a la Muerte cara a cara y ha conseguido burlarla.

–No me provoques mientras tengo una espada en la mano, Eirene.

Quiero provocarlo. Al menos estamos hablando, aunque sea llevados por el dolor, aunque sea con espadas de por medio. Mantenemos nuestra propia guerra y, como en todas las guerras, no se trata solo de infligir heridas en el cuerpo. También en la mente. También en el corazón.

–¿Debo ir preparando mis cosas para el viaje a Anderia? ¿Cuánto crees que tardaremos en llegar?

Su siguiente estocada es tan fuerte, tan rápida, tan inesperada, que mi espada vuela por los aires arrancándome un jadeo de sorpresa. La punta de la suya se posa en mi pecho, justo encima de mi corazón, que da un brinco asustado y se acelera aún más.

Alzo la barbilla. Él aprieta más la empuñadura.

Es la primera vez que me toca en una semana, aunque sea con el filo de una espada. Es la primera vez que estamos tan cerca.

–Recógela –me ordena, con voz fría.

El metal se aparta de mi cuerpo para permitirme moverme y recuperar mi hoja. Me pongo en guardia y espero. Él no tarda en volver a por mí, con más fuerza que antes, y yo también me lo tomo aún más en serio. Nuestras espadas se vuelven a encontrar con un sonido que parece llenar toda la plaza.

–¿Tan terrible es? –renuevo el ataque de palabras. Espero a que él me empuje, y así lo hace, momento que yo aprovecho para apartarme y que él se precipite hacia delante–. ¿Tan terrible te parece que te acompañe?

Él ni siquiera duda, pese a que pensé que mi estrategia había sido buena. En vez de trastabillar, aprovecha el impulso para darse media vuelta con elegancia y de nuevo atacar. Lo paro, aunque con esfuerzo, y la mano me tiembla por la presión. Me obliga a retroceder unos pasos, aunque lo último que deseo es claudicar ante su fuerza.

–Es peligroso –masculla–. Más para ti que para mí.

Eso es mentira. Yo no he matado a nadie en ese país, mi reino no se ha involucrado en esa guerra. Quizá me usen, quizá me hagan sufrir, pero a él ni siquiera le darán esa oportunidad si le atrapan. Los deseos de venganza de los anderienses lo matarán, y lo harán de manera lenta, esperando que en su lecho de muerte se acuerde de todos y cada uno de los rostros que han caído bajo su mano.

–No pretendías ir sin mí para protegerme.

–No. Pretendía hacerlo para alejarme de ti.

Directo al corazón. Su espada ni siquiera me roza la piel, pero sus palabras ya lo han hecho todo. Han atravesado sin piedad, como si fuese una de mis flechas, como si de pronto él tuviese más puntería que yo.

«Pretendía hacerlo para alejarme de ti».

Las lágrimas se agolpan en mis ojos sin permiso, enturbiándome la visión. Aunque me tambaleo, la rabia es más fuerte. El dolor es más fuerte. Me nublo de nuevo y ataco, esta vez con más fuerza. Con desesperación. Soy consciente de dejar escapar un grito de frustración. Escucho gritar al pequeño y frágil habitante que late en mi pecho.

«No te quiere. Quiere alejarse de ti».

Quizá sea mi grito lo que lo sorprende. O quizá mi rostro. No lo sé, pero hay algo que no le permite reaccionar, y es el momento en el que golpeo con furia su espada. Él trastabilla, sorprendido por mi arrebato, y pierde el equilibrio, cayendo de espaldas al suelo. Me mira desde abajo, los labios entreabiertos en un gesto de genuina sorpresa e incomprensión, aunque es solo un instante. Al siguiente, toma aire y alza la barbilla con el mismo orgullo con el que yo lo he hecho antes, como si no existiera la derrota para ninguno de los dos.

Eso es mentira, no obstante. Puede que él esté en el suelo, pero yo soy la que ha perdido esta batalla.

No me permito llorar, aunque ni siquiera puedo enfocar bien. Tiro mi espada al suelo.

No me quiere.

Ya lo sabía. No hicimos magia, al fin y al cabo. Nuestro beso no funcionó. Pero, aun así, esperaba… ¿Qué? ¿Que él también hubiese llegado a mi misma conclusión, que él también estuviese enamorado, que simplemente no supiésemos cómo enfrentarnos al otro y al miedo a ser rechazados? ¿Que su maldito hechizo no significase nada?

Cierro los ojos. Cojo aire. Intento recomponerme. Intento decir que todo está bien. Que es mejor así. Prefiero saberlo. Sylvana tenía razón: a veces es mejor que te rompan rápido el corazón a que te den esperanzas. Así, el dolor será intenso, pero la muerte será rápida. Así, puedo confirmar que no hay un futuro para nosotros.

Aun así, no puedo permitir que se marche solo a una muerte segura. Quizá él no me quiera, pero yo estoy enamorada de él como nunca lo he estado de nadie.

–Sigo siendo tu esposa –le recuerdo, intentando contener mi voz. Como si tuviera alguna validez, como si significase algo a fin de cuentas–. Por eso, si se trata de mantenerme junto a ti, de protegerte, ganaré los juegos que haga falta. Siempre ha sido así, y no ha cambiado. No va a cambiar.

–¿Por obligación? –me reclama, con rencor, recuperando las palabras que le confesé en el barco–. Eso he sido siempre para ti, ¿no es cierto? ¿Te doy lástima, quizá?

Se equivoca.

–Te dije que habías dejado de ser eso para mí.

–También me dijiste que necesitabas tiempo. Pero el tiempo se ha acabado.

Sí. Es cierto. Al menos, nuestro tiempo juntos lo ha hecho. Cierro los ojos para que no vea que espero que remate todo esto. Que lo pronuncie. Que me rompa el corazón de verdad. Que tenga el valor de decirme que no siente nada por mí, que no me quiere a su lado, que nunca debimos estar juntos, que todos los besos fueron un error. Quiero escuchar de su boca que se ha equivocado conmigo, que siempre lo hizo.

–Desde luego, tú pareces tenerlo todo muy claro.

Se levanta. «Dilo. Di que no me quieres. Rompe con todo definitivamente, y quizá así podamos empezar de nuevo. No dejes ni un resquicio a la esperanza, y entonces podremos volver a ser desconocidos, como al principio».

–Los indecisos son los primeros en morir en la batalla. Una duda es un segundo valioso. –Pasa por mi lado, a una gran distancia. Vuelvo a ver el abismo, amenazando con devorarme–. Recuerda esto en tus clases de esgrima. Tenías razón: Briah parece una buena profesora. Pídele ayuda a ella.

Se marcha. Ni siquiera ha recogido su espada del suelo.

Me quedo sola.

El abismo se hace infinito y, cuando me echo a llorar, caigo en él.

Seaben

No puedo dormir.

Cada vez que cierro los ojos, el rostro de Eirene aparece en mi mente, con su expresión atormentada y las lágrimas a punto de rodar por sus mejillas. Oigo su grito. Sus palabras dolidas. Siento la fuerza de su brazo, el sonido de su espada contra la mía. El dolor sordo de la caída recorriéndome el cuerpo. De alguna manera, quizá todavía no haya logrado levantarme, pese a que ya ha pasado un día entero desde nuestra pelea. Quizá siga allí, mirándola desde abajo, indefenso y confundido.

Puede que ya no me vuelva a poner en pie.

Aparto las mantas y me siento en el borde de la cama, pasándome las manos por la cara. Después, inquieto, consciente de que ya no voy a lograr descansar, empiezo a pasear por el pequeño cuarto. En la penumbra, intuyo los muebles lo suficiente como para poder esquivarlos. Voy hasta la ventana. En la noche, la plaza está vacía. Eirene se ha retirado de su incansable entrenamiento, pero aún puedo vernos, ahí de pie, enfrentándonos, con espadas y sin ellas.

Cierro los ojos y apoyo la frente contra el frío cristal, buscando algo que alivie mi mente en ebullición. No estaba pensando con claridad cuando le dije que quería apartarme de ella y, a pesar de eso, fui completamente sincero. No puedo seguir teniéndola cerca. No es sano, para ninguno de los dos. ¿Va a seguir siendo siempre así, si me quedo a su lado? ¿Va a convertirse en una lucha física y de voluntades, en la que nos heriremos cuerpo y alma? No quiero eso. Nunca he querido eso.

Suspiro y le doy la espalda a la calle, como si así también pudiera ignorar mi comportamiento. Dentro del cuarto, dos puntos brillantes cercanos a los pies de la cama siguen mis movimientos.

–¿Por qué las cosas han tenido que acabar así? –le pregunto.

«Vosotros sois los únicos culpables –me recrimina Chryses en mi cabeza–. Habéis estado engañándoos ya por demasiado tiempo, rehuyéndoos y poniendo entre vosotros barreras que habéis creado con vuestras propias manos».

¿Es eso? ¿Todo se reduce al miedo? Al miedo a fallar, a que no funcione. A nuestras inseguridades. Somos demasiado parecidos. Demasiado conscientes de nuestros defectos. Queremos gobernar nuestras vidas sin atender alrededor, sin ser conscientes del daño que causamos con cada una de nuestras decisiones.

–No quiero hacerle daño.

Es una excusa pobre. Un intento de justificarme no más alto que el sonido de mi propia respiración. Solo quería que fuese feliz. Pensé que podíamos serlo juntos. Y cuando descubrí que el beso no había funcionado solo pude... volver a esos terrores antiguos. Me encerré en mí mismo, incapaz de ver una solución.

O tal vez, simplemente, no quise verla.

«No, pero lo has hecho en el proceso de castigarte a ti mismo».

–Yo no...

«¿Te sientes mejor al mentirte? –me interrumpe–. Ambos sabemos que todo lo que estás haciendo, todo lo que estás planeando, no es más que un intento de sacrificarte por los demás. Durante toda tu vida has hecho lo que creías que era correcto, fiel a tus ideales. Lo sigues haciendo, incluso si te perjudica. Lowell tiene razón: has de reaccionar. Sabes lo que te hace feliz. Entonces ¿por qué no intentas cogerlo?».

Inquieto, me siento en el suelo, junto a la cama. El cuerpo de Chrys me resulta cálido, cuando se vuelve a tumbar, esta vez a mi lado. Le acaricio el lomo, distraído, y trato de no prestar atención a sus ojos, puestos en mí. Le agradezco su preocupación, pero me sabe mal que esté pensando en mis problemas cuando él tiene los suyos. Y ni siquiera sabe lo del bebé... Decido que no puedo decírselo. No todavía. No hasta que sepamos dónde está. Conocer el secreto antes de tiempo lo destrozaría.

«Seaben –dice, con un suspiro, malinterpretando mi silencio–. Tienes que entender que nadie va a ayudarte si no te ayudas a ti mismo, y menos con el tema de Eirene».

–No sé cómo arreglarlo.

Desde abajo, mi compañero me mira con lástima en sus ojos claros.

«¿Has probado a hablar con ella? Es tan simple como eso».

–Siempre que abro la boca le hago daño. El otro día, aquí mismo. En el entrenamiento... –Cierro los ojos, y el colchón se desplaza un poco, al apoyarme contra él–. Me provocó. Lo estaba haciendo aposta.

Chryses deja escapar un suave gruñido. No puedo identificar qué significa. Al menos, no hasta que habla en mi cabeza:

«Sois como dos niños pequeños».

Abro la boca para defenderme pero, de pronto, callo.

Y me doy cuenta.

Entiendo que atacarme ha sido la única forma que ha visto de acercarse a mí. Al herir mi orgullo, de alguna forma, nos hemos acercado. Aunque no hubiera amor, aunque todo fuera un cruce furioso de sentimientos espoleados por el rencor, por primera vez en días hemos estado juntos. Quizá pensó que era mejor que la indiferencia. Tal vez creyó que la violencia arreglaría esto, ya que el silencio no nos permitía avanzar. Cojo aire, sintiéndome un poco miserable, pero siendo consciente de que ella está tan desesperada como yo.

–Sí. Quizá lo seamos.

Me percato de que Chrys ya no me mira, sino que observa una sombra oscura contra el color claro de mi camisa. También llama mi atención. No son las sábanas, sino algo que ha quedado al descubierto al apartar el colchón. Tomo la tela entre mis dedos y reconozco su tacto enseguida. Tiro. Me cuesta un poco pero, finalmente, la capa queda libre y cae sobre mi regazo.

La he encontrado. En la última noche que tenía antes de perder, como encontró ella la cinta.

Ha estado todo el tiempo justo debajo de mis narices, en mi cuarto, en mi cama. La tomo entre mis manos y me levanto, sobresaltando a Chryses, que me observa con curiosidad y cautela.

«¿Y ahora?».

No lo sé. Me he movido por inercia. Durante un instante, he pensado en ir hasta su cuarto y demostrarle que no puede ganar.

En su lugar, me quedo plantado en el sitio, aguantando la respiración.

–No puedo.

Su juego está hecho del mismo material que sus palabras de burla. Ha sido un pobre intento de unirnos, como lo fueron por mi parte las partidas de ajedrez y la cinta atada alrededor de mi muñeca.

Solo quiere quedarse junto a mí.

Y yo solo quiero estar junto a ella.

Nos hemos estado haciendo daño de manera estúpida. No nos merecemos esto. No somos estas personas. Puede que no tengamos un cuento perfecto, con besos de amor verdadero, pero me basta con recuperar la historia que teníamos.

Tomando una decisión, doblo la capa y la devuelvo a su lugar bajo el colchón y, como si quisiera sellar la acción, me siento en el borde de la cama, turbado y maravillado a partes iguales por mi comportamiento. Me siento como un niño que acaba de cometer una travesura. Como si hubiera descubierto lo que realmente deseo: asustado pero vivo, dispuesto a apostar por este futuro tan incierto y que tan incomprensible me parece.

«Creo que estás haciendo lo correcto», me anima Chryses.

Me tumbo en la cama. Cierro los ojos. Eirene no aparece, con sus ojos llorosos y su mirada furiosa. En cambio, puedo ver su sonrisa, nuestros juegos. Si lo que queda no es solo indiferencia, quizá todavía tengamos una oportunidad.

–Que sea nuestro secreto.

Las espadas no chocan hoy bajo mi ventana. Aunque sigue practicando, esta vez con Briah, Eirene lleva en la mano un puñal. Me parece un arma más adecuada a sus habilidades, porque puede esconderla con facilidad entre sus ropas y, en su mano veloz, se convierte en una sorpresa mortal para cualquier atacante. Su compañera parece una buena maestra y tiene la experiencia necesaria para guiarla en sus movimientos. En alguna ocasión, incluso, casi parecen divertirse, y durante esos instantes mi esposa vuelve a ser la misma muchacha alegre de siempre. Aun así, esos momentos apenas duran y, finalmente, se pierden para dejar el rostro serio y concentrado de una cazadora.

No puedo evitar pensar que una daga no le servirá de nada contra los enemigos que nos esperan. Mab no necesita desenvainar la espada para ponernos a sus pies: una sola mirada podría ser suficiente para empezar la tortura. En comparación, un estoque atravesando nuestros corazones sería un benigno final. Me estremezco al pensar que esta noche podríamos estar ante ella, en un salón de baile, rodeados de enemigos. Aunque hemos estado revisando los planos del castillo y las múltiples vías de escape, no puedo ser tan optimista como mi esposa o los astrenses: no será un trabajo fácil. No entraremos, rescataremos a la reina y nos marcharemos. Probablemente tengamos que luchar. Estamos arriesgándonos incluso más que en Lothaire. Si nos atrapan…

–Lo que necesita Eirene es aprender a proteger su mente –digo de pronto, en voz alta.

Chryses, que descansa sobre la cama, abre un ojo.

«Y de eso te querrías encargar tú personalmente, ¿no es cierto?». Aunque no puedo percibir burla en su pensamiento, casi me hace sentir abochornado. Sí, me gustaría. El vínculo que hace falta para enseñarle los secretos de la mente va más allá de cualquier lazo físico que pueda haber entre dos personas.

Vuelvo la vista hacia las combatientes.

–Solo digo que quizá los hechiceros deberían haber empezado por ahí. Al fin y al cabo, ellos se jactan de saber más magia que nadie.

Sé que no lo engaño. No a él. Puedo sentir sus ojos atravesándome la nuca.

«Bien, entonces quizá deberías comentárselo a Drake, para que se encargue de solucionarlo».

Sabe perfectamente que ese es un golpe que duele, pero intento encajarlo dignamente. Sospecho que no tengo éxito.

Desde la plaza, la elfa alza la vista a mi ventana. Ambos nos quedamos quietos, casi turbados, mirándonos. No reacciono hasta que ella vuelve su atención a su daga, aunque para entonces Briah ya se ha dado cuenta de que tienen un observador y me hace señas para que me asome. La hechicera tiene sonrisa de duende, como si siempre tramara algo, y sé, por los días que llevamos aquí, que nunca pierde la oportunidad de poner en evidencia a quien tenga a mano.

Con un titubeo, abro la ventana.

–¿¿Has perdido?? –grita la pirata desde abajo, a modo de saludo.

Eirene da un respingo. Sus ojos vuelan del rostro de su compañera al mío, y parece tan curiosa como ella, aunque nunca lo admitirá. Sé que no va a dirigirme la palabra. Sé que sigue dolida y no puedo culparla por ello.

–Me temo que no sé a qué te refieres –miento.

–No juegues conmigo, príncipe –repone, con los brazos en jarras–. He hecho una apuesta con Shem, así que tengo que descubrirlo.

La expresión de sorpresa de Eirene se ve reflejada en la mía. Me pregunto si es posible mantener los asuntos personales en privado en esta casa y cuántos más estarán al tanto de nuestro juego.

–¿Habéis apostado con nuestra propia apuesta? –inquiere Eirene, incrédula.

–Y por cuánto tiempo estaríais enfadados. Yo dije que esto se acababa hoy, así que no me decepcionéis.

Eirene abre mucho los ojos y boquea, buscando palabras que puedan responder a algo así. Yo, estúpidamente, siento ganas de sonreír.

Quizá sea por la forma tan sencilla de ver las cosas que tiene esta chica, con una pizca de inocencia y otra de picardía. Sí, supongo que desde fuera parecemos ridículos. Y espero que eso le enseñe algo a todas las dudas que he estado teniendo, y también a mi orgullo. Somos nosotros los únicos que nos complicamos. Los únicos que vemos el juego como un complejo conjunto de reglas e implicaciones, en vez de dejarnos llevar.

–¿Puedo saber qué os habéis apostado? –pregunto, desde mi ventana.

–Eso son cosas nuestras.

Valientes palabras para alguien que se mete en los asuntos de los demás.

Eirene murmura algo que hace avergonzar a Briah, pero hablan demasiado bajo para poder entenderlas. La respuesta de su compañera es algo sobre no hablar como una princesa.

Miro a Chryses. Él, esta vez sin palabras, me anima a que siga adelante.

–Lo cierto –comienzo, alzando la voz para que ellas puedan escucharme con claridad y dejen sus pullas para más tarde– es que no he encontrado la capa.

Hay un silencio de un par de segundos. Eirene me observa, sin saber cómo reaccionar. Supongo que esperaba ver un orgullo herido, y por eso hay cautela en su gesto, tal vez incapaz de reconocer al muchacho que, con calma, admite su derrota. A su lado, Briah salta en su sitio.

–¡¡SHEM!! –grita y, esté donde esté, estoy seguro de que él la habrá escuchado–. ¡¡HE GANADO!!

Se marcha corriendo, anunciando a todo el mundo su felicidad, y ni siquiera me molesto al pensar que no ha tenido fe en mí. La elfa la sigue con la vista hasta que desaparece tras una esquina. Después, siempre destinados a encontrarse con los míos, vuelve hacia mí sus ojos. Al contrario de lo que esperaba, no hay burla en ellos. No hay superioridad ni se regodea en mi derrota, como cuando encontró la cinta.

Por primera vez en días, y pese a la altura que nos separa, la siento cerca.

–Está debajo de tu colchón. Estuvo en tu cuarto todo el tiempo.

–Nunca se me habría ocurrido. –Y es verdad: la encontré de casualidad.

Su sonrisa victoriosa dura un latido. Acto seguido, baja la vista. Aprieta las manos en dos puños; sus dedos alrededor del puñal. Temo no escucharla, si me habla, pero lo hago mejor de lo que pensaba.

–No iré si no quieres, Seaben –dice, y sé que necesita toda su fuerza de voluntad para capitular así, de alguna manera. Que lo dice por culpa de mis palabras de ayer, en las que declaré que lo único que quería era alejarme de ella. Le hice demasiado daño.

Suspiro. «Todo esto es por ti», quiero decirle. No me referiría solo al juego. No me referiría solo a las decisiones que he tomado. Que *hemos* tomado. Todo, desde el principio...

Sacudo la cabeza y desaparezco de su vista, solo para volver con la capa entre mis brazos. Con deliberada lentitud, consciente de que analiza cada uno de mis movimientos, la abro y la dejo caer. Ella la atrapa al vuelo en cuanto está a su alcance, sin comprender qué me traigo entre manos.

–Yo aún tengo tu cinta, así que es justo que tú tengas algo mío –le digo, alzando el brazo, para mostrarle la tela blanca anudada alrededor de mi muñeca. Pese a todo lo que ha ocurrido entre nosotros, no he sido capaz de quitármela ni un solo día–. Además... en Anderia hace más frío que aquí.

Es todo lo que le puedo ofrecer por el momento. Lo más parecido a una disculpa que sé pronunciar. Un paso en su dirección, aunque sea pequeño.

Ella, desde abajo, se abraza a mi improvisado obsequio, ocultando la expresión de su rostro.

–La cuidaré –me promete, aunque esta vez tengo que esforzarme para oírla–. Solo por el frío, claro.

Reconozco la forma en la que oculta sus verdaderos sentimientos. Torpemente, como yo.

Una vez más, intentar leernos entre líneas se convierte en un juego.

–Claro –susurro.

–Yo…

Calla. Sigue siendo difícil. Aún nos queda un largo trecho para volver a ser lo que fuimos. Aún nos queda superar los obstáculos que nosotros mismos nos hemos puesto.

–¿Sí? –la insto.

Pero el momento ha pasado y, fuera lo que fuese que quería decir, prefiere guardárselo para sí y no compartirlo conmigo.

–Será mejor que vaya a buscar a Briah. Aún tiene tiempo de enseñarme algunas cosas antes de esta noche.

Alza la mano, como si quisiera despedirse, pero no llega a convertirlo en un gesto real. Duda pero, tras un instante más, con la capa todavía entre los brazos, se da la vuelta y se marcha. Yo observo hasta que se pierde entre las casas. Con un suspiro, cierro la ventana.

He hecho lo que debía, ¿verdad? Incluso aunque eso signifique ponerla en peligro. Incluso aunque nos vayamos a embarcar hacia lo desconocido, al menos lo haremos juntos. De la mano. Como cuando escapamos de Lothaire.

–¿Cómo sabes cuándo estás haciendo lo correcto? –pregunto, en voz alta.

Los ojos de Chryses están cerrados, como si durmiera, pero sus palabras suenan en mi cabeza con completa claridad:

«No puedes saber de antemano si tu decisión es la buena. Pero sí si te hace feliz».

Sonrío. Al fin y al cabo, Eirene siempre ha sido mi respuesta correcta.

Cirene

Nuestro plan, sobre el papel, no tiene demasiadas fisuras. Lo repasamos una y otra vez antes de que anochezca: entramos en el castillo, nos situamos cerca de uno de los pasadizos –que hemos estudiado a conciencia gracias a los planos y los conocimientos de los astrenses–, atacamos la mente del Tirano, provocamos algo de confusión y la aprovechamos para llevarnos a Hermia de Astrea. Después, huimos. Sin heroicidades: solo tenemos unos minutos. Yo soy la más rápida, así que mientras Seaben y Lowell distraen y mantienen ocupados a los guardias, tomo a la reina y me voy con ella. Ellos me seguirán más tarde o más temprano. Nos encontraremos fuera.

No me hace gracia tener que dejarles atrás, pero debo confiar en ellos, en su experiencia en la batalla, en sus años en el frente. Sé que Seaben lucha bien y que Lowell es ducho con la espada. Solo espero que no salgan heridos.

Todos nos comprometemos a seguir, paso por paso, nuestras respectivas misiones. Adair nos muestra una vez más cuál es el pasadizo que tenemos que tomar. Moira nos brinda unos trajes dignos de la nobleza astrense que han estado cosiendo para nosotros desde el día en que nos ofrecimos voluntarios para ocuparnos de su reina. Mi vestido, largo y del color de la noche, lo han diseñado con un manto que me permitirá tener mis orejas ocultas, pero también con un bolsillo entre sus pliegues para esconder un puñal en él. También llevo el de mi primo en la bota, por si una sola arma no fuera suficiente.

Sylvana, cuando me ve preparada para la fiesta, me dice que nunca había visto una belleza tan peligrosa como yo.

Nos despedimos de todos con abrazos y buenos deseos. Con promesas de regresar pronto y seguir el plan, pase lo que pase. Drake también nos despide y, aunque al principio no sé cómo mirarlo –al igual que no he sabido de qué forma comportarme con él en estos días en los que, como pasó con Seaben, nos hemos distanciado–, me sorprende la manera en que me abraza.

–No dejes que te pase nada. Por favor.

Casi siento ganas de llorar mientras me estrecha entre sus brazos. Quiero decirle muchas cosas. Que siento no quererlo como me ama él, que siento que mis sentimientos cambiasen. Que me hubiera gustado amarlo. Que no merezco su preocupación.

El momento, sin embargo, pasa. Tenemos que irnos.

Me coloco la capa de Seaben sobre los hombros, agradeciendo el abrigo que me presta. Cuando lanzo un vistazo hacia él, descubro que está observándome. Nos miramos, conteniendo la respiración. Todo sigue extraño aún entre nosotros, pero ahora, con esta prenda sobre mi cuerpo, lo siento un par de pasos más cerca. Por eso intento sonreír, con agradecimiento por habérmela dado. ¿Por qué lo ha hecho, no obstante? Imaginaba que le molestaría perder, pero esta mañana... Esta mañana parecía diferente, pese a nuestra lucha. Parecía cambiado. Parecía querer arreglar las cosas, tanto como yo.

El príncipe, al ver mi gesto, toca la cinta que sigue atada a su muñeca.

El corazón me da un brinco en el pecho. Y los dos, después de un instante, apartamos la mirada.

Decido que, después de que todo esto haya pasado, tenemos que hablar. Sin ataques, sin murallas, sin mensajes entre líneas. Hablar de verdad, con todo lo que eso supone. Quiero terminar con esta distancia y, ahora que sé que él también está dispuesto a hacerlo, puedo sacar el valor necesario para enfrentarlo.

Tras las despedidas, subimos a la superficie. Fuera nos esperan Briah y Shem, que han conseguido unos caballos para nosotros, con toda probabilidad gracias a alguno de los pocos contactos que les quedan arriba. Ellos también tienen una montura para cada uno y serán los que nos guíen hasta el castillo.

Así lo hacen.

Cabalgamos durante algo más de una hora, mientras a nuestras espaldas el sol se esconde lanzando destellos al mar. El atardecer de hoy deja tras de sí una estela de color rojo en el cielo, y prefiero no pensar que ese es el color de los ojos de Mab y de la sangre que siempre se derrama a su paso. Si ella está en la fiesta, si todo ha sido una trampa dirigida hacia nosotros y no hacia los astrenses, entonces esta noche la sangre será la nuestra.

Nos separamos de Briah y Shem justo antes de llegar a la ciudad: nos indican el camino hasta el palacio y nos recomiendan dejar los caballos en este lugar; el pasadizo por el que saldremos, supuestamente, no está muy lejos de nuestra posición actual. Siguiendo las indicaciones de los piratas, salimos del bosque y caminamos.

Astrea no tiene nada que ver con Lothaire. Quizá tuvo alguna similitud en el pasado, quizá hubo fiestas y alegría, pero en el presente son pocas las personas que pasean por la plaza. Los ciudadanos arrastran pesares en los ojos y el corazón, y se resguardan en sus casas antes de que la luz del sol se apague. Cuando las estrellas velan por los mortales desde el firmamento, las calles se convierten en desiertos. No puedo evitar pensar que quizá la gente se esconda en sus hogares en un intento de no recordar la noche en que el país se sumió en una oscuridad que dura ya más de dos años.

Solo volvemos a ver gente a medida que nos acercamos al castillo, y allí todo es diferente: si bien el pueblo astrense parecía apenado, la nobleza está encantada con la fiesta y ríe mientras hablan de la futura ceremonia o de lo que deparará la maravillosa velada que ha preparado Aviel.

No puedo evitar pensar en qué pasará con los que apoyan el régimen de Aviel si los rebeldes consiguen vencer. Cierro los ojos, intentando no imaginar el conflicto civil que se podría originar. Y, sin poder evitarlo, también pienso en Ibran, sentado ya demasiados años en el que debería ser mi trono. ¿Y si hay gente cómoda con su mandato? ¿Cómo podría pensar siquiera en reinar, sin ningún apoyo?

–Es impresionante.

Las palabras de Lowell me arrancan de mis pensamientos. Sigo la mirada del caballero y ahogo una exclamación.

El palacio de Astrea parece nacer del agua.

Como si fuera consciente de que sin el mar la isla no sería nada, el castillo se alza en medio de un lago. La estructura, de formas curvas, elegantes, talladas en piedra blanca que parece prácticamente coral, se reproduce exactamente igual en el agua, como si ese pequeño oasis fuera una conexión entre dos mundos diferentes, entre dos Astreas. Pienso que hasta cierto punto es irónico, porque eso es, precisamente, lo que hay ahora mismo en Astrea: una aparentemente brillante sobre la superficie y otra oculta en los subterráneos.

Un enorme puente que surge también de lo más profundo del lago conecta la ciudad con la entrada del castillo, y allí es donde la multitud se congrega, expectante por la reunión que está a punto de empezar. Todos visten sus mejores galas, conscientes de la importancia de la celebración. Se va a anunciar un compromiso real, al fin y al cabo. Me pregunto cuántos de los que están aquí presentes son verdaderamente fieles al rey y cuántos solo han decidido unirse al bando ganador en vez de luchar por unos ideales. No los culparía: rendirse, en un caso como el de Astrea, fue lo más lógico, sobre todo para personas que tienen familia y posesiones. Los ideales, en tiempo de guerra, en tiempo de cambios, rara vez sirven para algo más que para condenarnos.

Eso es lo que nos ha pasado a Seaben y a mí.

Lo miro de soslayo. Parece tranquilo, como si nada de lo que pudiera ocurrir una vez atravesemos esa puerta fuera a afectarle. Según nos acercamos al portón, miles de preguntas se agolpan en mi cabeza: ¿Nos estarán esperando? ¿Nos reconocerán? ¿Nos dejarán pasar? Vamos desarmados, al menos en apariencia: ni ellos cargan con sus espadas, conscientes de que levantarían sospechas en los guardias, ni yo llevo mi arco. Los tres, no obstante, llevamos puñales escondidos. Los tres tenemos invitaciones, que no sabemos cómo han conseguido los rebeldes, pero que no parecen falsas.

Alcanzamos el portón. Por el rabillo del ojo compruebo que Seaben fija su vista en el suelo, en un intento de que nadie se percate del color de su mirada.

Mis dedos, antes siquiera de poder pensar en qué estoy haciendo, corren a entrelazarse con los suyos.

Los dos nos sorprendemos. Nos miramos, pero no decimos nada. Pienso que se apartará de mí, que me obligará a soltarle, pero contra todo pronóstico lo único que hace es aferrarse con más fuerza.

Seaben y yo entramos de la mano y tengo la repentina seguridad de que todo vuelve a su lugar. Estamos juntos y caminamos juntos. Como nunca debimos dejar de hacer.

La celebración se realiza en el salón del trono, como si Aviel quisiera demostrar ante todos, una vez más, que ese es su legítimo puesto. Todo es blanca piedra también en esta sala, lo que hace que parezca resplandecer ante las luces mágicas que se desperdigan por el aire, flotando sobre nuestras cabezas. Es como si algunas estrellas se hubieran escapado de su hogar en el cielo para asistir también a esta reunión, demasiado curiosas. Que el techo sea una gran cúpula de cristal no hace más que potenciar la idea de tener el firmamento sobre nuestras cabezas.

Al principio todo es revuelo y murmullos, unos momentos que Seaben, Lowell y yo aprovechamos para posicionarnos en el lugar en el que está el pasadizo que los astrenses nos han indicado: tras un tapiz inmenso en el que se recrea la antigua guerra entre dioses y estrellas. El paño muestra, en concreto, a los dioses como los vencedores que fueron, mientras las estrellas forman una triste procesión hacia el firmamento oscurecido, donde tuvieron que aprender a vivir desde entonces.

–Qué apropiado –susurra mi esposo. No nos hemos soltado todavía.

–¿Se creerá él uno de esos dioses? –le pregunto.

–Lo crea o no, la realidad es que ya ha desterrado a media Astrea a la oscuridad.

Callamos. Los tres miramos alrededor, a las brillantes galas de los invitados, a sus rostros. Buscamos lo mismo. Pensamos lo mismo.

–No se presentará –murmura Seaben–. No entre el público. Llamaría demasiado la atención.

–Ya os lo he dicho: no es el estilo de Mab presentarse –responde Lowell–. Prefiere que otros hagan el trabajo sucio.

Supongo que él lo sabe mejor que nadie, después de tantos años sirviéndola, incluso en algo tan poco honorable como el secuestro de una princesa. Me sigue maravillando la inteligencia que mostró: la suficiente como para proteger siempre sus intereses, pese a ser un peón. Estaba a su lado y contra ella al mismo tiempo, pero Mab no pudo saberlo hasta el final, hasta que la traicionó.

No podemos seguir pensando en la reina de Lothaire, no obstante, porque pronto una figura aparece y acalla por completo los murmullos de los asistentes.

Aviel de Astrea hace acto de presencia en su fiesta.

Nunca lo había visto. De hecho, nunca lo había siquiera imaginado. Cada vez que oía mencionarlo, en mi mente solo aparecía una difusa mancha negra sobre cuya cabeza se posaba una corona que no merecía. Ahora que lo tengo delante, sé por qué Drake decía que no quería ni siquiera que me viese.

Camina firme por la alfombra roja y brillante que han extendido por la sala, en dirección al pequeño estrado en el que está el trono: sus cabellos son entrecanos, pero él no parece exactamente anciano, aunque sí mayor. Tiene arrugas en el rostro y rozará la cuarentena. Parece un hombre fuerte, de espalda ancha y brazos musculosos. Una ostentosa capa azul oscura, que parece querer imitar el firmamento, con brillantes puntos, se arrastra tras él.

Una corona de oro blanco que reluce tanto como el resto de la habitación brilla sobre su cabeza. La corona que debería ser de Inair.

En ningún momento mira a sus súbditos, en ningún momento sonríe. Frío. Seguro de sí mismo. Despiadado.

A su lado, ella.

Hermia de Astrea va del brazo del Tirano, pero es evidente que no es algo que haga por placer. Su mirada no se centra en el frente, como la del soberano, sino que, siempre triste, observa el suelo. Tiene largos cabellos castaños, pero el tiempo no la ha tratado bien: las canas se reparten por ellos, dándole reflejos de color blanco, y su rostro muestra más arrugas que el del hombre. Sus rasgos están marcados por el sufrimiento y el cansancio, como si hubiese salido hace poco de una enfermedad: sus pómulos sobresalen en sus pálidas mejillas, y sus labios finos se aprietan con suavidad. En el pasado debió de ser bella, pero ahora está rota y demacrada.

Si Drake estuviera aquí se volvería loco al verla caminar del brazo de la persona que la ha convertido en ese fantasma en vida.

–Mirad cómo disfruta el muy bastardo –masculla Lowell. Supongo que se siente implicado en el asunto, más incluso que Seaben y que yo, porque esta es la causa de la persona que ama–. No me extraña que el trovador quisiera venir a matarlo con sus propias manos. Parece encantado con su trono robado.

Tiene razón. Aviel se acomoda en el trono con deleite, hundiéndose en él con la satisfacción de quien tiene un gran poder. Es consciente de que es fuerte, de que tiene a un país atemorizado a sus pies. ¿Nos esperará? De pronto siento miedo, porque parece lo suficientemente seguro como para contar con la presencia de asaltantes. Quizá nos espera y sabe que no tenemos ninguna posibilidad contra él.

Hermia también se sienta, justo a su lado. Verla me angustia. Parece tan triste, tan desolada… No mira a nadie, solo a sus pies, y juraría que lucha con las lágrimas que pugnan por salir. Orgullosa, sin embargo, las mantiene a raya. Observo que, asomando bajo las mangas de su vestido, unas vendas cubren sus muñecas.

Esa mujer ha debido de sufrir lo indecible.

No me doy cuenta de que estoy asiendo desesperadamente la mano de Seaben hasta que él me da un apretón. Siento que intenta pedirme que me tranquilice y, aunque la angustia no desaparece por completo, me relajo un poco.

Aviel se incorpora y alza las manos. Los susurros que podían quedar se acallan con ese gesto, a tiempo de que su voz se escuche en cada rincón de la sala:

–Bienvenidos, mis señores; bienvenidas, mis damas. Vientos de cambio se ciernen sobre nuestra amada isla. Durante dos años he reinado en solitario en este trono, con una corona demasiado grande para mí. –«Mentiroso», pienso–. Todos sabéis ya por qué habéis sido convocados: la soledad no es una obligación para un soberano justo, y un palacio vacío y triste no es justo para su corte. –Por primera vez, el hombre sonríe, y me sorprende lo afable que parece. Lo bien que finge. Como Mab. ¿Es que todos saben jugar a los disfraces de esta manera? ¿Es que eso es ser rey?–. Es por esto que he decidido tomar una esposa. Una esposa digna de mí, digna de este palacio y de toda nuestra hermosa Astrea. Una esposa que conoce bien el país, que supondrá la unión definitiva entre la Vieja y la Nueva Astrea. Todos la conocéis, pero hoy os la presento como mi prometida: su majestad Hermia de Astrea.

El Tirano le tiende una mano a la mujer y ella se levanta. Solo en ese momento alza la vista, y entonces sé todo lo que le sufre. ¿Soy la única que lo ve? ¿Cómo puede una sola persona en este lugar pensar que esa unión de la que Aviel habla es consentida?

–Lowell. Seaben –mascullo.

No aguanto más. Quiero que ataquen la mente de ese hombre y lo destrocen. Que lo dejen sin barreras. Quiero que lo hagan sufrir, como él ha debido de hacer sufrir a la madre de Drake. Como él ha hecho sufrir a tantísima gente, en realidad.

–Preparado –susurran ambos al mismo tiempo.

Los siento tensarse a mi lado.

Y entonces, la oscuridad.

Todas las luces del salón se apagan a la vez. El revuelo entre los presentes no tarda en llegar. Lowell, Seaben y yo nos desestabilizamos, sin saber qué esperar. El príncipe no solo me coge la mano, sino que tira de mí para ponerme tras él.

Y de pronto, el cielo se rompe.

Con un gran estruendo que arranca gritos a muchos de los invitados, incluida a mí, la cúpula del techo estalla en mil pedazos. Los cristales caen sobre el salón como una lluvia de estrellas inesperada. No soy capaz de ver nada, sin embargo, porque Seaben me empuja contra la pared en cuanto se escucha el estallido, protegiéndome con su cuerpo. El corazón se me dispara.

Saben que estamos aquí. Todo esto es por nosotros. Ha sido una trampa y hemos caído.

Eso es lo que pienso, al menos, hasta que oigo el grito del rey, que llama a sus guardias.

Alguien ríe.

Llega como un canto, porque tiene un tono melodioso en medio de todo el caos que se genera en el salón. Es una risa mágica, porque provoca que muchos callen, quizá por miedo, quizá por curiosidad. Casi temo que sea la de Mab, hasta que comprendo que no es ella, sino que es la carcajada de un hombre.

–Mis señores, mis damas. –La nueva voz intenta imitar el discurso del Tirano en una parodia que exagera su acento–. Vientos de cambio se ciernen sobre nuestra hermosa isla...

Con un parpadeo, las luces titilan como si fueran seres celestes y se encienden de nuevo, descubriendo a la figura que habla: está justo detrás de Hermia de Astrea, de quien rodea la cintura con seguridad. Es un hombre de mediana edad, y lo poco que soy capaz de identificar de él por la distancia que nos separa es que sus cabellos tienen el color del fuego.

–La boda real ha de cancelarse. Porque me llevo a la novia.

Casi me parece insultante la facilidad con la que lo dice. La alegría casi infantil. No imagino cómo deberá de sentirse Aviel, que lo observa con sorpresa, como quien ve a un fantasma del pasado, solo un segundo antes de desenvainar su espada y lanzarse a por él.

El hombre, de nuevo con pasmosa tranquilidad, se carga a una incrédula Hermia al hombro y lo esquiva. Se echa a reír de nuevo, y me pregunto hasta qué punto este desconocido es un genio o un loco.

–¡¡Atrapadlo!! –grita Aviel.

Una horda de soldados sale de la nada, preparados para defender a su rey y a su reina. El hecho de que haya tantos y que salgan tan rápido de todas partes no hace sino confirmar que esperaban un ataque, aunque imagino que no de este nuevo visitante, sino de los astrenses... o de nosotros.

Vuelvo a mirar alrededor, confundida. Me obsesiona la idea de que Mab pueda estar aquí, o de que alguien nos haya visto y sepa exactamente dónde estamos situados. Sin embargo, en la confusión y el revuelo que el hombre pelirrojo ha provocado, nadie se fija en nuestra presencia.

–¡Yo de vosotros no lo haría! –exclama de nuevo el hombre, ganándose la atención de todos. Hace un gesto en el aire y parece que a muchos soldados les cuesta avanzar. ¿Es un hechicero, entonces? Muchos de los guardias del rey lanzan alaridos de dolor, como si algo los estuviera torturando con una fuerza descomunal.

No es lo único que sucede: un silbido que reconozco por las veces que yo misma lo he provocado cruza el salón y una flecha se clava en la corona de Aviel de Astrea. La joya cae al suelo con un tintineo, y Aviel, pálido e incrédulo, alza la vista. Yo también lo hago, siguiendo la trayectoria de la flecha: en uno de los balcones una figura encapuchada sostiene un arco. El desconocido, una vez más, se carcajea.

–Y no ha fallado.

El rey deja escapar un gruñido de frustración, al tiempo que su rostro se torna rojo de rabia. Parece murmurar algo y solo entonces al visitante se le borra la sonrisa. Magia. Hay magia en sus palabras, y por un segundo las piernas del extraño parecen temblar.

Mucha gente, a nuestro alrededor, asustada, comienza a retroceder. No saben qué hacer, no saben qué están presenciando. Muchos huyen por el portón, sin querer ver lo que vaya a ocurrir a continuación, y eso me da una idea de la fidelidad que tienen en realidad hacia su autoproclamado soberano.

–¿Qué hacemos? –pregunto a mis compañeros. Esto no estaba en nuestros planes. ¿Por qué ese hombre quiere rescatar a Hermia? ¿Qué va a hacer con ella? No es nadie que hayamos visto antes en los subterráneos, desde luego.

Lowell lo tiene muy claro:

–Los enemigos de mis enemigos son mis amigos.

Un nuevo grupo de soldados pasan justo a nuestro lado y el caballero no duda en aprovechar la oportunidad: espera a los últimos de la tanda y ataca. Con un golpe firme, tumba a uno de ellos y se apresura a desarmarlo. El guardia que intenta ayudar a su compañero no corre mejor suerte: con un giro experto, Lowell le clava la espada sin contemplaciones, de lado a lado. Palidezco, observando con horror los labios que se tiñen de sangre. Lowell ni siquiera se lo ha pensado. No se lo piensa tampoco cuando le roba la espada también a él y se la tira a Seaben, que la coge al vuelo. Solo entonces me suelta, y yo me tambaleo sin su apoyo.

Por un momento pienso que Lowell tenía razón: no estoy preparada para luchar. No estoy preparada para matar como lo hace él. No se trata de saber empuñar un arma, sino en pensar en la persona contra la que la usas como en un animal, y nada más. Quizá menos que eso. Quizá se trate de pensar, de antemano, que no tiene vida. Quizá eso lo haga más fácil.

No tengo tiempo de pensarlo demasiado: Seaben me obliga a reaccionar cogiéndome de los brazos y sacudiéndome.

–Coge a la reina y huye, como lo planeamos. ¿Queda claro?

Asiento, nerviosamente. Me digo que no puedo dudar, que ya me arrepentiré después, que ya pensaré después. Esto es por Drake. Por los astrenses, que nos han ayudado. Por Lowell y Seaben, también.

Esto es lo correcto.

Seaben quiere asegurarse de que voy a estar bien, pero no puede hacerlo. Alguien lo ataca por detrás y él se da la vuelta gracias a un aviso de Lowell. Veo, con un estremecimiento, la misma mirada que vi en la torre, cuando los soldados de Mab saltaron sobre nosotros: las pupilas casi desaparecen y sus ojos rojos se vuelven brillantes y peligrosos, furiosos, fríos.

Un par de soldados más caen.

Siento ganas de vomitar.

Me obligo a reaccionar. No puedo ser débil. Esto es lo que pasa en la guerra. La sangre. La sangre de enemigos. La sangre de amigos.

No puedo ser un lastre. No puedo dejar que me defiendan. Tengo que ayudar.

Antes de que pueda ser consciente, me estoy moviendo. Me alejo apresuradamente de los enfrentamientos que mantienen ocupados a Seaben y Lowell y mi mano rebusca en el bolsillo que le han cosido a mi vestido. Mis dedos encuentran el puñal y lo aferro, solo para asegurarme de que sigue ahí.

Cuando miro al frente me doy cuenta de que la situación ha cambiado rápidamente. El pelirrojo tiene sus propios problemas, defendiéndose como puede de un grupo de soldados, y el Tirano ha conseguido recuperar a la madre de Drake, con quien intenta huir, pese a que ella se intenta desasir y grita. No puedo permitir que se la lleve. No puedo permitir que vuelva a arrastrarla a la oscuridad en la que ha debido de tenerla sumida durante tanto tiempo.

Como si el arquero del balcón pudiera saber lo que pienso, una de sus flechas alcanza al rey en el brazo, lo que lo obliga a soltar a Hermia con un alarido de dolor. La mujer cae al suelo, pero justo cuando Aviel intenta agarrarla, otra flecha se clava en su pierna, y él también cae.

Es mi oportunidad.

Me apresuro, corro más rápido que nunca en mi vida.

Seis pasos.

Dos pasos.

Mi mano alcanza la de la antigua reina de Astrea justo cuando ella intenta levantarse. Siento que me falta el aire, que el corazón se me saldrá por la boca en cualquier momento.

Solo la he rozado cuando una fuerza invisible me lanza lejos de nuevo, como si alguien me hubiera dado una patada. Choco contra el suelo con todo el cuerpo, incluida la cabeza, lo que hace que me sienta desorientada durante un segundo. Cuando me incorporo, lo veo: Aviel de Astrea se levanta, tambaleante, estrujando algo invisible entre sus manos...

Me quedo sin respiración.

Es como si alguien estuviese ahogándome, como si unos dedos fuertes apretasen mi cuello. Y apretasen. Y apretasen...

Los ojos se me llenan de lágrimas.

No... puedo...

... respirar...

Jadeo cuando la presión desaparece bruscamente. Alzo la vista, sintiendo que me da vueltas la cabeza, pero esta vez no ha sido el arquero el que me ha prestado su ayuda, sino que es el hombre pelirrojo. Herido, con una de las mangas de la camisa manchada de sangre, utiliza su magia contra el Tirano. Ambos se miran a los ojos, batiéndose en su propia batalla sin armas, sin palabras.

No tengo ninguna duda de que se conocen.

–¡¡Llévatela de aquí!! –me grita el hechicero.

Reacciono, sobresaltándome. Me está dando una oportunidad. *Nos* está dando una oportunidad. ¿Quién es este hombre?

Me levanto de sopetón. Hermia está encogida sobre sí misma, pálida, sin fuerzas, y temerosa. Atrapo su mano sin pedir permiso.

–Seguidme, majestad.

Ella me mira con los ojos muy abiertos, llenos de temor y lágrimas. Apenas es capaz de asentir. Escucho un grito mientras nos alejamos a la carrera, pero ni siquiera miro hacia atrás para saber si pertenece a nuestro inesperado aliado o al Tirano.

Sin respiración, la madre de Drake y yo alcanzamos el tapiz. La insto a pasar primero mientras yo me quedo atrás, buscando a Seaben y Lowell con la mirada. Tengo que indicarles que todo está bien, que lo hemos conseguido. Los encuentro luchando con algunos de los soldados astrenses, entre todo el caos del salón, lleno de personas que se agolpan a la entrada. No lo han tenido fácil: veo sangre en sus ropas, aunque intento pensar que no es de ellos, sino de sus contrincantes.

–¡¡Seaben!!

El príncipe gira la cabeza en mi dirección, aún con esa mirada enfurecida, y asiente. Me hace un gesto para que me adelante, mientras ellos terminan con quienes los retienen.

Lo último que veo antes de introducirme en el pasadizo es cómo otro soldado cae bajo la mano de mi esposo.

Y llega el dolor.

Nace en mi estómago como un latigazo, pero es tan repentino que casi no puedo asimilarlo. Es como si supiese que está ahí, pero en realidad no pudiese sentirlo. Y al mismo tiempo, lo siento con todo el cuerpo, que tiembla y se debilita.

Como en un sueño, bajo la vista.

Un puñal se ha clavado en mi vientre. Una mano sujeta la empuñadura. Con una mirada que se nubla, veo las muñecas vendadas. El vestido. El cuello. La expresión con las arrugas que muestran el sufrimiento de toda una vida.

Caigo de rodillas ante la sonrisa dulce de Hermia de Astrea. Su mano clava con más fuerza el filo en mi cuerpo.

–¿Qué…?

–Ha sido tan fácil que casi me siento desilusionada…

Su voz tiene algo de familiar, aunque no soy capaz de pensar. Mis dedos, temblorosos, van hasta mi herida. Sangre. Me mareo. *Mi* sangre.

Rojo.

La mirada de Hermia ya no es oscura. Es de ese color.

Rojo.

Con un destello, el rostro de la madre de Drake se transforma. Y se convierte en el *suyo*.

La hemos buscado toda la noche y siempre ha estado ante nosotros. Nadie lo sabrá nunca, nadie sabrá que ha estado aquí. Tenía el disfraz perfecto, la apariencia idónea. Nadie sospecharía nunca de la víctima…

Mab de Lothaire saca el puñal de mi vientre. En la penumbra del pasadizo, solo iluminado por un par de antorchas, mi visión se enturbia. Y aun así, puedo ver perfectamente su expresión de satisfacción. Su sonrisa de triunfo. Su burla.

Puedo escuchar su risa.

Puedo escuchar los sonidos del pasado, del presente y del futuro, todos, a un mismo tiempo.

Me parece que las sombras que tiemblan en las paredes se materializan para saltar hacia mí. Dispuestas a devorarme. A arrastrarme hasta la oscuridad.

Intento hablar, pero ni siquiera soy capaz. Toso. Óxido. Mi boca sabe a óxido. Se llena de sangre, que me empapa los labios.

La mano de Mab, pálida y suave, toca mi mejilla como si me guardara algún cariño. La miro, demasiado incrédula todavía. Duele. No puedo pensar.

Duele.

Ni siquiera soy consciente de cuándo las lágrimas han empezado a descolgarse de mis pestañas.

–Has estado jugando a un juego de mayores, Eirene –me explica, con su sonrisa brillante, de estrella bajada del cielo. Ríe, y yo siento que vaya a donde vaya ahora, ese sonido me acompañará toda la eternidad–. En este juego, los reyes solo son peones. Yo juego a la altura de los dioses, pequeña… Como tu madre, lo has comprendido demasiado tarde.

Me estremezco y toda la sorpresa es sustituida por la realidad, que me golpea con fuerza. Siento más el dolor, pero también soy más consciente de todo lo que sucede a mi alrededor, que me arrastra como una ola. Si alguna vez pensé sentir terror, sé que era solo un espejismo en comparación con lo que me invade en este momento.

Voy a morir.

Es una seguridad tan fuerte que duele incluso más que la herida en mi estómago. Todo iba bien. Todo estaba saliendo bien. Todo estaba saliendo según el plan.

No había pensado que pudiera morir esta noche. Me doy cuenta, de hecho, de que ni siquiera me había planteado la posibilidad de morir, pese a las amenazas, pese a saber que querían acabar conmigo. La muerte era algo lejano, algo que estaba ahí, pero que no podía tocarnos.

Qué engreídos hemos sido.

La cabeza me da vueltas y siento que caigo de nuevo. Mi costado encuentra la pared del pasadizo y su frialdad casi me reconforta. ¿O soy yo la que se está quedando fría? Las piernas dejan de sostenerme. Me deslizo por el muro.

Mab limpia el arma manchada de mi sangre en su vestido.

Está ganando.

Con eso, llegan el resto de seguridades. Todo ha sido una trampa peor incluso de la que nosotros imaginábamos. Nunca tuvimos la oportunidad de salvar a Hermia. Y ahora... Ahora...

Ahora, ¿qué?

Como si pudiese saber lo que me pregunto, llega el golpe. Esta vez no es físico, y quizá sea eso lo peor de todo. Esta vez lo siento en mi mente, en mis pensamientos, en mis recuerdos.

Es como si me desgarrasen la piel, como si la cortasen a tiras. Siento cada instante de mi vida agarrado, retorcido, aplastado, torturado. Es como no dejar de clavarme una y otra vez ese puñal. Y no es solo los secretos que desvela, sino lo que me obliga a ver. Miles de imágenes que me asaltan con fuerza, que me permite observar solo para torturarme. Mi madre. Veo a mi madre. Rota en una cama, como una muñeca desmadejada. La veo gritar, y grito con ella. La veo llorar, y también lloro.

Que pare.

Que pare.

¡¡Que pare!!

Veo la guerra, veo a la gente caer, veo lo inservibles que son todas las personas para ella. Veo fuego, veo destrucción. Escucho su risa.

–¡Por favor! –No sé cuánto tiempo suplico, ni sé cuánta fuerza tiene mi voz. No sé siquiera si estoy gritando de verdad o solo creo hacerlo. La realidad se vuelve difusa y cruel, y su paso por mi cabeza me deja confundida y aún más debilitada. No sé nada.

Todo tiene que ser una pesadilla.

Siento la voz de Mab tocando mi oído con un susurro confidente. ¿O está en mi cabeza todavía? Ni siquiera puedo abrir los ojos ya.

–Saluda a tu madre de mi parte, Eirene.

Aprieto los dientes. Mi madre. Ella mató a mi madre. Ella e Ibran. Y ahora acaban conmigo. Ahora acaba todo. La desesperación me quema más incluso que la herida. Es el fin. Es el fin de los sueños, el fin del futuro, el fin de cualquier plan. Es el fin de todo.

Mab está ganando, y tras esta batalla todo será suyo.

Mis dedos se escurren por mi vestido y se cuelan en el bolsillo. Tiemblo. Abro los ojos. Ella está cerca, inclinada sobre mí.

–Haré que Seaben no te eche demasiado de menos. Puedes estar tranquila por eso.

Seaben. Seaben va a venir. Seaben me va a seguir. Seaben entrará en cualquier momento.

No puedo permitir que se lo lleve.

Con mis últimas fuerzas, el puñal encuentra el hombro de la reina de Lothaire.

Su grito es una triste satisfacción. Me llena de una felicidad que se basa solo en la rabia y el odio. ¿Es esto lo que sienten los soldados en el frente al acabar con la vida de otra persona? Sé que estoy muy lejos de matar a Mab, pero le he hecho daño. La he herido. Quiero que sufra. Que se retuerza. Que suplique.

Quiero matarla, como ella ha matado a tanta gente, como ella ha hecho conmigo.

Ni siquiera puedo enfocar correctamente su rostro, pero sé que se crispa de dolor y frustración, y eso me alegra. Ni siquiera me importa el silbido lleno de desprecio en el que se convierte su voz. Solo puedo pensar en que la he herido, en que su sangre debe de estar salpicando el suelo como lo hace la mía.

–Te vas a arrepentir de esto, niña –masculla contra mi oído.

Lo hago. Con un solo movimiento, el hada arranca el arma que le he clavado, al parecer no lo suficientemente hondo. El filo brilla mortal en el aire solo un segundo antes de clavarse en mi mano y atravesarla.

Grito.

El nuevo latigazo de dolor es a su vez una nueva reacción. Es como despertarme de un profundo y largo sueño en agua helada. Siento mi corazón gritando, o quizá solo sea yo. Es como si mi pulso estuviera cansado de seguir luchando y reverberase en mis oídos para hacerme notar su ralentización.

Se…

… vuelve…

… más… lento…

Como en una ensoñación, dejo de ver lo que hay a mi alrededor. Mi cabeza se llena de imágenes. Mi madre sonriendo. Mi madrina leyéndome sus cuentos. Mi padre diciéndome que debo abandonar Nryan. La amabilidad de Ailbhe. La frialdad de mis tíos. La amistad de Fay. Los días de soledad en Nryan, cuando soy más mayor. Los largos años en Veridian. Lothaire. Seaben y nuestras primeras palabras. Drake y sus primeras canciones.

Todo lo que me ha llevado a este momento. Todo lo que he vivido.

Pero aún más doloroso incluso que eso, todo lo que nunca viviré.

No he podido descubrir el paradero de mi prima. No sé qué secreto esconde Sylvana. No he podido disculparme con Drake. No he vuelto a ver mi país, ni podré sentarme en el trono que me pertenece.

Ni siquiera le he dicho a Seaben que lo quiero.

Ni siquiera…

–¿Eirene…?

Su voz también forma parte de esas imágenes. Casi parece real, como si estuviera cerca, como si estuviera aquí…

–¡¡Eirene!!

Unas manos tocan mi rostro, pero no son las de Mab. Apenas puedo separar los párpados, pero lo hago.

Nunca ha habido un rostro tan desesperado como el de mi esposo en este instante.

–¿Seaben…?

–Déjala, Seaben.

Me doy cuenta de que Mab no se ha ido. Sigue aquí, observándonos, con interés, con deleite. Está justo detrás de él y solo puedo pensar que se lo va a llevar. Lo mandará al frente, lo volverá a convertir en un muñeco. Torturará su cabeza como ha hecho con la mía, si no de maneras peores.

El príncipe, sin embargo, ni siquiera debe de haber escuchado a su madre. Quizá ni siquiera pueda verla.

–Eirene, mírame. ¡Mírame!

Lo miro, pero estoy llorando. Niego con la cabeza.

–Márchate… –susurro–. Márchate, por favor…

Intentar hablar es un esfuerzo que solo me provoca un ataque de tos. El desagradable sabor de la sangre se hace permanente en mi lengua.

–No hables –me prohíbe Seaben. Creo que llorará, como yo. Creo que se romperá. Creo que sangrará, incluso sin heridas–. Guarda las fuerzas. No hables.

Sonrío, pese a todo, aunque de manera amarga. Él no quiere pensar que es el final, pero ya ni siquiera puedo moverme. Ni siquiera consigo verlo bien, aunque lo que más desearía en el mundo sería poder grabarme su imagen en la retina para siempre.

Y llega un dolor todavía mayor: este es el último momento que tenemos para estar juntos.

–Lo siento, Seaben… No he sido lo suficientemente fuerte. –Mi mano se alza con sus últimas fuerzas para acariciar su mejilla, pintando su cara del color escarlata en el que se han empapado mis dedos. Mis párpados caen. Quiero mirarlo, pero el cansancio no me lo permite–. Pero tú sí eres fuerte… No te dejes… vencer. Sé que… no vas a dejarte vencer. Todo va a estar bien. Márchate…

–¡¡No!!

Si tuviera fuerzas, su grito sería suficiente para hacerme abrir los ojos. Pero no lo consigo.

–No voy a dejarte, Eirene. No me obligues a dejarte. Eres la mujer más valiente y fuerte que he conocido jamás. No me dejaré vencer, pero para eso tienes que estar conmigo…

Sus brazos me rodean, me aprietan contra su pecho. Su corazón, en contraposición con el mío, late fuerte. Late rápido. Late desesperado.

Su susurro acaricia mi oído.

–Te necesito, Eirene…

Lágrimas. Nos empapan como si fueran lluvia, como si fueran estrellas cayendo del cielo. No consigo ver nada. El dolor parece mitigarse. Todo se convierte, poco a poco, en parte de una nube cómoda y extraña, en un fragmento lleno de irrealidad…

No quiero irme así. No quiero irme ahora. No quiero dejarle. No quiero que me deje. No quiero que nos separemos.

Odio el tiempo. El tiempo que nos falta, el tiempo que hemos tenido y hemos desaprovechado. El tiempo de dudas, el tiempo de separación. ¿Cómo habría sido esta última semana si hubiéramos sabido que esto iba a pasar? Que nos íbamos a separar de verdad. Que tendríamos que despedirnos.

Y pese a todo, intento sonreír. Quiero poder decir adiós con calma, quiero darle fuerzas incluso cuando a mí ya no me quedan. Quiero que esta última sonrisa se quede prendida en su cinta y sea la mano que espante sus pesadillas por las noches.

–Estamos juntos… –susurro–. Seguiremos juntos. Nuestras almas siguen unidas…

Siento su llanto empapando mi cuello.

–No hables de esa manera –suplica–. No hables como si te estuvieras despidiendo… Estamos juntos y así seguiremos. Haremos magia, te curaremos. Así que por favor, *por favor*, no te rindas. No te rindas, Eirene. No me dejes. Tú no…

Aunque quisiera responderle, no puedo.

Su beso me acalla.

Si la vida fuera un cuento, el cuento que siempre hemos estado buscando, su beso bastaría para curar todas las heridas del mundo. Me sanaría, me haría recuperar las fuerzas, me permitiría volver a verlo. Nos daríamos la fuerza suficiente para matar a la malvada bruja y vivir para siempre juntos y en paz.

Pero lo cierto es que un beso no puede salvar a nadie de la muerte. El amor no cura, solo rompe hechizos. Este es solo un beso de despedida. Un beso que será el último. No habrá tiempo para más.

Y pese a todo, me hace feliz. Quizá nuestros besos estén condenados a ocurrir en momentos de desesperación y pérdida, quizá sean solo una manera de aferrarnos al otro para no hundirnos, pero para mí es más que suficiente. Soy feliz de marcharme así, soy feliz de robarle un poco de su aliento para que sea ese aire el que exhale en mi último suspiro. Soy feliz porque él me besa, tierno, y me abraza con tanta fuerza que pienso que pase lo que pase, aunque muera, una parte de mí se hará inmortal pegada a su piel.

Las últimas fuerzas se me escapan en unas palabras murmuradas contra su boca. Las únicas que no me perdonaría no decir antes de que todo acabe. Las que dan sentido a este último beso, las que dan sentido a todo lo que hemos vivido.

–Te quiero…

Y eso es el final. Eso es la despedida.

Así se acaban los juegos, los secretos, los sueños.

Morir con un beso es vivir para siempre en su boca.

Seaben

Eirene yace entre mis brazos.

Pálida.

Callada.

Quieta.

Sin vida.

Su mano está sobre la mía, pero la sostengo, en vez de recibir su apretón reconfortante. Su rostro está surcado de lágrimas. En mi boca perdura el sabor metálico de su propia sangre, que pinta sus labios de carmín. El vestido la cubre sin gracia, roto y manchado. El manto que sigue ocultando sus orejas es un velo oscuro sobre sus cabellos que no hace más que acentuar el tono ceniciento que se ha apoderado de su piel.

Sus últimas palabras han sido una declaración.

–¿Eirene…?

No reconozco mi voz, ajada, dolida. Su nombre se atasca en mi garganta cuando intento repetirlo. Si tan solo hubiera mantenido los ojos abiertos un poco más… Si al menos supiese que puede escucharme… Entonces, tal vez podría decirle lo que siento. Tal vez podría responder a sus palabras con toda mi alma.

Quizá, de esa manera, aceptando el hechizo que ha tejido sobre mi corazón, podríamos hacer magia juntos.

Su rostro está relajado. Hay el atisbo de una sonrisa en su expresión, como si estuviera teniendo dulces sueños. Como si en sus últimos momentos consciente, hubiera sido feliz.

En un impulso, me inclino de nuevo y aprieto mis labios contra los suyos. No hay respuesta. No despierta, ni despertará. No importa cuánto lo desee. No importa cuánto desease que acabara esta noche para decirle que no quería que se separase de mí.

–Eirene –murmuro. La abrazo. Se me nubla la mirada, y el túnel desaparece y solo quedamos nosotros dos en la oscuridad.

Repito su nombre una y mil veces, como un plegaria, como un ruego a los dioses y a las estrellas. Pero nada va a cambiar. No importa a qué deidad le rece: si alguna existiera, no habría permitido que sucediera esto. Si alguien nos observase, desde el cielo, la habría estado protegiendo, en vez de dejar que la Muerte posase sus dedos sobre su cuerpo.

Me estremezco. Hace frío, o puede que yo mismo lo esté. Que mi piel se esté enfriando tanto como la de Eirene. Que el mundo mismo se esté congelando a nuestro alrededor. Desde luego, me siento caer en un pozo muy profundo, silencioso, donde solo el negro y el rojo tienen cabida.

¿Rojo?

Lentamente, me obligo a salir de mi entumecimiento y veo las paredes teñidas de luz espectral. No es el cálido anaranjado de las antorchas, sino una tonalidad carmín, más viva que la sangre que empapa nuestras ropas. Pasos ligeros a mis espaldas. Creo que los reconocería en cualquier parte.

–Ya se ha ido, Seaben.

Ella dice lo que no me atrevo a pensar. Que ya no la volveré a ver. Que aquí se acaba nuestro camino. Que ya no despertaré nunca más a su lado, ni elegiremos juntos las reglas de nuestros juegos. Que ya no podré sincerarme con ella cuando la luna esté alta, ni hacer trampas y mirarla cuando ella no se dé cuenta.

Nunca podré decirle que la amé. Que la amo. Que la amaré, incluso cuando su beso ya no sea más que un recuerdo en mi boca. Que al principio era curiosidad, pero luego, lentamente, sin atender a razones, todo empezó a cambiar. Empecé a querer saber más de ella. Empecé a necesitarla más cerca. Empecé a añorarla cuando no estaba a mi lado; a ser consciente de que, aún sin pretenderlo, se había convertido en el pilar que me permitía seguir hacia delante. La fuerza que me permitió romper las cadenas con las que me habían cargado sin yo saberlo. Que me permitió deshacerme de la venda que me habían colocado sobre los ojos.

Pero ahora ya no está.

Y duele.

Duele como si estuvieran tirando de mi corazón para arrancármelo del pecho. Duele con cada respiración, con cada segundo en el que se alarga su silencio. Duele saber que me la han arrebatado, incluso si no puedo dejarla ir.

Solo siento la mano en mi hombro cuando me obliga a apartarme de Eirene. Cuando, aprovechando que no me quedan fuerzas para luchar, me insta a que la suelte y la abandone.

Perdido, pensando que me volveré loco si alguien no acalla mis recuerdos, levanto la vista.

Mab está ante mí. Entre el velo que forma el llanto en mis ojos, me doy cuenta de que lleva el vestido de Hermia de Astrea, manchado con la sangre de Eirene. Comprendo, demasiado tarde, que nos ha vuelto a engañar. Que ha interpretado un papel, como siempre, a la vista de todo el mundo. Ha sabido esperar. Ha sabido jugar sus cartas. Y ha vuelto a reírse de nosotros, aunque no sonría.

–Es hora de irnos –dice.

Mi mano se cierra alrededor de la empuñadura de mi espada, caída junto al cuerpo de mi esposa. Solo sigo vivo porque mi madre me quiere a su lado. Todavía tiene usos para mí. No sé si pretende demostrarse que es capaz de controlarme incluso ahora o si pretende demostrarme que no hay más camino que el que ella me permita recorrer. Sea como sea, está dispuesta a llevarme consigo de vuelta a

Lothaire. Va a seguir manipulándome y, llegado el día, si deja de necesitarme, se deshará de mí.

Supongo que siempre ha sido así, aunque solo ahora pueda ver sus intenciones.

No me molesto en responder. Hace unos instantes me encontraba tan cansado que apenas creía poder mover mis músculos entumecidos. Ahora, sin embargo, recuerdo que hay algo mucho más fuerte que el dolor. Lo he visto mil veces antes en el campo de batalla. Ese brillo violento en los ojos de los moribundos. Ese brillo feroz de desesperación.

Ira.

Como una ola rugiendo, me llena por dentro y me mueve.

Con un grito que me desgarra la garganta y los pulmones, blando mi espada y ataco.

Mab apenas sí tiene tiempo de reaccionar. Por primera vez, quizá sorprendida por mi fuerza, por mi odio, se mueve con demasiada lentitud. El filo alcanza su brazo y rompe la manga de su vestido, arañando su piel.

No es suficiente.

Quiero herirla de verdad. Quiero verla sangrar. Quiero arrancarle las alas con mis propias manos. Quiero torturarla hasta que pierda el sentido. Quiero destrozarle la mente. Quiero que sufra hasta que todo lo que pueda recordar de su vida sea la desesperación de no tener esperanza. De no tener sueños. De no tener más que dolor. De no tener nada.

Vuelvo a arremeter contra ella. Los pulmones me queman y estoy jadeando, a pesar de que acabamos de empezar. Mi adversaria, en cambio, es mucho más ágil y, de un salto, se desembaraza de mi ataque. El estrecho túnel no resulta un impedimento para ella. Sus pies se separan del suelo y, con esa facilidad, se pone fuera de mi alcance. Su sombra se extiende y me cubre.

En su mano derecha sostiene un puñal, pero su ataque, cuando llega, no es físico. Largos dedos entran en mi mente y, aunque intento resistirme, no soy rival para ella. Antes de que me dé cuenta, ha traspasado la barrera con la que protejo mis pensamientos, dejando tras de sí un rastro de dolor e ideas de obediencia. El repiquetear de mi espada contra el suelo es apenas un eco del verdadero, porque yo ya estoy muy lejos de la realidad.

–Mira lo que me obligas a hacer –dice–. Todo esto sería innecesario si recordases quién manda aquí, Seaben.

Recuerdos… Trato de aferrarme a la consciencia. Trato de aferrarme al odio. A cualquier sentimiento que me confirme que sigo vivo. Que sigo teniendo poder sobre mi propio cuerpo, sobre mi propia mente. Si no lo hago, ella se adueñará de todo. Me usará. Me convertirá en su marioneta una vez más y, esta vez, no tendré a nadie para ayudarme.

Pienso en Eirene. Me agarro a cada uno de nuestros momentos juntos. Pienso en su sonrisa, en sus besos. Trato de ser consciente de lo que me rodea. Sé que su cuerpo yace junto a mí. De nuevo, el dolor. Me clavo las uñas en la palma de la mano. La misma mano que debería estar sosteniendo mi espada. La misma mano que ella tomó antes de entrar a palacio y que ya no soltó hasta el ataque.

–Esa muchacha ha envenenado tu mente. –La voz de Mab está en todos lados. Me rodea. Intenta desconcentrarme. Yo, con la frente perlada de sudor, me sigo resistiendo–. La sacaremos de ahí, no te preocupes. Nos encargaremos de que el dolor pase. Cuando acabemos, esta última luna no será ni siquiera el rastro de un sueño en tu mente…

El pánico se apodera de mí. Puede hacerlo. Puede borrarla, tratándose de ella. Puede, incluso, eliminar mi vida desde el principio. Puede sustituirla por otra. Puede hechizarme, como hizo con Inair, o entrar en mis pensamientos y tejerlos a su gusto. La idea me aterra: si lo hace así, ni siquiera la luna llena podría darme la paz. Sería un pelele, quizá me volvería loco, tal vez no podría volver a pensar por mí mismo.

«No creo que el agua pueda hacerme más daño que el aburrimiento, mi señor».

Escalofrío. La voz de Eirene ha sonado alta y clara, pero tardo unos instantes en descubrir que solo está en mi cabeza. Fue una de las primeras conversaciones que tuvimos, al margen de los saludos orquestados por la cortesía nobiliaria. Es extraño revivirlo contra mi voluntad, pero más extraño es...

Mab aplasta algo y me quedo en blanco, sin ser capaz de recordar lo que estaba pensando. El sentimiento de pérdida está ahí, como si me hubiera arrebatado algo importante, pero ya no recuerdo qué había en esa burbuja que se rompe y cuyo espacio es ocupado por un simple silencio.

–No...

–No hemos hecho más que empezar.

La preocupación por lo que desaparece no es nada en comparación con lo que llega, sin previo aviso. Nuestro beso. No el que fingimos en la boda. Ni siquiera el de la noche en que tomé la cinta de su camisón. Mi madre elige el que yo mismo le di. El que llegó como una sorpresa para ambos.

El que me avisó, sin saberlo, de que mi relación con ella estaba empezando a cambiar.

–¡No!

Con mi grito llega la calma. Mab suelta mi mente tan súbitamente que me tambaleo y caigo de rodillas, libre de la presión indescriptible que amenazaba con volverme loco. Respiro hondo y, turbado, le lanzo una mirada de incomprensión. Su rostro se contorsiona.

Hay una flecha clavada en su hombro.

Con precaución, casi con miedo, me giro.

El hombre pelirrojo está detrás de mí, a unos pasos de distancia, en la entrada del túnel. Sus movimientos son sosegados, los de alguien que no tiene prisa. No había visto a nadie tan tranquilo delante de la reina de las hadas en toda mi vida. Sonríe, aunque sin diversión. Su mano acude al carcaj y saca otra flecha, aunque ha bajado el arco para disfrutar de la visión de un trabajo bien hecho.

–Cuánto tiempo, majestad –dice, con suavidad.

Mab no responde. Sabe que está en desventaja. Incluso ella no es tan temeraria como para enfrentarse malherida al misterioso arquero y a las dos figuras que lo franquean. Una de ellas es Lowell, que me mira con preocupación, pero no se atreve a acercarse. Al menos, no hasta que percibo un destello rojo, acompañado de un zumbido de batir de alas, por el rabillo del ojo.

Cuando me vuelvo, la reina de Lothaire ya no está en el túnel.

–¡Seaben!

Mi amigo corre hasta mí y me ayuda a levantar. Una vez en pie, me tengo que apoyar contra él. Las piernas me tiemblan. Mi mente es un torbellino de ideas y pensamientos heridos.

–Eirene... –murmuro, pero la voz se me rompe y la última sílaba de su nombre apenas consigue salir de mis labios.

Aunque creo que no tendré las fuerzas necesarias para hacerlo, mis ojos se encuentran con su cuerpo caído casi por casualidad. Mi compañero sigue mi mirada y deja escapar una exclamación al verla. Parece sostenerme incluso con más firmeza, como si temiese que fuera a caerme. Quizá yo mismo tema hacerlo.

–Seaben...

No quiero oírlo, por eso sacudo la cabeza, pidiéndole así que calle. Centro toda mi atención en el rostro pálido de la princesa. Con la luz débil de las antorchas, resulta fácil fingir que solo duerme. Que sueña, cerca, alcanzable. Que solo tendré que acariciarla para despertarla, y ella abrirá los ojos. Con su expresión despistada, soñolienta, se limpiará las mejillas y podremos irnos juntos a casa.

El hombre pelirrojo se ha acercado a ella y, con rostro serio, posa sus dedos sobre el cuello de Eirene. Tarda unos segundos demasiado largos en hablar.

–Aún está viva.

No me muevo. No me atrevo, siquiera, a respirar.

–Parece muy malherida. –Lowell expresa en voz alta los temores que yo solo puedo pensar–. ¿Llegaremos a tiempo...?

No. Los subterráneos están demasiado lejos. La hemorragia la matará. No puedo volver a perderla una segunda vez en una noche. No puedo volver a pasar por lo mismo.

La segunda figura se inclina sobre el cuerpo de Eirene. Envuelto en una capa, con la capucha ocultando su cabeza, me es imposible verle la cara, pero sé que es el acompañante del pelirrojo: el que le cubría las espaldas desde el balcón, con su arco, y que hizo alarde de su puntería quitándole la corona a Aviel con una de sus saetas. Parece examinar a mi esposa y, aunque mi primer impulso es exigirles a los dos que se aparten de su cuerpo, me contengo y observo. No soy consciente de que estoy apretando el hombro de Lowell con más fuerza de la debida hasta que él se remueve, aunque no me obliga a soltarlo.

–Tengo que sanarla aquí o no vivirá –dice de pronto el desconocido, tras concluir su rápido análisis–. Está muy grave, y no sé si… –No termina la frase, pero su tono de preocupación es real y habla por sí solo. Consigo lleva un zurrón y de él saca algunas hojas que no había visto nunca. Lanza una mirada en nuestra dirección y titubea, antes de centrar su atención en su amigo–. Llévatelos. Haré todo lo que pueda y os encontraré fuera.

No sé lo seguro que es este túnel. No sé si alguien los ha visto adentrarse en él o si sabrán de su existencia, siquiera, ya que las únicas huellas que puedo ver son las nuestras. Aun así, no me iré. No voy a dejar a Eirene. Si nos atrapan, que me lleven a mí también. Al fin y al cabo, ni siquiera hemos podido cumplir la misión para la que entramos en el palacio.

–No voy a ir a ninguna parte –me escucho decir, con decisión.

Me aparto de Lowell, pese a su protesta, y me dejo caer de rodillas junto a Eirene. Su mano está fría cuando la tomo entre las mías. Sus dedos permanecen quietos.

El curandero no protesta y, antes de que me dé cuenta, está trabajando. La sangre lo cubre todo. Durante un tiempo, el color rojo es todo lo que puedo ver. Rojo como los ojos de mi madre. Como los míos. Pienso en cuánto desearía no haber nacido de ella. En las veces en las que habrán maldecido a la familia real de Lothaire pensando en nuestro rasgo más distintivo.

El hombre aplica las hojas que ha sacado de su zurrón a la herida y, con cuidado, presiona sus manos contra ella. Me pregunto si ella lo sentirá a pesar de la inconsciencia, pero ni siquiera abre los ojos. Palabras en un idioma extraño llenan el túnel cuando el hombre habla, y yo trago saliva. Parece… élfico. No estoy muy familiarizado con el idioma, ya que solo hablo común y humano con fluidez, pero hay algo en su acento, en la forma en la que las palabras se enroscan sobre sí mismas, que no me deja duda.

Busco un signo de mejoría en el rostro de Eirene, pero nada ocurre. Beso el dorso de su mano, con cariño. Pienso, inocente, que si siente la calidez de la vida en mi piel, quizá ella recupere la suya. En silencio, aunque sé que nadie me escuchará, ruego por su vida. Pido que su corazón vuelva a latir con fuerza. Pero no se lo pido a las estrellas en las que ella cree. No se lo pido a los dioses, siempre tan crueles e inamovibles. Se lo pido a ella. Sin decir una palabra, le prometo que no volveré a dudar. Que no volveré a intentar apartarme. Que si despierta, le agradeceré todos los días que siga a mi lado. Le pido que vuelva para ahuyentar a las pesadillas, para que su risa me contagie de su alegría. Le pido que sea fuerte por mí, y que yo lo seré por ella cuando lo necesite. Nos apoyaremos el uno en el otro, como hemos estado haciendo hasta ahora, y juntos, de la mano, construiremos ese futuro brillante que ambos deseamos.

«Te necesito, Eirene –le digo sin abrir la boca–. Te necesito, porque te amo».

Las palabras del hombre dan paso a la luz. Es una luz tenue, cálida, de un blanco tan puro que, en nuestra penumbra, me ciega.

Cuando los puntos de colores dejan de danzar ante mis ojos, tras lo que me parecen horas, la piel que la rotura del vestido deja al descubierto parece cosida. Hay una fea cicatriz, pero ya no sangra. El hechicero –¿el elfo?– se tambalea y su compañero lo sostiene: lo agarra de los hombros y deja que se apoye contra él. El pulso de Eirene, en su muñeca, es un poco más seguro.

Me fijo en que su otra mano también sangra, pero el hombre está demasiado débil como para encargarse también de esa herida, así que le arranco el puñal con una mueca y corto una tira de tela de mi propia capa, enrollándola en torno a su palma. Lo hago con fuerza, esperando que sea suficiente para detener la hemorragia. Con cuidado, y aunque soy consciente de que lo malo todavía no ha acabado, la abrazo por los hombros y beso su frente.

«Un poco más. Aguanta un poco más», le suplico.

–Tenemos que sacarla de aquí –digo. Lowell asiente–. Tienen que verla los hechiceros.

–No creo que sea muy seguro moverla –asegura el pelirrojo.

¿Cree que no lo sé? Pero cuanto antes nos marchemos, cuanto antes consigamos ayuda, antes se recuperará. Porque lo hará. Tiene que hacerlo. Trago saliva, pero antes de que pueda responder, el elfo se adelanta:

–Ha perdido mucha sangre. –Su amigo lo ayuda a levantarse, con dificultad–, pero no puedo hacer más por ella.

–Has hecho más de lo que nadie te ha pedido y, aun así, todavía no he escuchado ni un solo agradecimiento –le dice el otro.

–Gracias.

No espero su respuesta. Me levanto y cojo en brazos a Eirene. Su cuerpo contra el mío está frío, pero su peso es casi reconfortante, como lo es sentir su respiración contra mi cuello, aunque sea leve. La envuelvo mejor en su capa. El corredor parece inmenso bajo la luz de las antorchas. Un hechizo las mantiene encendidas perpetuamente, pero no creo que sean necesarias para avanzar: hasta donde alcanza la vista se trata de un pasillo recto, si bien desciende suavemente bajo nuestros pies.

Aunque no miro hacia atrás, siento los pasos de los demás detrás de mí. No hay más salida que la que espera al final del pasaje, aunque no sé si nuestros dos improvisados acompañantes lo sabrán.

–¿Quiénes sois y qué hacíais aquí? ¿De qué conocéis a Mab? –La voz de Lowell hace eco en las paredes a medida que nos internamos en la galería. Formula las preguntas que me asaltarían también a mí si no estuviera demasiado preocupado por la carga entre mis brazos.

Me concentro en contar mis pasos. Es una trampa a mi propia mente, que me mantendrá ocupado en algo. El episodio con mi madre me ha hecho perder los estribos, pero eso no puede volver a ocurrir. Lo que necesito es mantenerme frío. Entregar a Eirene a los hechiceros, para que puedan ocuparse de sus heridas. Sin riesgos.

Me repito que todo va a salir bien.

–Podríamos preguntaros lo mismo. –La voz es la del pelirrojo: esa confianza en cada palabra, el timbre casi melodioso–. No iréis a decirme que sois astrenses…

No creo que lo parezcamos. Desde luego, no yo, con mis ojos rojos. Quizá Eirene, si no se quitase el manto, pasaría por una hechicera, pero hay algo en ella que enseguida revelaría su procedencia. Supongo que Lowell es el único que podría parecerlo. Me recuerdo, de hecho, que ahora así es.

–De dónde seamos es irrelevante: lo que importa es en dónde ponéis vuestra lealtad. Si conocéis a Mab y estáis intentando engañarnos, no tardaremos en descubrirlo.

El filo de helada advertencia no parece hacer mella en su interlocutor, que ríe:

–¿Crees que si estuviéramos con Mab le hubiera disparado, muchacho?

–Parece que no conoces mucho a la reina –aventura Lowell–. ¿Qué es una herida en el hombro en comparación con la oportunidad de colar a los suyos entre los nuestros?

Siento la tentación de echar la vista atrás, pero no lo hago. ¿No es acaso eso lo que hizo conmigo? Enviar a Lowell como mi amigo, cuando en realidad lo usaba de espía. Parece que hace una eternidad desde que me enteré de su traición, pero no ha pasado ni una luna entera. Trastabillo, turbado por la idea, pero recupero el equilibrio un momento después y nadie parece darse cuenta de mi paso en falso, demasiado ocupados en su conversación:

–No era a su hombro a donde estaba apuntando, chico… Pero no quería llevarme a tu amigo por delante.

Siento tres pares de ojos fijos en mí sin tener que darme la vuelta.

–¿Temas pendientes, he de suponer?

El otro no responde directamente. Tarda al menos una decena de pasos rápidos en volver a hablar:

–Me llamo Rayne –se presenta. Su silencio ha sido lo suficientemente elocuente–. Mi amigo, al que le debéis la vida de la chica, es Hayes. Y vosotros sois…

Me abstengo de meterme en la conversación. Estoy seguro de que mi voz me traicionaría. Así que sigo con la mirada en el corredor que se abre ante nosotros, escuchando atento la respiración de Eirene.

–Lowell, caballero de la legítima Corona de Astrea. –No puede ocultar el orgullo que su nuevo título le supone–. Y ellos son –la más breve de las dudas– lord Seaben de Lothaire y lady Eirene de Nryan.

Por supuesto, percibo la sorpresa en el cambio de ritmo de los pasos que me siguen.

–Un grupo… variopinto. La vuestra debe de ser una historia interesante. –Rayne parece querer quitarle importancia. No hay preguntas de por qué luchamos contra mi propia madre o por qué ayudamos a los astrenses.

–La de alguien que venía en busca de Hermia de Astrea y dispara contra Mab de Lothaire también ha de serlo. Porque venías a por la reina, ¿verdad? ¿Por qué?

–Siempre he tenido debilidad por las mujeres guapas. –Y luego, en voz más baja, tras un silencio incrédulo, añade–: Somos mercenarios. Nos ganamos el pan salvando damas y cobrándolo en monedas o favores.

–Mercenarios –repone Lowell, con un bufido de desprecio–. Maravilloso.

Los mercenarios no son de fiar. Se venden al postor más alto, y su honor es bastante dudoso. En Faesia no tienen apenas trabajo, porque nadie quiere contratarlos, pero he oído decir que en las tierras al otro lado del mar su profesión es valorada. Suelen ser antiguos soldados u hombres que huyen de la ley, con un don para la lucha o para encontrar al cliente correcto en el momento adecuado.

La revelación gusta tan poco al caballero que se mantiene en silencio durante el resto del recorrido.

Dos sombras nos esperan en la noche de Astrea.

Veo el filo de un arma salir de su vaina, peligrosa, preparada.

–Briah, Shem. Somos nosotros –llama Lowell.

Los dos astrenses se acercan. Detrás de ellos, los caballos pastan, ajenos a nosotros. El aire frío me araña las mejillas y, protector, aprieto a Eirene más contra mi cuerpo. Sigue helada.

–Habéis tardado una eternidad –nos recrimina Briah. Supongo que esa es su forma de demostrar su preocupación–. ¿Qué ha pasado? ¿Qué...?

No hace ningún truco de hechicera para darnos luz. Le basta con la luna y las estrellas que brillan sobre nosotros. Reconoce el bulto que cargo y frunce el ceño al darse cuenta de las dos siluetas que nos siguen.

–Lo siento –dice el caballero de Astrea al ver que yo todavía soy incapaz de hablar. De hecho, paso por su lado, hacia las monturas–. Era una trampa, tal y como pensábamos: Mab se hizo pasar por la reina.

–Eirene...

–La apuñaló.

Me paro al lado de uno de los caballos, pero sé que no podré acomodarnos a mí y a mi esposa de una sola vez. Por suerte, Shem, callado pero atento, se adelanta a mi petición de ayuda. Con cuidado, sintiendo los brazos entumecidos de cargar con ella en la misma posición, se la cedo. Apenas necesito un instante para montar y tras eso la sentamos contra mí, envuelta en su capa.

–Moira cuidará de ella cuando volvamos –intenta animarme, con esa amabilidad que siempre me sorprende–. Se recuperará.

No me atrevo a decirle que tengo miedo de no llegar a tiempo. De que empeore. En el camino dejé de contar mis pasos para atender al ritmo de su respiración, que ya no sé si es real o imaginada. La herida de la mano ha dejado de sangrar, pero ¿quién me dice que no haya sido ya más de lo que pueda soportar? ¿Y si su cuerpo nunca más recupera su calidez? Temo por ella. Por mí.

Me obligo a asentir, agradeciéndole en silencio sus palabras.

Solo quiero volver a la seguridad de los subterráneos, pero Briah parece haberse enzarzado en una discusión con Rayne y Hayes.

–A vosotros os sobra un caballo, y para nosotros sería un placer hacer uso de él.

–Ni en broma. No llevaremos a unos desconocidos con nosotros.

–Mi compañero está débil, después de *salvar* a vuestra amiga. –Las palabras del pelirrojo tienen un doble filo–. Y creo que lord Seaben me debe no haber sido pulverizado bajo el poder de la mente de Mab, si no me equivoco.

–¡No vamos a...!

–Ahora mismo tenemos más razones para confiar que para desconfiar –media Lowell–. Si no resultan ser lo que parecen, Briah, estarán en nuestro terreno y... los mataremos, sin más.

La hechicera no parece muy convencida. No puedo esperar más a espolear mi montura. Shem todavía sujeta las riendas, pero yo las tomo en mi mano libre.

–No hay tiempo para esto, Briah –la apremio–. Que se suban al caballo que sobra: con nosotros no tuviste tantos remilgos para llevarnos prisioneros.

No espero su dolida respuesta.

Sin ver si me siguen, espoleo mi caballo y me dirijo hacia la noche.

Drake

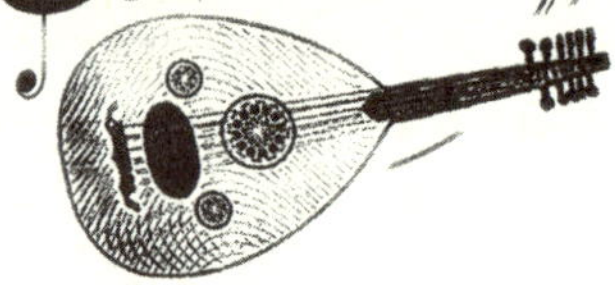

Inair me ha traído a ver las estrellas.

Entró en mi cuarto de puntillas, con la mirada traviesa de la niña que se colaba en mi cama para que le enseñara canciones acompañado por tu voz, y me guio en silencio hasta la plaza. No creo que Moira o Adair se diesen cuenta. Desde la habitación de Seaben, Chryses levantó la cabeza al vernos pasar, pero no hizo ningún comentario en mi mente. Pronto dejamos atrás la ciudad y, cuando al fin estuvimos fuera, mi hermana rio como hacía años que no lo hacía. Juntos, nos sentamos entre las flores y empezamos a contarnos cuentos sobre las constelaciones que nos cubren como diamantes.

Es el mismo lugar en el que Eirene y yo nos sentamos hace unas cuantas noches. El mismo lugar en el que me dejó claro que no podía haber nada entre los dos.

–¿Cuánto tiempo más vas a estar así?

La miro, sin comprender. He estado callado un rato, pero pensé que era un silencio acordado de antemano.

–¿A qué te refieres?

–Creo que soy la que mejor te conoce, Drake. Al menos –añade, mientras hace un gesto hacia ti– la que mejor te conoce y puede hablar.

Sé cuándo estás nervioso o cuándo algo te preocupa. Y tengo el suficiente sentido como para saber que has estado esquivando a Eirene estos últimos días.

Me ruborizo.

–¿Y tú no deberías estar ocupándote de tus propios asuntos, cotilla?

–Tú eres uno de mis asuntos más importantes –me dice, y no puedo evitar ablandarme. Me besa la mejilla, zalamera, y sé que ya he perdido.

–¿Cuándo te has vuelto así de manipuladora?

–Desde que aprendí, con siete años, que tenía ese poder sobre ti. –Y sonríe, brillante como una estrella.

–Yo… –Suspiro, a modo de rendición–. Desde que la conozco, no he dejado de cometer errores. Supongo que trataba de no ver lo evidente, durante todo este tiempo.

–¿Y qué es lo evidente para ti?

–Que lo nuestro no tenía futuro. Que era un cuento demasiado bonito, pero no una historia real. Somos dos personajes que han coincidido en el mismo escenario por un tiempo, pero no podemos compartir un final feliz.

Mi hermana me abraza. Aunque hay algo de pena en el gesto, me consuela saber que la tengo a mi lado. La rodeo con mis brazos y ella apoya la mejilla contra mi pecho.

–Que alguien no te ame no significa que vaya a dejar de necesitarte. No significa que no podáis seguir compartiendo un cuento, solo que será uno de otro tipo. –De nuevo, la sonrisa. Su rostro iluminándose–. El romance quizá lo encuentres en otro lado. En otro personaje. Quizá en otra princesa, aunque tendría que ser una de una tierra lejana, ya que las coronas empiezan a escasear por aquí.

Me echo a reír. Por toda respuesta, te descuelgo del hombro y te incluyo en nuestro abrazo. Inair roza tus cuerdas con suavidad, arrancándote unas notas que suenan a saludo. Con ella nunca te quejas, porque te ha tenido alguna vez entre sus brazos y sabes que sus dedos son amables, aunque torpes, cuando te hace cantar.

–Yo ya tengo todo lo que necesito justo aquí –le digo–. A mi princesa –beso sus cabellos– y a la amante que todo hombre desearía tener. –Toco una melodía alegre que vibra en el aire antes de desaparecer.

Ella no parece querer protestar, así que me deja espacio para que pueda acunarte cómodamente. Le regalamos una canción en lo que dura su silencio. Para cuando acabamos, su cabeza está apoyada contra mi hombro y sus ojos, negros en la noche, observan el cielo.

–¿Crees que pueden conseguirlo? ¿Que rescatarán a nuestra madre?

–Creo que lo intentarán con todas sus fuerzas.

El resto de la espera pasa sin palabras.

Inair está cabeceando para cuando veo las sombras en la distancia, recortándose contra la noche como una oscuridad diferente. La muevo con cuidado y ella se pone alerta con un respingo. Tenemos las manos frías pese a las capas, y nuestros dedos se entrelazan cuando nos levantamos. Por supuesto, sabemos que son Briah y los demás antes de poder verlos con claridad, quizá más guiados por la fe que por la certeza.

El corazón me da un vuelco cuando veo que hay una figura más de las que se fueron.

–Lo han logrado, Drake –susurra Inair.

Briah y Lowell, a la cabeza, se detienen ante nosotros y desmontan. No parecen sorprendidos de vernos y no nos lanzan una segunda mirada. Lowell se acerca a Seaben, que llega con un bulto sentado ante él. Eso hace que nuestra felicidad se tambalee.

Nuestra amiga viene hasta nosotros.

–¿Bri? –inquiere mi hermana, con algo de miedo–. ¿Qué…?

–Mab ha apuñalado a Eirene –responde ella, sin rodeos.

Me quedo sin respiración. Sus palabras son como un puñetazo, pero peor es descubrir a la princesa a la luz de la luna, con el rostro fantasmal y su vestido destrozado y manchado. Seaben desciende de su montura y se tambalea, pero no deja que Lowell cargue con su esposa ni un segundo más de la cuenta. Él también parece enfermo.

A mi lado, Inair se ha quedado blanca, petrificada. Yo mismo no estoy seguro de qué hacer.

–Hay que llevarla con Moira –dice el príncipe, y me obligo a salir de mi estupor–. Está helada.

Lowell me hace un gesto con la cabeza.

–Adelantaos vosotros. –Y luego, a mi hermana, más bajo–: Será mejor que tú te quedes aquí, Inair. Hay un asunto que requiere de tu atención.

Nuestros ojos siguen a los del caballero, que pone toda su atención en dos hombres, algo alejados. Shem parece quedarse a su alrededor con la excusa de ocuparse de las monturas, aunque es obvio que Briah debe de haberle instruido para que no los pierda de vista. Mi madre no está por ninguna parte. Aprieto los labios y me vuelvo hacia Seaben. No hay tiempo para dudar. No hay tiempo para hacer preguntas que sé que serán respondidas a su debido tiempo.

–Vamos.

Con la preocupación en cada uno de mis pasos, conduzco al príncipe y a la princesa hacia los subterráneos.

Mab es la culpable de todo.

Como en una pesadilla, he escuchado el rápido relato que Seaben nos ha hecho antes de que Moira nos echara de la habitación. Ella y Sylvana se están ocupando de Eirene. Me ha mandado a que le buscara ropa al príncipe, pero él se niega tajante a abandonar su puesto en la puerta del cuarto, ni siquiera para limpiarse la cara de toda la sangre y suciedad. Se ha quedado ahí, quieto como una estatua, con la palma contra la madera y expresión de haber perdido el rumbo.

El instante en el que vi a Eirene a la luz de las lámparas, también tuve esa sensación. Imaginé lo que sería no volver a verla, lo que sería no poder escuchar sus bromas o pasear junto a ella, como hacíamos en Lothaire. No puedo imaginar que esos días dejaran de ser parte de nuestra relación, incluso cuando he estado evitándola. No pensaba realmente que fuera para siempre. Creía que volveríamos a acercarnos, tarde o temprano, y recuperaríamos los momentos en los que solo tú ocupabas nuestros silencios.

Hasta que me he dado cuenta de lo cerca que nos ronda la Muerte.

Me digo que su presencia no podrá llegar hasta nosotros, que no sabe nuestro escondite. Que Moira curará a la princesa con sus pociones y sus plantas; con sus libros y su sabiduría. Pero ni siquiera yo puedo terminar de creerme mi propio cuento. No, al menos, cuando he estado tan cerca de perderla.

Chryses sigue con atención mi paseo de un lado a otro del pasillo, inquieto.

–Es por mi culpa. –La voz del príncipe suena tan quebrada como él mismo–. Le dije que se adelantara por el pasadizo, pero debí acompañarla.

Aunque me quedo parado en el sitio, supongo que está hablando con su lobo. O puede que solo esté pensando en voz alta. Sin embargo, cuando se gira, sus ojos se posan en mí. Por primera vez desde que lo conozco, me da pena de verdad.

–No podías haberlo sabido –me escucho susurrar. No sé cómo enfrentarlo, sin el desprecio que siempre he sentido de por medio. Sin el odio que pensé que sentiría, ahora que Eirene ha elegido. Pero, sorprendentemente, no le guardo rencor. Él está sufriendo tanto como yo. Más, incluso, porque estuvo a su lado y vio cómo la vida casi la abandonaba, antes de que la curasen. Debió de parecerle que también su corazón se paraba.

–Le hizo daño porque quería llevarme con ella. Me quiere de vuelta, y Eirene es un obstáculo para sus planes.

–Le hizo daño porque eso es lo que Mab hace. Porque le gusta el sufrimiento. Supongo que porque puede. Así es cómo funciona el poder: el que lo tiene lo usa, porque es la única forma de mantenerlo.

Con sus ojos heridos, Seaben me observa de nuevo, con más detenimiento esta vez. Al instante siguiente, agacha la cabeza.

–Lo siento –susurra.

Sé que habla por todas las dudas. Por todas las discusiones. Por todas las acusaciones, tanto ante mí como a mis espaldas. Pero no estoy enfadado. No puedo estar molesto ya, porque me parecen riñas de niños. Al otro lado de la puerta, la muchacha a la que ambos queremos se debate entre la vida y la muerte.

Supongo que ha llegado el momento de dejar a un lado nuestras diferencias: estamos en el mismo bando.

–Yo…

Pero a las palabras les cuesta salir más de lo esperado, torpes sobre mi lengua.

–Yo también lo siento. A veces hablo sin pensar –concedo–. Aquel día… En realidad, no creo que seas egoísta.

–Ese no fue tampoco uno de mis momentos más brillantes.

La puerta se abre antes de que pueda responder, y Sylvana nos hace un gesto para que entremos. En completo silencio, Chryses, el príncipe y yo seguimos su indicación. Moira está arropando a Eirene con cuidado. La habitación huele a plantas medicinales, aunque eso no es suficiente para enmascarar el hedor de la sangre. Pese a eso, todo parece limpio y ordenado en la habitación, excepto por una tina con agua rojiza y los harapos que ahora son el vestido con el que la elfa salió para la fiesta.

–Ahora solo queda esperar –nos anuncia, al vernos llegar.

–¿Cuándo sabremos algo? –pregunto, casi con miedo. La princesa sigue demasiado pálida, demasiado quieta.

–Las próximas horas serán las más difíciles –me responde la hechicera, con una rápida mirada por encima de su hombro, hacia la convaleciente. Al ver el rostro preocupado del feérico, le pone una mano sobre el brazo–. No tiene por qué haber complicaciones: aunque ha perdido mucha sangre, Eirene es joven y está sana. Los cuerpos de los elfos parecen frágiles, pero te sorprendería lo que pueden soportar.

Él apenas puede asentir. No parece muy convencido.

–Me quedaré con ella.

Nadie protesta.

Sylvana se inclina sobre su protegida y besa su frente. Es una imagen extraña, como si una hermana pequeña le desease dulces sueños a la mayor. Parece muerta de preocupación, y supongo que le gustaría quedarse pero, contra todo pronóstico, decide salir.

–Por favor, avisadme si hay cambios… –Pasa por el lado de Seaben–. Y no os culpéis –añade, como si pudiese leer sus pensamientos.

–Yo también me quedaré.

Nadie me lo impide. Seaben me mira, pero su atención se vuelve al instante hacia su esposa. Lo veo tomar su mano y sentarse en el borde de la cama, con los ojos clavados en ella, como si no existiera nada más. No creo ser capaz de entender toda la desesperación que debe de albergar en su corazón: a mí también me duele, pero incluso si perdiese a Eirene todavía tendría algo a mi alrededor: a mi hermana, a mis amigos, a mi pueblo. No obstante, ¿qué le quedará al príncipe?

–¿Me avisarás si sucede algo? –me pregunta Moira. La presión de su mano en la mía es leve como una caricia cuando yo asiento–. Tratad de dormir un poco también. Lo necesitáis.

Intento ofrecerle una sonrisa. Creo que no funciona.

–No te preocupes. Solo descansa, ¿de acuerdo?

Ella no responde. Sale la primera del cuarto, seguida de una Sylvana alicaída en comparación con la niña enérgica a la que nos tiene acostumbrados. Chryses no se queda con nosotros tampoco, aunque lanza una mirada en la dirección de Eirene.

Tras él, la puerta se cierra y se hace el silencio.

Me siento en el suelo y te dejo descansar sobre mi regazo. Aunque me siento despejado, quizá más tarde sucumba al sueño. Juego a recorrer tu contorno con un dedo. No me siento incómodo aquí, pero tengo miedo de toparme de nuevo con los ojos tristes del príncipe.

–¿Seaben?

No sé si aparta la atención de Eirene. Supongo que no importa.

–¿Sí?

–Se va a poner bien. Ella no es de las que se rinden.

Una pausa.

–Lo sé. Gracias, Drake.

Por alguna razón, me empiezan a picar los ojos. Acaricio ese arañazo que alguien te hizo en el pasado. Si tú, tan frágil, no te rompiste por eso, yo tampoco lo haré por lo que estoy viviendo ahora.

–Tienes que hacerla muy feliz –susurro.

Seaben no responde.

En silencio, esperamos a que pase la noche.

Inair

Odio esto.

Aunque toda mi vida me han educado para tomar decisiones, para impartir justicia y pensar por mí misma, me sigue aterrando cometer un error. Cuando era niña, me fascinaba la facilidad con la que mi padre solucionaba pequeños problemas entre los habitantes, aunque siempre dejaba los grandes juicios para el pueblo: decía que ellos eran los verdaderos gobernantes y él solo un vasallo de sus deseos, un representante que hacía llegar su voz a otros países. Todos lo querían y tenían en cuenta su opinión. A mis ojos, era el hombre más bueno que existía, grandioso en su humildad, con la risa fácil y una capacidad asombrosa para ver las opciones que nadie más se atrevía a sopesar.

Yo, a su sombra, me siento como una niña jugando a llevar una corona.

Lowell y Briah me flanquean cuando me acerco a los dos extraños. Ambos están bien, aunque Lowell parece agotado por el asalto al palacio. Shcm, con los brazos cruzados, detrás de nuestros visitantes, me hace una inclinación de cabeza a modo de saludo que yo respondo con una sonrisa.

A pesar de que conozco los riesgos, decido que estamos lo suficientemente alejados de ojos indiscretos y creo luz en mi mano. Una esfera resplandeciente aparece en el aire sobre nosotros, iluminando algo la escena. Su llegada nos molesta a todos en los ojos pero, cuando me acostumbro al cambio, puedo observar con detenimiento a los dos desconocidos que han traído hasta aquí. El primero en el que me fijo tiene los cabellos rojos como el fuego. Alrededor de la treintena, imagino, o quizá un poco más. Sonríe, seguro de sí mismo. A su lado, el otro hombre descubre su cabeza. Trato de no parecer sorprendida al reconocer los rasgos delicados de la raza de Eirene y sus mismas orejas. Me resulta difícil atribuirle una edad. Ambos llevan ropas de viaje, gastadas pero todavía enteras. No parecen heridos más allá de algunos rasguños, aunque el elfo se apoya en su acompañante con algo de cansancio. Portan tanto arcos como espadas, y parecen tan cómodos con sus armas como si fueran para ellos una prenda más.

–Aparecieron en mitad de la fiesta y actuaron antes de que nosotros pudiéramos reaccionar. Dieron un espectáculo, haciendo explotar el techo, pero antes de que nos diéramos cuenta, él –señala al pelirrojo– ya estaba detrás de la reina.

Frunzo un poco el ceño. ¿Por qué armar un escándalo cuando podrían haber sido mucho más sutiles? A menos, claro, que les agrade ser el centro de atención. O que tuvieran una razón para querer serlo.

–Dicen que son mercenarios –continúa mi caballero.

–¿Mercenarios? –repito. No había visto a ninguno antes. Los miro, curiosa–. Los mercenarios siempre trabajan para alguien.

El pelirrojo hace una reverencia burlona que me hace pensar en Drake y en sus bromas. Aunque se inclina por la cintura, sus ojos me taladran de una forma perturbadora.

–En este momento, podríamos decir que trabajamos por intereses personales. –Se endereza, deshaciéndose en sonrisas–. Pero si me lo pedís vos, mi señora, estaré encantado de ser vuestro humilde servidor.

Su descaro trae un ligero rubor a mis mejillas.

–No será preciso, puedes estar seguro –responde Lowell. Se vuelve hacia mí–: Dijeron que así se ganan la vida: querían salvar a la reina y luego cobrar un rescate.

La expresión de su rostro me deja claro que no cree ni una sola palabra.

–No planeaban devolvérnosla a nosotros, eso seguro: para eso necesitarían un contacto que no tienen –ataja Briah–. Francamente, Inair, ni los he visto nunca ni me dan buena espina. Yo digo que nos deshagamos de ellos.

Quiero contestarle que no podemos hacer eso pero, por alguna razón, la presencia de estos hombres tampoco me inspira confianza. Incluso cuando es obvio que han sido de gran ayuda para que nuestro grupo consiguiera volver hasta aquí.

–No creo que los rebeldes seáis especialmente ricos, tampoco –apunta el extraño, mientras su amigo continúa sumergido en el silencio, como una sombra–. Mi señora, hay rescates que no se pagan con dinero. Los hombres que no tenemos un hogar lo sabemos mejor que nadie.

–El dinero os daría un techo bajo el que cobijaros –respondo–. Y el Tirano, cuando se quedó con la Corona, también se llevó todos los tesoros de estas tierras.

–Todo el mundo sabe que los mercenarios se venden al mejor postor –apostilla Briah.

–Lamentablemente para nuestro bolsillo, somos trabajadores honorables.

–¿Cuál es el honor de vender vuestros ideales por dinero? ¿Cuál es el honor de matar por dinero? –replica mi amiga.

Aprieto los labios, porque eso mismo habría dicho yo si no fuera consciente de que todo se reduce al poder. La guerra, los asesinatos, el robo de un trono… Incluso la búsqueda del dinero. Quien controla la economía y la política ostenta el dominio sobre aquellos que no lo han conseguido. Me pregunto qué honor habrá en matar al Tirano para devolverme la Corona, cuando él se la arrebató a mi padre de la misma manera.

Por supuesto, no dejo que mis dudas sean más que mías, pero

siguen ahí, atormentándome: por noble que sea una causa, una vida menos sigue siendo una injusticia.

–Solo es una manera de ganarse la vida –interviene el elfo, aunque a quien mira no es a quien hizo las acusaciones, sino a mí–. No erráis, sin embargo, en desconfiar de nosotros. Aunque mi amigo no ayuda demasiado a nuestra causa, pues disfruta demasiado de su propia voz como para hablar claro, los asuntos que lo ligan a Hermia de Astrea no tienen nada que ver con vuestro dinero ni con el de nadie, sino con el favor de la propia reina.

–¿Y qué puede estar buscando de mi madre?

–Eso es de carácter privado, y lo solucionarán cuando llegue el momento por su cuenta –dice, con tanta suavidad que es imposible que me ofenda. Briah no debe de pensar lo mismo, porque la oigo resoplar–. Hemos venido con vuestros compañeros porque sospechábamos que eran rebeldes y teníamos entendido que en la legítima Astrea se gobernaba con justicia. No tenemos a dónde ir y, si bien no pedimos pago alguno, pensamos que al haber ayudado a vuestra amiga…

Recelo, pero ya ha abierto una brecha en mis defensas.

–Hemos venido aquí solo con buenas intenciones y buenos han sido nuestros actos. Yo mismo no me encuentro bien tras el esfuerzo que me ha supuesto darle una oportunidad a lady Eirene, de modo que a cambio solo os pedimos descanso, al menos por esta noche. Entiendo vuestra desconfianza, pero os hemos dado razones para confiar: nuestros fines son idénticos, aunque las motivaciones sean dispares, y en tiempos como en los que vivimos un fin común convierte a desconocidos en aliados.

–¿Quién disfruta ahora del sonido de su propia voz? –masculla su compañero, aunque con una sonrisa.

–Habláis bien, elfo –acepto. Miro a los demás, con algo de inquietud. Supongo que tenemos que ceder. Si de verdad quieren ayudar a mi madre, es mejor tenerlos en nuestro bando que en uno diferente–. ¿Cómo os llamáis?

–El elfo es Hayes –ataja Lowell. El aludido hace una respetuosa inclinación de cabeza–. Y él es Rayne, ¿no es cierto?

Hay un incómodo silencio. Una duda. Por supuesto, intento descartar la idea. No tiene sentido y, a la vez, deja todo mucho más claro. Briah, a mi lado, me agarra el brazo con tanta brusquedad que amenaza con desequilibrarme. Quiero pensar que he escuchado mal.

–¿Rayne? –repito.

–A vuestros pies, mi señora.

Lo dice antes de que nuestros ojos se encuentren. Y cuando nuestras miradas chocan, no sé cómo, tengo la certeza de que es él. No es por el parecido, desde luego: no tienen los mismos ojos ni el mismo color en el cabello. Ni siquiera el cuerpo o la cara guardan demasiada similitud, aunque si me fijo, puedo reconocer algunos rasgos comunes: la forma de la mandíbula, o los ojos, o los dedos largos.

Rayne.

Ese era el nombre que tenía el padre de Drake.

El hombre que lo dejó atrás, con un laúd demasiado grande para un bebé. El que le dio mil fantasmas con los que convivir durante el resto de su vida. Mil cuentos, todos imaginados, de por qué lo abandonó. De por qué decidió que su familia no era un ancla suficientemente fuerte a esta isla. De por qué nunca volvió, por mucho que mi hermano se lo pidiese a las estrellas.

Un padre que nunca actuó como tal.

No puede ser casualidad.

¿Por qué después de tanto tiempo? ¿Por qué justo ahora?

–Ya entiendo qué asuntos te atan a mi madre –siseo.

–Inair, ahora sí que no puedes permitir que venga con nosotros.

Rayne entiende que ha sido descubierto. Por alguna razón, no parece molesto por ello. ¿Por qué iba a estarlo? Si no hubiera querido que lo relacionásemos, podría haber dado cualquier otro nombre.

–¿Inair? ¿Qué ocurre?

La voz de Lowell está llena de confusión: él es el único aquí que no sabe lo que está pasando. Incluso Shem ha puesto su mano sobre el hombro de Rayne, a modo de advertencia. Toda la confianza que podríamos haber depositado en él y su amigo se pierde con la mención de un solo nombre. Esa es la reputación que ha dejado tras de sí.

–Este hombre es el padre de Drake –digo, sin apartar la vista de él–. El que lo abandonó, a él y a mi madre.

Pienso en mi hermano. En cómo lo romperá verlo de nuevo. En cómo ha estado a tan solo unos pasos de él pero ni siquiera ha podido reconocerlo, porque nunca ha podido pintarle un rostro a su sombra. Para él, siempre ha sido un sitio vacío, una ausencia. No querrá verlo. Y, a la vez, sé que no puedo impedirle la entrada a los subterráneos. No por lo que yo piense de él, sino por lo que Drake necesita. Es hora de que se reconcilie con el pasado, incluso aunque duela.

–Si lo tiramos por el acantilado, Drake nos lo agradecería. –No hay ni un atisbo de broma en la voz de Briah.

–Os equivocáis –susurra Rayne. Ha agachado la cabeza–. No lo abandoné, pero sé que no escucharéis nada de lo que diga, así que no me molestaré. –Cuadra los hombros, como si la mano de Shem no estuviera ahí, y me mira–. Quiero verlo. ¿Está él aquí?

–En realidad, ya lo has visto. Y te matará cuando le digas quién eres.

Soy consciente de que piensa en la figura que se fue con Eirene y Seaben. Lo ha tenido cerca y, como Drake mismo, no ha sabido reconocerlo. No hubiera podido hacerlo, ni aunque fuera de día.

Son dos desconocidos.

–Te odia –apunto, quizá con ansias de hacerle daño. De que se dé cuenta de todo el dolor que causó con su marcha–. ¿No crees que tiene razones?

No protesta. No intenta defenderse, ni excusarse con mil historias increíbles. Me doy cuenta de que no es como pensaba. Mi mente había convocado la imagen de un Drake adulto, repartiendo cuentos como otros hombres reparten flores, con la mirada de un niño, inocente y despreocupada. Imaginaba que no le importaría nada ni nadie. Pero tras sus ojos, de un color que oscila entre el verde y el gris, veo demasiadas preocupaciones, demasiados secretos, para que sea un simple vividor.

–Quizá me lo merezca; desde su punto de vista, sí.

El enfado que he sentido al saber la verdad se ha disipado. La furia es un sentimiento voluble, y tan rápido aparece como se marcha. Solo queda pena, y quizá frustración. No sé qué hacer. Creo que Drake merece decidir si verlo, pese a todo su rencor. Y estos dos hombres han ayudado a Lowell, Seaben y Eirene. No puedo dejarlos aquí. Astrea no paga sus deudas de ese modo. Miro a mi alrededor, pero los rostros que veo solo sirven para aumentar mi confusión. Briah odia a este hombre por empatía y Shem se mantiene inmutable. Lowell me devuelve la mirada y coge mi mano, en una muda señal de apoyo.

–Dejad que nos quedemos esta noche con vosotros –presiona el elfo–. El muchacho puede decidir tras hablar con él si quiere que desaparezcamos o no.

Con un suspiro, me rindo.

–Tenéis mi permiso.

Briah protesta, pero la corto con un gesto que no admite réplica. Le indico a Shem que los guíe abajo y apago mi luz mágica, dejándonos en la penumbra de una noche de luna y estrellas. De flores, a nuestros pies. Mi amigo echa a andar, con nuestros nuevos invitados, pero me quedo atrás con Lowell y Briah y dejo que nos saquen varios pasos de distancia antes de seguirlos.

–¿Podríais mantener un ojo puesto en ellos? –les pido en voz baja–. Nadie debe saber que están en la casa antes de que hable con Drake. Nunca me lo perdonaría si se entera por alguien que no sea yo.

Ambos son leales. Pese a que pueden estar cuestionándose mi decisión, estarán a mi lado. No han llegado tan lejos por mí como para empezar a dudar ahora.

–¿Estás segura de que esto es lo que quieres hacer? –pregunta, no obstante, Briah.

Le sonrío. No sé si puede ver mi expresión y, de todas formas, no es un gesto demasiado esperanzador.

–No sé qué quiero hacer.

Pero la decisión ya está tomada.

Sylvana

Los cuentos a menudo son un buen método de protección: no solo nos alejan de las pesadillas y de los terrores de la noche, sino que pueden ser un refugio cómodo donde esconderse. Durante años, he estado contando cuentos para no revelar quién soy ni de dónde vengo, para protegerme a mí misma de mi pasado, pero también para proteger a Eirene de revelaciones que ella todavía no podía asimilar. Los cuentos siempre me han dado cobijo y me han prestado su irrealidad para que pudiese vivir en ella.

Ahora me pregunto si alguna vez podré volver a contarle cuento alguno a mi protegida. O si alguna vez tendré la oportunidad de contarle toda la verdad. Al otro lado de una puerta que no puedo dejar de mirar, la niña –porque a mis ojos, jamás dejará de ser eso– a la que siempre he intentado alejar de todo mal se debate entre la vida y la muerte.

He fallado estrepitosamente en mi cometido.

«No es culpa tuya».

Alzo la vista al escuchar la voz de Chryses en mi cabeza. El lobo espera pacientemente frente a la puerta, como yo. Nos hemos sentado en el pasillo y aguardamos, aunque no sé a qué. Supongo que él también está preocupado por Eirene. Por Seaben mismo, que es de alguna manera su protegido igual que la princesa es la mía. El príncipe no lo soportará si Eirene no sobrevive, y todos en esta casa somos conscientes de ello. Se volverá loco de dolor y pérdida. Tengo la impresión de que muchos lo haremos.

–¿Y si…?

El lobo niega con su cabeza en un par de golpes firmes.

«Es Eirene. Vivirá. Es fuerte».

Quiero pensar que así es, que esa es razón suficiente para que sus ojos vuelvan a abrirse. Aun así, me siento inútil. Él no puede entenderlo, aunque desee ayudarme. No sabe todo lo que hay detrás, no puede comprender que era mi misión asegurarme de que ella siempre estaría bien. Se suponía que debía protegerla, ya que no pude proteger a su madre…

Aprieto los párpados cuando me doy cuenta de que estoy al borde de las lágrimas. Llevo más años de los que puedo recordar sin derramar una sola, así que la sensación me resulta casi ajena. La presión en el pecho y la inseguridad, la frustración, el sentimiento de impotencia. Son cosas que durante mucho tiempo no me he permitido sentir. Ahora que estoy a punto de perder todo lo que le dio un nuevo sentido a mi vida cuando ya no tenía nada, las sensaciones me abruman.

Si Eirene muere, a mí ya no me quedará nada. Ninguna misión, ningún destino, ninguna familia. Habré fracasado, habré roto una promesa.

Por primera vez también en demasiados años, ruego a las estrellas para que escuchen mis plegarias y la salven.

Chryses me sorprende de nuevo, alejándome de mis rezos, cuando golpea mi hombro con su hocico. Solo al ver su figura desdibujada me doy cuenta de que he empezado a llorar.

«Deberías dormir. Martirizarte no te servirá de nada. Tampoco hará que Eirene se recupere».

–Tienes razón –suspiro, a mi pesar, conteniendo un sollozo que se atasca en mi garganta. Me paso una mano por la cara, obligándome a detener el llanto que me ha asaltado a traición–. Será mejor que descansemos. Tú también. Seaben no saldrá de ahí hasta que ella abra los ojos, y no atenderá a nadie más tampoco hasta que todo vuelva a estar bien.

El lobo baja las orejas, mirando a la puerta cerrada, consciente del sufrimiento del príncipe. Me recuerdo que él sabe bien lo que es perder a la persona amada. Yo también conozco ese dolor, pero a mí nadie me arrebató a la persona que quería: a mí me abandonaron. Intento apartar de mi cabeza aquel rostro funesto del pasado, que casi cada noche sigue persiguiéndome y sonriéndome como si en cualquier momento fuese a reaparecer y al mismo tiempo se burla de que lo siga recordando.

Sin compartir más palabras, cada uno perdido en recuerdos que nos gustaría poder eliminar y sin los que, al mismo tiempo, no seríamos quienes somos, nos ponemos en pie. Apenas hemos dado dos pasos hacia nuestras habitaciones cuando escuchamos a gente subir las escaleras.

Lowell e Inair van a la cabeza del grupo que aparece por el pasillo. Tras ellos, Briah, que mira con suspicacia hacia atrás, guiando a...

El fantasma del pasado aparece para dejarme clavada en el suelo.

Ni siquiera soy capaz de fijarme en la figura que le acompaña o en Shem, a la retaguardia. Solo puedo verlo *a él.* Por un segundo pienso que estoy teniendo una visión, que lo de Eirene me ha afectado demasiado y ha traído a mi cabeza a aquel hombre al que una vez quise: lo he recordado, y por eso ahora me parece verlo.

Pero no es así. Es real. Está ahí, con el mismo rostro confiado de siempre. Más mayor que en aquella época, pero sin duda él.

Los ojos que hace años me admiraban me ven. En silencio él entreabre los labios y se queda quieto. Solo un instante. Un horrible instante en el que incontables años atacan mi cabeza, agolpándose y apuñalando mi corazón, reabriendo una herida que nunca se cerró del todo.

Pero solo es un segundo, porque justo al siguiente puedo escuchar un gruñido cercano y una mancha blanca salta sobre esa figura venida del pasado.

Chryses ataca a Rayne antes de que ninguno de los presentes podamos reaccionar. Lo tira al suelo y muerde su hombro. Fuerte. Directo. Con rabia. Sin piedad.

Un alarido de dolor llena el pasillo.

–¡¡Chryses!! –grita alguien.

El lobo no parece escuchar. Yo estoy demasiado conmocionada para reaccionar. Me tambaleo, capaz solo de ver al hombre que se debate bajo el cuerpo del animal.

Como si no estuviera asistiendo en realidad a la escena, veo cómo Lowell aparta al lobo de su víctima. El encapuchado que acompañaba a Rayne también ayuda al caballero a mantener a raya al animal. Solo le hacen falta un par de palabras murmuradas en lo que reconozco como élfico para lanzar a Chryses por los aires y hacer chocar su cuerpo contra la pared.

Rayne se queda en el suelo, jadeando y sangrando, con una mano en el hombro.

Rayne. Es Rayne.

Como en un sueño, me doy cuenta de que me he apoyado contra la pared para no perder el equilibrio. Las imágenes de lo que acaba de suceder aparecen en mi cabeza con el gruñido furioso de Chryses, que me obliga a regresar a la realidad. ¿Qué está pasando? Chryses es bueno. Chryses nunca atacaría a nadie así sin ninguna razón, no si no fuese una amenaza. Lo observo. Tiene el hocico manchado de sangre y el lomo erizado. Probablemente volvería a saltar si Lowell no lo estuviese agarrando con fuerza.

–¡Chryses, basta! ¡¿Se puede saber qué te pasa?! ¡¡Llevaos a ese hombre de aquí!!

Rayne. Rayne. Rayne. Rayne. Rayne.

Lo miro mientras su amigo intenta incorporarlo. No sé exactamente por qué, pero echo a andar con rapidez, confiando en que mi actitud sea tomada por la de una sirvienta que pretende ayudar a un herido. Aunque en realidad es mucho más que eso.

–Por aquí.

El hombre se carga a Rayne a los hombros, que sangra y parece mareado, y se apresura a seguirme. La puerta de la habitación de

Eirene se abre justo cuando nosotros, rápidos, pasamos por su lado. Seaben y Drake, alarmados por el escándalo, salen. Escucho sus preguntas de confusión y preocupación, pero ni siquiera soy verdaderamente consciente de ellas. Corren hacia el lobo, del que también escucho sus gruñidos a lo lejos.

Y entonces, deteniéndonos a todos, helándonos la sangre, la imagen llega clara a nuestras mentes: Rayne, junto a Mab, disparando la flecha que rompió para siempre el último encuentro entre Chryses y la princesa Celeste. E inmediatamente después, el hombre que un día fue Chryses obligado a tomar la apariencia de un lobo.

Rayne estuvo allí aquella noche. Rayne ayudó a Mab. Rayne es también culpable de haber acabado con la vida de Chryses.

Y Chryses quiere matarlo.

Érase una vez que se era, una pequeña e inteligente hechicera: una muchacha con futuro que aspiraba a descubrir los misterios del mundo. Día y noche, esta chiquilla se dedicaba en cuerpo y alma a cultivar sus conocimientos. Nunca tenía suficiente, siempre quería saber más; continuamente se la veía con la nariz hundida en un libro, sin compartir su tiempo con nadie más que con las letras. Eso la convertía en un bicho raro: no hablaba con nadie, no tenía amigos. Su vida eran, simple y llanamente, los libros.

La muchacha estudiaba en la torre de hechicería de la isla más libre y mágica que jamás ha existido, hace ya muchos, muchos años. Un día, a su clase llegó un muchacho nuevo, más joven, que había adelantado a sus compañeros en sus estudios. Un niño raro que, como ella, parecía vivir ajeno al mundo que lo rodeaba. Él no estudiaba, nunca se lo veía con un libro, nunca llegaba puntual a clase, nunca atendía. Mostraba una total indiferencia por el conocimiento, pero tenía gran facilidad para realizar todo tipo de magia.

La hechicera no tardó en descubrir que el joven era bastante mejor que ella. A todos los niños de la clase les asustaba el poder del chico nuevo: la magia era tan natural en él que resultaba algo extraño y peligroso. A la hechicera, sin embargo, aquel chico solo le provocaba indignación: le molestaba que todo le saliera de manera fácil, le molestaba que no le diese importancia al saber, le molestaba que ella tuviera que esforzarse por ser la mejor y él siempre estuviese por encima sin apenas trabajo. El muchacho era consciente de los sentimientos de ella, por lo que de vez en cuando le dedicaba sonrisas burlonas cuando la sorprendía observándolo con envidia. Por eso un día, dolida en su orgullo, y aunque sabía que estaba mal, la hechicera intentó atacar la cabeza del chico. Y el muchacho, demasiado listo, demasiado fuerte, supo lo que ella intentaba y no se lo permitió.

Si el niño hubiera sido juicioso, o malo, se lo habría contado a los profesores, y entonces habrían expulsado a la pequeña hechicera. Pero no fue así. El niño era raro, y aquel intento de ataque, que solo una persona poderosa podría haber llevado a cabo, despertó su curiosidad. Se acercó a ella y la muchacha, no acostumbrada a que la gente le prestase atención, al principio intentó mantenerse lejos: quiso crear una muralla, quiso seguir sintiéndose molesta con él por ser mejor; pero al mismo tiempo quería descubrir quién era aquel muchacho en realidad.

Y los dos bichos raros se hicieron amigos.

Crecieron juntos y solos, sin nadie más, porque solo ellos se comprendían, porque la gente pensaba que eran demasiado diferentes, y así era. Solo se tenían el uno al otro: ella con su sed de conocimientos, él con su sed de aventuras. El niño solo quería ver mundo, escapar de la pequeña y limitada isla en la que ambos se habían criado y descubrir qué había más allá del océano. Quería ser un héroe, quería ser el protagonista de todas las historias que siempre escuchaba. Al niño le gustaban los cuentos y la música, y por eso, para que ambas cosas siempre le acompañasen, la hechicera le regaló un laúd en uno de sus cumpleaños. Y el niño jamás dejó el instrumento atrás.

Con el paso de los años, entre planes y sueños de futuro, los niños se hicieron adultos. Y, como suele pasar en los cuentos, se enamoraron.

Cuando se graduaron ambos partieron de la isla con las manos y los destinos entrelazados, con todo un mundo por descubrir y mil aventuras esperando a ser vividas y contadas. Querían escribir su propia historia. Se prometieron volver: cuando lo hubieran visto todo, regresarían al país que los había visto crecer y construirían una bonita casa en la colina donde se habían dado su primer beso. Formarían una familia y serían felices por siempre jamás.

Solo que eso nunca ocurrió.

Las aventuras no fueron las que esperaban. La felicidad se extinguió cuando sus viajes los llevaron más allá de las montañas. Y un día, el chico desapareció y nunca más volvió.

Hasta ahora.

Estoy jadeando cuando cierro la puerta con llave. Cuando me giro, y mis ojos encuentran los de Rayne, me doy cuenta de que he abierto otra puerta al mismo tiempo: la que va directamente a mis recuerdos, la que va directamente a la realidad que durante tantos años he intentado disfrazar con cuentos.

Como un huracán que llega para arrasarlo todo, el pasado amenaza con asfixiarme. Apenas ha cambiado, y yo sé perfectamente por qué es: el tiempo no pasa igual para los que son como él, de la misma forma que no ha pasado igual para mí. Somos diferentes. Siempre lo fuimos.

Hace una eternidad que me abandonó, pero aquí y ahora, si no fuera por mi hechizo, podría parecer que seguimos siendo los mismos.

Miles de imágenes se arremolinan en mi cabeza, pero no permito que me debiliten o me confundan. No quiero que me desarmen, no quiero que me llenen de la tristeza que hace tiempo que no me permito sentir. No he sabido nada de él desde hace cincuenta años. Cincuenta años han pasado desde que desperté en una cama vacía y me encontré solo con el recuerdo de sus caricias, desnuda en cuerpo y alma. Cincuenta años desde que mi vida cambió para siempre.

Había conseguido olvidarlo, o eso quiero esforzarme en pensar. Había conseguido que dejase de doler, que su rostro se difuminase un poco en mi memoria. Y ahora regresa, y solo echo en falta el laúd que le regalé colgado a su espalda para que siga siendo el mismo. Supongo que por eso he sido tan dura con Drake. Supongo que, de alguna manera, con sus cuentos, con su instrumento siempre acompañándolo, me recordaba a él. No quería cerca de Eirene a alguien así.

Aunque su amigo lo hace sentar sobre mi cama para examinar su herida, Rayne no le presta atención a él, sino a mí. Pálido, sangrando y al borde del desmayo, me mira como si nada más existiese, como si viese en mí a una pesadilla.

Es el mismo sentimiento que me aprieta a mí el pecho.

El escándalo que hay tras la puerta, con Chryses aún aullando, me obliga a apartar la vista y recordar la imagen que el lobo ha mandado a las cabezas de todos. No sé de dónde saco las fuerzas necesarias para hacerlo, pero me esfuerzo por parecer firme y encararme con ellos. Él parece sobresaltarse.

–Si quieres tener alguna oportunidad después de lo que acabamos de ver, más vale que te expliques rápido, Rayne.

Pronunciar su nombre es extraño. Como una palabra en desuso, como un hechizo difícil de invocar. Durante muchos años elucubré sobre lo que le diría si lo volviese a ver. Reproches, en su mayoría, aunque nunca pensé que fueran réplicas que no tuvieran que ver directamente con nosotros y con lo que nos pasó.

–Es una locura... Nada de esto está pasando.

Rayne sacude la cabeza. Su amigo se ha sacado su capa y se encarga de su herida con unas hojas medicinales, pero me parece que también me observa a mí, de soslayo, de pronto con más atención. Casi parece reconocerme, aunque estoy segura de no haber visto a este elfo en mi vida.

–¿Demasiados fantasmas del pasado juntos en una misma casa, Rayne?

No puedo evitar pronunciar su nombre. Es como si quisiera obligar a mis labios a formarlo, aunque me recuerde a un tiempo en el que aquella era mi palabra favorita.

Él no me mira a mí, no obstante, sino a su compañero.

–¿Ves a alguien? Me la estoy imaginando.

El acompañante de Rayne lo observa con precaución. Discreto, sin embargo, prefiere no contestar. Como si yo no existiese, se concentra de nuevo en la herida del hombro. A Rayne parece afectarle más mi presencia.

–Ha pasado mucho tiempo –lo saludo, con frialdad. No soy una invención. Soy tan real como cuando me dejó sola, muy lejos de mi hogar. No: sin hogar, porque pensaba que él sería siempre mi casa, mi familia.

El pelirrojo sacude la cabeza. No quiere verme, y eso me duele todavía más. Yo tampoco quiero, pero está aquí, delante de mí después de medio siglo. No tiene derecho a apartar la vista: no le hice ningún daño. Lo quise más que a mi vida. ¿Y él se atreve a cerrar los ojos, a fingir que no existo?

–No eres real –me acusa–. No eres real, estoy delirando. Ese aspecto, como si fueras una niña...

Por supuesto. Él ya se había ido cuando me hicieron esto. Cuando me arrebataron mis poderes y me confinaron en este cuerpo infantil. Él me dejó antes. ¿Le recordaré ahora al día en que nos conocimos, en la torre? ¿Le recordaré a la chiquilla que siempre cargaba libros más grandes que ella?

–Sylvana, ¿verdad?

Ha sido el elfo el que ha pronunciado mi nombre, lo cual me desestabiliza. Sabe quién soy, sabe cómo me llamo. ¿Por qué?

Rayne se estremece. Que su amigo se dirija a mí es probar que no soy un fantasma, igual que yo solo lo he creído real cuando Chryses ha saltado sobre él.

La herida que llevo años guardando se abre un poco más.

–Sí. Sylvana –susurro, aunque solo miro al hechicero.

–Sylv...

Cuando me llama así, como si no hubiera pasado el tiempo, casi siento la tentación de acercarme a él y suplicarle que me explique por qué lo hizo. Por qué acabó con todo de la noche a la mañana, por qué no pudimos ser felices. ¿Qué cambió? ¿Fue porque éramos diferentes? ¿Fue porque nadie habría dicho que pudiéramos estar juntos? ¿Fue porque el resto del mundo pensaba que nos destruiríamos?

Pero callo. Las palabras no se atreven a materializarse en mis labios y sigo escuchando revuelo al otro lado de la puerta. Dentro de poco vendrán a por ellos, porque los astrenses querrán ayudar a Chryses. Yo también quiero hacerlo. Yo también quiero comprender cómo Rayne terminó sirviendo a Mab, ni más ni menos.

–Será mejor que me expliques lo que hemos visto. El Rayne que yo conocí no se dedicaba a arruinar vidas.

No he terminado ni siquiera de pronunciar la frase cuando me doy cuenta de la ironía de mis propias palabras. La mía la arruinó, después de todo.

–Quizá el Rayne que tú conociste ya no existe.

Sus palabras son apenas un susurro, pero me apuñalan los oídos y el corazón igual que si las hubiera gritado. Tiene razón. Puede que este hombre se parezca físicamente a la persona de la que me enamoré, pero ha pasado demasiado tiempo. Puede que nunca conociese al verdadero Rayne: al que solo sabía hacer daño, como me lo terminó haciendo a mí, como se lo hizo a Chryses.

Quizá debería haber dejado que Chrys lo despedazara.

–Rayne, quédate quieto, tengo que curarte –reclama el elfo cuando de repente el hechicero se levanta.

–No. Tengo que irme de aquí –responde el pelirrojo, casi febril. Vuelve a no mirarme–. Se curará solo. Lo sabéis.

Sí, es cierto. Sus heridas siempre se curan solas. Siempre fue más fuerte, más poderoso. Demasiado.

Diferentes. Éramos diferentes. Demasiado diferentes.

–Tus posibilidades de ir a ningún lado ahora son ínfimas –susurro, mirando de reojo a la puerta. El ruido parece haber disminuido y ya no escucho ni gruñidos ni aullidos, pero sí murmullos. En breve llamarán a la puerta para pedir explicaciones.

–Podemos irnos en cuanto se vayan a dormir –sugiere a su compañero.

–¿Y qué hay de tu hijo?

El golpe llega como un puñetazo. Hijo. Casi siento náuseas. Mi mente vuelve años atrás, a un tiempo en el que él y yo soñábamos con formar un hogar en la colina donde una vez juró que me quería.

Seríamos una familia. Una familia de verdad, como la que ninguno de nosotros había tenido.

Hijo.

Realmente él tuvo uno. Hubo otra persona, con quien creó esa familia... Me siento estúpida por no haberlo pensado en todo este tiempo. ¿Qué esperaba? ¿Que hubiera sido como yo, que no hubiese podido querer a nadie más? Fui la única que se quedó estancada en ese adiós no pronunciado. Fui la única de los dos que no pudo pensar en otras personas.

Y de pronto, como un rompecabezas, las piezas encajan. El rescate de Hermia. El laúd. Lo he tenido todo el tiempo delante y no he sabido verlo.

–Drake.

Rayne se encoge sobre sí mismo y casi parece avergonzado. Cojo aire. Necesito salir de aquí. Necesito olvidarlo para siempre. Y al mismo tiempo recuerdo que Eirene me dijo una vez que Drake no tenía padre, que lo había abandonado. ¿Ese es el verdadero Rayne? ¿El que deja a todo el mundo, el que es incapaz de querer a nadie más que a sí mismo?

Abro la boca, dispuesta a volver a pedir explicaciones, esta vez de verdad. Todas las que me debe, todas las piezas de la historia que me faltan. Por qué me dejó, cuándo se unió a Mab de Lothaire, cómo terminó con Hermia de Astrea y por qué abandonó a su propio hijo. Su hijo. El Rayne que yo conocí ni siquiera podría haberlo pensado: solo quería una familia con la que vivir en paz y ser feliz, quería niños a los que contarles cuentos y enseñarles música y magia. Él siempre deseó ser mejor de lo que fue su padre, del que nunca supo nada y quien nunca quiso conocer su existencia.

Quizá sea verdad lo que me dijeron cuando me dejó: que Rayne no podía olvidar su naturaleza. Sus raíces lo condenarían siempre a hacer daño.

Un par de golpes en la puerta me impiden formular la avalancha de preguntas que estoy a punto de vomitar. La voz de Lowell suena autoritaria cuando pronuncia mi nombre tras la madera.

–Están conmigo. Estoy bien –declaro, intentando parecer firme.

–Sal –me ordena–. Los encerraremos y a ti te daremos otro cuarto. Y vosotros, escuchadme: os advertí que si escondíais algo no tardaríamos en descubrirlo.

–No podéis encerrarnos –reclama Rayne. El elfo también tiene, como él, el ceño suavemente fruncido.

–Podemos hacerlo. En realidad, ya está hecho.

–Conozco a este hombre –informo.

Veo el rostro sorprendido de Rayne volviéndose hacia mí, pero aparto la mirada. No puedo enfrentarlo una vez más sin que el dolor o la rabia me partan en dos. No con todas las incógnitas, no con la constante sensación de tener enfrente a alguien tan importante y al mismo tiempo a un completo desconocido.

–Conozco a este hombre –repito, un poco más alto, para que el caballero pueda escucharme–. Desde hace… mucho tiempo. Creo que tiene que haber una explicación para todo. Creo que tiene que haber una *buena* explicación.

No me refiero solo a Chryses, sino a todo lo demás. Necesito respuestas. Llevo cincuenta años necesitando respuestas. No puedo dejar que la oportunidad pase sin más. Lo necesito vivo para que me diga todo lo que nunca pude saber.

–Sylvana, no sé de qué lo conoces, pero seguro que tú también has visto…

–Cómo ayudaba a Mab. Sí. Pero ¿no te pareció injusto que te juzgasen por estar a su lado cuando siempre tuviste tus razones para mantenerte en su bando? ¿No quisiste que se escuchase tu versión? ¿Qué diferencia tu situación de la suya?

El caballero se queda sin argumentos para rebatirme, consciente de que ambos casos son semejantes. De reojo, observo a Rayne. Casi me parece reconocer en él un resquicio del hombre que una vez me quiso, o decía quererme: me mira con debilidad, como lo hacía muchas veces cuando lo dejaba sin réplica ante mis frases inteligentes o como cuando estaba desnuda entre sus brazos y le decía que lo quería. Que lo haría siempre, pasase lo que pasase.

No sé si al final rompí la promesa, o si no lo hice y durante muchos años he seguido amando a un recuerdo.

Rayne deja caer la cabeza, rindiéndose a algo.

–Si ayudé a Mab aquella noche fue obligado.

Un hálito de esperanza me inunda al saber que hay una historia detrás, que no estaba equivocada, que él no destrozaría la vida de otros como lo hace Mab. No sin razones, no por placer. Una voz estúpida me dice que guarde esperanzas también para mí: quizá se marchó por una razón, quizá tampoco me dejó porque desease hacerlo.

Al segundo siguiente, todo el peso de los años arremete contra mí. No. Ha pasado demasiado tiempo. Tuvo, al menos, otra mujer. Un hijo. Nunca volvió.

–¿De qué conoces a ese hombre, Sylvana? –cuestiona Lowell.

Por mi mente pasan rápidos todos los años que estuvimos juntos. Las clases. Su impertinencia. La primera vez que le vi reír. Los largos años en los que lo quise y no le dije nada, pensando que él no sentiría lo mismo. Era su amiga, su confidente. Él también callaba, y qué idiotas nos sentimos cuando nos dimos cuenta de que el miedo al rechazo nos había impedido dar pasos adelante. El día en que me besó por primera vez en la colina y desarmó así todas mis barreras. Una noche bajo las estrellas, descubriéndonos por completo. Cuántas veces susurramos esa noche que nos queríamos... Y el día que partimos, que nos marchamos de Astrea en pos de otros reinos, demasiado ansiosos por comernos el mundo y saber más. Nos fuimos de la mano dispuestos a desvelar misterios, dispuestos a llegar más allá de las montañas, a descubrir todos los secretos que allí vivían.

Y por último, más vivo y cruel que cualquier otro recuerdo, mi cama vacía una mañana. La noche anterior me había prometido que nunca me dejaría.

Cómo mintió.

–Quién sabe –respondo–. Hace tanto tiempo, que ya lo he olvidado.

Hay silencio. No me atrevo a comprobar la expresión de Rayne ante mis palabras. No sé si quiero ver lo que piensa de ellas. ¿Le dolerán? ¿Lo complacerán? ¿Se las creerá, siquiera?

–Sylvana, sal –dice Lowell, de nuevo autoritario, más seguro–. Nos contarás todo lo que sepas y dejaremos que Inair y Drake decidan. Aunque si es por el trovador, algo me dice que no tendrá mucha suerte. Elfo, no tenemos nada contra ti, pero la situación no nos deja más opción.

–Lo comprendo –repone el acompañante de Rayne.

Cojo aire. Supongo que ha llegado la hora de dejar caer mis cuentos y mostrar por fin algunas pinceladas de mi realidad a la gente que me rodea. Al menos, si esto sale bien, yo también podré dejar de contarme historias para rellenar los huecos vacíos de información que siempre me han perseguido.

Cuando abro la puerta y salgo, no me permito mirar atrás.

Mi pasado se queda encerrado en el cuarto.

Drake

Es que estás loca?

Me giro hacia Inair, que acaba de cerrar la puerta y se apoya contra ella, pidiéndome con un gesto que baje la voz. Sé que está nerviosa por lo que acaba de pasar. Todos lo estamos. Nerviosos, sorprendidos y dolidos a partes iguales por lo que Chryses nos ha mostrado. Ese hombre pelirrojo… Me estremezco al imaginar todo lo que debió de sentir mi amigo al verlo aparecer. Al rememorar el pasado. Han tenido que meterlo en una de las habitaciones para que se calme. No saben cómo tratar con alguien a quien un torrente de emociones ha vuelto más animal que persona.

Todos podemos entenderlo, pero nadie es consciente de la magnitud de su sufrimiento.

–Drake… –empieza mi hermana, en un susurro que es una súplica. No intenta venir hacia mí, no intenta abrazarme ni tomarme de las manos para que me calme. Algo en mi rostro la mantiene clavada en su sitio.

–¿Cómo se te ocurre traerlo aquí? ¿Cómo envías simplemente a Lowell para que lo deje encerrado en una habitación? ¿Es que no has visto lo mismo que todos nosotros? ¡Ese hombre acabó con todos los sueños de Chryses! Es cómplice de Mab en ese crimen y saben las estrellas en cuántos más. –Aunque mantiene las distancias, me acerco. Mi mano se cierra alrededor de su brazo. Bajo la voz–. Si esa noche no hubiera disparado esa flecha, puede que Chryses todavía tuviera su cuerpo. Puede que hubiera escapado a Anderia, y ahora viviría con Celeste.

Ella cubre mi mano con la suya.

–Francamente, Drake, no creo que un peón más o menos suponga una diferencia en los planes de Mab.

–¡Eso no quita que ese hombre le haya prestado sus servicios! ¡Trabaja para ella!

–¡*Trabajó*! –me corrige, con desesperación. Alza los ojos y veo en ellos su turbación. Se siente culpable por lo que ha pasado. Se siente responsable de cada uno de los habitantes de esta casa, de esta ciudad subterránea–. Drake, no olvides que ese hombre y su amigo han salvado a Eirene. Incluso han ayudado a Seaben y Lowell…

–¿Y eso supone que no esté implicado en sus planes, acaso? ¿Y si solo es un truco? ¡Uno no trabaja para esa mujer y simplemente lo olvida después!

Quiero retractarme de mis palabras incluso cuando todavía no he acabado de pronunciarlas. Dolida por sus implicaciones, Inair se aparta de mí.

–Te recuerdo que mi caballero fue uno de los suyos.

Lo sé. Lo pienso todos los días, y todos los días lo único que me consuela es saber que nunca podrá traicionarla sin morir. Que sus destinos están ligados, pero es mi hermana quien tiene el poder.

Eso, por supuesto, no puedo confesárselo a ella.

–Su caso es diferente –concedo, no sin vergüenza. Ahora soy yo el que se siente intimidado.

–No lo es –declara ella con una resolución que no sabía que tuviera la niña a la que le contábamos cuentos por la noche. Despacio, pasa por nuestro lado y va a sentarse en mi cama–. No puedes juzgar a alguien por un hecho aislado en su vida, Drake. Nada es tan sencillo, y las cosas nunca son lo que parecen.

No respondo. Inair suspira. Palmea el colchón.

–Ven. Tenemos que hablar de ese hombre.

Me acerco, pero me cruzo de brazos y la observo desde arriba. Es más fácil así, cuando siento que ella es todavía pequeña, aunque hable como una adulta.

–No sé qué tenemos que hablar. Si quieres pedir mi opinión, te diré que lo sacrifiques. El pueblo estaría de acuerdo. Conviértelo en un conejo, para que Chryses lo tenga más fácil a la hora de despedazarlo.

–No creo que nada de lo referente a ese hombre deba ser llevado a juicio público. Es un asunto entre él y Chryses. Entre él... y tú.

–¿Mío? No sé qué tiene que ver conmigo.

Inair entrelaza las manos sobre su falda, como si rezara.

–Una de las cosas que mi padre me enseñó fue que nunca debes juzgar sin tener al menos dos testimonios de un suceso. Un ojo te da una visión parcial de las cosas. En cambio, una vez consigues usar los dos ojos, tendrás la visión completa.

Calla y me mira. No entiendo qué papel juego yo en esta historia.

–Si ese hombre es un esbirro de Mab, va a intentar manipular la historia. Eso solo va a dejarte más confundida.

–Al menos le habré dado la oportunidad de hablar.

Extiende una de sus manos. Con duda, la cojo. Quizá es porque ella no grita ni intenta hacerme creer que hay soluciones sencillas a los problemas. Sea como sea, mi enfado disminuye, hasta que solo queda desconfianza y resquemor. Tengo que creer que decidirá lo mejor para todos. Que su bondad no le impedirá hacer lo correcto. Será una buena reina. Aprieto sus dedos entre los míos y ella me sonríe, aunque me da la sensación de que no es una expresión de felicidad.

–¿Sabes que ese hombre también intentaba salvar a mamá? –me pregunta, al tiempo que me obliga a tomar asiento a su lado.

–Seaben me lo ha contado.

–Pero no te ha dicho su nombre.

–Dudo que se acordase. Toda su atención estaba puesta en... bueno, en su esposa.

Inair no hace comentarios al respecto, pero sé lo que piensa. Lo mismo que pienso yo. Lo mismo que puedes estar pensando tú. Llamarlo Seaben. Aceptar que es su esposa.

Las cosas están cambiando muy rápido.

–Se llama Rayne, Drake.

Al principio no entiendo qué me quiere decir. He aprendido a mantener los sentimientos respecto a ese nombre a raya. ¿Rayne? Suena a desconocido. A monstruo debajo de la cama. A sombra. A pesadilla.

Rayne.

Suena a recuerdos enterrados bien hondo. A tumba. A nota musical desafinada. A corazones rotos e historia antigua. A leyendas para niños crédulos. A barcos en el horizonte que nunca anclan en nuestra isla.

Suena a mi madre llorando en el salón, sobre su labor y las lecciones que tiene que dar al día siguiente, cuando cree que ya estoy dormido, abrazado a ti.

Rayne.

El nombre se me atasca en la garganta y me impide respirar.

–Drake.

Inair me acaricia el rostro. Su expresión es de preocupación cuando me atrevo a mirarla a la cara.

–Es una casualidad.

No lo es. Las casualidades no existen. Pero según Eirene, el destino, tampoco. ¿Qué es esto, entonces? ¿Ha vuelto porque ha querido? ¿Para rescatar a mi madre? ¿Por qué? ¿Es que acaso piensa que puede cuidar mejor de ella que yo? ¿Que puede hacerse un hueco entre nosotros otra vez?

Demasiado tarde. Veintidós años tarde.

–Es él, Drake. Es tu padre. Quería salvar a mamá y traerla hasta nosotros. Por eso estaba en palacio. Por eso…

Calla, asustada por lo que ve en mi rostro. Por la confusión. Por la ira.

Yo no tengo padre.

–No tiene ningún derecho a volver a nuestras vidas.

–Quiere verte –susurra–. Deberías hablar con él.

No.

Me aparto de Inair, de sus dedos en mi mejilla.

No.

Me pongo de pie. Aprieto los puños.

Estallo.

–¡Ese hombre no es mi padre! Mi padre está muerto. Murió cuando el Tirano dio su golpe de Estado. Y el hombre que me abandonó también debería estarlo. Es todo lo que ha hecho estos años, ser un fantasma, así que no se merece nada mejor.

–Ha vuelto.

–¡Sí! ¡Y creerá que todo puede estar bien! ¡Que lo perdonaremos! Pero no es así.

–Drake…

–¡No! No, Inair. ¿Es que no lo entiendes? Me dejó cuando aún estaba en la cuna. No puedes saber lo que es eso. Se fue, pero durante años, su sombra siguió en la casa. Mi madre lo lloraba. Tuvo el corazón roto hasta que tu padre llegó y yo… ni siquiera lo recuerdo. ¿Cómo puedo estar seguro de que ese hombre comparte algo más que su nombre? ¿Es esa su cara? ¿Su voz?

–Seguís teniendo la misma sangre –murmura mi hermana, aunque parece que ya sin seguridades–. Pensé que…

–Por mí, Chryses puede destriparlo, si así va a servir para algo. Es su venganza, no la mía.

La princesa no responde. ¿Por qué habría de hacerlo? No es su lucha. Sabe que no puede obligarme a aceptar a ese desconocido, ni a dudar de que merezca la venganza de mi amigo. La única razón por la que podría interesarme que llegue vivo a la próxima luna llena es para que mi madre pueda escupirle a la cara. Para que pueda desahogar toda la rabia y la tristeza que se han acumulado en su alma durante todos los largos años de espera.

Y sé que verla es más de lo que merece, después de todo.

Un par de golpes en la puerta me obligan a alzar la vista. La voz de Lowell llama a mi hermana. La escucho suspirar, derrotada, antes de darle permiso para que entre.

El caballero aparece seguido de Sylvana.

–Ha habido una pequeña sorpresa.

Tanto Inair como yo hacemos una mueca. Empezamos a detestar lo inesperado. Todo va mejor cuando tienes las cosas bajo control. Por primera vez, creo que empiezo a entender el amor de Seaben por la estrategia y el cálculo de posibilidades.

–¿Qué ocurre ahora? –La princesa se levanta de su asiento–. ¿Estás bien, Sylvana?

La niña no dice nada, sino que aparta la vista, como si temiera que fuéramos a encontrar un gran secreto oculto en sus ojos. Y aunque desde que la conozco no he dejado de pensar que calla más de lo que dice, quizá no sea el mejor momento para que se descubra ante nosotros.

–Lo conoce –dice Lowell. ¿Lo conoce? ¿A Rayne?–. Y él ha declarado que se vio obligado a colaborar en lo de Chryses.

Resoplo. También le dijo a mi madre que nos quería. ¿Qué más dan las palabras que hayan salido de su boca? No es más que un cuentacuentos.

–Un hombre culpable nunca admitirá que cometió un crimen si puede hacernos creer otra cosa.

–Drake. –Esta vez mi nombre se convierte en una advertencia en los labios de mi hermana–. Es suficiente.

Callo, más para no disgustarla que por obediencia. Como el resto de los que estamos en el cuarto, miro a Sylvana con renovada atención.

–Conocí a Rayne hace muchos años –confiesa–. Entonces no era una mala persona. Quizá solitario, incluso raro, pero nunca hizo daño a nadie por simple crueldad.

–¿Dónde fue eso? ¿Cuándo? –pregunto, antes de que los otros puedan adelantárseme.

La criada cambia el peso de su cuerpo de un pie a otro, en un intento de ganar tiempo.

–Aquí. Soy astrense, como vosotros. Como Rayne. Nos conocimos en la torre de hechicería.

Mi satisfacción al saber que no es una simple humana, tal y como había supuesto, se ve empañada por su revelación. Mi madre siempre me dijo que mi padre era medio feérico. Nunca se me ocurrió pensar que lo hubieran educado como a uno de los nuestros. Si ambos eran de la misma isla, ¿por qué no se encontraron antes? ¿Por qué no se enamoraron antes? ¿Por qué él se fue, si este lugar era, después de todo, su hogar?

Cada vez entiendo menos.

–¿Quién nos dice que esta no es otra de tus historias? Hace unos días me decías que cada luna llena le contabas un cuento a Eirene.

–¿Crees en lo que dice? –pregunta mi hermana, antes de que ella tenga la oportunidad de responder–. Eso de que estuvo obligado a colaborar con Mab.

–Creo que debe de haber una historia tras ello, al menos. Diría que algo así no es propio del hombre que conocí, pero ya no puedo estar segura. La gente cambia.

–Ni siquiera tú, que dices conocerlo, puedes poner la mano en e fuego por él. –Mis ojos caen sobre Inair de nuevo–. Entonces ¿por qué tendríamos que hacerlo nosotros?

Sylvana se mueve en su sitio, inquieta. Se retuerce las manos, aunque su rostro sigue en sombras, hacia el suelo, enmarcado por los cabellos que se han escapado de su recogido.

–Lo que sí puedo decir es que ha venido aquí por ti. Por… su hijo. –La palabra se ahoga en su garganta–. Y por tu madre. No sé qué hizo Rayne en el pasado ni por qué, pero creo que le importas, Drake.

Si le importase nunca se habría ido. Esa es la única verdad.

–Pero él no me importa a mí.

Decido que somos demasiados en el cuarto. Demasiados en esta casa. Me ahoga esta atmósfera. Me enferman todas las preguntas sin respuestas. Necesito aire. Necesito dejar de pensar. Alejarme.

Cuando quiero darme cuenta, ya he echado a andar. Inair, tras de mí, me llama.

–¿A dónde vas? –pregunta. No necesito darme la vuelta para saber que está preocupada por mí.

–Fuera de aquí.

Debo salir de aquí.

–¡Drake!

Pero ya me he ido.

Cirene

Cuando era pequeña solía pensar en la muerte. La imaginaba muchas veces en un intento de comprender mejor cómo debieron de ser las últimas horas de mi madre o dónde estaría tras haberme dejado para siempre. A menudo intentaba imaginarla de una manera tierna: creía en las estrellas y por lo tanto solía soñar que, una noche, una bajó del cielo y con su apariencia brillante y su sonrisa atenta le tendió a mi madre la mano y se la llevó prometiéndole un lugar entre ellas. Las historias de mi familia, al fin y al cabo, siempre dicen que estábamos protegidas por los seres celestes que perlan el cielo cada noche.

Quizá por eso tampoco vi nunca crueldad en la llegada de la muerte, sino liberación, paz. Tristeza sí, pero no dolor. Puede que fuese una ignorante o quizá solo intentase convencerme a mí misma de que mi madre había encontrado un lugar mejor donde vivir, un lugar en el que ser libre.

Pero la muerte no es como la había imaginado.

La Muerte llega para arrastrarte con ella. No pide permiso ni es amable: te atrapa con sus manos negras y su sonrisa está cosida por todos los momentos que ya no podrás vivir. Su rostro entero es una máscara hecha de sueños rotos. El manto que cubre su cuerpo desmadejado tiene pintadas las expresiones de horror de todos aquellos a los que ya se ha llevado consigo antes.

Y aunque te debatas, aunque grites, aunque intentes alejarte, si ella te coge jamás te dejará escapar. Con una soga al cuello, te lleva a su mundo, a su cárcel de gritos y carcajadas dementes, a su país hecho de pérdida y lamento.

En ese lugar, la palabra «eternidad» se convierte en «pesadilla».

Cuando abro los ojos de golpe, aún me parece escuchar las súplicas de mil almas encerradas.

–¡Eirene!

Mi nombre llega a mí como venido de una realidad ajena. Me asusta escucharlo, por lo que vuelvo a cerrar los ojos. Es ella. La Muerte se ha dado cuenta de que intentaba huir, ha escuchado mis gritos, y vuelve a por mí.

Por eso, cuando unas manos tocan mis mejillas, grito.

–¡Eirene! ¡Eirene, soy yo!

Abro los ojos de nuevo. Mis pupilas tardan en acostumbrarse a la luz, pero sobre mí veo un rostro que conozco a la perfección. Seaben me mira, asustado y ansioso. Son sus manos las que tocan mi cara, y me doy cuenta de que estoy jadeando. Antes de que pueda ser consciente, la imagen de mi esposo se distorsiona por un montón de lágrimas que me nublan la vista.

Me echo a llorar.

Ni siquiera sé por qué lo estoy haciendo, pero el llanto es desesperado e histérico. No sé si es de felicidad o angustia. Estoy viva, pero he estado a punto de morir. La he visto. He visto a esa figura de cuencas vacías. He visto su ejército de almas robadas. He visto su palacio hecho de cadáveres. He visto todo mi futuro rompiéndose en un solo instante. He visto los ojos de Mab volviéndose más rojos con mi sangre. He visto Nryan herido de muerte, gobernado bajo el yugo de mi padre. He visto a todos los que me quieren llorarme como yo lloré a mi madre. He visto la desesperanza, el horror, la pérdida.

He visto mi cadáver, pálido y roto, abandonado para siempre.

Mi lamento choca contra la camisa de Seaben cuando sus brazos me rodean. Lo hacen con fuerza, con desesperación. Me aprietan contra su cuerpo y lo escucho contener el aliento, muy cerca de mi oído. No dice nada, solo me abraza. Fuerte, más fuerte de lo que nunca lo ha hecho. Acepto el refugio que me brinda y lloro. Lloro como nunca lo he hecho en mi vida, entre hipidos y sollozos cortos, hasta que incluso me falla la respiración.

He estado a punto de perderlo todo. Todo. Ni siquiera sé cómo estoy viva. Lo vi claro: no más bosques ni castillos. No más canciones ni juegos. No más coronas ni reinos. No más guerras ni esperanza. No iba a volver a ver a nadie.

No iba a volver a verlo a él.

Lloro más fuerte al darme cuenta de que estoy aquí, entre sus brazos. De que está a mi lado, acunándome, temblando. Nos íbamos a perder el uno al otro, y no habría habido juego capaz de recuperarnos entonces. Lo abrazo. Aunque hasta ahora no he podido ni moverme, saco fuerzas de donde no las tengo y alzo los brazos para corresponder, para convencerme de que su cuerpo está aquí, cercano y seguro.

–Todo está bien –dice él–. Todo está bien. Estamos juntos, estamos juntos, estamos juntos…

Lo repite como si fuese una oración, una plegaria a unas estrellas en las que he dejado de creer. No hay nadie que nos proteja allí arriba. Si existen, las estrellas o los dioses estarán demasiado ocupados en sus propios asuntos como para ofrecernos su ayuda.

–Estamos juntos –repito, como si eso fuera suficiente para borrar todo lo demás.

De alguna manera, funciona. Es lo único que necesito, al menos de momento. Y al mismo tiempo, tengo la repentina y dolorosa seguridad de que puede que no estemos juntos para siempre. Ahora soy consciente de lo frágiles que somos, del poco tiempo que tenemos. Me doy cuenta de que nadie va a protegernos de la Muerte, de que cualquiera de los dos podría caer en sus manos, como ha estado a punto de pasar, y ahí acabaría todo.

El miedo me llena por dentro pero, aunque tiemblo, no permito que me venza. Tenemos una nueva oportunidad. Tenemos nuevos segundos, nuevos minutos, nuevos días. No sabemos cuánto, pero tenemos tiempo. Un tiempo que no quiero seguir desaprovechando. Si tengo que morir, que sea con la serenidad de que he hecho todo lo que debía, de que he aprovechado cada instante, de que no tengo nada de lo que arrepentirme.

–Seaben...

He conseguido tranquilizarme. O, al menos, he conseguido que mi llanto disminuya. Él se separa, lo justo para poder examinar mi rostro. Yo también busco en el suyo y me estremezco al ver todo el dolor que hay en él, pero también todo el alivio. Nunca lo había visto llorar, pero ahora sus pestañas están mojadas y una lágrima ha dejado el rastro de su paso por su cara. Siento como si nos viésemos por primera vez, como si fuese un nuevo primer encuentro o hubiéramos pasado una eternidad separados.

–¿Cómo te encuentras...? –susurra.

Ladeo la cabeza hacia su mano, cuando toca mi mejilla. Su tacto es cálido y tierno.

–Bien... –No es del todo cierto: me duele la mano, y siento todavía un cosquilleo en el estómago, pero no quiero hablar de eso–. Pensé que... He estado a punto de...

Me parece que el príncipe palidece.

–Pero no ha pasado. Estás aquí. Todo va a salir bien. Estamos juntos.

–Tenía tanto miedo...

Seaben vuelve a privarme de su expresión cuando se abraza a mí con renovadas energías. Cierro los ojos, dejando escapar un suspiro hondo, disfrutando de su cercanía.

–Pensé que te perdía –murmura, y nunca imaginé que su voz pudiera romperse de esa manera–. Pensé que te perdía y... me volví loco, Eirene. Pensé que me moriría de dolor.

Nos miramos, incapaces de decir nada más. Los dos tenemos los ojos brillantes, los dos hemos compartido el mismo miedo. ¿Qué habría sido de mí si hubiera sido yo la que le sostenía entre mis brazos mientras le perdía para siempre?

Somos demasiado conscientes de todo lo que ha podido suceder como para emplear un solo segundo más dudando.

Nuestros labios se encuentran como si buscarnos fuese lo único que supiéramos hacer. Nuestro beso sabe salado. Sabe a desesperación y a deseos de estar juntos. Sabe a querer recuperar el tiempo, a disculpa por todo el daño que nos hemos estado haciendo. Sabe a indiferencia por los cuentos, porque no nos importa ya si hacemos magia o no. Quizá los cuentos no sean para nosotros, después de todo: nuestro cuento siempre ha sido atípico. La mayoría de los cuentos terminan en una boda, pero nuestra historia empezó cuando nos casamos. En los cuentos, la bruja nunca se sale con la suya, pero en el nuestro ha estado demasiado cerca de ganar.

Por eso me dan igual los cuentos. Por eso nos besamos y nos abrazamos con fuerza, y me doy cuenta de que mientras lo hacemos, lloramos. Lloramos porque hemos temido no poder hacer esto nunca jamás. Y lloramos de felicidad y alivio también, porque pese a todo, estamos juntos. Nos besamos con ansias, con locura, pero también con más dulzura que nunca. Nos besamos como si fuese nuestro primer beso y el último, quizá porque es el único que no nos dejará confundidos y sin saber a qué atenernos cuando acabe.

Este es el beso que nos merecíamos, pero que no teníamos valor para darnos.

–Te quiero…

Ambos abrimos los ojos a la vez, sorprendidos. Nos miramos y esbozamos sonrisas incrédulas. Las palabras han salido de nuestras bocas al mismo tiempo, como si fuera inevitable, como si llevásemos demasiado tiempo callándolas y ahora los dos sintiésemos la necesidad imperiosa de confesarlo. Ninguno de los dos ponemos en duda las palabras del otro: la inseguridad ha huido, demasiado asustada por la pérdida.

También al mismo tiempo, nos volvemos a besar. Más lento. Con más cuidado. Reconociéndonos, aprendiendo la dirección de ese hogar en el que siempre podremos refugiarnos, pase lo que pase. El mundo más allá de esto deja de existir, aunque sabemos que este instante de paz no puede durar mucho. Por eso queremos aprovecharlo. En los labios del otro, nos permitimos olvidar.

Seaben me explica lo que pasó: la aparición de los hombres de la fiesta y que el encapuchado, que resultó ser un elfo, me salvó. Sin su ayuda, no habría tenido ni la más mínima oportunidad. También me explica, sin embargo, que no puedo verlos para darles las gracias: dice que es porque es temprano, pero sé que hay algo más que no me está contando. Demasiado cansada para discutir, lo dejo pasar. Mi esposo pretende que descanse, que recupere fuerzas, pero según voy asimilando los hechos de la noche pasada me doy cuenta de que hay algo que no podemos dejar pasar, por lo que le pido que vaya en busca de los astrenses.

Al poco tiempo, mi habitación está llena de gente: la primera en entrar es Sylvana, que se echa sobre mí con desesperación y llora en mi regazo durante un buen rato, lo cual también me arranca algunas lágrimas a mí. A ella tampoco la había visto llorar jamás, y comprendo que si yo hubiera muerto, ella se habría quedado sola. Tras ella entran Inair, Lowell, Adair y Moira, y poco después también lo hacen Shem y Briah, la última armando un gran revuelo cuando me ve apoyada contra Seaben, en la cama. Nos señala y nos pregunta si ya hemos dejado de hacer el tonto, y no puedo evitar enrojecer. Supongo que tiene razón: hemos sido dos estúpidos durante demasiado tiempo.

–Sí, ya hemos dejado de hacer el tonto –replico–. A ver cuándo tomáis ejemplo tú y Shem.

La capitana cruza los brazos sobre el pecho y mira en dirección contraria a su segundo de a bordo.

–No sé de qué me hablas.

–¿Para qué querías reunirnos, Eirene? –pregunta Adair. Siempre es el más preocupado por todos los astrenses, por lo que debe de haber adivinado que algo no va bien.

A mí, sin embargo, me falta alguien para empezar a hablar. Confundida, un poco dolida, miro a Seaben.

–¿Drake está enfadado conmigo?

Hay un silencio incómodo que me da la pista de que no es eso lo que ocurre. Seaben mismo aparta la vista, callando, incapaz de contestar. Perspicaz, observo a los astrenses.

–Drake estaba nervioso –dice Moira. Se concentra en mi mano herida, volviendo a vendarla con cuidado tras extender por mi piel un ungüento–. Ha ido a dar un paseo.

–Drake se habría preocupado por mí. –No sé si estoy totalmente segura de mis palabras, porque, al fin y al cabo, lo rechacé–. Si no estuviera enfadado conmigo, estaría aquí.

–Está preocupado por ti –me tranquiliza Seaben. No puedo evitar sorprenderme por que sea él quien lo diga.

–Entonces ¿qué es lo que no me estáis contando? ¿Por qué no está aquí?

Me fijo en que Inair parece incómoda. La inquietud crece poco a poco dentro de mí.

–¿Inair? ¿Qué le ha pasado a Drake?

La princesa abre la boca, pero la cierra y aparta la vista. Miro de nuevo a Seaben, reclamando respuestas, y él suspira. Creo que va a hablar, pero antes de que pueda hacerlo, Moira le corta:

–Lo último que necesitas ahora, Eirene, son más preocupaciones. Y me parece que ya tienes alguna más de las que te corresponden ocupando tu cabeza, o de lo contrario no nos habrías hecho llamar.

Sí, tiene razón. Decido que lo que tengo que decir es más importante que Drake en este momento.

–Es posible que Aviel de Astrea haya descubierto vuestra posición.

Las expresiones de los astrenses se endurecen. Veo diferentes sentimientos en cada una de ellas: odio, terror, rencor, inseguridad. Adair pone una mano en el hombro de su hermana; Shem, siempre sereno, se estremece. En ninguno de los rostros, sin embargo, veo sorpresa.

–Mab entró en mi cabeza y lo removió todo –les explico–. Os vio. Si estaba colaborando con el Tirano, Aviel debe de tener ya la información.

Tampoco veo en sus rostros signo alguno de acusación, aunque no puedo evitar sentirme mal al respecto: los rebeldes están más expuestos que nunca, y es porque Mab me cogió. Si la posición de los astrenses se ha descubierto, ha sido por lo que esa mujer vio en mi cabeza.

–No podrías haberlo evitado –susurra Seaben en mi oído. Ya había compartido mi inquietud con él pero, aun así, me alegro de que vuelva a intentar aliviar el peso de la culpa.

–De hecho –interviene Lowell–, me lo imaginaba. Ya les había advertido de que eso podía haber sucedido. Conozco a Mab. Es evidente que intentaría sacar todo el provecho posible al hecho de acabar contigo. Por supuesto, no dudes tampoco que a estas alturas debes de estar muerta para tu país o, al menos, ten por seguro que la noticia de tu muerte llegará pronto a Nryan.

Ni siquiera se me ocurre qué decir al respecto. Harán pasar mi supuesta muerte por algo trágico, como la enfermedad de mi madre, y nada impedirá entonces que Ibran tome el total control del reino.

–Lo importante es que estás bien, mi niña –dice Sylvana, sacudiendo la cabeza–. Ahora no debes preocuparte por nada más.

–Pero…

–Organizaremos a la gente para un posible ataque –interviene Adair, sacudiendo la cabeza. Él es el que más tenso parece–. Reuniremos a los hombres y a las mujeres que puedan luchar y nos prepararemos para ello.

Briah alza la barbilla con orgullo, mirando a sus compañeros.

–Tenemos la baza de que, si se guían por los recuerdos de Eirene, solo conocerán la entrada del acantilado. Gracias a mi maravillosa e inteligente estrategia, llegó aquí encapuchada: no sabrán dónde está la ruta marítima. Eso nos da una oportunidad: por el acantilado no pueden entrar demasiados a la vez.

–Reforzaremos los hechizos de ocultamiento también. No les será tan fácil descubrirnos –apoya Shem.

Moira asiente, dejando mi mano libre. Mira a Inair.

–Los ancianos y los niños podrán resguardarse en la escuela. Y tú, Inair, con ellos.

La princesa parece ofendida.

–Yo también quiero luchar.

–Tú te resguardarás en la escuela como Moira ha dicho. –La voz de Lowell no admite réplica, incluso cuando Inair abre la boca para responderle–. No, Inair. No es una discusión, y esto no se trata de que quiera sobreprotegerte: Astrea no ha recuperado a su princesa para volver a perderla. Ya has visto lo que le ha pasado a Eirene.

Frunzo el ceño, no muy contenta con el comentario, aunque lo entiendo. Inair también, porque clava la vista en el suelo, sin decir nada más. Imagino que debe de ser duro para ella quedarse escondida, sin poder hacer nada, pero también sé que no es una muchacha que esté preparada para luchar o ver a gente morir, y ahora mismo es demasiado valiosa como para arriesgarse. Lowell tiene razón: no se trata solo de ella, sino de ella como princesa y símbolo.

–Contad conmigo para la defensa –apoya Seaben.

–Y conmigo.

Todos se giran incrédulos hacia mí. Especialmente mi esposo.

–No sé si te das cuenta de que casi te pierdo hace apenas unas horas, Eirene –me increpa. Casi parece enfadado–. No sé si te das cuenta, de hecho, de que ahora mismo apenas puedes levantarte.

–Pero no van a atacar *ahora mismo*, ¿verdad? Al fin y al cabo, piensan que estoy muerta: creerán que no sabéis que ellos conocen vuestro escondite. Eso también os dará tiempo: el que tarden en prepararse.

–Efectivamente: tú ya has hecho suficiente, ya has compartido lo que sabes. No tienes que pelear. Te quedarás con Inair.

Ni soñarlo.

–Si han descubierto la posición de los astrenses ha sido por mis recuerdos. Me siento responsable.

El príncipe aprieta los dientes, pero le sostengo la mirada. Estoy decidida, y nada de lo que diga o haga va a hacer que cambie de opinión. Sí, en parte es por los astrenses y porque me siento culpable de que su secreto haya sido expuesto, pero también es porque no voy a permitir que Seaben vaya a la lucha él solo: quiero pelear a su lado; quiero sobrevivir o morir, pero a su lado.

–Creo que lo que deberías hacer ahora es descansar –susurra Sylvana, intentando relajar el ambiente.

–Estoy de acuerdo –apoya Briah–. No quiero ver peleas maritales entre vosotros, chicos. Y si se os ocurre solucionarla con un encuentro sexual desenfrenado, tampoco creo que debamos estar nosotros para presenciarlo. Aunque Seaben en acción a buen seguro es algo digno de ver…

Enrojezco, aunque reconozco que la tensión desaparece un poco gracias a su broma. Shem alza las cejas y el resto de astrenses se permiten sonreír. Seaben carraspea.

–Fuera todo el mundo, entonces. Dejad descansar a mi esposa –reclama mi marido, en un intento de disfrazar la vergüenza.

Los astrenses obedecen, así como Sylvana, que deja un beso en mi mejilla antes de salir. Inair y Lowell son los últimos. La princesa se gira hacia mí.

–Gracias por avisarnos, Eirene.

Niego con la cabeza, restándole importancia.

–¿Me dirás qué ha pasado con Drake, ahora?

–¿Es que ni recién regresada de las manos de la Muerte puedes darte un segundo de respiro, Eirene? –me recrimina Seaben. Intento sonreírle con inocencia, aunque es cierto que estoy cansada y aún me encuentro sin fuerzas para levantarme.

Inair suspira.

–Deberías hacerle caso a tu esposo.

–Dudo que Eirene haga caso a nadie: sea su esposo o una cohorte de estrellas bajadas del cielo –se burla Lowell. Seaben parece de acuerdo con él–. Es mejor que se lo digas o levantará ella misma a averiguarlo.

Miro a la princesa. Ella se rinde.

–Uno de los hombres que os ayudó anoche es su padre.

Doy un respingo. De todas las posibilidades que se me habrían podido pasar por la cabeza, esa es una que de ninguna manera podría haber contemplado. Todo lo que sé del padre de Drake es que lo abandonó cuando todavía era un bebé.

–¿Está Chryses con él, al menos? No podéis dejarlo solo…

La mención del lobo es suficiente para que vuelva la incomodidad.

–¿Qué? ¿Qué pasa? ¿Ha pasado algo con Chryses también? ¿Está bien?

Es el príncipe quien responde, con resignación:

–El padre de Drake está relacionado con la maldición de Chryses. Ese hombre estuvo allí cuando lo separaron de Celeste y lo hechizaron. Ayudó a Mab aquella noche.

Apenas soy capaz de reaccionar. Siento que la cabeza me da vueltas por la nueva información.

–En cuanto Chryses lo reconoció se volvió loco. Le saltó encima. Tu criada también lo conoce, y esa ha sido la única razón por la que todavía no lo hemos echado a patadas de los subterráneos.

–¿Sylvana? –La voz me sale una octava más alta de lo normal, debido a la sorpresa.

–Suficiente –dice Seaben. Lo miro, con los ojos muy abiertos–. Tienes que descansar, no llenar tu cabeza de más asuntos. Por favor.

Balbuceo, pero sé que tiene razón, aunque para entonces todo lo que ha pasado mientras dormía ya bulle en mi mente. ¿Por qué ha vuelto el padre de Drake? Si lo pienso, tiene sentido que apareciese para rescatar a Hermia, pero después de más de veinte años… ¿Y Sylvana? ¿De qué lo conoce? ¿Y por qué ese hombre ayudó a Mab hace tanto tiempo? ¿Y si es una trampa? Ha aparecido la misma noche en la que Mab nos podría haber capturado a todos. Pero ¿no me ha dicho Seaben que fue gracias a él y al elfo que pudieron escapar? ¿Que me salvaron?

–Eirene –mi marido llama mi atención, como si supiera que estoy pensando en todo lo sucedido–. Suficiente.

Dejo que me acomode la almohada y me ayude a volver a tumbarme. Lo observo cuando me tapa con la sábana.

–Ve con Chryses –le pido–. Necesitará compañía. Consuelo. No puedes dejarlo solo.

–Tampoco puedo dejarte sola a ti…

–Yo estoy bien. Verme dormir será muy aburrido. Te prometo que no me moveré de la cama.

Seaben me mira con indecisión, pero estoy segura de que él también desea ver a su amigo. Querrá apoyarle, sabrá que Chryses lo necesita, y yo creo que lo correcto es que esté a su lado.

–¿Estás segura?

–Tan segura como de que te quiero –le susurro, esbozando una sonrisa que intenta animarlo.

Funciona, porque él mismo dibuja un leve gesto en su boca. Se inclina sobre mí y deja un beso en mis labios.

–Descansa.

Asiento. Todos salen del cuarto y yo suspiro. Miro al techo. El mundo, una vez más, parece a punto de desmoronarse.

Cuando me quedo dormida, sueño con un ataque a los subterráneos. Cientos de astrenses quedan sepultados bajo tierra.

En una marcha fúnebre, la misma Muerte que casi me atrapó a mí se los lleva a todos.

Chryses

Una y otra vez, el dolor.
Una y otra vez, la sonrisa de Mab.
Una y otra vez, el grito mudo de Celeste.
Una y otra vez, la pierdo.
Todo es por culpa de la reina. Todo es por culpa de Rayne.

Rayne, que está en esta casa, tras una fina puerta. Con tan solo su fina piel para proteger carne y músculos y huesos y órganos. Y vida.

Aún siento su sangre sobre la lengua. El sabor metálico, caliente, parece deslizarse de nuevo por mi garganta cuando trago. Su carne parece ceder de nuevo bajo mis dientes. Tan frágil. Tan tierna. El olor de la herida sigue demasiado fresco. Me produce hambre. Me vuelve tan violento como la batalla.

No.

Ese que habla es el lobo. Esa parte de mí que no puedo controlar. Esa parte que pareció nacer el día que me hechizaron, no sé si por culpa de la magia o de toda la ira que me obligaron a sentir. Yo no soy así. Yo no soy ese que quiere matar. ¿O sí? ¿Cómo sé que el lobo y yo no somos uno? ¿Cómo sé que en la luna llena simplemente no se esconde en un rincón de mi mente, pero sigue acechando? ¿Acaso me habría sentido culpable si hubiera matado a Rayne? ¿No estaría librando al mundo de un problema? ¿No me estaría haciendo un favor si en la lucha me eliminase él a mí?

La puerta se abre sin previo aviso. Las horas han pasado y la luz se ha hecho fuera, pero no me siento más calmado que al amanecer.

«Seaben…».

Me levanto. El príncipe parece cansado pero, sobre todo, preocupado. Cierra a sus espaldas con una mirada distraída al exterior. Supongo que si está aquí es porque Eirene se encuentra mejor y ha podido abandonar su lecho. Quizá incluso lo ha mandado ella.

Miro la salida con añoranza. Quiero marcharme de esta habitación. Quiero ver si soy capaz de controlarme. Demostrarme a mí mismo que puedo mirar a mi enemigo a la cara y comportarme como un hombre y no como un animal. Destrozaré su mente. Sí. Eso es menos salvaje. Más civilizado. Es justo lo que tengo que hacer.

–¿Cómo te encuentras? –me pregunta el príncipe, sacándome de mis sueños de venganza.

Destrozado. Triste, furioso y preocupado. Lleno de un fuego que me lame las entrañas, como los días en los que me transformo.

Muerto en vida.

«Tienes que dejarme salir de aquí», murmuro, directamente en su mente, intentando parecer tranquilo. Intentando parecer humano.

–Sabes que no puedo hacer eso. –Se acerca a mí e hinca una rodilla en el suelo–. Sé que estás furioso, Chryses, pero…

«Furioso», digo, con un gruñido que se queda en mi garganta. Le enseño los dientes. Él no sabe lo que es estar enfadado de verdad. Él no sabe lo que es que Mab le arrebate lo que más quiere. Eirene está viva. Él tiene su cuerpo. Están juntos. «Estoy más que furioso, Seaben, y creo que tengo derecho a ello. Tanto a enfadarme como a terminar con su existencia. Él no se portó mucho mejor conmigo».

El príncipe me mira con los labios apretados. Parece dolido. Claro, él nunca pudo ver lo rabioso que estaba después de aquella noche mil veces maldita. Él no sabe que más de una vez, después de que él naciera, le miré en su cuna y pensé en lo fácil que sería asesinar a un bebé tan pequeño. Lo frágil que sería su cabeza entre mis mandíbulas. Pero nunca fui capaz. Él no tenía la culpa de lo que su madre había hecho y, de todas formas, no parecía que su pérdida fuera a causarle a Mab verdadero dolor.

–Tú no eres así, Chrys. No sé en lo que te estás convirtiendo, pero no te reconozco. –Acerca su mano, pero le lanzo una mirada que le hace cambiar de idea–. La venganza no te devolverá tu apariencia. No te la devolverá a ella, tampoco…

La verdad duele. La venganza me dejaría vacío. Saciado durante un instante, hambriento el resto de mi vida. Desesperado.

«Dime: ¿no habrías querido matar a Mab después de lo que le hizo a Eirene?».

–Lo intenté –admite, con seguridad y culpabilidad–. Se me nubló la mente. Supongo que si ella estaba muerta, nada más importaba. Que me habría satisfecho morir en el intento si conseguía hacerle daño a Mab de alguna manera.

¿Qué nos diferencia? Sé lo que se siente, aunque en circunstancias distintas. La sensación de la ira ahogándolo todo alrededor. El sonido de la sangre corriendo por las venas venciendo al silencio. El sentimiento de que todo se vuelve lejano, de que el cuerpo se mueve a cámara lenta y ni siquiera pareces habitarlo. La furia da un poder inimaginable, pero también te quita todo lo demás. Tiempo y espacio dejan de importar. Al final, ni siquiera recuerdas qué te obliga a actuar, aunque eso no evita que ese impulso primario permanezca.

«¿Y qué crees que me pasó a mí? Habría muerto de buena gana, pero primero lo habría visto destripado, a mis pies».

Cuando Seaben responde, su voz es un susurro apenas audible por encima de nuestras respiraciones:

–Ese hombre es el padre de Drake.

Tardo un poco en ser capaz de reaccionar. Me parece imposible. En mi mente busco el parecido. Busco un rasgo, un movimiento. Algo.

El laúd.

Me doy cuenta de que cuando vi por primera vez a Drake, pensé en los primeros meses que pasé en Lothaire, después de que despertara en una de sus playas sin conciencia de quién era o qué hacía allí. Recuerdo a Rayne, apenas más joven que el que vi en el pasillo, cantándonos canciones con su laúd en el regazo. Por supuesto, no hice nunca la conexión: mucha gente disfruta con la música. Ahora, la certeza de que es el mismo instrumento es innegable.

–Cuando Inair le contó al trovador que ese hombre era el mismo que los abandonó a su madre y a él, la noticia lo afectó mucho. No sabemos dónde podría estar. ¿Tienes alguna idea?

Drake me dijo que nunca había conocido a su padre. Que se había ido y lo había dejado atrás. Las piezas encajan a la perfección en mi mente. Echo cuentas. Rayne desapareció durante un par de años de Lothaire. En algún momento de esa temporada, Drake nació. Aún puedo ver al soldado que regresó para servir a la reina tras ese lapsus. Más callado. Sin cuentos para los demás, sin canciones alegres en los labios. Nunca me pareció que fuera el mismo que había conocido, aunque tampoco éramos íntimos.

Su regreso ha abierto más heridas que la mía.

«Quizá se haya ido arriba», concedo, siendo consciente de cuanto gusta el trovador de observar el cielo.

Me tumbo, derrotado. Aunque la ira sigue ahí, ardiendo a fuego lento, sé que no puedo hacer nada. Drake se ha portado bien conmigo. Y es su padre. Qué pequeño es el mundo. Los caminos de la gente se cruzan de la manera más insospechada…, pero todos parecen conducir directamente hasta Mab de Lothaire.

La mano de Seaben sobre mi cabeza me saca de mis pensamientos.

–Sé que duele –susurra, como si mi tristeza hubiera llegado hasta él–. Sé que es difícil y lo siento. Ojalá pudiera hacer algo. Ojalá pudiera pagar yo por todos los crímenes de mi madre. En especial a ti, por todo el daño que te han causado. –Deja caer la cabeza, derrotado–. Puedo intentarlo. Intentaré compensarte… Te ayudaré. Te juro que recuperarás tu cuerpo. Tu paz. Solo te pido un poco más de paciencia. Unos días más, para que podamos salir de aquí e ir a Anderia…

Aunque una parte de mí me pide que no me haga ilusiones, que mis sueños ya se han roto suficientes veces, no me veo capaz de hacer otra cosa que creer. Él lo está haciendo, incluso cuando las cosas no han hecho más que desmoronarse a su alrededor. No importa lo mal que lo esté pasando, no importa que le haya dicho que tiene que empezar a ser egoísta: sigue sacrificándose por los demás. Sigue arriesgando lo poco que tiene.

Esperaré.

Unos pocos días más parecen un precio pequeño a pagar tras veinte años de sufrimiento.

Drake

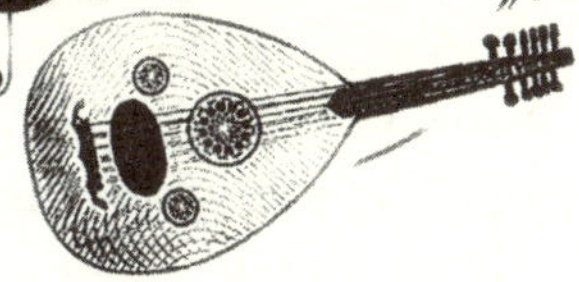

Recuerdas cuando era pequeño? Me gustaba tumbarme en el borde de los acantilados que rodean buena parte de la isla y mirar hacia abajo, hacia el ir y venir de las olas contra la roca. Observaba las aguas, furiosas, intentar desgastar la pared, y me preguntaba si algún día conseguirían su propósito. ¿Nos quedaríamos entonces sin país? Las estrellas habían creado nuestra tierra, así que ellas nos protegerían, pero ¿y si el mar era un enviado de los dioses que, disgustados con nuestra existencia, intentaban destruirnos? La idea me maravillaba y horrorizaba a partes iguales, porque aunque los hechiceros convertimos lo posible en imposible, hay fuerzas contra las que ni siquiera nosotros podemos luchar. El tiempo. La muerte. El olvido.

Mi madre, a la que no le gustaba que me acercara tanto al borde, me contó entonces una historia que pretendía evitarnos, a mí y a ella, la desgracia de una caída. No sé si se la inventó o si se la había escuchado antes a alguien, pero a mí me gustaban sus cuentos, así que acabé aceptándola como una realidad. Con sus palabras, me llevó al principio de los tiempos, a antes de que Astrea existiese, y me presentó a una tribu de sirenas y tritones que se asentaban justo donde nuestra isla estaba.

Por supuesto, la visión de las estrellas no podía alcanzar a ver lo que pasaba debajo del agua, así que todo lo que veían era oscuridad en la superficie del mar. Por eso lloraron sus lágrimas de luz y crearon nuestro hogar, desconocedoras de que acababan de sepultar una ciudad debajo de lo que hoy es el castillo. Un grupo de los habitantes submarinos se salvaron porque estaban a las afueras de su ciudad y, al ver lo que había sucedido, se sintieron afrentados. Desde entonces, están en guerra con nosotros, aunque muy pocos de los nuestros son conscientes de ello.

–Un solo bando luchando no hace una guerra –le había dicho yo, que no estaba dispuesto a dejarme engañar así como así.

–¡Pero eso ellos no lo saben! Se piensan que nos escudamos tras la roca y la tierra, y nos llaman cobardes por no atrevernos a enfrentarnos a ellos. Y por eso nos atacan sin descanso, día tras día. Y por eso tratarán de embrujarte si tienen la oportunidad, para que te acerques al borde: solo si estás cerca de su territorio podrán llevarte a las profundidades con ellos y convertirte en uno de sus siervos.

Por supuesto, eso no acalló mi curiosidad, sino que la inflamó incluso más: al final ya no me acercaba a los acantilados solo para ver el mar, sino que lo hacía para intentar descubrir los rostros de aquel batallón de atacantes y quizá, sin quererlo, caer y vivir una aventura en la que me hacían siervo de las sirenas para luego ganarme su admiración con tu música y mis cuentos.

Es curioso que vuelva a pensar en esa historia, sentado en los mismos acantilados de cuando era niño, con los pies colgando sobre el vacío, desafiando a sirenas y tritones a que me atraigan sin remedio hasta su reino bajo las olas. Me pregunto, como hacía años que no lo hacía, si realmente existirán esas criaturas y, aún más importante, si tirarme será la puerta a una muerte segura o a algún lugar inexplorado por otro hechicero.

Sería tan sencillo escapar de lo que me preocupa, con cualquiera de las dos opciones…

–Así que estabas aquí.

Doy un respingo y me agarro al borde con fuerza. Por un instante creo que han venido a por mí, a cumplir mi deseo de dejar atrás todo lo demás. Pero la voz llega de un lugar a mis espaldas y, cuando me vuelvo, Seaben de Lothaire me observa desde arriba. Bajo la luz del sol me doy cuenta de que está pálido y cansado, y me pregunto si yo tendré la misma cara.

El príncipe se acerca, pero no se sienta a mi lado. ¿Tendrán en Lothaire un cuento similar al de mi madre? Él no parece de los que creen en posibilidades más allá de lo que puede ver, así que tampoco me molesto en preguntar. Vuelvo la vista al frente, al mar interminable, buscando la paz que su horizonte sin cambios me da.

–¿Tengo el honor de que el príncipe de Lothaire me haya estado buscando?

Me gustaría que respondiera a la provocación. Es más fácil llevar una conversación con él cuando nos atacamos que cuando es amable conmigo, ya que no sé cómo responder a su cordialidad. Lamentablemente, no cae en mi trampa, sino que, como si hubiera recibido una invitación, se arrodilla a mi lado. Me parece que mira hacia abajo un segundo, desconfiado, pero no hace comentario alguno sobre nuestra seguridad.

No, él nunca será capaz de ver más allá de roca, agua y espuma.

–Eirene ha despertado –me informa–. Ha estado preguntando por ti.

–¿Cómo has sabido dónde estaba?

Obviamente, no ha sido idea suya venir hasta aquí. Puedo entender que se haya sentido obligado a buscarme, si Eirene se lo ha pedido, pero no creo que me haya descubierto sin ayuda.

–Chryses me dijo que era probable que hubieras salido. Esperaba que tuvieras el suficiente sentido para saber que este no es un lugar seguro para ti, pero veo que no es así.

¿Existe en estos días algún lugar seguro? Cuando Astrea estaba en paz, pensé que nada malo nos podía pasar, y entonces llegó el Tirano. Cuando estuve en Lothaire, creí que la mala racha terminaría y alcanzaría la torre de Inair sin problemas, y entonces Mab se fijó en mí. Y finalmente, pensé que los subterráneos serían un lugar seguro, y Rayne ha llegado hasta mí. Todo el tiempo es lo mismo: una nueva persona dispuesta a hacerme perder el equilibrio, un nuevo obstáculo que me pilla por sorpresa y que no puedo saltar porque no he reaccionado a tiempo.

–¿Cómo está Eirene?

–Descansando, pero se recuperará. Moira ha estado atendiendo de nuevo sus heridas y ahora duerme. Tiene que recuperar energías.

Asiento. Ella es fuerte y está en buenas manos. Esto no la detendrá. Suspiro de alivio al pensar en que pronto sonreirá como si nada hubiera pasado. Las cosas aún no están arregladas entre nosotros, pero mi intención es hablar con ella. He estado demasiado cerca de perderla y en ningún momento quise que desapareciese nuestra amistad.

–¿Y Chryses…?

El lobo tampoco estaba en su mejor momento cuando lo vi por última vez. Quizá debí de haberlo sacado de su improvisada celda y traerlo aquí, donde no pudiera sentirse como una bestia enjaulada. Una parte de mí desearía que se abalanzara sobre Rayne y me librase de él, pero, poco a poco, una voz en mi mente se ha ido abriendo paso para convencerme de que tengo que darle una oportunidad. No es que eso fuese a cambiar nada, pero debo dejarle explicarse antes de olvidarme de él para siempre.

–Está mejor. Creo… que lo he convencido de que la venganza no le aportaría nada.

–Le aportaría un problema menos.

Seaben me mira con los ojos entornados, y tengo la certeza de que conoce mi historia.

–¿A cuántas personas se lo ha dicho Inair?

–Tu hermana está preocupada por ti –la defiende–. Y los demás, también.

–¿Incluso tú? –me burlo.

–¿Qué puedo decir? Estás más insoportable que de costumbre, si es que es posible. ¿Podrías dejar de atacarme?

Estoy tentado de responderle que no, que no puedo, pero callo. Ambos guardamos silencio, de hecho, mientras miramos al frente, escuchando el rugir de las olas.

Finalmente, es Seaben el que se da por vencido y habla:

–No sé quién es mi padre –dice, tan abruptamente que me obliga a centrar toda mi atención en él–. Siempre supuse que sería uno diferente al de mi hermana Coral, pero ella murió también sin respuesta a esa pregunta. Mab nunca menciona a sus amantes. Nadie los conoce. Siempre he creído, sin embargo, que serían personas importantes. Hombres lo suficientemente ingeniosos o poderosos para ganarse su interés. No es ningún secreto que es hermosa, y que podría encandilar a cualquiera con su aspecto y su inteligencia.

Entorno los ojos.

–La admiras.

–Es cruel. Es una manipuladora, una mujer que juega con todos los que tiene alrededor como si fueran piezas en sus manos. Asesina y controla la guerra que sesga la vida de muchos. Pero es inteligente, Drake, y sabe hacer sus movimientos. *Tengo* que admirarla, aunque ya no pueda considerarla una madre. Aunque la odie, es una mujer que se ha abierto camino en un continente donde solo los hombres tienen voz. Allí no es como aquí, donde todos podéis opinar, o como en Nryan, con sus reinas. ¿No ves todo lo que ha conseguido para su país?

–Lo que ha conseguido lo ha hecho con la sangre de todo el que se ha interpuesto en su camino.

–Para ella, el fin justifica los medios. –Me hace callar con un gesto, antes de que pueda replicarle–. Pero no estábamos hablando de eso. Lo que pretendía decir era que no sé quién es mi padre, y dudo que vaya a saberlo nunca. Tú, en cambio…

Hago una mueca. No puedo creerme que esté sacando este tema. Él, de todas las personas, es el que menos derecho tiene a meterse en mi vida. A juzgar mis decisiones.

–Francamente, príncipe –lo interrumpo–, deberías parar antes de dejarte en evidencia.

Él me ignora.

–Ambos hemos crecido sin un padre. No voy a fingir que sé lo que se siente al ser abandonado, pero sí soy consciente de lo que es echar de menos a alguien cuyo rostro no recuerdas. La diferencia es que a ti ahora te están dando una oportunidad: ese hombre no ha venido por nadie más que por ti y tu madre. Quiere arreglar las cosas.

–Pero yo no quiero hacerlo.

–Y estás en tu derecho, pero entonces, enfréntate a él y díselo a la cara. No hagas esto. –Hace un ademán hacia lo que nos rodea, al mar y al cielo–. No huyas. Si no te enfrentas a los problemas en su momento, lo único que conseguirás es que su peso acabe por aplastarte.

Lo único que quería al venir aquí era olvidarme de todo lo que está ocurriendo en los subterráneos. Quería olvidarme de la Eirene pálida que se debatía entre la vida y la muerte. Quería olvidarme del hombre que lleva el nombre de mi padre. Quería olvidarme incluso de Inair y de su caballero, del rescate fallido de mi madre y de que este no es un país libre.

Quería olvidarme de mí mismo.

–¿Desde cuándo te dedicas a dar consejos, príncipe?

–Sé que no soy el más adecuado para hacerlo –me concede–. Pero no podía dejar pasar que, por una vez, me estuvieses escuchando.

Supongo que, después de todo, y aunque me cueste aceptarlo, Seaben no es tan malo como siempre quise creer. Aunque no vaya a admitirlo en voz alta.

–No tendrías por qué estar haciendo nada de esto. Podrías haberle dicho a Eirene que no me habías encontrado.

Seaben sonríe de medio lado.

–Pero es que Eirene nunca me dijo que viniese a hablar contigo. Solo me pidió que fuera a ver a Chryses. –Para mi sorpresa, se pone en pie–. Pero pensé que si te llevaba de vuelta quitaría una preocupación de su cabeza y de la de tus amigos, que ya tienen suficientes.

Si no fuera imposible, diría que estaba... preocupado por mí. Como los demás.

Niego con la cabeza, en un intento de librarme del pensamiento. Se me hace demasiado raro que seamos aliados.

–Además –continua–, si no vas a ver a Eirene pronto, buscará cualquier excusa para levantarse de la cama. Y no creo que quieras ser responsable de que no se recupere porque ha ido a buscarte.

El príncipe gira sobre sus talones y echa a andar. Yo tardo un segundo en reaccionar pero, finalmente, me pongo en pie, algo entumecido, y lo sigo. Supongo que tiene razón: huir no es la respuesta, por mucho miedo que le tenga a la realidad.

Atrás quedan las historias de sirenas y el mar luchando contra la roca.

Sylvana

Hay cuentos que nunca nos abandonan: historias maravillosas o terribles que nos acompañarán toda nuestra vida. Propias o ajenas, eso da igual. Lo importante es que se quedan a nuestro lado para enseñarnos una lección.

Mi cuento con Rayne me dejó una muy importante: nunca confíes ciegamente en nadie. Ni siquiera en quien dice quererte, ni siquiera en quien parece que nunca te dejará. Cuando quieras darte cuenta, quizá sea demasiado tarde y descubras que en realidad no importabas tanto como imaginabas.

He repasado nuestra historia una y otra vez en mi cabeza desde que anoche regresó a mi vida. He repasado los datos aislados de su vida después de que yo formara parte de ella, en un intento de encontrar una relación lógica entre todos los factores. Solo encuentro la palabra «abandono» como nexo de unión: me abandonó a mí, al igual que hizo con Hermia y a Drake. Abandonó, incluso, a Mab, si es cierto que no sigue aliado con ella.

También he intentado relacionarlo con lo que Rayne es, como si su sangre, al fin y al cabo, influyese en su comportamiento.

Hijo de un dios.

Me pregunto si ese amigo elfo que siempre lo acompaña lo sabrá. Si lo supo Hermia, o si lo sabe Drake. Desde luego, su hijo parece ignorar al completo de dónde procede o quién es su padre. Rayne siempre fue cuidadoso con revelar de dónde venía, aunque a mí nunca pudo ocultármelo.

Mi mente vaga hacia días más felices, de su mano. Cuando partimos de Astrea lo hicimos con la firme intención de descubrirlo todo acerca de un pasado que Rayne no conocía: nunca supo quién era su padre y su madre falleció en el parto, pero antes de hacerlo le dejó pistas sobre el lugar de procedencia de su progenitor. El resto fue deducción: sus poderes, su facilidad para la magia, su fuerza. Era descendiente de una raza en la que algunos creían y otros preferían no creer. Los dioses y las estrellas eran cuentos, leyendas venidas del otro lado de las montañas, hasta que descubrimos que eran tan reales como cualquier raza de Faesia.

Éramos curiosos y jóvenes. Rayne, por su parte, tenía derecho a conocer el lugar del que procedía, a reclamar un lugar entre los suyos. Quizá lo hizo, aunque yo no lo sé. Es otro vacío que hay ahora en la historia de su vida, porque yo nunca llegué a pisar las tierras de los dioses: me quedé atrás. Rayne me abandonó antes de llegar a ese destino.

De aquello hace ya cincuenta años. He tenido tiempo para pensar, para asimilar su regreso, para intentar averiguar qué es lo que siento. Nunca pensé que volvería a verlo. Llegado el momento, comprendí que había desaparecido para siempre de mi vida. Dolió muchísimo, durante mucho tiempo. Ha seguido doliendo todos los días. Al principio hubo tristeza, después llegó el odio y luego el vacío. Nunca pude querer a nadie más como lo quise a él.

Y ahora que ha regresado, no sé qué siento. No sé si es odio, desprecio, rencor, o si sigo tan enamorada de él como lo estaba la noche en que me dejó. ¿Es eso posible? ¿Es posible seguir queriendo a una persona que te rompió el corazón? Me gustaría pensar que no, que solo estoy confundida por su vuelta.

Lo principal, sin embargo, es el ansia de respuestas. Ahora que le tengo aquí, con mil misterios rodeándole, quiero saber qué es lo que esconde. ¿Qué me escondió a mí, para tirar por la borda todo lo que teníamos de la noche a la mañana?

Cuando acompaño a Inair hasta la puerta de la habitación en la que él y su amigo están encerrados, pienso que ha llegado el día de que conteste a todas mis preguntas. Lowell nos acompaña, pero se queda en el pasillo, vigilando.

La princesa ni siquiera toca la puerta. Con un pase mágico, rompe el hechizo que ha debido de mantenerles prisioneros toda la noche, aunque yo sé perfectamente que su magia no tiene nada que hacer contra el poder de Rayne. Me sorprende ver a los dos prisioneros relajados cuando entramos en la habitación: el elfo está sentado en el alfeizar de la ventana, mientras que Rayne está tumbado en la cama.

–Vaya –su voz es burlona mientras se incorpora–. Bienvenidas a nuestra humilde cárcel, mis señoras. ¿En qué podemos ayudarlas?

Inair parece algo disgustada por su trato, pero yo pongo los ojos en blanco. No ha cambiado. Sigue siendo el mismo hombre descarado, anárquico y socarrón que conocí.

–En primer lugar –digo–, veníamos a pedir ayuda a tu compañero.

El elfo, cuyo nombre me han dicho que es Hayes, ladea la cabeza con curiosidad. No sé cómo puede acompañar a Rayne: no se parecen en nada. Este hombre es tranquilo y respetuoso en todo momento.

–¿Te encuentras recuperado? Eirene ha despertado y queríamos que, ya que la has salvado, fueses tú mismo quien se asegurase de sus progresos. No tenemos razones para desconfiar de ti.

–Por supuesto –acepta él, disciplinado. No se mueve, mirando de reojo a Rayne–. ¿Ha de ser ahora?

Imagino que no quiere dejarlo solo.

–Creo que si me atacan podré con las dos –lo tranquiliza Rayne. Aunque Inair parece indignada por el desprecio, yo sé que no tendríamos ninguna oportunidad contra él: hubo un día en el que mis capacidades podían igualarse a las suyas, pero ahora mis poderes están anulados.

El elfo asiente. Coge su zurrón y, cuando pasa al lado de su amigo, aprieta su hombro en una muestra de apoyo. Me doy cuenta de que la camisa de Rayne está rota y manchada de sangre, pero su herida, como era de esperar, ha desaparecido.

Hayes sale del cuarto. Escuchamos cómo intercambia algunas palabras con Lowell y después sus pasos perdiéndose por el pasillo.

–¿Y bien? ¿A qué debo el placer? Normalmente las mujeres vienen a mí de una en una, aunque nunca le hago ascos a nada…

Intento que su comentario no me afecte, pero no puedo dejar de imaginar a todas las mujeres a las que ha debido de prestar su calor desde que yo dejé de sentirlo. Las imagino con mil rostros, con mil cuerpos, todos ellos diferentes. Imagino las caricias que un día me prodigó a mí en otras pieles.

«No lo quieres –me digo–. Ya no lo quieres. Lo has olvidado. Olvídalo».

Por suerte, no soy yo la que tiene que hablar, por lo que, fingiéndome sumisa, miro a Inair. La princesa toma asiento en una silla. Yo me acerco a la ventana, sentándome en el lugar que antes ocupaba Hayes. Siento los ojos de Rayne siguiéndome allá donde voy. Ya no parece tan perturbado como ayer por mi presencia: supongo que, como yo, ha tenido tiempo de digerir que hemos vuelto a encontrarnos.

–Estoy aquí para que me des una razón para no juzgarte. Hay demasiada gente en tu contra, Rayne.

–Ya veo. Justicia astrense: todos somos inocentes hasta que se demuestre lo contrario.

–Siempre te gustó contar historias –le recuerdo, fríamente–. No te costará mucho contarnos una nueva, y menos si sirve para salvar tu pellejo.

Alzo la barbilla para que no note el estremecimiento que me sube por la columna cuando centra su atención en mí.

–Sabes tan bien como yo que puedo salvar mi pellejo sin necesidad de historias, Sylvana. –Hoy ya no me llama «Sylv», como ayer, y me pregunto si alguna vez pronunció mi nombre al completo mientras estuvimos juntos. Suena extraño de sus labios–. Un chasqueo de dedos y…

Deja la frase en el aire, aunque su mirada se fija en la princesa. Yo sé que no está mintiendo. Podría hacerle más daño con un gesto de su mano que todo el que la joven astrense pueda haber imaginado en su vida. Pero no lo hará. Si no ha huido es porque aún tiene cosas que hacer aquí. Hablar con su hijo, por ejemplo. Y eso implica no hacer daño a nadie que lo pueda apartar de ese fin.

–Quizá saber que he hablado con Drake te anime a colaborar –dice la princesa de pronto, tras seguir mi mismo razonamiento.

La expresión de Rayne se tensa. Sus manos se crispan casi imperceptiblemente. ¿Qué siente hacia su hijo? ¿Por qué lo abandonó?

–Te odia –continúa la princesa de Astrea.

El gesto de Rayne se contrae casi imperceptiblemente en una mueca de dolor. Intenta mostrarse orgulloso, como si no le afectase.

–No veo cómo eso podría animarme a contaros nada.

–Porque yo podría interceder por ti. Pero solo puedo hacerlo si siento que puedo confiar: si me dices la verdad sobre todo lo que está pasando. Sobre Chryses, tu relación con Mab o por qué has vuelto justo ahora.

–No puedes saber si digo la verdad –replica él–. Aunque te la contase, no creerías ni la mitad.

–Ponme a prueba.

–*Ponnos* a prueba –apoyo yo. Quizá sea cierto que la princesa no podría creer ni la mitad de lo que Rayne nos cuente, pero creo que yo conozco suficientes de sus secretos como para diferenciar la verdad de la mentira.

Él se fija en mí, en vez de en la princesa. Me atraviesa con la mirada, pero no le permito el placer de claudicar bajo ella. La sostengo, seria, sin expresión. Finalmente, resopla, dándose por vencido.

–¿Qué quieres saber? –le pregunta a Inair–. Ya le dije a ese caballero tuyo que no estoy a las órdenes de Mab ahora. Es cierto.

–Pero la serviste en algún momento.

–Ser soldado era una profesión sencilla y me permitía vivir cómodamente.

Sé que esa no es toda la verdad.

–¿Por qué empezaste a servir a Mab? El Rayne que yo conocí no servía a nadie más que a sí mismo: te gustaba demasiado la libertad como para ponerte a las órdenes de nadie. Solo te alistarías en un ejército si hubiera algo que te interesase en él.

La carcajada del hechicero me desubica. Es cínica, burlona, fría.

–Por supuesto que me interesaba algo. ¿Qué puede ser más fascinante que una mujer con el mundo en sus manos? Mab era hermosa y peligrosa, inteligente y osada, poderosa. El sueño de cualquier hombre.

Aprieto los labios. ¿Es que se enamoró de Mab? No. No lo creo. Solo sería una más de sus aventuras: antes de que nuestra relación empezase ya le gustaba rondar a las chicas, conquistarlas, llevarlas a su cama una noche y después olvidarlas.

Nosotros estuvimos juntos más de dos años, pero cuando me dejó, no sentí que lo nuestro hubiera significado mucho más.

–Además... –continúa, casi con placer, viendo que sus palabras me afectan– me gustaba Lothaire. Encontré una bonita habitación con vistas al mar. Supongo que soy un estúpido romántico: era bonito tocar el laúd en la plaza de la ciudad, con el olor a salitre y el sonido de las olas de fondo.

El golpe es como una bofetada. Mi cabeza se llena de los días en los que nosotros vivimos en Lothaire, en una habitación alquilada que resultó un hogar acogedor por más de dos lunas. Nos asentamos allí en busca de ganancias para nuestro viaje: él cantaba en la plaza, yo ofrecía mis servicios como curandera. Por las noches, dormíamos abrazados en una cama demasiado pequeña; él solía cantarme hasta que me quedaba dormida, y yo caía en las redes del sueño con su voz y el acompañamiento de su corazón cerca de mi oído.

Éramos felices.

Mi herida vuelve a sangrar.

–¿Así que tenías a Hermia y a Drake y te fuiste a descubrir a Mab? –deduzco con desdén–. Eso sí suena al Rayne que conocí: el que abandona a la gente en favor de sus propios deseos egoístas.

–Realmente no eres la más indicada para hablar.

Su frase me descoloca por completo. Yo nunca abandoné a nadie.

Jamás. Mucho menos a él. Abro la boca para preguntarle de qué demonios está hablando, pero el carraspeo de Inair de Astrea nos recuerda que no estamos solos.

–No sé qué asuntos pendientes tenéis, pero ¿creéis que nos dejarán continuar con la conversación?

Cojo aire. Tengo que esforzarme por mantener la calma, aunque la última frase de Rayne sigue golpeándome las sienes. ¿Qué ha querido decir con eso?

El hombre sacude la cabeza, como si él también necesitase apartar algo de su mente.

–Empecé a servir a Mab mucho antes de que Drake naciera. Por entonces, la reina apenas tenía veinte años. Y sí, tuvimos una aventura, pero no creo que eso importe ahora, ¿verdad? –A mí me importa, pero no digo nada–. Cuando conocí a Hermia ya no servía a Lothaire: me marché porque pensé que podía controlar a Mab, pero resultó ser al revés. Cuando me di cuenta de que era otra de sus marionetas dejé el país.

–Pero lo de Chryses sucedió después de que Drake naciera –replica Inair, confundida.

Rayne asiente.

–Conocí a Hermia un año después de dejar Lothaire y tuvimos a Drake. Imagino que sabrás que él apenas era un recién nacido cuando yo me fui. Fue porque Mab me encontró justo cuando él nació, y nada escapa al control de esa maldita mujer: me quería para ella, si se puede decir así.

–¿Por qué?

Sé de antemano que Rayne no va a responder a esa pregunta, pero también sé la respuesta. Porque es hijo de un dios. Porque es poderoso. Porque lo quería utilizar como un arma. Mab nunca perdería el tiempo con alguien inservible o débil. Si Rayne hubiera sido un hombre cualquiera lo habría dejado seguir con su vida, pero no lo era.

Frunzo el ceño, descontenta con la idea de que la reina de las hadas lo utilizase. Al instante siguiente me digo que no tengo por qué sentir compasión por él. No se la merece.

–El porqué es lo de menos –intenta eludir Rayne, haciendo un ademán despreocupado–. El caso es que, con ayuda externa, envenenó la mente de Hermia con ideas sobre mí y le metió miedo. Apenas nos conocíamos, después de todo; nuestra relación antes de que ella se quedara embarazada ni siquiera llegaba al año. Y entonces decidió echarme.

Tanto Inair como yo nos sorprendemos y lo miramos, atónitas. Puedo imaginar qué ideas metió Mab en la cabeza de Hermia: con toda probabilidad reveló su naturaleza y la edulcoró con mil leyendas. La crueldad de los dioses, su impiedad. Le diría que Rayne era un monstruo, demasiado poderoso.

Y esa mujer, supongo que asustada, se lo creyó todo. Decidió que ella y su hijo estarían mejor sin él.

–Mab, como ya os he dicho, me encontró. Me ofreció un hogar en Lothaire cuando Hermia me echó, pero yo no quería saber nada de ella: sabía que solo quería usarme y no estaba interesado en ser un peón más en su partida de ajedrez. Entonces me amenazó. Me dijo que si no cumplía sus órdenes destruiría todo lo que quería.

Calla. El corazón me da un vuelco en el pecho cuando se lleva una mano a la cabeza. Su mirada ha perdido toda la seguridad y la presuntuosidad bajo la que siempre se escuda y ahora es triste. Triste como cuando en el pasado hablaba de la familia o del hogar que nunca había tenido.

–¿Qué iba a hacer? Drake era muy pequeño. Así que cuando me dijo que tenía que espiar a Chryses y tenderle una trampa, lo hice. Y volvería a hacerlo, no os equivoquéis: siento lo que le ha pasado a ese hombre, pero tenía que proteger a mi hijo.

Ese es el Rayne que yo conocí: el que habría dado la vida por proteger a su familia, porque eso era lo único que siempre había querido.

Bajo la vista, sin poder evitar sentirme triste y enfadada por su historia.

–Hermia fue una estúpida –mascullo. Si yo hubiera tenido una familia con él, no habría permitido que nada ni nadie lo apartase de nosotros. Yo siempre lo acepté, pese a todas las historias que se cuentan de los suyos.

–Hermia fue una mujer con instinto de supervivencia. Quizá el que siempre le faltó a otras. –Antes de que pueda replicar, el hechicero mira a la princesa–. ¿Estás contenta? ¿Me crees? ¿Se lo dirás a Drake?

La chica suspira.

–Creo que no has dicho ni la mitad de lo que tienes por contar, pero te creo. Y sí, se lo diré.

Rayne hace un gesto de asentimiento, desaparecida por completo la burla de su voz y su expresión. Inair se levanta.

–Será mejor que te dejemos, por ahora.

–Yo me quedo.

La muchacha ni siquiera parece sorprendida por mi afirmación, pero Rayne hace una mueca de desagrado. No me importa. No voy a perder la oportunidad de que me dé las explicaciones que me faltan. Después, no tendremos que vernos las caras nunca más.

Con un gesto de despedida, la princesa sale del cuarto.

Por primera vez en cincuenta años, Rayne y yo nos quedamos solos.

Cuando Rayne y yo llegamos a las montañas, pensamos que nuestro viaje, que había durado más de dos años, estaba a punto de concluir. No sabíamos lo que encontraríamos al cruzarlas, porque nadie se había atrevido a poner en ningún mapa los terrenos más allá de Faesia: nos guiábamos por leyendas. Ni siquiera estábamos seguros de que nuestras sospechas sobre la naturaleza de Rayne fuesen algo más que suposiciones, aunque parecía probable, dadas sus diferencias con el resto de hechiceros. Para justificar sus peculiaridades, como su apariencia siempre demasiado joven o su mente demasiado fuerte, solía decir que su padre era feérico, aunque no fuese cierto. La mayoría de la gente desconfiaba de él, pero nadie se atrevía a preguntar más, quizá por miedo.

Precisamente porque solo nos guiábamos por cuentos, quizá no esperábamos encontrar lo que hallamos. El terreno desértico que recorríamos tras pasar las montañas cambió un atardecer: en cuanto se escondió el sol y llegó la noche, una ciudad brillante surgió de la oscuridad. Una ciudad mágica, donde todo era alegría y luz de luna.

Celestia, el reino de las estrellas.

El reino al que yo, sin saberlo, pertenecía.

Lo descubrimos aquella misma noche: antes incluso de que la ciudad apareciese ante nosotros, justo con el último rayo de sol, un dolor intenso atravesó mi cabeza. El cuerpo dejó de responderme y caí al suelo ante los gritos desesperados de Rayne, que no sabía cómo ayudarme. Yo tampoco sabía qué me estaba pasando.

Y de pronto empezó la luz.

Mi piel pálida se convirtió en el reflejo de las estrellas. Un destello fuerte y después, de nuevo, normalidad. Cuando pudimos abrir los ojos, allí estaba la ciudad, justo ante nosotros: majestuosa, irreal, como salida de un sueño.

Y ante nosotros, ella. Solo he conocido a una mujer más hermosa y poderosa que Mab de Lothaire en toda mi vida: Polaris, la reina, si se le puede llamar así, de las estrellas. Me tendió la mano y me dio la bienvenida al que, según dijo, era mi hogar. Nos habían estado esperando. A los dos.

De sus palabras descubrí mi propia historia, o más bien la de mi familia: antes de la guerra entre dioses y estrellas –que resultó no ser una leyenda, sino realidad–, las estrellas eran libres para vagar por el mundo por el día, aunque su luz solo pudiese iluminar en la oscuridad. Mi madre fue una de esas estrellas incapaces de mantenerse en su hogar y, por eso, se fue a descubrir otros reinos. En su travesía llegó a Astrea, y allí se enamoró de mi padre. Mi madre, como la de Rayne, murió al darme a luz, y mi padre prefirió no revelarme mi procedencia para protegerme: para mantenerme en Astrea, para hacerme pensar que mi lugar era aquel, aunque siempre me sentí desplazada. Murió también demasiado pronto como para darme explicaciones, de todos modos.

Polaris me dijo que mi destino estaba entre ellas: mi sed de conocimientos, mi curiosidad incesante, mi facilidad para la magia blanca. Todo se lo debía a esa naturaleza que había estado escondida durante todo ese tiempo.

Yo, sin embargo, solo estaba convencida de una cosa: mi futuro estaba con Rayne.

A él no lo recibieron bien: las estrellas lo miraban con recelo, y mi pareja se sentía observado e inseguro rodeado de ellas; tenso, fuera de lugar. No me gustaba verlo así. Polaris nos confirmó su naturaleza, pero yo sabía que él aún quería conocer a los suyos. Me dijo que, si lo acompañaba, me matarían, pero no la creí. Esa noche le hice prometer a Rayne que nos marcharíamos juntos, que visitaríamos a los suyos, y después volveríamos a Astrea para tener nuestra bonita casa en la colina y nuestra vida lejos de preocupaciones. Dioses o estrellas: daba igual lo que fuéramos o lo que hubieran sido nuestros padres. Todo el mundo decía que debíamos odiarnos, pero nos amábamos. Eso era todo lo que importaba.

La segunda noche, no obstante, Rayne comenzó a dudar.

Me preguntó si quería quedarme con las estrellas. Pensé que se había vuelto loco. Celestia era un lugar maravilloso, lleno del conocimiento que yo siempre había ansiado, pero él era lo único que quería: nuestra pequeña familia, nuestro futuro pacífico, lejos de magia y leyendas que no estábamos preparados para afrontar. Teníamos una vida planeada: yo sería maestra en la torre, donde me habían prometido un empleo cuando lo quisiese, y él regalaría canciones a cambio de monedas, al aire libre o en la corte. No aspirábamos a grandes lujos, solo a crear nuestro hogar y vivir felices.

Lo convencí, o creí hacerlo.

Mi amante me prometió que no nos separaríamos. Nos prodigamos besos y caricias para sentirnos parte del otro, más allá de nuestra sangre o nuestra procedencia. Nos hundimos en el olvido, nos tocamos hasta que nuestras huellas se quedaron para siempre en cada fracción de piel. Nos susurramos mil veces promesas de futuro, de sueños. Dijimos que nada de lo que hubiéramos descubierto importaba, que si éramos eternos, esa eternidad la pasaríamos juntos.

Cuando desperté la tercera noche, las sábanas estaban frías y vacías.

Ahora que vuelvo a tenerle delante, sin atreverse a mirarme, no puedo dejar de pensar en la maldita hora en la que nos topamos con

Celestia. En esa cama vacía. En mi desesperación cuando comprendí que se había ido sin mí.

Ahora que estamos aquí, frente a frente, después de medio siglo, el corazón se me rompe y comprendo que, después de todo, nunca he podido olvidarlo.

Es esa certeza la que me deja sin palabras: no sé cómo empezar, qué pregunta hacer para reclamar las explicaciones que siempre he necesitado. De pronto, ni siquiera estoy convencida de quererlas. No sé si voy a poder soportar que me diga que no me quería o que las estrellas tenían razón cuando nos dijeron que no podíamos estar juntos.

–¿Tienes algo que decirme? –susurro, por lo tanto, esperando que sea él quien dé comienzo a esta conversación.

Lo escucho tomar aire y me preparo para el posible golpe.

–Tantas cosas. Y tantas preguntas... La verdad, no sabría por dónde empezar.

–¿Y disculpas? ¿No tienes ninguna?

Hay un momento de silencio que se extiende. Me pregunto si no ha oído lo que he dicho, por lo que levanto la mirada. Él me está observando con una expresión llena de incredulidad.

–¿Cómo dices?

–Disculpas. ¿No vas a pedirme perdón por lo que hiciste?

Una carcajada sale de los labios del hechicero, aunque no es sincera, sino irónica.

–Disculpas –repite–. No puedes estar hablando en serio.

–Claro que lo hago. –Enrojezco de rabia. ¿Es que en todo este tiempo ni siquiera ha pensado que me merecía al menos eso?– Es lo mínimo que...

–¡¿Realmente me estás pidiendo que me disculpe?!

Su grito me paraliza. Me quedo quieta, sorprendida. Cuando la confusión pasa, llega mi propio enfado. Por supuesto que quiero que se disculpe. Me abandonó. Me dejó sin una sola explicación. No me contó ni siquiera un simple cuento antes de desaparecer.

–¡¡Es lo mínimo que me debes, Rayne!! ¡Lo mínimo que me debes por tanto daño!

Él se pone en pie como movido por un resorte. Ahora que tengo este inútil cuerpo de niña, me siento diminuta en comparación con su altura, pero no dejo que eso me amedrente. Mi dolor es más fuerte.

Él tiene los puños tan apretados que sus nudillos están blancos.

–¿Por qué debería disculparme exactamente? ¿Por haber sido un idiota? ¿Por creer que lo nuestro era de verdad? ¿Eterno, como tú decías? ¿Por creerme todas tus mentiras?

¿Cómo se atreve él a decirme eso? Fue él quien me engañó. Fue él quien me dejó.

–¡¡Nunca mentí!! Te lo di todo, Rayne: podría haberme quedado en Astrea en su día, escogiendo un trabajo seguro y una vida sencilla, pero me fui contigo a descubrir el mundo. Me fui de tu mano a conocer todo lo que querías saber de ti mismo. Te quería. ¡¿Y me preguntas si lo nuestro era verdad?! ¡Pregúntatelo a ti mismo! ¡Me abandonaste!

Si no fuera imposible, juraría que hay dolor en su expresión.

–¡Te prometí que volvería! ¡Te dejé el laúd! ¡La carta! –Me quedo quieta, en silencio. Intentando adivinar qué está diciendo. Él sigue hablando–: ¿Y tú qué hiciste? ¡Mandaste a Polaris! Ni siquiera fuiste lo suficientemente valiente como para venir a romperme el corazón por ti misma, ni siquiera…

Calla. Creo que lo hace al ver mi rostro, pálido y lleno de confusión. No sé de qué está hablando. No volví a ver el laúd. Nunca recibí ninguna carta.

Sus palabras dan vueltas en mi cabeza. También las de antes, cuando me dijo que no era la más indicada para hablar de abandonos. Intento encontrar respuestas.

–¿Sylvana?

Su voz es precavida cuando dice mi nombre. Como si él mismo se hubiera dado cuenta de que algo está mal. El laúd… No puede ser. Está mintiendo: el laúd, al fin y al cabo, lo tiene Drake. Se lo dio a él cuando nació. No pudo haberlo dejado atrás si finalmente se lo dio a su hijo.

–Es mentira –declaro, con seguridad–. Nunca volví a ver tu laúd. Jamás hubo una carta. Ni una sola palabra. El laúd lo tiene Drake. Me estás engañando. Me estás engañando *otra vez*.

La expresión de Rayne se rompe. Lo veo tambalearse. Abre y cierra la boca, turbado.

–Sí, es mi laúd, pero… pero yo lo dejé atrás antes. Lo dejé en Celestia la noche que me marché. Lo deposité sobre la almohada, en mi sitio, para que supieras que volvería a por ti. Y volví y ella me dijo… me dijo que no querías verme, que…

Me tapo los oídos. No. No quiero oírlo. Me está mintiendo. ¿Por qué lo hace? ¿Qué quiere de mí ahora? ¿Pretende hacerme dudar de todo, de repente? Doy un paso hacia atrás. No voy a creerlo.

Lo que sugieren sus palabras es que alguien ha estado jugando con nosotros cincuenta años, y eso es *imposible.*

–Es mentira. Estás mintiendo, igual que lo hiciste esa noche. Me dijiste que nunca nos separaríamos y a la mañana siguiente no quedaba nada de ti. Nada. Ni el laúd, ni ninguna carta. Me dejaste sola. Te esperé. Días. Semanas. Meses. Años. Décadas. No volviste. Desapareciste para siempre.

–¡Te lo expliqué en la carta! –Rayne se apresura a acercarse. Me aparta las manos de los oídos y me doy cuenta de que respiro con dificultad–. Fui a ver a los míos y no podía llevarte. Podrían haberte… –Se estremece–. Las estrellas dijeron que te matarían. Que te *matarían*, Sylv. –Vuelve a utilizar mi diminutivo y las lágrimas se agolpan en mis ojos–. Intentaba protegerte. Pero te dejé el laúd: pensé que podrías dormir con él y fingir que seguía a tu lado. Te prometí que solo sería una luna. Y cuando volví, apareció ella. Me devolvió el laúd y me dijo que no querías verme. –Cierro los ojos para no ver el dolor de su expresión–. Esperé. Esperé durante una semana, siete noches, con sus días, clamando tu nombre a las puertas de la ciudad cada vez que aparecía al ponerse al sol…

Niego con la cabeza, en un intento de negar también la realidad. Eso sería más amable que pensar que nos dejamos llevar por las mentiras de una persona que pensábamos que era sincera. Que nuestra historia terminó porque otros querían que acabase. Porque pensaban que no debíamos estar juntos…

La imagen llega clara a mi cabeza, sin que yo pueda hacer nada por bloquearla. Rayne me obliga a ver el momento en que una Polaris brillante y majestuosa le devuelve su laúd. Con tranquilidad, le dice que yo he decidido: que prefiero quedarme en Celestia, que he comprendido al fin que ese es mi lugar. Le dice que tiene que olvidarme y marcharse para siempre. Al principio no la cree: decide confiar en mí, decide que tiene que ser mentira. Y espera. Siete días, como él mismo ha dicho. Se hizo daño. No lo dejaron pasar nunca a la ciudad: cada vez que lo intentaba, la luz lo lanzaba hacia atrás, lo quemaba. Durante días tuvo llagas en las manos. Gritaba mi nombre, me pedía que saliese. Que volviese con él. Con desesperación, gritaba que me quería. Que sentía haberme dejado sin decirme nada. Que lo había hecho para protegerme. Gritaba por la familia que siempre habíamos soñado, por la casa en la colina. Gritaba por las aventuras que habíamos vivido, por las que nos quedaban por vivir.

Al final, sin embargo, entendió que Polaris tenía que haber dicho la verdad, porque nunca aparecí. La realidad es que sus gritos no llegaron hasta mí. Nadie me dijo que había vuelto. No me permitieron tampoco salir de la ciudad, asegurándome que era por mi bien.

Me rompo.

Rayne me rodea con sus brazos. Él también está temblando. Él también tiene que estar viendo los cincuenta años que podríamos haber pasado juntos, los cincuenta años en los que podríamos haber tenido la vida que una vez quisimos.

Si hubiéramos sabido la verdad, muchas cosas habrían sido diferentes: yo jamás habría tenido este cuerpo, él jamás habría servido a Mab.

–Me dijo que preferías a los tuyos, que habías entendido que yo no era tu destino. Me dijo que habías elegido. Sí –la voz del hechicero suena ahogada. Se separa, para tomarme el rostro, para limpiar mis mejillas–. Había elegido. Pero te había elegido a ti. A ti, Sylv, por encima de todo. Me fui porque necesitaba respuestas, como tú habías tenido las tuyas aun sin buscarlas. Necesitaba conocer aquel lugar. Pero sabía que no pertenecía allí. Sabía que pertenecería siempre al lugar en el que tú estuvieras...

Cojo aire con dificultad. Siento que mis pulmones son demasiado pequeños para albergar todo el que necesito. No puedo dejar de llorar, porque duele. Duele demasiado. Duele como el día en que acabó todo. Duele lo que fue y lo que nunca nos permitieron que fuera. Hemos vivido separados pudiendo vivir una eternidad juntos.

Y pese a todo, nos hemos vuelto a encontrar. Estamos aquí, frente a frente, con la verdad ante nuestros ojos. Es como si nos hubieran quitado una venda que hemos tenido puesta demasiado tiempo.

Mi mano, temblorosa, toca su mejilla.

–Todo lo que le pedía cada día a las estrellas mientras vivía con ellas era volver a verte, aunque solo fuera una última vez...

Sus párpados se aprietan, en un intento de no echarse a llorar como yo, pero incluso así no puede evitar que dos lágrimas corran por sus mejillas. Una por el pasado, otra por el presente. Una de amargura por lo perdido, otra de felicidad por lo recuperado. Al menos, así es como quiero verlo yo.

–Sylv... –susurra, con mi nombre cargado de dolor, de esperanza.

Me pregunto si no será demasiado tarde. Si estos cincuenta años no nos habrán cambiado a nosotros y a nuestros sentimientos. Si él no habrá querido más a otras mujeres. Si se habrá acabado nuestro amor, aunque estemos aquí, ahora, juntos de nuevo.

Cuando me echo hacia delante y poso mis labios sobre los suyos, busco en la magia la respuesta.

Y llega.

Lo hace en forma de dolor. Me obliga a separarme, con un gemido, pero es un dolor que reconozco: llevo catorce años sufriéndolo cada luna llena. Los latidos más acelerados, la falta de respiración, el tirón en el cuerpo. Los huesos crecen, mi cuerpo toma forma, mis rasgos cambian. Los cabellos se sueltan de mi recogido, demasiado largos. Mi vestido se queja, rompiéndose por el cambio de dimensiones. Siento la magia rodeándome, llenándome, haciéndome recuperar los poderes que me arrebataron.

Cuando el mareo desaparece, estoy en los brazos de Rayne. Nos miramos, mientras la cabeza me da vueltas, y aunque todavía tengo lágrimas en los ojos, también siento unas repentinas ganas de reír. Y lo hago, entrecortadamente, dejando que mi frente repose contra el hombro de Rayne.

Él suspira. Me abraza aún con más fuerza.

–Parece que tienes mucho que contarme… –susurra contra mi oído.

–Tú también a mí. Al menos yo no he tenido hijos…

Me separo. Parece que quiere hablar, pero yo le acallo, dejando un dedo sobre sus labios. Después lo hablaremos todo. Ha sido demasiado tiempo. Demasiados años.

Su mano recorre mi rostro. Puede que Rayne haya cambiado un poco desde que nos separamos, puede parecer mayor, pero yo apenas he crecido. Sigo siendo la misma a la que dejó –a la que quiso volver y no le dejaron– y eso parece maravillarlo.

Dejo que mi frente se apoye contra la suya.

–Y así, el dios y la estrella volvieron a encontrarse.

Rayne sonríe. Lo hace de manera brillante, con anhelo de días pasados.

–Y vivieron felices para siempre jamás.

Prometiendo empezar de nuevo nuestro cuento, nos besamos como llevamos cincuenta años esperando.

Cirene

Apenas he conseguido dormir de verdad, porque las pesadillas vienen a buscarme cada vez que cierro los ojos. En ellas, vuelvo a ver a Mab apuñalándome, vuelvo a ver a la Muerte cogerme. Esas son las más benévolas: las peores son las que muestran a los demás. A Seaben, a Sylvana, a Drake, a todos los astrenses, y la mano de la reina de las hadas, enorme y poderosa, aplastándonos como si fuéramos bichos. Como si no pudiéramos escapar.

Al final desisto de mi intento de acomodarme en sueños tranquilos. No tardo en oír cómo alguien llama a la puerta.

–Adelante.

Espero que sea Seaben y me explique qué tal se encuentra Chryses. O que sea Drake, que está mejor y viene a visitarme. Me sorprendo cuando un hombre que no conozco entra en el cuarto. Desconfío hasta que me fijo en sus rasgos y en sus orejas. Un elfo.

–Tú debes de ser quien me salvó, ¿verdad?

El hombre asiente con tranquilidad.

–Así es. Me envían para vigilar vuestros progresos, alteza.

Me sorprende su formalidad, quizá porque me he acostumbrado a que en Astrea la gente siempre nos tutee, sin importar quiénes seamos.

Me incorporo con cuidado y trato de sonreír.

–¿Y cuál es el nombre de mi salvador, si puede saberse?

El elfo hace una reverencia rígida.

–Hayes, mi señora. Para serviros.

Había olvidado lo que era que me tratasen con esa distancia. Nunca me ha gustado. Ahora, después de haber visto la cercanía de los astrenses, me disgusta todavía más.

Hayes se acerca y se sienta en el borde de la cama. Coge mi mano y yo hago un gesto de dolor: todavía no puedo moverla demasiado, pese a los calmantes de Moira y que han cosido la herida. Intento pensar en otra cosa mientras mi nuevo enfermero me quita la venda.

–¿Y de dónde sois, Hayes?

Mi acompañante no aparta la vista de mi mano.

–De vuestro hogar, mi señora. Aunque hace mucho tiempo ya que abandoné Nryan.

La revelación me sorprende. Por su aspecto sereno, elegante y callado, había supuesto de antemano que pertenecía a Veridian. Sin embargo, es de mi isla. Es la primera persona de Nryan que veo en siete años, sin contar a la corte que acompañaba a mi padre. Voy a decir algo al respecto, pero callo cuando lo veo trabajar: de un zurrón saca unas hojas que me parecen típicas de los árboles de mi reino, esos entre los que siempre me gustó perderme. Con maña, intentando hacerme el menor daño posible, deshace el cosido. Pese a que intenta tener cuidado, es doloroso. Delicadamente coloca una hoja sobre la herida y comienza a susurrar palabras en nuestro idioma, demasiado bajo como para que pueda entender lo que dice.

Entonces se hace la luz y, aunque siento un cosquilleo incómodo en la mano, cuando acaba, la rigidez de mis músculos ha desaparecido. Parpadeo cuando la hoja se aparta de la herida y veo solo la marca rosada de una cicatriz. Noto la piel tirante y, aunque todavía me duele, no es nada comparado con lo que sentía hace unos minutos.

–Vaya –exclamo, admirada–. Ojalá pudiera hacer algo como eso.

–¿No podéis? Sois una elfa, como yo. Si no os han instruido, yo podría enseñaros.

Sonrío, agradeciendo el ofrecimiento.

–Me temo que no hay magia alguna corriendo por mis venas. Nací con ese... defecto, si queréis llamarlo así.

Aunque yo siempre había pensado que no era nada grave ni extraño, pues mi padre sufre la misma carencia, Hayes parece sorprendido. Su reacción me inquieta un poco.

–No es nada malo, ¿verdad? Mi padre tampoco posee magia. La aborrece, de hecho. Supongo que por eso, entre otras cosas, mandó cerrar la escuela, aunque tengo entendido que cuando mi madre vivía era toda una visión.

Recuerdo la escuela de Nryan, alzándose por encima de las cabezas de todos nosotros como si perteneciese al cielo. Cuando hice mi secreto viaje de vuelta a mi isla, la vi abandonada, sin la vida que tuvo durante el reinado de mi madre.

No puedo evitar fijarme en que el elfo, a mi lado, parece repentinamente inquieto.

–¿Vos llegasteis a verla?

Hayes contiene la respiración.

–¿A vuestra madre?

Su pregunta me coge desprevenida. No hablaba de mi madre pero... ¿Es por ella por lo que de pronto parece incómodo?

–Me refería a la escuela, pero sí, también me interesa saber si conocisteis a mi madre. Aunque es evidente que sí: no habéis sido muy disimulado, mencionándola ahora.

Los labios de mi acompañante se aprietan en un gesto de disgusto, probablemente al sentirse descubierto, aunque no entiendo qué puede tener de malo que la conociese. De pronto, me siento feliz de poder hablar con alguien que tiene su recuerdo en la cabeza, como yo, aunque no sé hasta qué punto supo de ella: quizá solo viviese en Nryan durante su reinado, pero para mí eso es más que suficiente.

–Estuve en la corte cuando vuestra madre reinaba –dice mientras comprueba mi pulso–. Mi padre era parte del Consejo.

Parpadeo. Es mucho más de lo que esperaba.

–¿De veras?

–Su majestad Áine fue una gran reina. Quizá de las mejores que ha conocido nuestro país, si no la mejor. Os parecéis a ella.

Me ruborizo un poco. No es el primero que me lo dice en mi vida, pero llevaba mucho tiempo sin escucharlo. Siempre que alguien me dedica esas palabras siento una mezcla de orgullo y responsabilidad.

–Todo el mundo lo piensa: que fue una gran reina y que me parezco a ella. Ambas cosas suponen una gran carga.

–También un gran halago, mi señora.

No puedo evitar esbozar una sonrisa.

–Sí, supongo que sí.

El silencio se extiende entre nosotros mientras Hayes busca algo más en su zurrón. Saca una pequeña botellita y me la tiende, para que beba. Yo obedezco. El contenido sabe a hierbas y huele a mi país. La añoranza me llena por dentro. ¿Cuándo voy a poder volver a ver las costas blancas o los enormes bosques?

–¿Puedo haceros una pregunta indiscreta? –pregunto justo cuando Hayes empieza a recoger.

El hombre ladea la cabeza, pero parece casi enternecido.

–Esta relación va demasiado rápido, mi señora.

No puedo evitar sonreír, divertida. Es la primera broma que se atreve a hacer, incluso cuando su tono sigue siendo tan cortés.

–¿Qué opinión os merece mi padre como rey?

Su expresión es suficiente para que sepa que no lo apoya. Quizá por eso no quería hablar de mi madre, al fin y al cabo: puede que piense que lo considero un rebelde y, en caso de que lo sea, que quiero culparlo por ello.

Por supuesto, él no sabe que yo misma estoy en contra de Ibran. Su presencia aquí, si él tampoco apoya su reinado, podría serme de ayuda.

–Me temo que no puedo responder algo que deseéis escuchar. Es vuestro padre.

–¿He de entender, pues, que estáis contra su gobierno?

–Dados todos los años que llevo sin pisar mi tierra, ni siquiera puedo defenderme diciendo que es su gobierno lo que detesto, alteza. Aunque he sabido de algunas de sus políticas actuales y no las comparto.

Hayes se levanta, cargándose el zurrón al hombro, pero yo no estoy dispuesta a dar la conversación por finalizada. Me pregunto qué sabe este hombre de todo lo que Ibran hizo en el pasado.

–Lo detestáis *a él.*

–¿Me lo preguntáis como ciudadana de Nryan o como su hija?

–Como cualquiera de las dos identidades que te obligue a responder la verdad. Preferiría hacerlo como tu igual, pero si así evadirás mi respuesta, entonces te lo preguntaré como tu princesa.

Mi determinación lo coge desprevenido, o quizá sea el hecho de que he pasado a tutearlo de repente. Ha sido inconsciente, y no sé si lo hago para que me sienta más amable o cercana, o precisamente para mostrarme superior a él y así instarle a contestar.

–Incluso sin estar sentado en un trono, ese hombre ya hacía demasiado daño.

–¿A mi madre?

Él se humedece los labios, quizá dudando de si responder, pero termina asintiendo.

–A vuestra madre.

Así que él sabe que mi madre sufría a manos de Ibran. Conoce el daño que se le infligió. ¿Sabrá también que la mataron? ¿Fue amigo de mi madre, acaso? ¿Supo cómo era, cuáles eran sus sueños, cuáles sus temores, cómo gobernaba?

Abro la boca, dispuesta a pronunciar todas las preguntas que me queman en la lengua, pero un par de golpes en la puerta me obligan a callar. Seaben se asoma. Frunce el ceño, confundido al ver al elfo, y luego me mira a mí.

–¿Tú no deberías estar durmiendo?

Intento esbozar una sonrisa inocente y formular una respuesta ingeniosa, pero otra voz se me adelanta:

–¿De verdad soñabas siquiera con que te hiciera caso?

Seaben mira por encima de su hombro y pone los ojos en blanco. Pasa, seguido de Drake, con su fiel laúd siempre al hombro.

–¡Drake! –exclamo. Me incorporo demasiado rápido y el mareo llega de la misma manera. Pierdo visión y la habitación da vueltas, pero los brazos del elfo me capturan y me obligan a tumbarme de nuevo.

–Alteza, mi magia no obra milagros: o reposáis o ni el mayor hechizo del mundo podrá hacer que recuperéis las fuerzas.

En dos zancadas, Seaben está a mi lado.

–O te mantienes acostada y haces caso o saco al trovador del cuarto hasta nueva orden.

Hago un puchero y él sacude la cabeza. Drake se ha acercado, aunque se mantiene un poco apartado, incómodo.

Me muerdo el labio, sin saber qué decir, pero es él quien se adelanta:

–¿Cómo te encuentras, Ei?

–Bien –susurro. Hayes y Seaben me miran con las cejas alzadas, y eso es suficiente para hacer que me corrija a mí misma–. Bueno, mejor, al menos. ¿Y tú?

–Bueno –dice con una leve sonrisa. No es su sonrisa de siempre, grande y despreocupada, pero es sincera–, a mí no me han apuñalado.

–Pero ese hombre…

Callo, lanzando un vistazo de soslayo a Hayes. Él es amigo del padre de Drake. Estaban juntos en la fiesta. El elfo se da cuenta de mi repentino silencio y mira al trovador, que también lo observa de reojo.

–No soy quién para decir nada acerca de Rayne. Pero os aconsejaría que no lo juzgaseis. En cualquier caso, ha de ser él el que dé explicaciones a quien quiera escucharlas.

Drake se toca el pelo en ese gesto suyo de nerviosismo, dubitativo.

–¿Y tú quién eres? ¿Qué relación tienes con él?

–He viajado a su lado por muchos años.

–Y por supuesto, lo sabes todo acerca de su vida.

Hayes no duda en asentir, con total tranquilidad.

–Pero no me corresponde a mí contar su historia, me temo. Mi amigo no me perdonaría si, después de lunas preparando cada palabra que va a decirte, me adelantase a él.

Drake abre la boca, dispuesto a protestar, pero el elfo no le concede ni un segundo más de su atención. Se vuelve hacia mí y hace una reverencia pronunciada de nuevo.

–Alteza.

Y con eso, se marcha. Veo a mi esposo seguirlo con la mirada, los párpados entornados, pero yo confío en ese hombre. Conoció a mi madre, o eso dice. Sigo creyendo que puede serme de ayuda.

Drake resopla.

–Menudo engreído, ¿no? ¿Eres la única elfa no estirada del mundo, Ei?

El comentario me arranca una sonrisa y me sorprendo un poco cuando me percato de que a Seaben también parece hacerle gracia. Los miro, cayendo en la cuenta de que han venido juntos y entre ellos no hay esa tensión que siempre se podía palpar en el aire. ¿Han firmado una especie de tregua, después de toda la enemistad? Me fijo especialmente en el príncipe, y él lo nota. Sin palabras, le pregunto si ha ido él a buscar a Drake. Si lo ha hecho por mí, porque sabía que estaba preocupada. Si entiende mi silenciosa cuestión no me lo hace saber. Solo se inclina hacia mí y besa mi frente.

–Voy a asegurarme de que Lowell y Adair no necesitan ayuda con la formación de los astrenses. Tú te quedarás aquí, y Drake será tu perro guardián hasta que vuelva.

–¿Perro guardián? –repite el hechicero, indignado–. Dragón, querrás decir.

Seaben lo mira de arriba abajo.

–No. Perro, definitivamente.

Como si realmente lo fuera, Drake gruñe al príncipe, que esboza una media sonrisa. No puedo evitar maravillarme de su actitud. Me pregunto si el hecho de que haya estado a punto de morir les ha hecho ver las cosas de otra manera. Me pregunto si eso les ha unido, de alguna forma.

Con un último beso en mi frente, el príncipe abandona el cuarto. Drake y yo nos quedamos solos.

–Lo siento.

La disculpa del trovador llega antes incluso de que yo pueda pensar una sola palabra. Pero no es él quien se tiene que disculpar. Fui yo quien lo rechazó. Fui yo quien le hizo daño. Él, sin embargo, no me da opción a réplica. Se sienta a mi lado y coge mi mano sana, guardándola entre las suyas. Examina nuestros dedos como si fueran apasionantes.

–Me comporté como un cretino. Desde el principio. Desde Lothaire. Tenía que haberte dicho la verdad, pero no lo hice. Debí haber sido sincero, pero no lo fui. Y debí decirte antes que te quería, pero no me atreví. He sido un cobarde contigo, todo el tiempo.

–Hace mucho que estás perdonado por lo de Lothaire, Drake. Lo entendí. Lo sigo entendiendo.

–Eso no significa que actuase bien, como tampoco lo he hecho estos días. Me he apartado de ti, en vez de intentar comprenderlo. Supongo que no quería ver la verdad. –Drake esboza una sonrisa triste–. Sabes que siempre he vivido mejor en mis cuentos.

Me encojo sobre mí misma. Me escuecen los ojos.

–Nunca quise hacerte daño –le explico, con un nudo en la garganta–. Nunca...

–Lo sé.

–Lo siento.

Sus brazos me rodean y yo me aferro a su camisa, escondiendo la cara en su pecho. Siento su corazón cerca, latiendo demasiado rápido. Por mí. No me merezco esos latidos de más. No me merezco su presencia ni su cercanía, porque no puedo quererlo como él desea. Sé que no debería sentirme culpable, que no tengo control sobre esto, que no he elegido qué sentir, pero no puedo evitarlo. Una vez soñamos con descubrir el mundo de la mano, pero ahora sabemos que solo fueron cuentos que nos dijimos para escapar de la realidad. Y aunque puede que no esté enamorada de Drake, es mi amigo, uno como nunca lo había tenido. Él siempre consigue hacerme olvidar los problemas y distraerme de la realidad con sus historias.

–No irás a llorar, ¿verdad? –escucho a Drake. Su voz está rota, pero no me suelta–. Eso no lo podría contar en una canción sobre la valiente heroína que arriesgó su vida por Astrea...

Aprieto los párpados y niego. Incluso ahora, es él quien me consuela a mí. Incluso ahora, piensa en cuentos. Incluso ahora, sigo siendo la protagonista de sus historias.

–Me habría gustado quererte, Drake…

El abrazo del astrense alrededor de mi cuerpo se hace aún más fuerte. Siento que esconde su rostro contra la curva de mi cuello. Ojalá solo hubiera conocido a Seaben, ojalá no me hubiese encontrado con Drake en la ciudad un buen día. Así, nunca habría hecho daño a nadie. Las cosas habrían sido mucho más sencillas.

–Y a mí me hubiera gustado que me quisieras, princesa. Pero está bien si no lo haces…

–No te alejes –le pido, con un hilo de voz. Sabiendo que es injusto, sabiendo que no tengo derecho–. Sé que es cruel. Sé que no es justo, pero te sigo necesitando en mi vida, Drake. Me hace feliz contar contigo. Tus canciones, tu apoyo, tu manera de ver el mundo siempre un poco más brillante de lo que es. –Aprieto los dientes–. Nunca nada fue mentira. Lo sabes, ¿verdad? Nunca mentí. Yo solo… No sabía…

–No voy a alejarme, Ei.

Su declaración me sorprende, al igual que el hecho de que se separe de mí para tomar mi cara con sus manos. Sus ojos están brillantes.

–He estado a punto de perderte. *Hemos* estado a punto de perderte. Perderte de verdad. Y me he dado cuenta de lo que sería la vida sin ti. Puede que no tengamos un cuento con romance, pero podemos tener otro tipo de historia. Siempre hemos sido amigos, por encima de cualquier otra cosa, ¿verdad?

Asiento, con las lágrimas todavía nublándome la mirada. No se me ocurre qué responder, pero él tampoco me da tiempo a encontrar las palabras: Drake deja un beso tierno en mi mejilla y me vuelve a abrazar, y yo me acomodo entre sus brazos.

–No dolerá siempre –susurra, no sé si para mí o para sí mismo.

Cierro los ojos. Ojalá no le hubiera tenido que doler nunca.

En silencio, nos despedimos de todo lo que podría haber sido y nunca será.

Drake

La luz de nuestro falso atardecer da un tinte anaranjado a la mayoría de las caras que ahora se vuelven hacia mí. Todos me observan, pero yo no me dejo amilanar por sus miradas de preocupación y escepticismo o, en el caso de Inair, de terror absoluto.

–¿Marcharte a caballo en medio del ataque? –repite mi hermana, como para cerciorarse de que ha oído bien–. ¿Qué pretendes, Drake?

–Si aprovecho que la mayoría de los soldados estarán concentrando sus esfuerzos en combatiros, entrar en el palacio será un juego de niños. Es obvio que él no va a mancharse las manos capitaneando a sus tropas, así que probablemente lo encuentre en sus habitaciones, regodeándose en lo que creerá que es una inminente victoria. Me parece tan buen momento como otro para cortarle la cabeza y demostrar que la única y verdadera reina eres tú.

No me hace falta centrar mi atención en ella para saber que palidece y niega. Se levanta, con los brazos alrededor de su estómago, como si la simple idea le causase náuseas, y pasea por la estancia. Nadie más habla, sin atreverse a meterse en nuestra conversación.

–¿Es que te has vuelto loco? –inquiere, y se detiene delante de la ventana. Su sombra alargada me toca los pies.

–¿No me crees lo suficientemente buen hechicero para vencerlo?

–¡No se trata de eso! ¿Es que no ves todo lo que puede ir mal? –Se vuelve hacia el resto, un público de labios cosidos, y los desafía a llevarle la contraria–: ¿Es que no vais a decirle nada?

Moira y Adair se miran. Shem prefiere apartar los ojos. Briah se rasca la cabeza. Seaben y Lowell parecen ser los únicos que no están incómodos ante la pregunta de mi hermana, pero incluso el príncipe de Lothaire debe de dudar si puede meterse en nuestros asuntos. Al final, es Lowell quien habla:

–Inair, creo que tu hermano tiene razón.

–¡No lo apoyes en esta locura! ¡No puede ir! ¡Lo matará!

Me obligo a levantarme. Apenas necesito dos zancadas para situarme enfrente de ella. Para coger sus manos y guardarlas entre las mías. Sé que está preocupada por mí. Sé que no quiere perderme. No ahora que volvemos a disfrutar de la compañía del otro. No ahora que ella podría recuperar la Corona y podríamos volver a casa.

–No creerás que es más poderoso que yo, ¿verdad?

–No lo infravalores. Mató a nuestro padre.

–Sí, mientras dormía.

–No he escuchado todavía de ningún asesino honorable, Drake.

–Y por eso yo no lo seré. Quiero mi venganza. Por nuestros padres. Por ti. Por Moira y nuestras familias. Por toda Astrea.

–¿Y qué harás si Mab sigue a su lado?

Me vuelvo. Seaben me mide con la mirada. No sé si estoy a la altura de sus expectativas. Conozco mis capacidades. Creo que tengo posibilidades de destrozar la mente del Tirano. De atravesarle el corazón con una espada, si se presenta la oportunidad. No permitiré que me tiemble el pulso, porque está en juego más que mi propia vida. Pero si mi adversaria fuera Mab… Aún tengo demasiado reciente su ataque a mi mente en la torre. Sus ojos encontrando los míos, alzando la copa a mi salud. La sonrisa en sus labios, como si se riera de una broma del destino. Consciente de quien soy. Me quedo callado, incapaz de contestar.

–No irás –me prohíbe Inair, ganándose de nuevo mi atención. Su mirada suplicante suaviza el golpe de su orden. Aparta sus manos–. No solo.

–Entonces, yo iré con él.

Por un segundo creo que es Seaben el que ha hablado. No me sorprendería que quisiese volver a enfrentarse a Mab para llevar a cabo su propia venganza. Ni siquiera tengo que darme la vuelta, no obstante, para darme cuenta de que la voz que ha sonado no es del príncipe. Nunca la había escuchado, pero me encuentro a mí mismo estudiando la forma en la que ha pronunciado cada palabra. El acento no es del todo astrense, pero tampoco demasiado extraño a mis oídos. Su tono tiene la cadencia de la miel, como un hechizo, armonioso y bien tejido.

Cojo aire y me doy la vuelta.

Rayne está apoyado en el marco de la puerta, y no puedo evitar preguntarme cuánto tiempo llevará escuchando nuestra conversación. ¿Desde el principio, tal vez, cuando me explicaron las medidas que hemos tomado para cuando el Tirano se decida a atacarnos? ¿O habrá llegado solo para la última parte? Decido que tampoco importa.

Me sorprendo a mí mismo observándolo con atención, como lo hacen todos en el cuarto. No tengo sus cabellos pelirrojos ni sus ojos claros. Su sonrisa burlona no me resulta del todo extraña, sin embargo, ni las manos de dedos largos que una vez te tocaron. ¿Echas de menos su destreza sobre tus cuerdas? ¿Has sentido nostalgia por su voz almibarada?

–Se suponía que estabas encerrado –protesta Lowell.

Se suponía que estaba con Sylvana, por lo que mi hermana me ha contado. Pero era obvio que, si después de todo también es un hechicero, las posibilidades de dejarlo en un cuarto sin un guarda y mantenerlo dentro eran escasas.

–La puerta estaba abierta, así que pensé que la princesa me había levantado el castigo. Además, creo que será de vuestro interés saber que todavía planeo salvar a Hermia y, llegados a este punto, me parece que la manera más fácil de hacerlo es quitar a Aviel de en medio.

La forma en la que pronuncia el nombre del falso rey me hace pensar que ya se conocen.

La forma en la que hace que todo parezca tan fácil me enfurece.

–Yo me basto y me sobro para ese trabajo –le advierto–. Por no hablar de que eres un *prisionero* en esta casa.

–Drake –dice, con una calma que tiene que ser solo una máscara. No me creo que esté pronunciando mi nombre después de veintidós años–. ¿Conoces a ese hombre? ¿Lo has visto de frente y has sentido su poder?

¿Que si lo he visto? Sí. Sus ojos me atravesaron y parecieron reírse de mi desafío. No, no fue él el que me tiró en aquella oscura celda, pero quiso verme antes de que sucediese. Se regodeó en la triste desaparición de Inair. Me mostró el cadáver de mi padrastro. Me dijo que mi madre estaría cómoda, que había una habitación esperando para ella. Y que Moira estaría a buen recaudo, también. La miro, solo de reojo, porque las palabras de Rayne parecen haberle traído malos recuerdos. Quisiera alcanzar su mano y decirle que todo está bien, pero en lugar de eso, me enfrento al hombre que me habla como si supiera algo de mí.

–Lo he tenido delante de mí. Juraría, de hecho, que ha estado más presente en mi vida que tú.

La mueca que hace es suficiente para que me sienta satisfecho.

–Entonces supongo que no hace falta que te diga que él es un hechicero experimentado, con muchos más años de práctica que tú.

–Me resulta curioso que alguien que me acaba de conocer se atreva a decirme qué soy y qué no soy capaz de hacer.

–Drake...

Inair va a pedirme que lo trate mejor. Que intente escuchar. Me ha contado todo lo que Rayne le ha confesado, sí. Me ha dicho que tenía sus razones. Que mi madre lo echó. Pero ¿cómo voy a creer eso? Hay muchas lagunas en su historia como para aceptarla sin dudar.

–¿Podríais dejarnos solos?

La mayoría de los presentes parecen sorprendidos por mi petición, pero ni uno de ellos protesta. Seaben es el primero en marcharse, dedicándome un asentimiento con el que sé que aprueba mi decisión. Adair y Moira lo siguen. Briah es la única que parece resistirse:

–Pero esto promete...

Shem la arrastra fuera sin dificultad. Inair y Lowell son los últimos en abandonarnos.

La puerta se cierra y las voces de mis amigos apenas tardan unos segundos en apagarse.

–Drake –comienza él, tras salir de su estupor inicial.

–No –lo corto–. Escúchame bien, porque no vas a tener muchas más oportunidades de conversar conmigo. Mi hermana me lo ha contado todo, y no me creo ni una palabra, por supuesto. Supongo que es especialmente fácil contar una historia cuando no hay nadie que se defienda de tus acusaciones.

–No lo sé. Quizá deberías preguntárselo a tu madre, ya que tiene más experiencia que yo, por lo que parece.

–No tienes derecho a mencionar a mi madre.

–Ella tampoco tenía derecho a decirte que os había abandonado. Pero ¿sabes? Creo que la mejor forma de que arreglemos esto es preguntándoselo a la cara. Veremos qué nos dice, ¿qué te parece?

Estoy tan furioso que me tiraría sobre él. Su expresión, segura y sonriente, no ayuda. Me gustaría arrancarle la calma a golpes. Me gustaría arrancarle la verdad. Pero me controlo.

–*Yo* se lo preguntaré. Una vez la haya apartado de las garras del Tirano. *Solo*. No arrastraré a nadie conmigo.

Algo en sus ojos cambia. Me mira con detenimiento.

–No quieres que pueda hacer daño a nadie, ¿no? Si mueres, que nadie lo vea. Que no pueda utilizar a nadie en tu contra tampoco. ¿Es eso? –No contesto, pero me estremezco, y él asiente–. Pero ¿qué problema hay en que sea yo tu acompañante? Aviel y yo tenemos cuentas pendientes y, de todas formas, si me ocurre algo a mí, ¿acaso me llorarías?

Sabe que no puedo responder a eso. Que si le digo que incluso su muerte sería un cargo sobre mi conciencia, se demostrará que no me es tan indiferente como quiero hacerle creer. Como quiero hacerme creer.

Me llamo estúpido para mis adentros pero, en lugar de contestar, pregunto:

–¿Qué asuntos puedes tener tú con Aviel? Cuando te fuiste, debía de ser un don nadie.

–Digamos que tenemos a un par de mujeres en común.

–¿Un par de mujeres? ¿A qué te refieres?

–A que fue un buen amigo de tu madre. Y de Mab, ya que estamos.

Entreabro los labios, sorprendido. ¿Aviel y mi madre se conocían? Debe de ser una broma. Jamás lo vi con él. Jamás supe que existía, de hecho, hasta la noche en la que se hizo con el control del palacio. ¿No me estará mintiendo? Mi madre no se relacionaría con alguien así. Y con respecto a lo de Mab… Vuelvo a evaluar a Rayne. No entiendo qué pudo ver la reina en él. No creo entender por qué esa mujer se acercaría, siquiera, a alguien así. ¿Qué valor puede tener? Inair me dijo que había sido un soldado de Lothaire, pero eso no explica nada. Me pregunto si la sedujo como hizo con mi madre, con canciones y notas que arrebataba de tus cuerdas. Me pregunto si le decía cosas hermosas. Si cuando volvió, después de abandonarnos, se la seguía llevando a la cama, como si nosotros hubiéramos sido solo un desliz, un período de olvido entre otros brazos antes de volver con la mujer a la que había jurado servir.

–Mi madre nunca tuvo una conexión con ese hombre hasta que él mató a su esposo y la encerró.

–Tu madre fue lo suficientemente inteligente como para romper esa amistad una vez vio que ese hombre estaba revoloteando alrededor de Mab –me informa–. Como tú dices, cuando yo vivía aquí, Aviel no era nadie: un sencillo mercader con un barco que hacía negocios con Lothaire.

–Astrea nunca volvió a comerciar con Lothaire una vez la guerra comenzó.

Rayne sonríe, con burla. Sus ojos destellan.

–¿De verdad eres tan inocente como para creer que todos los ciudadanos son leales a sus reyes? No todo el mundo puede permitirse ser honorable, y los comerciantes que quieren llenar sus bolsillos de forma rápida y fácil, menos que el resto.

No me parece el más adecuado para hablar de honor o lealtad, pero lo dejo pasar. Al menos, sus cuentos son elaborados.

–Aviel y Hermia eran amigos, y él siempre pasaba a visitarla cuando estaba en la isla. Se sentaban en la sala y le contaba las maravillas del mar y de Lothaire, y los grandes planes de futuro que tenía. Siempre creí que se sentía un poco atraído por ella e intentaba impresionarla, pero no creo que llegara a pasar nada entre ellos.

El hombre calla y yo no digo nada, intentando establecer mis propias hipótesis. De alguna manera, me sorprendo a mí mismo al sentir todo esto como algo lejano, completamente ajeno a mí, cuando en realidad sucedía a mi alrededor, mientras yo estaba en la cuna, ignorante de lo que iba a ocurrir. Quizá Aviel me tomó entre sus brazos en alguna ocasión. Quizá mi madre me llevaba a ver su barco partir o llegar, en el puerto o desde los acantilados.

–Fue así como Mab descubrió que estabas en Astrea –concluyo.

–Quizá Mab ya lo sabía, pero él le dio la confirmación que necesitaba.

–Lo utilizó para meterle ideas a mi madre en la cabeza. ¿Es eso?

Rayne ladea la cabeza. Parece pensar. Parece volver atrás.

–Yo nunca le gusté a Aviel. Y no puedo decir que el sentimiento no fuera recíproco. Mab le dijo cosas sobre mí y él las repitió. Cosas que asustarían a cualquiera. Tu madre, por supuesto, era libre de creer o no hacerlo, como tú ahora. No sé si Hermia se resistió. No sé si simplemente le contaron cosas que ella ya había empezado a pensar por sí misma.

–¿Qué cosas?

–Que yo había estado sirviendo a Mab durante muchos años, por ejemplo. Que habíamos tenido una relación.

Entorno los ojos, decidido a no creer. Decidido a que esas no son suficientes razones para apartar a un padre de su hijo. Incluso si se trata de Mab.

–Ni siquiera en Astrea los aliados de Mab eran bien recibidos, Drake –me dice, como si pudiera leer mis pensamientos–. La guerra no era más popular por aquel entonces de lo que es ahora, pero Astrea prefería callar y mantenerse al margen, porque no quería ver sus bonitas aguas manchadas de sangre.

Hace que parezca malo velar por nuestros propios asuntos. Pero no es cierto que nos mantuviéramos apartados. Ayudábamos a Anderia a nuestra manera, comerciando con ellos y permitiéndoles seguir adelante. El vínculo entre los dos países siempre ha estado ahí. ¿Qué íbamos a hacer, de todos modos, al estar al otro lado del mar? Nos manteníamos apartados, como Nryan ha hecho siempre, y a nadie parecía importarle. Entonces ¿por qué me estoy planteando que podríamos haber hecho más? Que quizá la situación desesperada en la que estamos podría haberse evitado si hubiéramos sido menos egoístas…

–Y dices que te echó –prosigo–. Y tú volviste con el rabo entre las piernas con tu reina y destrozaste la vida de Chryses porque era tu misión.

–No: porque ella sabía de vuestra existencia, y yo quería protegeros. Sabía que si hacía algo que la disgustara, podría volverse contra vosotros.

–No veo que eso fuera impedimento para dejar de servirla en cuanto tuviste oportunidad. Podrías haber vuelto aquí entonces, ¿no se te ocurrió?

Cuando me mira, creo poder ver la herida que se esconde tras sus ojos. O puede que sea solo lo que su historia me está haciendo creer. Sacudo la cabeza y lo aviso así de que no voy a rendirme. No voy a caer en su trampa. Me he permitido hablar con él para demostrarnos a todos que ya he tomado una decisión.

–Ella me quería a mí. Marcharme lejos, donde no me pudiera alcanzar, era la única solución. Os dejaría en paz. Y yo también podría empezar de nuevo. Volvería cuando las cosas se hubieran calmado. Cuando la guerra acabase y ella desapareciese. Yo… No creas que no fue duro, Drake. No creas que me subí a aquel barco, sin saber qué sería de mí, y no pensé en el hijo que dejaba atrás. En que no te vería crecer. En que no podría enseñarte a tocar el laúd que te había dejado…

Sus ojos pasan por encima de mi hombro para posarse en ti. No puedo imaginarme los momentos que habréis compartido. Los secretos. No sé por qué te dejó conmigo, si el cariño que te guarda es tanto.

–¿Puedo…? –pregunta, extendiendo los brazos.

Pero eres mía. No voy a dejar que él te toque. No después de ensuciarse las manos con la sangre de inocentes. No hasta que sepa todo lo que guarda.

Callo, mirándolo con dureza, y él comprende sin palabras que no va a tener la oportunidad de reencontrarse contigo. Deja caer las manos.

–No sé qué más quieres, Drake.

Un padre.

–¿Por qué has vuelto?

–Era hora de volver a casa.

–Y ahora, la verdad: ¿por qué?

Rayne suspira, como si estuviera cansado. Su rostro, sin embargo, no da muestras de todos los años lejos. De todos sus años. ¿Por qué parece ser más joven que mi madre? ¿Por qué no hay canas en su pelo, como las hay en el de ella? A pesar de que parece un hombre de sonrisa fácil, apenas hay arrugas alrededor de sus ojos, y solo una línea, cuando sonríe, cerca de la comisura de sus labios. ¿Es por su sangre, supuestamente feérica?

¿Quién es este hombre?

–Al otro lado del mar no llegan muchas noticias de lo que pasa aquí y, cuando lo hacen, suele ser muy tarde. Me enteré de que Aviel se había hecho con el poder y de que la reina, Hermia de Astrea, estaba prisionera. Puedes imaginar mi sorpresa: ni siquiera sabía que se había casado. ¡Y con un rey, además! –Sacude la cabeza–. Decidí volver. *Decidimos* volver: Hayes me ha acompañado todo este tiempo. Ninguno de los dos imaginaba volver a casa sin el otro.

–Si te echó, ¿por qué querrías ayudar a mi madre?

–Porque no la odio por ello, y porque es *tu* madre, Drake. Pensé que cabía la posibilidad de que estuvieras preso también. Supongo que tenía la esperanza de encontrarte.

–¿De que hiciera como si nada hubiera pasado, Rayne?

Su nombre suena duro en mis labios, y veo cómo se remueve, incómodo.

–Sí… Supongo.

–¿Y no se te ocurrió pensar que te odiaría? ¿Que estaría harto de tu sombra? ¿De tu ausencia? Hasta yo sé que las cosas en el mundo real no son tan fáciles. –Aprieto los dientes–. Eres un desconocido para mí. Un extraño que ha aparecido de la nada. No sabes nada de mi vida. No sabes quién soy, qué he hecho o qué he sufrido. ¿Sabías que estuve encerrado en las mazmorras del castillo, solo, a oscuras, hasta que creí volverme loco? –Miro en su rostro, pero no encuentro nada. Está tan vacío de emoción que solo se me ocurre que tiene que ser otro más de sus trucos–. Estuve en Lothaire, buscando a Inair, durante mucho tiempo. He mirado a Mab a la cara. Ella misma se metió en mi mente y luego me metió a mí en un barco que me llevaría directamente a las manos de Aviel. Y todo ese tiempo, durante todas esas cosas, me acordaba de ti a ratos, pensando en lo que habría pasado si mi padre se hubiera quedado a mi lado. Si mi madre no se hubiera casado con el rey. Y lo único en lo que podía pensar después era en que no recordaba tu rostro. No recordaba tu voz. No estabas, y era como si no hubieras existido jamás. Eras poco más que un cuento, como las sirenas o los dragones, o cualquier otra criatura que mi madre convocaba para mí antes de ir a dormir.

–Pero ahora estoy aquí…

–Pero ahora ya no te necesito.

Dolor. Pasa fugaz por su expresión, pero no puede ocultarlo.

–Me necesitas si quieres entrar en ese lugar y salir de allí con vida. No puedes enfrentarte a sus guardas y a él a la vez. No puedes ganarle, sobre todo si Mab está allí, como dice el príncipe de Lothaire.

–¿Y crees que tú puedes vencerla? ¿Tú, que huiste a donde no pudiera alcanzarte?

–Si hay alguien que pueda plantarle cara, que pueda suponer un verdadero problema para ella y su mente, ese soy yo. Además, ¿qué pierdes? ¿Acaso me temes? –Me dispongo a negarlo, pero él sacude la cabeza–. Está bien, Drake: no te pediré que me aceptes como tu padre. Pero, al menos, mírame a los ojos y dime que no crees ni una palabra de lo que te he contado. Dime que me marche y, si eso es lo que quieres, lo haré. De Astrea. De tu vida. Y será para siempre.

Como pide, lo miro. La sonrisa ya no está en sus labios. Como pide, abro la boca. Solo una palabra. No necesitaría más.

Vete.

Márchate.

Déjame.

Pero la lengua me pesa y las palabras no salen. Se quedan atascadas en la garganta. Demasiado pesadas, caen en mi estómago, que se encoge al recibirlas. No puedo. Tengo dudas. Aunque su historia es inverosímil, todo cuadra demasiado bien. Me siento confuso. ¿Realmente ha mentido mi madre? ¿Durante todos estos años?

–Nunca seremos una familia –murmuro, y me miro los pies.

–Lo sé, pero no aspiro a tanto. Me basta con saber que no me odias.

Me fastidia esa seguridad en sí mismo, como si me conociera mejor que yo.

–Pareces muy seguro.

Para entonces ya tiene la mano en el pomo de la puerta. Lo gira, con un chasquido de la cerradura, y mira por encima de su hombro.

–Si me odiases, no habrías cuidado tan bien de mi laúd, Drake.

Siento que me ruborizo. Él sale, con un gesto de su mano a modo de despedida, y me deja plantado en medio del cuarto, sin poder responder. Me giro hacia la ventana y te descuelgo de mi espalda, acunándote entre mis brazos. Me intento convencer de que no te he cuidado por él, pero lo cierto es que tiene algo de razón: te he tratado como una amiga todo este tiempo porque quería demostrarle que era mejor que él. Que no te abandonaría. Que estabas mejor conmigo de lo que nunca estuviste a su lado.

Tanteo tus cuerdas y una melodía de unas pocas notas envuelve la habitación. Suspiro y presiono mis labios contra la madera de tu mástil. Cierro los ojos a la noche que ha caído sobre la ciudad subterránea.

Todo sería mucho más fácil si simplemente me dedicase a odiarlo.

Eirene

Empiezo a sentirme frustrada. Todo el mundo se ha reunido abajo para decidir el futuro de los subterráneos, para saber qué hacer y cómo defenderse cuando llegue el momento, pero a mí no me dejan moverme de esta maldita cama. A pesar de que ya me encuentro bastante mejor, Seaben parece resuelto a no permitirme poner un pie fuera de la habitación. Supongo que yo también fui igual de insufrible con él cuando estaba enfermo, pero el príncipe apenas podía caminar por sí solo, así que no sé si es lo mismo.

Resoplo, mirando al techo. Quiero sentirme útil. Quiero salir fuera y volver a coger mi arco y practicar con él, porque sé que me será más fácil ayudar desde lo alto de los edificios a la hora de la batalla que a pie de la misma. No soy estúpida, sé que en un enfrentamiento cuerpo a cuerpo todavía no tengo mucho que hacer contra guerreros experimentados. En cambio, con la distancia y la visibilidad que me otorga el arco, puedo ser de verdadera ayuda. Aún nadie de aquí ha conseguido ganarme en puntería.

Me obligo a pensar dónde me situaré si atacan los subterráneos y me repito varias veces que tendré que matar.

Matar.

La palabra sigue siendo extraña, aunque el hecho de poder acostumbrarme a ello es lo que más horrible me parece. En una batalla serán los enemigos o los amigos. Ellos o yo. Y aunque todavía pienso en las consecuencias de acabar con una vida, he estado muy cerca de perder la mía como para volver a arriesgarme. Seaben tenía razón: un segundo de duda puede ser tu perdición.

Un par de golpes en la puerta me arrancan de mis pensamientos. Alzo la vista, esperando que sea mi esposo y me ponga al día de lo que se haya dicho en la reunión astrense.

No me espero a la persona que se asoma. O quizá sea más acertado decir que no me espero ver a esa persona tan… adulta.

Me incorporo de sopetón.

–¿Sylvana?

La voz me sale más alta de lo normal. Mi criada está ahí, sí, pero no es la niña de siempre, sino que es la muchacha que he visto solo en noches de luna llena. Casi lanzo un vistazo ansioso hacia la ventana, esperando ver que tras el atardecer aparece el astro redondo y completo, aunque sé que aún queda una semana para eso. Llevo la cuenta, a la espera de que el hechizo de Seaben se rompa en ese momento, sea lo que sea.

Vuelvo a mirar a mi aya, incrédula. Ella parece avergonzada mientras se acerca a mí.

–Pareces sorprendida.

–¡Lo estoy! –exclamo. Lleva siendo una niña durante los catorce años que la he conocido. No puedo entender lo que ha pasado hasta que otra información se ilumina en mi cabeza. Solo una cosa ha cambiado en estos días: la llegada de Rayne y Hayes. Y ella conoció al padre de Drake. Balbuceo–: ¿Rayne? ¿Rayne fue el que te hechizó? ¿El padre de Drake fue quien te lanzó el hechizo?

Sylvana parece muy divertida con mi deducción. Ahora me siento todavía más niña en su presencia cuando me arregla unos mechones cortos y me obliga a volver a tumbarme.

–No. Aunque ha sido él quien lo ha roto.

–Nadie podía retirar tu…

Su mirada, algo avergonzada, es suficiente para hacerme callar.

–¿Tú y él...?

Ella carraspea.

–Es una larga historia. ¿Quieres que te la explique?

–¿Ahora vas a ser la madrastra de Drake?

Sylvana enrojece.

–¡Por todas las estrellas, no!

Me río un poco, aunque me cuesta asimilar la situación y verla en esta forma sin ser de noche, con las últimas luces del día iluminándola y lanzando sombras sobre su rostro adulto. Me tapo un poco más con las sábanas y hago un gesto de invitación.

–Adelante. Siempre me gustaron tus cuentos. Este parece que va a ser interesante.

Cuando Sylvana termina de hablar, en mi cabeza queda flotando un montón de información que me parece salida de un cuento demasiado cruel como para considerarla real. Pero Sylvana está aquí, ante mí, convertida de nuevo en una muchacha, en vez de la niña que siempre ha sido a mis ojos. Eso implica que su historia de amor con Rayne ha sido real. Los dioses y las estrellas existen.

Me siento un poco mareada. Siempre he creído en las estrellas, pero como algo difuso, como algo en lo que creer cuando ya no crees en nada más. Eran entes lejanos, presentes solo en el cielo, no seres terrenales. Y desde luego, nunca había dudado de su bondad, pero esa tal Polaris fue capaz de separar a una pareja de enamorados solo porque pertenecían a razas que ella creía contrarias. El amor no entiende de esas cosas, pero ella quiso que el amor de dos personas se ajustara a sus propias ideas.

–¿Qué pasa con Drake? –susurro, mirándola–. ¿Drake también es... un *dios*?

–Lo desconocemos. Su sangre está muy diluida: Rayne ni siquiera es un dios completo, como te he dicho, por lo que, aunque haya sangre de dioses en Drake, lo cierto es que no tiene por qué tener nada de su poder. En todo caso, prométeme que no le dirás nada de esto. Rayne teme decirle lo que es, porque cree que si Drake lo descubre hará exactamente lo mismo que hizo él: ir en busca de respuestas. Querrá conocer a sus antepasados, y los dioses no son gente con la que sea agradable tratar. Prefiere mantenerlo a salvo de eso.

Dudo. Creo que Drake tiene derecho a conocer sus orígenes, pero también que no me corresponde a mí contárselos. Rayne es su padre y solo él sabe lo que hay al otro lado de las montañas.

Niego con la cabeza. De momento, lo dejaré estar.

–Pero esto no explica tu hechizo: no me has contado cómo y cuándo te lo echaron, ni qué pasó después de que Rayne te dejase. ¿Qué hay de todo eso?

–Eres una impaciente –me recrimina Sylvana–. Lo cierto es, Eirene, que mi hechizo tiene más que ver contigo de lo que imaginas.

Parpadeo, incrédula.

–Eso es imposible. Cuando te conocí ya eras una niña.

–Tiene que ver contigo, pero tú y yo aún no nos conocíamos. No, al menos, en persona.

Callo, porque sé que ella puede ver la incomprensión en mis ojos. Sylvana tampoco habla: aparta la mirada, incómoda, y eso me llena de inquietud.

Al final, no obstante, encuentra el valor o las frases idóneas para comenzar su relato.

–Cuando Rayne desapareció de mi vida, las estrellas me acogieron como a una más y me dieron una familia. A mi alrededor tenía todo el conocimiento del universo, así que vivía feliz averiguando todo lo que desconocía, incluso del mundo más allá de Faesia. Creemos que el espacio que habitamos, los cinco reinos, es inmenso, pero en realidad es solo una mota de polvo en comparación con lo que hay más allá: reinos bajo las aguas, imperios levantados de la nada, ciudades de arena, países en los que se estudia magia mucho más poderosa que la que conocemos en Astrea, escuelas de nigromancia, templos magníficos que adoran a otros dioses, países en guerra durante milenios y bosques en los que se esconden todos los terrores imaginables... Descubrí que este mundo era un lugar bello y peligroso, en el que hay poderes muy superiores a nosotros.

Contengo la respiración. A mí también me gustaría ver todo eso. Me gustaría ver el mundo en toda su extensión, aunque fuese solo como lo ha observado ella, sin formar parte de él, pero pudiendo echar vistazos indiscretos.

–En Celestia nunca pasaba nada: vivíamos una paz perpetua, dedicados al estudio y a la vigilia, y escuchando las plegarias de aquellos que creían en nosotros, pero muchas veces sin poder hacer nada por ellos. Hubo un tiempo en que las estrellas realmente cumplían deseos: cuando no vivían encerradas en la noche, descendían entre los mortales cuando estos pronunciaban sus anhelos más profundos y los hacían realidad. Pero cuando perdieron la batalla contra los dioses y se las condenó para siempre, presentarse ante un mortal para ayudarlo era algo que ponía en peligro la propia existencia. Solo las más rápidas, las fugaces, pueden hacerlo, y ni siquiera muchas de ellas se atreven: podrían no volver a tiempo al hogar antes de que amanezca, y morir en el intento.

»Un día, sin embargo, llegó a Celestia una plegaria que llamó la atención de muchas de nosotras. Desesperado, un rey que acababa de perder a su mujer en el parto pedía ayuda para sus hijos, que habían nacido demasiado débiles para ver más de un día en su llegada al mundo. El rey se quedaría solo y sin nada, y peor incluso que eso, su reino no contaría con una línea sucesoria. Polaris, que siempre ha sido una de las estrellas más rápidas y más inteligentes, sintió pena por el hombre, pero además consideró que ayudarlo podría servirnos a nosotras.

–¿Serviros? ¿Cómo?

–Los pequeños eran un niño y una niña, y Polaris supo que el niño había nacido con el poder de predecir el futuro. Al contrario de lo que la gente cree, nosotras no podemos hacerlo: vemos todo lo que ha pasado en el mundo desde sus inicios, todo lo creado y destruido, pero no podemos saber qué pasará. El futuro es un conocimiento que se nos escapa. Hay un libro, como cuentan las leyendas, pero en él solo se escriben las decisiones de todos los que habitamos este mundo, los planes de futuro, los sueños: a partir de eso, el libro calcula los posibles finales y cuenta el más probable. Un pequeño cambio y todo se transforma; un momento de duda y los futuros se convierten en infinitos. A nosotras, sin embargo, nos está prohibido tocar ese libro o cambiar una sola de las acciones que ahí se narran: somos observadoras, no intervenimos. De hecho, hay pocas estrellas que tengan acceso a esa información: solo las más antiguas, las más fuertes, pueden consultar el libro y tienen poder sobre él.

»Pero la gente como Inair de Astrea o aquel niño pueden ver lo inevitable, aquello de lo que no se puede escapar. Para personas ávidas siempre de saber, alguien así era demasiado interesante. De modo que Polaris se apareció ante el rey e hizo un trato con él: la niña sería su heredera y las estrellas nos quedaríamos con el niño. Viviría con nosotras, en nuestra ciudad, para siempre. Con dolor por tener que separarse de uno de sus hijos, pero decidido a salvarlos a ambos, el desesperado rey aceptó, y esa misma noche, antes de que el sol apareciera, Polaris llegó a Celestia con el bebé, que ni siquiera había sido bautizado. Lo llamamos Lesath y, pese a lo diferente que era a todas nosotras, se convirtió en uno más.

Ladeo la cabeza, curiosa.

–¿Quién era el rey? ¿Era de alguno de los reinos conocidos?

Sylvana coge aire.

–Tú nunca llegaste a conocerlo pero… era tu abuelo: Erlantz de Nryan.

Doy un respingo, sorprendida. La confesión se cuela en mi mente con lentitud.

–Eso es imposible. Mi madre fue hija única. Jamás tuvo hermanos.

–Ocultaron el nacimiento de ese hijo: ni siquiera tu madre supo nunca que Lesath había nacido con ella. Dudo, incluso, que tu propia abuela lo supiera: solo se esperaba a uno y nacieron dos, lo que acabó con ella y provocó que ambos bebés nacieran tan débiles. De hecho, habían preparado un colgante para el nacimiento… y el rey, antes de despedirse de su hijo, lo rompió y dio una mitad de la joya a cada pequeño.

Mis dedos corren a mi cuello, donde siempre reposa la cadena que mi madre me regaló, con la estrella partida. Observo el collar y siento que la información me marea, pero cierro los ojos e intento asimilarlo todo. De pronto, me siento un poco decepcionada: si tengo un tío cuya existencia desconocía, ¿por qué nunca me lo contó?

–¿Qué pasó después? Esto sigue sin explicar tu hechizo.

–Después pasaron muchos años. Lesath creció con nosotras. Conmigo, de hecho, que lo cuidé como si fuera mi propio hijo. –Reconozco algo de pena en sus ojos al mencionar a mi tío. Quizá lo eche de menos–. Él, por supuesto, siempre supo quién era su familia: a menudo tenía visiones de la vida de Áine, vistazos pequeños, y muchas veces pedía a Polaris que le contase cosas que veía en el libro sobre ella. Quería a tu madre muchísimo, incluso cuando nunca la había conocido y ella no sabía siquiera de su existencia. También te quiso a ti, cuando naciste…

Trato de imaginar a esa persona de la que Sylvana habla. ¿Se parece a mi madre? ¿Comparten rasgos? ¿Es amable y dulce, como mi madre, o más bien distante, como los elfos de Veridian?

–Y un día, lo vio.

El tono de Sylvana me alarma porque suena demasiado definitivo, demasiado amargo.

–¿Qué vio?

–Cómo tu madre moría.

Trago saliva, intentando no recordar el rostro consumido de mi madre los días previos a su fallecimiento, o incluso las imágenes que Mab coló en mi cabeza tras apuñalarme.

–Tú lo sabías.

Sylvana se tensa, consciente de a qué me refiero, y el desengaño se hace más fuerte.

–Tú sabías que mi madre fue asesinada, que no fue una enfermedad. Lo sabías, ¿verdad? Lesath lo vio.

Ella aparta la vista, mordiéndose el labio. Eso me duele.

–¡¡Lo sabías y jamás me lo dijiste!!

–No quería que sufrieras... Tu madre no iba a volver, qué importaba cómo hubiese muerto...

–¡LA MATARON! –estallo, incapaz de creer lo que acabo de escuchar de boca de la que siempre he considerado mi segunda madre–. ¡Habría pedido justicia! ¡Habría vuelto a Nryan antes! ¡Si lo hubiera sabido, jamás habría permitido que Ibran gobernase durante tantos años!

Sylvana cierra los ojos, encarando los golpes con serenidad. Se los esperaba. Quizá por eso no me ha dicho nada hasta que ha sido inevitable: sabía que cuando descubriese todo, me dolería.

–¿Cómo lo hicieron? –inquiero–. Dime cómo lo hicieron. Tienes que saberlo. Tú tienes que saberlo. Lesath tuvo que ver eso, ¿verdad? Él supo qué pasó.

–Eirene...

–¡¡Dime cómo!! –grito, fuera de mí. Sé que no estoy siendo justa con ella, que en el fondo no se merece el trato que le estoy dando, pero necesito saberlo. No tiene derecho a ocultármelo.

–La envenenaron –responde Sylvana–. Utilizaron tu nacimiento para empezar a debilitarla. Fue su excusa: su madre había muerto por un parto, así que nadie sospecharía que ella también cayese enferma justo después de dar a luz. Lo hicieron muy poco a poco, para que el pueblo no la perdiese de un día para otro, para que nadie pudiese sospechar, ni siquiera ella misma... Hasta que un día, su cuerpo no pudo más.

Aprieto los dientes, sintiendo las lágrimas de rabia agolpándose en mis ojos. En silencio, juro que pienso darle a Ibran lo mismo que él le dio a mi madre: veneno. Lo mataré igual que él acabó con ella, aunque no dejaré que sea lento, por más que desee verlo sufrir. Será rápido y letal. Veré la angustia en sus ojos, el ahogo, y después, su cuerpo en el suelo.

–Eirene, si no te lo dije...

–Continúa –replico, cortándola. No quiero oír sus excusas.

Sylv parece herida, pero obedece:

–Lesath me contó lo que había visto y quisimos evitarlo. Cuando Polaris acogió a Lesath, prometió a tu abuelo protección para Áine y para toda su familia, así que le reclamamos que no podía dejarle morir: era joven, y la suya era una muerte injusta. Pero Polaris no nos escuchó: «No hay nada que nosotros podamos hacer», nos dijo. Lesath se hundió y yo quise ayudarle. Quería hacerle feliz. Y tuve la idea que me condenó.

La miro, sintiendo que el enfado se diluye dentro de mí. ¿Intentó ayudar a mi madre?

–Quise creer que había una opción, aunque Polaris no quisiera tomarla, aunque estuviese terminantemente prohibida, para mí o para cualquier estrella... El libro. Así que me colé en el edificio en el que se guardaba, dispuesta a reescribir cualquier cosa en la vida de tu madre para que pudiese escapar del destino que le esperaba. Pero antes de que pudiera siquiera abrir el libro, me descubrieron. Polaris me encontró y enfureció. Me dijo que había intentado actuar por encima de mis posibilidades, que había creído que el futuro era un juguete. «Si tanto te gusta jugar, como a los niños, eso es en lo que te convertirás, desde ahora y para siempre». Cambió mi cuerpo y me arrebató todos mis poderes, para asegurarse de que nunca más volvía a utilizar magia superior a la que podía manejar. Después, me echó de la ciudad.

Toda la ira, todo el desengaño, se esfuman de repente ante la revelación. Sylvana no se atreve a mirarme todavía, culpable, pero yo no puedo dejar de observarla con incredulidad. Se arriesgó por mi madre. La castigaron por intentar ayudarla. Por intentar cambiar las cosas.

Ni siquiera soy capaz de decir nada, pero no hace falta, porque ella sigue hablando:

–Lesath, en su visión, había visto también cómo te mandarían a Veridian, así que... –Sylvana se encoge de hombros–. Sabía adónde debía ir. Me prometí que si no había podido salvar a tu madre, al menos podría intentar salvarte a ti. Protegerte. Eras la única familia que le quedaba, y lo único que hacía que no todo lo que había hecho fuera inútil y...

Una exclamación rompe su discurso cuando me lanzo a sus brazos.

La estrecho entre los míos, fuerte, y Sylvana se queda muy quieta, sin saber cómo reaccionar. Toda su vida, todo lo que ha hecho, ha sido por mí. Por mi familia. Sabía que siempre había sido mi protectora, pero no podría haber imaginado nunca todo lo que había detrás. Todo lo que se ha sacrificado, aunque nunca habría tenido por qué…

Finalmente, Sylv me abraza en respuesta. Siento su voz quebrándose.

–Lo siento. Siento no habértelo contado antes. Pensaba que si lo hacía te estaría poniendo en peligro. Pensé que si mantenía en secreto todo lo que había pasado, todo lo que sabía, tú jamás te pondrías en peligro, e Ibran no podría tocarte. Y ayer, cuando te vi, pálida, llena de sangre… Pensé que había fallado, Eirene.

–Gracias…

Es lo único que puedo decir. Ha velado siempre por mí. Ha sido mi estrella, la que en las sombras siempre se ha preocupado por mi seguridad, por mi felicidad.

Me abrazo más a ella, sintiendo que, después de la tormenta, la rabia y el odio solo dejan tras de sí tristeza por haberla juzgado antes de que tuviese tiempo de explicarse.

–Siento haberte hablado así. Yo… yo… –A mí también se me quiebra la voz–. Gracias por todo lo que has hecho, incluso sin que yo lo supiera. Por protegerme; por proteger a mi madre, incluso. Gracias por intentar salvarla. Gracias por estar a mi lado, Sylv.

Un sollozo escapa de los labios de Sylvana.

–Siempre, mi niña. Siempre…

Seaben

Cuando despierto, la cama está vacía y el miedo me obliga a abrir los ojos con un tirón doloroso en el estómago. Apenas tardo un segundo en incorporarme, alarmado, pero me relajo al encontrar la silueta de Eirene quieta delante de la ventana. Con cuidado, sin más sonido que el de las sábanas deslizándose contra mi propia ropa, salgo de la cama y me acerco a ella. No me oye, o quizá me ignora, porque en ningún momento se da la vuelta. Al final, cuando deslizo mis brazos sobre su cuerpo, mi esposa da un respingo, despertando de algún sueño. Beso su sien. Su cuerpo se amolda al mío cuando se recuesta contra mí.

–¿Cómo te encuentras?

Sus manos me acarician los brazos por encima de la camisa. Sus dedos están fríos, y me pregunto cuánto tiempo llevará aquí de pie. Sigo su mirada al exterior, pero no veo ninguna anomalía que pudiera acaparar así su atención: la ciudad lleva algún tiempo ya despierta. La gente recorre las calles como en cualquier otro lugar y, bajo la iluminación artificial, si no mirase al alto techo de la cueva, quizá podría creerme que estamos en el exterior.

–Bien…

–Entonces ¿qué ocurre?

La muchacha entre mis brazos deja escapar un suspiro.

–Me desperté. He tenido un mal sueño.

–¿Quieres contármelo?

–Solo era un sueño.

Sin romper el abrazo, se gira. Su boca busca la mía y la encuentra en un gesto tan natural que parece que nunca hayan existido las dudas ni la incomodidad. Cuando nos separamos, cuando ella se cobija contra mi cuerpo, pero vuelve la cara para seguir observando el exterior de la casa, su voz no es más que un susurro:

–Me pregunto cuándo llegará el caos.

De pronto, sus temores se muestran más claros que nunca. Entiendo qué tipo de pesadilla ha podido perturbarla y su súbito interés por las calles que se extienden en este rincón apartado de Astrea. Y aunque quisiera decirle que no se preocupe, asegurarle que todo saldrá bien, ni siquiera yo encuentro las fuerzas para mentirme a mí mismo. Estamos en una situación complicada y de nada servirá endulzar las posibilidades.

–No tenemos mucho tiempo, pero Aviel sigue teniendo que movilizar un ejército para poder atacar, así que es probable que todavía dispongamos de algunos días. –En el exterior, varias personas hablan en la plaza mientras se acercan a recoger agua en cántaros–. Están trabajando duro para poder defenderse y contraatacar. Tienen fe y muchas ganas de volver a sus casas de verdad, y eso es más efectivo que el miedo.

Eirene coge aire y, como si no pudiese soportar más la vista del exterior, baja los ojos.

–Sé que no podría haberlo evitado. Sé que Mab es poderosa y mi mente nunca habría estado a salvo de ella, pero eso no me hace sentir mejor. Ni siquiera pude presentar batalla. Yo…

Acallo sus quejas al tomarla de la mano y la conduzco hasta la cama, donde la acomodo a mi lado. Recuerdo las veces en las que nos sentábamos juntos en nuestro cuarto de Lothaire, o en la biblioteca, y hablábamos o jugábamos.

–Culparse raramente ofrece algo, excepto una oportunidad para deprimirnos. –La obligo a alzar la barbilla–. Lo que necesitas es aprender a protegerte. La lucha que Lowell o Briah te han enseñado está muy bien, pero hasta el mejor guerrero puede sucumbir por un simple ataque a su cabeza.

Eirene entorna los ojos. Ya he pensado varias veces en lo fácil que sería para Mab aplastar su mente. Ni siquiera yo pude evitar rendirme ante ella. Durante todo el día de ayer, de hecho, perdí la cuenta de las veces en las que me planteé lo que hubiera ocurrido si me hubieran dejado a merced de la reina solo un poco más. ¿Habría borrado de mi mente a mi esposa para siempre? ¿Me habría obligado a arrodillarme y jurarle lealtad? ¿Habría cogido mi mano, después de romperme como a un juguete viejo, y me habría llevado de vuelta a Lothaire, para luchar de nuevo bajo su bandera?

–Me gustaría aprender. –La voz de mi esposa y su mirada curiosa me sacan de mi ensimismamiento–. ¿Podrías enseñarme tú?

–Creo que me pondría un poco celoso que alguien más lo hiciera.

Supongo que bromeo, que ya he entendido que los celos no me han proporcionado nada bueno en este tiempo y que han sido estúpidos y egoístas. Pero Eirene, en contra de lo esperado, en vez de ruborizarse o burlarse de mí, me mira con confusión.

–¿Qué? ¿Por qué?

Me sorprende tanto por su inocencia como por su ignorancia. Siempre he pensado que en Veridian enseñarían al menos algo de magia a la sobrina de los reyes, pero me doy cuenta de que, en realidad, nunca he visto a Eirene hacer ni un solo encantamiento. Incluso la poción que utilizó para dormirme en Lothaire debió de ser una creación de Sylvana, no suya.

–¿No sabes nada sobre vínculos entre mentes?

Ella se limita a encogerse de hombros. Creo que es un gesto que evidencia que nunca le había interesado el tema, hasta ahora.

–Algunas personas crean vínculos mentales, que les permiten comunicarse sin palabras –le explico–. Es un acceso rápido a los pensamientos de la otra persona, si esta no te bloquea conscientemente.

Es un compromiso, un gesto de confianza ciega. Es más fácil y agota menos que estar todo el tiempo entrando y saliendo de la mente del otro, como hace Chryses cuando habla con nosotros. Si alguien quisiese enseñarte a defenderte, lo más lógico y sencillo es que estableciera ese vínculo. A cambio, se vuelve una parte de ti.

Eirene asiente, comprendiendo lo que digo. O quizá no tanto, porque responde demasiado rápido:

–Bueno, ¿qué tenemos que hacer?

No puedo disimular mi sorpresa.

–¿No te lo vas a pensar? Es algo bastante... íntimo. Una vez hecho...

–Seaben. –Mi nombre en sus labios me acalla. Alza la unión de nuestras manos–. Estoy cansada de dudar. Estoy harta de perder el tiempo. ¿Acaso necesitas *tú* pensarlo?

–No, pero...

–Entonces, yo tampoco. –Se le escapa una sonrisa, y me entran ganas de reír con ella. De llamarme estúpido. Es cierto, ya no vamos a volver a preguntarnos si esto es lo que debemos hacer. Lo correcto es lo que ambos deseemos–. Solo necesito saber que hará que estemos más cerca. Y que es un compromiso real. Solo entre tú y yo. Sin obligaciones, ni suplantaciones. Un compromiso basado en la confianza.

Sus ojos rosados están tan fijos sobre los míos que soy incapaz de apartar la mirada: ha logrado que lo que vamos a hacer gane más simbolismo. Más que nuestra boda, que la cinta alrededor de mi muñeca o la capa roja abandonada en un rincón. Me inclino sobre ella. Su respiración se entorpece un momento y nuestros alientos se mezclan.

–Entonces, Eirene de Nryan, ¿querrás compartir conmigo tus sueños y pensamientos, tus palabras y tus silencios, hasta el final de nuestros días?

Ella ríe. Sus manos rozan mis mejillas.

–Sí, quiero.

Sus labios llegan al encuentro de los míos. Suaves, cálidos. Una presión en la que mi corazón tropieza y pierde un paso, antes de empezar a latir rápidamente. La abrazo por la cintura y la atraigo hacia mí, disfrutando de la sensación de su cuerpo contra el mío.

Y entonces, el grito.

Nos sobresaltamos y nos encontramos separados antes de que nos podamos dar ni cuenta. Nos miramos un instante, paralizados, pero pronto ambos parecemos comprender que algo malo está pasando en el piso de abajo. Se escuchan pasos a la carrera y un revuelo imposible de ignorar. Sin pensarlo dos veces, me levanto.

–Quédate aquí.

Cojo mi espada y me dirijo hacia la puerta, descalzo, pero antes de que pueda abrirla y salir, sus dedos ya están entrelazados con los míos.

–No –me dice–. Juntos, ¿recuerdas?

Aunque no me siento del todo cómodo, asiento. Las voces nos guían hasta la sala de estar. Cuando llegamos solo queda silencio. Moira, Adair, Shem y Briah ya están aquí, más rápidos que nosotros, y, al ver que nos acercamos, nos dejan pasar.

Inair está sentada en el suelo, blanca como la cera, temblando. Lowell la sujeta contra su cuerpo. La abraza, frotando sus brazos en un intento de darle calor. Recuerdo vagamente el mismo gesto de terror en el rostro de la princesa el día en el que escapamos de la torre y tuvo la visión en la que Lowell era atacado.

Ha visto el futuro.

Antes de que pueda comprender lo que eso significa, Drake pasa por nuestro lado. Al ver a su hermana en el suelo, deja escapar una exclamación y se acerca, acuclillándose. Toma una de sus manos, pero ni siquiera él parece poder hacer la pregunta en la que todos estamos pensando. Solo es capaz de decir su nombre, en un susurro, hasta que ella parece reconocerlo. El color empieza a volver a su rostro, pero aún parece como si se fuera a romper de un momento a otro.

–Inair, ¿qué has visto?

Es Eirene la que nos saca del estupor en el que nos habíamos sumido. A mi lado, Moira coge aire audiblemente. Teme la respuesta. Yo, por mi parte, la sospecho cuando a la princesa se le anegan los ojos de lágrimas, aunque no llegan a deslizarse por su rostro.

–Llegarán esta noche.

Hay un estremecimiento general.

–¿Hoy? –susurra Drake.

–Cuando la luna esté en lo más alto –confirma Inair. Con la desesperación reflejada en su rostro, dirige su atención hacia nosotros–. Esperan que todos estemos dormidos.

Lowell y Drake ayudan a la muchacha a levantarse del suelo. El caballero, Briah y Adair se miran, como si compartieran un secreto. Ellos son los líderes de la revolución, supongo, y los que tendrán que dirigir a los ciudadanos. Es una mirada oscura, llena de decisión, pero también de pensamientos negros.

–¿Por dónde atacarán, Inair?

–Por donde esperábamos, pero son muchos. No sé cómo lo ha hecho para reunirlos con tanta rapidez, pero... –Cierra los ojos y su tono se vuelve una súplica–. Tenemos que salvar la ciudad.

–Lo haremos –promete su caballero en un hilo de voz. Sus labios se posan sobre su frente, antes de separarse. Moira acude a ayudar a su prima a sostenerse, bajo la atenta mirada de mi amigo–. Juntad a los niños y a los ancianos y llevadlos al refugio. Inair se resguardará con vosotros. Drake, prepara lo que debas. –Siento un movimiento detrás de mí y veo a Rayne, junto con esa Sylvana adulta a la que no me acostumbro–. Espero que no os importen las prisas.

–Improvisaremos –ríe el pelirrojo–. Es una de nuestras habilidades.

–¿*Nuestras*? –repite Drake.

–¿No he mencionado que Sylv también viene?

El trovador ni siquiera se molesta en protestar, aunque hace una mueca, echando un vistazo a Sylvana, quien no se inmuta. Eirene me ha contado la relación que guardan el padre de Drake y su criada, y por el gesto del hechicero él también debe de haberse enterado. Es mi esposa, precisamente, la que parece preocupada.

–No, Sylv. Tú no.

Pero su amiga sonríe, segura de sí misma.

–Te sorprendería lo que puedo hacer, ahora que he recuperado mi cuerpo y mis poderes, mi niña.

Eso acalla a Eirene por completo. Sé que se debate entre las imágenes de todo el peligro que puede correr su compañera y la fe en ella.

–Hay que agrupar a los nuestros para atacar –apunta Briah, llevándose la mano al cinturón de su espada.

–Os ayudaré –se ofrece Eirene.

Sé que no puedo seguir reteniéndola. Luchará, lo quiera yo o no, y sus flechas serán tan mortíferas como cualquiera de nuestras espadas. Lo hablamos anoche y hoy soy consciente de que ni siquiera el hecho de que no está del todo recuperada funcionará como una excusa para apartarla de la refriega. Al menos, confío en que vaya a estar a buen recaudo en la distancia, con su arco y su agilidad.

La idea de volver a perderla me atormenta, pero no me permito pensarlo.

Inair parece mirarlas con envidia, pero sabe que sería un desastre que la atrapasen de nuevo. Así pues, Moira se la lleva sin que ella pueda protestar. Pasan por nuestro lado, sin decir una palabra, y pronto escucho la puerta de la entrada abrirse.

Lowell nos mira a todos y asiente. Cada uno tiene su misión. Cada uno tiene sus miedos y esperanzas. Incluso los que ni siquiera somos astrenses, tenemos claras nuestras lealtades.

–Que ataquen –nos dice, con la seriedad de quien ha visto a la Muerte reflejada en el arma de su enemigo más de una vez. ¿Será esta nuestra última batalla juntos? Después, yo me marcharé y él se quedará aquí, junto a su princesa. Eso, si sobrevivimos–. Los estaremos esperando.

Eirene

El día pasa mucho más rápido de lo que todos habríamos deseado. La ciudad se convierte en caos antes incluso de que llegue el ataque: se llena de gente que teme por sus vidas, que ya vio el horror de un ataque hace dos años, cuando tuvieron que renunciar a su hogar para siempre; gente inocente, con familia, que tiene miedo de volver a perderlo todo por segunda vez. Pero a pesar de la angustia, los subterráneos pronto bullen de actividad: hay hombres y mujeres valientes, que lanzan hechizos al aire y luchan con espadas con la poca o mucha destreza que tienen.

Pronto, incluso más fuerte que el terror, el lugar se llena del deseo de luchar por aquello con lo que los rebeldes astrenses no han dejado de soñar durante todos los días en los que se les ha privado de la luz del sol: la libertad.

En los rostros de todos los hechiceros descubro la fuerza y la determinación que otorga la desesperanza.

Drake, Rayne y Sylvana parten cuando comienza a atardecer. Todos nos despedimos de ellos y, aunque el dios y la estrella –todavía me resulta extraño pensar que seres así existan y convivan con nosotros– parecen seguros de sí mismos, el trovador está ausente y serio, carente de la sonrisa que siempre lo caracteriza. Como hizo él cuando yo partí hacia el castillo de Astrea, lo abrazo con fuerza y le hago prometer que no le pasará nada. Temo por él. Aunque sé que ya ha visto demasiado horror y está decidido a vengarse de Aviel, me pregunto si estará preparado de verdad. Si será rival para el Tirano o le temblará el pulso.

–Todo saldrá bien –me susurra al oído–. Sobrevive tú también, y mañana todos habremos escrito el mejor cuento que jamás se haya contado.

Se lo juro. Con el corazón en un puño, nos despedimos de la pequeña comitiva que deberá acabar para siempre con el usurpador del trono.

Todo el mundo empieza a ocupar sus puestos: junto a la gruta, un grupo de hechiceros con su magia intentarán hacer retroceder a los asaltantes y lanzarlos por el acantilado; tras ellos, un poco más atrás, aquellos que se defenderán sobre todo con el filo de las espadas, entre los que estarán Briah, Shem, Adair y Lowell. También Seaben se prepara para unírseles, pero antes de apartarse de mi lado coge mi rostro entre sus manos. Durante un momento pienso que intentará disuadirme por última vez, que me dirá que me refugie como han hecho Inair o Moira, o que me hará prometer que estaré bien y que no haré ninguna locura. Sin embargo, cuando clava sus ojos en los míos, solo dice una palabra:

–Juntos.

–Juntos.

Ambos contenemos la respiración antes de besarnos. Sabe a miedo, pero también a valentía. A seguridad. Nos damos fuerzas con ese gesto desesperado y así nos despedimos. Sin más palabras, sin promesas que no sabemos si podremos cumplir. El otro día, al fin y al cabo, había más seguridades que hoy de que todo podría salir bien y estuvimos a punto de perderlo todo.

Me estremezco, sin querer recordar la figura de la Muerte que aún no ha dejado de poblar mis sueños.

A mí también se me ha dado una ubicación: junto con Hayes y un par de hechiceros más, nos situamos en uno de los edificios más cercanos a la gruta de entrada. Cuenta con balcones desde los que podremos disparar, y si fuese necesario, podríamos refugiarnos en la casa. Somos los más protegidos y también los que más ayuda podemos prestar a los que están abajo, en primera línea de batalla. Hay otros edificios en los que hay hechiceros repartidos también, manejando arcos o con magia de mayor distancia.

Lo peor de todo es la espera. La ciudad se llena de un silencio tenso, que habla más que cualquier ruido: es el silencio que precede al caos, a la pérdida, a la muerte.

Desde mi posición busco a mis amigos con la vista. Quiero ayudarlos. Quiero protegerlos como sea. Quiero tenerlos vigilados para cubrirles las espaldas. Encuentro a Seaben, serio y frío, tal y como era cuando lo conocí, justo al lado de Lowell. Repasan la estrategia, con Chryses entre ellos, que ha aparecido solo para ayudar en la lucha. Me sorprende su presencia, porque desde la llegada de Rayne nadie más que Seaben lo ha visto y ha hablado con él. Comprendo que aún está dolido y me pregunto si sabrá qué razones impulsaron a Rayne a actuar como lo hizo o si preferirá mantenerse al margen sin más.

–¿Qué haréis cuando esto acabe?

Las palabras de Hayes me sorprenden. El elfo me observa. Parece poseer la misma seguridad que muestra siempre Rayne, como si nada pudiese salir mal. Pregunta por lo que haremos después de la batalla como si diese por hecho que esto va a terminar rápido y de manera fácil.

Yo ni siquiera puedo confiar en lo que vaya a pasar dentro de media hora.

–Partiremos después de la luna llena, si todo sale bien.

No digo hacia dónde porque no tengo claro todavía nuestro destino. ¿Iremos a Anderia, para ayudar a Chryses, o quizá debería…?

–¿Pensáis volver a vuestro país, majestad? ¿Tomar el trono?

El elfo enuncia lo que yo estaba pensando. Me hace sentir un poco incómoda, porque si bien planeo volver, sigue preocupándome qué voy a encontrarme allí.

–Sí, por supuesto.

–Quizá deberíais aprovechar ahora. Vuestro padre cree que estáis muerta. Tal vez este sea un buen momento para jugar con el factor sorpresa.

Lo he pensado, pero me parece cruel decirle a Chryses que ha de esperar más. Sobre todo después de los sucesos de los últimos días.

–Lo sé.

–Podéis contar conmigo para lo que necesitéis, alteza.

Su ofrecimiento me resulta sorprendente, pero la agradezco con un gesto. Sé que es una ayuda a tener en cuenta: él conoce el país y su política de primera mano. Su padre ayudó a mi madre en las decisiones de Estado.

–Gracias.

–Es lo que vuestra madre habría querido.

Quiero preguntarle más sobre su vida en Nryan y su relación con mi madre. Me intriga. Pero antes incluso de que pueda abrir la boca, llega el estallido.

La entrada de la gruta explota con estruendo. Desde mi posición, veo a un montón de hombres colarse por la abertura, que se ha agrandado, y la sangre se acelera por mis venas con el regusto del terror.

Y entonces empieza el verdadero caos.

Los esperábamos: los hechiceros de la primera línea estaban preparados, de modo que, como habían planeado, hacen retroceder a los primeros asaltantes con un ataque seguro y al unísono. Nuestros enemigos contaban con que nos cogerían por sorpresa, por lo que ni siquiera pueden hacer nada por protegerse.

Los subterráneos se llenan de los primeros alaridos de dolor.

Los que vienen tras el primer grupo de asaltantes ya son conscientes del peligro, y es entonces cuando empieza la batalla de verdad: entran más rápido, lanzando hechizos, con las armas desenvainadas. Irrumpen con gritos de rabia, con las voces de los suicidas, de las personas que ya no tienen nada que perder.

Puedo ver a la Muerte entrar en los subterráneos con su paso seguro y burlón. Puedo verla extender los brazos con placer, marcando este territorio como suyo, disfrutando con el festín que se cobrará esta noche.

Dispuesta a combatirla, amoldo mis dedos en torno al arco y cojo la primera flecha.

Ante mis ojos, las personas empiezan a caer. Astrea, la Antigua y la Nueva, ahí abajo, comienza a morir.

Drake

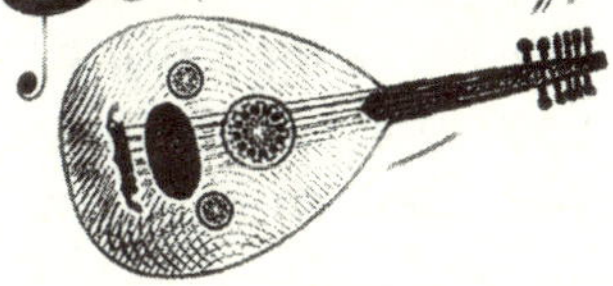

Todos se han despedido de mí como si temieran que no nos volveremos a ver.

Eirene me ha abrazado con todas sus fuerzas y me ha hecho prometer que no me iba a pasar nada. He necesitado de toda mi fuerza de voluntad para mentirle a ella y mentirme a mí mismo, pero he conseguido pronunciar las palabras necesarias para sonar seguro de mi misión. Inair también me ha abrazado, todavía pálida, y ha ocultado su rostro contra mi hombro. Ella no ha querido escuchar palabras de consuelo. Con voz rota y ojos llorosos, ha susurrado en mi oído una bendición y ha vuelto con los ancianos y los niños, con los que recuerdan día tras día la Antigua Astrea y los que jamás la han visto, o acaso eran demasiado pequeños para ser conscientes de ella. Moira la ha visto alejarse y me ha cogido del cuello de la camisa para hacerme inclinar y besarme en la frente.

–Lo mataré –le he susurrado–. Lo haré sufrir hasta que recuerde cada uno de sus crímenes y, entonces, allá donde estés, sabrás que su cabeza ha caído de sus hombros, porque tus poderes volverán a ti.

Ella no ha sonreído.

–Nada de heroicidades, Drake. Solo vuelve, ¿vale? Haz lo que tengas que hacer y vuelve, porque Inair y yo te estaremos esperando aquí.

A pesar de no haber podido responderle, sus palabras han dejado un gran desasosiego en mi interior. ¿Cómo puedo saber que volveré? ¿Cómo puedo saber que sobreviviré? A mi lado, Rayne y Sylvana cabalgan en silencio, pero me parece que no tienen miedo. De vez en cuando, por el rabillo del ojo, he visto que se rozaban las manos, casi a modo de comunicación secreta. Yo solo puedo echar la mano hacia atrás y acariciarte a ti, dejando que mis dedos se deslicen por la curva que define tu figura. Me calma sentirte tan cerca, siempre acompañándome, siempre prestándome tu fuerza. He pensado en dejarte atrás, pero tú fuiste la única que estuvo conmigo en aquella fría celda cuando me capturaron hace años, así que tú más que nadie te has ganado acompañarme ahora, ya sea camino de la victoria o la derrota.

Intento centrar mi atención en el frente. La silueta del castillo empieza a dibujarse en el horizonte, con sus altas y estrechas torres intentando alcanzar las estrellas. Freno mi montura. Mis acompañantes hacen lo mismo y siguen mi mirada. Apenas hay luces en sus ventanas, pero esas pocas se ven reproducidas en el lago, que es todo quietud. El puente es solo una línea sin luz, un camino apagado y peligroso. No podemos cruzarlo a caballo, o todos sabrán que estamos aquí.

–Necesitamos un plan. –La certeza de mis propias palabras me pilla desprevenido.

La sonrisa de Rayne casi parece brillar en la penumbra.

–El plan es seguir vivos. El medio que utilices para hacerlo es lo de menos.

Sylvana carraspea, a su lado.

–En realidad, estoy con Drake: necesitamos ir sobre seguro, y eso deja fuera las improvisaciones.

–Antes eras más divertida. –Rayne chasquea la lengua–. Está bien: tú rescatas a Hermia y yo… *nosotros* –se corrige al sentir mi mirada iracunda sobre él– nos encargamos de Aviel. Si alguien se interpone en vuestro camino, dejadlo fuera de combate o matadlo.

Espolea su caballo. La muchacha y yo nos miramos antes de

seguirlo. Desearía ser un poco más como él, aunque eso nunca lo diré en voz alta. Me gustaría tener la seguridad en sí mismo que desprende, su forma sencilla de ver las cosas.

–Eso está muy bien, pero ¿cómo pretendes entrar? Si vas a hacer estallar el techo te recordaré que la última vez no tuviste mucho éxito, hechicero de tres al cuarto –se burla Sylvana.

–Podemos usar el mismo pasadizo por el que salimos con tu protegida.

–Pudisteis tener suerte en ese momento, porque Mab quería ocuparse de Eirene y Seaben a solas, pero estoy seguro de que una vez volvió junto a Aviel, mandaría cerrar esa entrada –apunto.

Lo veo rascarse la barbilla.

–Pues solo nos queda que Sylv seduzca a los guardias y los mantenga entretenidos.

Reniego de mis pensamientos: no me gustaría ser como él. Estaría bien que se tomara el asunto un poco más en serio. Centenares de vidas dependen de nosotros. Estamos a un paso de una guerra civil.

Sorprendentemente, su amante –hago una mueca al darme cuenta de que son precisamente eso, amantes– no se toma su comentario a mal. Por lo que he podido entender, han vivido mucho juntos, así que ya estará acostumbrada a soportarlo. La observo con detenimiento mientras saca un rollo de pergamino de uno de los bolsillos de su capa. La luz de las estrellas no es suficiente para observar lo que lleva escrito, y no podemos arriesgarnos a conjurar nada que nos ilumine y delate nuestra posición.

–Gracias al cielo, yo no estaba demasiado cegada por vuestra ansia de venganza, y me informé de dónde estaba la entrada del servicio. La experiencia me dice que son las menos vigiladas, sobre todo cuando habrán dejado solo a unos pocos guardias para proteger el castillo y a los demás los habrán enviado a la lucha.

Ahora que empiezo a tener claro lo que va a pasar, lo que nos espera tras desmontar y cruzar el puente, tengo que apretar las riendas entre mis dedos para asegurarme de que no voy a dar media vuelta para volver con mis amigos. En las historias de grandes hazañas, los caballeros matan a los reyes que tienen al pueblo bajo su yugo. Parece fácil y justo. Se habla de hazañas y premios, y hasta los detalles más grotescos están hechos para cautivar al oyente. Pero nadie menciona el miedo del héroe. Sus dudas. El sabor agrio en el fondo de la garganta y el estómago indispuesto.

–¿Y después? –pregunto, aunque carraspeo a continuación, preocupado de que mis acompañantes hayan oído el modo en el que mi voz ha enronquecido por el nerviosismo.

–Después subimos hasta las habitaciones de Aviel y nos encargamos de que no vea amanecer. –Rayne chasquea los dedos y el sonido me resuena en la cabeza como un eco lejano. Un sudor frío me perla la frente. Te rozo con los dedos, asegurándome de que sigues aquí.

El suspiro de Sylvana me avisa de lo poco contenta que está con esa parte del plan. Sobre todo cuando su misión es otra completamente distinta:

–Yo, mientras tanto, iré a buscar a Hermia. Nos reuniremos en cuanto la haya rescatado.

–Quizá podríamos liberar a los prisioneros de las mazmorras, también. Seguro que las celdas están llenas de gente leal a Astrea...

Gente viviendo en la oscuridad, moribunda pero llena del mismo dolor que los obliga a seguir adelante. Personas que, como yo en el pasado, caminan sobre la fina línea que separa la cordura de la locura.

–No habrá tiempo para heroicidades, Drake –me advierte la muchacha, y frena así todas mis intenciones–. El plan es llegar e irnos sin hacer ruido: el resto de prisioneros serán liberados cuando Inair se siente en el trono.

–¡Pero una vez esté muerto el Tirano, todo será más fácil! ¡Es nuestra oportunidad de recuperar el lugar que le corresponde a mi hermana!

–El lugar que le corresponde lo recuperaremos mostrándole a todos que ya no hay razones para luchar, porque ese hombre estará muerto. ¿Qué crees que pasará si nos cogen antes de que podamos volver? ¿Qué crees que será entonces de todos los que se han visto arrastrados a la batalla?

No respondo. La bilis me sube por la garganta y me obligo a adelantarme. Tomo el aire de la noche a grandes bocanadas, y el frío me arde cuando se estanca en mi pecho. ¿Qué pasará si no somos capaces de acabar con Aviel? ¿Qué pasará si fallamos, si nos quedamos a la mitad del trabajo? Si nos cogen. Entonces, Astrea estará perdida, y las estrellas llorarán para siempre la desaparición del paraíso que crearon con sus lágrimas.

Si fracasamos, Mab extenderá su mano y nos engullirá bajo su sombra, como está a punto de hacer con Anderia.

Quizá, en mis últimos momentos, ella misma me mire desde el trono que debería ocupar mi hermana y brinde a mi salud con mi propia sangre. O quizá prefiera presenciar cómo caen los subterráneos. Cómo Inair vuelve a su lado sin mayor dificultad, y su hijo se rinde finalmente. Cómo Eirene...

No. No va a ser así.

Aún estoy debatiéndome con mis fantasmas, con los pensamientos más negros que puedo convocar, cuando nos apeamos de los caballos. Los dejamos a una buena distancia de la ciudad y emprendemos el resto del camino a pie, ocultándonos en las sombras. Me digo a mí mismo que los héroes no se esconden, sino que se enfrentan a su destino a cara descubierta, embutidos en brillantes armaduras o en ropas humildes pero que muestren su identidad a todos aquellos que quieran ver tras su disfraz.

Nosotros también cambiamos nuestras ropas, aunque solo utilizamos conjuros de ilusión para que nos confundan con criados, antes de correr en silencio por el puente. Por primera vez, desearía que ni la luna ni las estrellas se mostraran en el cielo, ya que la oscuridad completa podría beneficiarnos.

No nos encontramos con ningún centinela hasta que llegamos a la puerta de servicio. Parece aburrido, cuando lo acechamos sin ser vistos. Me dispongo a encargarme de él, pero Rayne deja una mano en mi hombro. Apenas necesita un par de segundos para que el hombre caiga al suelo con un golpe sordo. Me estremezco, pero sigo a la pareja y paso por encima con cuidado, como si temiera que se fuera a despertar.

–Estará fuera de juego el tiempo suficiente –me indica Rayne. Tras un momento de duda, vuelve sobre sus pasos y mueve al soldado como si fuera un muñeco, dejándolo sentado contra la pared–. Así parece que se ha quedado dormido mientras estaba de guardia –me explica, en un susurro–. No hace falta alarmar a nadie, ¿verdad?

Una vez hemos atravesado la puerta de servicio, la cocina parece incluso más fría y vacía que la propia noche: los criados habrán vuelto a sus casas o estarán durmiendo, si es que no están participando en la batalla misma. Miro alrededor, sorprendido de recordar tan bien el ajetreo de los días de fiesta, o las pequeñas excursiones con Inair y sus primos para robar tarros de mermelada que comíamos con los dedos.

La cocina da paso a un interminable pasillo que acaba por dividirse. No hay nadie allí, pero me adelanto hasta el siguiente recodo del corredor que vamos a tener que tomar Rayne y yo para asegurarme de que no hay peligro.

Cuando vuelvo sobre mis pasos, Rayne y Sylvana tienen las cabezas muy juntas y las manos unidas.

–¿Estarás bien? –lo oigo decir a él.

–No soy yo la que va a matar al hombre que ha tenido a Astrea atemorizada por dos años. –El tono de Sylvana denota ligereza–. A mí me habéis dejado lo aburrido.

–Prometo compensarte –asegura Rayne, atrayéndola hacia sí.

Sus siluetas se confunden en una cuando se besan, y yo siento que me arde la cara. Intento mirar hacia otro lado, pero eso no evita que oiga, por debajo de mi propia respiración, el roce de sus ropas cuando se acarician en la oscuridad. Me fijo en la forma de mis pies contra el mármol blanco.

–Por una vez en tu vida, no hagas locuras. Por favor. –Otro beso–. Tu única misión de verdad es volver conmigo. ¿Lo has entendido?

–Sí, mi señora.

Me giro a tiempo de ver a Rayne hacer una exagerada reverencia, tras separarse de su amante. La miro, pero soy incapaz de distinguir su expresión, aunque sé que ella también me está observando.

–Y tú –me dice–, antes de hacer alguna estupidez, piensa que Eirene no te lo perdonaría. –Hace una pausa en la que, como un bobo, me dedico a asentir–. Suerte, trovadores.

Sus pasos son rápidos y silenciosos. La pierdo de vista enseguida y me descubro conteniendo la respiración.

–¿Estás preparado?

Rayne, a mi lado, me pone una mano sobre el brazo. No tengo fuerzas para apartarlo. Me pregunto, de hecho, si puede sentir mi temblor. Las náuseas se han ido, pero amenazan con volver en cualquier momento. El corazón, de pronto desbocado, me late con tanta fuerza en las sienes que me sorprende que no haya despertado a todo el palacio.

–Si no lo estoy ahora, no lo estaré nunca.

Vamos a matar al rey.

Cirene

La primera flecha va cargada con inseguridad y ni siquiera da en el blanco.

La segunda flecha va cargada con culpabilidad y mata a la primera persona.

La tercera flecha va cargada con lo inevitable y protege a Seaben de un filo que buscaba su corazón.

Pierdo la cuenta de los que caen por mi causa. Pierdo la cuenta de los que mueren por nosotros.

Pierdo la cuenta de los minutos, de la sangre y del dolor.

Con la visión de la guerra demasiado cerca, comprendo que no habrá justicia ni paz mientras la gente siga muriendo. No importa si son de nuestro bando o del contrario: todos los que peleamos somos víctimas. Ninguna vida vale más que otra y, aun así, las sesgamos, porque es lo único que podemos hacer. Todos matamos, porque no nos queda otra opción.

Todos somos víctimas, pero también nos hemos convertido en verdugos.

Con las flechas que disparo, asesino todo aquello en lo que un día creí.

Sylvana

Durante más de catorce años he tenido la oportunidad de confirmar un hecho irrefutable: nadie, nunca, sospecha de los niños. No importa si eres bueno o malo, si has hecho daño a alguien o tus intenciones son censurables: la apariencia de un niño siempre te hará parecer inocente o, si finalmente eres culpable, te ayudará a convencer a los demás de que te has visto obligado a actuar como lo has hecho. «Yo no quería», «tenía que hacerlo», incluso «no es lo que parece», son frases que funcionan mucho mejor cuando aparentas ser demasiado joven como para tener consciencia de lo que pasa a tu alrededor.

Por eso tengo muy claro cuál va a ser mi estrategia para rescatar a Hermia: en cuanto pierdo de vista a Rayne y Drake, me convierto en la niña que he sido durante los últimos años. Me siento cómoda en esta forma, y es agradable poder cambiar mi cuerpo a placer, en vez de estar encerrada en una apariencia que no deseo. Solo las estrellas o sus descendientes tenemos este poder: adoptar la forma que queramos, cuando queramos y durante el tiempo que queramos. Haber recuperado mi magia, tantos años bloqueada, es incluso mejor que volver a tener mi cuerpo adulto.

Ajusto mi ropa a mi nueva apariencia y recorro los pasillos del palacio, repasando en mi cabeza el mapa que he estudiado a conciencia. La reina está en una de las torres, igual que su hijastra lo estuvo en Lothaire. Apenas veo a un par de soldados haciendo guardia, paseando por el castillo, pero gracias a mi aspecto, mis ropas de sirvienta y que evito mirarles, no se fijan en mí y, confirmando mi teoría, no sospechan.

No ocurre igual cuando subo las escaleras hacia la torre. En la puerta hay cuatro guardas y reprimo un mohín, porque son más de los que esperaba. Es evidente que el Tirano ha mandado reforzar la seguridad en esa zona y me pregunto si no habrá hecho lo mismo con sus propios aposentos. Siento un latigazo de temor por Rayne, pero intento obviarlo. Debo concentrarme en lo que tengo que hacer. Ellos estarán bien.

Esta vez, los guardas reparan en mí cuando me muestro ante ellos tras salir de las escaleras.

–¿Qué quieres, niña? –pregunta uno de ellos.

Agacho la cabeza en señal de sumisión, pero me fijo en sus armas: espadas a un lado del cinto, puñales al otro; buenas corazas que les protegen de cualquiera que intente hacerles daño.

–Su majestad me envía a velar por la reina. Me han informado de su indisposición.

Como si fuera el cabecilla de los cuatro, el mismo guardia que ya ha hablado me mira con escepticismo. Comparte una mirada con sus compañeros.

–Nadie nos ha informado de que se encuentre indispuesta.

Otro elemento que he tenido años para descubrir, explotar y utilizar son las expresiones: cuando son las de un niño, son incluso más poderosas que las de los adultos. Por eso muestro una contrariada, vacilante.

–Solo cumplo órdenes…

El hombre niega con la cabeza.

–Esto es demasiado irregular: nadie nos ha informado y ella tampoco nos ha dado aviso alguno de encontrarse mal. Será mejor que te marches.

Solo en ese momento alzo la vista. Poco, muy poco. Lo observo entre las pestañas, directamente a los ojos... y ataco. Solo es un toque, un empujón suave, un cambio imperceptible. Es casi divertido entrar en su cabeza. Ver lo frágil que es, lo fácil que es colar una idea entre sus pensamientos irrelevantes y dejarla ahí, condicionante, sin que se entere siquiera de lo que ha sucedido.

–Pero, señor –digo con voz dulce, apoyando la coacción mental con mis palabras–, he de cumplir con lo que se me ha ordenado o me castigarán. Tan solo dejen que me asegure de que está todo en orden, vos mismo podéis acompañarme...

Otra ligera presión en su cabeza. Es tan sencillo eliminar sus dudas. Los pensamientos de los mortales son como dientes de león: un soplido y se dispersan.

–Supongo que no habrá problema.

Contengo la sonrisa. El guardia le hace un gesto para que otro también lo acompañe y abre la puerta. Me dejan pasar primero.

Cuando entro, Hermia de Astrea se gira hacia nosotros.

Es una mujer ya adulta, con canas en su cabello castaño y el rostro y las manos arrugadas. El tiempo la ha tratado mal y ha consumido casi por completo su belleza. Sus ojos están tristes y cansados, subrayados por unas ojeras bien marcadas. No tiene sonrisa ni expresión, y nos mira con la indiferencia de quien no tiene ya nada que perder.

Es la mirada de alguien que se ha rendido.

Me pregunto qué trato le habrá dado Aviel durante estos años. Rayne me ha contado que se conocieron, que fueron amigos. No le habrá hecho daño. La habrá agasajado y llenado de regalos, de todas las comodidades del mundo. No ha debido de tener una existencia demasiado dura, incluso encerrada.

Eso pienso, al menos, hasta que veo sus muñecas vendadas.

Me gustaría no sentir compasión por ella, porque esa mujer echó a Rayne de su hogar y lo apartó de su propio hijo, pero supongo que solo era una mujer asustada. Y ahora, ante mí, encuentro a alguien que ha sufrido lo suficiente como para pensar en quitarse la vida pese a que un hijo la espera fuera.

Tras el primer golpe de impresión, recuerdo a qué he venido y me giro hacia el guarda.

–Señor, necesito algo.

Cuando le hago un ademán para que se incline, él lo hace sin protestar. Confiado, estúpido. Acerco mi boca a su oído y, sin dudar, susurro:

–Que mates a tu compañero. Y que sea rápido.

Al principio el hombre se tensa, pero ni siquiera le doy tiempo a que se lo piense. Entro y salgo de su mente con rapidez, dejando solo esa orden en su cabeza, eliminando todo lo demás. Él, de manera automática, obedece: se yergue y desenvaina. El de al lado ni siquiera tiene tiempo de extrañarse: cuando abre los labios, la espada le corta la cabeza, y su expresión incrédula cae al suelo.

Hago un mohín de desagrado. No esperaba que hiciera eso, pero supongo que lo han entrenado para ser letal, para no dudar. Una lástima que ya solo sea una marioneta.

La exclamación de Hermia hace que aparte la mirada de la sangre. Parece pálida y retrocede.

–¿Quién eres? ¿Qué quieres?

Alzo las cejas, algo incrédula.

–¿Te asustas de mí cuando he quitado de en medio a uno de los que te mantiene presa?

–¿Quién...?

–Soy una enviada de los dioses –la interrumpo, con algo de burla.

La mujer tarda en reaccionar. Puedo darme cuenta cuando comprende lo que quiero decir porque palidece aún más, como si la noticia de volver a saber de Rayne fuese todavía peor que estar encerrada.

–¿Qué quieres de mí? –pregunta, temerosa.

Cruzo los brazos sobre el pecho.

–¿No es obvio? He venido a rescatarte.

–Pero...

No tengo tiempo de entrar en discusiones y explicaciones:

–Lo haremos a mi modo, que es el siguiente: dejas las preguntas para más adelante y me sigues. Haces lo que yo te diga y salimos de aquí sin un rasguño. ¿Queda claro?

–Solo eres una niña, no puedes…

–¿Queda claro? –repito, duramente.

Se calla, aunque con obvio disgusto. Alza la barbilla, orgullosa, como si quisiese demostrar que es superior a mí.

–¿Cómo vas a hacer para librarte de los guardias?

Su pregunta me parece absurda. Miro al guardia a mi lado, con los ojos vacíos, silencioso, carente de cualquier pensamiento más allá de los que yo quiera introducir en su cabeza.

–Él lo hará.

Solo tengo que enviar la orden, clara y directa, a su cabeza. Un segundo después, se mueve. Abre la puerta para nosotras. Hermia, ansiosa por salir de aquí, se adelanta un paso, pero yo alzo la mano para obligarla a detenerse.

Dejo que el guardia salga primero.

Un gemido. Dos.

Me muevo y le hago un gesto con la cabeza a la reina para que me acompañe. Mi obediente marioneta está de pie frente el cuerpo de uno de sus compañeros.

–Gran trabajo –le felicito.

Con otro pequeño chasquido a su cabeza, acabo con él. Ni siquiera me giro cuando escucho su cuerpo desplomarse en el suelo.

Me pregunto qué pensaría Eirene de mí si me viese ahora. Si viese la facilidad con la que puedo matar, con la que puedo acabar con la vida de las personas. Me pregunto qué pensaría del poder de las estrellas cuando lo utilizamos para esto.

Quizá creería que soy un monstruo. Quizá lo sea.

–Nos vamos.

Por el rabillo del ojo veo que una Hermia blanca como la cera esquiva los cuerpos abandonados frente a la puerta. Aun así, no duda en tomar su libertad, sin importarle qué mano se la tiende. Incluso si es la de una niña letal enviada por un dios.

Bajo las escaleras con calma. Como le dije a Rayne, me han dejado la parte aburrida.

Jowell

Soy más débil de lo que era antes.

Cuando luchaba en el frente solo tenía que preocuparme por mí. Por Seaben, si acaso, aunque él siempre ha sido incluso más fuerte y diestro con la espada que yo, así que solíamos salir a la batalla con la seguridad de que ambos sobreviviríamos. Luchábamos para ello y, pese a estar rodeados de muchos más soldados, eran desconocidos que si morían lo harían por una causa que ellos mismos habían elegido.

Pero los astrenses no son como los soldados feéricos. Ellos no han elegido esta guerra, no han escogido alistarse y luchar. Se han visto obligados a ello. O matan o mueren, así de sencillo.

Y me preocupan.

Pensé que podría guardar las distancias con ellos, pero hemos pasado demasiado tiempo juntos estos días. Me he encariñado más de lo que me convendría. Son el pueblo de la mujer que quiero. Sus amigos. Tras el juicio terminaron aceptándome como uno más de los suyos y me han hecho sentir en casa.

Sé que no están preparados para lo que está ocurriendo.

Me libro de uno de los soldados con un tajo certero. Ni siquiera puedo ver su rostro porque me muevo demasiado rápido. Con la mirada busco a los más cercanos a mí y encuentro a Shem y Briah, que no se han separado desde que la batalla ha empezado: se cubren las espaldas el uno al otro, pero ambos sangran. La capitana tiene heridas en el brazo y en la cara, y no sé si la sangre que mancha su camisa es suya o de otros. Shem, más entero que ella, parece cansado. Un hechizo venido de la nada alcanza de lleno a la chica y escucho el grito del hechicero cuando la ve volar por los aires, lejos de él. Palidezco y doy un paso hacia delante, dispuesto a ayudarla.

–¡¡Lowell!!

Mi nombre me trae de vuelta a la realidad justo a tiempo. Me giro, pero una sombra me tapa la visión. Una espada se interpone entre mi cuerpo y otra que venía dirigida justo hacia mí. Parpadeo, sorprendido. Nunca había hecho falta que nadie me salvara. Siempre solía estar atento, nadie podía cogerme desprevenido.

Tras el primer instante de turbación reconozco que es Adair quien se interpone entre mi asaltante y yo. El hechicero gruñe y da al soldado un fuerte empellón. Unas palabras y un movimiento de mano y, de pronto, fuego: una espiral sale de la mano del astrense y rodea a nuestro asaltante. Aunque el pobre infeliz grita e intenta evitarla, tropieza y cae. Por un momento, me siento hechizado por el baile de las llamas sobre el cuerpo que se consume en su abrazo.

–¡Mantente en guardia o conseguirás que te maten!

El reproche de Adair me saca de mi embrujo cuando se gira hacia mí y reacciono, sacudiendo la cabeza. ¿Qué me está pasando? Tiene razón. Debo estar atento. Por mí y por nadie más. El resto tendrán que sobrevivir solos, como yo he hecho toda mi vida.

Con un asentimiento, aprieto las empuñaduras de mis espadas: una en cada mano, mis únicas armas para salir de aquí. Para ver el día en el que Inair se sentará en el trono que le pertenece, para ver el día en el que Astrea volverá a ser libre. Me he implicado con el reino más de lo que esperaba, pero es lo justo. Ahora este es mi hogar. Y voy a luchar por él.

Adair y yo nos cubrimos igual que hacían Shem y Briah hace un momento. No vuelvo a mirar hacia atrás, ni a los otros. Solo a mis adversarios. Solo a la sangre. Solo a los cuerpos que caen. Solo a los filos que tratan de quitarme la vida. Solo a los hechizos que tratan de alcanzarme.

Somos fuertes y resistimos. Quizá por eso pronto estamos rodeados, considerados una amenaza a eliminar. Mi espalda choca contra la del hechicero, a quien escucho lanzar una maldición. Aunque nos superan en número, no nos rendimos: presentamos batalla, cada vez con más fiereza, yo con mis espadas y él con su filo y sus hechizos.

Y entonces, el grito.

Me alarma y me pone la piel de gallina, porque viene de mi compañero. Lo miro por encima del hombro y él se encoge sobre sí mismo. Me sorprende ver que nadie parece haberle hecho nada, que ninguno de los hombres que nos rodean le ha herido con su arma. Pero el chico se retuerce de dolor. De pronto, espada en ristre, se gira hacia mí. No me espero el tajo que lanza hacia mi cuerpo y por eso precisamente alcanza mi pierna.

Con una exclamación de dolor y sorpresa, caigo.

Palidezco. El rostro de Adair es una máscara de sufrimiento, de horror. Lo están manipulando y él intenta por todos los medios evitarlo. No quiero luchar contra él, igual que él no quiere hacerlo contra mí. Puede que no nos llevásemos bien al principio, pero los dos combatimos por lo mismo. Es mi aliado. No quiero matarlo. No *puedo* matarlo.

Soy débil. Débil.

Él es fuerte, en cambio. Pelea contra quienes lo manipulan y suelta el arma. Su espada cae con un tintineo al suelo, negándose a atacarme.

Es su final.

Otro filo aparece ante mis ojos, pero esta vez es a través del cuerpo de Adair, cuando lo atraviesa. Incapaz de reaccionar, observo cómo los labios del chico se tiñen de rojo. Cómo se entreabren. Cómo sus ojos pierden el brillo.

Aún tiene unos últimos segundos para mover su boca. Un intento de sonrisa, de disculpa, casi irónica. Unas últimas palabras. Solo para mí.

–Cuida de ella.

La espada que lo sostenía se retira de su cuerpo. Adair, sin vida, cae a mis pies.

Al principio ni siquiera me muevo. No conocía la sensación de la derrota. Todavía no sabía lo que era perder a alguien en el campo de batalla, porque el resto de soldados nunca me importaron lo suficiente. A mi llegada este chico me odiaba, pero con el paso de los días se había convertido en un compañero.

Y ahora ha muerto por mí.

En una batalla nunca había tenido la sensación de perder pese a salir vivo. Estaba acostumbrado a la victoria, a la indiferencia.

Por eso tampoco conocía esta rabia.

Cuando los hechiceros, victoriosos, me rodean, solo los miro. Agarro mis espadas. Tambaleante, me levanto.

Con un grito, dispuesto a morir, vuelvo a la lucha. Y esta vez, la sangre de mis contrincantes sabe a venganza.

Drake

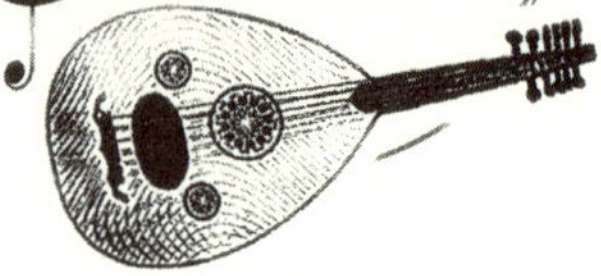

El castillo de Astrea está lleno de fantasmas.

Me doy cuenta de ello mientras caminamos sin respirar por los amplios pasillos que un día consideré mi hogar. Desde las paredes, como tapices colgados sobre los muros, los muertos me miran como si conocieran secretos que no van a compartir conmigo. Allí está mi padre –mi padrastro, el antiguo rey– envuelto en las mismas sábanas sangrientas sobre las que murió. Me asiente al pasar, animándome en mi acto de venganza y deseándome buena suerte. Allá, en el corredor sin ventanas al exterior que atravesamos de puntillas, los hermanos de Briah nos siguen con la mirada, siempre más altos y fuertes que yo, vigilantes pero cercanos, y juraría que si los toco, me estrecharán la mano y me palmearán la espalda con tanta fuerza que me harán trastabillar.

Pero lo peor son los fantasmas de los vivos. Los recuerdos. Las imágenes que su lucha y su sufrimiento han dejado grabadas en estos suelos. Al mirar hacia atrás, creo ver entre las sombras la silueta de mi madre con su vestido favorito, caminando ligera, con el cabello recogido en un moño y su capa ondeando tras ella. Una pequeña Inair observa con la cabeza ladeada una armadura que parece querer echar a andar en cualquier momento. Moira y Adair bajan las escaleras a la carrera, pasando por mi lado, y, durante un segundo, sus ropajes me rozan la mano. Doy un respingo, pero me doy cuenta de que solo es la capa de Rayne, que camina a mi lado, con el rostro serio y los ojos fijos en el frente. Sus botas apenas hacen ruido con cada paso, como si él mismo fuera producto de mi imaginación. Los latidos de mi corazón, en cambio, producen eco en todas las salas por las que pasamos.

Es precisamente mi acompañante el que se encarga de deshacerse de los dos soldados que custodian la puerta que conduce a las habitaciones del Tirano. Su mente es tan letal y está tan entrenada para este tipo de ataques que no veo cambio alguno en su expresión cuando ataca al primero de los hombres, que pierde el equilibrio y cae hacia atrás, golpeándose la cabeza contra la pared antes de resbalar hacia el suelo. Para cuando el otro se da cuenta de lo que ha ocurrido, a su garganta ya la atraviesa una flecha. No hay grito. La muerte es solo un gorgoteo. Lo veo tambalearse, dar un paso incierto hacia atrás y caer al suelo lentamente: Rayne acalla el inevitable sonido con un gesto de su mano y su descenso se convierte en silencio a medida que camina hacia él. Una mancha de sangre se extiende bajo su cuerpo, pese al suave aterrizaje. Cuando mi acompañante se vuelve hacia mí para comprobar si lo sigo, sus ojos, desprovistos de todo sentimiento, me aterran más que la visión de la propia Muerte.

Tengo que hacer acopio de todas mis fuerzas para acercarme, pero cuando por fin lo hago, la puerta que se encuentra ante mí, exquisitamente tallada incluso en la penumbra, me parece todavía más grande y pesada que cuando la vi por primera vez. Las antorchas que nos iluminan lanzan nuestras sombras contra la madera, convirtiéndonos en gigantes alargados, como una parodia de lo que realmente somos.

Rayne y yo no hablamos. Él solo me mira y asiente. Su gesto es suficiente para darme ánimos. Con cuidado, rodeo la manija de la puerta con los dedos y la muevo. La he tenido tantas veces en las manos que sé cómo conseguir que no haga ruido. Se oye apenas un suspiro, más que un chasquido, y la madera se desliza sobre los goznes sin chirridos ni susurros, antes de que yo me pueda colar dentro.

Aviel está de espaldas a la puerta. Me quedo muy quieto una vez dentro del cuarto, porque aunque mi esperanza era encontrarlo durmiendo, su silueta se recorta contra la ventana de la habitación, apenas más iluminada que el propio pasillo. A sus pies, Astrea se extiende como un dibujo demasiado real, oscuro y quieto. Un sueño hecho realidad, sin duda alguna. Aunque no puedo ver su expresión, me lo imagino con una sonrisa de depredador, tan ocupado regodeándose de su inminente victoria que se ha confiado.

Que se ha olvidado de que toda una nación es ahora su enemiga.

La puerta se cierra con tanto estrépito en comparación con el silencio de la estancia que hasta yo me sobresalto. Mis ojos y los de Aviel se cruzan y su rostro palidece cuando, ignorándome, se fija en Rayne, quien, juraría, ha delatado nuestra presencia a propósito. Es justo su sonrisa de falsa inocencia lo que confirma mis sospechas.

–Qué grata reunión familiar en mis aposentos –murmura Aviel. Su mirada sigue fija en mi acompañante, y yo recuerdo lo que me contó sobre él y mi madre. ¿Han tenido alguna vez algo más que amistad? ¿No se da cuenta de que ahora solo puede conseguir de ella odio, con su actitud?–. Una que no es bienvenida, me temo.

Su mano se alza de pronto y a pesar de la distancia, a pesar de que sé que usará magia, me encojo un poco y cierro mi mente al exterior. Imagino un gran muro de piedra, grueso e impenetrable, y espero el golpe con los ojos cerrados. Un golpe que nunca llega, sin embargo, aunque cuando me atrevo a volver a mirar lo descubro a punto de hacer un pase mágico. Congelado, sin posibilidad de moverse. Solo la expresión de su cara parece tener vida: primero, sorprendida; después, concentrada en luchar contra el hechizo de Rayne.

–¿Dónde está Mab?

¿Mab? ¿Es a ella a quien está buscando? ¿Es eso lo que lo ha traído hasta aquí? Me pregunto hasta qué punto desea su muerte. Hasta qué punto es su sangre, y no la de Aviel, la que desea verter esta noche. Cuando miro alrededor casi espero verla salir de entre las sombras, con su sonrisa y sus ojos hechizantes. Pero en la sala solo encuentro los mismos muebles y recuerdos que mi madre dejó aquí.

—¿Acaso la ves?

A veces solo hace falta un segundo para que las tornas giren. Es un latido de mi propio corazón, de hecho, lo que parece desencadenarlo todo. Porque, al fin y al cabo, el Tirano es un hombre fuerte. El hechizo de Rayne se rompe. Casi puedo sentirlo quebrarse bajo la voluntad de hierro de Aviel, que ya está extendiendo la mano para alcanzar un puñal sobre la mesa más cercana en cuanto me quiero dar cuenta. El rey intenta abalanzarse sobre mi acompañante, pero antes de que lo consiga, una flecha disparada con magia y no con un arco vuela hacia su muslo. Aviel se aparta, aunque no lo suficientemente rápido. La punta de metal golpea el suelo con solo unas gotas de sangre oscura brillando sobre el acero. Una mancha carmesí empieza a extenderse por la túnica del rey.

Lo siguiente que sé es que una fuerza contra la que no puedo luchar me mueve de mi sitio. Unos brazos se enredan a mi alrededor y tú dejas escapar una nota asustada cuando el beso frío de una daga me hace cosquillas contra la garganta. Un cuerpo se oculta tras el mío, y una respiración tan alterada como la mía me acaricia el oído. Me estremezco, incapaz de moverme. Una gota se desliza bajo mi nuez y mancha mi camisa. El corazón empieza a latirme con tanta fuerza que creo que me saldrá por la boca, y la cabeza comienza a darme vueltas, pese a que intento mantener la calma y proteger mis pensamientos del exterior.

—Esto es lo malo de no venir solo, Rayne: los aliados siempre se convierten en un estorbo.

El hombre ante mí aprieta los dientes. La tensión en su rostro es notable, pero no sé si es que tiene miedo por mí o que simplemente estoy entre él y su objetivo, y eso le impide la venganza que planea.

—¿De verdad te vas a escudar detrás de un niño? Esto es entre tú y yo, Aviel…

Su voz parece tan lejana, tan irreal, como la situación que estoy viviendo. Yo quería ser un héroe, quería que se cantase sobre mí. Supongo que no esperaba un puñal sobre mi cuello o, si llegaba, que se resolvería rápidamente con un golpe de ingenio. Nadie cuenta nunca que la mente se te queda en blanco cuando te están amenazando. Lo único que puedo hacer es intentar parecer entero y no perder el control sobre el escudo que cubre mis pensamientos. Pese a todo, si esto es el fin de verdad, es sorprendente que no tenga miedo. Que al final solo vaya a quedar la sensación de que he desperdiciado todas las oportunidades que he tenido. Que no vaya a ver a mi hermana en el trono, ni a mi madre libre. Que, pese a que Rayne está al fin delante de mí, no he sabido hacer las preguntas adecuadas. Que no lo he conocido. Y ahora, ¿se supone que mi vida está en sus manos?

–Se trata de sobrevivir: no me menciones cuestiones de honor, porque tú nunca te has preocupado de eso antes. –Su brazo parece de hierro a mi alrededor y el cuchillo se clava en mi carne–. ¿Te ha contado tu hijo cómo se escapó de mí la primera vez? Tan débil como estaba, aún no sé cómo lo hizo para matar a uno de los míos. Supongo que lo infravaloré. Incluso estaba lo suficientemente entero todavía como para liberar a su pequeña prima. –El filo contra mi mandíbula–. Fue una pena perderla. –Su voz se vuelve un susurro solo para mí–: Dime, ¿la disfrutaste tanto como lo hice yo?

El corazón me da un vuelco. La sangre me empieza a hervir en las venas y el silencio que sigue a su pregunta se llena de mi ira. ¿Cómo se atreve a hablar así? ¿Cómo se atreve a dirigirse a mí como si fuéramos de la misma calaña? Como si yo fuera a aprovecharme de una muchacha indefensa. Como si fuera a quitarle los poderes para que ni siquiera pudiera defenderse, como hizo él. Necesito toda mi fuerza de voluntad para no moverme. Para no delatar mi furia.

–Aunque siendo tú, Rayne, quizá estaría dispuesto a perdonarle al chico la vida una vez más. Al fin y al cabo, a Mab le agradaría mucho recibirte de nuevo bajo sus órdenes…

El pelirrojo no se mueve. El hombre que estuvo un día bajo el poder de la reina de las hadas duda.

–¿A qué esperas? –le recrimino–. ¡Mátalo!

Rayne me observa desde el otro lado de la habitación, pero soy incapaz de enfocarlo. No va a atacar. Lo sé incluso antes de que la sangre empiece a manar de mi cuello de verdad, y no como simples gotas. Lo sé antes de que alce las manos en señal de rendición.

¿Ya está? ¿Es aquí donde se acaba todo? Ahora Aviel nos matará. O acabará conmigo, más bien, y enviará a Rayne de vuelta con esa mujer. Volverá a servirla, como hizo en el pasado, y torturará a otros en su nombre.

Y la paz nunca llegará a Astrea, ni a ningún otro rincón de este mundo.

Un cosquilleo me recorre el cuerpo por debajo de la piel, desde la punta de los dedos hasta partes de mí que quedan siempre ocultas por carne y músculo y hueso. Tiemblo. Algo en los bordes de mi mente parece rebelarse contra mi propia calma. Contra la idea de rendirme, de quedarme quieto mientras Rayne acepta las consecuencias de mi presencia. De mi debilidad.

–Tu mente, Rayne. Deja caer las defensas –exige Aviel.

–¿Crees que podrás soportarlo?

Aún le quedan fuerzas para presumir. Para bromear, como si esto no fuera más que un juego. Sin embargo, su sonrisa está cubierta de niebla. Sus ojos no contienen risa, sino un brillo peligroso.

Hay un silencio que chisporrotea como un fuego a punto de prender.

–Está bien.

Los muros caen. No sé muy bien cómo, pero sé que él permite la entrada a su cabeza. La mano de Aviel alrededor del puñal se relaja. Su mente entra en la de mi padre. Sus pensamientos, sus ideas..., durante unos instantes, todo le pertenece. El pelirrojo se queja y se tambalea, y parece necesitar de todas sus fuerzas para permanecer de pie. No sé lo que estará ocurriendo en ese espacio lejos de mi alcance, pero parece lo suficientemente impresionante, lo suficientemente amenazador, para que al Tirano le tiemble el pulso.

No hay dudas cuando muevo la mano y clavo mis dedos en la herida que el propio Rayne abrió en la pierna de nuestro enemigo. Aunque sea un corte superficial, el dolor es lo suficientemente fuerte para obligarlo a cambiar todo el peso de su cuerpo. Para desestabilizarlo y hacerme con el puñal. Para clavárselo, hondo, con saña, en el costado. La sangre cálida me salpica y se desliza por la empuñadura del cuchillo, empapándome los dedos. Su gemido ahogado es casi animal cuando saco el puñal y vuelvo a envainarlo en su cuerpo, haciendo la herida todavía más profunda y sangrienta.

Mortal, o eso espero.

Sus ojos me enfocan: por primera vez me mira de verdad, me considera una amenaza. Veo el horror anidar en ellos. El miedo a lo que pasará, pero también la locura.

Sonríe, y a mí mismo me aterroriza la oscuridad que le espera una vez se le pare el corazón.

–Te llevaré conmigo –me susurra.

Quiero clavarle el puñal una tercera y última vez, pero su mano ya está sobre la mía, más grande y fuerte. Sus dedos retuercen los míos y me obligan a soltar la daga, que cae al suelo con un tintineo de metal contra piedra.

–¡Drake!

Quiero gritarle a Rayne que lo haga ahora, que lo mate sin piedad. Que le clave cuantas flechas hagan falta hasta que la vida abandone su cuerpo, pero no puedo girarme y la furia, la desesperación del que sabe que no hay mucho más que perder, mueve al Tirano a hacer un pase mágico en el que vuelca todo su poder. Aunque no me vuelvo para verlo, escucho el estruendo no solo de una persona golpeándose contra la pared, sino también de la madera astillándose al encontrarse con la piedra. La habitación entera parece sacudirse.

Eso es todo lo que necesita antes de volverse hacia mí. Antes de aprovechar mi parálisis, mi sorpresa, para poner sus dedos alrededor de mi garganta. Primero, una caricia. Después, presión. El escozor de mis cortes no es nada en comparación con la sensación de perder la respiración por completo.

Me ahogo.

Trato de arañar sus brazos, de clavarle las uñas. Intento decir algo, defenderme de alguna manera, pero no soy capaz más que de boquear.

De mirar en sus ojos mientras me estrangula.

De mirar en su mente.

No sé en qué momento he entrado, pero lo he hecho. Sobre mí

empiezan a llover las imágenes de su vida, que se le escapa tanto como a mí. Astrea. La torre de hechicería. Hermia. El mar. Un barco. Rayne, besando a una mujer que había pensado que sería una buena compañera de viaje. Un bebé. Mab. Sus ojos rojos. Sus promesas. Su cuerpo. Secretos. Y luego, el final de una amistad. La reina. *Su* reina. Años de paz, de planes. De ocultarse. Y después, la sangre. El rey de Astrea muerto sobre la cama. Hermia de nuevo, negándose a aceptarlo. Moira, indefensa ante él. Drake, el muchacho que se atrevió a desafiarlo.

Oscuridad.

Inair

Astrea sangra.

Los gritos y las explosiones, como una melodía disonante y macabra, se suceden más allá de las grandes puertas que nos protegen de la batalla, pero eso no nos hace sentir más lejos ni más seguros. Nuestros corazones están con los que luchan para protegernos con magia y armas por igual. Nuestros pensamientos, nuestros sueños, penden sobre nosotros, amenazando con aplastarnos en esta sala que, pese a su tamaño inmenso, me parece más pequeña, incluso, que la torre que me mantuvo prisionera en Lothaire.

Astrea sangra, y no puedo hacer nada por vendarle las heridas.

La mano de Moira aprieta la mía, y yo intento sonreír, sin éxito, apoyando mi cabeza contra su hombro. A nuestro alrededor, los más indefensos guardan silencio: los niños duermen, los que aún no han aprendido a usar su magia para el ataque aguardan y los más ancianos parecen rezar. Me pregunto, una vez más, por qué otros tienen que luchar mis batallas, si otras muchachas de mi edad están ahora ahí fuera, abriéndose camino entre los cuerpos de los enemigos. Si Briah misma participa como un soldado más.

Astrea lucha contra Astrea, pero su princesa se esconde tras gruesas paredes de piedra, esperando a que le den la corona o se la arrebaten definitivamente. ¿Hasta qué punto me la merezco, entonces? ¿Hasta qué punto es mía, si no he hecho nada para ganármela? ¿Hasta qué punto es justo que se la quiten a ese hombre para dármela a mí? Él luchó por ella, aunque fuera con puñaladas por la espalda y con la ayuda de Mab.

–Inair.

El susurro de Moira me sobresalta. A mi lado, noto la tensión de su cuerpo. Me incorporo. Le falta el aliento y su rostro ha perdido todo el color.

–¿Qué ocurre? –murmuro.

–Ha muerto.

El corazón me da un salto pero, al momento, la idea de sentirme feliz por el fin de la vida de alguien me obliga a bajar la vista. ¿No más luchas sin sentido? ¿No más lazos en la sombra entre Astrea y Lothaire? ¿No más sufrimiento, si yo puedo evitarlo?

–¿Estás segura?

Su mano se suelta de la mía. Se examina las palmas, insegura, y extiende los dedos, como si volviera a notarlos después de mucho tiempo. Como si hubiera algo en ellos en lo que nunca antes se había fijado.

–Mis poderes han regresado –me confirma, devolviendo su atención a mi rostro–. Eso solo puede significar que su hechizo sobre mí se ha roto. –Se humedece los labios–. Lo han matado, Inair.

Durante un instante, sus palabras reverberan en mi cabeza. El alivio me baña por dentro y siento la tentación de abrazarla y llorar. Sin embargo, mis piernas se mueven por voluntad propia. Me levanto del suelo, entumecida.

–Tenemos que avisarlos a todos. Tenemos que detener esta locura.

Un país no puede luchar contra sí mismo. No es lógico. No es natural.

–No puedes salir ahí fuera: no te escucharán.

–Quizá no con sus oídos, pero no podrán negarse a escuchar lo que sus propias mentes les dicen.

A nuestro alrededor, algunos rostros se han alzado al oírme. Un rumor se ha levantado por encima de los lejanos sonidos de la batalla. Como una ola, envuelve la sala.

–Nos llevará horas, si tenemos que poner la noticia en una mente cada vez.

Ojos cansados me miran, de pie entre ellos. Ojos esperanzados y faltos de fe por igual. Caras marchitas, arrugadas, y cuerpos condenados a no ver el sol. Algunos rostros jóvenes juegan a engañar al tiempo, obligados a crecer demasiado rápido al comprender que el lugar donde habían nacido no sería el mismo lugar que los vería crecer.

Cada uno de los presentes, sin embargo, lleva algo de Astrea que no tiene nada que ver con las heridas.

Cada uno de los presentes, por joven o mayor que sea, guarda magia en el corazón.

Sonrío. No necesitamos toda la noche para dar la noticia. Solo necesitamos crear la chispa necesaria para que prenda el fuego. Para crear la duda y darle tiempo a Drake para que vuelva con las pruebas de que este reino vuelve a ser una tierra de libertad y paz.

–No estamos solas.

No estoy sola y nunca lo he estado.

Todo lo que hago es por ellos.

Eirene

El Tirano ha muerto».

Las palabras llegan a mi mente como un golpe que me deja aturdida por un segundo. Relajo mi brazo, que ya se disponía a lanzar otra flecha, a arrebatar otra vida. No sé si me lo he imaginado, por lo que miro alrededor. Los hechiceros que están conmigo también parecen turbados. Hayes se lleva una mano a la cabeza y me mira.

Todos hemos recibido el mismo mensaje.

Me asomo un poco más al balcón, observando a los que luchan. Algunos de los rebeldes no se han detenido. Otros han parado y se miran entre ellos, dudando. Saber que ya no hay nadie a quien servir debería detener a nuestros atacantes, mas la gran mayoría no desiste en su empeño y aprovecha los instantes de duda de sus hermanos para matarlos.

El mensaje sigue repitiéndose en la cabeza de todos, pero eso no detendrá la lucha. Todavía no. No hasta que haya pruebas de que ese hombre ha muerto.

Solo tengo tiempo de cruzar mi mirada con un par de hombres que, embozados en negro, se fijan en nuestro pequeño balcón. En mí. En nosotros.

Los veo mover los labios. Palidezco.
Antes de que pueda dar la alarma, el balcón estalla.
Y caemos.

Seaben

El Tirano ha muerto».

Ya no se repite solo en nuestras cabezas, sino que el murmullo que lo anuncia es real a nuestro alrededor. Mi espada no se detiene aunque mi mente titubee, porque los que luchan contra mí no parecen dispuestos a rendirse. Uno tras otro, los enemigos llegan y, uno tras otro, van cayendo. Son ellos o yo. A mi lado, Chryses va dejando un rastro sanguinolento de cuerpos mutilados. No piensa en lo que hace, sino que se convierte en el animal que todos creen que es, furioso y visceral, su mirada inteligente empañada por la demencia. Quizá se imagine los ojos de Mab en cada uno de esos rostros, antes de clavar dientes y garras. No hay tiempo para dudar, para pensar en si estamos heridos o llegaremos al amanecer vivos. Para preguntarnos cuál es el sentido de alcanzar la paz a través de la guerra.

«Seaben».

Mis ojos se apartan un segundo del hombre que acabo de atravesar con mi filo. Chryses dirige mi atención más allá de la contienda, al balcón en el que Eirene se alza sobre nosotros. Ella no me ve, pero yo la observo mientras baja el arco. Me doy cuenta de que el enfrentamiento me ha ido haciendo retroceder para contener a las tropas enemigas.

«Los hechiceros».

No es hasta que me advierte de su presencia que los veo, vestidos de negro, como sombras salidas del suelo. Se me escapa un jadeo y todo color abandona mi rostro.

–¡Eirene!

Demasiado tarde: mi llamada se la traga el estruendo de la piedra derrumbándose. Los gritos. El clamor de espada contra espada y las palabras que forman cada hechizo, que penden sobre nosotros como una niebla mágica que nubla nuestros sentidos. Igual que se me nubla la mente cuando veo cómo la mujer que amo desaparece entre ruinas y cuerpos aplastados.

Una mancha negra se abalanza sobre mí. Maldiciendo, recupero el sentido a tiempo de apretar la empuñadura de mi arma. El filo se clava en la carne con un dolor lacerante que me paraliza. Siento que corta el cuero que cubre mis brazos y la carne. Creo que el golpe resuena por todo mi interior cuando llega al hueso.

Tengo que hacer uso de toda mi fuerza de voluntad para no soltar la espada. Para no dejarme vencer, aunque cada músculo de mi cuerpo me pida el descanso que ofrece la rendición.

Jowell

El Tirano ha muerto».

El mensaje me llega con la voz de Inair, firme y seguro. Solo ella puede colarse así en mi cabeza, incluso sin mi permiso: solo ella tiene poder sobre mi mente, al igual que lo tiene sobre mi corazón.

Solo escuchar su sonido me da ánimos para apretar con más fuerza mi espada. Solo me queda una: la otra ha volado ya hace tiempo lejos de mi alcance. Miro a los hombres que quedan frente a mí y escupo sangre. La boca me sabe a óxido. El cuerpo me parece mucho más pesado. Estoy cansado como nunca en mi vida. He conseguido librarme de varios y ahora solo quedan dos, pero empiezo a sospechar que se ha dado orden de acabar conmigo específicamente. Mab estará enfadada: me escapé una vez de ella, pero en este ataque querría asegurarse de que me quita la vida como el traidor que fui al final.

Esbozo una media sonrisa, un gesto demente. Las fuerzas se me van: las siento abandonarme con calambres por todo mi cuerpo.

–Rendíos –mascullo a mis atacantes, con mi espada aún en ristre–. Vuestro rey ha caído. Vosotros también debéis de haberlo oído. Aviel ha muerto.

–No hay pruebas –responde uno, y alza la mano hacia mí.

Estoy dispuesto a resistir su hechizo como bien pueda, pero su compañero coge su brazo.

–Espera. Si es cierto, todo esto es absurdo. Son nuestros hermanos. Son astrenses, como nosotros. Estamos luchando por nada.

–Luchamos por nuestro rey –le espeta el otro. Se separa de un empellón–. ¿De qué bando estás?

–Pero Astrea…

–Astrea murió hace mucho tiempo. Y ahora hay otra Astrea. Nuestra Astrea. Y estos son solo extranjeros en nuestra tierra.

El segundo soldado parece horrorizado por las palabras de su compañero. Yo también lo estoy, aunque lo disimulo. Tampoco es nada que no me esperase. Pero ¿hasta este punto llega un trono? ¿Hasta el punto de dividir una nación en dos? ¿Hasta el punto de no reconocer a los tuyos?

–Escucha a tu compañero. –No bajo la guardia. Sé de antemano que no hará caso.

Como sospechaba, el soldado no me escucha. Mira a su supuesto aliado, y su mano cambia de dirección hacia él.

–¿De qué bando estás? –repite.

El hombre palidece. Yo aprovecho la oportunidad que su afrenta me deja y actúo: con un golpe firme, me centro en la mente del hechicero, la asalto sin piedad, rompo sus murallas y la estrujo. El hombre deja escapar un alarido de dolor y se lleva las manos a la cabeza. Solo un chasquido, como una rama que se rompe con una pisada certera, y sus ojos se tornan blancos.

Cae al suelo, al lado de su compañero, que mira al soldado caído cogiendo aire con dificultad. Luego me observa, temiendo que haré lo mismo con él, pero apenas soy capaz de sostenerme. Me duelen las piernas, y una herida en el costado no deja de reclamar mi atención. Mi mente misma se siente sin fuerzas.

Compartimos una mirada, desconfiando del otro y a la vez queriendo creer.

–Márchate –le susurro–. Ríndete y no serás ningún traidor. Mátame y te aseguro que la nueva reina lo sabrá, y no tardarás en caer tú también. Todos los que os opongáis a la verdadera Astrea seréis traidores y, como tal, perseguidos y exiliados, si tenéis suerte de que los deseos de venganza de un pueblo encerrado durante años bajo tierra no os maten primero.

El hombre contiene el aliento y se acerca a mí con pasos lentos. Aprieto los dientes. No me va a dejar marchar. Quizá tome venganza por su amigo y después recapacite, pero primero se asegurará de acabar conmigo. Me yergo con esfuerzo y sujeto mi arma con toda la fuerza que puedo reunir. Mi contrincante no necesita más que un gesto para hacer que la suelte, sin embargo, y yo jadeo con sorpresa. Ni siquiera he podido luchar contra su hechizo: estoy demasiado débil.

Retrocedo, sintiéndome un cobarde por hacerlo, pero sin poder evitarlo.

No puedo creer que después de una vida de lucha, de guerras, de días y días de sangre y heridas, vaya a morir ahora. Justo ahora que tenía un hogar. Justo ahora que tenía a la única mujer que siempre he querido. Justo ahora que tenía un futuro.

Algo me hace tropezar y caigo al suelo de espaldas. Cuando miro, descubro que ha sido el cuerpo de Adair, sin vida, con los ojos aún abiertos mirando a la nada, lo que me ha hecho caer. A pesar de haber visto mil cadáveres, el suyo me da ganas de vomitar.

Alzo la vista. El hechicero está ante mí.

Su mano se levanta.

Pienso que al menos voy a morir luchando por algo en lo que creía de verdad. En lo que creo de verdad.

Inair hará un gran trabajo. Será una gran reina.

Solo lamento no poder despedirme de ella. Ni siquiera me quedan fuerzas ya para un último mensaje a su cabeza, para encontrarnos pese a la distancia y decirle cuánto la he amado.

Cierro los ojos. No suplico ni pido piedad. Yo también he matado. Yo también estoy luchando. No tengo más derecho a vivir que cualquiera de los que han caído hoy. No tengo más derecho a vivir que Adair o los soldados con los que he acabado.

Sin palabras, me preparo para el final.

Pero no llega.

Abro los ojos de nuevo tras unos segundos y separo los labios con sorpresa. El hechicero sigue ante mí, con el rostro serio, pero me tiende la mano.

–Quiero acabar con esto. Quiero mi Astrea de vuelta. Quiero dejar de luchar contra mi gente –susurra.

Trago saliva. Acepto su mano y él tira de mí con fuerza, para ayudarme a levantar. Lo miro, sin poder creer que la vida me haya sonreído una segunda vez, que me dé otra oportunidad. Aún me quedan cosas por hacer, quizá. Aún tengo que ayudar a Inair con su país. Aún me necesitan aquí.

–Astrea resurgirá de las cenizas en las que otros la han convertido. Te lo prometo.

Pese a todo el horror, la muerte y la pena, esta lucha también es esperanza y futuro. Y todos estamos luchando por uno mejor.

El fragor de la batalla disminuye porque el rumor de la muerte del Tirano finalmente funciona. La mayoría de los astrenses que conocieron la Vieja Astrea deponen sus armas o se cambian de bando, como ha hecho el soldado que me ha perdonado la vida. Pero no son pocos los que siguen luchando, aunque al verse superados en número o se rinden o pierden rápido sus propias batallas. Los muertos empiezan a disminuir también: nadie quiere un nuevo gobierno fundado sobre sangre de inocentes, por lo que los astrenses comienzan a tomar prisioneros en vez de atravesar corazones. Quizá los pobres que aún creen en Aviel tengan tiempo de recapacitar después.

La calma se extiende poco a poco en los subterráneos, pero es ficticia. El lugar se ha convertido en un pueblo desolado de cuerpos caídos y lamentos al aire. Los que más saben de magia blanca ayudan a sus compatriotas, incluso a soldados enemigos que juran lealtad a la nueva corona. Qué poco y a la vez cuánto vale la servidumbre de una persona: cuando estás al final de tu vida y jurar a alguien puede marcar la diferencia entre vivir o morir, ¿no elegiríamos cualquiera salvarnos? No hay honor en ello, pero sobrevivir a menudo está por encima de este.

No me atrevo a lanzar el mensaje a la cabeza de Inair de que todo ha terminado ya. No todavía, hasta que no haya ni un solo grito, ni un solo lamento. Alguien podría atacarla y hacerle daño pero, más allá de eso, no está preparada. No está preparada para salir de la escuela y ver el rastro de cadáveres, la sangre, los cuerpos mutilados. Yo mismo me arrastro, incapaz de andar firme. Su primo ha muerto. Intento encontrar con la vista a Shem y Briah, asegurarme de que ellos están bien, pero no los veo. Quizá también hayan caído.

¿Cuántas muertes podrá soportar?

En otro vistazo busco a Seaben y lo encuentro junto a Chryses al lado de unas ruinas. Eirene está con él, con un golpe en la cabeza que ha dejado un reguero de sangre en su cara. Mi amigo, cuyas ropas también están ensangrentadas, la abraza y ella se apoya contra él. La princesa tiene los ojos cerrados con fuerza, y algo me dice que es porque no quiere ver lo que hay a su alrededor.

Dejo caer los párpados, agotado. Cuando estás peleando solo puedes pensar en aguantar un poco más. Ahora que la batalla ha terminado, solo puedo pensar en la pérdida.

Entonces suena el cuerno.

El sonido llega hasta nosotros como lejano al principio y después se repite, cada vez más cerca. Muchos nos tensamos al escuchar también los pasos de un pelotón. Veo a Seaben soltar a Eirene y llevar una mano a la empuñadura de la espada. Yo también lo hago, en un acto reflejo. Muchos de los astrenses se mantienen en guardia.

Más pasos. Un, dos. Un, dos. El sonido del cuerno otra vez.

Un pelotón entra en los subterráneos con seguridad. A la cabeza, capitaneándolo, Rayne, junto a Sylvana, evalúa la situación. En su mano hay una bolsa de esparto empapada de sangre, e imagino que dentro contendrá, como un macabro tesoro, la cabeza del Tirano.

No es él, sin embargo, quien más llama la atención, sino la mujer que los acompaña. La misma apariencia que vimos en el baile, pero esta vez, es de verdad.

Su majestad Hermia de Astrea.

Su nombre suena por los subterráneos como un eco, como un susurro que se convierte en coro. Muchos se arrodillan, sobre todo los astrenses seguidores de la Vieja Astrea. Los que un día traicionaron a la antigua Corona para jurarle lealtad al Tirano humillan la cabeza con vergüenza y arrepentimiento, aunque no hay nada de censurable en querer ver el sol de un nuevo día. Los hechiceros que se niegan a aceptar que la Astrea de Aviel ha terminado la miran con desprecio.

El silencio se hace cuando los tres se acercan. Comienza a amanecer a sus espaldas, y pienso que con sus pasos traen también el alba de una nueva era. Rayne abre la bolsa con calma, tirándola casi con desgana al suelo.

La cabeza de Aviel de Astrea nos mira a todos con la expresión del que pierde todo en un segundo.

–El Tirano ha muerto –anuncia Rayne con voz fuerte.

Centenares de voces empiezan a murmurar. El lugar se convierte en una cacofonía difícil de descifrar. Una frase se superpone a todas las demás.

–¡¡Larga vida a Inair de Astrea!!

El grito se ve apoyado por otras voces. Me estremezco al escuchar su nombre y mi mirada vuela en dirección a la escuela, donde sigue a salvo, resguardada y alejada de todo lo que aquí ocurre.

–¿Dónde está Drake?

Miro hacia atrás. Briah está cerca de mí, pálida y con una gran herida en su rostro que la obliga a cerrar un ojo. Tiene una mano en su brazo, intentando mantener a raya una hemorragia que sangra abundantemente. Parece mareada y quizá por eso se apoya en Shem, que también mira al frente con la misma expresión de horror que su compañera.

Tienen razón. Drake no está con ellos.

Todos tememos lo mismo.

Inair

Ha terminado.

Para bien o para mal, la lucha ha cesado con el sonido del cuerno inundándolo todo, y los refugiados nos apresuramos a abrir las puertas y salir al exterior. Si hemos perdido, si el Tirano ha ganado, ya no importa por cuánto más nos escondamos, porque nuestro fin estará cerca. Si hemos ganado, nadie quiere esperar más para reencontrarse con los suyos o salir a respirar, después de tanto tiempo, el aire exterior. Todos quieren sentir la luz de las estrellas sobre su piel y dejar que el viento les acaricie las mejillas mientras ven el amanecer.

Yo solo quiero abrazar a los míos. Quiero volver a casa y recuperar mi vida.

Quiero ayudar a Astrea a despertar de una pesadilla que dura ya dos años.

Por eso mis pies se mueven rápidos y se alejan de nuestro refugio para recorrer las calles. Por eso no me detengo cuando Moira pronuncia mi nombre. En algún momento, me encuentro pasando a la carrera por delante de la plaza, de la casa que ha sido mi hogar durante estos últimos días. Pero no me detengo. No cuando veo las primeras ruinas o el primer cuerpo, pese a que la sangre que empapa el suelo me horroriza. No quiero ver los rostros que miran hacia las sombras que se extienden sobre nosotros por miedo a reconocer a alguien. No quiero descubrir que conozco los nombres de los muertos, pese a que lo justo es que los aprenda todos y me recuerden, día tras día, que aún queda mucho trabajo que hacer hasta alcanzar la paz.

En silencio, me juro que sus muertes no serán en vano.

Mi carrera llega abruptamente a su fin cuando me encuentro con una muralla humana obstruyendo el último tramo antes de llegar a la entrada a los subterráneos. Solo entonces me detengo, jadeante. Algunos rostros se vuelven hacia mí. Me reconocen. Sus ojos se agrandan. Se crea un pasillo para mí entre los astrenses, que, de pronto, ya no permanecen de pie, sino que se arrodillan.

Por un instante me quedo en blanco, sin saber qué hacer. ¿No debería ser yo la que se humillase? ¿La que les diese las gracias, uno por uno, por su lucha y su sacrificio? Al darme cuenta de lo que esperan, me adentro entre ellos, siguiendo el rumbo que ellos mismos disponen para mí. Poco a poco, todos se dan cuenta de mi presencia y, aunque algunos no agachan la cabeza, sino que me miran desafiantes, finjo no darme cuenta. Todos tienen manchas de sangre en sus ropas y algunos están heridos, de mayor o menor gravedad. Yo, en cambio, estoy completamente limpia, con mis ropas apenas arrugadas.

No me merezco su respeto.

–Majestad.

Me detengo ante la mirada de todo un pueblo. Allí están todos mis amigos. Mi familia. Inclinados como fieles súbditos. El corazón me late inquieto en el pecho al verlos rendirme pleitesía, como si no nos conociéramos. Seaben de Lothaire baja su cabeza en señal de reconocimiento, con su brazo protector alrededor de los hombros de su esposa, que, pese a las heridas, trata de esbozar una sonrisa.

El silencio se alarga más de lo que puedo soportar.

–Levantaos. Soy yo la que debería estar arrodillada, dándoos las gracias y suplicando aceptación –digo, con una voz que no suena a la mía.

Aunque hablo para todos, mis ojos se centran en la figura de una mujer que incluso de rodillas conserva todo su porte.

Mi madre ha sido la reina más digna que Astrea podría haber deseado.

Extiendo mis manos hacia ella y la ayudo a levantarse. No la recordaba tan delgada. No recordaba sus arrugas o la tristeza en sus ojos. Cuando me abraza, me doy cuenta de que no era consciente de lo mucho que echaba de menos sus brazos a mi alrededor o de lo sencillo que es sentirse protegida cuando ella está a mi lado.

–Mi reina –susurra, bajito, y a mí se me escapa un sollozo que trato de acallar contra su hombro. No puedo llorar. No puedo dejar que piensen que no sabré proteger Astrea. Que no sabré estar a la altura de las circunstancias.

Incluso si yo dudo de mí misma, no debo dejar que ellos lo vean.

Mi madre se separa de mí tras depositar un beso en mi mejilla y yo observo a los demás. Lowell está tan cerca que podría tomar su mano si alargase la mía. Briah y Shem me miran solemnes, aunque tristes. Sylvana. Rayne. Busco a los que faltan, a Adair y Drake, pero no los veo por ninguna parte. En el suelo, a los pies del padre de Drake, una cabeza sin cuerpo yace abandonada sobre la piedra.

Aviel.

Nunca lo había visto y parece una broma cruel que esta vaya a ser la única imagen que tenga del hombre que ayudó a destrozar mi vida. El asesino de mi padre. El carcelero de mi madre. La marioneta de Mab.

Entre la multitud, alguien desea larga vida a mi reinado. Escucho las voces lejanas de un pueblo corear mi nombre, pero yo solo puedo ver la expresión de horror del Tirano. Sus labios entreabiertos, a punto de susurrarme algún secreto. El borde sangriento de la carne allá donde el filo de una espada lo mordió. Sus cabellos desparramados a su alrededor. Sus ojos sin vida en los míos.

Soy la primera de los dos en apartar la mirada.

Drake

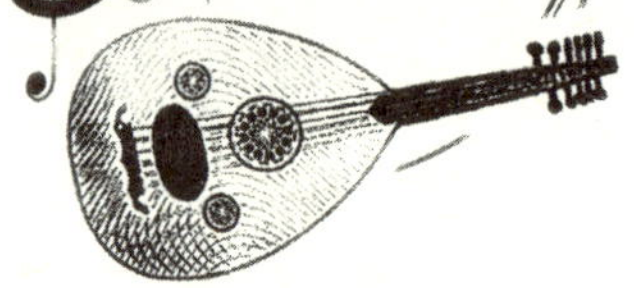

Despierto como dos años atrás, en mi cama de palacio, en un cuarto con las mismas sombras que una vez conocí. Tú misma estás a mi lado, sobre la almohada, esperándome. El día se cuela a pequeños pasos por los laterales de las cortinas firmemente cerradas y llega también desde el pasillo por debajo de la puerta.

En la penumbra, me incorporo y trato de recordar. Tengo el cuello vendado. Un dolor sordo me recorre todo el cuerpo. Huelo a sangre y a muerte. Pese a las mantas sobre mis piernas, el frío me muerde los dedos. Alcanzo un vaso que hay sobre la mesilla y bebo un líquido espeso que baja por mi garganta y cae, cálido, en mi estómago vacío.

Ojalá todo hubiera sido un sueño.

Reúno todas mis fuerzas y me levanto. Me siento sucio y cansado hasta lo indecible cuando me envuelvo en la capa que descansa sobre una silla. Dejándote sobre la cama, arrastro los pies hasta la puerta y me asomo al pasillo desierto. La luz me ciega durante un momento e intento contener una náusea mientras la visión se me llena de manchas. Cojo aire, todo el que puedo contener en los pulmones, y lo expulso muy lentamente antes de embarcarme en la aventura que supone volver a descubrir los corredores del palacio.

–¡Drake!

Me giro, alzando la muralla en mi mente a modo de acto reflejo. La figura que viene hacia mí, sin embargo, no es la de un desconocido. No es ni el Tirano ni un soldado. Rayne llega hasta mí a paso ligero.

–Deberías estar descansando.

No contesto. Lo sigo con la mirada, con una nueva inquietud creciendo en mi pecho, y lo observo bajo una nueva perspectiva que nunca habría tenido de no haber visto lo que vi. Los pensamientos de un hombre moribundo son, sin duda, curiosos.

Cuando me coge del brazo, le dejo conducirme de nuevo al cuarto. Me obliga a sentar en el borde de la cama y después, pese a mi quejido, descorre las cortinas y deja que la luz del sol se derrame por el dormitorio. Él mismo se detiene ante la ventana y mira al exterior, contemplando la superficie del lago y el propio castillo reflejado en ella.

–Aviel ha muerto y tu madre está a salvo. Tu hermana será ahora la reina, y la Astrea que tú conociste es de nuevo la única que existe. Eso no significa que no queden muchas cosas por hacer, pero al menos este va a ser un día un poco más feliz para ti, ¿no?

No digo nada. Sus palabras no llegan a ser todo lo reconfortantes que yo quisiera.

Miro la almohada. Me gustaría volver a tumbarme. Me gustaría relajarme y dormir, solo dormir, hasta que no haya nada más que dulces sueños.

–Pensé que te perdía, Drake. Si Sylvana no hubiera aparecido…

Rayne se ha girado y me mira. ¿Fue ella la que me salvó? Sí, recuerdo que pensé que estaba muriéndome. Recuerdo algo apagándose en mi mente. ¿La mía o la del Tirano? Me llevo una mano a la cabeza. ¿Por qué me metí en sus pensamientos en ese momento, en el que debía de estar al borde de la consciencia? ¿Cómo lo hice, siquiera? ¿Cómo pude tener tanto control sobre la situación, si lo único que podía hacer era rendirme? Dejo escapar un gemido y me inclino hacia delante, intentando controlar el vuelco en el estómago y el palpitar acelerado de mi corazón.

–¿Drake?

–Lo sé todo –susurro, con voz ronca. La información sale de mis labios resecos sin permiso–. Lo he visto todo en la mente de Aviel.

–No sé de qué…

–¡Dejad de mentirme!

No sé de dónde sale, pero la ira es de pronto más fuerte que el dolor. Más fuerte que el cansancio. He visto a través de los ojos de otro hombre, de un testigo. He visto a mi madre, más joven, supuestamente enamorada. He visto cómo lo echaba de nuestra casa y cómo le pedía a Aviel que no se volviera a acercar a nosotros. He visto la satisfacción en los ojos de Mab al ver lo que quería.

Ahora entiendo por qué no me mató. Ahora sé lo que quería comprobar al dejarme vivo aquella noche de la boda, cuando supo quién era. Todo el tiempo, fue consciente de quién era mi padre.

Nieto de un dios. Soy nieto de un dios.

Bajo mi carne, diluida en mi sangre, corre la materia de la que están hechas las leyendas.

–Drake…

–Yo no soy como tú.

Rayne coge aire con brusquedad. No necesito mirarlo para saber que ese ha sido un golpe bajo. Para darme cuenta de todo el daño que le he hecho con solo cinco palabras. Pero es cierto, ¿no? No lo soy, o la reina de las hadas jamás me habría embarcado rumbo a Astrea para dejar que Aviel se encargase de mí. Yo sería una víctima más, y no otra de sus herramientas, como fue el hombre que tengo delante.

–No sé si lo eres. Y tú tampoco. Podría ser que sí, y tienes capacidades que ni conoces, porque nadie te ha hablado de ellas o están dormidas, esperando a despertar. Podría ser que no.

Aprieto los labios. ¿Eso es todo lo que va a decirme? ¿Cómo lo supo él? Quiero hacerle preguntas y, al mismo tiempo, me aterra escuchar las respuestas.

–Deberías irte, Rayne.

No soy yo el que se lo advierte. Bajo el dintel de la puerta, mi madre mira con fijeza al que un día fue su amante. Él sonríe, casi con pesar, pero no protesta. No se opondrá, no sé si porque yo estoy delante o porque sabe que esta conversación, por el momento, no nos llevará a ninguna parte: no estoy dispuesto a escuchar sus excusas y él tiene demasiadas explicaciones que ofrecerme para querer a mi madre en el mismo cuarto. Con una reverencia que me deja claro que no le guarda nada de respeto a la Reina Madre, pasa por su lado y se marcha.

El rostro de la mujer se suaviza una vez la puerta se cierra a sus espaldas.

–Drake…

Quiero ir a abrazarla. Quiero besar sus mejillas y apoyar la cabeza en su regazo, como cuando era niño. Quiero tomar sus manos y escuchar sus cuentos de ciudades submarinas y estrellas velando por los hechiceros.

Pero no puedo.

–Madre –susurro, sin moverme.

No es este el reencuentro que ninguno de los dos esperaba. No después de tantas lunas. No después de tanto sufrimiento. Y aun así…

–¿No vas a abrazarme?

Tengo que apartar la mirada. Me levanto y camino hasta la ventana. Sus pasos son un susurro en mi dirección, pero yo me pierdo en la forma de las nubes, en el horizonte. Retiro la mano cuando intenta entrecruzar nuestros dedos. La oigo suspirar. Cuando toca la venda, yo me aparto.

–¿Qué ocurre? ¿Te ha dicho algo ese hombre? No debes dejarte afectar por sus palabras. Nunca ha pensado en nadie más que en sí mismo.

–Lo sé.

–Entonces no te sientas mal. Se irá en cuanto tenga oportunidad…

–No. –Sacudo la cabeza y la miro. ¿Era así cuando nos vimos por última vez? ¿Estaba tan maltratada por el tiempo? Por primera vez, entiendo por qué Rayne nunca me ha parecido viejo–. No me refiero a eso. *Lo sé.* Sé lo que me has estado ocultando. Sé lo que es. Sé que lo echaste. Sé que me mentiste. Y, pese a todo, parece que me queda mucho por comprender. ¿Por qué? ¿Por qué lo hiciste?

Diez años parecen caer sobre su rostro. Es ella la que se aleja de mí ahora y se sienta en la cama. Y aunque me hace un gesto para que la acompañe, me quedo de brazos cruzados ante la ventana, esperando. Parece muy frágil en comparación con el tamaño del cuarto. Para mí siempre había sido perfecta. Hermosa y poderosa como solo una madre y una reina pueden serlo.

–Tuve que hacerlo –confiesa, en un hilo de voz–. Para protegerte de él. De lo que es.

Ni siquiera se atreve a llamarlo por su nombre.

–¿Y por eso me engañaste?

–¿Acaso no habrías ido detrás de él en cuanto hubieras tenido oportunidad si lo hubieses sabido todo? –Aparta la vista, dolida–. Detrás de él, ni más ni menos, aunque solo sea…

–¿Qué?

Asco.

–Un monstruo.

Por alguna razón, siento compasión. Él no eligió ser lo que es. No escogió su sangre, o lo que sea que le hace diferente. ¿Y, que, de hecho, le hace tan distinto a cualquier otro hechicero? ¿Que no envejece igual? ¿Que vivirá quizá eternamente? Con más tiempo para ver el mundo cambiar, destruirse y volver a nacer. Con más momentos de sufrimiento que cualquier otro. Más soledad.

–No es un monstruo –me escucho decir, aunque lo que realmente deseo es defenderme. No *soy* un monstruo–. Su sangre corre por mis venas –le recuerdo.

Atormentada, me mira.

–Lo sé. Toda mi vida la he dedicado a que no seas como él. Lo alejé para que nunca llegáramos a esto. Para que nunca…

Calla. ¿Por miedo? No. Porque le remuerde la conciencia. Porque siente que ha fallado.

–Puedes decirlo. –Pero sé de antemano que no quiero escucharla.

–A veces te miro y solo lo veo a él, Drake.

Nos medimos con la mirada. Así que todo se reduce a esto. Así que todo se reduce a una verdad demasiada dolorosa, tanto para ella como para mí. ¿La he defraudado? No puedo cambiar ya. He vivido dos años lejos de este palacio. Lejos de ella. Creo que no me he convertido en una mala persona. He hecho lo que debía, cuando nadie más se atrevió a dar el paso. Tendría que estar orgullosa de mí, y no lamentarse porque me parezca al hombre del que una vez estuvo enamorada.

–Será mejor que te vayas.

Mi madre se levanta.

–Me has malinterpretado. No quería…

–*Por favor*, márchate.

Necesito estar solo.

–Adair… –Me tenso, pero la frase queda inconclusa. Como tantas otras cosas. El aire de esta habitación empieza a estar demasiado cargado de insinuaciones, dudas y temores–. Tu prima y tu hermana te necesitan más que nunca. No les falles ahora.

Con un gesto hacia la silla de donde cogí la capa, donde me espera más ropa limpia, me deja solo. Estoy demasiado cansado, demasiado derrotado para protestar.

Todo el mundo puede fallarme a mí, pero aunque el mundo se deshace bajo mis pies, sería un egoísta si se me ocurriese desaparecer, aunque eso es lo que más deseo.

Atardece. Las olas rompen contra la playa y contra nuestro silencio. El agua lame las piras donde hemos dejado a los muertos. La brisa huele y sabe a sal. En el horizonte, el sol se esconde y la madera cruje cuando es empujada hacia el mar. Las flores que cubren a los caídos empiezan a brillar con el último rayo del día y la primera estrella de la noche. Las llamas parecen fuegos fatuos bailando sobre las olas, consumiéndolo todo. Nos llevarían también a los vivos que quedamos en la playa, si tuviesen la oportunidad.

Algunos de nosotros quizá nos dejaríamos engullir por el calor y la muerte, porque sentimos el corazón helado.

A mi lado, con mi brazo alrededor de sus hombros, Moira llora por su hermano. El suyo es un dolor callado, tan tembloroso como descorazonador es para mí verla. Me han dicho que Adair murió luchando, protegiendo a Lowell y al país en el que creía, pero eso no es consuelo para ninguno de los que nos quedamos sobre la arena. No es consuelo para los huérfanos, las viudas y viudos, los padres sin hijos. No es consuelo para los amigos, como Briah o Shem, que observan en silencio cómo las cenizas se extienden por la superficie del agua.

Sobre nosotros, las estrellas aparecen en fúnebre procesión. ¿Será verdad que los cuerpos de los nuestros renacen en el cielo, o solo es una historia para que no nos sintamos tan perdidos en la tierra? Para llenar nuestros sueños de buenos recuerdos, y que nuestro avance por la vida no sea una tarea más que llevar a cabo con esfuerzo.

Frente a la pérdida, no existen canciones ni cuentos de consuelo.

Frente a la pérdida, solo queda el silencio del luto.

Cirene

Las personas que éramos antes de la batalla se hunden con los muertos en las oscuras aguas de Astrea.

Yo, al menos, no me siento la misma.

Lo que ha ocurrido con Astrea me ha hecho pensar. El enfrentamiento de unos contra otros, el odio, la sangre. El hecho de que yo misma he participado en eso. He matado. Mis manos están manchadas de sangre. Me he convertido en una cazadora cuyas presas han dejado de ser animales. De las luces que ahora danzan en las aguas, ¿cuántas he provocado yo? ¿Cuántas vidas he arrebatado?

Lo peor es que ni siquiera puedo llevar la cuenta. Lo peor es que a muchos ni siquiera los vi antes de disparar. Antes de hacerles caer, atravesados por mis flechas. A Seaben en sus pesadillas aún le queda eso: sus caras. Al menos puede recordarles y pedir perdón por cada uno.

Yo solo tendré fantasmas sin rostros cuando me alcance la noche.

Peor que todo eso es la seguridad de que no ha acabado: la muerte solo ha empezado a mostrarse en mi vida. Abandonaremos Astrea en pocos días y lo que ocurra aquí desde ese momento no será nuestro problema, porque no podremos hacer más, pero no puedo dejar de pensar en Nryan. Habrá gente favorecida por el reinado de mi padre. Habrá gente que le sea fiel. Y si han dado la noticia de mi muerte, quienes no estuvieran contentos y me esperasen –si es que los hay– habrán claudicado y perdido la esperanza.

Aviel era un usurpador, un ladrón, y sin embargo ha tenido súbditos fieles. Personas que han matado y muerto por él incluso cuando llegó la noticia de su asesinato. Personas que seguirán luchando, clamando venganza. Personas capaces de enfrentarse al exilio por alguien que ya no está. ¿Qué no harán, entonces, por mi padre? Aviel ha reinado dos años con una corona que no le pertenecía, pero Ibran lleva catorce sentado en el trono de manera legítima. ¿Es esto a lo que voy a condenar a Nryan con mi vuelta? ¿A enfrentamientos civiles? ¿A la lucha entre hermanos? ¿Voy a tener que asesinar a mi propio pueblo? No estoy dispuesta.

–Eirene.

La voz de Seaben me saca de las imágenes de horror y cadáveres que ocupan mi cabeza. Lo miro y él tiene que ver en mi expresión el desasosiego, porque me abraza. Yo me dejo acomodar contra él, aunque ni siquiera soy capaz de corresponderle.

–No tenías más opción, Eirene. O ellos o tú.

O ellos o él, también. No puedo sentirme culpable por todos aquellos a los que he matado protegiéndolo. No verdaderamente culpable, al menos: la vida de un desconocido no es nada en comparación con la vida de alguien a quien queremos.

Me estremezco ante mis propios pensamientos. ¿Esto es en lo que me estoy convirtiendo? ¿En alguien que considera que una vida vale más que otra?

–Necesitas descansar –susurra, en mi oído. Asiento, sin palabras, y sus labios tocan mi frente, mis mejillas y mi boca. Nos observamos en silencio y él acaricia delicadamente mi cara–. Sé que es difícil. Sé que es duro. Sé que no lo entiendes, que no es justo…

Tiene razón, pero le acallo con un dedo sobre sus labios.

–Hemos ayudado a gente. Gente afligida y a la que le habían arrebatado su hogar. Es lo que debíamos hacer.

Seaben asiente.

–Era lo que tenía que pasar.

No es mi esposo el que dice esas palabras, sino Drake, que se ha acercado a nosotros y nos mira con expresión también cansada y derrotada. En los cuentos, la victoria siempre trae felicidad y alegría. Entonces ¿por qué ninguno de nosotros parecemos contentos?

–El héroe de Astrea –intento felicitarle. Cuando no lo vi en los subterráneos pensé lo peor, pero no tardaron en informarnos de que solo había tenido un accidente y que estaban cuidándolo en el castillo.

–No me siento demasiado heroico, Ei.

–Has hecho lo correcto –dice Seaben–. Ese hombre merecía la muerte por todo el sufrimiento que ha provocado. Igual que Mab.

Drake asiente, pensativo, pero no dice nada al respecto. Supongo que él también cargará con sus propios fantasmas. Lo veo frotarse el cuello con algo de incomodidad. Tiene una leve marca roja bajo la nuez.

–Ahora Astrea es libre gracias a ti, Drake. Si no hubieras acabado con él, lo que un día fue la isla se habría perdido para siempre.

–No me arrepiento de haberlo matado. Solo pienso que ojalá las cosas hubieran sido de otra manera. Adair, y tantos otros…

Los tres callamos, en respetuoso silencio por los caídos. Quizá tampoco sepamos qué decir. Miro a las aguas, donde apenas quedan ya luces. Donde apenas queda ya rastro de las personas que un día pisaron el suelo que nosotros pisamos ahora.

–Tú creías en las estrellas, ¿verdad, Ei?

Lo miro de reojo, pero no sé qué responder. Sí, solía creer en ellas. Solía creer que eran seres bondadosos que nos protegían desde el cielo. Seres capaces de cuidarnos y que nos darían un lugar entre los suyos cuando no pudiésemos huir de la Muerte.

Ahora puedo estar segura de que las estrellas existen, pero después de saber lo que vivió Sylvana, después de saber que nadie hizo nada por mi madre incluso habiendo jurado protegerla, ya no estoy segura de poder creer en ellas de la manera en que lo hacía antes.

Drake no me obliga a responder, sino que sigue hablando. Sus ojos se pierden en el firmamento, y sé antes de que diga una sola palabra que hay algo más allá de Astrea que lo atormenta.

–¿Crees que velarán a los muertos? ¿Que les darán otra vida, otra oportunidad, en su ciudad brillante?

Seaben me mira, como si él también se preguntase qué es lo que creo.

–No lo sé –admito–. Puede que no crea en nada más que en la vida ahora, Drake. Estos últimos días me han enseñado que lo que tenemos, lo que vivimos, el tiempo que poseemos es lo único real. Lo que hay más allá es inservible. Las estrellas y los dioses nunca han interferido en nuestras vidas. Les damos igual, como a los feéricos les dan igual los humanos, o como a los astrenses que servían al Tirano les han dado igual sus compatriotas. El mundo es egoísta y cruel, y todos nos preocupamos solo de nuestros propios asuntos. Quizá luchemos por causas mayores pero son *nuestras* causas. Solo pensamos en nosotros mismos. Todos somos iguales, más allá de la raza: todos actuamos por lo que creemos o queremos. En ese sentido, ¿cómo podemos censurar a los dioses o las estrellas? ¿Qué les obliga a cuidarnos o protegernos? ¿Solo el hecho de ser más poderosos? Ellos vivieron su guerra. Tendrán sus preocupaciones, su mundo, su realidad. Y nosotros estamos de más ahí.

Ninguno de los dos se atreve a contradecirme. La última de las luces sobre el mar se hunde y se apaga, y el océano astrense, lleno de quietud, se vuelve oscuro. Miramos a las estrellas como si esperásemos que ellas rebatan mis palabras, o como si, a pesar de todo, quisiéramos ver unas cuantas más en el cielo, una por cada persona caída en la batalla.

–Rayne es hijo de un dios.

Doy un respingo. Aunque Sylvana ya me lo había dicho, me sorprende que él lo sepa. Sylv me dijo que Rayne quería ser precavido con el tema. Miro de reojo a Seaben, que ha entreabierto los labios. Le he contado la naturaleza de Sylvana, pero no la de su amante. También me sorprende que Drake decida compartir esto con el príncipe delante, pero no digo nada.

El trovador sonríe de medio lado.

–Por supuesto, ya lo sabías.

–Me dijeron que no te contara nada.

–Y siempre se te ha dado bien guardar secretos…

–Lo siento. Pensé que no me correspondía a mí contártelo.

Drake asiente con lentitud. No parece enfadado. Vuelve la vista al cielo.

–Siempre había querido cuentos y leyendas en mi vida. Pero esto supera todas mis expectativas.

–Al menos tú ya sabes todos los cuentos que hay tras de ti.

Miro a mi esposo, que esboza una sonrisa irónica que intenta animar al trovador. Él no descubrirá toda su historia hasta la luna llena, cuando deje de tomarse su poción y los secretos de Mab no tengan más remedio que revelarse. Drake lo mira, sorprendido, pero parece que pese a todo le hace gracia.

–Visto así…

–Sigues siendo Drake. Con sangre de dios o sin ella –le explico–. Astrea es tu hogar, aquí está tu familia. Eso es todo lo que importa. Las raíces también me parecen absurdas ahora: nuestro lugar no está en el sitio de donde proceden nuestros antepasados, ni siquiera en el sitio en el que nacemos. Está donde somos felices: a veces conocemos nuestro hogar de toda la vida, y otras… llega a nosotros por casualidad.

El trovador, pensativo, asiente. Abre la boca, pero entonces una mano en su hombro lo hace callar. Inair está a su lado. Moira, Lowell, Shem y Briah la acompañan.

–¿Vamos a casa? –le preguntan.

Drake los mira. Supongo que está pensando en lo que le he dicho. Supongo que está intentando descifrar si este lugar es verdaderamente su hogar, o si se encuentra pasadas las montañas. Quisiera advertirle que una vez su padre perdió todo lo que quería por intentar buscar más allá de lo que ya tenía, pero sé que eso tampoco me corresponde a mí hacerlo.

Al final, el trovador suspira y sonríe. Es una sonrisa más franca, aunque sigue teniendo un punto amargo. Nadie va a olvidar que si hoy todos podemos dormir en la superficie es por toda la gente que ha luchado por ello. La sensación agridulce flota en el ambiente, y la oscuridad de la noche parece un poco más densa y pesada que de costumbre.

–Vamos a casa.

Cuando lo dice también nos mira a Seaben y a mí, como si tratara de decirnos que lo ha entendido. Que buscará su sitio, tanto si es este como si está lejos.

El príncipe y yo nos miramos. Nuestros países están distantes, sumidos ambos en sus propios problemas. Hace ya semanas que abandonamos Lothaire y yo hace una vida que estoy lejos de Nryan. Pese a eso, los dos sabemos a dónde pertenecemos.

Nuestros dedos se entrelazan con fuerza: nosotros hallamos nuestro hogar al encontrarnos el uno al otro.

Los días en Astrea pasan mientras esperamos a la luna llena para marcharnos, y la nación que ha estado herida de muerte durante tantos años sigue sangrando. Todos los días hay trabajo, quizá más del que Inair había esperado encontrar. Apenas se la ve, excepto en las cenas, pues pasa todo el día en la biblioteca poniéndose al día de los cambios que implantó la tiranía de Aviel y de todas las consecuencias que eso ha traído para el reino: la torre de hechicería, sin ir más lejos, pasó a ser accesible solo para aquellos que pagaban altos impuestos, mientras que durante el gobierno de la Antigua Astrea todos, pobres o ricos, podían acceder a los estudios mágicos. Así, durante estos dos años, Astrea se ha convertido en un país que ha perdido la bandera de la igualdad que con tanto orgullo lució antaño. Los astrenses rebeldes no han tardado en descubrir que no solo ellos, en su subterráneo, han pasado por las penurias del hambre o la falta de recursos. En la superficie también lo han pasado mal.

Lo más preocupante de todo, sin embargo, son las revueltas. No son grandes, pero sí diarias: el cambio de gobierno, la subida al trono de

Inair, no es aceptado por todos. Aunque los más desfavorecidos agradecen la vuelta de la que siempre fue la legítima heredera al trono, los que estaban cómodos y eran fuertes con el gobierno de Aviel la critican. Lowell y Shem se encargan de ellos, y en ocasiones Seaben ha ido a acompañarles. Los radicales son juzgados y se les da la oportunidad de jurar ante la nueva Corona, como se hizo con Lowell en su día.

Los que no aceptan el nuevo gobierno son enviados al exilio. La princesa desearía no tener que tomar esas medidas, por supuesto. Cada astrense que se ve obligada a expulsar fuera del país la martiriza. Pero es lo único que puede hacer si desea un reino en paz. Una paz que, probablemente, todavía tarde en llegar.

Además, han llegado noticias del otro lado del mar. Noticias que explican por qué Mab no estaba en Astrea el día del ataque. Noticias de las que desearíamos no habernos enterado.

La guerra entre Anderia y Lothaire ha vuelto a estallar, y esta vez es más fuerte que nunca. Anderia atacó por sorpresa y consiguió vencer en tres batallas consecutivas a Lothaire, por lo que se está empezando a dudar de lo que hasta ahora se consideraba la inevitable victoria de los feéricos. Seaben, por supuesto, no ha dejado de culparse desde que se enteró: sin él para dirigir y acompañar a las tropas, incluso sin Lowell y sus estrategias, el reino de las hadas es un poco más débil de lo que era antes. Si bien mi esposo no le debe nada a Mab, Lothaire sigue siendo su pueblo, sigue creyéndolo su responsabilidad. Pero no puede volver.

Desearía poder hacer algo por él, pero no está en nuestras manos: regresar a Lothaire no es una opción, incluso aunque fuese lo justo para el pueblo.

Tenemos que encontrar al hijo de Chryses y hacer que esta locura se detenga. Debemos conseguir que el odio entre Anderia y Lothaire desaparezca, que Mab claudique. Si todos nos unimos, quizá podamos plantarle cara. Si todos los reinos estamos juntos, quizá ella no tenga más remedio que detener la guerra y dejar de mandar a sus súbditos a morir día tras día. Al menos, intentamos convencernos de eso.

Hay algo más que ocupa nuestras mentes, no obstante. Algo con fecha más cercana: Seaben ya ha dejado de tomarse su medicina y mañana la luna llena iluminará el cielo. Con su poder, dispersará todos los secretos que Mab haya tejido sobre él durante toda su vida.

Esta vez, Seaben no parece encontrarse tan mal como en la otra ocasión. De hecho, ni siquiera tiene fiebre ni tiene que guardar cama. Parece… normal.

–¿Estás seguro de que estás bien? –pregunto por enésima vez durante el día.

Seaben enarca las cejas. Sentados en el cuarto que nos han asignado en el castillo de Astrea, hemos retomado nuestras partidas de ajedrez: entre nosotros está el tablero y a ambos nos faltan ya piezas de nuestros diminutos batallones, que el otro se ha cobrado con satisfacción. Esta vez ya no jugamos a robarnos secretos con cada jaque, porque ya no hace falta: ahora no nos mentimos ni nos ocultamos cosas. Ahora estamos juntos. Juntos de verdad.

–¿Vas a preguntar eso por cada jaque que hagas, Eirene? No creo que así sea muy divertido.

–Solo digo que es extraño. Quizá la poción siga haciendo efecto. Puede que Moira estuviese equivocada y eran necesarios más días sin tomarla antes de la luna llena.

–O puede que esta vez no me haya afectado tanto porque no estoy tan débil ni tan cansado. Y, por otra parte, no tengo que estar pendiente de lo que piensas en cada momento y qué será lo siguiente que harás o qué decidirás sobre mí.

Abro la boca, indignada, aunque sé que no es una acusación de verdad.

–¡Por supuesto! ¡Yo te provocaba la fiebre!

Mi esposo alza la vista para mirarme con una media sonrisa.

–Puede que ahora me provoques otro tipo de calentura.

Me ruborizo por completo. A la defensiva, cojo una de las piezas que le he robado y se la tiro. Él la esquiva con elegancia, sin poder contener la risa.

–¡Estoy hablando en serio!

–Oh, yo también. Te lo aseguro.

Me reacomodo en mi asiento, avergonzada, y clavo la vista en el tablero. Lo cierto es que, si dice la verdad, puede que no sea el único de los dos. Últimamente todos sus besos, toda su cercanía, me parecen insuficientes. A veces, nuestros besos se vuelven urgentes, desenfrenados, y yo me siento arder y…

Trago saliva, intentando no sentirme turbada por sus palabras. En realidad, sé que si todavía no ha pasado nada es porque no he intentado dar ese paso. Él no me tocará hasta que no crea que estoy preparada, hasta que yo no le demuestre que lo deseo tanto como él. Pero ¿es que no lo sabe ya? ¿No puede adivinarlo? Aunque tampoco es que hayamos tenido demasiado tiempo…

Me concentro en mover un peón, aunque soy consciente de que Seaben está observando mi reacción.

–¿Y qué hay de Lothaire? –pregunto, intentando redirigir la conversación a un terreno que no me haga sentir estúpida.

–No me has hecho jaque para tener derecho a esa pregunta…

Ante su pobre intento de esquivar el tema, lo miro. Él suspira y aparta la vista hacia la ventana. La luz del atardecer arranca sombras a su expresión.

–Estoy bien. O lo intento. No hay nada que pueda hacer, ¿verdad? Así que quizá lo mejor sea no pensar en ello.

–Pero piensas en ello.

–Es mi pueblo, Eirene. Mi gente. Sigo siendo su príncipe, aunque ya no reconozca Lothaire como mi hogar. He vivido allí toda mi vida, he luchado por ese país durante más años de los que recuerdo. Muchos de los que han caído han sido compañeros en muchas batallas. Siguen siendo mi responsabilidad. Quizá si estuviera allí habría muerto menos gente. Quizá…

Calla y lamento haber sacado el tema cuando su mirada desciende, con pesar. Me levanto de mi asiento, solo para poder acomodarme en su regazo. Él me lo permite, rodeándome la cintura con un brazo. Cojo su rostro entre mis manos, para obligarlo a mirarme.

–Haremos algo por ellos. Por todos. Las cosas no van a ser así eternamente. Si encontramos al hijo de Chryses quizá tengamos la suerte de que sea la sensatez que detenga toda esa locura. Aunque me pregunto cómo lo hará, si Mab no quiere dejar de luchar...

Seaben apoya su frente en mi hombro.

–Entonces, quizá la única manera de detener esto sea matándola.

Un escalofrío me recorre ante la frialdad de sus palabras. Recuerdo el momento desesperado en que le clavé el puñal a la reina, cuando estuvo a punto de asesinarme. Me miró con rabia, pero tengo la seguridad de que lo que le hice no le causó el menor daño.

–Me pregunto si esa mujer podrá morir, siquiera –susurro.

–Todo el mundo muere. Incluso los dioses mueren si les cortas la cabeza.

Cojo aire, pero me niego a seguir hablando de desgracias. No quiero atraer a la Muerte nunca más cerca de nosotros: no mientras no sea necesario.

–Ya hemos tenido suficientes muertes. Mejor no hablemos de ello.

Mi esposo se separa lo justo para poder robarme un beso.

–Estoy de acuerdo. ¿Continuamos la partida?

–En realidad, hay algo más que me gustaría hacer.

El príncipe parece curioso. Me aparta un mechón corto de la frente.

–¿De qué se trata?

–Estás bien de verdad, ¿no?

Seaben resopla.

–Si lo preguntas una vez más...

No puedo evitar sonreír ante su exasperación.

–De acuerdo, de acuerdo. Entonces, tu mente también está perfectamente, ¿verdad?

–Sí, claro.

–Ahora que van a permitirnos estar solos, quizá podrías enseñarme a tener control sobre la mía, entonces –le sugiero.

El muchacho parece sorprendido, pero tras la primera impresión, toma mi rostro entre sus manos, presionando su boca contra la mía en un gesto corto.

–Me parece bien.

Sonrío, con un cosquilleo agradable en el estómago. Esto es un compromiso nuestro. Solo suyo y mío, por propia voluntad. Una ceremonia que nos unirá un poco más, si es que eso es posible. En este instante es fácil olvidar todo lo demás: este será nuestro pequeño momento de paz entre todo el caos en el que se han convertido nuestras vidas.

–¿Y bien? ¿Qué tengo que hacer?

–Voy a entrar en tu mente, así que tienes que relajarte. Trata de pensar en algo. En un recuerdo o… lo que quieras. Algo creado por ti misma, incluso. Algo que te gustaría compartir conmigo.

–¿Algo que compartir? –Ladeo la cabeza, pensativa–. ¿Y qué te gustaría ver?

–No es algo que yo deba decidir, sino algo que tú tienes que entregarme por voluntad propia. Algo que te gustaría mostrarme, solo tuyo. Después, yo dejaré algo en tu cabeza a cambio. –Sus labios se acercan a mi oído y susurra, tierno–: Piensa en ello como los votos de una boda: los novios no se preguntan qué deberían escribir para el otro, ¿verdad?

Me ruborizo, pero se me escapa una sonrisa. Identifico el hormigueo de mi estómago como felicidad. Una plena y absoluta, que me rodea y de la que me siento indigna. Pero supongo que el mundo también es esto: por más sufrimiento que haya a nuestro alrededor, siempre puede haber un hueco para la alegría; un rayo de sol en medio de la niebla.

–¿Dices que puede ser algo creado por mi mente? ¿Algo… que no haya pasado, pero que yo pueda imaginar?

Mi esposo me mira con curiosidad, pero asiente. Me muerdo el labio con anticipación, con nerviosismo, y me apoyo contra su hombro, escondiendo la cara en su cuello, abrazándolo.

Cierro los ojos, e imagino. Hay un pinchazo en mi mente que me indica que Seaben entra en mi cabeza para saber qué ocurre dentro de ella.

Es invierno. Estamos en Lothaire. Los jardines de Lothaire. El altar. Los invitados… Solo que no son los mismos invitados que una vez estuvieron en una boda que no debió haber sucedido. Son rostros amigos, conocidos y queridos por ambos. Ni Mab, ni Lyra, ni ninguno de sus súbditos. Lo imagino a él, esperando en el altar, pero sin tensión, sin duda, sin incomodidad. Lo imagino a él feliz de recibirme. A mí, y no a Fay. A mí, con mi cuerpo. Con un vestido blanco. *Mis* dedos se entrelazan con los de Seaben. El mismo sacerdote que nos casó vuelve a mencionar los votos, pero nosotros solo nos miramos. No al suelo ni a la gente: solo nos fijamos el uno en el otro. Sin dudas. Sin miedos. Nos unen las manos con la cinta roja, pero nada malo pasa.

Nos besamos. Su boca en la mía sin sabor a lágrimas o a obligación. Solo la sensación que me provocan ahora sus labios: felicidad, calidez, hogar. Nuestros cuerpos se aprietan en un abrazo y le susurro que lo quiero, y él me dice que estamos juntos. Juntos. Para siempre.

En la realidad, escucho el jadeo que se le escapa a Seaben cerca de mi oído. Siento sus brazos aprisionarme contra su cuerpo con más fuerza. Casi me parece que tiembla. Su rostro también se esconde en mi cuello y deja un beso ahí.

Entonces me doy cuenta de que mi cabeza se llena con imágenes que yo no he convocado, pero que continúan la escena justo donde la he dejado. Una gran fiesta. Drake tocando para nosotros, pero sin miradas esquivas, sino con alegría por nuestra unión. Briah hace una broma sobre la noche de bodas y Shem le hace enrojecer con un comentario en respuesta. Lowell se burla de nosotros e Inair le recrimina por hacerlo, aunque divertida. Sylvana, que es adulta, nos dice lo feliz que le hace vernos juntos. Adair sigue vivo y comparte el momento con nosotros junto a Moira. Mi prima está ahí, incluso, porque no tendría que haber huido a ningún lado. Todos bailan. Nosotros también bailamos, como lo hicimos en Lothaire. Con los cuerpos pegados y la mirada perdida en la del otro.

Y la noche es alegría, y la guerra no existe, y el mundo es amable.

Y la fiesta acaba, y nos separamos solo un momento. Él me espera en su cuarto. Nuestro cuarto. Y yo entro, como lo hice aquella noche, solo que esta vez no estoy seria ni altiva, sino ruborizada y feliz. El camisón se ajusta mejor a mi cuerpo, pero es el mismo. Y esta vez no hay burla, solo risas, y besos, y confianza. Besos pequeños, que se convierten en besos largos. Besos dulces, que se convierten en besos apasionados. Las cintas de mi camisón caen, pero esta vez no hay juegos más allá de las caricias que nos prodigamos. También cae su camisa, y mis dedos acarician su pecho, y los suyos me rodean con ansiedad la cintura.

Caemos en la cama. En el olvido.

No sé en qué momento empezamos a besarnos de verdad.

No sé en qué momento nos agarramos el uno al otro con fuerza, con desesperación. No sé en qué momento hemos empezado a robarnos el aliento. Quema. Sabe dulce y, al mismo tiempo, arde. Sabe a deseo y a realidad. Sabe a las ganas de no separarnos, ni ahora ni nunca.

De pronto, como algo fugaz, descubro un pensamiento perdido en mi cabeza que no es mío. Tiene la voz de Seaben, que se dice a sí mismo que si sigo besándolo así no podrá soportarlo. Eso me hace separarme, no asustada, sino maravillada.

El príncipe me mira, jadeante y con los labios mojados entreabiertos. Nos observamos, con las respiraciones aceleradas, y a mí se me escapa una sonrisa. Me acerco de nuevo y tanteo con mi boca la suya. Otro pensamiento disperso. Puedo ver en su cabeza. Puedo ver las ganas que tiene de seguir besándome. De repartir besos en mi rostro, en todo mi cuerpo. ¿Podrá ver él también lo que pienso yo...?

«Sí. Puedo hacerlo. Sería muy injusto que solo tú tuvieras ese poder...».

Su respuesta a mi pregunta no pronunciada llega directamente a mi cabeza y me arranca una carcajada de incredulidad. Lo miro, pero no digo nada. No hace falta. Las palabras entre nosotros serán ya por siempre innecesarias. No más secretos, ni más miedos o inseguridades.

Vuelvo a besarlo, y él corresponde. Al principio el beso es dulce, pero después, como en la imagen que él me ha regalado, se convierte en un gesto largo, profundo y descontrolado. Ninguno de los dos queremos separarnos esta vez. No cuando no podemos dejar de ver en la mente del otro lo que despertamos con ese beso.

Y más allá de eso, incluso, descubro todos sus esfuerzos por controlarse. Por no hacerme daño. Sus manos quieren descender por mi cuerpo. Quiere arrancarme el vestido. Quiere recorrerme entera.

Pero no se atreve.

Me enternece, pero también quiero gritarle que no tiene que tener miedo. No voy a romperme, no soy una muñeca. Por eso me acerco un poco más, y por eso lo beso abandonando todas mis dudas. Demostrándole que estoy aquí. Que soy real. Y que le deseo tanto como él a mí.

«Esto es una boda, ¿verdad?», pienso, sabiendo que él lo escuchará. Tiene que estar viendo todo lo que pienso. Todo lo que anhelo. «Nuestra boda. Y no quiero cintas ni ninguna otra prenda de por medio en esta ocasión…».

Seaben jadea, separándose un segundo de mí. Me mira, sorprendido…, y después, se rinde. Cuando llega, su beso es voraz, y abro la boca y correspondo al encuentro furioso de su lengua, que se enreda a la mía. Nuestros cuerpos se pegan. Quiero que me desvista. Quiero que me toque como nunca nadie me ha tocado. Quiero que su boca se pasee por mi cuerpo, que descubra todos sus recovecos. Quiero quitarle la ropa y sentirlo por completo, que estemos tan cerca que no haya ni un espacio de separación entre nosotros. No hay lugar ya ni para las dudas ni para la vergüenza. Yo también he estado esperando esto, aunque no supiera demostrarlo. Ahora, sin embargo, ya está todo dicho.

Vemos lo que pasa por nuestras cabezas y nos alimentamos de ello. Lo que queremos hacer, lo que queremos descubrir, lo que queremos sentir. Vemos el deseo, que amenaza con volvernos completamente locos por la necesidad del otro.

Perdemos el control.

El príncipe se levanta con precipitación y me lleva con él al hacerlo, sujetándome de la cintura. Algunas piezas de ajedrez caen al suelo cuando me sienta en la mesa. Su boca devora mi cuello y me estremezco. Suspiro. Su roce en mis piernas, por debajo de la falda, me hace temblar. Mis manos se cuelan bajo su camisa y su corazón se acelera.

Cuando descienden, contiene la respiración.

«Te quiero». Su voz en mi cabeza mientras me quita el vestido, y su boca se pierde en mi pecho y sus dedos más abajo.

«Te quiero». Mi voz en su mente y mis gemidos por el cuarto.

Una vez más, un tablero de ajedrez ve cómo desnudamos todos nuestros secretos.

Seaben

Como en los cuentos, el príncipe despierta a la princesa con un beso. Eirene se encoge, perezosa, contra mi cuerpo. No protesta cuando mis dedos dejan una caricia sobre su cadera, bajo las mantas, ni se aparta cuando deslizo mis labios sobre su rostro, repartiendo besos sobre sus mejillas, sus ojos cerrados o su frente. El vínculo de nuestras mentes, esa complicidad encontrada, tan nueva como la intimidad que compartimos ahora, me atrae hacia ella de manera irremediable. Otra razón más para no querer apartarme, aparte de su sonrisa despistada. Además de su mirada, que aparece de improviso y se posa sobre mí.

«Buenos días…».

«Buenos días».

Pienso en lo maravilloso que es no necesitar palabras para comunicarnos. Pienso en lo feliz que me hace su beso cuando nuestros labios se encuentran y en lo cálido que resulta nuestro abrazo. Me gustaría quedarme así para siempre. Perderme en su cuerpo y descubrirlo de nuevo, esta vez a la luz del día. Mientras bajo un poco las mantas, mientras dejo una caricia que va desde sus labios hasta su hombro, deseo que el tiempo se detenga y nos deje disfrutar de la eternidad.

Su boca sobre mi mejilla y, de pronto, su frente contra la mía.

–Nadie nos buscará hasta que el sol se esconda –me recuerda, consciente del hilo de mis pensamientos.

Su ofrecimiento es tentador. Recuerdo la desesperación con la que nos encontramos la noche anterior. Su pasión. Su entrega. Siento cómo se me acelera el corazón. Cómo deseo empezar desde el principio una vez más. Su rubor, al ver en mi mente, se extiende por su cara y parece bajar por su cuello y encender la piel de su escote también.

–Necesitaré más de un día para recuperar todo el tiempo perdido, Eirene. –Se me hace imposible pensar cómo hemos tardado tanto. Cómo he soportado estar tan cerca de ella y tan lejos al mismo tiempo–. No planeo saciarme de ti jamás, de hecho.

Coge aire con precipitación, pero al descubrir el brillo divertido en mis ojos, me golpea el pecho con la palma, sin fuerza.

–Estás enfermo.

Atrapo sus dedos entre los míos y beso el interior de su muñeca.

–Febril –concedo, y el fuego que siento en mi estómago, que se extiende por todo mi cuerpo, parece darme la razón–. Por ti. Deberías responsabilizarte…

Mi esposa parece tentada de dejarse llevar, pero algo lucha dentro de ella. Mira hacia mis labios, mientras se muerde el suyo. Yo mismo estoy a punto de inclinarme y tomarlo entre mis dientes.

–¿Sigues encontrándote bien? –me pregunta, en un susurro casi temeroso.

Su preocupación me desarma por completo.

–¿Te parece que estoy mal?

Su sonrisa. Ese modo que tiene de intentar quitarle importancia al asunto, si bien sé que las dudas la están remordiendo por dentro.

–He podido comprobar que estás bastante bien, de hecho, pero hablaba de tu salud.

–¿Te parece que estoy *en baja forma*? –río.

–También podría responderte con una obscenidad a eso –me advierte, tan divertida como yo.

–La estoy esperando.

Eirene parece morderse la lengua, aunque eso no impide que sepa exactamente qué pensamiento le cruza por la mente.

–La poción… –comienza, para retomar el tema.

Sello el resto de su comentario al poner un dedo sobre su boca.

–Créeme, Eirene, la poción es lo que menos me importa en estos momentos. –Estoy haciendo acopio de toda mi fuerza de voluntad para olvidar que la noche se acerca aunque no lo desee–. No quiero pensar. *No me dejes* pensar. –Mis dedos en su cintura–. Queda mucho hasta que salga la luna y, hasta entonces, solo te necesito a ti.

Es agradable no tener que volver a hablar. Es agradable reencontrarme con su beso dulce, comprensivo, que me lleva directamente al olvido que me ofrece su cuerpo.

En ella, el mundo más allá de este cuarto deja de tener sentido.

Lo peor son esos minutos desde que el sol se oculta hasta que finalmente sale la luna. La espera que llena el dormitorio de dudas e incertidumbre. De miedos.

Por supuesto, Eirene está a mi lado. Le he dicho que bajase a cenar con los demás, pero no ha querido ni escuchar hablar de ello, y toda su respuesta ha sido sentarse a mi lado, junto a la ventana, y abrazarme con fuerza para que no pueda olvidar que me va a apoyar, sea cual sea el secreto que descubramos esta noche.

Lentamente, la luz del día es reemplazada por el titilar lejano y vigilante de las estrellas. La princesa, junto a mí, no me obliga a hablar. No trata de mantenerme entretenido, y yo se lo agradezco sin palabras, manteniendo una distancia prudente entre sus pensamientos y los míos. No es el mejor momento para una segunda voz en mi cabeza, aunque no pueda evitar volver a encontrarme con su mente una y otra vez.

Finalmente, la luna aparece en el horizonte, asomando apenas, como si comprobara que el sol no va a eclipsarla. Aguanto la respiración, y mis dedos se crispan sobre la cintura de Eirene. Apenas me atrevo a apartar la vista de la luna, contemplando el círculo perfecto que forma, su halo luminoso, su luz pura bañando el mundo, lanzando sombras y haciéndolas danzar.

Espero. Aguardo, completamente estático, por los sentimientos que ya conozco: no me he puesto la camisa porque sé que ahora vendrá el pinchazo en la espalda y el peso muerto de las alas, como no lo siento desde la última luna…

Pasará ahora.

En cualquier segundo.

En el próximo latido.

No puede faltar mucho más…

Solo que no lo hace.

Me estremezco y me doy cuenta de que no va a ocurrir. No va a pasar lo que espero.

Lo que eso supone me golpea con fuerza. Como todo, mis alas solo eran una mentira. Una creación, como el propio príncipe de Lothaire.

No soy un feérico.

De pronto, la habitación se me hace demasiado pequeña. La presencia de Eirene, demasiado agobiante. La aparto con delicadeza y me levanto, aunque no sé qué debo hacer a continuación. No sé si salir, porque no me siento preparado para enfrentar a nadie más. No quiero quedarme. La mente de Eirene zumba de actividad, pero pongo toda mi concentración en cerrarme a ella, aunque sé que el intento será contraproducente. ¿Debo pedirle que me deje solo? ¿Debo pedirle que se aparte? Si no soy capaz de enfrentarme a la revelación en este momento, ¿cómo voy a enfrentarme a sus ojos, que pueden ver dentro de mí como ningunos han hecho antes?

Si no soy feérico, no soy hijo de Mab.

Pienso que debería sentirme liberado, pero nada más lejos de la realidad.

Toda mi vida ha sido una farsa. Más allá de los secretos de un palacio lleno de sombras, más allá de ser su marioneta.

Me llevo las manos a la cara. Detrás de mí, Eirene se acerca y titubea, y yo me giro, no demasiado seguro de querer que me vea en este estado. No tan derrotado. Pero ya no tengo secretos para ella, ¿verdad? Sabe perfectamente qué estoy pensando y, aun así, no hay pena en sus ojos, sino amor. Temor, quizá. Incertidumbre. ¿Es acaso muy diferente de lo que yo mismo siento? No lo sé. No puedo comprender lo que está ocurriendo ni dentro de mí ni a mi alrededor. El suelo parece haberse movido bajo mis pies y, si doy un paso hacia ella, si intento alcanzarla, me caeré.

Por suerte, ella sabe ser fuerte por los dos. Sabe acogerme entre sus brazos y devolverme el calor que se escapa lentamente de mi cuerpo.

–Estoy aquí –me dice, y la siento más cerca que nunca, y no puedo pensar en volver a apartarme–. Estoy aquí, y voy a seguir a tu lado. Vamos a estar juntos, pase lo que pase.

Cierro los ojos. Me aferro a ella y oculto mi rostro contra sus cabellos. Me cuesta respirar. El corazón empieza a latirme en los oídos. Busco en vano una bocanada de aire que se queda en un jadeo.

Si no soy Seaben *de Lothaire*, ¿quién soy?

Soy incapaz de alcanzar una respuesta por mí mismo, pero la cabeza de Eirene ya está trabajando. Todo lo que sabe de mí se despliega como un mapa dentro de mi cabeza. Me veo dormido, con la camisa rasgada y las alas a mi espalda, hace una luna. El hecho de que no pudiera utilizarlas para volar tiene más sentido que nunca. Y entre esos detalles, unas palabras: «El niño está a buen recaudo». Mab hablando con Ibran. Una conversación robada tras una puerta.

El niño está a buen recaudo.

El hijo de Celeste.

El supuesto hijo de Chryses.

A la vista de todos, siempre. Con una nueva identidad, oculto bajo otro nombre. ¿Quién lo iba a saber, si ni siquiera el crío sabía de su procedencia? ¿Quién lo iba a sospechar, si tenía los ojos de la reina y alas de feérico? Si podía controlar la mente de los demás como uno. Si mataba humanos sin pestañear, como su madre, y era el heredero del trono de las hadas.

«El niño está a buen recaudo… siempre cerca de mí».

Brillante.

Eirene sigue dándole vueltas a su sospecha: si fuera cierto, significaría también que aquel beso nuestro funcionó, como ha demostrado la luz de la luna; simplemente no había nada que cambiar en mí, y por eso no vimos su eficacia. Por eso no me he sentido enfermo estos últimos días, aun sin tomar la poción, porque su toxicidad la ha borrado lo que sentimos.

Cuando el hilo de sus pensamientos la lleva a Chryses, a su poder con las mentes, yo pienso inevitablemente en la fuerza del lobo, en su fiereza en la batalla. Muchas veces hemos peleado juntos y he visto en él la misma locura que me domina a mí, algo que creía que era natural en la desesperación de la guerra, pero que ahora comprendo como una similitud entre los dos.

Pienso en Chryses como nunca antes lo había hecho. Por primera vez, me cuestiono de verdad cosas acerca de él. ¿De dónde viene? ¿Quién o qué es en realidad? No humano, o no podría tener poder sobre las mentes de los demás. Llegó a Lothaire sin recuerdos, solo con un nombre. Sin hogar. Cojo aire cuando Eirene se aferra a mí. Ella cree que él no es como ninguna de las razas de los reinos que conocemos, y estoy de acuerdo. Es como Rayne. O quizá como Sylvana.

Es otra broma más de su majestad Mab de Lothaire.

Otra crueldad de la que reírse. Otra hipótesis en la que no quiero creer, por mucho que una parte de mí me diga lo maravilloso que sería si fuese verdad. Porque conozco a Chryses. Ha estado siempre a mi lado, como un guardián y un amigo. Como la figura paterna que deseaba: siempre honorable, siempre fiel pese a su desgracia. De ojos tristes, sí, pero también llenos de inteligencia. Llenos de tiempo para mí y consejos siempre que los he necesitado. De sabiduría, de una vida demasiado complicada. ¿Cuántas veces hemos luchado juntos? ¿Cuántas veces me ha protegido y ha matado al enemigo por mí? Al enemigo... No. A los soldados del ejército anderiense.

A mi propio pueblo.

Eso es lo peor de todo. Si pudiera seguir pensando que soy un feérico sabría que todavía puedo aferrarme a mis creencias. A que las cosas horribles que hice fueron porque los soldados luchan por sus familias.

Por su gente. Y los príncipes luchan por todos ellos, para defender su país. No para destruirlo. No para servírselo en una bandeja a la mujer que arruinó la vida de todos los que alguna vez ha querido. Los que una vez fueron su familia. Si alguna vez creí en la batalla, en que nos dirigiría hacia la paz y la liberación, ahora no puedo ver en ella más que un acto de traición. Quizá Eirene tuviera razón al escandalizarse aquella noche ante el tablero de ajedrez. Al mirarme con repulsión. No soy más que un asesino. Desde que nací, desde que me apartó de los brazos de mi verdadera madre, no he sido para Mab más que un juguete, un niño que ha estado sirviendo fielmente a sus propósitos. Sin hacer preguntas. Sin plantearme no seguir sus órdenes.

Me educó para ser más listo que el enemigo, pero he estado tan cegado que no he sabido ver que yo mismo estaba en el lado equivocado del tablero.

–No. –Eirene corta mis pensamientos bruscamente. Sus manos están sobre mi rostro–. No puedes culparte por nada de eso, Seaben. ¿No ves que te han utilizado? Ella te dio un nombre y las responsabilidades de un príncipe. Lo único que tú has hecho ha sido cumplir con tu deber con Lothaire, y eso no es malo. ¿Cómo ibas a saber *esto*? Mab es la que ha estado moviendo los hilos. La que te ha estado usando... La que os ha estado usando a todos, empezando por Chryses, a quien condenó a servirte durante toda una vida, a estar a tu lado sin ni siquiera saber quién eras.

Y todo por una guerra. Todo para convertirnos en herramientas y ponernos al frente de un ejército de suicidas. Pero la diferencia es que Chryses aún no lo sabe. Todavía no conoce que Mab no tiene límites, y no quiero ser yo el que se lo diga. El que vea su rostro humano herido esta noche. Furioso consigo mismo. Con ella... ¿Conmigo?

Es más sencillo ser feliz cuando vives en la ignorancia. Aunque esta sea agridulce, el conocimiento es una certeza incontestable. Yo mismo vivía más tranquilo antes de que todo esto empezara. Antes de que Fay llegara a palacio. Antes de que la máscara sobre mi rostro empezara a resquebrajarse y pudiera ver lo que había debajo. Qué fácil era entonces, y qué fácil hubiera sido continuar así. Seguir al lado de

Lowell, sobreviviendo en la frontera y volviendo a casa por pequeños períodos. Cabalgar y cazar en los bosques. Dormirme arropado por el sonido de las olas contra los acantilados sobre los que se alzaba el palacio…

Me aparto de Eirene, culpable por esos pensamientos, y me pongo la camisa que me espera sobre la cama. En esa vida no la tenía a ella. En esa vida, nunca la habría conocido. La veo bajar la vista. Le he devuelto los temores que la llevan persiguiendo demasiado tiempo. Las dudas de que tal vez nunca debió quitarme la venda de los ojos.

–Lo siento –le digo, aunque sé que eso no va a arreglar nada. Ella no tiene la culpa de lo que está pasando, pero la estoy arrastrando conmigo hacia el fondo–. Lo siento.

Dudo. Doy un paso incierto, pero sé que necesito salir. Saldré a la noche. Saldré allí donde sus pensamientos no puedan perseguirme. Donde no tenga que preocuparme más de lo que dirá Chryses cuando sepa la verdad. De lo que pasará con Celeste, prisionera de su propia locura. De Anderia, incluso, de la que jamás podré ser heredero, pese a que toda mi vida me han educado para tomar las responsabilidades de un rey cuando llegase el momento.

Necesito estar solo. Desenmarañar dónde acaba la verdad y empieza la mentira.

Seaben. –Su mano, reteniéndome. Anclándome al único lugar en el que en realidad deseo estar–. Sigues siendo tú, pese a todo. Sigues siendo Seaben. –Se acerca, y me quedo inmóvil, sin fuerzas para apartarla–. Mi esposo. –Su beso es dulce, mágico, y un poco de la ansiedad parece desvanecerse–. Sigues siendo la persona a la que quiero, sin importar tu título o tu procedencia, tu pasado o… –Me abraza, callando, y apoya su frente contra mi cuerpo–. No importa qué pase, voy a estar contigo. Aquí, en Lothaire, en Anderia… En el fin del mundo, si es necesario. Así que no me apartes. No me alejes, porque sé que ahora, más que nunca, me necesitas a tu lado.

Suspiro. Tiene razón. No quiero estar solo. Quiero que siga hablando, que mitigue el dolor. Que borre toda la incertidumbre.

–¿Qué voy a hacer? –No soy capaz de alzar los brazos para rodearla con ellos–. ¿Qué le voy a decir, Eirene? Prometí que lo ayudaría. Le pedí que tuviera paciencia. Que no hiciera locuras. ¿Qué va a pasar con él?

–Tienes que hablar con él. Merece saberlo y… le hará feliz. –Puede que su sonrisa sea un poco forzada, pero sigue siendo una imagen cálida para mí–. Eres el mejor hijo que podría haber deseado tener, Seaben. Y te ha visto crecer. Ha estado contigo toda tu vida. Y Chryses está orgulloso de ti. Siempre lo ha estado.

Pero ¿cómo voy a encararme con él? ¿Cómo voy a decírselo sin hacerle más daño? ¿Sin causarle más tristeza? Sin convertir mi presencia en otro sueño que podría haber sido pero no fue…

–He estado preguntándome quién era mi padre toda mi vida. Y ahora… –¿Cómo voy a mirarlo y llamarlo «padre» sin que suene forzado? ¿Cómo voy a tener con él la relación de siempre, si la luz bajo la que lo veo es una completamente diferente? Cierro los ojos, con fuerza–. ¿Por qué lo hizo? ¿Qué ganaba Mab con todo esto, aparte de torturarnos? ¿Qué hizo con su propio hijo, si a mí me crio como tal?

Porque tuvo que haber otro niño, ¿no? Ella estuvo embarazada. ¿Lo mató? ¿Lo abandonó en otra cuna noble para usarlo más adelante en sus planes?

–Si *de verdad* tuvo un hijo –recalca Eirene, no muy convencida–. No lo sé, Seaben. Supongo que se sintió fascinada por lo que sea que es Chryses. Lo querría cerca, como quiso a Rayne en su día, para que librase sus batallas por ella. Y cuando descubrió que tendría un hijo… –Suspira, y se encoge de hombros–. No lo sé. Solo puedo hacer suposiciones. Aunque imagino que criarte a su lado era la mejor manera de arrebatar su príncipe a Anderia. Te ha convertido en el enemigo de todos los anderienses para que nadie te acepte. Por supuesto, no creo que contase de verdad con que lo descubrieses, así que aún tenemos una oportunidad: podríamos ir a Anderia para que reclames tu lugar. Quizá mientras Davet viva tengas alguna oportunidad de ser reconocido. Quizá podamos hacer que te crean. No sé cómo, pero podemos conseguirlo. Podemos cambiar las cosas. ¿No es eso lo que siempre habías querido? Puedes ayudar al país que legítimamente es tuyo y al país en el que has crecido. Tú lo dijiste ayer: Lothaire también es tu pueblo, aunque la sangre ya no te una a él. Puedes acabar con todo, tú más que nadie.

Abro los ojos. Su control de la situación hace que me dé vueltas la cabeza. Me pregunto hasta qué punto es una visión realista de nuestras oportunidades.

–¿Cómo voy a ayudarlos, cuando no puedo ayudarme a mí mismo? ¿Cómo, cuando me siento tan perdido?

–No estás perdido. Mientras yo esté a tu lado siempre vas a tener un lugar en el que encontrarte. Y no pienso alejarme de ti.

La abrazo. Creo en sus palabras. Quiero pensar que me siento mejor. Que su presencia, que su mente misma, funciona a modo de calmante contra toda esta ansiedad. Contra el miedo, la furia y la tristeza. Supongo que esta es la razón por la que juntos somos más fuertes: uno siempre se puede apoyar en el otro cuando lo necesita.

Ella me convierte en el hombre que quiero ser.

Chryses

Las lunas llenas son llevaderas cuando tengo a alguien a mi lado. Esta noche, Drake está junto a mí. Los hechiceros han mitigado el dolor de la transformación con una poción que me ha traído, pero eso no evita que los primeros momentos sigan siendo desconcertantes. Incómodo en mi cuerpo humano, perdido después de tanto tiempo sin tenerlo, mi compañero me ha prestado su ayuda para vestirme y después se ha quedado sentado junto a mí, en el suelo de un salón pequeño que, según me ha contado, solía servirle a él y a sus amigos de sala de juegos cuando eran niños.

El silencio no difiere mucho del que disfrutábamos en Lothaire y, mientras observo el fuego en la chimenea destruyendo los troncos que lo alimentan, él toca su laúd con la misma destreza de siempre. Agradezco que no me obligue a mantener una conversación, aunque reconozco que hoy la quietud entre nosotros tiene una cualidad de la que no me había dado cuenta antes. Pese a que no soy un experto en música, hay algo *peculiar* en cómo arranca notas a su instrumento. Lo miro y durante un instante veo a su padre ante el fuego, tocando y cantando para un grupo de soldados inquietos por la forma de las sombras a su alrededor.

–¿Te vas a quedar en Astrea?

Su laúd deja escapar algo parecido a un quejido, o quizá solo sea una nota desafinada. A veces hasta yo creo que habla, como él mismo piensa. Drake se pone colorado y lo deja descansar sobre su regazo con cuidado, a modo de disculpa.

–Si no lo hiciera, mi madre nunca me lo perdonaría.

–¿Y su opinión es suficiente para detenerte?

–Debería serlo, ¿no? Los dos últimos años he soñado con recuperarla, a ella y a Inair.

–¿Y qué opina la joven reina al respecto?

El trovador titubea. Voy a decirle que no hace falta que me responda si no quiere, pero él se me adelanta:

–Dice que Astrea necesita un embajador digno que reestablezca el vínculo que tenía con otros países y haga otros nuevos, pero que si no me apresuro le dará el trabajo a otro.

Sonrío, pero no digo nada. No necesito más para saber que, después de todo, la decisión está ya tomada. Si conozco a Drake la mitad de bien de lo que creo, no dejará que este reino se convierta en su jaula. Irá a ver mundo y, cuando quede saciado, volverá con los suyos.

Hay personas que no están hechas para quedarse en un solo lugar hasta que están preparadas.

–¿Con otros países, como Anderia? –inquiere una voz.

Me giro, solo para ver a Eirene y Seaben bajo el dintel, cogidos de la mano. El príncipe parece algo pálido, incluso a la luz del fuego, y sus alas no asoman en su espalda. Drake y yo compartimos una mirada, pero no decimos nada.

–Anderia podría estar entre sus planes, sí –concede el astrense.

–Entonces quizá deberíamos hablar sobre ello –sugiere la princesa, con un gesto con el que lo invita a acompañarla.

Drake se levanta como movido por un resorte. Su mirada vuela de mí a Seaben, pero deja las preguntas para cuando ya no podamos oírlas y sale con su amiga, que me dedica una pequeña sonrisa y le da un beso en la mejilla a su esposo antes de desaparecer. Él cierra la puerta tras ellos y se acerca.

Titubea. Es obvio que quiere decirme algo que no me va a gustar.

–¿Cómo te sientes?

Se acomoda a mi lado. Aunque hay butacas de sobra, elige el suelo, ante la chimenea, como si tuviera frío. Recuerdo que hacía lo mismo cuando era pequeño y ponía el tablero de ajedrez entre él y Lowell. Yo me quedaba cerca y los veía jugar durante horas.

–Como cada luna llena, aunque me han dado una poción para facilitar el cambio. –No puedo evitar examinar el espacio vacío en su espalda. Se me hace extraño no ver sus alas. Se me hace, de hecho, incomprensible. Cada luna llena, por los últimos veinte años, he visto su parte feérica salir a la luz–. ¿Qué significa esto, Seaben?

–Significa que Mab me tenía hechizado. Que nunca he tenido alas. Que no soy un feérico. Que no soy el príncipe de Lothaire.

La respiración se me queda atrapada en la garganta.

–Siempre las has tenido.

–No. Era un hechizo que se mantenía por la poción.

Niego con la cabeza, incapaz de aceptarlo.

–No puede ser, Seaben. Cuando naciste…

–Supongo que ese no era yo, sino el verdadero hijo de Mab.

Silencio.

¿Cómo…? ¿En qué momento…? Yo lo vi. Estuve allí, la noche en que nació. La reina me mandó llamar, y me arrastraron hasta ella para mostrármelo. Recuerdo que era un bulto pequeño entre sus brazos blancos. Los ojos escarlatas. La piel rosada, arrugada. Las alas de cristal entre los pliegues de la manta. Hermoso, a su manera, y, sobre todo, silencioso. No lloró cuando nació y no lo haría durante los siguientes días. Mab estaba hermosa incluso entonces, con su camisón y las blancas sábanas limpias cubriendo sus piernas. Parecía orgullosa, como si hubiese ganado otra batalla ella sola y la victoria fuera aquella pequeña criatura. Cansada e incluso frágil contra las almohadas, pero decidida. Y entonces, mostrándomelo, con los ojos fijos en los míos, me susurró que serviría a aquel niño, y que podía hacerlo por las buenas o las malas. Que debía protegerlo, ser su sombra y ver en él lo que yo nunca podría tener: un hijo.

Me juré que lo odiaría tanto como a su madre.

A la hora de la verdad, sin embargo, no pude hacerlo. Pese a la furia que ardía en mi interior desde que me habían arrebatado a Celeste y que me consumía día tras día, fui incapaz de matarlo. Fui incapaz de vengarme por todo el dolor causado. Quizá porque él estaba indefenso y yo seguía teniendo honor. Quizá porque los días velando su cuna hicieron que forjase un vínculo con él. Apenas lloraba y, cuando despertaba, sus ojos rojos parecían mirarme directamente, como si me reconociesen. No eran como los de Mab. No estaban cargados de desprecio ni crueldad, sino de inocencia: veía el mundo por primera vez cada vez que los abría.

Por las noches no me quedaba con el bebé. Me dejaban marcharme al bosque, y yo corría lo más lejos posible del palacio, aunque siempre acababa volviendo. ¿Qué iba a hacer si no? ¿A dónde iba a ir? ¿Qué pasaría conmigo si la reina decidía que el hechizo no era suficiente y quería matarme? A veces pensaba que eso sería un alivio, una recompensa, más que un castigo. Después, me daba cuenta de que mi situación no era la peor en la que podía ponerme y me resignaba a volver. Era un cobarde. Un cobarde de corazón blando.

Fue entonces cuando sucedió el ataque. Una mañana, poco después de su nacimiento, cuando volví al castillo, escuché que habían envenado al pequeño príncipe. Que habían intentado matarlo, pero la reina lo había impedido. Que a partir de aquel incidente iba a necesitar una poción para seguir viviendo.

Miro a Seaben, comprendiendo, consciente de que ese fue el momento del cambio. Aprovecharon las sombras para dejarlo en la cuna del verdadero príncipe. A un extraño que nada tenía que ver con su sangre, pero que tenía sus mismos ojos rojos. Los que me observan ahora, aguardando. Me doy cuenta de las diferencias entre los dos bebés. Cómo lloraba Seaben, en comparación con el otro. Cómo alargaba su pequeña mano para rozar mi pelaje, mientras que el otro simplemente me había mirado, casi sin pestañear...

—¿Por qué? ¿Por qué tú?

Mab no habría cambiado a su hijo por cualquier otro. Ella no deja nada al azar. Ella no hace nada que no le vaya a reportar un beneficio. Nada que no sea parte de un plan mayor, incomprensible a ojos de los demás.

–Porque soy el enemigo –me confiesa–. Soy anderiense, por irónico que suene. –Aunque trata de sonreír, descubro la amargura en su gesto–. Y... hay algo que no te hemos contado.

–¿Qué ocurre?

–Lo siento, Chryses. Pensamos que te... destrozaría. No sabíamos cómo abordar el tema.

Sus rodeos me causan ansiedad. No esperaba un giro así en la conversación. No esperaba que pudiera afectarme también a mí. Imaginaba que querría contarme su secreto para buscar mi consejo, quizá mi consuelo, y porque somos amigos.

De pronto recuerdo su inquietud y la forma en la que Eirene se llevó del cuarto a Drake.

–Anderia todavía tiene una oportunidad –me dice–. Eirene escuchó a Mab e Ibran hablar sobre el hijo de Celeste.

¿De Celeste? Callo, incapaz de hablar. Sin saber qué puedo responder a eso. Seaben jamás la había mencionado antes por su nombre en mi presencia, quizá por pena o miedo a despertar mi dolor. ¿Por qué la nombra entonces? ¿Para causarme más sufrimiento? ¿Para contarme cosas que sé, de antemano, que no pueden ser ciertas? Sé perfectamente lo que le ocurrió a la princesa de Anderia. Mab nunca me ha dejado olvidarlo. Era demasiado divertido para ella torturarme. Celeste se volvió loca. Celeste nunca contrajo matrimonio. A Celeste la encerraron en su dormitorio, como si ser prisionera de su propia mente no fuera suficiente.

Abro la boca para negarlo, para pedirle que deje el tema, pero entonces recuerdo los labios de la princesa sobre los míos. Su cuerpo contra el mío. Me confesó que tenía que contarme algo importante aquella noche, pero nunca llegó hacerlo porque la reina se interpuso entre nosotros. Si cierro los ojos, aún puedo escuchar cómo rogaba para que me fuera con ella, como nunca antes me lo había pedido. Cómo lloraba. Cómo...

–No.

Duele demasiado para pensarlo. Duele demasiado como para hacer otra cosa aparte de negarlo. Duele demasiado imaginármela sola, esperándome sin descanso, con el vientre hinchado y la cara surcada de lágrimas. Nunca supo que yo sufría tanto como ella. Si hubiera tenido un hijo, ¿no sería su pérdida lo que la habría llevado a la locura final? Lo único que nos unía incluso estando separados...

Yo también habría perdido la cabeza, de pura tristeza. De dolor.

–Creemos que soy el heredero de Anderia. El hijo de la princesa Celeste. Tu hijo.

No digo nada. Cuando observo a Seaben, cuando *realmente* le miro, es como si no lo hubiera visto nunca antes. No me está mintiendo ni está jugando conmigo. Él nunca lo haría, porque sabe lo que es que te oculten cosas y te hagan vivir bajo una mentira.

Aunque se trata de un descubrimiento cruel, porque nos han mantenido en la ignorancia a los dos, la furia no es nada en comparación con lo maravillado que me siento. Una parte de mí duda, pero la otra quiere creer con todas sus fuerzas. Si lo que dice es cierto, he podido ver a mi hijo crecer. He sido su guardián, su amigo. No creo que nunca me viera como el sirviente que Mab quería que fuese para él, y eso se convierte en una pequeña victoria que hemos logrado. Me he ganado su confianza, y él la mía. Hemos luchado juntos, hemos cazado juntos.

Hemos sobrevivido a Mab y a su juego.

–Lo siento –murmura Seaben, malinterpretando mi silencio. Sus dedos juegan con la cinta en su muñeca–. No debimos ocultártelo. Siento que te hayas enterado así.

Lo interrumpo. No quiero escuchar nada más. No quiero que hable como si se sintiera culpable o yo tuviera que estar enfadado. Su exclamación suena contra mi oído cuando lo abrazo, por primera vez en toda mi vida. Por primera vez en la suya.

Esta noche, he recuperado una parte de mí que no sabía ni que había perdido.

Esta noche, la luna ha roto un poco más del hechizo que me mantiene prisionero y me ata a Lothaire.

Eirene

Cuántas probabilidades crees que tiene de que lo reconozcan?

Suspiro, mirando al cielo. Drake y yo nos hemos apoyado en uno de los balcones del castillo, y desde aquí podemos ver la luna llena, esa que ha descubierto la realidad, en todo su esplendor. No hay solo una luna, sino dos, porque el astro se refleja en el gran lago sobre el que se levanta el castillo.

–No lo sé, pero quiero creer que tiene alguna posibilidad. Una sola, aunque sea. Y no hay otra cosa que podamos hacer. No podemos escondernos y dejar que Mab gane la batalla sin plantar cara.

El trovador aprieta los labios. Él no mira en dirección a las aguas, sino que está apoyado contra la balaustrada y toca algunas notas de manera dispersa, quizá en un intento de completar nuestras dudas y temores con su música.

–Incluso si Davet lo reconoce como heredero, algo para lo que el rey tendría que estar loco o desesperado, el pueblo no lo hará. –Me mira, sintiéndose mal por tener que decirme esto–. Mira a tu alrededor, Ei: Inair siempre fue la víctima, la legítima heredera, y sin embargo hay gente que no la quiere en el lugar que le pertenece. Seaben ha luchado toda su vida contra Anderia.

–El pueblo podría aceptarle si Seaben demuestra que puede ayudarlo. Si le demostramos que Mab ha sido la única culpable de todo. No puede ser que esa mujer haya ganado de antemano. No puede ser que no podamos hacer absolutamente nada. Yo, al menos, no voy a rendirme sin intentarlo. Y Seaben tampoco.

Sé que será difícil. Sé que nuestras posibilidades son ínfimas. Que Mab ha sido demasiado inteligente: su plan ha sido perfecto por más de veinte años. Anderia está llena de odio y rencor hacia el que debería ser su soberano. Anderia está herida de muerte. Anderia no querrá al hombre que ha asesinado a sus hijos...

Aprieto los párpados, agotada. Seaben no podrá soportar que no haya nada que hacer. Tengo miedo de que ir a Anderia sea demasiado para él: ver el rechazo, sentirse extraño en todas partes. Tengo miedo de que, llegado el momento, yo no pueda ser suficiente para darle tranquilidad.

Su madre se volvió loca. Empiezo a temer que él también pierda la cordura después de esto.

Mi amigo entiende mi preocupación y cesa su música dispersa para poder coger mi mano. Lo miro, atormentada.

–Podéis contar conmigo. Iré con vosotros. Os ayudaré en lo que haga falta. Yo también quiero ayudar a Chryses, después de todo. Te prometí que encontraríamos a ese niño y lo colocaríamos en su legítimo lugar: ya lo hemos hecho, ahora solo falta que pueda lucir la corona que le pertenece.

–Pero este no es tu problema...

El hechicero se encoge de hombros, con una calma extraña en él. Me parece que tiene algo distinto. Seguridad, quizá. Estos días apenas lo he visto, porque se ha volcado en la recuperación de Astrea como el que más: se ha estado ocupando de que la torre de hechicería retomase su actividad normal y de ayudar a los más pobres. Él tiene esa capacidad de ser cercano al pueblo, de conseguir caer bien a todo el mundo con su gracia infantil. Sin embargo, parece más adulto, como si hubiera empezado a comprender que no todos los cuentos pueden hacerse realidad, pero quisiese intentar construir finales felices con sus propias manos.

Me pregunto si es la influencia de Rayne, con el que ha pasado más tiempo estos días, la que ha generado el cambio en él.

–Sois mis amigos –dice–. Incluso ese príncipe pretencioso puede que se haya ganado tan honroso título. Se lo debo a Chryses, también. Y a ti, Ei. Habéis estado a mi lado cuando lo he necesitado, habéis ayudado a Astrea cuando ese sí que no era vuestro problema. Os lo debo. Os lo debemos todos los astrenses.

Pienso que en realidad no hemos hecho tanto. Luchamos como todos los demás en los subterráneos, y fue él, y nadie más, quien acabó con el Tirano. Podría aprovechar ahora la paz que se ha ganado, en vez de enfrascarse en otra contienda.

Él me interrumpe antes de que pueda rebatirle, esbozando una sonrisa divertida que me recuerda más al Drake de antes, al de los encuentros en el bosque, y no al que ha tenido que matar a un usurpador.

–Además –entona, cantarín y burlón–, es evidente que necesitáis mi magnífica presencia.

Esbozo una media sonrisa de incredulidad al escucharle.

–¿Ah, sí?

–Por supuesto. Ya he estado en Anderia antes, y ahora, con el título de embajador y la excusa de que Astrea desea restablecer el comercio con Anderia, entrar en el castillo será pan comido para mí. Soy vuestra llave, princesa.

No puedo evitar lanzar una carcajada cuando me guiña un ojo, y otra más cuando comienza a improvisar una canción en la que habla de cómo con su gran astucia y aún más increíble labia, nos conseguirá a todos una entrada directa al castillo de los humanos.

Aunque los dos hayamos cambiado en este tiempo, Drake sigue teniendo la asombrosa capacidad de hacer un poco más pequeños todos los problemas.

–¿Y qué hay de Astrea, Drake? Llevas mucho tiempo soñando con volver.

El muchacho suspira. Sus ojos vuelan por el lago y más allá, a lo lejos, como si pudiera ver toda la isla en un solo vistazo.

–Y lo he hecho. He vuelto a verla y ahora mi isla vuelve a ser libre, como siempre quise. Quizá no tan perfecta como un día fue, y sus heridas aún tardarán en cicatrizar, pero sé que mi hermana y todos los demás harán un buen trabajo. Y yo volveré, algún día. Tenías razón: este va a ser siempre mi sitio, mi hogar. Aquí está mi familia, la que siempre he conocido. Con todo, creo que también hay algo más para mí, Ei. Ya te lo dije: cuando era pequeño le pedía a las estrellas ver mundo. Quizá haya llegado el momento de hacerlo de verdad. Anderia me parece tan buen comienzo como cualquier otro. Además, ya he visto demasiado como para desentenderme de todo lo que está pasando.

Me muerdo el labio, observándole, preguntándome hasta qué punto sus ganas de ver lo que hay más allá de la isla son verdaderas y hasta qué punto solo necesita alejarse de Astrea por lo que aquí ha descubierto. Sé que no ha retomado su relación con su madre como esperaba.

–¿Y tu madre...?

Su rostro se ensombrece. Arranca una nota grave de su instrumento.

–Le gustaría que me quedase. Pero no sé si puedo verla como antes. Sigue siendo mi madre, y la quiero y soy feliz de que esté a salvo, porque ella lo hizo todo por mí. Pero quizá me venga bien alejarme durante un tiempo.

Asiento, sin saber qué más decir, y él me mira de reojo. Pronto recompone su sonrisa.

–Así que no os va a quedar más remedio que aguantarme. Aguantar*nos* –clarifica, rasgando de nuevo el laúd en una melodía festiva.

No puedo evitar sonreír.

–Gracias.

–No tienes que darlas. En realidad, todo esto solo lo hago para que te des cuenta del error de tu elección y decidas huir conmigo.

Me ruborizo, pero él me guiña un ojo, indicándome que no habla en serio. Aun así, aparto la vista, incómoda. ¿Es justo pedirle que venga con nosotros si él todavía siente algo por mí? ¿No le hará daño, de alguna manera, verme con Seaben?

–Respecto a eso…

–Ei. –Su mano toca mi barbilla para obligarme a alzar la cabeza y niega con la cabeza, con su sonrisa tranquila–. Estaré bien. Sigue gustándome pasar tiempo contigo. Aún somos amigos, ¿verdad?

–Sí…

–Pues eso es suficiente. –Deja un beso en mi frente, cariñoso–. Además, ¿quién te dice que no vaya a encontrar a una bonita humana en Anderia a la que encandilar con mis canciones? Y el puesto de embajador me da un atractivo añadido…

No puedo evitar reír y él también lo hace.

–¿Sabes dónde está Rayne? –pregunto, tras un silencio, al recordar algo–. Quiero hablar con él. Creo que puede rellenar alguno de los huecos que faltan en la historia de Chryses y Seaben. Todo lo que podamos averiguar será de ayuda.

–Estará con Sylvana –carraspea–. Como siempre. Solo prométeme que tú y Seaben no seréis tan empalagosos ni tan… descarados. Si vuelvo a ver cómo se manosean, creo que vomitaré.

Dejo escapar otra carcajada.

–Prometido.

Como Drake había supuesto, encontramos a Rayne junto a Sylvana, sentados en el gran comedor, charlando animadamente, aunque no están solos, sino que Hayes los acompaña. Me alegro de que los tres estén juntos, puesto que también había pensado en hablar con el elfo. Cuando nos ven entrar, dejan de hablar y Sylvana me pregunta por Seaben. Les cuento todo lo más rápido que puedo.

Rayne se frota la mejilla cuando concluyo mi relato.

–No sabía que Celeste estuviera embarazada. –Hace una mueca de disgusto–. Mab nunca me lo dijo.

–¿Cómo se encuentra Seaben? –pregunta Sylv.

Niego con la cabeza, sin querer hablar de ello. Sé que a él no le gustaría que hablase de sus sentimientos. Además, ahora que puedo ver lo que ocurre en su cabeza, me siento responsable de guardar sus secretos.

–Tú conociste a Chryses cuando servías a Mab, ¿verdad, Rayne?

El padre de Drake asiente, balanceándose en su silla.

–No demasiado. Siempre fue un muchacho extraño. Distante, más bien. Luchaba, y lo hacía como el mejor, pero apenas hablaba con nadie. Mab siempre sintió fascinación por él. De hecho, la fijación de la reina por Chryses era obsesiva. Al principio creo que no reparó en él de verdad, pero entonces tuvieron aquel combate…

–¿Un combate?

Rayne detiene su balanceo y me mira.

–¿Alguna vez has visto a Mab luchar? Luchar de verdad, con una espada, y no con sus estratagemas y planes en la sombra.

Entorno los ojos. Ni siquiera sé si puedo imaginármela combatiendo de verdad, siempre tan elegante y tranquila, tan grácil.

–Pues es buena. Es *muy* buena. Cuando yo estaba allí, solía acudir a los entrenamientos de los soldados y, de vez en cuando, seleccionaba a uno y lo desafiaba a un combate singular. Nunca nadie, ni siquiera yo, consiguió vencerla. A excepción de Chryses: demostró lo fuerte que era, el poder que tenía para la lucha. De no haber sido su reina, podría haberla matado sin problemas. Eso despertó la curiosidad de Mab. No creo que llegase a enamorarse de él jamás, pero sí se sentía atraída. Supongo que el hecho de que Chryses nunca cayese ante sus encantos la encandilaba todavía más. Lo convertía en alguien inalcanzable: lo único inalcanzable que ha habido nunca para ella.

Me humedezco los labios, pensativa.

–Es porque Chryses es diferente, ¿verdad? ¿Qué es? ¿Es… como vosotros?

–Al principio sospeché que sí, que podía venir de los dioses, como yo, pero entonces me fijé en que, pese a que sus heridas se curaban más rápido que las del resto, no lo hacían a la velocidad de las mías, y mientras que en mi cuerpo jamás quedan marcas, en su piel siempre había cicatrices. Y, por otra parte, su don para la lucha es superior al mío. ¿Lo has visto alguna vez pelear en su forma humana? Había algo casi monstruoso en su mirada. Se transformaba, de alguna forma.

Doy un respingo, recordando la forma en que los ojos de Seaben parecen volverse aún más rojos cuando lucha. Esa mirada enajenada, en la que apenas existe la pupila…

–Hay una tercera raza entre los nuestros –dice entonces Sylvana. Rayne la observa, sorprendido–. Sospecho que quizá Chryses pueda pertenecer a ella.

–¿Una tercera raza? –pregunta Drake, igual de intrigado. Yo también me siento algo confundida–. ¿Además de los dioses y las estrellas?

Sylvana asiente.

–Antes de la guerra entre dioses y estrellas, cuando las estrellas aún no estaban confinadas a la noche y podían tener hijos, dioses y estrellas se enamoraban de vez en cuando, creando un vínculo que ambas razas despreciaban. Si esas relaciones ya estaban mal vistas, la descendencia entre ellos estaba prohibida y condenada. Aun así, algunos tuvieron hijos tan inteligentes y brillantes como las estrellas y tan fuertes y sanos como los dioses.

»Para dioses y estrellas, aquellos hijos eran imperdonables. Los dioses eran los más crueles: si una diosa se quedaba embarazada de una estrella, mujer e hijo eran condenados a muerte. Las estrellas, por su parte, decidieron un castigo más sutil: les buscaron un hogar a los niños que nacían bajo su amparo. No los mataban, pero los enviaban lejos. Los apartaban de sus madres porque eran demasiado peligrosos, demasiado fuertes, y no podían consentir tener con ellas a nada que se relacionase con los dioses. Hay una isla, mucho más allá de Faesia, donde supuestamente viven.

Una isla. Me levanto de mi asiento como un resorte.

–Chryses dijo que llegó a Lothaire tras un naufragio.

Rayne entorna los ojos, pensativo.

–Quizá Mab sospechó lo que era. O quizá lo sabía. Sea como sea, es posible que si descubrió que Chryses iba a tener un hijo, lo quisiera para ella. Para que la sirviera, a ella y a sus propios intereses… Mab deseaba herederos fuertes. Siempre los quiso.

Sus puños se aprietan un segundo, y Sylvana coge su mano, mirándole. Hay algo en la mirada que comparten que me inquieta, y que tampoco pasa desapercibido para Drake. Hayes, que se ha mantenido en silencio, desvía la mirada hacia el techo.

Es Drake quien hace el comentario que a mí me ronda la cabeza.

–Lo dices como si lo supieras por experiencia.

Rayne lo mira. Hay un dolor que cruza, rápido, por sus ojos…

–No fuiste mi primer hijo –confiesa. La frase se mantiene en el aire durante un instante que se hace eterno y noto cómo Drake contiene la respiración–. Antes de ti, mucho antes, hubo una niña. Nunca me dejaron ser su padre de verdad, y supongo que ella nunca fue lo que Mab esperaba que fuese, porque no nació con mi poder, al contrario que tú. Quizá, por eso, también murió demasiado joven.

No hace falta que diga más. Las piezas encajan rápidamente

–La princesa Coral… –susurro, comprendiendo.

El hombre deja escapar un suspiro, echándose hacia atrás en la silla. De pronto, parece derrotado. Por el rabillo del ojo, veo que Drake observa a su padre con los labios entreabiertos, y debe de costarle reaccionar.

–Nunca me permitió decirle que era su padre. Como ha hecho con Chryses, tuve que vivir viéndola crecer sin poder acercarme a ella más que para contarle algún cuento. Yo sabía que era mi hija, y también fui consciente al final que Mab solo me quiso y me usó por lo que era. Me usó para librar sus batallas, sí, pero también esperaba que le diese una descendencia digna de los dioses. –Esboza una media sonrisa amarga–. Terminé marchándome cuando Coral cumplió diez años, incapaz de soportarlo más. Eso es lo que Mab hace con las personas: las analiza, averigua qué puede sacar de ellas y lo consigue. Si de verdad tuvo un hijo al mismo tiempo que Celeste de Anderia, no dudéis ni por un solo segundo que su embarazo no fue una afortunada coincidencia: utilizaría a algún incauto, a cualquiera, y se quedaría encinta a propósito, solo para poder tomar a Seaben bajo su yugo después.

–El padre de ese niño fue Aviel.

Todos nos giramos hacia Drake, sorprendidos por su afirmación y la seguridad en su voz.

–No estoy seguro, claro, pero es una sospecha que él tenía: lo vi en su cabeza. Estuvo con Mab un tiempo y siempre sospechó que Seaben era hijo suyo, pero Mab nunca le dijo si era el padre o no. Supongo que le divertía jugar con él. Aviel nunca supo, por supuesto, que Seaben ni siquiera era hijo de la reina.

Un silencio pesado se hace en la estancia. Todos nos quedamos callados, preguntándonos hasta dónde es capaz de llegar esa mujer. Hasta dónde puede tener el control sobre... todo.

Es Hayes, finalmente, quien rompe el silencio. Lo hace levantándose, con tranquilidad.

–Si me lo permitís, me retiro. No deseo escuchar más historias de brujas esta noche.

–No –lo detengo.

El elfo parece sorprendido, como todos los demás. Soy consciente de que he parecido brusca, pero también lo necesito a él.

–Hay algo que quería pedirte, Hayes. Pediros, en realidad –aclaro, mirando también a Sylvana.

Mi criada ladea la cabeza con curiosidad, y Hayes vuelve a tomar asiento.

–¿De qué se trata?

El trovador también parece intrigado, porque no he compartido nada de esto con él.

–Voy a acompañar a Seaben a Anderia porque me necesita a su lado y porque es lo que quiero hacer, pero eso no significa que haya olvidado mis propias responsabilidades. Aún sigo siendo la heredera de Nryan. Tengo que recuperar la isla, ahora más que nunca: cada día estoy más convencida de que un país solo no tendrá nada que hacer contra Mab, pero quizá todos unidos tengamos alguna oportunidad.

»Sin embargo, también soy consciente de que no puedo aparecer de la nada y reclamar mi puesto sin más: he estado alejada de mi reino durante demasiados años. Quizá nadie me espere. Necesito que vayáis a Nryan por mí.

Sylvana y Hayes se miran y después vuelven sus ojos hacia mí. La mano de Rayne se entrelaza con la de mi criada, y no me cabe la menor duda de que si ella acepta, él también la acompañará.

–Necesito que me informéis de cuál es la situación allí –continúo, con la voz firme–. Quiero saberlo todo: cómo gobierna mi padre, qué cambios ha hecho desde que mi madre reinó, si hay fuerzas rebeldes contra su reinado. Si las hay, quiero que las reunáis y que les informéis de que la princesa está viva. A estas alturas, mi padre ya habrá anunciado mi muerte y puesto de luto al país. Quiero que lo desmintáis, que corra el rumor de que el rey ha intentado asesinar a la heredera, que la gente descubra de qué calaña está hecho mi padre. Confío en que así, cuando llegue, haya personas que se unan a mí.

–¿Estás segura de esto, Eirene? –pregunta Sylvana.

Hayes no hace preguntas, sino que agacha la cabeza con respeto.

–Podéis contar conmigo, alteza.

Sonrío un poco, aunque todavía me incomoda su trato hacia mí. Casi parece idolatrarme, y yo no me siento merecedora de su servidumbre.

–Sé que ocupar el lugar que me corresponde no va a ser fácil: Astrea me lo ha demostrado. Puede que la gente esté cómoda con la regencia de Ibran. Al fin y al cabo, Aviel robó el trono y, aun así, tiene seguidores, así que, ¿qué no tendrá Ibran, que ocupa un puesto legítimo? Eso es lo único que me asusta. Da igual lo que le hiciera a mi madre: lo ha escondido durante demasiados años, nadie lo juzga ni sospecha de él.

Para mi sorpresa, el elfo se sobresalta.

–¿Lo que le hizo a vuestra madre?

Lo miro y aprieto los labios. Había olvidado que él no tenía por qué saber nada al respecto. Pero si va a ayudarme, es justo que esté informado.

–Ese hombre, junto con Mab, la asesinó. La envenenaron. La muerte de mi madre no fue una enfermedad.

Mi compatriota palidece. Su rostro, con su calma inquebrantable, se convierte en una máscara de horror.

–Eso no es cierto.

Titubeo, pues no esperaba su reacción, y bajo la vista. Yo también quisiera creer que no fue verdad. Me gustaría que mi madre siguiera viva, de hecho. Pero ya he dejado de soñar imposibles. Llorarla no me servirá de nada: solo puedo luchar y vengarla.

Por su parte, Hayes cierra sus manos en un par de puños y sus nudillos se tornan blancos. Sus párpados se entornan. Su mandíbula se tensa. Se levanta de nuevo, y el puñetazo que da sobre la mesa nos sorprende a todos. ¿Cuánto conocía este hombre a mi madre para que su asesinato le afecte de esta manera?

–¿Hayes…?

–Con permiso –masculla.

No dice nada más. Como un huracán, se marcha de la habitación, y la puerta se cierra con gran estrépito a sus espaldas.

Turbada, miro a mis acompañantes. Sylvana y Drake parecen tan sorprendidos como yo, pero Rayne solo parece apenado. Estoy a punto de preguntarle por lo que sabe cuando Sylvana se levanta con un suspiro.

–Iremos a Nryan.

Asiento, agradeciendo su colaboración. Pese a la distancia con mi reino, yo también muevo ficha.

Seaben

Hoy nos marchamos a Anderia.

No sé qué vamos a encontrar allí. No sé si podré ver ese reino jamás como un hogar. Si Davet –mi abuelo, me recuerdo, aunque la palabra me suene ajena– accederá a reconocerme como el legítimo heredero. ¿Verá en mí algo de su hija? ¿Podré convencerlo de que Mab me utilizó? ¿Será un hombre justo o estará roto por la guerra, por la enfermedad de su heredera, por los años y las muertes que carga a sus espaldas? Ni siquiera lo he visto nunca. La única imagen que tengo de él es como enemigo de su ejército y, desde que tengo memoria, el rey de Anderia ha sido una sombra, una mano sin cuerpo que ordenaba a los suyos que resistieran. Aunque nunca había tratado de imaginármelo, lo supongo muy diferente a Mab: viejo y cansado, sin risa en los labios. Se consumirá, creo, como lo hacen los suyos, tratando en vano de ganarle unas lunas más a la Muerte… Cuando le he preguntado a Chryses, me ha dicho que él tampoco llegó a verlo jamás.

Chryses… Me resulta complicado pensar de nuevo en él como un lobo, después de habernos pasado la noche hablando. Creo que nunca lo habíamos hecho o, al menos, no de esa manera, sentados el uno junto al otro, deseando recuperar el tiempo que nos han hecho perder. Quizá por eso me ha contado todo lo que podía recordar. Cada pequeño detalle que Celeste le dejó entrever de Anderia, un país difícil en una situación difícil. La conversación está ahora un poco brumosa, después de pocas horas de sueño. Aunque lo dejé poco antes de que el sol saliese, Eirene me estaba esperando despierta cuando volví al cuarto, y lo único que quise fue tumbarme con ella entre mis brazos y hablar de todo lo ocurrido y de nuestros planes para los próximos días, con y sin palabras en voz alta. Finalmente, en algún momento, nos quedamos dormidos. Y, aunque he descansado bien, no ha sido suficiente. Quizá el cansancio es, precisamente, el culpable de que toda la ansiedad haya desaparecido. Pese a todo, la certeza de que lo que venga a partir de ahora no va a ser fácil sigue ahí.

Termino de vestirme y miro a la muchacha que aún duerme bajo las mantas. Me siento junto a ella y se me escapa una leve sonrisa. Al menos tengo suerte de tenerla a mi lado, dándome su apoyo. Si bien todo ha cambiado desde que nos conocemos, ella me hace creer que ha sido para mejor. No tengo certezas sobre lo que nos traerá el futuro, pero sé que voy a hacer todo lo posible por mantenerla junto a mí. Puede que con el tiempo, cuando todo acabe, podamos construir ese mundo con el que ambos fantaseamos.

Me inclino y le robo un beso.

–Eirene, es hora de levantarse…

Sus ojos se entreabren con reticencia.

–Seaben… –Su mano me acaricia la mejilla como si quisiera asegurarse de que estoy a su lado.

–Tenemos que irnos.

Consciente de que le he dejado dormir más de lo debido, se incorpora.

–¿Cómo estás? –pregunta, adormilada.

–Mejor de lo que esperaba. Y es un alivio no tener que tomar más pociones.

–Echaré de menos que no vayas a saber más a menta y manzanilla –bromea.

–¿Voy a tener que hacerme una infusión todas las noches con eso?

–No creo que fuese a servir de mucho. –Entrelaza sus dedos tras mi cuello y alza la cara, tentándome con su cercanía–. Mi plan es besarte hasta que el único sabor que quede en tu boca sea el mío.

Como si pretendiera cumplir su amenaza en este mismo instante, me besa. Es una invitación que hace que mi cuerpo reaccione y desee quedarse cerca de ella, compartiendo su calidez, cómodo en el olvido. Siempre parece saber cómo provocarme, cómo obligarme a echar mano de toda mi fuerza de voluntad para encontrarle sentido a apartarme.

–Tenemos que irnos, Eirene –le recuerdo, aunque lo suficientemente cerca de su boca como para que nuestros labios se rocen al hablar.

–¿Seguro que estás bien?

–Estaré mejor cuando estemos en tierra firme y sepa qué va a pasar, pero, por el momento, tendré que conformarme.

Me aparto. Sus manos también se separan de mi cuerpo, aunque se echa hacia delante para regalarme un último beso. Antes de que pueda hacerlo, sin embargo, llaman a la puerta. Ambos levantamos la vista, pero soy yo el que va a abrir.

Lowell me espera en el pasillo y Eirene me hace un gesto para que me vaya cuando ve de quién se trata. Nos despedimos solo con la mente y prometo esperarla abajo.

Mi amigo y yo echamos a andar y el silencio nos sigue por el corredor.

–Así que... Seaben de Anderia –dice él finalmente.

Las noticias vuelan en este palacio. Probablemente, el trovador se lo ha contado a su hermana, e imagino que entre ella y mi amigo no habrá secretos. Aun así, una parte de mí se revuelve ante la idea de que la información se extienda, porque ni siquiera me siento a gusto con el título.

–Así que Lowell, caballero de Astrea. Sí, las cosas han cambiado mucho durante la última luna.

–En mi caso, siempre he sido un poco cambiante –se defiende, con una media sonrisa que desaparece–. ¿Cómo estás? Anoche fui a buscarte, pero... supongo que no era conmigo con quien necesitabas hablar.

Suspiro.

–Estuve todo el tiempo con Chryses, por eso no fui a hablar contigo. Teníamos mucho que decirnos.

Hay algo más. Algo que no le digo. Realmente temía que llegara este momento. Este en el que tenemos que decirnos adiós. En el que finalmente nos separamos, después de haber recorrido un camino tan largo juntos. Después de conocernos durante tanto tiempo, de ser inseparables. Amigos. Confidentes. Hermanos. Aún recuerdo cómo jugábamos con las espadas de madera. Cómo hablábamos del futuro con aire soñador. Cómo nos emborrachamos por primera vez...

Siento que volvemos a la situación en la que nos encontrábamos en la torre, aunque esta vez vamos a separarnos de verdad.

–De pequeño siempre estabas preguntándote quién sería tu padre –me recuerda, con una sonrisa que trata de animarme.

–No era esta la manera en la que esperaba descubrirlo. Pero creo... que todo esto será para bien.

–Sé que lo será. –Su mano se posa sobre mi hombro y ambos nos detenemos–. Seaben, si quieres que te acompañe...

Lo miro, sorprendido. Agradado. Halagado, incluso. No esperaba que me lo ofreciese, aunque secretamente lo deseara. ¿Quién querría separarse de su mejor amigo? Quiero que me acompañe, pero no puedo permitirlo. No ahora, cuando aquí lo necesitan. No ahora, cuando ha encontrado la felicidad y yo sería el hombre más egoísta del mundo si se la arrebatase.

Niego con la cabeza, dejándole claro que no tiene por qué hacer esto por mí.

–¿Qué tonterías dices, Lowell? No se te ha perdido nada en Anderia.

–Nunca has estado sin mí en esa frontera –protesta–. Nunca te has enfrentado a los humanos sin mi ayuda. Eres mi amigo. Mi hermano, aunque nuestra sangre sea diferente.

Asiento. Y por eso voy a echarle de menos más de lo que quisiera admitir.

–Pero ya no se trata de enfrentarme a ellos. No son… No deberían haber sido mis enemigos nunca. Y a ti te necesitan aquí: este país es demasiado vulnerable, hasta que consiga recomponerse. Tu reina, sin ir más lejos, necesita gente leal a su lado, y tú eres el mejor de los hombres en los que podría apoyarse.

Mis argumentos no parecen tener el efecto deseado, porque mi compañero hace un mohín.

–En realidad, Inair tiene a gente aquí que conoce mejor la isla que yo. Gente que quiere ayudarla, y que haría lo que sea por ella. Al contrario que tú, ella tiene apoyo.

–Yo también lo tengo –protesto–. Tengo a Eirene, que va a venir conmigo pese al peligro que correrá allí. Chryses estará a mi lado. Incluso el trovador va a acompañarnos. Y tú… No es necesario que vengas conmigo para saber que estás a mi lado. ¿Acaso no lo has dicho tú mismo? Somos hermanos. Hay vínculos que ni la distancia puede romper. No niego que te echaré de menos, pero no puedo arrastrarte conmigo. Y admite que llegar a Anderia con un feérico a mi lado no será la forma más inteligente de ganarme al pueblo –añado, tratando de quitarle hierro al asunto.

Él da la batalla por perdida. Sabe que no va a convencerme, como no me persuadió para olvidarme de Eirene. Sabe cuándo claudicar, y cuándo es inútil luchar. Al fin y al cabo, ya ha perdido demasiadas partidas de ajedrez contra mí. Deja caer los hombros.

–Al menos mantennos informados de lo que ocurra –me pide–. Si necesitas ayuda…

–Serás el primero en saberlo –prometo. Algo incómodo, le tiendo la mano–. Somos afortunados. No hay muchas personas que tengan la oportunidad de empezar de cero.

Lowell coge mi mano, pero solo para tirar de mí. Me abraza, con fuerza, y, aunque me palmea la espalda con algo de torpeza, aprecio el gesto, pues no deja de ser su forma de demostrarme cariño.

–Cuida de tu reina. Que una mujer haya decidido soportarte es un hecho fuera de lo común.

Lowell parece más divertido que molesto por el comentario.

–Cuida tú de la tuya. El trovador se va con vosotros, así que aún puede cambiar de opinión.

–Eso demostraría que todavía le queda algo de sentido común –bromeo.

Sonríe, pero niega con la cabeza, dándome por perdido. Después, en ese gesto de hermano mayor que solo le permito a él, me revuelve los cabellos, haciéndome sentir pequeño y un poco perdido.

–¿Estarás bien?

–Estaré bien. Hemos pasado por mucho y no voy a rendirme a medio camino.

Escucho pasos detrás de nosotros. Eirene baja las escaleras ágilmente, con el carcaj y el arco al hombro. Va ligera de equipaje, pero sobre sus hombros veo mi capa roja. Cuando llega a mi lado, coge mi mano. No necesita preguntar nada, porque mi mente está abierta para ella.

Lowell se ofrece a acompañarnos hasta el puerto.

Si esto fuera un cuento, estaría seguro de que nos volveremos a ver.

Drake

Las despedidas siempre me hacen sentir vulnerable. Siempre me provocan ese picor en los ojos y en la garganta. Me hacen sentir que no sé dar un abrazo, ni confortar a los que lloran. Que soy demasiado torpe con mis propios sentimientos y peor con los de los demás. Es más sencillo fingir que vas a ver a esa persona en poco tiempo y que, hasta entonces, nada va a cambiar.

Es por eso que esta mañana, cuando me he levantado, me he prometido ser breve. No es como si no fuera a volver. Por eso cuando me sitúo delante de Inair y Moira, trato de sonreír ampliamente. Les prometo que me pondré en contacto con ellas en cuanto lleguemos a Anderia y que las mantendré informadas de lo que ocurra, aunque eso me hace sentir como un niño que promete contarle todo a su ansiosa madre. A pesar de que en mi caso, mi madre no me ha pedido que escriba ni que intente comunicarme con ella. Me despedí de ella hacia el amanecer, pero la situación era tan incómoda, tan tensa por las disculpas que ninguno nos hemos permitido pronunciar, que finalmente solo nos hemos abrazado. Quiero creer que, de alguna manera, en ese gesto nos hemos reconciliado un poco. Hemos dejado nuestras diferencias con respecto a Rayne a un lado y nos hemos centrado solo en lo bueno, en lo que nos gustaría recuperar de nuestra relación. Me ha besado en la mejilla y me ha peinado con los dedos antes de desearme buen viaje.

No he tenido fuerzas para decirle que estaré bien.

–Cuídate. Y no hagas tonterías.

Moira me echa los brazos alrededor del cuello y me abraza. Yo cierro los ojos y le beso la frente. Quiero ser fuerte como ella, que es capaz de sonreír para mí aunque cargue con demasiados fantasmas a su espalda. Pese a todo lo mal que lo ha pasado, sé que será ella la que más apoyará y aconsejará a Inair en su reinado.

–Estaré bien –le prometo–. Cuídate tú también. Y cuida de Inair.

La suelto. Mi mirada vaga por el puerto. Rayne no ha venido, aunque Sylvana está aquí para despedirse de Eirene, que aún no ha aparecido. Se me hace extraño verla sin mi padre revoloteando a su alrededor, pero me insistió en que él nunca se despide de nadie. Fue un comentario cruel, dada nuestra historia, pero no protesté. No nos hemos dicho adiós, y creo que, de todas formas, quizá sea mejor así. La noticia de que Coral de Lothaire era su hija ha dejado una marca honda en mí, y no sé si es para bien o para mal. Por un lado me gustaría creer la tristeza que vi en sus ojos. Por otro, siento que la verdadera víctima fue la muchacha, y no él. Yo mejor que nadie sé lo que es crecer sin un padre, pero yo al menos tenía una historia, por muy mentira que fuese. Yo tenía un nombre al que aferrarme. No sé por qué no me lo contó antes. Me duele saber que aún guarda secretos, que hay una brecha que ya nunca voy a poder saltar. ¿Qué más me oculta? ¿Qué más tiene que decirme? He pasado mucho tiempo con él estos últimos días, tanto como he podido robar a mis responsabilidades, pero no siento que lo conozca mejor que antes. Las historias que me cuenta siempre son divertidas, siempre son interesantes, en tierras que superan incluso los límites de mi imaginación, pero parecen tan improbables como él. No hemos hablado de aquel lugar más allá de las montañas, del que se supone que proviene, y no sé si es porque no me atrevo a preguntar o porque él prefiere que tampoco sepa nada al respecto.

Dejo de pensar en él cuando Lowell llega con Seaben y Eirene. No tengo mucho tiempo para fijarme en ellos, sin embargo, pues Inair me aparta del grupo. En la pequeña bolsa que cuelga de mi cinturón llevo el sello real de Astrea y una carta firmada por su propia mano, que me ha asegurado que me abrirá las puertas de palacio.

–Drake…

–Ya he prometido que estaré en contacto –la corto–. Y me cuidaré. No comeré plantas que no sepa lo que son. Y tengo dinero. –Sonrío, con burla–. Soy mayor que tú y sobreviví en Lothaire bastante bien, te recuerdo.

Mi hermana no se ríe.

–¿Has arreglado las cosas con mamá?

Sus dedos juegan con los míos.

–Lo hemos dejado todo lo bien que podía quedar. Quizá cuando vuelva a casa podamos fingir que todo es como antes. No te preocupes por eso ahora.

Detrás de nosotros, Moira agradece a los príncipes lo que han hecho por Astrea. Inair sabe que también es su tarea despedirse de ellos, pero lo único que hace es abrazarse a mí. La atrapo entre mis brazos, fuertemente. Temo que si llora, yo vaya a sucumbir también.

–Te quiero –susurra con voz rota, en mi oído, como un secreto solo nuestro.

–Volveré antes de que puedas darte cuenta. Al fin y al cabo, la vida de una reina es muy ocupada. Apenas tendrás tiempo de pensar en mí.

–Pensaré en ti –me promete. Sus labios se posan en mi mejilla. Una gota cae sobre mi camisa–. Todas las noches, miraré a las estrellas y rezaré por ti.

La escucho ahogar un sollozo contra mi hombro, intentando ser fuerte, y el corazón se me hunde un poco más en el pecho.

–Y yo miraré a las estrellas y te contaré un cuento, aunque no puedas oírlo. –La obligo a separarse. Sus mejillas están húmedas de lágrimas. La sonrisa me tiembla–. Te quiero.

Le doy un beso en la frente y la llevo con los demás con bastante lentitud, dándole tiempo para que se recomponga. Para cuando se presenta ante Eirene, su rostro está seco, aunque tiene los ojos empañados.

–Gracias por todo: por ayudarme a mí, pero también a los míos. Estamos en deuda con vosotros. –Eirene parece que va a protestar, pero mi hermana se adelanta–: Aquí tenéis un país amigo que se pone a vuestra disposición. Si alguna vez necesitáis un refugio de nuevo, os estaremos esperando con los brazos abiertos.

La elfa asiente, agradecida.

–No permitas que Mab vuelva a poner sus manos sobre este país, Inair.

–Lo protegeré con mi vida –promete la reina. La abraza, fuerte, como si fueran amigas de toda la vida. Cuando se aparta, Lowell ya está detrás de ella para pasarle el brazo por los hombros y ofrecerle su apoyo.

Me alejo un par de pasos, como queriendo ganar perspectiva. Para verlos a todos, juntos, y guardarme el momento en la mente. Sylvana y Eirene se abrazan una última vez, porque no sabemos cuánto tiempo necesitaremos estar en Anderia. Seaben y el caballero se miran, e imagino que comparten unas últimas palabras. Moira coge la mano de Inair y ambas me miran. Son mi familia, y las voy a echar de menos, pero sé que estarán bien. Que superarán las dificultades que vengan, porque son fuertes. El reino saldrá adelante si hay más personas como ellas sosteniéndolo con su decisión. Les hago una reverencia, entre la sonrisa y el llanto, y ellas me responden. Un juego más. Un cuento más.

Estaremos bien.

Los cálidos dedos de Eirene se posan sobre mi hombro. Desde que salió de Veridian no ha encontrado un hogar, un sitio en el que realmente descansar, y parece que Nryan aún queda muy lejos para ella, por eso me maravilla que aún encuentre fuerzas para sonreír.

–Vamos, trovador. Hay muchas aventuras ahí fuera. No deberías hacerles esperar.

Sonrío, como si hubiera convocado las palabras mágicas necesarias. La sigo, a ella y al príncipe, hacia el barco. Solo cuando me puedo apoyar contra la baranda, cuando siento la forma de Chryses contra mis piernas, ofreciéndome apoyo a su manera, miro hacia atrás. Los gritos de Briah se escuchan por el barco, dando órdenes mientras levamos anclas, y no necesito buscarla con la mirada para saber que Shem la sigue como la sombra que siempre parece.

No te equivoques, no es fácil dejarlo todo. Los cuentos no hablan de la pena que se siente al partir y despedirte de aquellos a los que quieres. Pero, de pronto, es un poco más sencillo. Dejo atrás muchas cosas, sí, pero en el horizonte me esperan muchas más. Y no estoy solo. Ya nunca volveré a estarlo. Me voy con Eirene, con Seaben, con Chryses. Y pronto nos encontraremos con Rayne, Sylvana y Hayes en Nryan.

Y estás tú, por supuesto, siempre tú. Volveremos con una bonita historia que contar, digna del público más especial. Digna de la Astrea que siempre he amado.

Porque no importa lo lejos que vayamos, una parte del corazón siempre se queda en el hogar.

Quinta Parte

El Príncipe Perdido

Davet

El niño me mira con esos grandes ojos rojos como los de Mab. Llenos de maldad, de odio, de miedo.

¿Por qué me abandonaste?

El niño me mira con ojos rojos, y parece que su mirada puede atravesarme y descubrir todos mis secretos. Todas las historias que no me he atrevido a contar. Todas las cosas que he callado, por temor a revivirlas y volver a abrir heridas que creía que estaban cerradas.

¿Por qué me abandonaste?

No habla, no mueve los labios, pero siento la amenaza que es su pequeño cuerpo. Quizá abra la boca y descubra sus dientes afilados. Quizá no necesite nada más que mirarme para desarmar mi mente y destruirme por dentro, empezando por mi cabeza y terminando por mi cuerpo marchito.

¿Por qué me abandonaste?

Tal vez su recuerdo mismo lo haya estado haciendo, durante estos largos veinte años. Durante esta eternidad.

Despierto bruscamente, pero me parece que aún puedo verlo aquí, conmigo. Sentir su peso sobre mis brazos casi muertos.

¿Por qué me abandonaste?

Su voz es un eco del sueño. Pese a estar bien cubierto por mantas, tiemblo. El fuego crepita en la chimenea y hay velas por todos lados, encendidas para guardarme de la oscuridad que he empezado a temer que se abalance sobre mí. Tengo frío. Sudo. Me duele el pecho, tengo el cuerpo entumecido y respirar es cada vez más difícil. La habitación se llena de la bruma de mis ojos cansados. En una esquina, una sombra negra me observa con ojos rojos. Cuando parpadeo, se esconde tras un mueble. Oigo su risa infantil, que es la de Celeste cuando jugaba en los jardines. Es la de Aldhara cuando la conocí, inocente y pura como una recién nacida.

Viejo estúpido, ¿no ves que te estás muriendo?

Me paso la mano por los ojos y me maldigo por ser tan débil. Eveque llama mi atención al acercarse a mí. Es demasiado fácil olvidar que siempre está cerca, solícita, cuidando de mí y de Celeste. Atiende a nuestras necesidades antes de que nos demos cuenta de que las tenemos. Me remuevo, incómodo, y ella me acerca una copa. La miro mientras trato de beber. Juraría que es más vieja que yo, con todas esas arrugas formando pliegues en su rostro, pero ella apenas sufre achaques. Lleva aquí desde siempre, parece, y seguirá cuando yo ya no esté. El vino me sabe amargo y aparto el rostro, dejando que unas gotas caigan sobre la ropa de cama. Todo me sabe agrio estos días, como si vertieran ceniza en mi bebida y en las comidas que apenas pruebo.

Lo que te mereces, me dice el niño desde la oscuridad. ¿Está debajo de la cama, envenenando mis sueños, o sobre las estanterías, esperando como un ave rapaz? *Eso es en lo que se convertirá tu reino cuando te vayas: en cenizas. Y todo por tu orgullo. Por no aceptarme cuándo tuviste oportunidad. Por no mostrarme las grandes cosas que podía hacer por Anderia.*

–¿Ha venido ya? –pregunto a la mujer a mi lado. Quizá si hablo acalle la voz. Quizá si Algar aparece, el fantasma que me persigue se vaya con él.

¿Me estoy volviendo loco?

Como Celeste. Como Aldhara. Ambas por tu culpa. Va siendo hora de que recibas lo que mereces por tus pecados.

–No, majestad. Quizá vuestro mensaje todavía no le ha llegado. Tened paciencia.

¿Paciencia? No me queda. No me queda tiempo. Sé que me muero. De hecho, solo quiero descansar. Dormir, pero sin sueños. Ante mí, la habitación se vuelve borrosa de nuevo. Cierro los ojos. A mi alrededor se levanta el murmullo de las sombras, que se acercan arrastrando sus pies hasta que la puerta se abre tras un par de llamadas.

Entreabro los párpados.

–Lord Algar ha llegado, mi señor.

–Hazlo pasar.

Trato de incorporarme, pero no soy capaz. Es la mujer la que me tiene que ayudar, haciéndome sentar como si no fuera más que una marioneta. El dolor, con cada movimiento, es un haz de luz cegador. Me rompe por dentro. Me deja sin respiración. A mí, que fui uno de los mejores guerreros del país. A mí, que luché en primera línea de batalla cuando la guerra estalló y tuve que abandonar a mi esposa para ir a luchar contra su familia.

Todos esos errores... ¿Qué has aprendido de ellos?

Algar entra, con paso firme y enérgico. Su reverencia es tan seca como siempre, aunque igual de respetuosa. No es un hombre apasionado, aunque sí dedicado. Sus ojos se fijan en Eveque, a mi lado. Nunca le ha gustado nuestra sirvienta y, a cambio, a ella nunca le ha gustado él. Decido que es mejor que no se quede, aunque ella ya sabe todo lo que le voy a contar a mi hombre más fiel. Le doy permiso para que se retire. Espero hasta que la puerta se cierra tras su figura envuelta en riguroso negro.

–Acércate, Algar. –le pido a mi confidente, intentando que no se note mi mueca de dolor–. ¿Cómo está la frontera?

Él apenas da un par de pasos hacia mí.

Huele la muerte. Hueles a muerte, y nadie querría acercarse a tu lecho por propia voluntad.

–La conservamos, mi señor. Creo que los feéricos notan la falta de su príncipe, de su líder, y eso nos está ofreciendo una gran ventaja: sus ataques son más dispersos y tienen menos fuerza, aunque nosotros estamos indefensos cuando usan su magia sobre nuestras mentes. Si tan solo pudiéramos escapar de ese poder, descubrir cómo defendernos, nuestro avance sería imparable.

No sonríe, así que me fuerzo a hacerlo por él.

–Pareces más optimista que de costumbre...

¿Seguirá así cuando ella salga de su escondite? Cuando sus ojos rojos se posen sobre tu país y tú ya no puedas hacer nada para defenderlo…

–La suerte nos es favorable, mi señor. Nos han llegado noticias de que Aviel de Astrea ha caído y el país vuelve a las manos de la legítima familia real. La reina Inair se sienta ahora en el trono y, aunque es joven, parece haber empezado a trabajar para restaurar el antiguo esplendor de su país. Aunque se escuchan… rumores sobre la forma en la que presentaron batalla contra Aviel, lo importante es que si las cosas vuelven a su cauce podremos volver a comerciar con ellos y tendremos un punto de apoyo. Anderia tiene oportunidades, majestad.

Anderia es débil. Como tú. Ni siquiera los hechiceros podrán librarte de Mab. Ni siquiera ellos pueden deshacer todos tus errores. ¿O acaso crees que pueden darte un nuevo heredero? Ya es demasiado tarde para ti, viejo.

Aprieto los dientes, intentando no gritarle a la voz que se calle. Intentando no perder los estribos. Tengo que ignorarla. Eso es. Si finjo que no la escucho, no seguirá hablándome.

–Algar, Anderia puede tener oportunidades, pero yo no estaré aquí para ver su victoria cuando suceda. –El hombre abre la boca para replicar, pero alzo una mano para ordenarle silencio. Al menos mientras hablo puedo acallar los susurros y espantar a las sombras. Mientras hablo, sigo vivo–. Celeste necesita un regente y…

Me detengo. Un acceso de tos me coge por sorpresa y sacude todo mi cuerpo. Apenas sí soy capaz de señalar a la copa que hay sobre la mesilla para que me la acerque. Algo cae desde mi boca a las sábanas. El rojo se convierte en todo lo que puedo ver durante un par de latidos, mientras me convulsiono y busco el aire que me falta.

No te atrevas a morirte. No sin decírselo, viejo mentiroso.

Cuando bebo, esta vez, el vino no sabe solo a hollín, sino también a monedas de hierro. Vacío el recipiente, con avidez, y me hundo entre las almohadas. Para entonces, mi respiración es un silbido constante. Mi voz, cuando al fin consigo hablar, no es más que un jirón de niebla. Las sombras se inclinan para escucharme y comprobar si sigo vivo.

–En el cajón de mi escritorio hay una última voluntad.

Algar me mira con lástima, antes de seguir mis instrucciones y acercarse a la mesa. ¿Cuántos años lleva a mi servicio? Apenas consigo recordar al muchacho noble, joven e ilusionado que juró servirme cuando heredó todos los títulos de su familia. Oigo el sonido del pergamino contra el pergamino y, aunque no puedo verlo, porque he decidido cerrar los ojos, puedo imaginarlo tomando entre sus dedos el documento doblado escrito de mi puño y letra, cuando aún me quedaban fuerzas para sujetar la pluma sin que me temblara el pulso.

–Celeste no está capacitada para gobernar –confirmo–. Necesita un regente.

Nada de esto hubiera pasado si no me hubieras arrebatado de sus brazos. Si me hubieras dejado a su lado, puede que se hubiera recuperado. Puede que hoy pudiera ser una reina digna para este país.

–Sí, todo fue culpa mía...

Algar vuelve a mi lado y me saca de mi ensimismamiento. En su mano sujeta el pergamino. Su expresión es una máscara de extrañeza.

–¿De qué estáis hablando, majestad? La enfermedad de la princesa es lamentable, pero nadie ha sido el causante de ella.

–Ella estaba mal, pero no habría llegado a tanto si no hubiera sido por el niño...

Si no fuera por ti, quieres decir.

Miro al hombre, suplicante.

–Tienes que encontrar al niño, Algar.

Silencio. Cree que me he vuelto loco. Lo veo en su rostro. En su confusión.

–¿A qué niño os referís? –pregunta, en un susurro temeroso.

–El niño... Su hijo. Debes buscarlo.

–Mi señor –comienza, y yo reconozco la forma en la que un hombre experimentado habla a un niño, o cómo un maestro le recuerda a sus pupilos la lección–, vuestra heredera nunca ha tenido hijos. Nunca ha estado casada, siquiera, ni se le conoce varón.

A veces me maravillo de lo fácil que es esconder un secreto del resto del mundo si realmente quieres hacerlo. Lo sencillo que es que quienes trabajan para ti aprendan a callar. Con el tiempo, de hecho, todo se acaba olvidando. Los pocos que habrían participado en el secreto acaban muriendo.

¿Cuántos misterios se habrán ido a la tumba sin una respuesta?

–No debí quitárselo –reconozco, a mi pesar–. Pero me daba miedo, Algar. Esos ojos. –Aún me miran. Nos están mirando. ¿Es que no puede darse cuenta?–. Tenía los ojos de ella. De Aldhara. De Mab. Lo embrujó. No sé cómo. Debió maldecirlo. Usó su magia con él, mientras estaba en el vientre de Celeste.

Se hace un extraño silencio en el que mi fiel súbdito parece cuestionarse si estoy en mi sano juicio. No lo culpo. Al menos, la voz ha callado. Al menos, no volveré a escucharlo llorar a altas horas de la madrugada, porque ya me he librado de él. Quizá Celeste no vuelva a preguntar con ojos perdidos que dónde está el hijo del hombre que amó. El que se convirtió en lobo. El que desapareció sin dejar rastro. El que la deshonró.

–Majestad, debéis explicarme. –Su mano alcanza la mía, y yo la aprieto sin fuerzas, agradeciendo la calidez de su palma contra mis viejos huesos–. No entiendo de qué estáis hablando.

–Se deshonró –contesto, sintiendo que me ahogo. Sintiendo que ya ni siquiera tengo control sobre mi propia mente–. Se deshonró con un soldado de Mab. Mab... Ella es la culpable de todo. Saldrá de su palacio en cuanto sepa que estoy muerto y se arrastrará hasta aquí, como la víbora que es. Lleva esperando este desenlace mucho tiempo. Huele el miedo... La muerte...

Y yo apesto a las dos cosas.

–¿Decís que Celeste tuvo un hijo de ese hombre? –pregunta Algar, volviendo a encauzar la conversación–. ¿Qué ocurrió? ¿Qué hicisteis con él?

–Lo abandonamos. No sé. Le dije a Eveque que se lo llevase.

No quise saberlo. Nunca me molesté en saberlo. Y cuando quise ir a buscarlo, cuando *realmente* me arrepentí de lo que hice, no pude preguntar por miedo a que ya estuviera muerto. Y entonces, una noche me metí en la cama y al día siguiente ya no conseguí levantarme. Todo empezó a ir mal. Todo empezó a desmoronarse a mi alrededor. Parece un justo castigo para todos mis pecados.

–Eveque conoce su paradero, entonces. ¿Por qué no lo habéis dicho antes? ¿Por qué no habéis dicho que lo volviese a traer? Es preciso que demos con él. Que lo reconozcáis como vuestro nieto. Como el legítimo heredero.

No hay tiempo. Ya no.

–No está preparado... No he sabido cómo hacerlo. Me odiará. Nos odiará... No quería ver esos ojos rojos...

–¿Ojos rojos? –pregunta, aunque no parece dirigirse realmente a mí, sino que suena a modo de reflexión–. ¿Cuánto hace que sucedió esto?

Uno pierde el sentido del tiempo cuando vive tantos años. ¿Cómo lo voy a saber?

–No lo sé. Mab tuvo a su propio hijo por aquel entonces. Pero ella pudo ser feliz con él. Se lo enseñó a los suyos con orgullo...

¿Qué podía hacer yo, en cambio, con un nieto maldito? Todavía recuerdo los gritos de Celeste. Sus sollozos, como cuchillas hendiendo mi piel. Mis únicos pensamientos en aquel momento fueron lo mucho que deseaba hacerlos callar, a ella y al bebé, y matar al niño con mis propias manos. ¿Qué no hubiera hecho, si la deshonra se pudiera haber borrado entregando a esa criatura a la Muerte? Y cómo me he arrepentido, una y otra vez, de esos pensamientos...

–Tú tienes un hijo. Tú sabes que lo hice para proteger a la mía... No pienses que soy un monstruo.

Aunque lo sea. Aunque lo vea en la mirada de todos los que me rodean, tanto si conocen mi secreto como si no. Si se enterase el pueblo, ¿acaso no me despreciaría? ¿Acaso no pensarían que no pueden dejar en manos de un hombre que no protege a su familia el destino de un país entero?

–Hay un muchacho, en un antiguo orfanato cerca de mis tierras.

Lleva viviendo allí toda su vida. Tiene los ojos de esa mujer, que parecen de sangre. Pero no es un guerrero, mi señor, sino un escriba. Un chico cualquiera. Si él es el príncipe quizá traiga sabiduría, pero no está preparado para una guerra. No sabrá nada de política o estrategia. No podemos poner a un muchacho así al frente del país. No ahora.

Siento que se me acelera el corazón. ¿Qué importa lo que sea? Los soldados que luchan en la frontera tampoco nacieron enseñados. Y quizá la gente no necesite un líder, sino simplemente un símbolo. Una prueba de que les queda algo después de la muerte de su rey.

–Tráelo –pido, casi atragantándome con la petición–. Tienes que traerlo. Tienes que enseñarle... –Trato de incorporarme un poco más, pero lo único que consigo es un dolor agudo en el pecho, como si las costillas se me cerrasen alrededor de los pulmones y el corazón–. No hay nadie mejor aquí para esa tarea.

–He de hablar con Eveque, he de asegurarme...

Lo veo apartarse de mí, con el rostro blanco, y no sé qué pensará de la responsabilidad. Le señalo el pergamino que todavía sujeta.

–Mientras el muchacho no pueda ocupar su sitio, tú tendrás que encargarte de todo. El reino te necesita.

Por primera vez en mi vida, veo a Algar asustado. Palidece y duda, y parece que va a responderme que no puede, pero ve algo en mi rostro que lo pone en marcha. Lo veo asomarse al pasillo y hablar con el criado que siempre espera fuera de mi dormitorio, listo para cumplir todas mis órdenes. Le pide que llame al médico, pero también que envíe un mensajero a su casa para que convoque a su hijo, Ciel, que debe venir acompañado del escriba Svent.

–Mi señor, no puedo hacerme cargo del reino –murmura, volviéndose hacia mí. Así que ha entendido ya que el final es inminente. Se acerca a mi lecho y, con toda su discreción, saca un pañuelo de su bolsillo y me lo pasa por el rostro. Me limpia la sangre de los labios, pero también las lágrimas de las mejillas. ¿Cuándo me he puesto a llorar? ¿Es que he perdido el control sobre mi cuerpo?–. Soy un guerrero, no un rey. Debéis aguantar. Le enseñaré al muchacho todo lo que necesite, pero aguantad hasta que esté listo.

Como si pudiera pedírsele a la Muerte cuándo se la quiere ver.

–Debes hacerlo... No hay nadie más preparado que tú, ni nadie en el que confíe más ciegamente.

Qué curioso. Ya no siento dolor. Ya no siento nada. Como si me estuviera liberando de todas las preocupaciones, una vez me he liberado el peso que cargaba sobre mis hombros.

Tengo la sensación de que Eveque entra en la habitación. Oigo sus pasos ágiles para su edad, y el crujido leve de sus faldas al inclinarse sobre mí. También están los gritos de Algar, recriminándole *mis* secretos. Como si la mujer tuviera la culpa. Como si la mujer, al fin y al cabo, hiciera otra cosa más allá de cumplir mis órdenes con eficiencia.

–Celeste... –susurro, pero no sé si quiero pedir que la cuiden o que la traigan a mi lado, donde debería estar.

Algo frío se apoya sobre mis labios y la criada me insta a beber para calmar el dolor. Yo solo quiero decirle que ya está, que he sufrido todo lo que debía. Quizá ahora pueda descansar en paz. En lugar de beber del líquido amargo, lo escupo. Con él se mezcla mi sangre. Sangre, a eso se resume toda mi vida. A la sangre de la guerra, a que el fruto de la sangre tuviera un desliz, a la sangre en los ojos de esa mujer. Del niño...

De Aldhara.

La primera y única mujer que amé. Ella también tenía los ojos rojos, pero los suyos eran tiernos y estaban llenos de cariño. Desde la oscuridad, su silueta deja de jugar al escondite y se presenta ante mí. Extiende los brazos, y no deseo nada más que refugiarme en ellos. La oscuridad me rodea, pero de pronto no me parece tan horrible. Ya no me da miedo.

Con un último suspiro, me reúno con ella.

Fay

Eirene ha muerto.

La noticia llegó hace unos días a Anderia con un gran revuelo. Un montón de chismorreos sobre la vida de mi prima y sobre ella misma han estado recorriendo el país desde entonces, aunque me alegro de no haber salido de mi cuarto desde que me enteré para no saber qué dicen.

Al principio no lo creí. No quise. Tenía que ser mentira, porque Eirene, *mi Eirene*, no podía estar muerta. Después escribí a mi hermano, con quien he seguido en contacto desde que decidí que no podía irme con él. No parece culparme, pues al menos dejé una nota en la que explicaba toda la situación hasta el momento que le ha servido para hacer entrar en razón a mis padres. En Veridian se mantienen precavidos y los reyes valoran la situación para saber qué paso ha de ser el siguiente que dar con Mab, para que todo sea favorable a los elfos como Ailbhe quería. Es él quien me mantiene al día de las noticias importantes, así que también fue él quien me lo confirmó: nuestra prima había caído en Astrea, defendiendo una bandera que no era la suya. Según lo que el propio Ibran ha contado respecto a la muerte de su hija, Eirene se involucró con el país de los hechiceros después de que el rebelde que los secuestró a ella y a Seaben les mostrase las penas que sufrían aquellos que un día habían vivido felices. Sintiendo que hacía lo justo, mi prima se prestó a luchar por la causa rebelde y murió por la libertad del pueblo, dignamente, y ahora se ha convertido en una mártir. Nadie sabe cómo pasó, pero en un ataque para salvar a la reina Hermia se encontró su cuerpo caído. Solo. Dicen que incluso sus compañeros la dejaron atrás.

Ese trovador la dejó atrás. Seaben de Lothaire la dejó atrás.

La dejaron morir.

El odio me ha estado consumiendo desde entonces. El funeral fue hace ya cinco días en Nryan, y hasta en Veridian le guardan ahora luto a la princesa que en realidad nunca quiso vivir allí. Ni siquiera pude asistir a la ceremonia. Ni siquiera pude despedirme de ella. Ni siquiera pude ver su rostro una última vez.

La misma noche de las honras fúnebres, como si en Astrea quisieran vengar su muerte, los rebeldes consiguieron dar caza a Aviel de Astrea de una vez por todas. Y lo mataron.

Astrea vuelve a ser libre.

Debería sentirme orgullosa de mi prima. Debería honrar su vida, como hace todo el mundo, con respetuoso silencio y admiración por su valentía y su honor. Debería sentirme aliviada porque su caída no fue en vano. Fue una heroína, como en los cuentos que me contaba de pequeña, como la aventurera que siempre quiso ser.

Pero ¿de qué le ha servido su sacrificio? ¿De qué sirve un mundo sin mi prima? Quizá Eirene luchase por Astrea, pero muerta ni siquiera podrá ver cómo el país vuelve a ser libre. Eirene no verá Faesia en paz, si es que alguna vez eso sucede. Eirene no regresará a su isla, como siempre soñó con hacer.

Eirene no volverá a verme. Yo no volveré a verla.

Nunca más volveremos a encontrarnos.

No más historias, ni más hablar hasta quedarnos dormidas en la misma cama, ni más sueños, ni más bromas, ni más atrevimiento. No más de su risa, no más de su carácter fuerte, no más de su desafío constante contra el mundo. No más de sus palabras de apoyo, ni de su manera de intentar hacerme ver que el mundo es mucho más de lo que yo esperaba de él.

Nunca podré decirle que al fin he descubierto lo que siempre trató de hacerme ver.

Nunca podré decirle que siento haber huido aquel día.

Nunca podré decirle cuánto la echo de menos.

Nunca más volveremos a estar juntas.

Y por eso la odio.

La odio por luchar causas ajenas. La odio por dejarse morir así. La odio por arriesgarse siempre por los demás. La odio por permitir que la aparten de mí de esta manera. La odio por preocuparse demasiado por otros y muy poco por sí misma. La odio porque la nobleza de sus causas no ha impedido su muerte. La odio porque toda su preocupación debería haber sido mantenerse sana y salva, y no la liberación de un reino que ni siquiera era el suyo. Que ni siquiera tenía nada que ver con ella.

La odio porque si no lo hiciera, todo esto dolería incluso más de lo que ya duele.

Ni siquiera he tenido fuerzas para hablar con nadie desde que me enteré de la noticia. No he salido de mi cuarto, a solas con mi pena, a solas con mi arrepentimiento. Si yo nunca me hubiera ido, todo esto no habría pasado. Eirene se habría marchado a Nryan y nada más. Seguiría viva. Mi prima seguiría viva.

No lloro porque ya se me han agotado las lágrimas.

Suenan un par de llamadas en la puerta, pero no respondo. No quiero hablar. No quiero ver a nadie que no sea Eirene. Quiero que se presente aquí y que me diga que no se ha ido a ningún sitio donde no pueda alcanzarla. Quiero que se burle, incluso, por haberme hecho creer que algo le había pasado. «¿Quién te crees que soy para morir así de fácil?», diría, con su sonrisa de siempre, alegre y despreocupada. «Eres demasiado inocente, Fay» se burlaría, haciéndome cosquillas después.

La puerta se abre. Unos pasos se aproximan a mí. Se detienen cerca, pero yo ni siquiera levanto la mirada. Me mantengo muy quieta, con mi atención en la ventana, esperando el momento en el que alguna paloma mensajera llegue con noticias que desmientan todas las anteriores.

Solo que eso no ha sucedido, ni lo hará.

–Fay...

Mi nombre me suena ajeno incluso aunque venga de la boca de Svent. No contesto.

El escriba suspira. Ya ha intentado hablar conmigo en varias ocasiones y, al final, siempre se va del cuarto, decidiendo dejarme sola con mi luto. Esta vez, sin embargo, toma asiento a mi lado y se atreve a coger mi mano, con algo de torpeza. Eso hace que lo mire, por primera vez en días. Él también me está observando y aprieta los labios al descubrir mis ojos vacíos, mi rostro pálido, lleno de todas las pesadillas en las que he visto a Eirene morir, de distintas maneras, todas ellas horribles, en estas noches.

–¿Cómo era? –pregunta entonces el escriba, en un intento de arrancarme las palabras–. Háblame de ella.

No sé si puedo hacerlo. No sé si puedo recordarla sin que la rabia y la tristeza me consuman. No sé si puedo hablar sin que la voz se me rompa.

–Era muy valiente –susurro–. Siempre lo fue.

Recuerdo cómo se escapaba de palacio para ir al bosque. Cómo llegaba con grandes piezas de caza que a mí solo me asustaban. Cómo plantaba cara a todos los que se interponían entre ella y sus planes, incluso si estos no iban más allá de robar un par de bollos de las cocinas de palacio. Cómo desafiaba a mis padres con el valor que yo nunca tuve. Cómo se enfrentó a ellos cuando se concertó mi matrimonio con Seaben. Yo no tuve el valor de decir nada, de protestar, pero ella luchó por mí.

Siempre me defendió, pero yo nunca pude defenderla a ella. Toda mi vida la metí en problemas, y no pudo escapar del último que le causé.

–De pequeñas nos gustaba mucho jugar a ser aventureras. Nos pasábamos el día en los jardines y nos imaginábamos que estábamos muy lejos de allí, luchando contra dragones o salvando reinos de malvadas brujas. A mí siempre me daba miedo. Siempre era la princesa que se quedaba en la torre, asustada, esperando a ser rescatada. Y ella siempre me salvaba. Siempre se manchaba de barro y se llenaba de heridas y magulladuras, lo que fuese con tal de ayudarme.

Solo que esta vez sus heridas la han llevado a la tumba. Los ojos vuelven a escocerme al imaginar su cuerpo sin vida, sus ojos rosas desprovistos de la luz que brillaba en su mirada.

–Siempre era la heroína. Ni un día fue la princesa asustada. Ni un día.

No como yo.

Callo, incapaz de decir nada más, y el humano respeta mi silencio. Al final, tras unos segundos, suelta mis manos con una caricia, pero solo para poder dejar algo sobre ellas. Sorprendida, encuentro sobre mi palma un pequeño saquito de tela. Miro a Svent, sin comprender.

–Cuando esto aún era un orfanato –susurra–, muchos niños habían perdido a sus padres en la guerra. La persona que nos cuidaba les decía que debían plantar semillas en su recuerdo. Así recordaban que por muy duro que fuese el invierno, aunque todo pareciese oscuro y triste, con la primavera todo renacería.

Sigo la mano de Svent cuando él señala hacia la ventana, a los árboles y a las flores que lo llenan todo de color. Me pregunto cómo algo tan hermoso ha podido ser el resultado de tanta tristeza.

–Pensé que quizá podrías plantar una semilla por tu prima.

Cuando vuelvo la mirada hacia él, Svent parece avergonzado de su propia propuesta. Se levanta, abriendo y cerrando los dedos en un gesto propio de los momentos en los que no se siente cómodo.

–Es una tontería. Lo siento.

Parece dispuesto a irse, pero me apresuro a agarrarlo del brazo. El chico me mira por encima del hombro, inseguro. Yo lanzo un vistazo por la ventana, a todos los árboles. No pude poner flores en la tumba de mi prima, y quizá no pueda hacerlo nunca, así que al menos le haré un pequeño altar aquí. Aunque no se lo merezca, porque nunca debió morir.

Parpadeo para no volver a llorar.

–¿Me ayudarías a hacerlo?

El muchacho parece sorprendido, pero asiente y se suelta de mí solo para tenderme la mano, como si dudase de que pudiese levantarme sola de mi asiento. Quizá realmente no pueda hacerlo.

Agarrándome a él, cojo mi capa y salimos del monasterio, que rodeamos en completo silencio. Escogemos un lugar cercano a mi ventana. Así, al menos, la tendré cerca de alguna manera. Así, al menos, podré recordarla y rezar cada noche por ella.

–¿Aquí? –susurra Svent.

Asiento. Solo entonces me suelto de él, para poder arrodillarme en el suelo. Él también lo hace, justo a mi lado.

Empiezo a escarbar la tierra, y en mis recuerdos. El primero que tengo es el del día que llegó a Veridian, cuando yo solo tenía tres años. Eirene por aquel entonces era una figura diminuta de rizos rebeldes y mirada perdida y triste. Acababa de perder a su madre y no entendía lo que pasaba a su alrededor. Y pese a todo, cuando nos presentaron, me sonrió. Y no dejó de hacerlo durante todos los años que siguieron.

Escarbo un poco más. Su manera de intentar ser perfecta, pese a tener una mente demasiado inquieta como para ser capaz de permanecer entre las paredes de palacio. Cómo intermediaba en mis peleas con Ailbhe. Cómo se inventaba siempre las mejores historias para que todos jugásemos con ella. Cómo parloteaba sin parar con las criadas, sin que hubiera manera de hacerle entender que no debía tratarlas con tanta cercanía. Cuántas veces la castigaron por escaparse a la ciudad sin el permiso de nadie, para jugar con otros niños.

Después, el paso de los años y su desaparición durante un mes. Volvió más desafiante que nunca y dejó de intentar ser perfecta. Dejó de pedir disculpas por escaparse, dejó de atender a las clases que no le interesaban, dejó de respetar a mis padres. Se convirtió en una descarada, y siempre me sorprendía con sus respuestas ingeniosas y sus bromas. Empezó a ponerse esas ropas de muchacho, aunque hasta entonces solíamos elegirnos los vestidos la una a la otra. Más años y ambas crecimos y entonces se burlaba de mis pretendientes y los espantaba y yo me reía, porque para ella ninguno era digno de mí. Y ella, por su parte, se divertía con los soldados. Solía decir que los hombres eran todos, con la única y honrosa excepción de mi hermano, estúpidos. Mientras yo fantaseaba con el amor de algún príncipe, ella se burlaba de mí y me decía que se quedaría soltera y se iría a recorrer mundo.

Supongo que lo hizo: ha visto Nryan, Veridian, Lothaire y Astrea. Solo Anderia ha permanecido fuera de su alcance.

Y ahora nunca podrá verlo. Nunca podré decirle que este lugar me ha librado de todos mis prejuicios y me ha enseñado a vivir por mí misma. Nunca podré enseñarle el monasterio ni presentarle a los muchachos. Nunca podré contarle todo lo que he descubierto aquí, todo lo que he sentido, todo lo que de otra manera jamás habría visto…

Porque está muerta.

Porque no está conmigo.

Porque nunca más lo estará.

Me echo a llorar. Quizá ya lleve mucho tiempo haciéndolo, pero solo en este momento soy consciente de ello. Tengo que cerrar los ojos y dejo de ver mis manos manchadas y el pequeño hueco que he hecho en la tierra. Un hueco demasiado pequeño para guardar todo lo que mi prima ha sido para mí. Mi amiga. Mi confidente. Mi hermana. La fuerza que a mí siempre me ha faltado.

A mi lado, el escriba coge mis manos. Triste, me ofrece una caricia y un apretón que pretenden reconfortarme.

–Tú también estás manchada de tierra y llena de heridas ahora. Tú también eres fuerte. Tú también eres valiente.

Me rompo. Antes de que pueda ser consciente, Svent me está abrazando y yo lloro en su hombro por todo lo que he perdido. Por lo que nunca más recuperaré.

Con mis lágrimas regando las semillas que he plantado en su memoria, me despido de Eirene para siempre.

Todos han estado preocupados por mí estos días, por eso les pido disculpas por haber preferido estar sola durante este tiempo. Ninguno me culpa. Nos sentamos en el salón e Itsvan intenta traer de nuevo la sonrisa a mi cara con un montón de bromas e historias absurdas: lo dolido que se siente porque la hija de la panadera no se fija en él o que el otro día vio un cerdo con una mancha en forma de corazón y que dudó seriamente si debía adoptarlo como mascota o comérselo. Naim, por su parte, me ha preparado las mejores galletas que ha hecho nunca, y Svent se mantiene muy cerca de mí en todo momento, sin soltar mi mano desde que plantamos las semillas.

Me dan su apoyo. Me demuestran que no estoy sola. Que ellos también pueden ser mi familia, aunque nunca vayan a suplir el hueco que ha quedado para siempre en mi vida.

Me tranquilizo un poco gracias a ellos. Me digo que viviré por lo que no ha podido vivir mi prima. Y me digo que voy a luchar, como ha hecho ella, por lo que creo: por ellos, por este lugar. Aún recuerdo cómo mi hermano me intentó inculcar que primero estábamos nosotros y después el mundo, que Anderia no era nuestra pelea. Sin embargo, ahora más que nunca me gustaría hacer algo por los humanos. Al menos, por los que viven en este lugar.

La calma que creamos se ve interrumpida por un par de golpes fuertes en la puerta. Me dispongo a levantarme para esconderme, pero me detengo al reconocer la voz:

–¡Soy Ciel!

Es Itsvan quien va a abrir la puerta. El chico entra de manera apresurada y yo comienzo a preocuparme. La última vez que lo vi por aquí, y con esa misma expresión de urgencia, fue para traernos noticias de la guerra. Sé que ha estado en el frente estos días, por eso me alegro de verlo sano y salvo, pero no puedo evitar tener un mal presentimiento.

–Nuestro mejor soldado se digna a pasarse por aquí –lo saluda Itsvan, rodeándole los hombros con un brazo.

Ciel le mira, forzando una sonrisa que no hace más que incrementar mi inquietud. Sus ojos buscan a Svent.

–Tienes que acompañarme a palacio. Mi padre te ha hecho llamar.

Todos nos quedamos callados. Svent frunce el ceño.

–¿Algar? –pregunta Itsvan–. ¿Para qué necesita tu padre al soso de Svent?

Ciel niega con la cabeza, haciéndonos comprender que lo desconoce. El corazón me da un vuelco en el pecho. Algar es el comandante del ejército humano, y a mi lado Svent parece preocupado con la noticia.

–¿Alguna vez te había llamado? –pregunto.

–Nunca –repone él, negando con la cabeza–. Nos conoce porque somos amigos de Ciel, pero siempre ha fingido que no existimos.

–Y mejor –tercia Itsvan, incómodo–. Creo que es solo su intervención lo que nos libra de alistarnos en el ejército, como cualquier otro muchacho. Hace la vista gorda con nosotros. Entonces ¿para qué quiere ahora a Svent?

El aludido se pone en pie, pero no le dejo soltar mi mano. El mal presentimiento corre por mi estómago y sube hasta mi garganta.

–Quizá necesite un escriba –intenta tranquilizarme. Pero hay algo en su voz que indica que ni siquiera él mismo cree lo que dice.

–Os acompaño –se ofrece Itsvan.

–No. Quédate con Fay y Naim. Volveré pronto. Seguro que no es nada que vaya a llevarme demasiado tiempo. Al fin y al cabo, el padre de Ciel es un hombre ocupado.

Ciel vacila, pero asiente. No está convencido. Sabe tan poco como nosotros, y a él tampoco debe de gustarle la idea de que haya hecho llamar a su amigo. Se sale de lo normal, y en este lugar están demasiado acostumbrados a la rutina.

No puedo dejar de pensar en que lo único que ha cambiado en la vida de los chicos ha sido mi llegada.

Si lo han descubierto…

–No tiene nada que ver conmigo, ¿verdad? –susurro, casi temiendo la respuesta.

Un silencio incómodo llena la estancia. Todos observamos al noble, que vacila.

–Creo –comienza, cauteloso– que si tuviera que ver contigo no habrían tenido la consideración de llamar a Svent. Habrían entrado aquí a la fuerza y…

Y me habrían cogido. Y a ellos los habrían matado por traición. A todos.

Itsvan traga saliva y parece a punto de volver a ofrecerse para acompañar a su amigo, pero yo me adelanto:

–Svent, prométeme que si tiene algo que ver conmigo, me entregarás.

–No.

Su mano me suelta y sus pasos se alejan, en dirección al perchero que hay en la entrada, para coger su capa. Su respuesta, tan tajante, hace que un escalofrío me recorra de arriba abajo. Me levanto, como movida por un resorte.

–Svent –repito, con más fuerza en la voz de la que en realidad siento–. Mi prima murió creyendo en algo. Y yo creo en esto. En vosotros. En este hogar. Si tengo que sacrificarme…

–Nadie va a sacrificarse. Tu prima fue una estúpida. Y ninguno de nosotros vamos a dejar que tú sigas sus pasos.

Me siento algo dolida por sus palabras, aunque sé que solo intenta protegerme y por eso ninguno de los presentes se atreve a discutirle.

–Vamos.

Ciel y él salen.

Las horas, desde ese momento, comienzan a pasar más lentas.

Svent

El castillo de Anderia, hogar de reyes y príncipes, se alza ante mí, todo piedra e historia.

Aunque en cualquier otro caso me maravillaría por lo que ven mis ojos, por lo que las manos humanas pueden llegar a construir, hoy solo puedo pensar en que lo saben. Saben nuestro secreto. Saben de Fay. Y si no lo saben, lo verán en mi rostro o en el de Ciel, y entonces estaremos perdidos. Nos colgarán o nos quemarán en la hoguera, y a Fay la encerrarán para hacerle cosas mucho peores.

Las puertas de entrada al patio se abren para nosotros y Ciel pasa primero, haciéndome una seña. Torpemente, pongo a mi montura en marcha. Me duele todo el cuerpo por las horas cabalgando, aunque el caballo que me han prestado, por suerte, es el más manso de los establos del Señor de Edra. Tranquilo, sigue a su verdadero dueño a pesar de mi torpeza al espolearlo y la extraña manera, en comparación con un verdadero jinete, en la que sujeto las riendas.

Es casi un alivio poder deslizarme hasta el suelo y sostenerme sobre mis propias piernas, aunque las sienta como mantequilla y tema caerme de bruces al primer paso. Mi compañero parece darse cuenta de mis pensamientos, porque me coge del brazo y me ayuda durante los primeros momentos, que me comenta que son los más difíciles. Apenas he hablado con él desde que salimos del orfanato, incluso cuando ha intentado mantener una charla cordial. Ahora me guía hasta la entrada principal. Algunos guardas lo saludan con afabilidad e inclinaciones de cabeza que él devuelve, todo sonrisas, como si se sintiera en casa. A mí nadie me dedica una segunda mirada, aunque tampoco me impiden entrar en el castillo tras Ciel.

Dentro, la tranquilidad del patio queda olvidada. Los pocos sirvientes que vemos parecen nerviosos, como si mil ojos estuvieran observando cada uno de sus movimientos. Los saludos cordiales son sustituidos por algunas reverencias, e incluso mi compañero parece extrañado. Cuando lo miro, interrogante, se encoge de hombros y me dedica una expresión de disculpa. Sabe tanto de lo que está pasando como yo.

No sé si eso es bueno o malo.

Trato de darme ánimos. Trato de pensar en que todo tiene que ser un malentendido. Los mensajeros también cometen errores. O puede que me hayan llamado para algún trabajo breve. Quizá el secretario encargado de los documentos oficiales ha caído enfermo y necesitan una mano diestra que se encargue de alguna tarea de copia o dictado. Puede que Algar sepa que soy humilde y se le haya ocurrido darme una oportunidad. La idea, sin embargo, es descartada tan rápido como ha llegado: los nobles no se preocupan por la gente como yo, incluso si su único hijo me considera su amigo. Tiene que haber algo más. Siempre hay algo más.

Una pregunta a uno de los criados y este nos guía por unas escaleras tan amplias como una calle. Nos detenemos ante una puerta más trabajada que el más exquisito de los muebles que tenemos en casa y nos hacen esperar antes de permitirnos el paso.

–¿Padre?

El cuarto en el que entramos es una biblioteca, más larga que ancha. La fantástica colección de manuscritos que me recibe me quita el aliento. Veo el brillo de sus broches de oro a la luz de los tibios rayos de sol que entran por un gran ventanal. Las estanterías se suceden hasta detenerse a los lados de un gran escritorio de madera oscura con sillas tapizadas a su alrededor. Hay varios sillones, y una escalera baja para alcanzar los códices más altos. Las palmas me empiezan a picar por las ansias de tomar cualquiera de las encuadernaciones y sentirlas entre mis manos al tiempo que descubro los textos.

Durante un momento, hasta la preocupación desaparece.

Al menos, hasta que veo a lord Algar apoyado contra el marco de la ventana, mirando al exterior. Cuando su hijo lo llama por segunda vez, se vuelve. Ciel ha heredado de él sus ojos claros y la forma del rostro. Se pasa una mano por la cara, como si hubiera pasado una noche larga. Sus cabellos ya son grises, aunque no tiene ni el porte ni la edad de un anciano. Me acuerdo, quizá demasiado tarde, de agachar la cabeza en señal de respeto.

–Adelante, muchachos. Sentaos.

Ciel cierra la puerta tras nosotros y avanza. Yo voy un par de pasos por detrás, concentrado en la alfombra que amenaza con tragarse mis pies.

–¿Por qué están todos tan nerviosos? –pregunta mi amigo, tomando asiento. Parece más relajado, como si ver a su padre lo hubiera convencido de que no va a pasarnos nada malo–. ¿Ha ocurrido algo?

El noble suspira. Aunque no se sienta, se acerca a la mesa y descansa en ella las manos, como si buscara un apoyo. De pronto no solo parece agotado, sino devastado. Triste.

–Su majestad Davet ha muerto esta noche.

Hay un silencio que anuncia el fin de una época. Que anuncia la entrada de una sombra que se extenderá por todo el país. Entrará por la frontera y tendrá forma de mujer. Aunque no sé hasta qué punto es correcto, me dejo caer en una de las sillas. Una parte de mí se pregunta que por qué me importa. Muere gente todos los días. No he conocido al rey, aunque su nombre pendiera siempre sobre las cabezas de todos los anderienses.

Pienso en Fay, en su advertencia sobre Aldhara. Pienso en lo fácil que sería que los feéricos, y no los humanos, la descubrieran y se la llevasen al lugar del que una vez escapó. Ante Mab, aunque ya no pueda casarla con su hijo. La utilizaría para poner en marcha a Veridian.

Negociaría con ella, como si fuera un cofre de piedras preciosas. Recuerdo las sospechas de la princesa, su miedo a que lo que Mab se trae entre manos sea más grande que Faesia entera...

Sigo sin saber qué tiene que ver esta noticia conmigo.

–En su lecho de muerte, y dado que la princesa Celeste no está en condiciones de reinar, el rey decidió nombrarme regente.

Miro a Ciel, entendiendo al fin el porqué de tanta reverencia, como si fuera casi un príncipe. Lo que no consigo comprender es por qué alguien querría ser el regente de un país tan muerto como su rey. ¿Qué vendrá ahora? ¿Una guerra interna para decidir quién será el próximo monarca? Como si no tuviéramos suficientes problemas. Como si no fuese bastante con perder a nuestros hombres en el frente y seguir luchando por sobrevivir en nuestro día a día. Los ciudadanos no tenemos tiempo para las batallas entre nobles, que decidirán sin nuestra opinión, de todas formas.

Algar toma un documento de un cajón y nos lo enseña. Lo abre y lo pone ante nosotros, como si nos invitase a leerlo. Dejo que mi mirada caiga sobre la caligrafía temblorosa, sobre una o dos salpicaduras de tinta que manchan un pergamino exquisitamente trabajado, blanco como solo puede ser el de mejor calidad.

–En sus últimas palabras –nos explica–, Davet desveló un secreto que desconocía. En la cesión de poderes, me nombra su regente, pero también me deja con la misión de encontrar a su legítimo heredero.

¿Heredero? ¿Qué heredero?

–Señor –lo interrumpo, por lo que me gano una expresión que, supongo, es de censura–, con todo el respeto, no sé qué tiene que ver todo esto conmigo.

Algar me observa con seriedad.

–Adivino que la paciencia no es una de las virtudes de tu amigo, Ciel.

En su asiento, mi compañero se tensa.

–No creo que Svent pretendiera...

No necesito que nadie me defienda. Ni que hablen de mí como si no estuviera delante.

–No, no tengo paciencia cuando me sacan de mi casa sin explicaciones.

El noble me ignora. Tal vez debería levantarme e irme. Quizá nunca debí venir. Si quisiera hablarme de Fay, decirme que ha descubierto nuestro secreto, ya lo habría hecho.

–Lady Celeste tuvo un hijo –continúa, como si nos contara un cuento. La información que nos da, al menos, es digna de uno–. Un hijo que se ocultó al país, por vergüenza, pues no fue de alguien digno de la princesa ni bajo el amparo del matrimonio.

–Por vergüenza –repito, cuando él hace una pausa. Se me está agotando la paciencia, y no entiendo la lógica del honor que tienen los caballeros y los reyes. ¿Importa que no estuviera casada? ¿Acaso le dieron la oportunidad de elegir qué deseaba hacer? No. A las damas no se les permiten esas libertades, como he descubierto por las historias de Fay–. Como si no hubiera suficientes niños sin padres por la guerra.

–No entro en juicios sobre las decisiones de mi rey, Svent. –Así que sabe mi nombre, y que estoy aquí sentado–. Me limito a relataros lo que aconteció. Si tu impertinencia te permite callarte y dejar de interrumpir, podrás saber por qué te he hecho llamar.

Respiro hondo y me hundo en mi asiento. Una parte de mí me recuerda que solo habla mi incomodidad por estar en un lugar desconocido, lejos de casa. La magnificencia de las paredes del castillo no es nada en comparación con el miedo que tengo a que se me caigan encima. A que hagan de este cuarto algo más pequeño y terminen por aplastarme. Decido callarme e intentar pasar desapercibido, con la esperanza de que así dejen que me vaya antes.

Pero me doy cuenta de que si Algar continúa evaluándome como si no quisiera perder detalle de cada una de mis reacciones, va a ser una tarea imposible.

–Davet pudo ver la cara del niño antes de ordenar que se deshiciesen de él. Sus ojos no ayudaron a que se replantease su decisión, pues eran como los de la reina de las hadas: rojos como la sangre.

La comprensión, en este caso, es mucho peor que la ignorancia. Tiene que ser una broma. Ciel me mira con sorpresa, como si ante él se presentara una persona completamente diferente. Me miro las manos. No. No he cambiado. Sigo siendo yo. Sigo queriendo levantarme de esta silla. Quiero reírme en la cara de Algar. ¿En qué situación me deja esto? Las opciones, por primera vez, se me escapan.

Esto no tiene lógica.

–Os equivocáis de niño, lord Algar –decido.

A mi lado, Ciel duda. Sabe que no a todo el mundo le gustan mis ojos. Sabe que alguna vez he tenido problemas. Que hay clientes que prefieren que sea Itsvan quien haga el trabajo y hable con ellos. Que cuando era pequeño, algunos niños me rehuían. Los rumores. Tuve que aprender a ignorar a la gente. Las miradas indiscretas, ya fueran de curiosidad o de rechazo.

Por eso me gusta mi pequeña casa, donde no importa mi aspecto. Donde se meten conmigo por mil cosas, pero nunca mencionan que tengo los ojos de la enemiga del reino.

–Svent...

Me levanto.

–Si habéis acabado, lord Algar, me gustaría que me disculparais.

–La mujer que se deshizo del heredero ha sido clara: lo dejó en el orfanato. Iba a matarlo, pero decidió que no merecía morir. Ocurrió hace veinte años. ¿Cuántos años tienes, Svent?

Quizá debió hacerlo. Quizá le hubiera ido mejor a ese pequeño bastardo al que nadie quería. Al que ninguna familia querría entre los suyos, si es que había alguna que se hubiera podido encargar de un huérfano en esos tiempos.

–Veinte –concedo.

–Siéntate, muchacho.

¿O qué? ¿Me mandará azotar? ¿Me meterá en una celda para que reflexione? No soy un criminal.

–Me vuelvo a mi casa, a menos que haya alguna ley que le dé derecho a encarcelarme.

Ciel deja escapar un sonidito de disconformidad. Cierra los dedos alrededor de la tela de mi capa y tira de ella, para que vuelva a mi lugar. Lo que pasa es que este no es mi lugar, nunca lo ha sido.

–Svent, por favor.

Me aparto. Toda la atención de Algar está fija en mí, y entorna los párpados molesto por mi rebeldía.

–No me obligues a hacerlo –me amenaza–. Podemos hacer esto por las buenas, pero no me importará arrestarte, si no atiendes a razones.

–¿Y de qué va a acusarme? ¿De ser una vergüenza para el país?

Nos retamos en el silencio que cae sobre nosotros a continuación. Cuando se yergue, Algar demuestra ser mucho más alto que yo. Imponente, su sombra cae sobre mí. Por primera vez, me siento intimidado por su aspecto. Este hombre ha matado con sus propias manos. Ha luchado contra los feéricos y ha sobrevivido. A ellos, a sus espadas y a sus poderes sobre la mente. Puede que incluso viera al príncipe de Lothaire en alguna ocasión. Su trabajo lo habrá llevado a todos los rincones del país y habrá visto más cosas de las que yo he leído.

Y, sin embargo, aquí estoy, plantándole cara como si estuviera a su altura. Como si pudiera compararme con él, incluso cuando estoy en su propio territorio.

–No estoy de acuerdo con la decisión que tomó el rey –me concede–. Especialmente porque su hija se muere de pena desde que te apartaron de sus brazos.

Temía que lo dijera. Que fuera inevitable que yo y ese niño que busca nos fusionáramos en su discurso en la misma persona. La idea me parece ridícula. Yo no recuerdo brazos algunos a mi alrededor.

–Mis padres murieron, lord Algar. Algunos niños tienen la esperanza de recuperarlos. Se quedan esperando, soñando… Yo no soy de esos.

Él niega con la cabeza. No lo entiende, pero ya lo esperaba.

–Esto no se trata de un asunto de hijos y padres, Svent: si fuera eso estarías en todo tu derecho a negarte a saber nada de tu familia y volver a tu vida, bajo tu propia responsabilidad. Pero estamos hablando de un trono. *Eres* el legítimo heredero de Anderia.

No pueden obligarme a llevar una corona. A soportar su peso o a actuar de acuerdo con lo que eso significa. Ya tengo un hogar, y no es este castillo. Ya tengo una familia, y no es ninguna princesa loca. Si tanto desea ver el título de rey enganchado al pecho de algún incauto, como un broche, puede mantenerlo en el suyo, junto al de regente.

–Soy un escriba, señor –le recuerdo–. No sirvo ni para luchar ni para gobernar. Añadidlo a lo de la vergüenza, además de lo de ser un bastardo, si gustáis. –Hago un gesto–. Ciel sería un gran príncipe. Nadie tiene que saber que me habéis encontrado. Quedaos vos con el trono.

–No quiero el trono, sino servir a mi país. Quiero ayudar a Anderia. Prometí a Su Majestad que haría de ti un príncipe y es lo que pretendo hacer. Soy regente por el poder que Davet me ha otorgado, pero la corona no es mía. Ni lo será nunca.

No sé si sorprenderme por su lealtad o reírme de su rectitud. El único noble en toda Anderia que no desea más poder y he ido a topar con él. Al menos Davet supo tener cerca a un digno y devoto consejero.

–No podéis obligarme –insisto.

–Es cierto. Y algo me dice que no podré convencerte amenazándote a ti, pero quizá estés dispuesto a replantearte la situación por el bien de tus amigos. ¿Crees que no sé que llevan años escapando de servir a su país?

No puede estar hablando en serio. ¿Qué posibilidades tendrían ante los feéricos? Naim es apenas un niño y, aun así, los hay más jóvenes que ya están entrenando para protegernos en el futuro. Y será un futuro negro, si nadie se encarga del país.

Pero yo no puedo hacerlo.

–¿Estáis intentando chantajearme? –No puedo evitar imaginarme sus cuerpos mutilados. No puedo evitar imaginarme su sangre coloreando el río de rojo, y sus cadáveres siendo arrojados a una pira, donde perderán su nombre antes de perder todo lo demás. Donde arderán hasta convertirse en cenizas indistinguibles de otras. De otros caídos.

Las náuseas suben por mi garganta.

–Intento que entres en razón –repone Algar, con suavidad. ¿Siempre habla así, sin sentimientos en la voz?–. Eres la esperanza para acabar con la guerra: un nuevo heredero significa nuevas fuerzas, al fin y al cabo. ¿No te gustaría acabar con la locura que Davet y Mab comenzaron? Hasta yo, que soy un soldado, estoy cansado de ella. Estoy cansado de la sangre, de no saber si mi hijo volverá del frente o no. No pienses en ello como una amenaza, sino como una oportunidad: colabora desde el lugar que tu posición te permite o colabora alistándote en el ejército con tus amigos, luchando como todos los demás. Creo que es un trato justo, Svent, así que no te precipites.

Si se tratase solo de mí no lo dudaría. Pero Itsvan y Naim son lo único que conozco, mi familia. No puedo consentir eso, y eso es lo que más me enfurece. Aprieto los dientes, mirando al hombre que espera ante mí. ¿Y Fay? ¿Qué va a pasar con ella? Haga lo que haga, se quedará sola. Indefensa. Tendrá que volver a su país, después de abandonarlo todo por nosotros. Bajo la vista. Si acepto, ¿va a ser así siempre? ¿Me van a manejar como un títere, ofreciéndome amenazas como opciones y disfrazando las obligaciones para que parezcan elecciones?

–Svent… –comienza Ciel. Lleva un buen rato callado pero, cuando me mira, me queda claro que solo ha sido porque estaba demasiado ocupado escuchando y pensando en su propia forma de ayudar a convencerme–. Un príncipe podría proteger a quien quisiera. Un príncipe podría… acabar con ciertas injusticias. Si aceptases esta oportunidad, podrías… forjar nuevas alianzas. –Palidezco ante las connotaciones de su discurso–. Sé que no te gustan los cambios, pero algunos podrían ser para mejor.

Me obligo a respirar. Está hablando *de ella*, aquí, delante de su padre.

–No sabes lo que estás diciendo –siseo, conteniéndome para no echarme a su cuello.

–Puedes ayudarla –insiste. Su mirada se endurece, cuando recobra la fuerza que necesita para encararse con Algar–. Hay algo que debes saber, padre.

Lo cojo del brazo y aprieto los dedos a su alrededor hasta que le clavo las uñas. Su expresión de culpabilidad se convierte en una mueca de dolor, pero es más fuerte que yo y se suelta. Su silla cae al suelo con un golpe ahogado por la alfombra cuando se levanta con brusquedad.

–¡No te atrevas, Ciel!

–Habla –le ordena su padre.

Durante un segundo pienso que no lo hará. Que no se atreverá a traicionar nuestra confianza. Que guardará el secreto y se disculpará. Que buscará una excusa o se inventará algo.

Pero no lo hace.

–Sé dónde está Fay de Veridian.

No sé si me duele más la puñalada o la idea de que irán a por Fay. De que no he sabido mantenerla a salvo, a pesar de que se lo prometí. De que era mi mayor responsabilidad.

–¿De qué estás hablando, Ciel?

La voz de Algar es severa. Cierro los ojos, con fuerza, y bajo la cabeza. He llegado a un punto muerto. Estoy en un callejón sin salida. Lo único que tengo ante mí es el palacio, y una soga de oro alrededor de mi cabeza. Hermosa, pero igualmente mortal. Quiero pensar que estoy obligado, pero eso no me ayuda. Quiero pensar que será menos doloroso si lo hago por ella, pero es precisamente por ella que duele. Quiero pensar que será fácil decir las palabras, pero es incluso más complicado que si las dijera en la lengua común, con mi torpeza habitual.

–Lo haré.

–¿Qué tiene que ver la princesa de Veridian en todo esto? –insiste Algar.

He dicho que lo haré. Que seré vuestro príncipe. Y si queréis que lo siga siendo, la dejaréis en paz.

Me obligo a recomponerme y nos miramos, aún con desafío pese a que sé que soy el más débil de los dos, como le indica el temblor en mi voz. No necesita que le cuente todo para sacar sus propias conclusiones. No es necesario que le diga dónde está Fay, porque él ya lo sabe, por mi reacción y la de su hijo.

–De acuerdo –concede, esbozando algo que parece una sonrisa satisfecha–. Me alegro de que hayas entrado en razón, Svent. Puedes… traer a tus compañeros aquí. A *todos* –recalca, no sin curiosidad. Me juro que no permitiré que le ponga una mano encima a la princesa, pero ya no sé si mis promesas sirven de algo en este lugar–. Aquí estarán a salvo.

Me tambaleo, pero esquivo la mano que Ciel me tiende y salgo de la biblioteca. Al llegar al pasillo me detengo y me doy cuenta de que no sé qué hacer a continuación. A dónde ir. El corredor se me antoja inmenso, y temo perderme en el laberinto de habitaciones y escaleras. En lugar de eso, oyendo las voces amortiguadas de Algar y su hijo tras la puerta, me apoyo en la pared y me inclino hacia delante, ocultando el rostro entre las manos.

Pese a que se supone que estoy en el edificio más grande de toda Anderia, jamás me había sentido tan encerrado en toda mi vida.

Fay

Tarda demasiado. Tarda mucho más de lo esperado. Tarda mucho más de lo que podemos soportar.

Itsvan aparenta estar tranquilo, pero no ha dejado de jugar con su pelota desde que Svent se fue, y a cada minuto que pasa parece estrujarla con un poco más de fuerza. Naim no deja de levantarse y sentarse, de pasear por la casa y hacer ruido, irónicamente. Yo, por mi parte, no puedo apartar la vista de la ventana.

Una hora. Y otra. Y otra más.

La noche cae y las estrellas empiezan a aparecer en el cielo. Me parece que su brillo son sonrisas que se burlan de nuestra espera.

–No es normal que tarde tanto –digo al cabo de un rato, sin poder soportarlo más. La ciudad no está cerca de aquí, pero hace ya muchas horas que se marchó. Ya debería haber vuelto de haber sido un asunto sin importancia.

–Sí es normal –me rebate Itsvan. Creo que intenta convencerse a sí mismo más que a mí–. La ciudad es un lugar lleno de seductores placeres y pecados, y hoy Svent no tenía que cargar con el niño –me explica, señalando a Naim, que le lanza una mirada ofendida–. Habrá aprovechado para hacer una pequeña parada en un local del que prefiero no decirte el nombre donde le habrán sabido relajar con maneras que tampoco te voy a decir.

Me ruborizo, avergonzada por su suposición, aunque sé que es improbable que Svent haya hecho algo así. Menos aún sabiendo que nosotros aguardamos en casa, preocupados por él y por lo que le hayan podido decir en el castillo.

Y de pronto, la puerta. Empiezo a odiar el sonido de los nudillos contra la madera. Si fuera Svent, no llamaría. Solo entraría y suspiraría, agotado. Sin muchos aspavientos nos contaría lo que fuera que hubiera pasado y después se encerraría, solitario, en su biblioteca. Yo le acompañaría, pero no haría más preguntas. Nos acomodaríamos en nuestro amable silencio, comprendiéndonos de esa manera, y nada más.

Vuelven a llamar. Es obvio que no es Svent.

Itsvan me indica con la cabeza que me esconda en una de las habitaciones. Obedezco. Me quedo cerca de la puerta, con la espalda pegada a la pared, de manera que pueda ver lo que sucede en la entrada.

El rubio abre y Naim le sigue, pegado a sus talones. Es precisamente gracias a la expresión del más joven que sé que algo no va bien. El niño parece palidecer y mirar en mi dirección y luego hacia delante de nuevo. Itsvan cuadra los hombros.

Reconozco la voz de Ciel, algo culpable, diciendo unas palabras en humano que no llegan claras hasta mí.

Naim da un paso hacia atrás. Yo misma retrocedo por puro instinto.

Itsvan responde en humano también:

–¿Tú o todos? –entiendo que dice.

El miedo empieza a crecer en mi pecho. Me aprieto más contra la pared. Hay más gente. Mucha más gente, por lo que parece.

–Solo yo.

Otro cruce de palabras y la puerta se cierra.

–Fay, ¿estás ahí? –pregunta Ciel en fae, al aire.

Me asomo desde mi escondite. Ha entrado y Naim se apoya contra la puerta, con la expresión llena de angustia, como si temiese que la entrada se fuese a caer en cualquier momento. La pelota de tela, en la mano izquierda de Itsvan, está totalmente comprimida.

–¿Qué está pasando? –pregunta Itsvan–. ¿Qué hacían todos esos soldados ahí fuera?

¿Soldados? Alarmada, miro a Ciel.

–¿Era por mí? ¿Han venido a buscarme? ¿Lo descubrieron?

–No. –Suspira hondamente y se pasa la mano por la cara–. No exactamente. No es eso.

Me adelanto. Itsvan mismo parece ansioso.

–¿Qué ha pasado? ¿Dónde está Svent? ¿Le han hecho algo?

–Tranquilízate, Fay.

¿Que me tranquilice? Mi prima ha muerto hace apenas unos días. No podría soportar perder también a Svent, que me salvó la vida. Que me ha tendido su mano cuando estaba perdida y me ha hecho ver un nuevo camino que recorrer, junto a él, sus conocimientos y sus libros.

–¿Qué hacen esos hombres a nuestra puerta, Ciel? Habla claro.

–Es una larga historia... –Es la primera vez que veo a Ciel sin palabras, dudando de lo siguiente que va a decir–. El rey... Su majestad Davet ha muerto.

Itsvan, Naim y yo nos miramos a un tiempo, recordando el diario de Aldhara. ¿Qué va a pasar ahora? ¿Realmente estaremos en lo cierto y Anderia será ahora más vulnerable? ¿O todo va a seguir igual? Pero más allá de eso...

–¿Qué tiene que ver eso con Svent? –pregunto, confundida.

El noble vuelve a dudar. Parece esconderse un poco en su capa.

–Antes de morir, el rey confesó la existencia de un heredero secreto. Un hijo de la princesa que nunca llegó a darse a conocer. Se... deshicieron del niño.

–Sigo sin entender qué...

–Lo abandonaron, para ser más exactos –continúa Ciel, interrumpiendo a Itsvan–. En este mismo lugar. Hace veinte años.

Naim es el primero en reaccionar. El primero en juntar todas las piezas y entender lo que Ciel trata de decirnos. El primero en abrir mucho los ojos y agarrarme del brazo con fuerza. Lo miro, alarmada, y entonces yo también lo entiendo.

–No es posible.

Ciel clava la vista en sus botas.

–El difunto rey dijo que el niño tenía los ojos de Mab. Ojos rojos como la sangre…

Siento que me mareo. Por un instante, la imagen de Mab colma mi cabeza. Su rostro de muñeca, su sonrisa, sus ojos. Recuerdo cómo me asustó Svent al principio solo por ese detalle. Recuerdo que pensé que los feéricos me habían cogido. Recuerdo que tardé en acostumbrarme. Sus ojos están malditos, como los de Aldhara. De pronto, hasta eso tiene más sentido que nunca.

Me echo a temblar.

No. No es posible. No puede ser. Svent no es como yo. Svent no es príncipe de nada. Es un muchacho normal y corriente. Un escriba. Es un chico sencillo al que le dan igual la política, los castillos o las riquezas. Es prácticamente un ermitaño, que vive enfrascado en sus libros. Solo le importan las historias que hay sobre el papel, ya creadas: a él no le interesa hacerse una historia propia, y menos tener que escribir la de un país. No ha nacido para esto. No ha nacido para gobernar sobre un reino en guerra. No ha nacido para tener una corona sobre su cabeza…

–Svent no quería ocupar el lugar que le corresponde, pero es lo mejor para él y lo sabe –susurra Ciel, aunque no parece convencido. No puede estarlo. Si conoce a Svent tiene que saber que él no será feliz así–. Y también lo mejor para vosotros: esos hombres están aquí para escoltarnos hasta palacio. A todos.

Doy un paso atrás por puro instinto. Itsvan tampoco parece contento. Hay algo muy raro en todo esto. Nada de lo que dice se corresponde con lo que Svent haría.

–Traedle de vuelta –pido–. Él no quiere estar ahí, y yo no puedo ir al castillo de Anderia. Me matarán. Me encerrarán en el mejor de los casos… Svent no va a permitir que eso pase.

–Y no va a ocurrir. Si Svent ha aceptado ha sido en parte por ti: para que nadie te haga daño. Mi padre le ha asegurado que nadie te tocará.

Lo miro, con los ojos muy abiertos. ¿Svent ha aceptado ser el príncipe de Anderia? ¿Por mí? ¿Para protegerme? ¿Para que nadie me haga daño? Pero nadie iba a hacerme daño…Si nadie lo sabía… Su padre…

Itsvan es más rápido que yo en su deducción. Coge a Ciel de la camisa con tanta brusquedad que yo doy un respingo y Naim se esconde tras de mí.

–¡Tú! Bastardo. Se lo has dicho a tu padre, ¿verdad? Le has dicho que Fay estaba aquí. Con nosotros. Si no, ¿cómo iba Algar a saber nada de ella?

Ciel traga saliva, y siento la traición también. ¿Ciel me ha delatado? ¿Y lo ha hecho para retener a Svent en el castillo? Entorno los ojos, con el dolor clavándose firme en mi pecho, aunque más que por mí, por Svent. Por Itsvan y Naim. Han sido amigos durante toda su vida. ¿Cómo ha podido revelar nuestro secreto? *Su* secreto.

–Svent puede cambiar las cosas para Anderia. Puede cambiar las cosas para Fay, incluso. Aquí está tan encerrada como en cualquier otro lugar, ¿no creéis? Pero si él reina, quizá pueda hacer que ella nunca más tenga que esconderse bajo esa capucha, en su habitación. Quizá pueda hacer que nunca nadie más tenga que esconder su apariencia. Puede protegerla.

Itsvan gruñe y lo suelta, con tanta fuerza que Ciel trastabilla. No. Yo no estoy encerrada aquí. No me siento encerrada, al menos. No necesito que nadie se sacrifique por mí.

¿No dijo Svent que mi prima había sido una estúpida? ¿Que nadie iba a sacrificarse? Si lo que dice Ciel es cierto, ¿qué ha hecho él, si no eso?

–Fay –masculla Itsvan, trayéndome de vuelta a la realidad. Lo miro, con el horror pintado en mi rostro–. Ve a por tu capa. Si todo esto es cierto, Svent nos necesita. A los tres. A sus amigos.

Ciel hace una mueca de dolor, porque con esa frase queda excluido. Aunque tardo un segundo en reaccionar, hago lo que me dice. Si es cierto, yo mejor que nadie sé lo que es tener que enfrentarse a una responsabilidad que no se quiere tener.

Y si lo ha hecho por mí, tengo que convencerle de que se niegue.

El castillo de Anderia no se parece en nada al de Veridian. Tampoco al de Lothaire. No hay brillo ni formas bonitas, sino que parece amenazador: todo gris y piedra, todo sombras y rostros tallados que nos observan, juzgando si somos dignos de estar en su presencia o no. Las antorchas, situadas en todas las paredes, dan a nuestras sombras dimensiones que amenazan con devorarnos en el silencio solo roto por nuestros pasos, que suenan más altos de lo que deberían, como si fuéramos más personas las que caminásemos.

Un apesadumbrado Ciel, con el que no hemos vuelto a cruzar palabra, nos guía. Yo me arrebujo en mi capa como si pensase que de cualquier esquina aparecerá un humano dispuesto a matarme si descubren quién soy. No me parece buena idea estar aquí, en este castillo. En ningún castillo. Recuerdo mejor que nunca las palabras de Eirene cuando hablaba de lo fríos que eran en realidad los palacios, y ahora lo comprendo. Puede que aquí haga más calor que en el orfanato, pero allí no me recorrían estos escalofríos.

A mi lado, Naim parece sentirse tan incómodo como yo. Se agarra a mi brazo con fuerza, mirando a su alrededor como si temiese que cualquiera de las estatuas o los cuadros que se reparten por las paredes fuesen a saltar sobre él. Itsvan parece más tranquilo, aunque nunca lo había visto tan serio, tan taciturno. Hay algo en su mirada que asusta: está enfadado, y lo único que se ha traído consigo ha sido su pelota, que no deja de apretar.

Ciel nos guía hasta una doble puerta de madera vieja a la que llama con seguridad. Desde dentro una voz grave le permite el paso y él se adelanta. Hace una reverencia rígida.

–Los he traído, padre –escucho que anuncia.

–Hazles pasar –dice la voz grave desde dentro.

El muchacho nos indica que entremos: primero Itsvan y después Naim y yo. El corazón me da un vuelco cuando veo a Svent, que se levanta al instante. Por primera vez desde que lo conozco, veo angustia en su rostro. Normalmente es alguien tranquilo, con el control de la situación gracias a su siempre infalible lógica. Pero ahora parece perdido.

Me gustaría apresurarme hasta él y abrazarlo como lo hacía él esta mañana mientras yo lloraba. Quiero cogerle de la mano y decirle que tiene trabajo pendiente que no puede esperar, que yo lo acompañaré leyendo cualquier libro, y que todo volverá así a la normalidad.

Pero no me atrevo, porque otra figura me está observando, aunque yo agacho la cabeza para esconderme aún más en mi capa y cubrir mi rostro de sombras, como si así no pudiera saber quién soy.

El hombre que debe de ser el padre de Ciel se frota la barba con expresión interesada.

–Lord Algar –murmura Itsvan. Hace una reverencia que en realidad no es tal y se apresura a acercarse a su amigo, a quien le pone una mano en el brazo. En estos momentos sí aparenta los varios años mayor que es y Svent, en cambio, parece más joven–. ¿Estás bien?

Svent asiente, aunque es un gesto inseguro.

–¿Y vosotros?

Sé que me lo está preguntando a mí y quiero responder, pero no me sale la voz. La siento ahogada por esos malditos ojos que no se apartan de mí. Esperan. Aguardan a que diga algo, a que haga algo. Quizá se sienta intrigado por el sonido de mi voz o mi forma de moverme. Ese hombre ha matado a gente. Ha matado a mucha gente. No es mejor que los feéricos, no es mejor que nadie. Ese hombre seguramente habrá condenado a traidores a la pira y habrá matado quizá incluso a alguno de los míos. No he debido de ser la primera elfa que ha terminado en estas tierras, aunque sí probablemente la única que sigue viva para contarlo.

–Fay de Veridian, he de suponer –dice, en perfecto fae.

Contengo la respiración. Su voz me ha llamado para que deje de esconderme. Para que sepa que no puedo escapar. Ahora sabe que estoy aquí. ¿Qué va a pasar con nosotros? ¿Qué va a pasar conmigo?

Me digo que ya no hay vuelta atrás y que este es un buen momento para empezar a ser valiente. Para dejar de esconderme. Para dejar de ser débil. Eirene luchó y murió creyendo en algo. Yo creo en Svent, en Itsvan y en Naim. Si tengo que enfrentarme a alguien, que sea por ellos.

Por eso llevo mis manos temblorosas a mi capucha y me la retiro. Alzo la cabeza. Con orgullo, con dignidad, como la princesa que me enseñaron a ser. Espero que mi mirada, cuando choca con la del comandante, transmita más seguridad de la que siento.

El hombre se sorprende, como si hasta ahora no hubiera terminado de creerse que la princesa de Veridian ha estado conviviendo con humanos. Supongo que desde su punto de vista es una situación absurda.

Svent aprieta los dientes y se vuelve hacia Algar.

–Me gustaría hablar a solas con mis amigos, lord Algar.

El hombre ni siquiera se fija en él. No aparta sus ojos de mí. No puedo dejar de temblar y me siento estúpida por ello. ¿Sabrá el terror que me provoca?

–¿Desde cuándo estáis en nuestro reino, lady Fay?

Hago mi mejor esfuerzo para plantarle cara. También trato de que mi voz no tiemble.

–Hace ya más de una luna, señor. –Cojo aire, recordando todas las fórmulas cordiales que me han enseñado en mi vida. Toda la buena educación, incluso la que hay que utilizar con falsedad–. No puedo negar que en Anderia me he sentido como en casa.

El comandante alza una ceja. No quiero claudicar, pero no sé cuánto tiempo más podré soportar la tensión. Yo no soy como Eirene, que quizá se burlaría de él. Desearía serlo, pero no soy capaz. Ella era valiente y yo solo soy una niña. Una niña débil y asustadiza.

Sigo siendo la princesa a la que hay que rescatar.

–Ahora estaréis en un lugar más acorde con vuestra condición.

Hay algo determinante en esa frase. Aunque está anunciando una invitación a un castillo, hace que suene como una condena en una prisión. No me veo capaz de responder, aunque desearía decirle que no voy a quedarme aquí. Ni yo, ni Svent. Nos vamos a ir. En cualquier momento, nos marcharemos sin más. No tenemos por qué estar aquí.

No me obliga a darle una contestación, sin embargo, sino que se fija en Svent, como si recordara de pronto que existe y está presente. A este hombre no le importa el escriba. No le importa ninguno de los presentes, excepto quizá su hijo. Excepto quizá yo, porque sabe que soy una pieza valiosa con la que jugar en su guerra.

–A solas, ¿no es cierto? Os dejaré. Tenéis muchas cosas que contaros, sin duda. Ciel, acompáñame. Cuando acabéis, solo tenéis que pedir que os indiquen vuestros nuevos aposentos. Serán mejores que los que teníais.

Algar rodea la mesa del escritorio tras la que estaba y, aunque pienso que se marchará, se acerca a mí. Veo a Svent dar un paso hacia delante y a Itsvan cogerlo del brazo. Naim aprieta con fuerza el mío.

El hombre hace una inclinación ante mí. Coge mi mano, que tiembla, y besa el dorso. Sus ojos no se apartan de mi cara.

–Es un honor conoceros, alteza.

No respondo, pálida. No quiero tener a este hombre cerca. Me fijo en su espada y me doy cuenta de que tengo la respiración y el pulso acelerados. Sin embargo, él no me hace nada. Se yergue tan formal como se ha inclinado y pasa por mi lado con una tranquilidad tan abrumadora como su presencia. Ciel nos lanza una última mirada antes de que ambos desaparezcan de la biblioteca.

Svent se derrumba en su asiento al tiempo que la puerta se cierra. Se cubre el rostro con las manos, los codos apoyados en sus piernas.

No pierdo ni un segundo. Me apresuro a acercarme y me dejo caer de rodillas justo frente a él. Tomo sus manos, obligándolo a descubrir el rostro, y me encuentro con un chico que no reconozco.

–Svent, ¿qué has hecho?

–Lo siento –murmura. Parece derrotado–. No quería que esto acabase así. Solo quería volver a casa, con vosotros…

Itsvan hace una mueca, incapaz de ver así a su amigo. Sonríe, aunque por la manera en la que aprieta su pelota de tela, sé que no es un gesto real.

–¿Pedir perdón por darnos asilo en un castillo? A mí me parece un increíble cambio de residencia. Además: en estos sitios siempre hay criadas con muy buenos atributos. O mejor: cocineras. Las cocineras son el sueño de todo hombre sencillo: una mujer que le haga *todas* las comidas, tú ya me entiendes.

Esta vez su broma no consigue distraer al escriba, que sacude la cabeza, hundiéndose un poco más en su asiento. Aprieto sus manos, incapaz de verlo así, pero sin saber cuáles son las palabras que pueden reconfortarlo.

–Por mi culpa has acabado en el lugar en el que menos deseabas estar –me susurra, lleno de culpabilidad.

No puedo creer que se preocupe por mí justo en este momento. Niego con la cabeza.

–Quería estar contigo –respondo atropelladamente–. Y lo estoy. Pero tú... Esto...

–Solo me quieren porque necesitan una cabeza sobre la que colocar una corona. Es ridículo.

–Un príncipe no es solo eso, Svent. No, al menos, el príncipe de Anderia. ¿Por qué has accedido? La vida de un príncipe no tiene nada que ver con la que llevabas, y todavía menos la de un futuro rey. No sabes nada de política ni de guerras. Tu vida son tus libros. Los de tu biblioteca, no estos –especifico, haciendo un gesto hacia todos los tomos que nos rodean–. Tu vida es tu libertad. Esto no es para ti. No puedes ser feliz aquí. Así...

–Mi vida... –repite, pensativo. Parece muy lejos de aquí–. Mi vida sois vosotros. Y querían haceros daño. –Sus ojos buscan a Itsvan y a Naim–. Si no aceptaba, nos enviarían a la guerra.

El rubio entorna los ojos con desprecio.

–¿Te han amenazado?

Svent no contesta, pero no es necesario. Itsvan lanza una maldición y rodea con un brazo los hombros de Naim, como si con ese gesto pudiera protegerlo. Me estremezco imaginándolos a los tres en medio de una batalla. Itsvan quizá tuviera alguna oportunidad, pero los otros dos...

–Podemos escapar –le ofrezco a Svent–. Esta no es tu lucha. Incluso si eres el príncipe, te han mantenido apartado de tu hogar toda tu vida. No les debes nada. Ni a este país, ni a este castillo...

De pronto, me siento una hipócrita. Aunque me enfadé con Ailbhe por ser un egoísta y pensar solo en Veridian, estoy diciéndole a la única persona que quizá pudiera hacer algo por Anderia que no tiene que encargarse de ellos. Que no es su problema. Estoy poniendo la comodidad de una persona por delante del futuro de todo un reino, solo porque es Svent. Estoy volviendo a ser la muchacha egoísta que huyó de Lothaire sin pensar en la gente que dejaba atrás.

Pero están condenándolo. Yo al menos había sido criada para ser princesa. A él le están imponiendo un título y una familia de la que hasta ahora no sabía nada. Unas responsabilidades que nunca había tenido. ¿Por qué debe aceptar? ¿Por qué debe renunciar y sacrificarse sin más? No es justo para él. No es justo.

Y, aun así, dudo sobre qué es lo correcto.

–Nos seguirán –susurra Svent de todos modos. Niega con la cabeza, como si ya hubiera valorado las distintas opciones–. Algar le prometió a Davet que encontraría al heredero y lo formaría para ser el príncipe que todos esperan. Para él, soy la última esperanza del reino, así que no me dejará escapar.

–Podríamos huir a Astrea. Ahora que vuelve a ser libre, quizá allí nos den asilo.

–No tengo la esperanza de llegar tan lejos, Fay.

Todos callamos. Svent mira a Itsvan y Naim, que tampoco saben qué decir.

–¿Podríais…?

Itsvan comprende sin necesidad de más palabras. Asiente, aunque antes de irse aprieta su hombro.

–Encontraremos una solución. Ya lo verás. Piensa en esto como uno de tus juegos de lógica: encontrarás la respuesta, como siempre.

Svent asiente, agradeciendo las palabras de su amigo, y nos dejan solos. Miro al escriba, sin entender por qué les ha hecho irse. ¿Qué tiene que decirme para que no quiera que los demás estén delante?

El chico se escurre de la silla solo para sentarse en el suelo, a mi altura. Quedamos frente a frente, pero él no me mira a la cara. Parece concentrado en mis dedos.

–Fay… –No me gusta la manera en que pronuncia mi nombre–. He estado pensando. Este no es el lugar en el que quieres estar. Por eso, si quieres volver a casa… Mandaremos a un grupo de soldados para que te devuelvan sana y salva a Veridian, con tus padres y tu hermano.

Me está intentando separar de ellos.

–No.

–¿Es que no lo ves? –me recrimina ante mi respuesta tajante–. Vuelves a estar atrapada en un castillo. Y no precisamente en uno en el que todos te vayan a servir y adorar. Algunos te temerán. Otros te odiarán. Aunque intente protegerte y demos orden de que seas intocable…

–En Veridian también estaría en un castillo. Quizá uno en el que, además, también sería juzgada por lo que hice. Entre estar aquí y allí solo hay una diferencia: en Veridian no estaríais vosotros. No, no voy a marcharme –sentencio–. No voy a dejarte, y menos ahora.

–Si prefieres ir a Astrea…

–¡Svent! –Mi exclamación nos sorprende a ambos, pero supongo que es producto de mi nerviosismo. De mi miedo, porque no quiero que me aparte. Poso mis dedos sobre sus mejillas, para obligarlo a mirarme. A mí y a mi determinación–. Elijo estar contigo. ¿Qué es lo que no ves?

–¡Eso, precisamente! ¡No entiendo por qué lo haces! ¡Deberías estar enfadada!

–¿Enfadada?

–Te dije que no te entregaría, y aquí estás. ¡Yo estoy enfadado! Te prometí que todo iría bien, que no íbamos a dejar que nada te pasase.

Su preocupación por mí me conmueve.

–Svent… –susurro. Cojo una de sus manos y lo obligo a tocar mi cara con sus dedos. Me sorprende lo agradable que es sentir su caricia cuando llega–. Mírame. Nadie me ha hecho daño. Estoy bien.

El muchacho calla. Repasa mi rostro con tanta lentitud que no puedo reprimir un estremecimiento. Hay algo torpe en su toque, y quizá por eso es aún más tierno.

–No serás libre aquí… –susurra, con la voz de quien ha perdido una batalla–. No podremos salir a pasear por el bosque, y Algar tendrá un ojo siempre puesto en ti…

No me muevo, temiendo que cualquier cosa vaya a acabar con su caricia sobre mi piel. Es el gesto más dulce que me han prodigado en toda mi vida, y por un instante absurdo quiero que dejemos de hablar y que solo nos quedemos así, mirándonos y acariciándonos para estar aún más cerca que ahora mismo. Quizá más cerca de lo que deberíamos.

–¿Y tú vas a ser libre aquí? ¿Por qué has hecho esto, Svent? Ciel dijo que había sido por mí. No por los demás; por mí. Nunca habrías aceptado el chantaje de la guerra: desertar habría sido tu opción. Desertar y marcharos a otro lado…

El escriba baja la vista. También se acaba su caricia sobre mi cara y maldigo el momento en el que le he preguntado. Tendría que haberme callado, y entonces no habría pena en su expresión y sus dedos continuarían sobre mi piel.

Me doy cuenta de lo absurda que resulto. ¿Desde cuándo necesito el contacto de alguien de esta manera?

–Ciel le dijo a su padre que sabía dónde estabas. Dijo que yo podía hacer cosas por ti. Para ayudarte. Para protegerte. Y tenía miedo de lo que te pudiera pasar si no aceptaba, cuando ya te habían delatado…

–Dijiste que nadie iba a sacrificarse –le recuerdo–. Que mi prima había sido una estúpida. Tú también lo has sido, entonces. No tenías que condenarte por mí.

Sus ojos rojos se clavan en los míos y no puedo evitar pensar en lo diferentes que son de los de Mab o los de Seaben. Sus ojos son cálidos, amables.

–Pensé que no era una condena si lo hacía por ti.

Doy un respingo, sorprendida. O quizá no sea yo, sino mi corazón, que se sobresalta como nunca lo había hecho antes y da un brinco que vuelve un poco más del revés todo mi mundo. Svent me mira, sin arrepentirse ni avergonzarse de sus palabras, sereno y culpable.

Y me rindo.

No sé exactamente a qué, pero es como si algo dentro de mí se derrumbase. Como si una barrera, una demasiado frágil que me he estado esforzando por mantener sin darme cuenta, se rompiese. La última barrera que me permitía seguir pensando que me gustaba pasar el tiempo con él porque es mi amigo, la que me hacía creer que nada le diferenciaba de Itsvan o Naim, la que me decía que si la vida me parecía tan cruel lejos de él era solo porque me había tratado bien.

Cuando esa barrera cae, mi boca encuentra la suya.

Ni siquiera sé de dónde saco el atrevimiento para hacer tal cosa. Nunca había besado a nadie. Escucho la exclamación de Svent, aunque no puedo verlo, porque he cerrado los ojos. El beso es solo una presión de mi boca contra la suya. No hay ni aliento ni suspiros. Es solo una caricia que dura un instante.

Tardo solo dos segundos en ser consciente de lo que he hecho.

Me separo, precipitadamente, igual que me he acercado a él. Aparto la vista, turbada, aunque también maravillada. Nunca había actuado de manera tan impulsiva. Nunca me había sentido tan viva, con el corazón latiendo desenfrenado. Me invade la vergüenza, pero no es una sensación horrible. Mi primer beso. No sé si era lo que esperaba que sería. Solo tengo las referencias de los cuentos y libros que he leído. No sé si ha sido dulce, como dicen que son todos los besos, porque ha sido demasiado corto. No sé, tampoco, por qué lo he hecho. Solo... Él estaba ahí, con su mirada franca, y yo he deseado estar todo lo cerca que pudiese de él.

Miro al chico delante de mí, que me observa, muy quieto. Hay un leve color en sus mejillas, como en las mías, y parece genuinamente sorprendido.

Nunca pensé que me atrevería a besarle. Pero lo he hecho.

Oh, por los dioses. Lo he hecho.

La vergüenza llega más fuerte que antes. La inquietud empieza a crecer dentro de mí. ¿Le habrá molestado? ¿Qué pensará? Ni siquiera me atrevo a mirarlo, de pronto. Me separo algo más.

Dioses, dioses, dioses. ¿En qué estaba pensando?

–D-deberíamos descansar por hoy... –balbuceo.

Voy a apartarme del todo cuando la mano de Svent me coge de la muñeca, deteniéndome. El corazón me late tan fuerte que creo que me quedaré sorda, o que solo podré escuchar ese sonido durante el resto de mi vida.

–No –susurra, inseguro–. No tengo sueño, todavía…

Me quedo muy quieta, sin saber qué decir. Qué hacer. Su mano, contra mi piel, parece temblar un poco.

Se acerca a mí. Contengo la respiración. Nos miramos. Esta vez sí sentimos el aliento del otro, nerviosos. ¿Será su primer beso también? Parece dudar tanto como yo, al menos. Parece tan tímido, tan inseguro, como yo misma me siento.

Nuestros labios se encuentran de nuevo. Una caricia que es solo un roce. Una caricia torpe que dura un segundo.

Mi pulso ha perdido el control por completo. Mi mente misma se embota, y es como si en el mundo solo existieran sus ojos, y me da igual el color que tengan. Son *sus* ojos. Y su boca, que me vuelve a tocar, en esa caricia tentativa.

–Quizá… –susurra, mirando mis labios. Coge aire, como si le faltase. Yo misma siento que me ahogo–. Quizá podríamos quedarnos aquí un rato más, si no te importa…

Asiento, quizá con demasiada rapidez. Pero me da igual. Soy yo la que se echa hacia delante y presiono de nuevo mi boca contra la de él. Nos regalamos un suspiro.

Perdemos la cuenta de los besos que nos damos, y cada uno de ellos es un poco más largo que el anterior. Un poco menos tímido. Un poco más dulce. Un poco menos torpe.

También perdemos la cuenta de las horas. «Un rato» se convierte en toda la noche.

Svent

Solo los bárbaros pasean cadáveres por sus calles.

Solo los necios hacen procesiones en las que se venera a la Muerte.

En Anderia, por lo que parece, somos bárbaros y necios, pues las calles se llenan de banderas negras, de llantos y de luto, mientras el féretro que lleva al fallecido rey recorre la ciudad, abierto, como un recordatorio de que, después de todo, hasta los poderosos están condenados a caer. Hasta los grandes monarcas, en sus magníficos tronos de oro, son mortales. No necesitan de una espada atravesándoles el corazón para morir. Lo único que hace falta es el paso del tiempo y el peso de todos los problemas que nos vemos obligados a cargar sobre los hombros. Y Davet, al fin y al cabo, era humano. Si le quitáramos sus ropajes de terciopelo y sus joyas, solo quedaría un cuerpo marchito. Un humano más, hecho de carne y hueso. Improbabilidad insuflada con vida. Polvo que perdurará en la historia convertido en un nombre.

Caminamos durante largo tiempo, siguiendo la caja de madera que contiene a otro caído durante la guerra. Itsvan y Naim, en algún punto a mis espaldas, custodian a una encapuchada Fay. Su presencia, pese a todo, parece lejana. El sol se pone y se encienden velas, que las mujeres llevan en sus manos enfundadas en encaje negro. Pronto las caras a mi alrededor se convierten en un borrón. Empiezan a dolerme los pies por las botas nuevas, y me siento incómodo en unas ropas molestas y lujosas que jamás me habría puesto por propia voluntad. Siento mil ojos sobre mí, sobre mis compañeros, pero trato de ignorar las miradas, como ignoro los edificios que flanquean nuestro camino o las calles, que acaban siendo una pulcra hilera de adoquines, siempre los mismos, idénticos en sus diferencias.

A mi lado, en cambio, la presencia de Algar me parece demasiado real. Sé que me vigila, como lleva haciendo todo el día, y que espera un desafío en cada uno de mis movimientos. Pero si bien su cercanía pretende ser una forma de asegurarles a los presentes que todo va bien, que él está al cargo de la situación, lo único que oigo a mi alrededor, aparte de llantos apagados y oraciones entre dientes, son los susurros. El pueblo, a nuestro alrededor, teme y tiene esperanzas a partes iguales:

–¿Qué va a pasar ahora?

–Menos mal que Algar está a cargo de todo.

–Algar conseguirá ganar esta guerra.

–Mab no desaprovechará esta oportunidad.

–Dicen que hay un heredero...

–Muertos. Acabaremos todos muertos si no nos rendimos.

Me sorprende que nadie mencione a Celeste. Me sorprende que nadie la eche en falta en el funeral de su propio padre. Que nadie hable de su locura. Supongo que la gente ha aprendido a olvidarla. Para los habitantes, debe de ser una figura de cuento, tan irreal como Aldhara. Supongo que a mí me pasa lo mismo. No la he visto todavía, ni me han invitado a subir a su torre para conocerla. Ni siquiera sé si aceptaría entrar en su cuarto si me dieran la oportunidad. Seríamos dos desconocidos. Ella no es una de las razones por las que estoy aquí, al fin y al cabo. Nunca podré pensar en ella como en una madre, igual que no puedo pensar en el cuerpo que llevan a cuestas ante mí como en un abuelo. No camino por estas calles por ninguno de los miembros de la familia real, vivos o muertos: solo lo hago por las consecuencias que amenazan a mis compañeros.

–¿Cuándo se lo diréis? –susurro, apenas por encima de mi propia respiración.

Algar me mira de reojo.

–En la misa. Será la despedida del rey, pero también tu bienvenida. La esperanza los consolará en la pérdida.

–¿Saber que el heredero es un escriba bastardo los consolará? Creo que tenemos nociones muy diferentes de lo que es la esperanza, lord Algar.

El hombre con poder para movilizar a todos los soldados del país me mira con perturbadora fijeza. Si no fuera imposible, juraría que una sonrisa se dibuja en las comisuras de sus labios. Como si encontrase gracioso mi comentario, o quizá mi actitud.

–No lo entiendes todavía, Svent.

Frunzo el ceño, molesto por su tono condescendiente y paternal.

–Explicádmelo.

–El pueblo necesita saber que no está perdido. Que hay alguien ahí, velando por ellos. La princesa demente, el rey muerto… Llevan años aferrados a la idea de que una estrella vela por este país, y eso les parece suficiente. La gente necesita fe, una… figura en la que confiar. Alguien en el que creer. No les importa si fuiste escriba o juglar en tu pasado; les importa que eres el hijo de Celeste de Anderia, que eres el legítimo heredero. Lo que quieren oír es que Anderia va a luchar y va a sobrevivir, que todos estarán a salvo porque los vamos a proteger. Y al pueblo se le da lo que quiere escuchar, Svent. ¿O crees que les importará si tú solo eres una cara y alguien gobierna detrás de ti? No tienen por qué saberlo.

Me parece una imagen demasiado cruel de la realidad. Demasiado simplificada. Hablamos de personas, no de un rebaño que se dejará guiar sin hacer preguntas. A algunos no les importará quién los gobierne mientras sus vidas no cambien, pero otros se cuestionarán lo que está pasando. Darán problemas.

–¿Es así como se juega? ¿Engañando? ¿Dándoles medias verdades para que se sientan seguros?

–Dándoles esperanza –me corrige Algar–. Los soberanos somos

quienes debemos cargar con los problemas del reino, no el pueblo. Ellos tienen suficiente con los impuestos, con el hambre o con la pobreza. Con sobrevivir. –¿De verdad me está dando lecciones de cómo vive la gente corriente *a mí*?– Te pueden parecer engaños, pero si eso va a hacer que la gente siga teniendo ganas de luchar, ¿no merece la pena? Dime: ¿de qué serviría decirles que no sabes nada de política ni de armas? ¿De qué serviría decirles que Mab puede aprovechar esta situación para hacerse más fuerte? ¿De qué serviría que pensasen que la muerte de Davet nos deja desprotegidos? ¿De qué sirve decirle a alguien que es débil, que no tiene nada que hacer?

Miro alrededor, súbitamente preocupado de que alguien nos escuche, sin saber por qué. Pero todos están demasiado ocupados en compadecerse a sí mismos y gastar lágrimas en quien no va a volver.

–Creo que sirve para que vean la realidad. Para que no crean que son invencibles. Para que luchen sus propias batallas, porque nadie lo va a hacer por ellos. No se debe hacerles creer que son débiles y necesitan un rey y un ejército para protegerlos. Un pueblo puede derrocar a un rey. Puede derruir castillos. Un pueblo tiene mucho poder, si es que lo desea.

Ahora sí, Algar sonríe, divertido.

–Justo lo que necesitaríamos en este momento: una revuelta civil.

–Quizá –digo, y no sé cuánto de broma hay en mis palabras. Solo sé que si un rey se metió en una disputa por una mujer y eso se convirtió en un problema a nivel continental, tal vez sea necesario un cambio–. Quizá esa sea la forma de vencer a Mab. Quizá así se harte y decida dejarnos en paz con nuestros propios problemas.

Él suspira y niega con la cabeza, atusándose la barba pulcramente recortada.

–Parece que aún te queda mucho que aprender. En primer lugar, en Anderia no somos tiranos: nos preocupamos por nuestro pueblo. Si no se han rebelado, como los astrenses, y el reino sigue unificado, es porque están bien, aunque tengan miedo. Nuestro deber, el deber de la realeza y los nobles, es protegerlos. Lo mismo ocurre en Lothaire, y Mab lo sabe, aunque allí se respira una atmósfera completamente diferente. ¿Has estado alguna vez allí? Porque yo sí, y puedo asegurarte que nadie parece infeliz ni asustado. Mientras en Anderia sobrevivimos, en Lothaire se vive con tranquilidad. Es como si no participasen en la guerra, como si no muriese gente todos los días. Están como hechizados.

Me pregunto cuándo ha entrado Algar en Lothaire y para qué. ¿Fue un prisionero de guerra? ¿Se intentó en otro tiempo firmar un tratado de paz? Me doy cuenta de que nunca me he preocupado de los detalles de la guerra.

–Mab no nos dejará en paz –prosigue el regente, con la mirada en el cielo, donde las estrellas han comenzado a aparecer–. La gente teme que Mab quiera apoderarse de nuestro país, pero lo que realmente desea es destruirnos. –Baja la vista hacia mí, de nuevo–. Tú encontraste el diario, ¿verdad? Si todo lo allí escrito es cierto, Mab busca venganza. Y se la cobrará en cada uno de nosotros y después desafiará a los mismísimos dioses si es necesario.

No. No creo esas palabras. Si lo que quiere es desafiar a los dioses, nos necesitará. Nos perdonará la vida para luego usarnos como sus muñecos. Claro que, ¿quién sería tan osado para hacer algo así? Para enfrentarse a lo desconocido. «¿Y si Mab solo se está haciendo con toda Faesia, poco a poco, para librar una batalla que no podría ganar sola?». Fue Fay quien me lo dijo y, aunque en su momento no la creí, ahora parece tener todo el sentido.

Lanzo un rápido vistazo sobre mi hombro, a la multitud. El rostro de la princesa está encapuchado, y las sombras lo oscurecen y le ocultan los rasgos, pero de alguna manera puedo sentir que me está mirando. Mis labios parecen latir al recordar sus besos. Nuestras bocas, buscándose a ciegas. Con las mejillas ardiendo, vuelvo la vista al frente, consciente de que mi turbación no ha pasado desapercibida para Algar. Me llamo estúpido para mis adentros, mientras intento acallar el frenético palpitar de mi corazón.

–Mab es avariciosa. Quiere poder, pero no es tonta. Solo se enfrentará a los dioses si sabe que puede ganar. Solo continúa con esta guerra porque sabe que puede ganar. Puedes ponerme en el trono, pero ambos sabemos que lo único que verá en mí es a un niño jugando a ser lo que no es. Un obstáculo que puede apartar del camino cuando guste.

–Y lo eres. En realidad, eso somos todos para Mab, Svent. Pero tú podrías hacer cosas, si quisieras. Ayudar a este país... y a otros.

Quiero creer que no he entendido su insinuación. Si su voz ya era un murmullo, todavía la baja más cuando me aclara lo que pasa por su mente:

–Pareces muy encariñado con la princesa de Veridian.

Mi mirada sigue la de él y me encuentro de nuevo con la figura de la princesa. Con los recuerdos de anoche. La acompañé a su cuarto y me pregunté mil veces después, tumbado en una cama nueva, demasiado cómoda, qué nos había hecho actuar así y si al día siguiente nos arrepentiríamos y si la situación sería incómoda para ambos.

Me obligo a volver la vista al frente.

–Yo no...

–No tengo ningún interés en dañar a la princesa –me interrumpe él, antes de que yo tenga oportunidad de mentirle. De mentirme–. Su presencia en nuestro país no tiene por qué ser motivo de inquietud, muchacho. Podría ser aceptada. Podría ser... bienvenida. Seguro que no te gusta verla así, cubierta y sin poder salir de palacio. ¿Qué vida es esa para una joven como ella, estar condenada a las sombras?

Me contengo para no mencionar que han sido él y Ciel los que nos han conducido hasta esta situación. Comprendo que no va a hacerle daño, porque es demasiado valiosa. Fay de Veridian se ha convertido en una *invitada* a la que cuidar y proteger.

–Le dije que volviera a su reino –me escucho decir, sin tener muy claro por qué. Cuando me doy cuenta, es demasiado tarde para detenerme–: Pero no ha querido hacerlo.

Sé que es un error haber hablado por la forma en la que entorna los ojos, pensativo. Nos acercamos hacia nuestro destino: la catedral.

–Bueno, quizá en ese caso no tenga por qué marcharse nunca, ¿no crees? Te lo estoy diciendo: podría ser libre aquí, en este lugar, en este país.

–Solo quieres usarla, igual que lo hicieron sus padres.

Y estoy decidido a no entrar en ese juego. A no tratarla simplemente como la princesa que los poderosos ven en ella. Para mí, ha sido simplemente Fay, y así va a quedarse. Aunque la situación que vivimos sea diferente, nuestra relación no tiene por qué cambiar. «Pero ya lo está haciendo», me recuerdo con una mezcla de miedo e ilusión.

Sacudo la cabeza. No necesito más contrariedades. No necesito sentimientos nublándome el juicio. Lo que necesito es una manera de salir de este problema en el que ninguno quisimos vernos implicados.

–Solo inclino los acontecimientos a nuestro favor –me dice Algar–. Deja de verme como un monstruo, porque no lo soy.

–¿Has pensado en sus sentimientos, acaso, para que no te trate así?

–Diría que no parece que le desagrade tu presencia. Y menos si ha elegido quedarse en un país en el que podrían matarla, pudiendo volver al suyo, por ti.

No respondo. No, claro que no le desagrado, pero sé que en las palabras del regente hay algo más: quiere un vínculo entre nosotros. Y las alianzas entre reinos se forjan con un matrimonio. Justo la razón por la que ella escapó de Lothaire. Por irónico que parezca, la razón por la que llegó hasta mí, también.

Nuestros pasos nos llevan frente a la catedral: piedra tallada y formas amenazadoras e iconos de salvación por igual. Las torres tratan de tocar las estrellas, pidiendo clemencia y ayuda para aquellos que recen entre sus paredes.

Atravesamos el gran portón que es la entrada y la calidez y el aroma a velas me hace perder la concentración. Algar me guía hasta primera fila, seguido de mis compañeros, y, sin saber cómo, Fay acaba sentada a mi lado. Sobre el terciopelo del banco nuestros dedos se tocan y un cosquilleo me sube por el brazo. A nuestro alrededor, los pasos de los que llegan empiezan a ser sustituidos por los susurros de un pueblo rezando por el alma de su soberano. El féretro descansa ahora sobre el altar, y los sacerdotes muestran su respeto yendo a arrodillarse, uno por uno, ante él.

Yo también bajo la cabeza, aunque solo finjo rezar, sin hacerlo de verdad. En el suelo, las llamas de las velas hacen bailar a las sombras. La noche en vela parece cobrarse su pago y mi mente empieza a pensar en los acontecimientos de los últimos días, mientras el olor de las flores y los cirios, de la gente y el incienso, empiezan a embotarme los sentidos.

Creo que llego a quedarme dormido, porque lo siguiente que sé es que Algar se ha puesto en pie y me susurra que me prepare. Los sacerdotes se han retirado. Ya nadie reza, aunque algunos sollozos todavía despiden a Davet. Mientras me enderezo en el banco, me pregunto cuántos son de verdad.

El regente se adelanta y sube al altar, hasta que su figura imponente parece velar al pálido cadáver. Sus ojos aún buscan el rostro pétreo una vez más, como pidiendo un último signo de aprobación, antes de dirigirse hacia los congregados. Su presencia trae un silencio sepulcral a la nave de la catedral. Yo mismo me encuentro aguantando la respiración.

–Pueblo de Anderia –comienza, con una voz clara capaz de llegar a los oídos de todos sin que nadie repita sus palabras–, hoy es un día triste. Tras muchos años, nuestro rey ha caído, mas lo ha hecho anciano, después de haber llevado una vida plena en la que cada día estuvo dedicado al bien de su país. Incluso en su muerte, en los últimos momentos, no pudo dejar de pensar en sus súbditos, en su reino. Por eso me hizo llamar. Por eso me nombró regente, aunque es un honor del que aún no me he hecho merecedor.

Me parece obvio por qué lo eligió a él. No solo es una figura que todos conocen y respetan, sino que sabe de la guerra y la política más que ninguno. No solo quiere ganarle la batalla a Mab, sino que pretende hacer feliz al pueblo. Y lo hace de manera desinteresada, fiel a su país, dejando sobre el incauto próximo rey todas las miradas, mientras él actúa en un segundo plano. Quizá por eso me confunde este hombre: nadie haría esto. Nadie se comporta así. El honor no le aportará nada.

–Sin embargo, hoy también asistimos a un nacimiento. Hoy despedimos a un rey, pero también tenemos a alguien a quien recibir. Hoy es un día triste y dichoso para el pueblo. En su lecho de muerte, su majestad me confesó la existencia de un heredero. Un heredero al que mantuvieron oculto, a salvo, para que Mab desconociera su existencia y no pudiera dañarle.

El revuelo a mi alrededor queda empañado por algo que parece admiración dentro de mí. Con qué facilidad oculta información y la manipula. Con qué facilidad les da esperanza. Decenas, quizá centenares de ojos, se posan sobre nosotros. Sobre el muchacho que acompañaba a Algar en la comitiva. Sobre la figura impía que no se ha descubierto ni siquiera durante el oficio. Fay se tensa. Nuestros dedos se entrelazan.

–Esa reina, esa feérica, maldijo a nuestro príncipe antes de que naciera y lo condenó a vestir su mirada. –Algar se fija en mí–. Pero él está sano y salvo. Adelantaos, alteza. Dejad que vuestro pueblo os vea.

Cojo aire y me levanto, rompiendo el contacto con la princesa. Los pasos que me separan del regente me parecen muchos más de lo que en realidad son. Venzo la necesidad de revolverme en mis ropas nuevas y salir huyendo. Los rostros que las velas me muestran están descoloridos, tan muertos como el del rey. Sé que debería aparentar ser un príncipe, cuadrar los hombros y mostrarme confiado, pero no puedo mentirles. Yo no sé mirar al pueblo y fingir que van a estar a salvo bajo mi mandato. Este no es mi lugar, y pronto todos se darán cuenta. Todos se percatarán de que no puedo pronunciar ni una sola palabra, como si la lengua se me hubiera quedado pegada al paladar. Mis ojos pasan por encima de la audiencia en esta improvisada comedia sin llegar a verla, y todos se fijan en el color de mis iris.

–Pueblo de Anderia, os presento al legítimo heredero al trono: su alteza real Svent de Anderia.

El silencio que cae se magnifica entre estos muros de piedra centenaria. No hay grandes vítores, pero tampoco el horror que esperaba ver en los hombres y mujeres ante mí. Al principio, creo que el murmullo que llega como una ola son palabras, pero pronto me doy cuenta de que es el sonido de las ropas al rozarse y de personas moviéndose a la vez.

Uno por uno, los presentes se arrodillan ante Svent el Escriba.

Seaben

Mab ha vuelto a mover ficha primero.

Tras entrar en Anderia por el Paso del Principio nos hemos detenido en la región de Edra para descansar y es aquí donde hemos escuchado las noticias. Ha sido una manera inesperada de enterarnos, y también de sentirme completamente derrotado. No es solo que Davet haya fallecido mientras nosotros viajábamos, sino que ya hay un príncipe. La información me deja descolocado y, aunque avanzo con mis compañeros, durante un tiempo indefinido no soy consciente de lo que pasa a mi alrededor. Sé que Eirene está a mi lado, como también Drake y Chryses, pero camino entre ellos intentando encontrarle un sentido a mi presencia aquí. Intentando, sin éxito, borrar los pensamientos más funestos de mi cabeza.

Una vez más, Mab se nos ha adelantado. ¿O será que nosotros estamos equivocados? Que hay un secreto oscuro escondido detrás de la falta de mis alas, pero soy feérico y lo hemos malinterpretado todo. Si todo fuera un error… Porque ella no puede estar detrás de todo esto, ¿verdad? No hay forma en la que pudiera sentar a su heredero en el trono de Anderia y engañarnos a todos, esperando el momento que más favorezca a Lothaire para terminar con la guerra.

No puede conseguir que todo le salga bien, siempre un paso por delante. Simplemente no puede ser, igual que no puede ser que nosotros seamos los únicos que sepamos la verdad, mientras este pueblo desesperado celebra el hallazgo de un símbolo sobre el que poner una corona. Porque, por supuesto, todos parecen creer que ese chico les va a traer la victoria. Sus ojos rojos, al contrario que los míos, son una señal de que la sangre de los humanos dejará de correr y la reina de las hadas recibirá su castigo por todas las vidas que ha quitado.

Aparte de los rumores concernientes al príncipe, de quien algunos dicen que ha estado custodiado toda su vida y otros que estuvo viviendo entre el pueblo como un sabio escriba, están las otras murmuraciones. Las que hablan de la muerte de Eirene en el levantamiento astrense. Las que hablan de mi propia desaparición. La ficción y la realidad se mezclan de maneras imposibles a medida que caminamos por el mercado, y la misma historia cambia según a quién se la escuchemos. Lo único que tengo claro, al final, es que me alegro de que no puedan reconocernos a ninguno de los dos: cuando el barco de los astrenses nos dejó todo lo cerca que pudo del continente, Briah y Shem nos dieron unas pociones que nos prestarían sus apariencias para que pasáramos desapercibidos en el país de los humanos.

–Hay algo muy raro en esto –murmura Eirene, para nadie en particular. Nuestros pensamientos están en tal sintonía que ya me resulta difícil determinar dónde acaban los míos y empiezan los suyos. Su mente vuelve una y otra vez a las palabras de alguien que ha alabado el trabajo que está haciendo el regente, lord Algar–. Si Mab estuviera detrás de esto no habría permitido la regencia del comandante de los humanos y ese chico ya estaría reinando. Sin intermediarios.

Le doy una patada a una piedra. Sé que es probable que tenga razón, pero me resulta difícil confiar en que no vaya a sorprendernos una vez más, como ocurrió cuando creímos que estábamos rescatando a Hermia de Astrea.

–¿Y si estamos equivocados nosotros? –inquiero, convirtiendo mis preocupaciones en palabras–. Tal vez no soy quien creemos. Tal vez…

–Te hacen creer durante años que tienes alas cuando en realidad no, aunque posees poderes impropios de un humano, como Chryses –me interrumpe Drake, antes de que pueda terminar–. ¿Y aún piensas por algún momento que no eres su hijo? Eso es aún más enrevesado de lo habitual, príncipe.

Chryses me mira desde abajo y yo no tengo fuerzas para esbozar una sonrisa para él.

–Dime algo en esta historia que no sea enrevesado, *trovador*.

Drake hace una mueca y, aunque chasquea la lengua con fastidio, no dice nada. Puede molestarle todo lo que quiera, pero sabe que tengo razón. No puede protestar.

Eirene, a mi lado, empieza a morderse la uña del pulgar en un gesto de nerviosismo que no le había visto nunca.

–Tenemos que hablar con ese hombre. Con Algar. Quizá Davet ya no pueda reconocerte, pero él podría hacerlo. Ese supuesto príncipe quizá ni siquiera sepa que no es quien le han dicho que es. Quizá no sepa nada de Mab, ni tenga ninguna relación con ella.

¿Entrarán en razón? ¿Aceptarán la palabra de su enemigo? Del príncipe de Lothaire, que ha matado a sangre fría a los suyos desde que tuvo edad para luchar…

–¿Crees que ella no aprovechará esta situación, si es que no lo ha hecho ya?

Nadie responde directamente a eso, aunque estoy seguro de que los cuatro pensamos exactamente lo mismo.

–Más razones para darnos prisa –ataja Drake. Parece confiado, sopesando una bolsa llena de monedas en su mano–. Deberíamos coger unos caballos –ofrece–. Llegaríamos allí hoy mismo.

Todos estamos de acuerdo con él. Eirene me mira con resolución, y yo soy capaz de ver, más allá de su disfraz, la calidez en sus ojos.

–Entraremos en el castillo como emisarios de Astrea, y eso nos dará la oportunidad de ver la situación desde dentro. –Sonríe a Drake–. Embajador, ahora más que nunca vamos a necesitarte.

El astrense busca en uno de los pliegues de su capa y nos enseña el sello real y la carta que su hermana le dio.

Al menos veremos el interior del castillo antes de que nos maten.

Cirene

Anderia no podría ser más diferente a Lothaire.

Ese es mi único pensamiento cuando al fin alcanzamos la ciudad. Anochece para entonces, y los humanos se apresuran a regresar a sus casas como si le temieran a la oscuridad. Aquí no hay sonrisas ni alegría, sino que todo son murmullos y preocupación. No hay olor a mar, sino a desperdicios, y las pocas flores que decoran algunas casas parecen mustias y tan tristes como el resto del ambiente.

Esta sí me parece una ciudad real, no el artificio que es Lothaire. Aquí se están enfrentando a la crueldad de una guerra, al hambre, a la pobreza, a la falta de recursos, a la lucha constante. Es deprimente, y tanto Seaben como yo pensamos al tiempo que nos gustaría ayudarlos. Él nunca había visto de verdad los estragos que ha estado causando la guerra, y la culpabilidad lo abofetea con cada rostro ajado y cada lamento que suena en las calles.

«Todo va a ir bien –le digo, aunque a mí misma me resulta complicado creerlo–. No es culpa tuya», y eso es cierto. No lo es, al menos, más que la culpa de los anderienses por los feéricos que hayan caído. He terminado por dudar de si en la guerra hay culpables más allá de los que la provocan. A partir de ese momento, todo lo que hacen los que combaten es intentar sobrevivir y luchar por sus familias, por sus hogares, por sus vidas.

No nos detenemos hasta que avistamos el castillo. Frente a la entrada, dos soldados hacen guardia, firmes. Nos ven llegar y solo entonces desmontamos de nuestros caballos.

–¿Quién va? –pregunta uno de los guardas en humano.

Drake es el primero en actuar, y Seaben y yo nos mantenemos en un segundo plano. Casi tememos que la poción que nos hemos tomado sea insuficiente y que el hechizo se rompa con la misma facilidad con que lo hizo el día de nuestra boda.

Pero eso, por suerte, no sucede.

–Enviados de su majestad Inair de Astrea –repone Drake. Me sorprende la soltura con la que habla la lengua humana, y me pregunto si será porque habrá escuchado cuentos y canciones en ese idioma o porque lo habrá estudiado–. Venimos a presentar nuestros respetos a lord Algar y a vuestro príncipe, con ansias de recuperar el contacto entre nuestros reinos ahora que nuevas etapas se abren en ambas tierras.

Escucho a Seaben pensar que es todo un embaucador y tengo que darle la razón.

El guarda, no obstante, no parece tan encandilado como nosotros. Pasa sus ojos por Drake, por sus ropas sencillas, y por nosotros. Sus ojos se detienen también en Chryses. Desconfiado, vuelve la vista al trovador.

–¿Tenéis algún documento que acredite vuestras palabras?

Drake sonríe, sin mostrarse frustrado ante su incredulidad, y con un movimiento elegante le entrega la carta firmada por Inair y el sello real de Astrea. Agradezco que la princesa tuviera a bien darnos esos documentos, que si todo sale bien acelerarán nuestra entrada. O, al menos, eso espero.

El guardia revisa el escrito y el sello. Después, le pasa el pergamino a su compañero.

–Informa a lord Algar.

Drake se apresura a añadir un último detalle antes de que el guardia desaparezca obedeciendo a su compañero:

–Decidle que Drake de Astrea aguarda.

El hechicero vuelve atrás, reuniéndose con Seaben y conmigo.

–¿Tienes esperanzas de que sepa quién eres? ¿Lo conoces?

–Quizá no me recuerde, pero hace años, cuando visité Anderia con mi padrastro e Inair, él ya estaba aquí. Estuvo presente incluso cuando mi hermana y yo cantamos para la princesa, en un intento de... bueno... de hacerle sentir mejor.

Todos callamos ante la mención, lanzando un vistazo disimulado a Chryses. Él ni siquiera parece ser consciente de nuestra conversación: solo mira al castillo, sentado en el suelo. A las torres. En una de ellas está su princesa. Después de veinte años, solo les separa un muro. Después de veinte años, está a punto de volver a verla. Hay esperanza en su mirada clara, pero también miedo y dolor: no sabe qué habrá sido de ella. No sabe cómo estará ni si puede salvarla de esa locura en la que dicen que se ha sumido.

Por su parte, Seaben también está inquieto, aunque él mira a sus pies. Siento su cabeza bullir de actividad, calculando todas las posibilidades que tenemos a partir de ahora, todo lo que puede ocurrir. Piensa en cada palabra que puede decir, en cómo defenderse, en cómo hacer que lo crean. Y peor aún, piensa en cómo puede convencerse a sí mismo. No cree que esto vaya a salir bien. Teme estar equivocado, que nos hayamos confundido y Mab haya sido más inteligente que nosotros una vez más. Valora la opción, también, de que seamos descubiertos antes de tiempo, y mira alrededor en un intento de tener en cuenta las posibles vías de escape. Esta vez, sin embargo, no es como cuando nos colamos en el castillo de Astrea: allí teníamos mapas, habíamos estudiado el terreno; aquí no sabemos lo que nos encontraremos al traspasar la puerta.

Sus pensamientos son tan negativos que me agobian. Quiero acallarlos. Quiero apartar el pesimismo de su cabeza, aunque esta vez no encuentro las palabras. Yo misma soy demasiado consciente de que hay muchas cosas que podrían salir mal. Por eso me esfuerzo en pensar en otra cosa, y le hago llegar otra idea: en mi mente creo una imagen en la que él verbaliza todas las dudas que le corroen por dentro y yo tomo su rostro, interrumpiéndole con un beso. Eso es lo que me gustaría hacer, pero no podemos besarnos si no queremos que nuestro disfraz se rompa.

El príncipe da un respingo, sorprendido, al recibir mi imagen en su cabeza. Me mira, abriendo un poco más los ojos, y me marco una pequeña victoria cuando esboza el asomo de una sonrisa. Sus labios besan la cinta que le regalé, como si esa fuese su manera de devolverme el beso, y yo siento el nudo de mi estómago aflojándose un poco.

Justo en ese momento, el guardia regresa.

–Lord Algar os está esperando –informa–. Aunque nos dejaréis las armas a nosotros: si venís para presentar vuestros respetos, no necesitáis vuestras espadas.

Hago un mohín, pasando mis dedos por la cinta de mi carcaj. Desde la batalla de Astrea me siento un poco indefensa sin el peso de mi arco y las flechas al alcance. Seaben tampoco parece convencido de dejar atrás su espada, pero al final todos obedecemos. Intento pensar que no estamos indefensos: Seaben aún tiene su mente y Drake, su magia. Yo, por mi parte, he conservado el puñal que guardo en la bota.

Nos adelantamos. Las lanzas de los soldados nos cierran el paso, sorprendiéndonos.

–El animal se queda aquí –dice uno de ellos–. El castillo de Anderia no es lugar para un lobo.

Todos miramos a Chryses, que gruñe, enseñando los dientes. Tan cerca de Celeste y a la vez tan lejos. Debe de estar frustrado. Siento pena por él. Consciente de que la situación es demasiado delicada, sin embargo, retrocede y se tumba en el suelo. Seaben le promete que volveremos a por él.

Las lanzas se retiran. Drake es el primero en traspasar las puertas. Seaben y yo lo seguimos tomando algo de distancia.

Sin saber lo que va a pasar a partir de ahora, entramos en el castillo de Anderia. Entramos en terreno enemigo.

Ese chico no puede ser el hijo de Mab.

Apenas le dedico una mirada cuando entramos en la biblioteca, donde nos esperan, pero es suficiente para que el pensamiento retumbe en mi cabeza al mismo tiempo que lo hace en la de Seaben. No tiene nada de feérico ni mágico en él. No tiene nada de la magnética presencia de la reina de las hadas. No tiene nada de su apariencia ni su actitud. Solo sus ojos, rojos. Tan rojos como los de esa mujer, tan rojos como los de mi esposo.

Y cabellos blancos. Como los de Chryses.

Intento eliminar la idea de esa semejanza antes incluso de que aparezca en mi cabeza. No, tampoco hay nada de Chryses en ese chico, más allá de ese detalle. No tiene el porte ni la fuerza. Parece normal. Demasiado normal. De estatura más bien baja, demasiado delgado, de una piel tan pálida que resulta casi enfermiza.

«Parece humano –dice la voz de Seaben, amarga, en mi cabeza–. Más humano que yo».

«Ni lo pienses. Tú eres el hijo de Celeste y Chryses. Tienes que serlo. Tus falsas alas, tu fuerza…».

«Ni siquiera tú estás segura, Eirene».

Callo, incapaz de rebatirle. No puedo negar que al ver a ese muchacho, dudo. La razón es que no se parece nada a lo que me había imaginado. Lo esperaba más alto, con frialdad en su mirada, con más seguridad y arrogancia. Más como *ella*. Pero este chico de hombros caídos y mirada desinteresada…

–Drake de Astrea. Has crecido, muchacho.

La voz de Algar nos arranca de nuestros pensamientos sobre el supuesto heredero. Sin alzar apenas la mirada, que he clavado en el suelo en señal de respeto, observo al hombre adulto, de cabellos entrecanos, que se acerca a Drake y le estrecha la mano. Lo hace tomándolo del antebrazo, con fuerza. He oído que en la guerra los soldados se saludan así para asegurarse de que el otro no lleva armas escondidas entre la ropa con las que apuñalarte por la espalda. ¿Lo saluda así por costumbre o será que no se fía de nosotros?

El trovador sonríe, tranquilo. Me pregunto si él también está inquieto, como Seaben y como yo. Si mira a las ventanas pensando en la altura que nos separa del suelo, en caso de tener que huir. Si mira a la puerta cerrada con ansiedad. Si mira al supuesto heredero, que no ha abierto la boca y al que no parecemos importarle.

–No esperaba que me reconocierais, señor.

–Posiblemente seas tú el que no me reconozca a mí, chico. Los años pasan más rápido para los viejos como yo y ha pasado mucho tiempo. Pero me alegra que la reina Inair mande a su propio hermano a nuestro país. Es una verdadera lástima que su majestad Davet no pueda presenciar tu vuelta, muchacho. En sus últimos momentos se alegró inmensamente de la liberación de vuestro país, podéis estar seguros.

–Gracias, mi señor. Y sentimos vuestra pérdida y que esta reunión deba darse en circunstancias tan tristes. Cuando partimos de Astrea vuestro soberano aún vivía.

–El fallecimiento de nuestro rey es sin duda una noticia horrible para nuestro pueblo, pero también ha habido buenas nuevas. Dejad que os presente, aunque con toda seguridad, si habéis escuchado hablar sobre la muerte de su majestad, también habréis oído algo sobre su legítimo heredero. –Alza un brazo y con él señala al chico que se mantiene a su lado–: Svent de Anderia, el Escriba, como han decidido apodarle muchos. Svent, este es Drake: el hermanastro de la reina Inair de Astrea. Es importante que conozcas a tus enemigos, pero es aún más importante que sepas quienes son tus aliados.

Seaben, a mi lado, se tensa. Puedo ver el remolino de pensamientos que cruzan su cabeza: «Lo han aceptado hasta el punto de ponerle un apodo. Así de fácil, así de rápido. No importa quién de los dos sea el verdadero hijo de Celeste, la gente lo cree a él, sin sospechas, sin dudas. Nunca me creerán a mí».

«Seaben», lo llamo, en un intento de tranquilizarlo. Pero no creo que me escuche: puedo ver claramente cómo mi intento de llamar su atención se pierde entre el caos de sus pensamientos.

El supuesto heredero, por su parte, hace una inclinación de cabeza.

–Lord Drake…

Eso incomoda al trovador, que esboza una sonrisa de cortesía.

–Drake solamente. Me temo que mi sangre no es tan regia como la vuestra. Es un placer ver que habéis aparecido justo a tiempo. Un placer inesperado, por otra parte –añade, de manera casual–. Disculpad el atrevimiento, pero ¿qué historia es la real en este asunto? Hemos escuchado tantas a lo largo de nuestro camino que resulta complicado discernir la verdad.

Algar sonríe, aunque parece haber algo escondido en su gesto.

–¿Nos sentamos? –invita, sin responder directamente–. Estaremos más cómodos, para hablar de este o de cualquier otro tema.

Con un gesto, nos insta a tomar asiento frente a su escritorio, tras el que él mismo se acomoda. El príncipe Svent se queda a su lado, de pie. Drake abre la boca con intención de retomar el tema, pero Algar, para su sorpresa y la nuestra, se le adelanta:

–Es curioso que preguntéis sobre la verdad tras los últimos sucesos... Porque nosotros íbamos a preguntaros exactamente lo mismo sobre vuestra historia.

Palidezco. Nos han descubierto. No sé cómo, pero han podido ver más allá de nuestros disfraces, de nuestra apariencia. Saben quiénes somos.

El hechicero contiene la respiración. Todas las frases de su guion desaparecen y se queda solo con una gran hoja en blanco.

–¿Nuestra historia? –repite, fingiéndose despistado.

–¿Cómo murió Eirene de Nryan?

Hay dos cosas extrañas: por un lado, la pregunta; por otro, que no es Algar quien la formula, sino el heredero. No puedo evitar alzar la cabeza ante sus palabras, parpadeando. ¿Por qué pregunta por mí? Al menos eso significa que no saben que estoy justo aquí, ante ellos.

«¿Conoces a este chico, Eirene?», cuestiona la voz de Seaben en mi mente, aunque sabe perfectamente la respuesta antes de que se la dé.

«No lo he visto en mi vida».

–¿Disculpad? –pregunta Drake, confundido. No me mira, aunque veo cómo sus dedos juegan en su pierna como si estuviera tocando las cuerdas de su laúd, en un gesto inquieto.

Algar se echa hacia atrás en su asiento, observándonos con atención, aunque sobre todo se fija en Drake, considerándonos a Seaben y a mí simples acompañantes, centinelas del hermano de la reina, quizá.

–Es curioso, ¿no? –interviene el regente, con más calma y sutileza–. Que la princesa de Nryan muriese por vuestra causa, que luchase con vosotros... Sobre todo teniendo en cuenta quién es su esposo, y que él mismo se ha desvanecido. Cuando los felices enamorados desaparecieron de Lothaire, aquí llegó la noticia de que habían sido secuestrados por un hechicero, un rebelde, y que habían manipulado sus mentes. Y poco después, la heredera de Nryan muere luchando contra la tiranía de Aviel y se la considera una mártir.

No puedo evitar fijarme en cómo han cambiado la historia aquellos que no la presenciaron. ¿Habrá tenido algo que ver Mab en esta versión?

–¿Qué insinuáis, lord Algar? –pregunta Drake, entre dientes.

–No insinúo nada, muchacho. Solo quiero que me cuentes la verdad: ¿alguien de los tuyos secuestró a los príncipes y los sugestionó para luchar vuestra guerra?

El trovador se muestra ofendido, y creo que lo está de verdad.

–Voy a pasar por alto ese insulto que habéis dejado caer, lord Algar: nosotros no hechizamos a nadie ni lo obligamos a actuar contra su voluntad; no somos como los feéricos. Todos nuestros aliados han venido a nosotros conscientes de lo que hacían, y Eirene de Nryan y Seaben de Lothaire no son una excepción.

–¿Así que lucharon por propia voluntad? ¿Ambos? ¿Por qué? Lothaire no le debe nada a Astrea. Todo el mundo ha pensado siempre que Mab favorecía el reinado del Tirano...

–Ambos lucharon porque les pareció lo justo, lord Algar. Las decisiones de Mab no son las de ellos. No las comparten. –Drake se fija en Svent–. Si lo que queréis saber es qué le pasó a Eirene, Mab la apuñaló.

El supuesto príncipe parece coger aire. Algar, por su parte, se muestra sorprendido en un primer momento y después se queda pensativo. Recostado en su asiento, atusándose la barba recortada, pareciera estar desentrañando una serie de complicadas operaciones dentro de su cabeza.

–¿Mab, dices?

–Yo misma vi cómo lo hizo.

Siento que todos me miran de repente. Algar entorna los párpados, como si me viera por primera vez desde que entré.

–¿Por qué haría eso Mab? La muchacha es la esposa de su hijo.

–Mab odiaba a Eirene de Nryan. Si alguna vez habéis creído que la reina de las hadas estaba contenta con ese matrimonio, desengañaos: desde que se formalizó no hizo otra cosa que intentar separar a su hijo de la princesa. Lady Eirene le abrió los ojos a Seaben de Lothaire y lo apartó del yugo de su madre, y Mab no estaba contenta con eso.

Hay un brillo en la mirada de Algar que no sé identificar. Se echa hacia delante en su asiento, apoyando el mentón en sus manos unidas.

–Pareces saber mucho.

Intento que mi fachada no se desmonte, aunque la voz de Seaben en mi cabeza me advierte de que tenga cuidado.

–Los conocí bien a ambos mientras estaban en Astrea, aunque Drake los conoce mejor incluso que yo. –Miro de reojo al trovador, que me observa, inquieto, preguntándome sin palabras qué estoy haciendo. Supongo que lo mismo que él: improvisar. Quizá si sacamos los trapos sucios de Mab, el comandante pueda creer que Seaben ya no está de su lado–. Drake fue el hechicero que supuestamente los embrujó, aunque no hizo tal cosa. Él estaba en Lothaire, en busca de su hermana, Inair de Astrea, que resultó estar encerrada en el castillo. Eirene y Seaben lo descubrieron y ayudaron a Drake a liberarla. Por supuesto, esa no es la versión que iba a dar la reina: ¿en qué lugar quedaría si el mundo supiese que su propio hijo y su nuera se rebelaron contra ella para liberar de su cautiverio a la legítima heredera de Astrea?

Algar se apresura a mirar al hechicero.

–¿Dice la verdad?

Drake duda un segundo, pero asiente.

–Sí. El príncipe y la princesa me ayudaron y escaparon conmigo a Astrea. La noche en la que Mab apuñaló a Eirene, de hecho, estaban prestándonos su apoyo una vez más, para rescatar a mi madre. Pero era una trampa y se toparon con Mab, disfrazada de mi madre para acabar con Eirene y llevarse a Seaben de vuelta a su reino.

Mi esposo no aparta la vista de Algar, evaluándole. Intentando saber si realmente un enemigo como él puede creer en su inocencia o pondrá por delante todo lo que haya podido escuchar antes: las muertes de los humanos a sus manos, la pesadilla de ojos rojos y espada siempre empapada de sangre, el príncipe leal a su madre y a su guerra...

–¿Y lo consiguió? –pregunta Algar, suspicaz–. ¿Seaben vuelve a estar con Mab?

–No. Consiguió huir.

–Así que el muchacho está... contra su madre.

Intento no mostrarme exaltada al ver que hemos conseguido colar la idea correcta en su cabeza.

–Sí –dice Drake.

–¿Y dónde está el príncipe de las hadas ahora?

«Justo delante de ti», piensa Seaben. Pero, por supuesto, no lo dice. Aún no podemos estar seguros. No podemos confiar a ciegas.

–Bajo la protección de Astrea, si eso significa algo para vos, lord Algar.

El regente parece disconforme con esa respuesta.

¿Hasta qué punto era una pantomima el matrimonio entre Seaben de Lothaire y Eirene de Nryan? ¿Él la quería de verdad?

Casi siento ganas de ruborizarme. Seaben también está sorprendido por la pregunta.

–¿Qué tiene que ver...? –comienzo.

El comandante se pone en pie. Svent lo sigue con la vista.

–Tiene mucho que ver. Si Seaben se rebeló ante su madre por... asuntos ajenos, por sentirse engañado, quizá, podría perdonarla. Cuando alguien nos miente, cuando nos ocultan cosas, cuando se nos usa, sentimos rabia. Dolor. Ganas de venganza, aunque sean momentáneas. Pero si ese engaño fue por causas que pudieran considerarse justificadas, puede haber lugar para el perdón.

Me quedo callada, observando a ese hombre, y pienso que eso es exactamente lo que ocurrió con Drake cuando descubrí que me había estado engañando. Lo perdoné porque entendí sus razones, aunque al principio me sintiese despechada y dolida.

–Pero –continúa el hombre– cuando se nos arrebata lo que queremos, lo que amamos, lo que deseamos conservar a toda costa, cuando solo hay injusticia... Oh, ahí difícilmente se encuentra el consuelo necesario para perdonar.

Bajo la vista y la imagen de mi madre viene a mi cabeza. Sí, sé lo que es el odio que te invade. Conozco el dolor, que amenaza con volverte loco. Yo no odiaba tanto a mi padre hasta que estuve segura de que él la había matado. Hasta que descubrí que él me la había quitado, junto con Mab.

Al mismo tiempo puedo ver en la cabeza de Seaben. Puedo ver mi cuerpo caído, deshecho, sangrante, pálido. Puedo ver el horror que sintió y la desesperación y el deseo que Mab muriera. De acabar con ella, porque ella lo había hecho conmigo. Nos miramos, de reojo. En silencio, solo nos decimos que eso no va a volver a pasar. Ninguno de los dos va a perder al otro.

–Seaben la quería. –Me sorprende que sea el propio Seaben quien hable, con la voz de Shem–. La quiere, aún, con toda su alma.

A duras penas puedo contener la sonrisa y bajo la cabeza para que nadie lo note. Quien sonríe, sin censuras, es Algar. Sus manos se posan sobre la mesa y sus ojos se fijan en Drake.

–Quiero ver a Seaben de Lothaire.

El hechicero traga saliva.

–No sé si...

–No, muchacho: no me has entendido –lo corta–. Quiero ver a Seaben de Lothaire, y tú me lo vas a traer. Si lo que temes es que le haga daño a tu... amigo, si quieres llamarlo así, puedes estar tranquilo: tienes mi palabra de honor de que no le tocaré un pelo al príncipe. No, al menos, si él no ataca primero.

«Se lo cree –le digo a Seaben, exaltada–. Quiere hablar contigo».

«Esto no significa nada. No significa que vaya a creer que soy el hijo de Celeste, ni que me vaya a dar el trono en bandeja de plata».

–¿Por qué queréis verlo? –pregunta Drake.

«Porque me considera un arma útil», adivina Seaben antes de que Algar se explique.

–¿Realmente es necesario responder a algo tan obvio? Ese chico ha estado al frente del ejército de Lothaire toda su vida. Si alguien lo conoce, es él. Y si han matado a la mujer que quería, clamará venganza. Si su madre lo ha estado usando, como sugerís, y después ha sido ella misma quien ha apuñalado el corazón de la mujer que amaba, ese chico estará dolido y loco de odio. Querrá acabar con ella. No voy a desaprovechar la oportunidad de conseguir un aliado así: quiero hablar con él. Quiero que lleguemos a un trato. Ese hombre es el príncipe de Lothaire: si acabamos con su madre y él tiene más cabeza, la guerra habrá acabado.

–¿Y si él no quiere veros? –pregunta Seaben. Necesita estar seguro de lo que puede pasar. Necesita saber que no hay ninguna trampa–. Habéis sido enemigos durante años.

–En ese caso…

Las palabras del regente quedan ahogadas por el chasquido de la puerta al abrirse. Todos alzamos la vista, sorprendidos por la interrupción.

En la puerta, con un libro entre los brazos, hay una muchacha con ricos ropajes a la que no le podemos ver el rostro, en primer lugar porque se apresura a bajar la cabeza en cuanto se da cuenta de que nos ha interrumpido y, en segundo, porque lleva un vestido con capucha ancha que oculta su expresión. Solo vemos sus cabellos, pelirrojos.

–Lamento la intrusión –se disculpa la muchacha con voz de pajarillo.

Habla en fae, con un acento que no es humano.

El corazón me da un vuelco. Palidezco.

Seaben me mira, consciente de mis pensamientos. «Eso es imposible, Eirene», me dice.

Entonces, la chica alza la cabeza. Y lo ve. No a mí, ni a Seaben: nosotros estamos disfrazados. Pero lo ve a él. A Drake.

Y el libro se le cae al suelo.

–Tú.

Me estremezco al volver a escuchar la voz de la chica. *Su* voz. Pero no es posible, ¿verdad? Me lo estoy imaginando...

La muchacha da un par de pasos hacia delante. Drake se pone en pie, sorprendido, desconocedor de lo que a mí me pasa por la cabeza.

–¿Mi señora? –pregunta, desubicado, sin saber por qué se acerca a él como si lo conociese.

Veo que Algar abre la boca y Svent se adelanta un paso. Pero antes de que ninguno de los dos pueda hacer nada, la muchacha se echa encima de Drake. Lo empuja con fuerza, con sus manos pálidas y pequeñas.

–¡¡Tú!! –grita.

Su voz. Su voz. Su voz. No puede ser su voz.

Pero entonces, de un golpe furioso, la joven se quita la capucha.

Y se muestra.

Y es ella.

Fay está aquí. Y vuelve a golpear a Drake.

Siento una náusea que nace en mi estómago y amenaza con hacerme vomitar. Mi prima, la misma que perdí de vista hace ya más de una luna, está aquí. En Anderia. A tan solo unos pasos. Y ella ni siquiera puede verme. Y yo no puedo decirle que estoy justo a su lado. No puede ser. No puede ser ella de verdad. Intento convencerme de que mis ojos me engañan, de que tiene que ser una trampa. No puede estar en Anderia, de todos los lugares. En el castillo...

–¡¡Tú!! –vuelve a gritar Fay, y lanza otro empellón. Drake trastabilla, tan incapaz de creerse que es mi prima como yo–. ¡Fue por tu culpa! ¡¡Por tu culpa!! ¡Devuélveme a mi prima! ¡¡Devuélvemela!!

–¡Alteza! –la llama Algar, en un intento de pedirle calma.

Me mareo. Ella también piensa que estoy muerta. Intento no mirarla, aunque sea egoísta. Aunque duela. No puedo ver su rostro furioso y enloquecido, sus ojos húmedos a punto de echarse a llorar. Piensa que he caído, como lo creen todos, y aunque nada me gustaría más que calmar su ira diciéndole que estoy aquí, no puedo hacerlo. Delataría a Seaben. Sería demasiado peligroso. Demasiado arriesgado.

Cuando escucho la voz de Fay deshacerse en un sollozo, a mí se me rompe el alma.

–¡Fay! –es la voz de Svent la que suena por encima de la de mi prima. De soslayo, veo cómo la aparta del trovador, aunque ella se revuelve y protesta. La toma de los hombros y la obliga a mirarlo. De pronto, el chico no parece tan desinteresado por todo como hasta ahora–. Fay. Fay, mírame. ¡Mírame! No es culpa suya.

Mi prima jadea, rota por el dolor. Me estremezco. «Estoy aquí. Fay, por favor, estoy aquí. Estoy bien».

Ella, por supuesto, no puede escucharme si no pronuncio esas palabras. Y no puedo hacerlo.

–Ella no tenía ninguna relación con Astrea, y entonces lo conoció a él –dice Fay, acusadora. Con una cercanía que no me esperaba, apoya su frente en el hombro del muchacho–. Es culpa suya... Culpa suya... Eirene está muerta por su culpa...

Drake balbucea. Yo tengo que encogerme sobre mí misma para así fingir que no existe su llanto. Que no existe su dolor. Para convencerme a mí misma de que lo importante es que ella está bien, aunque no entienda qué hace aquí. ¿La tendrán cautiva? No lo parece, pero... ¿Entonces? ¿Cómo ha llegado aquí?

Quiero hablar con ella. Quiero detener sus lágrimas y decirle que volvemos a estar juntas. No es así como había imaginado que nos reencontraríamos: bajo otra apariencia y con lágrimas por una muerte que en realidad no ha ocurrido. Me duele no poder hacer nada, me duele no poder contarle la verdad en este mismo instante...

«Vas a poder hacerlo».

La voz de Seaben en mi cabeza es suficiente para hacerme alzar el rostro, confundida ante su seguridad.

Y entonces llega su beso.

Sus labios se posan sobre los míos con precipitación. Veo en su cabeza la decisión: Seaben sabe que lo está haciendo es una locura, porque va desarmado y si las palabras de Algar al final eran solo pura fachada, estará metido en un problema. Todos lo estaremos. Pero se siente responsable de mi dolor, y del de Fay, y quiere acabar con ambos: sabe que yo no me he atrevido a deshacer el hechizo para no ponerlo en peligro, así que él mismo lo hace. Sabe que es el peor plan que ha tenido nunca, pero que esto también demostrará ante Algar que me quiere, como ha dicho. Que puede que yo no esté muerta de verdad, pero Mab estuvo muy cerca de arrebatarme de su lado, y eso no lo ha olvidado, ni lo ha perdonado. No lo perdonará, nunca.

Hay miedo. Miedo de lo que pueda pasar a partir de ahora. Sentimos nuestra piel cambiando, recuperamos nuestros cuerpos y nos separamos. Me sorprende la serenidad que encuentro en los ojos de Seaben, que vuelven a ser rojos. Yo estoy aterrada, pero él se siente fuerte. Siente que esto es lo que tiene que pasar. Que ya no íbamos a llegar a ningún lado con disfraces.

Por eso se yergue, para mirar a un Algar que se lleva los dedos a la espada en un movimiento reflejo.

Yo miro a Fay, todavía entre los brazos del falso heredero de Anderia. Jadeo, sin palabras.

–¿Eirene…? –susurra, incrédula.

Trago saliva y vuelvo a echar un vistazo a mi esposo.

–Creo que queríais hablar conmigo –le dice al comandante. Frío, como cuando lo conocí. Serio. Seguro de sí mismo. De nosotros.

Me giro de nuevo hacia mi prima.

La biblioteca, con los mil libros guardados en ella, parece incapaz de contener todas las palabras que nos faltan por decir.

Fay

Aunque sé que es ella, me cuesta reconocer a Eirene. Incluso cuando nos metemos en mi cuarto y nos concentramos en el rostro de la otra bajo una nueva luz, es complicado ver en ella algo de lo que era.

Creo que mi prima piensa lo mismo de mí.

El silencio nos rodea y, por primera vez en nuestra vida, cuando más tenemos que decirnos, cuando más tenemos que contarnos, no encontramos las palabras.

Ha cambiado. No solo físicamente: si fuera solo un cambio de peinado podría verla como antes y encontrar las palabras necesarias para enfrentarla. Pero hay algo más en su expresión precavida y en sus ojos cansados. Parece más adulta. Siempre lo fue más que yo, pero antes se me antojaba más joven por su sonrisa y sus burlas. Me encantaría que hiciera una broma ahora mismo, aunque fuese a mi costa. «Menuda cara de tonta se te ha quedado, Fay», me diría la antigua Eirene, y se empezaría a reír a mandíbula batiente.

Pero esta Eirene solo me mira, a un par de pasos de distancia. Está más pálida de lo que la recordaba y me fijo en que en su mano hay una fea cicatriz. ¿Tendrá más heridas en el cuerpo? ¿Cuántas? ¿Quién se las ha hecho? ¿Cómo? ¿Cuánto ha sufrido desde que nos separamos? Algo en ella parece gritar que mucho. Demasiado.

Y sin embargo, no tanto como yo imaginaba. No tanto como me contaron. Está aquí, viva, frente a mí. Nadie me la ha quitado. Y su sonrisa, esa alegría que siempre era capaz de contagiarme, tiene que estar escondida en algún recóndito lugar tras esos labios fruncidos.

–Me dijeron que estabas muerta –susurro, esforzándome por romper este tenso silencio. Por encontrar las palabras que puedan convertirse en adoquines que vuelvan a unir nuestros caminos.

Eirene no me replica como siempre, no encuentra la respuesta ingeniosa que me arrancaría una carcajada. Por el contrario, baja la vista y la clava en sus botas desgastadas.

–Siento que hayas tenido que oír eso. Y que te hayas tenido que enterar de esta manera de que estoy viva. Quería decírtelo en cuanto entraste, pero...

–Pensé que jamás volvería a verte –la interrumpo.

Mi prima me observa, dolida, atormentada. Sufre porque sabe que ha tenido que ser duro para mí pensar en su muerte. Sabe que lo he pasado mal. Quizá, igual que yo veo su transformación, igual que yo puedo ver que sea lo que sea lo que haya pasado en este tiempo no ha sido fácil para ella, ella pueda ver algo también en mí.

Me doy cuenta de que las dos hemos cambiado.

–Yo, pese a todo, estaba segura de que volveríamos a encontrarnos. –Mi prima trata de sonreír, pero tampoco es la misma sonrisa que recuerdo–. Aunque no aquí. No en Anderia, de todos los lugares...

Sé que resulta difícil de creer. Pero ella también tiene cosas que contarme. Ha venido hasta aquí, y parece que por voluntad propia, no como yo. Y no solo eso, sino que no ha venido sola: ha llegado con el trovador, pero es Seaben quien la ha besado... y roto su hechizo. Recuerdo cuando yo, de pequeña, soñaba con besos de amor verdadero y Eirene se reía de mí, diciendo que eso solo eran cuentos.

–¿Qué ha pasado? –le pregunto–. Astrea, Seaben...

Mi prima hace una ligera mueca, como si estuviera pensando qué responder.

–Es una larga historia. ¿Y tú? ¿Qué haces en el castillo de Anderia? Tú sola, entre humanos...

Quiero contestar, pero lo cierto es que no sé por dónde empezar. Algo me dice que mi historia no es tan compleja como la suya, pero a Ailbhe le costó entender que les tomase cariño a los humanos. ¿Le costará también a ella? ¿Podrá entender por qué sigo aquí, pese a que es arriesgado para mí?

–Es una larga historia –concedo yo también.

Pese a la incomodidad, pese a la certeza de que no somos las mismas que hace dos lunas, con nuestras vidas seguras y nuestros futuros decididos, me obligo a aceptar que la elfa ante mí sigue siendo Eirene. Sigue siendo mi prima, que abre la boca para esforzarse por continuar esta maltrecha conversación. No quiere que nos quedemos calladas, no quiere que dejemos de hablar ahora que nos hemos reencontrado. Pero yo ya no quiero más palabras entre nosotras. No es lo que necesitamos. No es lo que yo, al menos, necesito.

Por eso me adelanto y la abrazo en un impulso. Ella se queda muy quieta al principio, pero es solo un instante. Al siguiente, sus brazos me rodean con seguridad y protección.

Nosotras podemos haber cambiado, pero su abrazo sigue igual.

Se me llenan los ojos de lágrimas.

–Lo siento, Eirene –susurro, escondiendo la cara en su hombro–. Lo siento muchísimo. Perdóname. Te dejé sola en Lothaire. No pensé en ti ni en todo lo que podía salir mal. Fui una egoísta...

Eirene niega enérgicamente con la cabeza y sus brazos se afianzan un poco más a mí alrededor. Si no me pareciera imposible, diría que contiene un sollozo.

–Debí haber estado más pendiente de ti –se culpa–. Debí haberte dado más apoyo, en vez de estar preocupada solo por mi futuro y mi libertad. No me di cuenta de lo que sentías. No supe comprenderte ni estar a tu lado cuando más me necesitabas...

No es verdad, pero no tengo voz para llevarle la contraria: el llanto me la roba por completo. Ella siempre ha estado a mi lado, incluso en Lothaire. Solo trataba de hacerme crecer, solo trató de que asimilase que tendría que ser fuerte, que tendría que empezar a caminar sola, que ella no podría estar a mi lado para siempre. Y yo era una niña tonta y no supe entenderlo, no supe aceptar que tenía que comenzar a andar mi propio camino. E incluso cuando comprendí que tenía que luchar, que merecía ser feliz y hacer lo que deseaba, lo hice de manera egoísta, huyendo sin mirar atrás, sin pensar en las consecuencias de mis acciones.

Me separo de ella solo un poco e intento sonreír. El llanto no quiere detenerse, aunque es una sensación agridulce. No solo lloro por la culpabilidad, también estoy feliz de haberla recuperado. De que volvamos a encontrarnos. De que al final, pase lo que pase, nuestros lazos son más fuertes que cualquier distancia o suceso imprevisto: hemos estado toda nuestra vida juntas, y algo me dice que aunque nos volvamos a separar mil veces más, siempre sabremos reencontrarnos.

–¿Qué hay de Seaben? Tú y él…

La Eirene que yo conozco regresa en parte cuando esboza una media sonrisa. Sus dedos repasan mi mejilla con ternura, limpiándome la cara. Sus pestañas también están húmedas y sus pupilas brillantes, pero si se ha permitido derramar alguna lágrima mientras yo no podía verla, ahora las consigue mantener a raya.

–Seaben y yo nos queremos –dice con una tranquilidad que me sorprende. Me acomoda un mechón de pelo tras la oreja, delicadamente–. Nos queremos muchísimo.

No dice nada más, aunque yo quiero que me lo cuente todo. Que me cuente cómo han llegado a ese punto y cómo puede decirlo con esa calma, como si fuera algo evidente.

–Pensé que sentías algo por el trovador…

–Me espiaste a fondo aquella vez, ¿eh?

Me ruborizo. Ella ríe y me contagia su risa, pese a estar avergonzada. Tampoco me comporté bien en ese momento, robándole los secretos que ella no estaba obligada a contarme. Me acuerdo de Lyra, también, y casi siento ganas de preguntar por ella.

–Yo también pensaba que sentía algo por Drake. Pero supongo que las cosas cambian.

–Pero ¿qué hacéis aquí los tres? Y sobre todo tú y Seaben... –Entorno los ojos, confusa. Si yo estoy en peligro entre estas paredes, el riesgo que corre el príncipe de Lothaire es infinito. Y se ha quedado a solas con Algar y Svent... Con Algar, que ha sido tan asesino de las hadas como Seaben de los humanos–. Podrían mataros en cualquier momento, en este lugar...

Eirene duda, pero hace que me siente a su lado en mi cama. De pronto, la veo seria y me asusta su rostro lleno de gravedad.

–Te he dicho que es una larga historia y te la voy a contar, pero antes necesito que me digas si conoces a ese muchacho, al tal Svent. ¿De dónde ha salido?

Parpadeo, turbada. ¿Por qué pregunta por él? ¿Qué tiene Svent que ver con ella o con Seaben o con sus razones para estar aquí? Balbuceo, incómoda, pero al final asiento.

–Nos conocemos, sí. Cuando hui, me perdí. Atravesé el Paso y terminé en Edra y Svent me encontró en la nieve, muy enferma. Él y otros dos humanos me cuidaron. Si no hubiera sido por ellos habría muerto, probablemente. Por entonces eran solo... chicos normales. Escribas. Me acogieron.

Mi prima alza las cejas con evidente incredulidad. Supongo que piensa lo mismo que mi hermano: que no es normal o que he tenido mucha suerte. Antes de que pueda decir nada al respecto, continúo:

–Hace unos días fueron a buscar a Svent. Le dijeron que, en su lecho de muerte, Davet había admitido que la princesa había tenido un heredero. Se deshicieron de él dejándolo en un orfanato, pero sabían que podrían reconocerlo porque tenía los ojos de Mab. Lo encontraron y lo trajeron, pero él no quiere nada de esto –le explico–. Él era feliz con su vida normal. Yo he sido feliz con esos chicos, en su hogar. Me han enseñado de verdad lo que es una vida plena, al margen de las riquezas o las comodidades. Se apoyaban entre ellos aunque no tuvieran nada más, y así era su vida, sin más. Me han ayudado a comprender muchas cosas, Eirene.

–Nunca pensé que te escucharía hablar así. Ni que podrías vivir con hombres tú sola sin sentir tu integridad como doncella atacada.

Eirene sonríe divertida cuando me ruborizo y le golpeo el hombro movida por la vergüenza, aunque vuelve a ponerse seria casi al instante y continúa con sus preguntas:

–Si él no tiene interés en el trono, ¿por qué aceptó?

Hago una mueca.

–Lo amenazaron. Nos amenazaron a todos. Svent vivía con dos amigos que han crecido con él, y Algar sabe que son la única familia que tiene. Así que le dijo que si no aceptaba, los mandaría a los tres al frente. Y después... –Miro a mi prima entre las pestañas y, ante su escrutinio, me pongo colorada. No sé cómo decir esto. No sé qué va a pensar–. Después... lo hizo por mí.

–¿Por ti?

–Yo estaba escondida, claro. Nadie sabía de mi existencia, excepto ellos y Ciel, el hijo de Algar. Para presionar a Svent, Ciel le dijo a su padre que sabía dónde estaba yo. Le ofrecieron dejarme en paz, le dijeron que si ocupaba su lugar como príncipe él podría ayudarme...

–¿Y él aceptó *por ti*?

–También por sus amigos... –comienzo, intentando excusarlo. O excusarme. Intentando que no piense que Svent se ha condenado por mí, aunque yo no puedo dejar de pensar que eso es lo que ha pasado.

–¿Qué relación tenéis? –me interrumpe mi prima.

Las mejillas empiezan a arderme. No sé responder. No sé si hay una respuesta a esa pregunta. Con nerviosismo, aprieto los labios. No han sido un beso ni dos. No se acabaron la noche en que llegamos aquí. Aunque no se lo hemos dicho a nadie, ni siquiera a Itsvan o Naim, hemos convertido nuestros encuentros en un pequeño ritual: cada noche nos reunimos en la biblioteca y hablamos, hablamos mucho, o a veces solo leemos y nos quedamos en silencio.

Y nos besamos como dos niños que comienzan a descubrir el amor y no saben a qué están jugando.

Enrojezco algo más ante mis propios pensamientos.

–Tienes que estar bromeando –dice Eirene, con la voz llena de incredulidad, pero también de diversión. Supongo que nunca me imaginó de verdad con nadie, y mucho menos con alguien como Svent, que hasta hace dos días era un pueblerino y ahora ha resultado ser el príncipe de un reino enemigo.

Me encojo sobre mí misma, haciéndome algo más pequeña.

–Bueno, no es como si hubiésemos hablado de ningún tipo de relación…

Y es cierto: no lo hemos hecho. Quizá no sepamos ponerle nombre o quizá ni siquiera importe. Solo disfrutamos de la presencia del otro. ¿No es eso suficiente?

–A veces no es necesario hablarlo para que haya una –responde mi prima, como si me leyera el pensamiento.

Ninguna de las dos añade nada más por unos segundos y solo ante el silencio me atrevo a mirarla de soslayo, en un intento de adivinar qué es lo que piensa. Justo cuando le voy a preguntar qué es lo que pasa, ella alza la vista.

–Creo que tengo mucho que contarte. Y que debes saber un par de cosas de ese chico. Quizá, en realidad, nunca escapases de Lothaire tanto como piensas.

Sus manos toman las mías y, como si volviésemos a ser dos niñas que no pueden dormir, Eirene comienza a contarme una historia que comenzó hace veinte años.

En esta ocasión, conozco muy bien a todos los protagonistas del cuento.

Seaben

Así que el ilustre Seaben de Lothaire traspasa nuestras fronteras y entra disfrazado y desarmado en el castillo de su enemigo. No sé si sois muy valiente o muy estúpido.

Observo al comandante de los humanos con precaución. Eirene se ha ido para hablar con su prima y Drake ha decidido salir al exterior, con Chryses, de modo que estoy solo ante lord Algar y el supuesto príncipe de Anderia. De pronto, soy consciente de que tengo que anticipar los movimientos de mis contrincantes antes de elegir una estrategia. Es como volver a la frontera, solo que tengo que ganar mis batallas con palabras, y no con la espada en la mano.

–No estoy desarmado, y ambos lo sabemos: sigo pudiendo derrotaros antes de que desenvainéis vuestra espada, pero espero no tener que llegar a eso. El disfraz era necesario no solo para averiguar cómo nos recibiríais, sino también para evitar que terceras partes se enteraran de esto. –Mis ojos se topan inevitablemente con los de Svent–. Mab, por ejemplo.

El chico no parpadea ante mi escrutinio. Se supone que tiene mi edad, pero parece más joven. Más frágil. Me pregunto si alguna vez habrá empuñado un arma. Si es hijo de Mab, debería tener poder en su mente, pero no parece que vaya a presentar resistencia si intento entrar en su cabeza.

–Svent no tiene nada que ver con ella, como comprenderéis –interviene el regente, y lo veo recostarse en su asiento. El gesto me llama la atención, porque significa que no está a la defensiva–. Tiene sus ojos, pero ahí acaban las semejanzas, si es por eso que lo miráis.

Asiento, pensativo.

–Se parece tanto a ella como lo pueda hacer yo, si os fijáis.

–Vos sois su hijo –me recuerda él, y yo siento ganas de echarme a reír–, aunque hayáis cambiado de bando por vuestra mujer, o por las razones que sean... Porque es eso, ¿verdad? Habéis cambiado de bando. Estáis contra ella.

Por supuesto, su confianza no es completa. Duda, y lo entiendo, pero no dejo que eso me arrebate la fe en que esta alianza es posible. Podemos llegar a entendernos, incluso si es solo por la existencia de un enemigo común.

–Lo he hecho, incluso si no me creéis –concedo. Por más razones de las que él puede imaginar, de hecho, o de las que yo voy a explicarle.

Mis ojos vuelven a sentirse atraídos por los del chico que se sienta a su lado. Como si necesitara asegurarme de que no se ha movido o que no va a aprovechar que bajo la guardia para apuñalarme. ¿Cómo explicar el desasosiego que me produce su rostro inexpresivo? La forma en la que se sienta, encorvado hacia delante como si se inclinase sobre una mesa para escribir. La fijeza con la que me mira, como si pudiese ver todo lo que oculto...

Decido que estoy sugestionándome. Simplemente porque se supone que Mab es su madre no significa que vaya a ser como ella. Yo he vivido toda mi vida bajo su sombra y no comparto sus ideas.

–Sé algunas cosas sobre los humanos –digo, tras un breve silencio–. Aunque no he estado en Anderia jamás, he estado suficiente tiempo en la frontera. Les contáis a vuestros niños que los feéricos se llevan a los bebés de sus cunas. Siempre me he preguntado si creéis en ello o es solo una historia más para que se porten bien. Para advertirles de los peligros de la raza enemiga...

Casi espero que mis oyentes se echen a reír ante la idea. Yo no soy como Drake. No cuento historias como si creyera en ellas. Pero no hay risas. No de estos dos hombres.

–¿No estáis un poco crecido para creer en cuentos? –pregunta el muchacho, en tono neutro.

–Dicen que siempre hay una parte de verdad detrás de cada invención.

Algar, al contrario que Svent, no me cuestiona, sino que se echa hacia delante, intrigado. Sabe que no sacaría un tema así si no fuera importante. No me infravalora, y yo se lo agradezco.

–¿Qué historia traéis para mí, lord Seaben?

Un cuento digno de una canción, como mínimo.

–Recientes acontecimientos me han descubierto que mi naturaleza no es la que yo pensaba. –Cojo aire, porque todavía me cuesta asimilar la idea–. Nunca he tenido alas, por lo que se ha demostrado que no soy un feérico, como Mab me había hecho creer. En cambio, sí que tengo… las habilidades de uno de los soldados de Lothaire, a quien la reina castigó con un hechizo antes de que yo naciera. Quizá esa historia no os resulte familiar, pero estoy seguro de que habréis oído hablar de él, pues siempre me ha acompañado en la batalla: un lobo blanco que se ha cobrado tantas vidas con sus dientes como yo con mi espada.

La sonrisa de Algar, toda ironía, me coge por sorpresa. Cuando mueve la mano, creo que busca la empuñadura de su espada, pero solo se levanta la manga de la camisa y me muestra su antebrazo. La cicatriz es el recuerdo de una horrible herida. Probablemente se defendió como pudo de los dientes, pero no fue suficiente. Es peor, sin embargo, pensar lo que podría haber pasado en el caso de que no hubiera podido alzar a tiempo el brazo. Quizá no se sentaría con nosotros ahora.

–Sí, he oído hablar de él –dice–. Puede que él no me recuerde, pero yo tengo razones para no olvidarlo jamás.

El hombre cubre la cicatriz de nuevo y solo entonces consigo apartar la vista.

La mueca de horror de Svent, a su lado, me confirma que nunca ha estado en la guerra. Que nunca ha visto un cadáver o, al menos, el cadáver de un hombre que ha sido brutalmente asesinado.

–El que os hizo eso fue el amante de vuestra princesa, lord Algar.

Veo duda en su expresión. La sonrisa desaparece y sus ojos se entornan para observarme con más atención si cabe. No puedo saber qué pasa por su mente, y eso me pone nervioso. Aunque él ha entendido perfectamente lo que he insinuado, no lo cree posible. ¿Es eso? ¿O hay algo más? ¿He cometido un error al revelar mi identidad? ¿Nos he condenado?

–¿Es esto algún tipo de trampa?

–Uno de nosotros es hijo de Mab. El otro, de Chryses y Celeste –digo, con cuidado, midiendo mis palabras y tratando de insuflarlas de toda mi entereza. Le muestro mis manos, vacías, en señal de sinceridad–. No tengo más pruebas que el hecho de que Mab me ha engañado para pensar que tenía alas y que mis poderes en la batalla son como los de Chryses.

Miro a Svent. Que él me diga qué puede ofrecer en su defensa.

–Yo no tengo ni alas ni poderes –repone, y casi me parece que consideraría un insulto si fuese de otra manera–. Soy humano por completo. Jamás he conocido a Mab, ni tengo interés en hacerlo. Ni siquiera quiero estar en este palacio; nunca pedí ser un príncipe.

Pero un príncipe no suele tener la oportunidad de elegir su posición. Por sus palabras diría que no está aquí por orden de la reina; si no, se estaría enfrentando a mí. Se agarraría al trono y a la Corona con desesperación, en vez de apartarse de ellos con lo que me parece indiferencia.

Me froto la frente. Me encantaría entrar en su mente y comprobar cuánta verdad hay en sus palabras.

–Es absurdo –concluye Algar, tras habernos sometido a un silencioso análisis–. Eveque dijo que… –Calla y me mira, como si hubiera recordado algo–. Eveque –repite–. Vos podéis entrar en la mente de quien queráis, ¿no es cierto? Si alguien sabe lo que pasó con el niño de Celeste es esa vieja.

Parpadeo, confundido, pero él me hace un gesto para que me tape el rostro con mi capucha. Lo hago, y llama a los guardias un instante después. Uno entra, como si hubiera estado apostado junto a la puerta, preparado para obedecer órdenes, y Algar lo envía a por esa tal Eveque. A continuación, el regente me evita tener que preguntar explicándome que es la mujer que lleva años cuidando de Celeste. Es su sirvienta, pero parece que también fue la matrona en su parto y la confidente del rey. La mujer que dejó al niño en el orfanato del que viene Svent.

El hombre me lo cuenta todo tras abandonar su silla. Comienza a caminar por el cuarto, inquieto por primera vez desde que entré en la biblioteca.

–Si no hubierais ayudado a Astrea, pensaría que lo que me decís es solo una trampa más –me confiesa, parándose delante de la ventana–. Pero habéis venido con Drake de Astrea y su sello real. Aunque todos veníais disfrazados como astrenses… ¿Qué le impide a ese muchacho ser otro disfraz, después de todo?

–Si tenéis dudas, probadlo. Pedidle que haga magia, y os demostrará que es realmente el hechicero. Preguntadle sobre su visita cuando su padrastro aún vivía y os dirá hasta qué canciones tocó para la princesa.

Se hace el silencio, y sé que Algar no va a arremeter más contra nosotros. Se pierde en sus pensamientos mientras sigue caminando por la biblioteca.

Me quedo observando las llamas del candelabro sobre la mesa, esperando.

–¿Quieres el trono de Anderia? Puedes quedártelo, si es por mí.

Svent, al otro lado del escritorio, tiene la cabeza baja y el rostro lleno de sombras. Me doy cuenta de que Algar apenas lo ha tenido en cuenta, y que él tampoco ha pretendido imponerse, como si conociese su posición demasiado bien. ¿Es este el príncipe de Lothaire? El reino necesitará a alguien fuerte y decidido después de Mab. Alguien que dé confianza a los ciudadanos y que se muestre como digno heredero de la mujer que convirtió al país en el más importante de toda Faesia.

A este chico se lo comerán los lobos.

–Quiero mi legítimo lugar, esté donde esté –acepto–. Pero en este momento, lo que más deseo es hacer justicia.

Algar se vuelve hacia nosotros.

–No tendrás el trono –afirma, con tal convicción que casi resulta doloroso. Por la forma en la que ha pasado a tutearme no sé si ve en mí un aliado o un niño al que guiar–. Aunque se probase que lo que dices es cierto, jamás serás el dirigente de este reino. No es por mí –se apresura a añadir, al ver mi expresión–. Puede que yo te reconociese. Que te pudiese ceder el trono. Pero has hecho demasiado daño a esta tierra. Yo podría darte la corona, y probablemente nos fuera beneficioso: eres el mejor aliado que podría querer para Anderia, muchacho. Lo sabes todo de Lothaire, conoces la guerra y te han criado en la política; sabes cómo funciona la mente de Mab y su ejército. Es por eso que quería hablar contigo y ofrecerte que te unieras a nuestra causa, pero no puedo aceptarte como rey porque el pueblo jamás te querrá. Puede que nacieses como Seaben de Anderia, pero para los humanos serás siempre Seaben de Lothaire. Al contrario que en Svent, nunca verán en ti un rey ni una esperanza, sino al hombre que mató a muchos de los suyos. Te odian, y un pueblo jamás debería odiar a su soberano.

Me siento incapaz de responder. Sé que tiene razón, pero sigue doliendo saber que a ojos de los demás seré el príncipe de las hadas incluso si no corre sangre feérica por mis venas.

Una vez más, me maravillo por el plan de Mab. Una vez más, la maldigo con todas mis fuerzas. Me ha atado a ella para siempre, nunca olvidaré el estigma que fue crecer bajo su mano.

–Si tu historia es cierta, me temo que Mab ha sido demasiado inteligente –apunta Algar, haciéndose eco de mis pensamientos. Como si fuese consciente de mi desesperación, de mi derrota, se deja caer de nuevo en su silla–. Si esto fuera un cuento, ocuparías tu legítimo lugar con el amanecer. Pero esto es la vida real, muchacho, y los humanos jamás querrán que los gobiernen unas manos manchadas de su propia sangre.

Bajo la vista. No he llegado tan lejos para rendirme ahora. Y no mentía a Svent: el trono es importante, pero no es mi prioridad. Sé que si me sentara en él, habría revueltas y odio, y este país ya ha sufrido bastante. No, mi objetivo principal es acabar con la guerra. Devolver la paz al continente. Darle la mano a Eirene mientras ella sube a su legítimo lugar, y unir fuerzas contra el verdadero enemigo.

–Mi intención es terminar con esta locura. Dar la paz a Anderia, a toda Faesia. Arrancarle a Mab su poder. Habéis visto que hemos empezado por Astrea, defendiendo el lugar que le correspondía a la reina Inair. En Nryan, mi esposa piensa acabar también con el reinado de Ibran, que se ha mostrado fiel a Mab. Y yo, por supuesto, estaré a su lado para apoyarla.

El regente se atusa la barba, pensativo.

–Si eso pasara, si realmente demostrases ser un aliado de Anderia y un enemigo de Mab, tal vez la percepción que tienen de ti cambiase. Pero, por el momento, debes guardar el secreto y quedarte en la sombra o provocarás el caos. Por eso debes dejar que Svent mantenga el lugar en el que ha sido colocado. –El aludido alza la cabeza y no parece demasiado feliz con la idea–. Lo que tenemos que hacer es ser más listos que esa mujer, y manteniendo a sus dos hijos del mismo bando, al falso y al de verdad, es ella quien se queda sin heredero.

–Dejad de decidir por mí –interrumpe Svent de pronto, sobresaltándonos–. Dejad de hablar como si no estuviera delante. Nadie me ha preguntado lo que *yo* quiero hacer. Y no he accedido a nada de esto, para empezar. No estoy dispuesto a ser una marioneta. –El rojo de sus ojos llamea con indignación cuando centra su atención en Algar–. Me arrancáis de mi hogar, me chantajeáis y pretendéis que siga siendo un actor de esta pantomima.

El joven se levanta. Me sorprende que, después de callar, de mantenerse en un segundo plano, tenga el suficiente carácter como para encararse a su guardián, que parece tan sorprendido como yo por su reacción.

–Ya hemos hablado de esto –dice Algar, y por su voz entiendo que en otras ocasiones tampoco llegaron a ningún acuerdo–. Que te quedes aquí es lo mejor para el reino y, ahora, con más razón. Si todo acaba bien podrás volver a tu vida, la que quieras llevar; pero hasta entonces, eres demasiado valioso para nosotros. Para Anderia entera.

Tu relación con Fay, incluso, podría suponer la mayor ventaja que hayamos tenido nunca.

–Ya hemos hablado de esto –se burla él. O, al menos, me parece que lo hace, al repetir las palabras del regente. Su expresión, no obstante, no cambia–. Y os dejé claro que no permitiría que usarais a Fay.

Me siento algo perdido en la conversación. Es cierto que antes, cuando ella entró, el chico se apresuró a acudir a su lado. Es cierto que ella se apoyó en él y se dejó consolar. Su indiferencia se convirtió en preocupación. Y ahora hablan de una relación entre ellos, por imposible que a mí me resulte.

Algar parece a punto de saltar sobre él, con el rostro encarnado de furia, cuando la puerta se abre y se le atragantan las palabras. Se pone en pie, mirando por encima de mi hombro, y me aseguro de que la capucha me sigue ocultando de terceros.

–¿Me habéis hecho llamar, lord Algar?

Algar asiente a la voz cascada que ha hablado, o quizá a mí, porque me observa de reojo, como si me indicase así que es mi momento. Me giro a medias en mi asiento. Una mujer está ante la puerta, vestida por completo de negro. Es ya una anciana, y casi temo hacerle daño cuando intento introducirme en su mente. Lo hago con cuidado, inseguro de cómo reaccionará la cabeza humana de una mujer tan mayor.

Un muro es la única respuesta.

Mi acto reflejo no es pararme a pensar en qué sucede. Mi acto reflejo, como cada vez que estoy en medio de una batalla, es intentar tirar esa pared, piedra por piedra, y entrar. Me concentro para ello, y la mujer se tambalea y me bloquea. Su golpe no es fuerte, pero sí delata que sabe lo que está haciendo. Trata de empujarme hacia atrás y casi lo consigue.

Esta mujer no es humana.

La anciana trastabilla y se golpea la espalda contra las estanterías. Sus ojos me encuentran y, de alguna manera, a pesar de la capucha, logra ver mi secreto.

–¡Tú! –exclama, con voz ahogada por la lucha que mantenemos en su mente. Quizá ni siquiera lo ha dicho en voz alta, sino que lo ha pensado con demasiada fuerza.

Su momento de sorpresa es su perdición. Fuerzo mi camino hacia su mente y entro. Una parte de sus recuerdos queda a mi alcance. La veo, desnuda, sin el disfraz, y descubro que es un hada. Trabaja para Mab, pero no solo eso: está muy unida a ella. Ha estado entre las paredes de este castillo desde que la reina se lo pidió y, gracias a ella, Mab sabe todo lo que en él pasa. Es por Eveque que supo que Celeste estaba embarazada. Como habíamos sospechado, hubo un intercambio de niños: ella misma dejó a Svent en la puerta del orfanato, después de que naciese en Lothaire. También fue ella quien me puso en brazos de Mab por primera vez.

El caudal de pensamientos se vuelve desmesurado y pierdo el control sobre ellos. Durante un instante, veo más de lo que quiero. Veo a dos bebés casi idénticos entre sus brazos, niño y niña: Lowell y Lyra. Veo los jardines de Lothaire. La alcoba de la reina y sábanas revueltas. La lealtad incondicional. Los largos años separada de sus hijos y su país para cumplir fielmente con su misión…

Finalmente, Eveque se recompone y cierra las puertas a sus pensamientos. A sus secretos, pero también a los de Mab. No he visto más que una pequeña parte, pero su expresión se crispa por la furia y creo que se va a lanzar sobre mí. No obstante, debe de decidir que su prioridad es salir de aquí, porque busca frenéticamente una vía de escape. A sus espaldas, una chispa de magia parece desencadenar la aparición de sus alas, que pronto iluminan la habitación con una luz azulada.

Esa es toda la prueba que Algar necesita para actuar.

–¡¡Guardias!! ¡Una intrusa!

La puerta se abre y dos hombres entran, con las espadas desenvainadas. Como si el acero fuese a ser un arma eficaz contra la mujer a la que se van a enfrentar.

El primero cae al suelo tras el primer paso que da en el cuarto.

El segundo, vacío de expresión, se mueve hacia mí con la espada en alto.

Me llevo una mano a la cadera, pero solo encuentro la vaina de mi espada vacía. Con una maldición entre dientes, esquivo una estocada. El hombre se mueve con lentitud, y no tardo en darme cuenta de que solo es una distracción. Sobre su hombro, mientras forcejeo para deshacerme de él, veo la sombra negra que es Eveque encararse con Algar, que parece decidido a no dejarla llegar más lejos: él, como yo, es consciente de que quiere usar la ventana como vía de escape.

No puedo dejar que huya.

Moviéndome con toda la rapidez que puedo, evito otra estocada, aunque mi contrincante gana terreno.

–¡Eh!

La llamada de atención de labios de Svent es tan torpe como el movimiento de la espada del soldado muerto cuando la lanza hacia mí. Cae al suelo, cerca, y me tengo que agachar velozmente para evitar otro ataque. Aun así, cuando por fin tengo el arma entre mis manos, me sobra un solo golpe para desarmar al soldado y conseguir empujarlo contra una de las estanterías, de la que cae una cascada de libros sobre su cuerpo.

Para entonces, Eveque tiene toda su atención centrada en Algar, que boquea como un pez fuera del agua y ha tenido que soltar el arma. Justo en ese momento, el hombre cae arrodillado, rojo, sin aire. Svent, que también lo ve, se queda quieto y pálido, mirando al regente y a la feérica, sin saber qué hacer.

Me echo hacia delante, dispuesto a terminar con esto.

Entonces, el hada me mira.

Casi creo que me sonríe, como si acabáramos de ser presentados. Siento una punzada en mi frente, pero mis barreras están preparadas para soportar su embestida. Es solo una advertencia. Como el guardia que ha lanzado contra mí, no es un intento real de atacarme, sino una distracción. No pretende hacerme daño. Supongo que reserva ese placer para Mab.

Antes de que pueda volver a reaccionar, la ventana se rompe ante mis ojos y Eveque salta sin mirar atrás.

El frío nocturno se cuela en la biblioteca y yo corro en un movimiento tan desesperado como inútil. No puedo evitar lanzar un grito de frustración. Sé que no la voy a atrapar. Sé que irá allá a donde esté su señora y la informará de lo que ha pasado. Me digo que, al menos, no sabe que Eirene está aquí, viva. Si persiguen a alguien, será a mí. Creerán que he venido a aliarme con los humanos para vengarme.

Los dos puntos de luz azules que son sus alas titilan y se pierden en la noche, como un par de estrellas.

Me pregunto cuánto tardarán en venir a por mí.

Svent

No he necesitado que lord Seaben nos contara a Algar y a mí lo que vio en la cabeza de esa mujer para comprender quién soy. No he necesitado que nos dijera que hubo un intercambio de niños, y que me hicieron pasar por humano y a él, por feérico. Aun así, he permanecido en la biblioteca mientras el verdadero príncipe de Anderia contaba su historia. Me he quedado allí incluso después de que la prima de Fay volviese, o de que el embajador de Astrea entrase seguido por un lobo blanco. Ni siquiera me he marchado mientras explicaban el plan para devolverle su cuerpo real al animal, hechizado por más de veinte años.

Finalmente, solo cuando todos abandonaron el cuarto y el regente me pidió, con el rostro lleno de preocupación, que me retirase a descansar, me levanté de mi asiento. Solo entonces me he encerrado en mi habitación y, tras un largo tiempo intentando encontrar algún sentido a esta nueva revelación, me he levantado y le he dado la espalda al espejo, quitándome la camisa para atreverme a ver la prueba de que todas las historias que estaban contando eran verdad.

Cuando era pequeño, el orfanato estaba lleno de niños. Eso provocaba que tuviéramos que dormir varios en una misma habitación, y el pudor debía pasar a un segundo plano. Nos vestíamos y nos desvestíamos a la vista de los demás, y en verano, cuando hacía mucho calor, nos quitábamos las camisas remendadas y nos acostábamos a la sombra, sin importar que la forma de nuestras costillas se percibiese bajo la carne o las hormigas nos hiciesen cosquillas sobre la piel.

Fueron esos niños los que me dijeron, por primera vez, que tenía dos cicatrices en la espalda, una a cada lado de la columna.

Cuando la gente empezó a preguntarme por ellas, yo interrogué a nuestro cuidador, pero nunca llegué a obtener una respuesta. Decían que me habían encontrado así y, quizá en un acto de bondad, me acercaron al único espejo que había en el edificio y me dejaron que observase cómo el niño al otro lado del cristal se contorsionaba para ver mi espalda, igual que yo veía la suya. Aquella fue la primera vez que vi las líneas, finas como tajos de cuchillo, rectas pero superficiales.

Otros se habrían inventado un cuento que explicara su presencia. Yo, como no las podía ver normalmente, como no me resultaban dolorosas, ni siquiera pensaba en ellas. A medida que el orfanato se vació, a medida que descubrí lo que era tener intimidad propia en un cuarto solo para mí, me olvidé de que existían, como te puedes olvidar de algo que das por hecho, que ha estado y estará para siempre en tu vida.

Y ahora, por fin, entiendo lo que estas cicatrices significan.

Allí, por un tiempo limitado, quizá tan solo durante mis primeros minutos de vida, debió de haber un par de alas.

El sonido de dos golpes en la puerta me arranca de mi contemplación, aunque Fay no me da tiempo a contestar antes de abrir. La observo, vuelto a medias hacia ella. Siento sus ojos en mi pecho. Solo cuando me enderezo del todo parece reaccionar, ruborizándose.

–¡Perdón! –exclama, apartando la vista hacia el suelo. Su capucha le cubre las orejas y deja su rostro en sombras.

Sacudo la cabeza y me acerco a la cama. Le doy la espalda. Me tomo mi tiempo en volver a cubrirme porque no sé exactamente cómo encararme con ella. No sé lo que tengo que decir. Ni siquiera entiendo qué está haciendo aquí, cuando su prima está en palacio. ¿No tienen cosas de las que hablar? ¿No quiere aprovechar cada momento con ella?

Temo que haya venido a decirme que se va. Que tiene que marcharse con Eirene, a Nryan, a Veridian o a donde sea que quieran dirigirse.

Temo que esta nueva situación lo vaya a cambiar todo una vez más.

–Ya está, Fay –la informo, cuando mi torso vuelve a estar cubierto por la camisa.

Fay carraspea y solo entonces se atreve a entrar de verdad en el cuarto, cerrando la puerta tras ella. Me mira, con algo de color todavía en sus mejillas, y se deshace de su capucha, aunque ambos sabemos que no debería hacerlo, incluso si parece que estamos solos. Con la confianza que da la intimidad, se sienta en mi cama, aunque parece incómoda. No creo que esta noche vaya a ser como todas las demás desde que estamos aquí, con besos a escondidas y conversaciones en la biblioteca, a la luz de las velas. Me pregunto qué pasará por su cabeza.

–¿Cómo… te sientes? –me pregunta al fin.

Prefiero no hablar de ello.

–Has sido tú la que has recuperado a una persona que creías muerta –le recuerdo.

–Pero no ha sido a mí a quien han cambiado de identidad dos veces en apenas una semana –murmura ella–. Mi prima me lo ha contado todo.

Asiento. Ya había supuesto que sería un tema de conversación entre ellas, como lo he sido entre Algar y Seaben. Al menos en esta ocasión no he tenido que estar en el mismo cuarto mientras ellas hablaban sobre mí, y no habrán tomado decisiones por mí sin consultármelo.

–No pueden cambiar nada de mí, porque sigo siendo el mismo: solo Svent. –Puede que sea una mentira, y ella no parece creérsela, pero yo quiero agarrarme a esa idea con todas mis fuerzas. Quiero pensar que nada ha cambiado. Que puedo volver a casa y pretender que nada de esto ha sucedido, o que ha sido parte del sueño en el que quería que se convirtiese Fay cuando se fue con su hermano. Quizá ahora funcione.

El silencio llena la habitación durante unos segundos. De pronto me parece agobiante.

–Me vuelvo al orfanato –sentencio–. Aquí no tengo ningún papel, Fay. Aquí no me siento a gusto.

Eso sí es verdad. Si soy hijo de quien dicen, estoy en una posición que no me corresponde, y Algar lo sabe. No puede retenerme. Puedo amenazar con contárselo al pueblo. Con revelar el secreto. Después de cómo ha estado actuando Algar, moviéndonos a su antojo y decidiendo nuestros lugares como si fuéramos objetos decorativos, ¿acaso no se lo merece? Después de arrancarme de mi vida sin remordimientos, asegurándome que esto es lo mejor para el reino... ¿Por qué debería importarme este país, si al final resulta que no es el mío? Pero siempre ha sido mi hogar...

–¿Algar va a darle el trono a Seaben, entonces? –me pregunta, sorprendida, Fay.

–No, pero él es el verdadero heredero, así que ya no me necesitan para nada. No, a menos que esté dispuesto a unirme a su juego, por lo que parece.

–¿Juego?

–Pretenden que siga fingiendo ser alguien que no soy. Pretenden que me haga pasar por el príncipe porque, mientras que yo parezco humano, nadie va a olvidar que hasta hace una luna él estaba al frente del ejército feérico.

Hay un silencio extraño, en contra de lo que yo esperaba. Fay rehúye mi mirada y se revuelve en su asiento. Me gustaría saber qué pasa por su mente que la perturba tanto. Me arrepiento de ese pensamiento casi al instante, cuando dice:

–Quizá podrías hacerlo, Svent.

¿Hacer qué? ¿Mentirles a todos? ¿Pretender que soy alguien que no soy? Darles esperanzas, incluso si sé que en el momento en el que perdamos, en el que Mab se alce con la victoria, me sentiré culpable... Me estremezco. No. Yo no soy como Algar o como Seaben. Y aunque no vayan a cargarme de responsabilidades, porque el regente me cree incompetente en asuntos de guerra y política, no pienso tampoco ser su símbolo de nada.

–Dame una razón –digo al fin, acercándome hasta quedar de pie frente a la princesa–. Una sola buena razón.

A mí no se me ocurre ninguna.

–Podrías ser de ayuda –me dice, y ni siquiera ella parece segura de sus palabras–. No tendrías que gobernar de verdad, y no sería para siempre. Si Mab cae…

Casi siento ganas de sonreír de pura incredulidad. ¿Por qué todo el mundo parece tan seguro de que lo hará si siempre ha ganado hasta ahora? ¿Por qué todo el mundo parece olvidar su verdadera naturaleza? Si las estrellas existen y ella tiene su sangre corriendo por sus venas…

Y luego está el hecho de que sea ella la que me esté proponiendo esto. Ella, de todas las personas en este maldito castillo, tendría que entenderme.

–Fay, no soy un príncipe –le recuerdo–. No me gusta este palacio, ni estar en él. Es demasiado grande y, al mismo tiempo, demasiado… agobiante. Y no me gustan Algar y sus planes. Sus insinuaciones. No he querido decírtelo, porque tú tampoco pareces muy cómoda en su presencia, pero no ha hecho más que verte como una herramienta desde que pusiste un pie en el castillo. Considera que nuestra *relación* es algo que explotar. Algo que usar en favor de Anderia, ¿entiendes?

Claro que lo entiende. Por eso aparta la vista. Por eso se ruboriza.

–¿Tenemos una *relación*? –pregunta, sin embargo, como si solo eso hubiera llamado su atención en mi discurso.

Su réplica me deja descolocado, y yo mismo tengo que luchar contra el calor que me sube hasta el rostro de repente.

–N-no lo sé –tartamudeo, sintiéndome estúpido. No me he parado a pensar en ello. No quiero pensar a dónde nos lleva esto–. No lo sé, Fay –repito, con más calma–. Pero sé que no quiero que te hagan daño por mi causa. No quiero que te usen por tener un… vínculo conmigo.

Ella me mira, casi suplicante, y me hace un gesto para que me siente a su lado. Con un suspiro, obedezco. El colchón se hunde bajo mi peso y soy demasiado consciente de nuestra cercanía. Nuestras piernas se rozan. Su brazo se mueve para enredar sus dedos con los míos. Me acaricia el dorso con el pulgar, pidiéndome en silencio que no me ponga a la defensiva.

–Podríamos hacer algo por Anderia –murmura–. Los dos. La gente podría dejar de vivir asustada, dejar de creer que Veridian es su enemiga, como lo es Mab. Quizá yo no tendría que vivir escondida. Tal vez podría dejar de llevar velos y capuchas para ocultar mis orejas, y dejar también de sentir vergüenza de ser quien soy.

No debe de ser cómodo para ella. No debe de ser fácil, estar siempre en guardia, preocupada por que el momento en el que reveles tu identidad será el de tu perdición…

–¿Qué podríamos hacer nosotros? –pregunto, pensando en lo indefensos que en realidad estamos, en comparación con los que nos rodean–. No somos héroes, Fay. Yo nunca he querido serlo: los héroes mueren jóvenes, después de haber hecho muchas cosas estúpidas.

–Sé que no somos héroes –me concede–. No tenemos que serlo, tampoco. Pero mi prima me lo ha contado todo… Me ha hablado de todo el dolor y la injusticia que ha visto. Cuando mi hermano vino a buscarme intentó aleccionarme para que solo me preocupase por mi país, en vez de pensar en intentar ayudar a Anderia, y eso me disgustó. Me pareció egoísta. Me pareció que no aprovechaba el poder que tenía para cambiar las cosas. Nosotros ahora podemos hacer algo. Contribuir a mejorar la vida de la gente, aunque solo sea un poco. Darles esperanzas, Svent, e intentar crear un futuro algo mejor para los que vienen detrás. ¿No te gustaría que Naim pudiera crecer en un mundo sin guerra, donde no tenga que preocuparse de si el ejército necesita hombres? No te estoy hablando de luchar en el frente, de arriesgar nuestras vidas, sino de darles fuerzas a los que luchan. Una razón para creer es a veces más importante que tener armas o corazas.

Cuando la sonrisa llega a mis labios, lo hace de manera amarga. Dudo entre maravillarme por su buena voluntad y sus ganas de inmiscuirse en el futuro de un reino que no es el suyo, o llamarla tonta por ello. Por querer complicar su propia vida hasta lo indecible y querer meterme a mí también en un problema al que no le veo salida.

Itsvan me aseguró que encontraría la forma de marcharnos de aquí, pero los problemas no hacen más que apilarse, y pronto acabaré tan hundido en el barro que no podré salir.

–Eres demasiado buena, Fay. No te lo tomes a mal, pero no conoces el mundo. –Ella hace una mueca, en señal de desacuerdo–. Tu hermano solo se preocupaba por su país porque hacerlo por todo el mundo es una tarea de locos. Yo no puedo hacer eso. No puedo quedarme detrás de Algar y el príncipe y fingir que soy otra persona mientras ellos luchan. Sonará egoísta, pero el único deber que creo tener es para conmigo mismo y mi familia. Me enseñaron a sobrevivir, no a tener ideales. ¿Nunca te has preguntado por qué no había salido antes de Edra? Pues porque no tengo interés en lo que pase más allá de las paredes de mi hogar. Estaba cómodo allí, incluso aunque apenas nos alcanzaba para vivir. O precisamente por eso, porque conozco el valor de las pequeñas cosas...

Aparto mis manos de las de ella, aunque las puntas de los dedos se me queden heladas al hacerlo. Aunque sienta que necesito aferrarme a ella más que nunca. Pero eso no está bien. Quizá nada de esto lo esté. Yo quería una vida sencilla. No quiero ser cruel con Fay, pero es la única forma de ponerme a la defensiva que sé.

–No quiero saber nada de los feéricos –prosigo–. Solo quiero que todo sea como antes. Sentirme seguro y no... expuesto.

Porque tengo miedo. Porque no me gustan los ojos de los demás sobre mí, la forma que tienen de mirarme, de juzgarme. Ya no me gustaba cuando era solo un escriba, porque algunos me miraban con curiosidad por mi aspecto diferente y otros con el conocimiento de que era menos que ellos. Me hacían sentir como un error en el mundo. Y ahora no me gusta porque me miran con expectativas que soy consciente de que no puedo cumplir. Me recuerdan que *no soy suficiente*, esté en el puesto que esté. Viva en el lugar que viva.

Por eso quiero huir. Aunque suene cobarde. No quiero quedarme aquí. No quiero conocer a Mab, igual que no he querido ver a Celeste. No quiero saber nada de una vida que no sea la que estoy acostumbrado a llevar.

Estoy aterrado.

–Algar puede ser regente todo el tiempo que haga falta, hasta que Seaben venga a reclamar el trono –murmura Fay–. Tú no tienes más que apoyarlo y seguir sus consejos. Y no estarías solo, y lo sabes. –Sus dedos se cierran alrededor del aire, ahora que no tienen mi mano para aferrarse–. Yo estaría contigo. Y no me estarían usando, si yo quisiese ocupar legítimamente un lugar junto a ti...

Cuando baja la cabeza, el pelo le cubre las mejillas sonrojadas. El mensaje real tras sus palabras tarda en llegar hasta mí. La observo como si fuese incapaz de comprender el fae. No sé qué decir. Me levanto, inquieto. Siento ganas de reír, pero no es de felicidad. Algo tira de mi estómago hacia abajo, como si me lo hubiesen llenado de piedras. Me llevo una mano a la cara. No puede haber insinuado lo que pienso. No puede querer...

–No estás hablando en serio –decido, tras volverme hacia ella–. Fay, no... No nos conocemos. A veces aún me cuesta encontrar las palabras para comunicarme contigo. Y te recuerdo que escapaste de Lothaire precisamente porque querían... casarte.

Ella no se atreve a levantar la vista y mirarme. Hace un mohín y se abraza el cuerpo, dolida, como si hubiera recibido un golpe.

–Tú lo has dicho: *querían* casarme –musita–. Con Seaben nadie me preguntó mi opinión al respecto. Simplemente me prometieron con un hombre que no había visto en mi vida. Las cosas son diferentes ahora. Lo que *siento* es diferente. Ni siquiera tendríamos que llegar a formalizarlo en una ceremonia: prometernos quizá fuese suficiente para establecer un vínculo visible que pudiese ayudar... –Calla, y su tono se alza un poco en un intento de ser más fuerte y firme–: Aunque no seré yo, de todas las personas, quien te intente encerrar en algo que no deseas.

Suspiro, desarmado. Me acerco a ella de nuevo. No la toco. Me quedo ante ella, preguntándome si va a poder aceptarme. Si yo mismo voy a poder aceptarme algún día.

–Fay. Fay, mírame. –Ella alza la vista–. No es... No eres tú lo que no deseo.

Y es cierto. Ella es perfecta, la mire por donde la mire. Es bonita, dulce y amable. Aunque cuando llegó a casa era diferente, ha aprendido mucho. Ha cambiado, de alguna manera, y he visto cómo lo hacía. Es inteligente: su dominio de nuestra lengua ha mejorado con rapidez. Aunque parezca frágil, ha demostrado ser fuerte y tener carácter.

Si alguna vez me hubiera atrevido a soñar, lo habría hecho con ella a mi lado.

Y por eso me rindo, dejando caer los hombros. Por eso me he ido rindiendo, con el paso de los días, y me he dejado llevar por lo que me gritaba el corazón.

–Tengo miedo –le confieso al fin, con los ojos cerrados y la sensación de que el peso en mi estómago se reduce un poco–. Tengo miedo de los cambios. De que las cosas vayan a peor. Tengo miedo de perder a la gente que quiero, porque es lo único que tengo. Toda mi vida he tenido el control sobre mis decisiones y lo que pasaba a mi alrededor, porque estaba en un sitio pequeño, con gente que conocía. Pero aquí... –Abro los ojos–. Aquí me siento perdido, Fay: es un lugar demasiado grande. No sé cómo se interpreta este papel. No sé si comprendes lo que quiero decir. A ti te han puesto siempre a la vista de todos: estás acostumbrada a estar rodeada de gente, a sus miradas, a sus palabras, a su trato. A mí simplemente me aterra. Igual que me aterra reconocer mis sentimientos por ti. Igual que me aterraba tocarte, darte la mano o... besarte.

Fay me observa con las mejillas encendidas por mi confesión. Ella también parece atemorizada por lo que pueda pasar. Atemorizada de que la vuelva a rechazar, cuando me tiende una mano temblorosa.

–Tú me has enseñado a tener menos miedo de tu mundo. Yo puedo enseñarte a tener menos miedo del mío.

Aguanto la respiración. Quiero hacerlo. Quiero que me muestre aquello de lo que soy capaz. Aunque me aterre. Aunque me haga sentir perdido y pequeño y me llene de ansiedad.

–¿Crees que puedo encajar en él?

–Creo que puedes encajar conmigo.

Lo hago por ella. Le doy la mano porque creo en ella como no lo he hecho nunca antes en nadie. Mis dedos tocan los suyos y me acerco un paso.

Mientras ella me obliga a inclinarme, pienso que a su lado podría encontrar mi sitio, aunque nunca haya buscado uno más allá del monasterio.

Mientras nuestros labios se tocan, con la misma ternura de siempre, sé que soy suficiente al menos para una persona, incluso si no me lo merezco.

Mientras me siento a su lado y la abrazo fuerte contra mí, sé dónde encajo.

Chryses

Nunca unas escaleras me han parecido tan largas como las que nos llevan hasta el cuarto de Celeste. Nunca he subido por peldaños más inclinados, y nunca me ha costado tanto alcanzar el siguiente, como si todo el cuerpo me pesara y me pidiera no seguir adelante. Aun así, sigo a Algar, esforzándome por mantener su ritmo, demasiado consciente del sonido de los pasos de los demás a mis espaldas: Seaben, Eirene y Drake me acompañan en silencio, aunque su incertidumbre no es tan pesada como su curiosidad.

Me pregunto qué esperarán ver al entrar en la habitación.

Me pregunto qué me espera a mí al hacerlo.

La puerta está cerrada. La llave que la abre, encajada en la cerradura, brilla como el oro a la luz de la única antorcha que nos ilumina. No tardo en escuchar el chasquido de la cerradura cuando el comandante humano la gira.

La puerta se abre y nuestro guía entra primero.

–Alteza –susurra.

Mientras me acostumbro a la luz de la habitación, iluminada por los candelabros y el fuego que arde en la chimenea, examino el cuarto, limpio y apenas amueblado. No es una cárcel, pero tampoco es un lugar digno para una princesa. Supongo, en cambio, que sí lo es para alguien que dicen que a veces ni siquiera recuerda qué ha pasado durante los últimos veinte años.

Entonces la veo.

Celeste está sentada en el suelo, vestida con un camisón cuya falda se extiende a su alrededor. Sus pies descalzos, sucios en las plantas, asoman por debajo del dobladillo. Su mirada está alta, puesta en la única ventana, aunque dudo que pueda ver nada a través de ella. Tampoco parece importarle. Sus ojos están perdidos y ella misma parece muy lejos de aquí. Pasa un cepillo por los cabellos sobre su hombro una y otra vez, en un movimiento casi hipnótico.

¿Quién es esta mujer?

Me cuesta reconocerla. Me cuesta ver en sus mejillas hundidas a la muchacha cuya imagen aún guardo en mi mente. Apenas queda nada de ella, de la calidez de su mirada o su sonrisa soñadora. Hay ojeras profundas en su rostro. Sus cabellos se han empezado a teñir de blanco. ¿Era tan delgada, tan pequeña? ¿Parecía tan frágil?

¿Se acordará de mí?

¿Se acordará de nuestro hijo?

Miro a mi espalda, pero ni Seaben ni los demás se han atrevido a entrar más allá de la puerta.

–Eveque tiene que vestirme. ¿Dónde está?

Su voz sí es la misma cuando habla. Es más bonita de lo que la recordaba. Más suave, más melódica. Ella no se vuelve, aunque al menos sabe que estamos aquí.

¿Quiero que me mire y recuerde en lo que me he convertido?

–Me temo que Eveque no podrá ayudaros hoy, mi señora –la informa Algar. Si hasta entonces me había parecido alguien duro y frío, ahora su tono es suave al dirigirse a su princesa–. Hay… alguien que quiere veros. –Nuestros ojos se encuentran, y él parece dudar antes de decidir que no tiene nada que perder–. ¿Os dice algo el nombre de Chryses?

La expresión de la mujer cambia por completo. El cepillo que sujetaba cae sobre su regazo. Su cara se ilumina y se ruboriza; sus ojos brillan. Por un instante, por un breve y glorioso latido, la vuelvo a tener delante de mí, tal y como era: radiante y despierta y más vital que nunca. Aunque anhelo que se dé cuenta de que estoy aquí, toda su atención se posa sobre el regente, que parece tan sorprendido por su actitud como yo mismo.

Para ella, ¿cuándo ha sido la última vez que nos hemos visto?

–¿Chryses ha venido a verme? –pregunta, ávida de respuestas. Sus movimientos son ágiles, pese su aspecto demacrado, cuando se pone en pie y empieza a danzar por el cuarto con pasos gráciles–. No puede verme así –murmura, mientras se toca los cabellos.

Sus susurros se vuelven ininteligibles, hablando para sí más que para nosotros. Abre un gran baúl a los pies de la cama. Su mano ya se ha hundido entre sedas y lanas cuando se detiene con brusquedad, y deja de buscar entre sus vestidos para observar a su interlocutor. Sus ojos se vuelven a apagar. Vuelve a perderse más allá de los confines de su mente. La pierdo un poco más.

¿Qué va a ser de nosotros?

–¿Lo sabe mi padre? –inquiere, en un hilo de voz estrangulado–. Él no puede enterarse, lord Algar. No lo verá bien. No dejéis que se entere, o lo echará.

El comandante titubea, y no sé si lo que hay en sus ojos es compasión o desesperanza.

–No diremos nada a vuestro padre, alteza. Podéis estar tranquila.

La sonrisa que ella esboza es de alivio. Es infantil, incluso. La clase de sonrisa de quien ignora todos los males del mundo. De quien no ha conocido la pena o de quien la ha escondido tan honda que ya no puede recordarla. Es un gesto que me llena de dolor.

Pronto se vuelve hacia el baúl. Escoge uno de los vestidos y lo pone ante su cuerpo con aire crítico, intentando averiguar cómo le queda.

–Este azul es adecuado, ¿no creéis? Hace juego con sus ojos. ¿Habéis visto sus ojos? Son hermosos y tranquilos, aunque a veces me parecen tan tristes… ¿Dónde me espera? ¿Y dónde está Eveque? Necesito su ayuda.

Por primera vez, Algar duda. Duda de la verdad, pero también de confesársela a su princesa. Al fin y al cabo, no sabe cómo puede reaccionar. Nadie sabe qué será lo próximo que haga o diga. Le han dicho que su padre está muerto, pero ella no lo recuerda. Quizá dentro de una hora no reconozca mi nombre.

¿Va a ser siempre así?

–El joven no tiene el aspecto que vos recordáis, mi señora.

Celeste baja los brazos. El vestido vuelve a caer en su sitio. Su expresión pasa a ser la de alguien que no sabe cómo resolver una adivinanza.

–¿Qué queréis decir?

El humano no responde. En cambio, me mira y se aparta, y yo doy un par de pasos cautelosos hacia ella. No sé de dónde saco las fuerzas, pero la miro directamente a los ojos. Y ella me mira a mí, no a través de mí.

Su grito de horror me rompe el corazón.

Todo el color vuela de su rostro, que se convierte en una máscara de terror que contorsiona sus rasgos, deformándola. Da un par de pasos hacia atrás. Tropieza y se cae, pero se sigue alejando de mí, arrastrándose por el suelo, llorando y gimiendo. Chillando. Sufriendo.

Cada una de sus lágrimas es una razón para dejar de respirar.

Me encojo sobre sí mismo. Ella ha llegado a la pared contraria y araña la piedra, buscando una salida. Se agazapa contra el rincón. Me quedo paralizado, sin saber qué hacer.

–¡SACADLO DE AQUÍ! ¡ALEJADLO DE MÍ!

Cada una de sus palabras se clava hondo en mi corazón.

AlejadlodemíAlejadlodemíAlejadlodemí.

El cuerpo de Algar se interpone entre ella y yo, de modo que pierdo la visión de su cuerpo. La visión de su horror, que no puede ser menos que mi dolor.

Ha visto en mis ojos y no me ha reconocido.

Ha visto en mis ojos y no se ha hecho la magia.

Ha visto en mis ojos y solo ha podido reconocer lo que los demás ven: un lobo blanco, peligroso. Un animal que no tiene cabida entre las paredes de un palacio. Una bestia, ni siquiera una mascota, que solo podría estar en una habitación como una piel sobre la cama o una cabeza adornando la pared.

–Alteza…

El humano se acerca a su princesa un paso.

–Dejadme –la oigo suplicar, entre sollozos–. Dejadme. Os envía ella, ¿verdad? Es un lobo, como el símbolo de su bandera, porque puede hablar con ellos. Los utiliza para espiar y matar a los nuestros. Alejadlo. Os lavará el cerebro. Os hará daño. Dejadme. ¡MARCHAOS!

Necesito retroceder. Necesito marcharme. Huir tan lejos como pueda. Obedeceré su orden y me iré de la torre. Correré lejos, a donde no lleguen la guerra ni los dedos de Mab. Sufriré cada día separado de ella en silencio y con gritos y aullidos cuando llegue el cambio una luna llena tras otra.

Pero si me voy, Mab habrá ganado la batalla. Los últimos veinte años caerán en el olvido. Si bajo de la torre, no encontraré la fuerza necesaria para volver a subir. No encontraré razones para sobrellevar un rechazo tras otro, o para volver a ver el miedo que los lobos le causan. Marcharme sería lo más sencillo, pero no he esperado tantas noches en vela para abandonar a la hora de la verdad.

Necesito mi cuerpo, y sé que un beso es lo único que podría devolvérmelo. Si alguna vez me ha amado de verdad, por mucho que su mente no lo recuerde, su corazón tiene que hacerlo. Necesito mi cuerpo, y no se trata solo de mí. Quizá así pueda ayudarla a ella. Quizá así se ponga mejor, poco a poco. Aunque no sea fácil, quiero intentarlo. Quiero abrazarla. Y quiero abrazar a nuestro hijo. Quiero luchar y volver a ser el dueño de mi vida. De mi realidad.

Inconscientemente, dejo escapar un gruñido. Una señal de furia, de frustración.

De decisión.

Algar lo malinterpreta y lleva una mano a la empuñadura de su espada, dispuesto a proteger a su señora. Pero no pretendo hacerle daño y así se lo demuestro caminando hacia ella muy despacio. Solo me detengo cuando creo que estoy lo suficientemente cerca para que no pueda fijarse en nadie más que en mí, pero lo suficientemente lejos para que no crea que soy una amenaza.

Celeste se ha hecho para entonces más pequeña y se abraza el cuerpo, con la mejilla apoyada contra la pared. Sus sollozos no han cesado en ningún momento. Pese a su deseo de dejarla tranquila, me quedo donde estoy. No retrocedo. No me adelanto. En cambio, pido a mi mente que alcance la suya, con la incertidumbre que eso conlleva. Con el miedo de no saber con qué me voy a encontrar una vez esté dentro. Por eso intento ser delicado y, con dedos invisibles, acaricio sus pensamientos y dejo entre ellos la idea de que necesita calmarse. De que debe dejar de llorar. De que debe dejar de estar atemorizada, porque el lobo no le va a hacer nada. Él no quiere dañarla. Solo quiere ser su amigo. Ser su siervo.

La princesa deja de llorar tan abruptamente como ha comenzado, y me doy cuenta, una vez más, de lo frágiles que son los humanos. Qué influenciables. Qué fácil sería que se destruyeran entre sí, con el estímulo adecuado. Qué fácil sería dejarlos sin voluntad. Qué sencillo es convertir a la mujer que tengo delante en una marioneta, despistada pero obediente. Ella calla, perdida, y yo aprovecho para vadear su mente.

Me arrepiento casi al instante, al percibir el dolor. Los años de cautiverio y silencio. ¿Se habría recuperado de su dolencia si la hubieran tratado de otra forma? Si la hubieran considerado simplemente una mujer, en vez de una niña demasiado peligrosa para sí misma… Una parte de mí quiere creer que no está tan mal como los demás piensan, pero al sumergirme en sus recuerdos veo lo rota que está en realidad. Lo distorsionadas que se encuentran sus memorias. Ve monstruos en las sombras de su pasado y su presente. La fantasía y la realidad están separadas por una línea demasiado fina y hay ojos rojos por doquier: en el rostro de Mab, en el de su padre, en el de un recién nacido, en el de su criada, en el de Algar mismo…

Trato de mantener el agarre en torno a su mente, aunque no sea fácil. Me pregunto hasta qué punto podría seguir dejando pensamientos míos entre los suyos. ¿Podría curarla? Yo mismo me respondo que no. Sé que sus miedos son demasiado profundos. Podría hacérselos olvidar, pero con ellos desaparecía la vida que la ha unido a esos ojos rojos. A los lobos. A la magia misma. Incluso a mí.

Si trato de arreglar su mente como si fuera un mecanismo estropeado, convertiría a Celeste en mi propia creación, en una muñeca animada, y no sería mejor que Mab.

«Celeste. Mi Celeste...».

Sus ojos no son capaces de enfocarme. Pasan sobre mí sin verme. Su mano tiembla y pienso que la alargará en mi dirección, pero solo la utiliza para limpiarse las lágrimas de la cara.

–¿Chryses...? ¿Dónde estás?

Un par de pasos más. Con cuidado de no asustarla. Sin saber cómo reaccionará.

«Aquí, justo delante de ti. Dentro del lobo».

Nuestras miradas se encuentran y, por un instante, nuestros cuerpos no importan más que la habitación en la que estamos. Sus dedos se extienden por voluntad propia hacia mí, y yo contengo la respiración. Dejando sus reservas de lado, su mano se posa sobre el pelaje que recubre mi rostro. Me acaricia.

Me reconoce.

De repente, se echa a reír.

–¿Cómo te has metido ahí?

Como un remolino, su mente se pone en marcha y cambia, al igual que su sorpresa y su miedo se transforman en una sonrisa y en diversión infantil. Por un segundo hasta yo veo lo irrisorio de la situación. ¿Es el mío un cuerpo que cambia en otro o un alma que se ha quedado atrapada donde no debía? ¿Y cómo he podido vivir así, acostumbrarme incluso, a comer sin manos, a caminar sin piernas? A seguir pensando, aun sin humanidad.

El momento en el que empieza a sonreír, en el que se convierte en una niña ilusionada, es el momento en el que descubro que no puedo decirle la verdad. Que sería demasiado dura. Que no la entendería. Que mencionar a Mab en esta habitación sería terminar de volverla loca. Dejar que el miedo la inunde sería la forma de perderla, incluso cuando estamos tan cerca. Mi propia mente no puede dejar de pensar las mil maneras en las que todo puede salir mal, y yo no me convierto tras el beso.

«Me hechizaron», respondo, con cuidado. Qué fácil sería contarle una historia y ver sus ojos llenarse de maravilla. Qué fácil sería mentir. «Me dijeron que solo una princesa puede romper el encantamiento».

–Yo soy una princesa –ríe ella, encantada.

Cómo duele.

«Entonces quizá puedas ayudarme».

Su sonrisa crédula, amplia, me parte el corazón y lo lanza a latir con rapidez al mismo tiempo. Se inclina, humedeciéndose los labios, y se detiene a apenas un suspiro de distancia.

–¿Has venido todo el camino hasta Anderia solo para conseguir un beso mío? –pregunta, como si fuera un juego.

Yo tengo que luchar para no apartar la mirada. Para no dejarme llevar por los recuerdos de todo este tiempo. Las veces que deseé morir. Las veces que me tuve que inclinar ante una reina que no era la mía. Las veces en que observaba a Seaben y algo dentro de mí gritaba de envidia por lo que tenía, mientras yo languidecía, condenado a una vida de bestia. ¿Cuántas veces quise que la parte animal tomase el control y el hombre desapareciese, para dejar de sufrir?

Puede que hayamos estado separados algo más de veinte años, pero para mí ha sido una eternidad.

«Iría hasta el fin del mundo si es por un beso tuyo, mi amor».

Su risa contra mi boca. Mi sangre bullendo en las venas. Dolor en el cuerpo. Dolor en el alma. Su mente escapando de mi agarre, y el silencio ensordecedor de los sentidos que se nublan. No grito. No separo los labios, porque no quiero que ella oiga mi sufrimiento. Mi cuerpo lucha contra el cambio, y yo solo deseo caer inconsciente, porque quizá así todo sería más fácil.

Recupero el sentido sobre mis rodillas y mis manos, cubierto de sudor y con los miembros temblorosos, apenas capaces de soportar mi peso. Lo primero que veo son sus ojos agrandados, sorprendidos, descubriéndome como por primera vez. Lo primero que siento es su mano en mi mejilla, rozando con cuidado mi piel fría. Lo primero que oigo es su risa incrédula.

–¡Ha funcionado!

Apenas me deja erguirme antes de lanzarse a mi cuello, abrazándome. Mis brazos se mueven por inercia para rodear su cuerpo. Torpemente, quizá, pero de nuevo yo. Su risa resuena en mi oído y yo oculto el rostro contra su cuello. Con voz ronca, le recuerdo cuánto la amo. Con voz rota, le doy las gracias por salvarme.

Solo que no me siento salvado.

No me siento liberado.

Puede que haya recuperado mi cuerpo, pero ahora también sé que ella no se recuperará jamás de aquella noche mil veces maldita.

Ella ríe.

Yo lloro.

Eirene

No podemos quedarnos aquí.

Algar nos lo dice en cuanto dejamos a Chryses y Celeste solos ante la petición silenciosa de nuestro amigo. Quiere recuperar el tiempo con la mujer que durante tantos años estuvo lejos de él, solo que todos nos hemos dado cuenta de que, si bien su hechizo se ha roto, Celeste no volverá a ser aquella que él conoció. Sigue anclada en un tiempo irreal, en recuerdos que acabaron para siempre con una cordura que ya nunca volverá. Pienso, con amargura, que Chryses ha salido de una condena para entrar en otra quizá peor: la de tener que ver cómo la única persona a la que ha amado le será siempre inalcanzable. Verá cada día a una mujer que no es quien él quiso y a la vez sí. A alguien a quien no le puede contar todas las penurias por las que ha pasado, porque solo la haría empeorar. A alguien con quien tendrá que guardar secretos y con quien ni siquiera podrá compartir la dicha de tener un hijo.

Miro a Seaben de reojo mientras bajamos las escaleras. En su cabeza puedo ver que está enfrascado en el recuerdo de la princesa de Anderia, en su expresión, en sus palabras. No se ha atrevido a hablar ni a presentarse. No ha tenido fuerzas y lo entiendo: quizá verlo solo rompería un poco más su frágil mente, y más al ser tan... mayor. Celeste perdió a un bebé y para ella no ha pasado el tiempo, pero Seaben es la prueba de esos largos veinte años que lleva sumida en la desesperación. Me pregunto si podría ser consciente de eso o si, por el contrario, ni siquiera lo reconocería. Si solo vería en él esos ojos rojos. Los ojos de Mab. Los que acabaron con su cordura...

Sea como sea, mi esposo está seguro de haber hecho lo correcto: si no podemos quedarnos aquí, tampoco tiene sentido decirle quién es. No tiene sentido recuperarlo durante unas pocas horas solo para volver a perderlo. El príncipe no quiere un reencuentro que al final solo signifique una nueva despedida.

El comandante nos guía a una habitación en la que nos permitirá pasar lo que queda de noche, ya que tendremos que marcharnos en cuanto amanezca. Ninguno hemos protestado ante la petición, porque sabemos que quedarnos en Anderia podría poner en riesgo demasiadas cosas. Si nos descubren a Seaben o a mí se hará el caos. Se pondría en duda al propio Algar, por no hablar de Svent, a quien estiman, pero sin hechos aún que lo confirmen como alguien digno de la confianza del pueblo. Todo lo que hayamos podido adelantar con la suerte de encontrar en Algar un buen aliado se perderá.

En cuanto cierro la puerta del cuarto, mi esposo se deja caer sentado en la cama. Se cubre el rostro y puedo ver en él el cansancio del viaje, pero también la intensidad del día. No tardo en sentarme a su lado y coger su mano. No digo nada, como si temiese que las paredes fuesen a escucharnos, sino que presiono mis labios sobre su hombro mientras mi cabeza se llena con sus pensamientos: Chryses y Celeste, pero también las palabras de Algar sobre el pueblo de Anderia o ese chico, Svent, y su preocupación sobre si él podrá hacer algo de verdad por su tierra; además de Eveque, y las pocas imágenes que consiguió robar de su cabeza antes de que huyese.

«Al menos ha quedado claro quién eres, Seaben. No nos equivocábamos. Y ahora podemos actuar. Ahora podemos hacer algo de verdad. Algar es un buen hombre y te cree: si conseguimos derrocar a Mab, tú podrás ocupar tu lugar».

«No estoy seguro de que vaya a ser tan fácil ni siquiera entonces, Eirene... Algar tiene razón: este reino me odia. Temo que eso vaya a ser para siempre, haga lo que haga».

«Entonces es evidente lo que tendrás que hacer, si eso ocurre: te quedarás conmigo en Nryan, gobernando a mi lado, y seremos felices y comeremos... pastel. No me gustan demasiado las perdices».

Consigo arrancarle una sonrisa a mi esposo, pero entonces me mira, preocupado por algo que a mí ya se me había ocurrido, pero a lo que no le he querido dedicar ni un segundo.

«Si yo tengo que ocupar mi lugar en Anderia, y tú en Nryan...».

Lo beso.

«Los dos seremos reyes de dos maravillosos reinos», digo, intentando restarle importancia al asunto.

«Dos maravillosos reinos con un mar de por medio. Y cada uno tendrá que estar en el suyo, Eirene».

«Hoy por hoy, ninguno de los dos estamos sentados en ningún trono. Así que me niego a pensar en eso».

Como parece dispuesto a protestar, lo beso de nuevo, con la suficiente pasión como para que un par de ideas se entrecrucen y solo pueda pensar en mí. Lo rodeo con los brazos y él se aferra a mi cintura.

«No voy a dejar que nada nos separe. Ni siquiera un par de coronas. Lo sabes, ¿verdad?», susurra en mi cabeza, aun así, cuando deja un beso en mi cuello.

«Lo sé. Y yo no voy a dejarte solo: pase lo que pase, te querré por cada persona que no te acepte en este lugar», respondo, con una caricia de mis dedos que desciende por su pecho. Nuestros labios vuelven a encontrarse, lentos. Quiero aprovechar el tiempo que tenemos juntos, a solas, estas pocas horas de tranquilidad hasta que amanezca, porque no sé cuándo volveremos a tenerlas: cuando partamos, nos dirigiremos a Nryan y allí... no sé qué nos espera.

Las caricias de Seaben se detienen al sentir mi miedo asomando entre mis pensamientos.

«¿Estás... segura de querer ir a Nryan ya? Podríamos esperar unos días más, hasta que te sientas preparada».

Sé que me comprende sin necesidad de que diga nada: tengo miedo de lo que vaya a pasar en la isla. No solo con Ibran, sino conmigo misma. Temo descubrir que no estoy preparada para gobernar, que no me he ganado el trono. Mi madre pudo ser la mejor reina de todo Nryan, pero ser su hija no me convierte en ella. Sin embargo, no quiero esperar. Esto es lo que tenía que haber hecho hace muchos años: es mi responsabilidad, el lugar que me corresponde. Quizá no esté preparada para ser reina todavía, pero quiero estarlo. Y el primer paso es volver a la isla de la que una vez me apartaron.

Seaben suspira. Sus dedos, tiernos, rozan mi mejilla. No dice nada más, respetando mi decisión y admirándome por ella de una manera que me hace avergonzar. No me merezco que piense en mí como lo hace: con orgullo, como si creyese que soy fuerte, como si creyese que soy valiente. No lo soy. Si lo fuese, no estaría tan asustada.

No me deja pensar más en ello. Sus labios vuelven a los míos y ambos nos aferramos al otro. Por unas horas, nos permitimos simplemente olvidar.

Algar nos pide que nos reunamos todos en la biblioteca antes de partir. Cuando entramos, lo encontramos con Drake, cerrando asuntos de colaboración entre Anderia y Astrea. Con el regente está Chryses también, vestido con ropas de noble y con sus largos cabellos albinos recogidos en una coleta. Al poco tiempo, Svent y Fay entran también, mi prima envuelta en un velo que cubre sus orejas. La miro, apenada, sabiendo que ahora que nos hemos reencontrado nos vemos obligadas a volver a despedirnos. Tras un breve intercambio de saludos, decido proponerle venir conmigo. Justo entonces, sin embargo, Svent da la noticia:

–Lo hemos pensado –susurra, manteniéndose de pie al lado del asiento en el que se acomoda mi prima– y vamos a prometernos.

Abro la boca y miro a Fay, muda de asombro. No puedo creer que hable en serio, y por un momento valoro la opción de que solo estén bromeando. No hay palabras para expresar la incredulidad de Seaben, a mi lado, o el sobresalto de Drake, a quien casi se le cae el laúd de las manos. Al ver nuestras reacciones, mi prima se ruboriza y carraspea.

–Solo pensé en lo que me contaste, Eirene. Y en la manera en la que podríamos ayudar.

Algar, como si hubiera estado esperando esto durante mucho tiempo, se cruza de brazos con satisfacción.

–Es una excelente decisión.

Fay, nerviosa, clava su mirada en la falda de su vestido. Sus dedos buscan los de Svent, que también parece incómodo y avergonzado, mirando sus propios pies. No sé hasta qué punto es inseguridad o solo que no le gusta ser el centro de atención.

–No habrá fecha para la boda –dice mi prima, atropelladamente–. Esa es la única condición. Si podemos evitarlo, no habrá ninguna ceremonia. Esto es solo para que Mab se quede sola, para ayudaros a que todos los países se unan contra ella y daros tiempo de derrotarla. –Me mira–. Así que tendrás que sentarte en el trono de Nryan antes de que nadie empiece a preguntarme por cómo será mi vestido, o cosas así.

Esas últimas palabras barren mi sorpresa y me hacen cerrar la boca. Me traen de vuelta las responsabilidades que tengo que tomar, y durante un segundo siento vértigo. No lo demuestro, sino que me esfuerzo en sonreír y aparentar más seguridad de la que en realidad siento.

–Partiremos hacia Veridian hoy mismo. Allí contactaré con Ailbhe para que sepa que estoy viva y contarle la situación actual. Cuando hayamos hablado con él, cogeremos el barco a Nryan.

–Informad al príncipe Ailbhe de la decisión de su hermana: es preciso que en Veridian estén enterados de esta alianza antes que nadie, y es mejor que llegue de vuestra parte, lady Eirene, que de fuentes externas. Si nosotros informáramos al país de los elfos, podrían creer que retenemos a la princesa en contra de su voluntad.

Asiento, mirando a mi prima.

–Es lo más inteligente. Tenemos que estar seguros de que vuestra unión ayudará en vez de poner las cosas en nuestra contra. Si no actuamos con precaución, Mab volverá a reconducir la situación hacia la versión que más le convenga, como ha estado haciendo con todo lo que ha ocurrido.

Svent parece de acuerdo conmigo, aunque no me mira, sino que solo parece tener ojos para Fay en esta habitación.

–No queremos que te conviertas en otra Aldhara.

Aldhara. Fay me contó la historia del diario ayer y ahora que Svent la menciona, su cuento vuelve a mi cabeza. Si la guerra empezó solo por esa chica, por una confusión, ¿qué no podría aprovechar Mab con la situación de mi prima? Es preciso ir con cuidado. No quiero que nada le pase a Fay por involucrarse en esto, incluso aunque haya sido su decisión. Más allá de eso, sin embargo, descubro los pensamientos de Seaben que, ante la mención, también le da vueltas a la historia. Lo siento reflexionar sobre las motivaciones de la reina de las hadas: le arrebataron a su hermana, le arrebataron a su madre y, al final, hasta su padre murió por causa de la guerra. Se quedó sola demasiado joven, y sola ha crecido y se ha hecho con todo su poder. A mi esposo le parece hasta cierto punto triste; a mí me parece aterrador. Mi prima, al contarme la historia, se atrevió a suponer que quizá la venganza de Mab no fuese solo contra los humanos, sino más allá, y no puedo dejar de pensar en esa idea. Las palabras de Rayne me vienen una y otra vez a la cabeza: a él lo usó. De él esperaba un dios. De Chryses, alguien que sería lo que fue Aldhara. De Seaben mismo… Al conocer su historia, de pronto tiene más sentido que reconociese el poder de todos ellos tan bien y quisiera utilizarlo a su favor.

–¿Estaréis bien?

La voz de Algar me arranca de mis pensamientos, aunque es Seaben quien responde:

–Lo estaremos. Gracias por vuestra ayuda, lord Algar. Sé que Anderia está en buenas manos.

El hombre hace una inclinación de cabeza.

–Quienes nos quedamos en este palacio nos encargaremos de que todo vaya bien aquí.

Chryses se quedará en el país de los humanos para cuidar a Celeste ahora que puede. Ha habido veinte años de distancia entre ellos y nuestro amigo quiere quedarse a su lado ahora, cuidarla pese a que sabe que la recuperación es improbable. Además, es lo mejor: así sabremos que pase lo que pase tendremos un buen amigo en estas tierras que nos informará si algo sucede. Me quedo tranquila al saber que él se queda en el mismo sitio que mi prima: si pasa algo, podrá protegerla por mí.

Me giro hacia ella al mismo tiempo que Seaben abraza a su padre.

–Por favor, cuídate –le pido, levantándome de mi asiento. Fay se echa a mis brazos y yo beso su mejilla. Me duele separarme de ella ahora que nos hemos reencontrado, pero al menos ahora sé dónde está y que está bien–. Y si vas a huir de una boda por segunda vez, al menos avisa con algo más de tiempo, ¿de acuerdo?

Mi prima enrojece, pero aprieta los labios y alza la barbilla con orgullo.

–No pienso huir más.

Parpadeo, sorprendida por su determinación. Ya lo había notado antes, pero esta no es la misma princesa que se marchó de Lothaire. Esta Fay parece no tener miedo y ha tomado conciencia de que el mundo exterior no es tan simple como lo era su palacio de cristal en Veridian. Quiere ayudar. Ha aceptado prometerse con ese chico –el mismo que ahora mira las estanterías con aire despistado, para darnos un poco de intimidad– y entrar en el juego al hacerlo, aunque lo más fácil habría sido dar la espalda a este problema.

–Estoy orgullosa de ti, Fay.

Ella sonríe, tímida.

–No dejes que te quiten tu reino.

Asiento, dándole así mi palabra. Me fijo en el muchacho que aguarda a su lado y chasqueo los dedos para llamar su atención. Cuando me mira, le tiendo la mano. Svent mira a mi prima y ella ladea la cabeza, enternecida su expresión por la actitud insegura del chico.

–Mi prima no te va a comer.

El falso príncipe de Anderia carraspea.

–Claro que no va a hacerlo. Qué tontería.

Me da la mano. Sonrío, divertida por su nerviosismo, y tiro de él, haciéndole inclinar para poder murmurar en su oído:

–Como me entere de que le tocas un pelo de más a mi prima o te aprovechas de ella de alguna manera, vendré a Anderia solo para cortarte las manos... y lo que no son las manos. Espero que quede claro.

El chico me mira como si no comprendiese lo que le he querido decir, mientras estrecha mi mano. Y tras un segundo, siento ganas de echarme a reír cuando se pone tan rojo como el pelo de Fay e intenta, sin éxito, balbucear una respuesta. Algo me dice que ni siquiera se le había pasado por la cabeza tocarla más allá de cogerla de la mano.

«Qué sobreprotectora». Seaben me observa divertido, habiendo escuchado la conversación. A sus espaldas, Drake se despide de Chryses y Algar.

«Dejemos los juegos de mayores para ti y para mí: mi prima aún es demasiado joven e inocente».

El príncipe disimula una sonrisa. Chryses se vuelve hacia mí en ese momento. Me apresuro a abrazarle con fuerza.

–Buen viaje, Eirene.

–Cuídate –le pido–. Volveremos a vernos pronto.

El albino intenta esbozar una sonrisa segura que, sin embargo, no elimina la tristeza de sus ojos. Lobo o humano, sus pupilas siguen luciendo apenadas.

–Mantén un ojo sobre... bueno, sobre mi hijo –dice, intentando acostumbrarse a la palabra. Ambos miramos a Seaben, que estrecha la mano del regente de Anderia, serio y tranquilo–. Y no te diré que lo hagas feliz, porque sé que lo es estando a tu lado.

Asiento. No voy a dejar que le pase nada a Seaben, como tampoco pienso dejar que le pase nada a Drake. A ninguno de mis seres queridos. Me juro que, como sea, voy a protegerlos.

Tras intercambiar unas últimas palabras, Drake, Seaben y yo nos cubrimos con nuestras capas. Le doy un último abrazo a mi prima, esta vez sin más palabras. Otra despedida más, y tengo la impresión de que no será la última: desde que esto comenzó no hemos hecho más que ir de un lado a otro, dejando a gente por el camino, cambian do constantemente de lugar, sin asentarnos en ninguno. ¿Será Nryan el definitivo, el sitio donde podremos encontrar un hogar de verdad, o por el contrario será solo otra parada de la que también tendremos que salir corriendo?

El día apenas acaba de empezar cuando salimos del castillo: el cielo se llena de una aureola de colores naranjas que nos saludan. Aún se mantienen algunas estrellas osadas y curiosas que pretenden vislumbrar el inicio de nuestro nuevo viaje.

El miedo y la expectación llenan mi pecho cuando tomo aire. Como cuando partimos de Lothaire, rumbo a Astrea, no sé qué va a pasar ahora, pero esta vez tengo la certeza de que estoy haciendo lo correcto. Ya no quedan dudas, ya no queda inseguridad.

Después de años temiendo este día, ha llegado el momento: vuelvo a Nryan. Y esta vez, lo haré para reinar.

Svent

Han pasado diez días desde que me anunciaron como el legítimo heredero, y cuatro desde que el verdadero príncipe se fue rumbo a los países de los elfos.

Desde entonces, como en el orfanato, en el castillo también he encontrado una rutina que seguir. Algo a lo que aferrarme cada día, que me haga sentir seguro dentro del caos en el que se ha convertido mi vida. Así, las mañanas y parte de las tardes las paso en compañía de lord Algar y, a veces, de Chryses. Juntos nos encargamos de que el reino siga adelante, como si la muerte del rey Davet no hubiera ocurrido. En ocasiones, me siento y simplemente observo, pero suelo descubrirme más interesado por los entresijos políticos de lo que esperaba. De alguna manera, me gusta la forma en la que todo parece encajar, cómo las cosechas y el comercio, las acciones de los nobles o incluso los rumores que llegan del exterior, pueden afectar a las demás variables. Es un rompecabezas fascinante y, una vez dejo a un lado mi rechazo inicial y me intereso, quiero participar. Sé que Algar lo nota, y quizá por eso me insta a opinar cuando lo ve adecuado.

Como me sucede con los asuntos del reino, poco a poco también empieza a gustarme el regente, con sus silencios pensativos y sus estrategias. Con su carácter pragmático y ese aire casi paternal con el que me trata, mostrándome ese mundo al que pertenezco, pero al que no he podido tener acceso hasta ahora.

–Creo que has hecho lo que debías, muchacho –me dijo cuando Seaben y su grupo se marcharon–. Este compromiso es lo más adecuado para el país, y me alegra que haya sido vuestra decisión y de nadie más.

Esa misma noche me quedé pensando, mientras Fay cabeceaba, cansada, en uno de los sillones de la biblioteca. Me di cuenta de que se sentía orgulloso, en cierto modo. Orgulloso de haberme instado a tomar lo que él creía que era la decisión correcta. Supuse que, de alguna forma, eso le había hecho mirarme con otros ojos.

Y no me disgustaba que lo hiciera.

Me costó un poco, sin embargo, armarme de la valentía necesaria para hablar con Itsvan y Naim. Los últimos días los había visto menos de lo que me habría gustado y, aunque me encontraba con ellos para caminar juntos por los jardines, no fue hasta el día siguiente que conseguí sacar el tema sin balbucear ni ponerme colorado. Quizá mi miedo venía motivado por no poder predecir sus reacciones, pero mientras hablaba, me sentí aliviado al ver una sonrisa traviesa en los labios de Itsvan y una ilusionada en los de Naim.

–La verdad es que vuestra relación va más rápido de lo que creía, dado que tuve que soportarte una luna mirándola con ojos de cachorro abandonado.

–Has escuchado la parte en la que te contaba que solamente es un truco para establecer una alianza con Veridian, ¿verdad? No va a haber boda.

–No es todo actuación y lo sabemos –respondió, dándome unas palmadas fuertes de más en la espalda–. Y dado que soy el mayor de los tres, avísame cuando creas estar preparado para *la* conversación.

Enrojecí, pero no pude evitar sonreír. Con Naim agarrado de mi manga e Itsvan mortificándome acerca de mi relación con Fay y pasándome un brazo por los hombros, no pude sentirme más que feliz. Arropado.

En ese momento me di cuenta de que no importaba el lugar: mi familia seguía a mi lado.

Fay sigue esperando noticias de Veridian. Los soldados en la frontera siguen librando una batalla tras otra. En palacio, inevitablemente, los rumores de un posible compromiso entre el príncipe y una misteriosa muchacha que no muestra su rostro más que a su prometido han empezado a circular entre los sirvientes, aunque no son más que susurros en los rincones. Dicen que el heredero ha traído felicidad de nuevo al castillo y que cosas maravillosas están ocurriendo entre estas paredes, y eso en realidad nadie lo puede negar, aunque no lo haya hecho yo.

El mayor milagro de todos es ver a la princesa Celeste fuera de su cuarto después de veinte años.

No es que esté mejor. Su cabeza no es capaz de asimilar lo que pasa a su alrededor, pero Chryses la lleva de su brazo mientras pasean por los jardines y le hace reír como una niña. Juntos, se paran a mirar los arbustos de rosas y se pierden durante horas en su propio mundo de cuentos. En un lugar sin tiempo. Nadie parece darse cuenta, sin embargo, de que cuando él se despide de su amante, sus ojos están más tristes que nunca: es consciente, al igual que aquellos que los rodeamos, que los únicos recuerdos que ella guarda son los del pasado. Aunque le han dicho que Eveque no va a volver, por ejemplo, y se le ha asignado una nueva sirvienta para que esté siempre a su lado, dicen que cada mañana pregunta por la antigua. Y pese a que no ha visto a su padre en más de diez días, jura y perjura que ha estado en su habitación esa misma mañana o que cenará con ella por la noche. Yo, por mi parte, tengo órdenes de evitarla o, si me cruzo con ella, mantener los ojos bajos en todo momento: mi mirada podría aterrarla.

—¿Por qué nadie se da cuenta de que no ha mejorado? Solamente se le da más libertad por que alguien se toma la molestia de acompañarla al exterior.

Mi pregunta sorprende a Algar, que alza la vista de las últimas noticias de la frontera, traídas por un agotado Ciel, que se ha ido a descansar. Todavía no le he perdonado lo que hizo, así que apenas lo he mirado mientras dejaba los documentos en manos de su padre, pese a que me ha hecho una profunda reverencia.

–La gente quiere creer cosas que a veces no son ciertas, chico.

–Como que yo soy el verdadero príncipe.

–Como que la princesa Celeste se recupera y tú eres la causa, porque recuperar a su hijo es también recuperar la cordura. Eres un símbolo, Svent. Y su fe, como su príncipe, te da fuerza tanto a ti como a ellos.

–La fe es frágil –le recuerdo.

–Entonces esperemos que dure hasta que lady Eirene haya recuperado su isla y pueda ayudarnos a ganar la guerra.

Últimamente ha estado de buen humor. Las cosas van bien y, por su respuesta, llego a la conclusión de que la frontera todavía resiste, pese a que los feéricos se han vuelto más osados y agresivos.

Cuando lo dejo solo en la biblioteca, es tarde. El sol ya desaparece en el horizonte y pronto será hora de cenar, así que me dirijo a mi habitación. Pese a que me agrada discutir de política y estudiar los entresijos de gobernar un reino, mi parte preferida del día sigue siendo cuando el sol se oculta. A solas con Fay, es más fácil sentirse cómodo que con Algar. Los silencios son más amables. A veces, seguimos practicando su humano. En otras ocasiones, me enseña las palabras más difíciles que conoce en fae. En alguna ocasión, hasta le he hecho preguntas sobre el élfico, y ha accedido a enseñarme un poco, aunque me doy cuenta de que es mucho más complicado que cualquier otro idioma que haya aprendido hasta ahora.

Dormir es más sencillo si es ella quien me desea buenas noches y deja un beso en mis labios.

Mi cuarto está bañado con los colores del atardecer cuando entro. No me he acostumbrado aún a que sea tan grande, a que el colchón se hunda tanto bajo mi peso, o a que haya tantas mantas como quiero. Es complicado recordar aquellos días de frío en el invierno o los sonidos del bosque alrededor, porque aquí, tan alto sobre la ciudad, los únicos ruidos que me llegan son los de la lluvia y el viento. Hoy, sin embargo, hay algo todavía más extraño en la estancia.

–¿Ciel?

Me sorprende verlo sentado sobre mi cama cuando entro, con la cabeza entre las manos y los ojos perdidos en la pared de enfrente. Se pone en pie al escucharme entrar, y yo cierro la puerta, extrañado.

–¿Qué… haces aquí? –pregunto, súbitamente inquieto. Sus ojos se clavan sobre los míos y parece a punto de hablar, pero lo interrumpo–: Sigo enfadado.

–Lo sé. –Se acerca, con pasos tranquilos, y yo me apoyo contra la puerta. ¿Viene a pedirme perdón? ¿Viene a decirme que lo siente? Como si eso fuese a solucionar algo ahora. Como si eso fuera a devolverme la vida que llevaba antes o, al menos, a hacer el cambio más llevadero–. Llevo días pensando en lo mal que actué. Quería decirte que lo siento, Svent. Nunca debí mencionar a Fay. Pero pensé que era bueno para el país. Necesitábamos a alguien, y yo siempre he pensado que era una pena que estuvieras en ese orfanato, siendo tan listo y capaz.

De pronto, me siento menos molesto, aunque no sé si es por sus palabras. Quizá es por su sonrisa. Quizá es por su expresión de disculpa sincera. Quizá es por la mano que me tiende, algo dubitativa, para ofrecerme la paz. No sirve de mucho estar molesto con él, ¿verdad? No gano nada, ni lo hace Anderia. Y llevo trabajando codo a codo con su padre tantos días… Supongo que, de hecho, el cambio no ha sido tan malo. Al fin y al cabo, Naim e Itsvan están a salvo, y nadie va a molestar a Fay una vez se anuncie el compromiso.

–Supongo que no gano nada estando enfadado contigo. Bastante tenemos ya en el reino como para verte como un enemigo, cuando solo intentabas ayudar.

Él asiente. Yo tomo su mano y la estrecho. Siento como si me libraran de un gran peso que he cargado sobre los hombros. Como si perdonarlo me hiciera olvidar por qué me enfadé con él en primer lugar.

–Soy tu aliado, Svent –me dice, suavemente.

Lo es. De hecho, no es solo mi aliado, sino mi amigo. Uno de mis mejores amigos. Frunzo el ceño cuando llego a esa conclusión, como si algo de mí se debatiese ante esa idea.

–Somos amigos, ¿verdad? –pregunto, algo confundido.

–Somos los mejores amigos, Svent. Yo nunca te haré daño. Solo quiero lo mejor para ti. –Parpadeo, porque hay una niebla delante de mis ojos, pero él sigue sonriendo y yo me siento súbitamente liviano, como si todos los problemas me hubiesen abandonado–. En cambio, en este lugar hay gente que no te quiere tanto como yo. Hay personas que no perderán la oportunidad de hacerte daño. Que quieren el trono. Y eso no lo podemos permitir.

Lo miro, sorprendido. ¿Aquí? ¿En el castillo? Aquí todos son de confianza, ¿no? Eveque era la única que venía de entre las hadas. Una espía de Mab… ¿O acaso hay más? Trago saliva, súbitamente asustado, y mis dedos tiemblan en el agarre de Ciel. El muchacho se inclina hacia mí.

–Pero yo te protegeré. Juntos, libraremos a este reino de aquellos que impiden que avance hacia la victoria. Porque tú quieres justicia, ¿verdad?

Asiento, aunque me arrepiento al instante. El movimiento me marea. Me hace sentir inestable, pero mi amigo me sujeta e impide que caiga.

–¿Cuál es el castigo para los traidores, Svent? ¿Lo recuerdas?

Casi tengo ganas de sonreír. Qué pregunta tan estúpida. Claro que lo recuerdo. Yo mismo pensé mil veces que iba a sufrirlo en mis carnes si alguien descubría que daba cobijo a la princesa de Veridian. Ahora, por supuesto, las tornas han cambiado. Ella no va a sufrir ningún daño. Es mi prometida y mi deber es cuidarla de todo mal.

Ciel me está mirando y me doy cuenta de que no he respondido, sino que llevo observándolo fijamente más tiempo del que soy consciente. No me siento yo mismo. Sacudo la cabeza, pero mi interlocutor toma mi rostro entre sus manos frías y me obliga a enfocarlo. El mundo termina por reducirse a sus ojos, a la inflexión en su voz. A la calidez de su expresión.

–¿Cuál es, Svent? Dilo. Quiero escucharte.

–El castigo para los traidores es la muerte.

Epílogo

Para luchar siempre hacen falta razones: nadie lucha sin causa. Para luchar hacen falta fe y confianza, para luchar hace falta algo en lo que creer, una razón que te haga seguir peleando incluso cuando ya no te queden fuerzas para ello.

Algar siempre había luchado por la paz. Porque creía en ella. Porque creía que podía conseguirla. Se había criado en una familia noble que le había inculcado los mismos valores que él había tratado de inculcar a su hijo durante toda su vida: valor y honor, servicio a la Corona, lealtad. Aquellas habían sido siempre sus máximas, junto con otra por la que siempre se había dejado guiar: si puedes ayudar a quien lo necesita, hazlo; si tienes el poder suficiente para provocar un cambio, tu responsabilidad será llevarlo a cabo.

Probablemente por eso se alistó en el ejército en cuanto tuvo las fuerzas suficientes para levantar una espada. Probablemente por eso, también, se convirtió en un referente para todo el mundo: porque en un mundo de oscuridad y egoísmo, aquel era el único hombre que empleaba su inteligencia y su fuerza para ayudar a los demás, sin que nadie se lo hubiera pedido. Con los años y la muerte de su padre, Algar se convirtió en el Señor de Edra y comandante del ejército de Anderia.

Con los años, se convirtió en padre.

Con los años, y la muerte de su rey, lo convirtieron en regente.

Algar solo tenía un defecto que en muchas ocasiones le había provocado heridas casi mortales en la guerra: su confianza en sus aliados era inquebrantable. En muchas ocasiones había recibido lesiones provocadas por muchachos de su propio ejército: hombres jóvenes de mentes frágiles que las hadas manipulaban con facilidad para que se volviesen contra sus propios compañeros. Algar siempre se negaba a dar muerte a aquellos pobres desgraciados, incluso si a veces eso significaba sufrir heridas que podría haber evitado.

Por eso aquella noche las estrellas sabían lo que iban a pasar. Se acomodaron en el cielo y esperaron. Por la ventana vieron al regente en su alcoba, tranquilo, repasando la estrategia de un nuevo gobierno. Soñando, como solo sueñan los ilusos, con el día en que al fin todos los esfuerzos de una vida pudieran dar resultado. La paz estaba cerca.

Dos golpes en la puerta lo arrancaron de sus pensamientos. El antiguo comandante, desconfiando por las horas y la repentina interrupción, tomó un puñal del escritorio. Se acercó a la puerta, con él en la mano, en guardia, y abrió.

Suspiró al reconocer el rostro que aguardaba en el pasillo.

Él mismo le abrió la puerta a su muerte, que se adentró en la estancia antes de que fuese consciente de su presencia. Saludó a su visitante sin saber que le hablaba de manera amable a su perdición.

No hubo tiempo para preguntas.

Primero llegó el ataque a su mente, que lo desestabilizó y lo llenó de las imágenes que siempre había temido: su misión incumplida, la guerra consumiendo el reino por el que durante años había luchado, el cadáver de su propio hijo caído en la batalla.

Y antes de que pudiera gritar o quejarse, el filo de una daga cortó su garganta. Sus ojos se fijaron en la figura que tenía delante por última vez. Ni siquiera pudo decir el nombre de aquel muchacho en el que había creído, en el que había confiado para hacer realidad lo que había soñado durante toda una vida.

Lo último que pudo pensar es que no moriría como él siempre

había creído que lo haría. No moriría en el campo de batalla, luchando por sus ideales. Moriría traicionado por alguien a quien había tratado de proteger. Alguien en quien confiaba. Alguien a quien había empezado a querer como a otro hijo.

Svent lo observó caer con impasibilidad, y eso dolió tanto como la herida que gorgoteaba en su cuello: lo miraba como si no fuese nada ni nadie. Como si jamás lo hubiera sido, pese a todos sus esfuerzos.

Incluso cuando la oscuridad se abatió sobre él, en ella seguían brillando aquellos ojos rojos.

Cuando las estrellas bajaron a recogerlo, riendo divertidas, le pareció que ellas también tenían la mirada escarlata.

Agradecimientos

Esta historia llevaba esperando en un cajón desde que publicamos *Alianzas*, allá por 2014, y no sabéis lo inmensamente felices que nos hace que al fin pueda ver la luz.

Sabemos, también, que algunas y algunos habéis estado esperando el mismo tiempo para poder leer esta novela. Por ello, no podemos dejar de daros las gracias.

No queríamos que esta historia muriese, y habríamos movido cielo y tierra para que pudieseis tenerla en sus manos, pero por suerte no hemos tenido que llegar a tanto: aquí está, acabada y en vuestras manos, para que podáis reuniros con Eirene, Fay, Seaben y Drake todas las veces que queráis. Para que podáis sentiros de nuevo en Faesia y descubrir todos los secretos al mismo tiempo que se desvelan.

Gracias a quienes creísteis alguna vez en nosotras, a quienes seguís haciéndolo, o simplemente a quienes disfrutáis de los cuentos y de la magia.

Gracias a todo el equipo de la Galera, por darnos una oportunidad otra vez, como nos la disteis con *Alianzas*.

Y a todas aquellas personas que seguís alentándonos y a las que deberíamos incluir en la autoría de nuestros libros: familias, amistades, lectoras y lectores beta... No os nombramos una por una, pero sabéis de sobra quiénes sois: la gente que hace de nuestro mundo un lugar verdaderamente mágico.

Hemos tenido mucha suerte al encontraros y poder manteneros en nuestras vidas.

¿Quieres saber un
secreto? Mientras Eirene,
Seaben y Drake partían hacia
Nryan... Mientras Fay se quedaba
con Svent... Mientras Algar dejaba
Faesia para siempre... Este libro
se imprimía en el número
16 de la calle Roís
de Corella.